雷达观潮

雷达 著

图书在版编目(CIP)数据

雷达观潮/雷达著.—北京:人民文学出版社,2017
ISBN 978-7-02-012979-9

Ⅰ.①雷… Ⅱ.①雷… Ⅲ.①中国文学—文学评论—文集 Ⅳ.①I206-53

中国版本图书馆 CIP 数据核字(2017)第 162475 号

责任编辑　陈彦瑾　周方舟
装帧设计　崔欣晔
责任印制　王景林

出版发行　人民文学出版社
社　　址　北京市朝内大街 166 号
邮政编码　100705
网　　址　http://www.rw-cn.com

印　　刷　三河市宏盛印务有限公司
经　　销　全国新华书店等

字　　数　369 千字
开　　本　880 毫米×1230 毫米　1/32
印　　张　15.375　插页 3
版　　次　2018 年 1 月北京第 1 版
印　　次　2018 年 1 月第 1 次印刷

书　　号　978-7-02-012979-9
定　　价　52.00 元

如有印装质量问题,请与本社图书销售中心调换。电话:010-65233595

作者简介

雷达，原名雷达学，1943年生，甘肃天水人。1965年毕业于兰州大学。曾任中国作家协会创研部主任，现任中国作家协会名誉委员、中国小说学会会长、中国作家协会理论批评委员会副主任，兼任兰州大学文学院博士生导师。著有论文集《民族灵魂的重铸》《思潮与文体》《重建文学的审美精神》等十五部，散文集《缩略时代》《雷达散文》《皋兰夜语》《黄河远上》等多部。曾获第四届鲁迅文学奖、中国作家出版集团"优秀作家贡献奖"。多部论著和多篇论文如《灵性激活历史》《为什么需要和需要什么》《当前文学症候分析》等获中国文联文艺评论奖、中国当代文学研究优秀成果奖、《上海文学》奖、《北京文学》奖、《钟山》文学奖、《昆仑文学》奖等。散文《梦回祁连》获首届孙犁散文奖，散文《依奇克里克》《蔓丝藕拾》《王府大街64号》分别获全国报纸副刊银奖、中华铁人文学奖、《中华文学选刊》奖，并有多篇散文入选《中华百年经典散文》。独立主编或共同主编了《中国现当代文学通史》《现代中国文学精品文库》《中国新时期文学研究资料汇编》等大型图书。

目 录

序 …………………………………………… 李敬泽 1

第一辑：脉动与症候

时代·技巧·视野
　——对近五年小说创作的一种观察 …………… 3
长篇创作中的非审美化表现 …………………… 10
当前文学创作症候分析 ………………………… 19
"代际划分"的误区和影响 ……………………… 30
文学与社会新闻的纠缠及开解 ………………… 35
面对文体与思潮的错位 ………………………… 40
从"乡土中国"到"城乡中国" …………………… 45
今天的阅读遇到了什么 ………………………… 50
漫说"非虚构" …………………………………… 54
影视文化对文学的冲击与改写 ………………… 58
关怀人的问题先于关怀哪些人的问题 ………… 62
反思阅读方式的巨变 …………………………… 66
文学批评的"过剩"与"不足" …………………… 70
真正透彻的批评为何总难出现 ………………… 74
我心目中的好散文 ……………………………… 88
短篇小说的文体意识 …………………………… 95

原创力的匮乏、焦虑以及拯救 …………………………… *101*

第二辑：文本与历史

《白鹿原》的经典相…………………………………………… *109*
莫言：中国传统与世界新潮的浑融 …………………………… *116*
心灵的挣扎
　　——《废都》辨析…………………………………………… *129*
路遥作品的内在灵魂和审美价值 …………………………… *147*
使用语言的风俗画家
　　——论汪曾祺的小说………………………………………… *155*
高晓声小说的艺术特色 ……………………………………… *171*
铁凝和她的女朋友们 ………………………………………… *177*
民族心史的一块厚重碑石
　　——论《古船》……………………………………………… *188*
一卷当代农村的社会风俗画
　　——略论《芙蓉镇》………………………………………… *209*
《绿化树》主题随想曲 ………………………………………… *223*
荒诞而凝重
　　——读阎连科《日光流年》………………………………… *241*
生存的诗意与新乡土小说
　　——读《大漠祭》…………………………………………… *244*
《白涡》的精神悲剧…………………………………………… *249*
《狼图腾》的再评价与文化分析 ……………………………… *258*
《秦腔》：乡土中国叙事的杰出文本
　　——雷达答客问……………………………………………… *265*
《繁花》：鲜活流动的市井生相 ……………………………… *267*

《一句顶一万句》要表达什么 ………………………………… 271
这边有色调浓郁的风景
　——评王蒙《这边风景》 ……………………………………… 276

第三辑：回眸与眺望

我所知道的茅盾文学奖 …………………………………………… 285
灵性激活历史 ……………………………………………………… 296
民族灵魂的发现与重铸
　——新时期文学主潮论纲 ……………………………………… 310
人的觉醒与反封建主题的推演 …………………………………… 335
主体意识的强化 …………………………………………………… 348
当今文学审美趋向辨析 …………………………………………… 357
近三十年中国文学的审美精神 …………………………………… 374
探究生存本相　展示原色魄力
　——新现实主义小说的萌动 …………………………………… 399
现实主义冲击波及其局限 ………………………………………… 409
关于现实主义生命力的思考 ……………………………………… 418
为什么需要和需要什么
　——对当今文学存在理由的若干思索 ………………………… 424
新世纪以来中国文学的走势 ……………………………………… 436
浩然："十七年文学"的最后一个歌者 …………………………… 455
"陕西三大家"与当代文学的乡土叙事 …………………………… 463

后记 ………………………………………………………………… 479

序

上世纪90年代早期,什刹海还是一片冬天可以滑冰,夏天可以游泳的湖。彼时我还没有想过当个评论家,日子悠长清简,须忙出很多闲事打发它。比如夏天里,骑自行车,每日从安贞桥晃到什刹海南岸,岸边一棵垂柳下脱衣,跳进湖里,向湖心小洲游去。

那时的什刹海,每日岸边总有十几个泳客,以北京大爷居多,游几个来回,上得岸来,三五人袒腹相对,各持一瓶"小二",一包花生米,半斤猪头肉,蛙鸣蝉噪,清风微雨,湖海边把天下事论得风起云涌。

在那里,常见到雷达老师。

当然,此前也是认识的。雷达之名如雷贯耳,彼时他正当盛年,激扬文字,论断天下文章,其气盛,其言宜,小子如我,望之如天边之云。忽一日,水淋淋爬上岸来,一抬眼看见一人,看来看去,莫非是雷达?只觉得他是按下云头,落到了凡间。

在湖边,和雷达谈了些什么,现在全忘了。肯定没谈过文学。或许是,谈谈身体,谈谈水,谈谈他甘肃老家的土和山。

二十多年过去了,有一天,雷达老师来电,命我为他的新书作序。雷达之命不可违,但心中实在惶恐,点一斗烟压压惊,心想,写就写吧,雷达是师长,又是忘年之交,太熟了有些郑重的话平素反说不出口,正好借这一篇序,略表我对雷达老师的敬意。

90年代以来,批评家分了两种,一种是学院的或学术的,另一种是现场的或实践的。个中分殊一言难尽。但若说到后一种,我首先想到的便是雷达。

雷达是现实主义的坚定捍卫者——但绝不仅仅如此,在中国社会和中国文学的巨大转型中,雷达执着而雄辩的论证,为现实主义开辟了广阔的空间。

对雷达来说,现实主义是信念,但信念不是教条,而是世界观和方法论,是推动变革和创造的实践活动,它不是为了规范世界,而是为了认识和改造世界。

雷达正如"雷达",他从来宽阔灵敏,随时向着新鲜经验开放,谛听天地消息。多少年来,我不知读了雷达多少文章,不知听了他多少次发言。我当然不是每次都同意他的观点和论断,但是,我从来不曾认为雷达是停滞的封闭的,他从来不曾失去敏锐的现实感,从来不曾失去与时代、与生活、与当下的文学写作对话的能力,他从来是勇猛精进的,他是不老的猛兽,立高冈之上,尽览风行草偃。当他为他之所是申辩时,机敏周详,令人折服,当他向着他之所非而争辩时,他是谨慎的,又是严正的。

他不是不知道,文学批评的观念和方法自80年代以来经历了几番更新换代,在我的印象中,他一直有广博活跃的知识兴趣,但他从未放弃、一直坚持马克思主义的历史的和美学的原则和方法,对他来说,这关乎文学的和批评的本质,他当然不拒绝方法与时俱进的丰富和扩展,他一直为此做着艰辛的、卓有成效的探索,但是,他从未动摇他的原则——他常常让我想起哈罗德·布卢姆,另一个倔强、固执的老头儿,他们之所信有很大不同,但他们在捍卫所信时的自信、坚定和权威却非常相似。他们都在急剧变化的时世中守护着传统并赋予传统以活力,他们的气质都是既强健又忧伤——是的,雷达竟是忧伤的,他有孩子般的脆弱和天真,在他的底部更是暗藏深悲,唯其如此,他的所信才获得了富于张力和深度的生命经验的支持和充实,他所捍卫的才不仅仅是理论的教条,而是人为争取自由、真实、善美的全部历史斗争和文学表达。

——正因如此,雷达始终是在现场的批评家,作为同行,我时常惊叹他的阅读之广、他的思考之深。他是正心诚意的,是从不苟且从不凑合的。我想他不是不知疲倦,我都常常替他感到累,但是,我想我是懂他的,我能够理解像他这样一位批评家永不衰竭的激情。他对自己有严苛的要求,他肩负使命,他那一代批评家的心里都曾有过来自"别车杜"的召唤,而雷达,他把这种启示和召唤变成了个人持守不渝的使命。

也正因如此,雷达成为了对二三十年来中国文学的发展产生了清晰的、可以明确辨认的影响的批评家,他有力地参与了文学对这个时代的认识和回应,有力地参与塑造了这个时代的文学观念和创作风貌,由此,他证明了马克思主义和现实主义批评传统的强大活力。

二十多年前,在什刹海,我曾和雷达一起游泳。水深不知底,阴险的水草有时会蓄意拂过身体。每年夏天,这里都会有人溺死,我知道这是危险的,惊慌和恐惧会忽然攥住你的腿、你的心肺。这时,在恐惧的时候,我看见前边,雷达在游着,他从容安然,他如同湖心之洲。

多年来,我一直认为,雷达在文学批评中如同地平线、如同海岸线,对我来说,无论走得多远、游得多深,抬头看,雷达在前边,回头看,雷达在岸上,这时,心里是踏实的。

为此,感谢老师雷达。

谨序。

李敬泽

2017年11月9日凌晨1时

第一辑:脉动与症候

时代·技巧·视野

——对近五年小说创作的一种观察

近五年来,小说创作从整体趋向上看,仍然延续着新世纪以来文学创作的发展脉络,但是,在坚持文化自信,弘扬中国精神和扩展叙述能力上,又发生了一些明显的变化,众多小说生动地描写了大变革、大转型时代,在实现中华民族伟大复兴进程中,无比广阔多样的生活画面,呈现出多色调、多方位的文学场景,有些作品能够达到对生存和生命意义思索的层面;不少作家,文化意识明显增强,底子厚了,笔触能深入到一向不被人注意的深层领域。

近五年来,涌现出了一大批好作品。许多深孚众望的老作家、名家,笔耕不辍,仍能推出新作,仅从长篇领域看,佳构迭现,每年都有新收获;而广大青年作家,无论"80后""70后",也都表现出旺盛的创作活力,他们强化了对生活的体验和思索,孜孜研习叙事技巧,人生阅历和艺术视野较前开阔了,传达出丰富驳杂的城市经验,在刻画同代人的精神成长历程方面,有所突破,他们的世界正在突破年龄阅历、代际划分的局限,不断扩大和融会贯通,奉献出不少具有丰厚内涵和独特情思的作品。另一方面,不少作品,敏锐地表现高科技和新媒体时代人的思想情感的微妙变化,在中、短篇,乃至小小说领域体现得尤其鲜明。

如何讲好中国故事,如何表述丰富驳杂的现实经验,如何探寻现代国人的灵魂激荡以及人生命运的壮阔或奇诡,这一切,继续构成作家们不得不面对和书写的一个宏大的精神主题和叙事前景。我感到,以下几个方面,是近五年小说创作中提供了重要的艺术经验,同时提出了有待继续深入探索的问题。

一

在如何把握和表现时代生活、如何深刻体现人民群众丰富的思想情感变化,特别是如何对现实发言,如何对当下的现实生活作出积极的回应等方面,作家们进行了可贵的探索,取得不小的成绩,但仍然力有不逮,仍有很多难点需要克服。本来,长篇小说需要审美距离,需要沉淀,不一定对现实立刻作出近距离的、同步的回应,按惯例,有时要等到多年以后才来书写。但是,生活在巨变,文体也随之变化,在一切都提速的今天,现代生活的节奏决定,它不可能拖延和回避对当代正在行进中的现实的把握和表现。人们迫切需要长篇小说能对现实发言。这是时代的需要。正如习近平同志所引用并指出的,"文变染乎世情,兴废系乎时序",揭示人类命运和民族前途是文艺工作者的追求。伟大的作品一定是对个体、民族、国家命运最深刻把握的作品。

我认为,今天长篇的概念与以前已经有所不同,每年几千部的数量且不去说它,长篇小说的文体功能可能已发生变化,传统的长篇定义,所谓"篇幅超长,人物众多,结构宏伟"当然还在起作用,但从近些年来人们的兴趣所在来看,已不一定是大部头、多部曲,而偏向于中等,甚至小型长篇了。或者说,它们并存于文坛。

重要的在于能否对现实发言。作家们也很清楚,在当下的社会语境中,文学被全民关注的程度明显在减弱,如果文学不能"亲近"和触及许多现实问题,例如生存艰辛、贪污腐败、生态恶化、资源短缺、精神困境等等,就不可能被广大民众所重视。但是,话说回来,在今天,一个作家要言说我们的时代,准确地评价我们的时代生活,深刻地表现这个时代,难度是很大的。也许目前还没有人能够以巨大而深刻的超凡笔力,令人满意地表现我们的时代。不少作家的最大问题是失去了把握和读解这个时代的能力,无法定性,于是只能舍弃整体性,专注于局部趣味,或满足于表面上的类型化。

这需要突破。对小说而言,所谓表现时代并不是面面俱到,高举高打,摆出个宏大架子,罗列流水账式的几部曲之类;最重要的是,看你能不能找到并创造出最具时代特征和精神,最有代表性的生存状态和人物典型。可喜的是,已有很多富于启示性的作品出现。例如《带灯》中的带灯这个人物及基层维稳办的烦琐生活,还是写出了某种巨大的真实。《极花》是个拐卖故事,展示了极花所看到的外部世界和经历的内心煎熬,作品从拐卖入手,真正关注的是当下中国最为现实的贫困农村男性的婚姻问题,于是具有很强的现实冲击力。《篡改的命》用黑色幽默的笔调,状写农民进城的生存状况以及中国当下的两极分化现状。《装台》透过一群几乎被遗忘的装台人的悲欢人生戏剧,道尽了底层人的万般艰辛。《我不是潘金莲》看上去比较荒诞,但最大的荒诞可能是最大的真实,荒诞比真实更真实。我看到了它的作者的锐度和深度。它写出了相当一些不作为的中国官员的生态样相,包含着尖锐的对现实的干预和对人民疾苦的关怀。余华的《第七天》出来后受到了较多的批评,不无道理,但它仍有它的锐利的光彩,吟唱底层的哀歌,劳动者相濡以沫的伟大。

近些年来,新媒体的高度发达使文学与传播媒介的"交集"日趋频繁,不少作家有意识地在文学叙事中"采热点",将社会新闻拿来与小说叙事元素快速、直接地粘合,力求在"新"字上做文章。于是有人表示,当下文学叙事似乎已患上了"新闻依赖症",作家的想象力已无法触及复杂而多变的社会现实,甚至认为文学叙事即将沦为新闻素材的附庸。这说得倒有些严重了,社会新闻进入文学的界面确实较前扩大了,有可能成为新媒体时代影响写作资源的一个重要方面,它折射出新媒体时代文学与新闻的"新关系"。在我看来,深层的问题不在于作家涉猎了什么样的话题,也不在于是否"亲近"了媒体新闻,而在于作家有无能力再造一个丰富而复杂的想象世界。新闻指涉的是事件的"客观真实",而小说的优势在于,它始终聚焦于人性,它有强大的主体意识的重塑和再造功能,它创造的是"主观的真实",因而是更深刻的真实。近年来,不少作家克服将现成的社会新闻简单移植进艺术世界的急切和粗糙,而注重接地气,引活水,深度夯入生活的地层,写急遽变动中的社会,写在生活的湍流里沉浮和搏斗的普通人,写人性之深和人性之美。一些作品敢于直面现实,直面矛盾,打破积久的模式硬壳,体现出强烈的现实主义精神。

二

关于讲好中国故事,并不是有个好故事就行了,如何汲取中外文学传统资源,提高叙述技巧和语言表现力,至关重要,这也是近年小说中一部分作家的自觉追求,值得注意。小说要发展离不开传统,比如中国古典小说传统资源,从唐宋传奇,到话本小说,到明清小说的诸多伟大作品,其艺术经验极为丰厚,却并没有得到创造性的继承和转化,而外国现代小说的技艺一直伴随着新文学的发展,在怎样与中国经验结合上,也一直存在问题,例如最近的"回到先锋"与是否"离开故事"之争。我曾说过,思想穿透力不可能通过牺牲诗性和叙事性来获得。

近年来在艺术探索上好的作品不少,我只举三个例子。一是《望春风》,堪称中国当代乡村演变史、精神史、风俗史,带有悲剧色彩的告别,有强烈的悲悯意识。作者的语言典雅传神,具有画面感、色彩感、动感、质感,打造了一种与江南情调协调的语言。这种语言,可与莫言、贾平凹、余华等人比美。在讲好中国故事上,它注重中西合璧,中西打通,结构紧密,悬念重重,环环相扣,主干虽很简单,但意象较为繁盛。我能感到作者对《金瓶梅》《红楼梦》手法上的某种化用。二是《繁花》,它的产生的确不是事先设计好的,我说它是无结构的结构,无意义的意义,全由闲聊和对话推动,用细节化、庸常化,完成了一部鲜活流动的市井生相。对上海这座都市的沧桑今昔,这种笔法恰恰收到奇效。但《繁花》的成功并不意味着都市小说都要这么写。第三部是《陌上》,它的作者的语言才能很值得注意,与格非比较,她是属于北方的。语言纯净,风格清丽,时时感到它的根子是深扎在传统的土壤中的,有现代乡土经典小说的影子,也有学习《红楼梦》的意味,不仅仅是荷花淀派一家。另一方面,它的字里行间有一种欢乐之感,洋溢着喜剧情调。这让人欣慰,中国乡土叙事优美传统后继有人,作者那么年轻。

三

作家们注意解开自我身份认同、代际划分的藩篱,走向更广阔的视野,努力表现有机的完整的广阔的时代生活。代际划分无疑有一定的合理性,一代代人经历不同,我们就是这么一段段地走过来的,难免形成代沟,但过于认同自我的"代际",就可能成为一种"自限",成为问题。这里想举孙惠芬、张悦然、路内的例子。对孙惠芬来说,《寻找张展》是一部重要作品,对当前创作,也是有重要意义的。她完成了一件几乎难以完成的任务,是自我突围、衰年变法、逆水行舟之作,改变了她一贯的格局,也改变了"60后""50后"们的习见格局。为什么这样说呢?一般来说,创作就是回忆,是记忆力的考验,这个年龄段的作家,不少在写往事。这值得尊重。就孙惠芬来看,她的一切作品,基本都是从歇马山庄出来的,跟莫言的高密东北乡一样。她非常勤奋,到现在为止,她的新乡土系列,包括《德惠老人》《吉宽的马车》《民工》《上塘书》《后上塘书》《生死十日谈》等等,大都是深入底层,为农民代言的思路。这一部《寻找张展》,却跳出歇马山庄,而指向"90后"一个青年,打开了张展的丰富而曲折的内心世界,是一次突破。向下一代甚至更年轻一代揭秘,展开双向运行。我誉之为"拆墙"——拆代际之墙,拆思维惯性之墙,拆"自我身份"之墙。就《寻找张展》而言,不仅是成长小说,而是直面当代人的精神价值、当代青年的人生抉择,表达对寻求自由之路的渴望、对健全人性的追求。

"80后"的张悦然的《茧》和"70后"的路内的《慈悲》也都不同凡响,它们向父辈溯源,向历史探究,是历史感的扩充,是艺术世界的扩大。在《茧》中,李佳栖和程恭,是用了很长时间,才实现了历史形成的受虐者和施虐者的互休旧怨。历史的阴影并未消逝,它潜伏着,在"80后"一代人的心灵深处。正如程恭所言,剥茧是痛苦的,"多年后我们长大了,好像终于走出了那场大雾,看清了眼前的世界,其实没有,我们不过把雾穿在身上,成了一个个茧"。路内的《慈悲》并没有在大的历史背景上过多铺叙,似乎可以说是悄无声息地穿越了历史上的一个个幽深隧道,作家完全把笔力集中在人物的命运上,作为"70后"作家,把父辈经历的生活,把父辈一代各种人物,及当年工人阶级的生存状态,严酷情景,人心氛围,表达得如此深刻动人,入木三分,实在难得。

以上所讲,偏重于长篇小说。其实中篇、短篇小说都取得了令人瞩目的成就。我还特别想讲的是,小小说的发展不容忽视,它已由弱到强,渐渐长成大树。飞速发展的时代为它提供了新的广阔舞台,它不断涌现新的题材、新的人物、新的手法,它一直拥有读者且读者群在不断扩大。当它与微电影联姻以来,影响力成倍增大。

中国当代小说也已经不仅仅是一国所有,它应该是属于世界文学的组成部分,因而在人类性、民族性、审美性上如何契合全球化语境,也是不得不深入考虑的问题。

(原载《文艺报》2017年8月16日)

长篇创作中的非审美化表现

为什么在世纪之交出现了长篇小说创作潮,且延续了近二十年之久,至今不衰?有人说,是因为长篇小说的字数便于市场化出版,便于宣传和营销;也有人说,是互联网大大改变了写作方式,使原先不敢想的人也平添了创作长篇的勇气;还有人说,是因为长篇小说易于"触电",便于改为影视;更有人认为,"没有长篇小说的作家不是大作家,真正有出息的作家都该有长篇小说"。这后一条似乎对刺激生产特别起作用。然而,以上种种原因,毕竟只是外在因素,一个民族有那么多的作家投入了长篇小说创作,不可能没有更为深层的原因。那为什么呢?在我看来,其内在驱动力应该是缘于中华民族一百多年来所经历的民族解放道路的艰辛和痛苦的磨难,以及不断的精神裂变,也缘于近四十年来的中国改革开放的足迹和现代性的转型,缘于民族的和个人的各种复杂经验,源于漫长历史记忆和巨大时代变迁。这是世所罕见的"中国经验",需要一种集聚和释放,需要更为充分的艺术表达。同时,经过20世纪90年代长篇小说审美经验的积淀,新世纪本该是一个长篇繁荣和鼎盛的时代。

然而审美经验和审美判断的问题并不能按照线性思维进行逻辑推理。新世纪以来的长篇小说无疑取得了喜人的成就,但是,在相当一些作品中,相当长一段时间里,却也存在较为明显的非审美化倾向,若放在更长的时间中来观察,恐怕问题会更突出。但我们对此可能已习焉不察,当局者迷了。诚然,长篇的写法可以有种种,文体的演变也多样,无法定于一尊。莫言说,长篇小说的尊严,就在于它的"长度、密度和难度";我也认为,一部优秀的长篇小说应当具有对"一定长度的时代和人生"的高度概括和审美判断,这是任何时候都不好改变和打折扣的,不妨称之为长篇小说基本的质量标准,有人称之为新时代"长篇小说的写作伦理"。这大概也都是针对长篇小说写作的非审美化问题而提出的。

一

在我看来,长篇小说创作的非审美化现象,首先表现在写作速度之快、数量之多与写作资源日益严重的短缺所构成的尖锐矛盾上。现在每年到底有多少长篇小说出版,似乎一直没有准确统计。2013年《解放日报》有一文章披露,说当年长篇的总数是四千七百九十八部,声言这是在新闻出版署登记在册的原创长篇小说的数字,但并未得到进一步证实。也有长年阅读长篇小说者表示,感觉没有那么多,他们估计总数顶多在三千部左右,而每年印象较深的也就四五十部。他们表示,除了看过极小部分,无法掌握其余上千部写得如何,写了些什么。但不管怎样,我国长篇小说的数量之巨,为其他文体所无可比拟;目前在全世界也是年产量最高的。但长篇最基本的艺术要求却发生了某种微妙的"位移",直白地说,就是长篇创作全面"提速"了。以前,两年写一部长篇小说都可能会遭人诟病;现在一年写两部长篇也很正常,好像长篇小说就应该这么多而快地生产出来。

当然,我们不能简单地以写作时间长短论英雄,速度降下来不一定就出大作品。但我坚持认为,尽管长篇写作全面提速了,却不能也不应该改变长篇小说创作所必需的"必要的劳动时间"和密度要求,以及重要的规律和法则。因为"全面"提速很容易导致"文本的生产化"(伊格尔顿)现象,而与大量"文本的生产"相关的,就是文本、文类之间大量的"近亲繁殖",文本之间相互模仿,于是显得空洞化、贫血化、夹生化。快速的文本生产直接导致了原创力的匮乏,也强化了作家畸形的复制能力,比如对犯罪、审判、强拆、贩毒、买卖人口、器官走私、讨薪等等题材的经营,让人觉得看小说就是在看媒体新闻。那么,为什么小说写作变成了"新闻故事"?首先在部分作家看来,在这个剧变的时代,现实世界比小说世界更真实、更精彩,作家应当以热烈的姿态拥抱现实,且新闻媒体表现出来的事实已足以令人震惊;其次是因为快速的文本生产,使得作家来不及对变动不居的社会做出较为冷静的沉淀和深入的概括。

当年托尔斯泰写《复活》时,他曾参观了莫斯科和外省的许多监狱,上法庭旁听审判,接触罪犯、狱吏,并深入农村调查农民生活,还查阅了大量档案资料,六年间,他写了三份草稿。关于卡秋莎·玛丝洛娃——这一个有真人原型的人物的命运和最终,他总觉得前两稿没有深刻触及历史和时代真实,于是选择从头再来,最终"将自己完全燃烧"在主人公命运的强烈而激情的火焰中。托尔斯泰终于写出了玛丝洛娃以及聂赫留朵夫身体和灵魂的复活,《复活》也得到了整个欧洲乃至世界的公认,读者引托尔斯泰为自己真正的朋友。事实上,伟大的作品都有这样一个长期的困顿和艰难的突围过程,长篇小说的构思、立意与运思更是如此。但是,在全球化、网络化、市场化、高科技化的时代,作家看着"读者面孔"写,迎合读者,迎合大众传媒,力求耸人听闻,或以影视剧里的视觉快感为鹄的来运营文字,结果是,原创性的丧失,小说的艺术审美缺少了穿透物质世界外壳而进入心灵世界的能力。小说原本是追求独一无二、追求排他性的,今天,在电脑技术支持下,为了赶时间,作家来不及体验,来不及消化,来不及沉淀,只能以思维的拼贴、拷贝、寄生等代替真正的创作。所以,平面化、同质化的倾向严重,大量面向大众消费的长篇小说,现象堆积,情节雷同,官场、职场、情场发生的故事相互模仿,小说创作成了现成套路,"文本生产"出现了千人一面的模式化倾向。

二

非审美化的第二个表现是,追求"思想"的表达却与整个艺术机体脱节。非审美化的突出表现是为追求某些虚玄的价值目标,使得叙事文学的文学性被冲淡,因为"思想"的作梗,使得人物的灵魂不够饱满。长篇小说追求思想并没有错,但思想并不是长篇小说的终极目标和最高标准;作品当然要有思想,甚至要形而上,要富于文化的、哲学的品格,但是小说创作自有其个别性原则、形象性原则,否则就滑向非文学了。有人总是"引导"作家向一种艰涩而可疑的风格靠近,这实际是牺牲文学性向西方的某些文化哲学靠近,混淆了文学和非文学的界限,也混淆了文学与文化哲学的界限。事实上,这样努力的结果是不断地让长篇小说"远离文学"。是的,我们目前最欠缺的仍然是思想,缺思想的穿透力,但这种穿透力不可能通过牺牲诗性和叙事性来获得;这种思想魄力并非西式观念加中国式转述,而应是扎根本土、饱蕴感性、灵魂和血肉,是与中国当下的人文命题紧密结合的一种形象的力量。

在这个意义上,我仍然希望作家回到文学,寻找自己的"精神原乡",而不是单纯地追求所谓高深的"思想"。成功的作家都有一个自己的文化记忆,自己的精神原乡。比如,莫言的高密东北乡、陈忠实的关中、贾平凹的陕南、王安忆的上海、阎连科的豫西、雪漠的凉州等等,他们都有各自的文学根据地。莫言曾说,他要学福克纳,要创造一个文学王国。高密东北乡事实上已经成了一个文学的地理概念,一个虚拟的空间;雪漠的长篇《大漠祭》,至今看还是一部不折不扣的优秀之作,其意义就在于它与当代西北农村生活的连筋带肉的密实与真切,无论写大漠奇景,还是写西部生存,都令人唏嘘感叹,荡气回肠。这种情感的塑造是语言化的、形象化的,当然也是文学化的,它不同于社会主义前期农村题材中的某些革命现实主义的"正史式"写作,也不同于《爸爸爸》《厚土》等作品的文化寻根写作,而是对我们很容易忽视的、农民的基本生存状态的深刻观照,在某种程度上具有开山意义。

但是近年来有些作家在"超越自我"的路途中似乎太过于追求剑走偏锋。雪漠的《野狐岭》《无死的金刚心》等,阎连科的《炸裂志》等,以某种浓得化不开的意念、情绪来推动叙事,使得"思想"裸露在形象之外,突破的意味自然有,但生硬的感觉仍会占据阅读者的头脑。雪漠自觉或不自觉地放弃了原乡经验和血肉形象,转而寻找一种宗教的、哲学的阐释,虽然这是"有意为之",但是其中隐含了一个问题,那就是因追求某种"思想"(比如"证悟""超越名相""灵魂至上"等)逐渐淡化了对那些与"大漠世界"血脉相连的凡俗人生的精神开掘。碎片化的、零散化的切割,与审美的完整性要求是否矛盾?碎片化是必需的吗?为什么不能冷静地富有情趣地赏心悦目地或惊心动魄地讲一个有深度的故事呢?完整的故事,贯穿的意义,个性鲜明的人物,甚至塑造典型,是否过时?

同样,才气横溢、笔锋凌厉的阎连科,在《炸裂志》中,追求一种"怪诞"的叙事风格,也彰显了作家强烈的主观化、意念化企图。《炸裂志》写了"炸裂"这个耙耧山脉深处村庄的"三十年",作品以荒诞、夸张的手法呈现了一个百人小村如何走向超级大都市的变迁,将经济发展中走向富裕的狂野欲望和家族的绵绵仇恨融合,作家本人也有写一部乡村志的意向。但是,在过于强烈外露的乡村批判和用力过猛的笔触下,作家试图将这种观念上升为一种凝固化的新"理念"。于是,这种写作会不会滑入一种非审美化的"为思想而写作"的误区?所以,无论是雪漠的"说教"元素,还是阎连科的"激烈"元素,最终都会弱化作家对人物灵魂完整的把握。这样的问题在当下应该不是特例。

非审美化的倾向之所以堪忧,是因为如果过于片面地追求"有思想",靠外在的意念推动叙事,容易使人物之间的血肉联系变得简单化、僵硬化,甚至会破坏叙事艺术本身的文体伦理。这种追求并不能表现生活的复杂性,反而会把复杂与深刻浅表化。在这个意义上,我一直主张长篇小说应该拥有丰盈流贯的精神,而不是裸露尖利的"思想"。

三

非审美化的第三个表征是网络的冲击与作家的"媚大众文化"表现("大众文化"内涵丰富复杂,此处主要从媚俗角度而言)。的确,20世纪90年代那个波澜壮阔的"长篇时代",为长篇小说的繁荣积累了一些审美经验,而新世纪以来,长篇小说作家遭遇网络,特别是传统型作家与网络作家之比速度,本身就是一件可悲的事。虽然网络作家通过网络写作的狂欢化方式,与读者实现共时性创作进程,网络创作总是与读者的跟进速度齐头并进。比如在起点中文网、红袖添香网等大型文学网站上,日更新量上万甚至好几万字是很普遍的,否则根本满足不了在线读者的阅读需求。如果像毕飞宇一样,写《青衣》用不到两个月写完了,寻找"青衣"这个名儿,却花去了他四十多天时间,这种反复把玩恐怕在网络写作中无异于天方夜谭。网络作家的期许仍然是待价而沽,或期望与读者及时交流,或得到影视编剧和纸媒的青睐。为了早日"浮出网海",他们既要快速地写,又要在短时间内进行拼贴式、作坊式的组装。他们有人把传奇、性爱、政治批判等多种元素调和在一起,做成了一道好莱坞式的煽情大菜,或者以氤氲缠绵的诗词来抚慰读者。这很容易导致只有一时的剧场效果而缺乏较长时间的阅读价值。

那么,在纸媒发表、由出版社出版小说的传统型作家的现状怎样?在我看来状况并不十分乐观。他们同样希望通过高频率地出版作品,以与读者不断地"见面",证明自己的"在场";这种"在场的焦虑"使得个人的体验未经充分沉淀,就洋洋洒洒地抛出,动辄几十万言,而这种动机很容易受到类型化、猎奇化的影响,也最容易把电视剧大团圆的故事结构和话语方式放置到小说叙事的至高处。

现今作家们力图保持自己"在场",力图对现实发言,力图对转型时代复杂的现实生活迅速做出审美判断,这是作家使命感的表现,也是难度很大的任务。对一些作家而言,他们一方面借影视剧的结构和情节来构思小说,走快餐化的路子;一方面又想急切地为时代立言,希冀成就一部无愧于这个时代的大作。然而,社会转型期的复杂现实和信息时代的媒介变革,又让文学在今天的"发言"变得十分困难。于是出现了将社会新闻与小说叙事元素过于快速、直接的黏合。这既是作家不得不将叙事焦点对准普通读者所关注的热点话题的一种叙事动机，同时也是缺乏连接地气的、拥有可持续写作资源和能力的一种表现。

四

长篇小说的第四种非审美化表现，我以为是一些作家没能走出"为魔幻而魔幻"的怪圈。魔幻虽古已有之，且中外皆有之，但现今的魔幻现实主义毕竟是一种以奇观化、荒诞化手法和技巧来表现想象世界的方法，具有不可低估的叙事学意义。这也是加西亚·马尔克斯为人尊敬的重要原因之一。魔幻是对拉丁美洲光怪陆离、无奇不有的历史和现实的天才表现，如卡彭铁尔所言，是"神奇现实"，突出特征是"变现实为幻想而不失其真"。中国的情形和中国的文化还是与之有所不同的。在中国，陈忠实《白鹿原》中的"白鹿显灵"、莫言《生死疲劳》中的"六道轮回"、贾平凹《怀念狼》中的"人狼幻化"、《尘埃落定》中的"傻子视角"等等，应该说都还比较成功，应予肯定。传统现实主义文学之后，的确需要这样新的表现方式来加以丰富和升华。但是，现在不少长篇所谓的魔幻，傻子白痴大量涌现，动辄让牛羊说梦，让人变成飞禽走兽，且人头乱滚，白日见鬼，鬼魂附体，花样繁多，认真推敲就会发现，变来变去的魔幻，并无深化作品的意义，也无规定情境的或然，而是通过强制性的叙事助推，使得人物形象偏离了情理逻辑和叙事逻辑，以极度扭曲的方式进入文本，致使人物往往是残缺的、病态的，或叙事者就是一个白痴、智障儿、梦游者，或切除生殖器的自虐者，或干脆让叙述人脑袋里长了一个大瘤子……在这种幻变之下，作家像个蹩脚的魔术师，将先锋意识以及对现实的批判简单化为一堆无用的"怪物",文本逻辑变得混乱不堪,阅读变成一种活受罪;如果以为这就是深刻,这就告别了传统的现实主义,实在是一个不小的误区。我并不是魔幻的反对者,相反,对精妙的魔幻倍加赏识。我只是觉得,如果没有对生活新的独特发现和洞见,无论附着多少花哨的观念和叙事的技巧,仍然难掩其贫乏。

总之,长篇之长,除了一定长度的分量和容量,更重要的是怎样让历时性的变迁以共时性的灵魂密度体现出来,而不是单纯为影视传媒和大众文化所掳掠,不是越荒诞不经就越能触及问题的本质。毕竟,长篇小说表现的是一个时代、一群人的曲折命运,是为一个时代的灵魂"立传"。在这个意义上看,当下长篇小说的非审美化倾向应当引起更多人的关注。

2016年12月20日二稿于华威北里

当前文学创作症候分析

与世界上许多公认的大作品相比,当下的中国文学,包括某些口碑不错的作品,总觉缺少了一些什么。究竟是什么呢,却又很难说得清。现代以来至今,批判现实主义、现代主义和后现代主义等等国外文学思潮及观念已被中国作家所接受,虽未明言,中国作家在融入世界文学主流和结合本国文学传统的背景下,逐渐形成了心目中对伟大文学的看法。一直以来,总有人不断提出这样的问题:为什么在今天,我们还出现不了伟大的作家,出现不了我们时代的莎士比亚、托尔斯泰、陀思妥耶夫斯基?出现不了新的曹雪芹?出现不了新的鲁迅式的大家?尽管有人抱着良好愿望,一直断言,说这是个应该而且必将出现文学巨匠的时代,可巨匠似乎迟迟不肯露面。诚然,我们拥有不少优秀的富于才华的作家,有的作品也已呈现出若干大手笔气象,看不到这一点,总是妄自菲薄也不对;可是,与我们心目中"伟大"的目标相较,距离还是显而易见的。事实上,从整体状态看,毋宁说,我们今天的文学存在着较为严重的危机。原先我们可以说,在长期"工具论"和极左思想的钳制下,大作家大作品哪里能出得来。可是今天,不管怎么说,文学进入了一个相对自由的环境,作家们在写什么和怎样写上,可说享有了相对充分的自主权,何以还是产生不出多少公认的大作家大作品呢?根源究竟何在?或者换句话说,与庄严的文学目标相比,我们现在的文学到底缺少些什么呢？

这并不是一个很好回答的问题。因为这很容易掉进一个没有边际的、几乎囊括了所有文学问题的理论陷阱。比如，容易回到我们为什么需要文学呀，文学是国民精神的灯火呀，作家是灵魂的工程师呀等等老生常谈上去。倘若那样，就一点意思也没有了。离开对具体时代具体问题的具体分析，说了等于没说。一切必须从我们今天的现实和今天的文学实践出发！

一、作家不可能脱离他身处其间的时代空气

任何作家都不可能脱离他身处其间的时代，就某种意义来说，是具体的时代的文化气候决定着该时代一般作家的文学命运，个别例子除外。因为每个人都是社会存在的反映，作家身上必然反映这个时代的真实。我们可以笼统地讲，今天是一个必将产生大作家的"伟大时代"，可是细细一想，问题又不那么简单。比如，现在的作家普遍写得比较多，不是一般的多，而是汗牛充栋，前所未见的"繁荣"。产量一多，作品质地就不那么坚实了，人物就不那么丰厚了，细节就不那么精致了，作品也就不那么经得起长久阅读了。我不断遇到有人向我提问：长篇小说既然以每年千部左右的数量面世，那么自上世纪90年代以来至今快接近万部的小说里，你说说究竟有多少部能经得起长久的阅读的？有哪些书你是在情不自禁地看过第二遍、第三遍的？对此，我常常陷入举证难的尴尬。

在此，我想特别指出，"书本"或"作品"的定义似已悄悄地发生变化。这也严重地改变了文学的生产机制。原先的"书"是神圣的，是人类知识的结晶，放在书架上，要代代相传；对一些新的创

作来说,也需要十年磨一剑之功,作者力求打造出货真价实的东西,跻身于"书"的行列。然而,现在的书,更换率和淘汰率急剧加快,书架上的书也加快了变换的速度。这里不排除人类知识更新的"加快",但也要看到,书,特别是现在的作品,往往变成了一次性的、快餐性的物品——由于成了商品,消费性和实用性就占了上风。大凡商品,都有一个突出特性,那就是喜新厌旧、追逐时髦、吸引眼球、用完即扔,于是文学也就不能不在媚俗、悬疑、惊悚、刺激、逗乐、好看上下大力气,这样,也就不可能不以牺牲人文深度为代价。

我发现,创作上的浮躁现象源于两个尖锐得几乎无法克服的矛盾:一个是出产要求多的市场化需求与作家"库存"不足的矛盾。现在是大众传媒和大众消费文化勃兴时代,作品的定义在发生位移,这就迫使小说进入一个批量制作时代。一个作家如果在市场上没有一定数量的产品频频问世,就可能很快被遗忘,于是焦虑感压迫着作家,不少人只有拼命地写。有位著名作家把这叫作"逼迫创作",认为对作家自身资源的耗损极大。另一个大矛盾是:市场要求的出手快与创作本身要求的慢、要求的精的规律发生了剧烈的矛盾。这一矛盾更加要命。我们知道,创作有一个不变的规律,就是不下苦功夫,不深刻体验、慢慢积累,不能言人之所未言,就不可能写出精深之作;而市场也有一个不变的规律,就是不花样翻新,不炫人眼球,不让作品的代谢周期变得越来越短,利润就不可能节节攀升。一个作家如果十年、二十年才写一部小说,就没法跟上这时代的文化商品的节奏。现在很多作家身陷两大矛盾之中,精神焦虑,甚至虚脱。正如有人指出的,为了不被浩如烟海的文字垃圾淹没,只好自己也加入到垃圾制造者行列中,在伪写作的狂欢中获得喘息。作家们常常喜欢声称他用了八年甚至十年时间才写出了这部新作,但这往往不大可信,含有夸张成分。当然,面对写作,有人倚马可待,有人含笔腐毫,人的才能有快慢之分,未必慢了就一定会出好作品。根本问题不在这里。根本问题在于,不少作家的"库存"因为透支而被掏空了、耗尽了,不但生活积累、语言积累,连知识积累也越来越贫困。没有时间充电、读书,也没有时间沉到生活深处去,甚至自己都没有时间好好地"生活",于是只能变着法儿闭门造车,抓住一点东西就尽力注水、膨化、稀释,书一出来又希求叫好,媒体轰炸读者,以支撑门面。这不能全怪作家,是文学的生产机制、规律与市场的需求之间,与作家的自我形象塑造之间发生了尖锐的矛盾。

  应该说现在文学的缺失,首先是生命写作、灵魂写作、孤独写作、独创性写作的缺失。与之相联系的,有一个作家与读者的关系、文学与受众的关系。这也直接影响到现在文学的成色和品相。市场是通过读者起调节作用的。记得国外有位大导演曾提出,观众到底应该是上帝,抑或是朋友,还是对手?正确答案却是最后一个:"对手"。为什么呢?我理解,如果把读者当上帝看,不免仰视,察言观色,处处迎合,顾客就是上帝,被市场牵着鼻子走,难免不滑入媚俗之途。当然,对畅销书作者而言,倒也无可厚非。把读者当朋友看呢,应该说诚意可嘉,可是,一旦以朋友视之,不免放任随便,以致放肆,以为自己的一切实验,无不得到朋友的赞许、喝彩和捧场,想当然地以为,自己的主观意图无不与朋友的阅读感受一一吻合。其实,读者是分层次的,不可能全是朋友,你拿人家当朋友,人家未必认你这朋友;你主观地认为读者与你同声相应,无形中就忽视甚至消解了读者主体的存在。所以,到头来,最值得肯定的态度还是把读者当对手——征服与被征服的关系。你得千方百计地以强烈的艺术感染力征服对手,你要提供出使你的对手意想不到的更多新东西,你会因对手的矜持静观而激起真正的创作欲望和独创能力。这才是最大程度的尊重读者,也最有益于大作品的产生。可惜的是,今天逢迎读者和消解读者的写作现象比较普遍,如凶杀、暴力、色情文学,不负责任的网络写作、地摊写作,甚至堂而皇之的"成人写作"以及由出版社策划、由市场找热点、由多名枪手协同作战的"新三结合"写作。而具有"深度""本质"的原创性的征服性写作比较罕见。这导致了创新精神的失落。

以上所言,偏重于时代原因,偏重于文学的生态环境和文学的生产机制。倘若要发现今天的文学到底最缺什么,真正找到病源,还得回到文学本身和作家创作本身去寻找答案。

二、亟须强化肯定和弘扬正面价值的能力

今天的文学为什么是这样,而不是那样,首先与思想文化思潮的大背景有关。以小说创作为例,上世纪90年代以来的中国小说取得了较大成绩,但就其精神骨骼和血肉品性而言,中国小说精神缺钙的现象却也在日益普遍化和严重化。90年代以来,中国社会部分人群的精神生态趋于物质化和实利化,腐败现象蔓延,道德失范,铜臭泛滥,以致精神滑坡,恐怕是不争的事实。若从五四以来小说主动承担思想启蒙任务的角度看,一段时间以来,思想启蒙的声音在部分作家中日渐微弱并被推向边缘化,他们的小说告别了思想启蒙,走向了解构与逍遥之途。若从社会意识形态和个人政治追求的角度看,90年代迄今以来的小说较为普遍地告别了虚幻理性、政治乌托邦和浪漫激情,部分作家或者走向实惠主义的现世享乐,或者走向不问政治的经济攫取,或者走向自然主义的人欲放纵,如身体写作。从文学审美的角度来看,由于自现当代以来,人

们受到过太多的伪崇高、伪宏大、伪权威、伪浪漫的欺骗和伤害,对于号称神圣的东西心存疑义,90年代以来的小说便以较大规模和较快速度告别了神圣、庄严、豪迈而走向了日常的自然经验的陈述和个人化叙述。从小说究竟应该务实还是务虚的角度看,90年代迄今是个商业、经济、产值、利润、收入、GDP、财富、成功人士凌驾一切的时代,小说本身也就在更广和更深的程度上被迫地或主动地由以前怀着无用之用的审美理想转换为一种市场化和消费性的存在方式。消费、浮躁、自我抚摩、寻求刺激、回避是非、消解道义、绕开责任、躲避崇高等等,几乎成了90年代以来中国小说中较为普遍的精神姿态。这当然不是当下文学的全部,却也是不容忽视的存在。

正是在这样一种思想文化空气之下(不是全部),当前文学的营养不良、底气不足、资源不丰、传统不厚、思想不深刻、精神价值难以整合和确立,就明显地暴露了出来。我们当然有优秀的作家作品,但就平均数而言,现在文学的缺失则是不容回避的存在。

我认为,就现在的文学本身而言,"最缺少"的是肯定和弘扬正面精神价值的能力,而这恰恰应该是一个民族文学精神能力的支柱性需求。今天的不少作品,如新乡土写作、官场文学以及工业改制小说等等,并不缺少直面生存的勇气,并不缺少揭示负面现实的能力,也并不缺少面对污秽的胆量,却明显地缺乏呼唤爱、引向善、看取光明的能力,缺乏辨别是非善恶的能力,缺乏正面造就人的能力。我这样说,并无丝毫轻看批判性文学的意思,揭露、批判、直面"惨淡的人生",任何时候都必不可少,多年来它已经产生了巨大的精神能量。中国作家在特定的政治语境中,在与瞒和骗的斗争中,形成了一种错觉,往往把激愤批判之作等同于批判现实主义,并把批判性文学当作世界文学的高峰来看,凡揭露性的就是好的,就是中国文学的方向,就是中国文学的最高水平。这种看法的偏颇在于,它忽视了,一个民族的文学倘若没有自己正面的精神价值作为基础、作为理想、作为照彻寒夜的火光,它的作品的人文精神的内涵、它的思想艺术的境界,就要大打折扣。

这里切忌把批判精神和建构精神对立起来。所谓正面的价值声音,并非如有人浅薄的理解,以为是指当下政治性的"导向",或表彰好人好事之类。它要广阔得多。它应该是民族精神的高扬,伟大人性的礼赞,应该是对人类某些普遍价值的肯定,例如人格、尊严、正义、勤劳、坚韧、创造、乐观、宽容等等。有了这些,对文学而言,才有了魂魄。它不仅表现为对国民性的批判,而且表现为对国民性的重构;不仅表现为对民族灵魂的发现,而且表现为对民族灵魂重铸的强烈理想。其实,即使是批判现实主义文学中,也有激进的人性发现和终极关怀的光芒。比如陀思妥耶夫斯基,他关怀被侮辱者,并表达人性的追问,表达终极关怀。《红楼梦》更不必说,它绝望、悲悼,甚至虚无,但它的内里却始终燃烧着美丽人性和青春浪漫的巨大光焰,从来就云空未必空。而在我们这里,不少作家把负面的国民性(奴性、麻木、欺骗、虚伪等)当作了唯一的深刻和深度。这只能说明精神资源的薄弱。现在的难点在于,正面的价值声音,如何才能不是抽象地外贴式地而是内在地如血液般地化入文学作品的肌理之中;再追问下去,难点更在于,我们优秀的民族文化精神及其传统如何转化为文学创作的精神资源。事实上,文学中正面精神价值的匮乏和缺乏说服力,正是社会、文化、哲学领域正面精神价值匮乏和缺乏说服力的反映。例如,在今天,我们的思想资源就甚为复杂,像中国化的马克思主义及其传统,西方的自由主义价值观,以现代新儒学为代表的传统文化价值观等等,无所不包,都在起作用,但主导价值就是不显豁,以致一些作家失去了价值判断能力,以价值中立甚至价值空心化来掩饰其莫衷一是的尴尬。

三、呼唤对现实生存的精神超越和对时代生活的整体性把握

我认为,现在的文学的第三方面的"最缺少"是:缺少对现实生存的精神超越,缺少对时代生活的整体性把握能力,面对欲望之海和现象之林不能自拔,如个人化写作或者私人写作,"70后"的欲望叙事以及为赚取市场卖点的商业化写作等。这就大幅度降低了当前文学的品质和格调。作家的根本使命应是对人类存在境遇的深刻洞察。一个通俗小说家只注意故事的趣味,而一个能表达时代精神的作家,却能把故事从趣味推向存在,他不但能由当下现实体验而达到发现人类生活的缺陷和不完美,而且能用审美理想观照和超越这缺陷和不完美,并把读者带进反思和升华的艺术氛围中去。

那么我们现在的创作现状怎么样?我们看到,对于日常生活的原汁原味的仿真和临摹写法,从一开始的亲和感、烟火气,渐渐变成令人腻歪的唠叨;对于身体和感官的再发现,从一开始的反抗传统,变成了扭捏作态的展览;对于血腥和暴力的变态渲染,从开始的扩大审美(或审丑)疆界的创新,渐渐到了令人战栗和难以承受的地步;对于"性"事的大量感官化描绘,对于偷情故事的低水平重复,从开始的一点积极意义,到了让人熟视无睹、麻木不仁、完全消解了意义的地步;再如"堆积苦难",从一开始的召唤起人的神圣同情感,到夸张失度——世界上哪有一天、一分钟都从没高兴过的人呢?这不禁令人感慨:过去是越"光明"越好,现在呢,越肮

脏越好,现在的流行是越脏、越丑越叫座,反而说深刻啊深刻。"左"倾时期,这不让写,那不让写,假大空,高大全,走进了死胡同,现在放开了,什么都可以写,又出现了新的弊端,出现了面对垃圾堆失去了嗅觉。其实,生活并不是那样的。我很同意一位作家说的,悲悯不是要回避罪恶和肮脏,如果把邪恶和肮脏掩盖起来,这样的悲悯同伪善是一回事。当然,这里还是有个"度"和分寸感的问题,这是文学的审美特性所决定的。不是说生活中的灰暗、污浊不可以写,而是说,有的作家作品只有写灰暗污浊腐败的能力,没有审视、思辨、取舍、提升,以及使正确的审察植入作品血脉之中的精神能力。

四、提升宝贵的原创能力是对畸形的复制能力的有力遏制

我认为,现在的文学第四方面的"最缺少"是:缺少宝贵的原创能力,却增大了畸形的复制能力。据统计,上世纪90年代年均产长篇小说八百部左右,真正以艺术质量进入评论范围的每年只有几十部,大量注水,或千书一面,或用几个模式可以一言道尽的,比比皆是。这已经导致当前文学中数量与质量比的严重失衡,威胁着当今文学的整体艺术水准。这些年我们目睹了一个又一个"复制浪头",一个时段什么故事吃香,什么题材耸人,这类作品像事前商量好的一样,联袂而出,而且发行业绩出奇的好;而命意独特的深思之作,往往受到冷落。流行总是压倒独创。千篇一律的偷情故事,千篇一律的受难故事,捂住作者名字,你是绝对看不出有啥区别的。不少名家,渐渐形成万变不离其宗的结构"秘方",把几种他最熟络的审美元素拿来调制一番,就能调出一盘色香味

俱全的美味佳肴。其实他永远在写着同一部作品。

最近,阎连科在一篇文章里谈到了自我重复问题。他说,他面对写作时出现新的重复,明知重复却又无可奈何。早期写作,最重要的重复表现为故事与人物的重复,可当这些重复在努力中还没有完全克服时,新的重复又渐渐显现和突出了。比如《受活》《日光流年》《丁庄梦》,它们在故事、人物、结构上都有差别,都有个性,但在作者认识生活的方式上却没有本质的不同。这种新重复可能是创作上遇到的最大尴尬和无奈,是最难打倒和战胜的创作的敌人。在我看来,阎连科算是当今文坛上揭示乡土生存境遇的颇具深度的作家之一,他给自己提出了高要求。他说的是达到一定境界的高层次重复。阎连科尚且如此,可以看出,自我重复、缺乏原创性的问题已经多么普遍和严重。一般来说,作家一生创作都有自我重复的影子,即使有的大作家,自我重复的特征也很明显。可是,问题不在重复,而在于精神探寻的递进性,由递进而展示思想和心理的丰富性、深刻性和原创性。杰出作家往往以其思想魄力能实现这种跨越,而许多作家的精神探寻则缺乏这种"精神的递进性",故其创作还不是高层次的原创,形而下的批判远大于形而上的精神超越。近来大家都在谈论如何表现新农村的问题,我看问题不在表态,而在作家们对新农村知道多少、思考了多少。法国学者孟德拉斯在《农民的终结》里说:"对于我们整个文明来说,农民依然是人的原型。"可见,农民——乡土题材不是中国阶段性创作的热点,而是世界文学的母题之一。今天的农村,已不再是鲁迅、沈从文笔下的农村,也不再是赵树理、柳青、王汶石、浩然笔下的农村,甚至都不是高晓声笔下的农村了。所以作家们的评价眼光、价值尺度、主题取向,都有可能发生某些微妙变化。问题的要害是,许多作家徘徊在固有的视角,重复着一贯的认识,停留在原有的启蒙话语,或一般的寻根反思话语上,袭用现成的思想精神资源,提不出新问题。诚然,不能低估中国乡土现代转型的艰难性和曲折性,但对中国农村来说,富于现代性的、健全的人格意识、尊严意识,当代农民的精神建构问题和新的精神个体的成长,难道不是亟待研究的新课题吗?"原创"二字不是从天上掉下来的,是长期观察、体验、沉入生存,深切地、紧张地甚至是悲剧性地思考的结果。

在本文里,我谈了四个"最缺少"。按说,"最缺少"只能是单个数。但文学的问题复杂、缠结、非单个数可以厘清。使用"最"字,无非是突出其严重性、紧迫性,以引起注意,引起讨论。

(原载《光明日报》2006 年 7 月 5 日)

"代际划分"的误区和影响

当二十三岁的曹禺在清华大学图书馆的一张书桌前完成了《雷雨》时,他并没有因为作品所写超出了他的年龄和经验而有所不安,他以雷雨般的激情和自信,直面社会、家族和伦理的黑暗,创造了繁漪、周朴园、鲁侍萍、周萍等等不朽的复杂人物,成就了一部经典;当二十三岁的张爱玲写出《金锁记》的时候,她的文笔的苍凉显然也与她的年龄不符,但这并没有影响她创作出现代文学史上伟大的中篇小说;同样,才二十三岁的年轻的粮食管理员肖洛霍夫,写出了史诗性的长篇小说《静静的顿河》的前两部,描绘了顿河哥萨克的历史命运,塑造出了极为复杂的人物葛利高里和阿克西妮娅……这样的例子还可以举出许多,它们说明,文学创作与年龄并没有决定性的、直接的因果关系,而创作活动的内在机制是极其复杂的。

但是,在我们现今的文坛上,对一个作家来说,几乎每天都有人在他的耳边提醒,你是"几零后"。两年前,我在《当代》长篇小说评奖会上,就深深地预感到这种观照方式可能走向歧途,坦率地表达了我的忧虑。我担心我们的理论观照是否已经陷入了"代际划分"的误区,是否因为断代的划分而遮蔽了创作背后更为本质的东西?作家们被按十年为单元的"代际间隔",划分为"50后""60后""70后""80后""90后",分别被装进不同的方格子里,或者笼子里。"代际划分"的研究者们,不是首先从文本出发,而是首先从年龄出发,为了说服作家也为了说服自己,挖空心思地归纳出每个代际的肖像、面貌、心理特征、取材和主题的共同点、审美的共同性,赋予每个代际某种共同的"文化身份",把这个称作"身份共同体",要求作家们牢记自己这种身份及其所属的"体",从而建立起文坛上的"代际谱系图"。

其实,这种划分有什么道理呢,除了年龄,还是年龄。我们并非不承认不同年龄段的人的文化心理差异,但这种差异到底大到了什么程度,真到了以邻为壑,无法共同相处,只能采取每个年龄段独处的方式?真到了凌驾于审美的普遍性原则的地步?要问,为什么十年就是一代?即使按照民间传统的分法,那至少也得十八年到二十年才称得起是二代人啊。我看,无非是鲁迅先生早指出过的"十景病"的习惯性反弹罢了。

起先,"80后"的提法,不失其新鲜感,像网络新词一样,半含调侃,却也道出了新新一代的簇新面目和叛逆心理,给贫乏无趣的文学理论界一个刺激和震动。但它突入文学界,毕竟只是一种睿智的描绘,说说可以,是无法代替一种切身、切实的审美判断的。不料由此蔓延开来,文坛上就有了"后"的泛滥和更加细致的划分,成为一种叙述研究的"新"方法,甚至变成了一种学术摩登。令人更想不到的是,这种代际划分在此后十年间成为文学界最大的"理论利器"。多少硕士、博士的论文,乃至社科基金的选题,都把研究"几零后"作为最重大的研究方向,研究者们把同年龄段的作家们捆绑在一起,非要榨出他们的共同点来不可。

我认为,以十年为单元的代际划分,是近些年来文学理论界最大的误区。其谬误首先在于,把年龄当作了最重要的价值源和审美依据,甚至直接把年龄当作美学标准,以致真善美这最根本的美学法则,也不得不让位于"代际划分"。按说,社会历史内涵的深广度和思想的丰厚度、人性的复杂和深度、艺术上的创新程度,以及语言风格的新颖、鲜明和独特,应该才是衡量一部作品思想艺术价值的重要标准,一切年龄的作者的作品在这样的标准面前应该都是平等的,但是,现在无形中被置换了,切割了,年龄的作用和意义被夸大了。研究者们只要抓住了一种代际的"行规"——"几零后"的价值观、审美观、行为方式,就以为抓住了某位作家的特质。上百种的研究著作,实际上不过是关于作家年龄与文学题材的社会学调查报告而已。比如被称为"80后"中坚人物的韩寒、郭敬明、张悦然等,他们也确曾大声疾呼自己本不是什么"80后",而是一个想用文学自我表达的写作者;但结果是,他们既没有跳出"被80后"的命运,至今也没有创作出超越自己"创作青春期"的大作品。

代际划分的第二个误区是,强调代际划分有可能阻断作者对生活本身的整体性、广阔性的拥抱和全方位的体验,过于注重文化身份的认同,不敢突破方格子里的定位,在题材、人物类型、生活层面上,无形中恪守代际划分的框范,不敢越雷池一步。如果说"80后"是被命名的"叛逆的一代",那么"70后"一代作家被认为是被忽略和淹没的一代,后来他们自己也接受了。大量冠以"70后诗歌档案""中间代诗歌选""70后批评家"的命名,多是出于一种"被遗忘"的焦虑,其潜意识中相信"江山代有才人出,各领风骚三五年",而缺少"尔曹身与名俱灭,不废江河万古流"的大胸怀。一方面,以年代的划分取代了文化身份的驳杂与差异,另一方面又将无法以个人性介入现实的局限归结为时代的无情。从命名者的角度而言,这只是一种寻求话语权力的修辞策略,而从被命名者的角度来看,则是一种不甘于人后的"焦虑的招安"和画地为牢的自我封闭。

代际划分的第三点负效应是,那种充满了暗示和定位的规约,有可能助长了每一代作家的"溺爱需求"和"自恋情结",强化了"抱团取暖"的依赖心理。很显然,这种"长不大"的青春期自我定位,是一种身体的成熟和精神未成年的自我修饰,这种心理方便于为自己写不了好作品找出逃路,即,要好大家一起好,要不好大家一起不好。而创作是极强的个体性劳作,要求作家必须有风格上的排他性,要有独特的面对生活和艺术的勇气和担当;而代际划分强调株守身份,不啻一道避风港,相反,跨代对话才有可能让年轻的作家更健康地成长。比如,生于20世纪50年代的莫言在某种程度上能够认真阅读张悦然,就在于"她能够以想象将故事弹开",能将"梦与悲剧作为小说的双重基座";生于20世纪60年代的余华能欣赏蒋方舟,则在于年轻作者以自己的方式对"大众化""平庸化"的有意抗拒等等。可见,更年轻一代的作家被不同时代的读者认可,并不是因为他们是"几零后",恰恰是他们用语言的、情感的、想象的方式进行了隔辈的、跨代的对话。

文学史早就证明,杰出的、伟大的作家之所以不同凡响,正在于他们突破了年龄、身份、职业以及社会对他们的一般性规约,完成了其年龄几乎无法完成的时代高度。他们不是被动地接受某种划分和定位,而是反抗这种框范和要求;他们不是小心翼翼地求同存异,而是敢于标新立异,更在于与不同年龄层次的广大人群的心理对话。代际划分理论的"求同为本"和"排异倾向",对于文学生机的压抑是显而易见的,它要把千姿百态的创作现象嵌入一个个方格子里,让活生生的无穷多样的文学变成某种"理论体系"的注脚。

所以,无论是文学研究,还是文学创作,绝不是"几零后"这种命名就能涵盖得了,就能划分清楚的。年龄不是根本问题,代际研究的确可以观看某一个特定阶段作家和时代的一种特殊关系,或是一个角度,但是,文学、哲学、美学与时代与现实结成的关系会随时代和现实的变化而不断发生重组,文学的建构与重构、想象与批判的审美功能也会因此而发生变化。如此看来,代际划分已经变成了话语操纵者套在一代代作家头上的紧箍咒,而文学与现实、文学与想象、文学与人的多重关系却是广阔无边的。

(原载《新华文摘》2015年第21期)

文学与社会新闻的纠缠及开解

近些年来,新媒体的高度发达使文学与传播介质的"交集"日趋频繁,不少作家有意识地在文学叙事中"踩热点",将社会新闻拿来与小说叙事元素快速、直接地黏合,力求在"新"字上做大文章。于是有人断言,当下文学叙事已患上了"新闻依赖症",作家的想象力已无法把握复杂多变的社会现实,甚至认为文学叙事即将沦为新闻素材的奴仆。在我看来,这不算危言耸听,社会新闻进入文学的界面确实较前扩大了,有可能成为新媒体时代影响写作资源的一个重要的方面,它折射出新媒体时代文学与新闻的"新关系";对此需要细加辨析,很难用对与错、是或否的简单断语来说清。

在互联网作为第四媒体和手机文化作为第五媒体之前,文学与新闻的边界大致是比较清楚的。文学是文学,新闻即新闻,各行其道,少有相扰。但这种"清楚"正面临着挑战。尤其是,当文学力图对现实发言,或感到不发言会受到读者冷落时,却又未经接地气的足够的化合,遂不得不大量借助新闻,文学与新闻的纠缠就会发生。另一方面,在浅阅读时代,很多读者的价值判断乃至社会观,不是来自"有长度的生活",也不是来自切身的完整体验,而是来自快速的网络新闻和碎片化的信息。这样,对于与新闻相沾边的文学叙事,读者的判断总是先入为主。比如,贾平凹《带灯》中展示的乡村日常冲突以及乡镇干部经历的种种困惑艰难、乡镇"维稳办"遇到的种种麻烦——上访、征地、拆迁、招商等等,在社会新闻中几乎全都涉及过。于是有论者指出,那还需要文学干什么呢?现在是"微时代",若论反映现实的速度,文学根本无法与网络和新闻比,那文学的价值又将何在?是啊,这是个问题。这个问题的提出者并不浅薄。我能理解这种说法,却又不能同意这种说法。

我读《带灯》是在读情怀,读情感的微妙,读人生的韵味,读转型时期世态的变化万端,也是在读我的世界之外的另一世界。当然,《带灯》在创造一个理想境界上、在思想的锋利上还有待加强。

到了余华的《第七天》,问题就变得更尖锐了。这部小说被戏称为"新闻串烧",因为里面罗列了强拆、杀警察、洗脚妹杀人、卖肾等等奇观化的新闻。我感到,余华非常珍视这些社会奇闻,以为它们本身就有存留的历史价值,于是他小说里的现实感、尖锐感,想主要依赖这些新闻支撑。余华并非不懂文学与新闻的区别,而是他认为,在严峻的现实面前,一般意义的小说已失却了阅读价值,当今的某些新闻,已远远超出了作家的想象能力,其价值在文学之上。然而,这看法对吗?问题在于,这些新闻奇观到底能撑多久呢,直接出现在小说中,究竟是破坏了还是成全了这部小说的审美价值?不管多么惊悚的新闻,寿命都不会太长,因为它是指向事件的,很容易事过而境迁,由新闻而旧闻。现在看来,《第七天》中最动人的地方,既不是新闻事件的重复,也不是新闻素材的新奇,而是写普通人相濡以沫地充满了人情味、人性味的日常生活,如杨飞的身世之痛,他与杨金彪的父子情的曲曲款款,还有杨飞与李青的爱情发生及畸变,以及余华对鬼魂世界里依然等级森严的大胆出色的想象,都显示了卓然的才气。

事实上，上述贾平凹、余华的例子所引发的诘问，一方面显现出新媒体时代的一种话语较量，另一方面，也不排除某些读者缺乏耐心，没有细读出作家在处理新闻题材时的良苦用心，没有看到文学对新闻事件的"超越的努力"。的确，依赖新闻事件发掘出来的热点，很容易让读者产生"网已有之"的误解。但是，如果文学能在新闻事件背后创造出完整而富于生气的"第二现实"，那就非同一般了。王可心的《头顶一片天》和王十月的《人罪》是在实践中探索的例证。《头顶一片天》写了一个表面上温情脉脉的卖肾与换肾的故事，在同一片蓝天下，同样出于爱，但这一生命对另一生命的掠夺又是何其残酷！人性的复杂与心理的深度，偶然中藏凶险与平淡中寓深刻，平民的生存状态与黑社会的魔影，使我们完全忘记了它的素材来自于哪个真实的案件。它被完全地艺术化了。

王十月的《人罪》，似乎有众所周知的两类案子的背景，同名同姓的"高考冒名顶替案"和"小贩杀死城管案"，但他处理得从容有致、天衣无缝，成就了另一个自足的世界。可以承认，故事的缘起和触点来自社会新闻，具有"元新闻叙事"的意涵，但小说打碎了新闻元素，通过合理想象，运用生活积累，重新塑造出两个"陈责我"以及陈庚银、杜梅、吴用等等"自我救赎者"，微妙而真实。在《人罪》中，作家写出了每一桩"罪"背后的无奈与被动，更写出了当事人在面对道德难题时的悔恨与救赎，小说的叙事逻辑丝丝入扣，叙事的伦理处处动人，人物个体的"片面正义"也被合情合理地打开了，从而避免了读者在面对"有罪"心理时可能出现的单向度的道德审判。

可见，文学叙事是否与新闻相关并非判断一个作品成就高下的重要因素。中外很多名家大作的素材就来自新闻事件，却终成旷世经典。作家以某一新闻事件为起点、为契机、为触媒，能发掘出题材背后的深意,将其超越到审美的新高度,值得大力首肯。托尔斯泰的《复活》《安娜·卡列尼娜》、司汤达的《红与黑》等等,要么素材源自于新闻事件,要么叙事起点就是报章新闻。可是,当我们读到《红与黑》中于连由乡进城、由家庭教师逐渐进入市长夫人造设的温柔乡后,短暂的满足和陷入长久的焦虑时,发现它与1827年的那条报章新闻已经没有什么关系了。我们读到安娜·卡列尼娜卧轨时所画的十字,赴死时仿佛入浴般的心情以及"如笼罩着一切的黑暗突然破裂","转瞬间生命以它过去的全部辉煌的欢乐呈现在她面前"的心理现实主义深刻笔墨时,我们感知的是主人公对生命的尊重、绝望与决绝,也早忘光了那件出轨与婚外情混合的猎奇之事。

然而,必须看到,今天新媒体时代作家所面对的文学与新闻的纠缠又与19世纪巨匠们有所不同,可以说更为复杂。为什么今天文学与社会新闻之间的关系忽然变得更加敏感,而像须一瓜、阿乙等作家表现出对法制类新闻的尤其敏感?这是需要思索的。据我了解,现在一些直接以网络法制新闻为题材的作品得到读者较高的认可。孙浩元的新闻悬疑小说《人肉搜索》、刘剑的犯罪小说《天使不在线》等,由于抓住了当时、当下的热点事件,将新闻事件重新加工,显示了以文学的方式处理新闻事件的多种可能性。

亚里士多德早就说过,诗人的职责不在于描述"已发生"的事,而在于想象"或然律"下可能发生的事。今天,文学与新闻的关系被指认为"纠缠不清"、暧昧不明,其深层的问题不在于作家涉猎了什么样的话题,也不在于是否"亲近"了媒体新闻,而在于作家有无能力再造一个丰富而复杂的想象世界。新闻指涉的是事件的"客观真实",而文学的优势在于,它始终聚焦于人性,它有强大的主体意识的重塑和再造功能,它创造的是"主观的真实",因而是更为深刻的真实。

(原载《文艺报》2015 年 1 月 16 日)

面对文体与思潮的错位

最近有记者向我提问:为什么《平凡的世界》在上世纪80年代末发表时,备受文学批评界冷落,评价很低;而随着书的发行,却在广大读者中引起热烈反响,尤其中央人民广播电台长篇连播了此书,听众来信如雪片般飞向了编辑部,一部分信还曾转到了当时病危中的路遥手里;造成这种现象的根本原因是什么?为什么读者与评论家的意见差距如此之大?

回想当年,我对《平凡的世界》评价也不十分高,认为是"《人生》的扩大版",但也给予了相当肯定,写过文章,却达不到现今的认识程度。静下来想,我认为,评论家总是习惯于从文学史、社会思潮、创作方法和文学的思想艺术背景来考虑和评价作品,从而形成一种"专业眼光"。在当时那个观念革命,先锋突起,大力借鉴和实验西方现代主义文学方法的热潮中,突然遇到这么一部面貌颇为传统的现实主义作品,评价怎么会高呢?但是,对读者,特别是普通社会读者而言,他们很少从文学思潮或方法革新的角度审视作品,他们不看重标签,却更看重作品与他们的生活、命运、心灵体验有多少沟通和感应,能否引起他们的共鸣和震撼。这也许就是读者与评论家有时会发生巨大矛盾和反差的主要原因之一。

事实上,并不仅是读者与评论家会发生矛盾,思潮与文体也无时不在发生矛盾。在现当代文学发展的历史上,在思潮与文体的相互激荡和轮流突出中,始终都有一个在思潮起伏、背景剧变,甚至出现某些外在因素介入的情势下,如何保持对文本的客观、准确、公正、科学的评价,从而经得起时间检验的问题。比如,有的作品在社会思潮和文学思潮中是一马当先的,发表当时即产生了轰动,却有意无意忽视了文本的修炼,忘记了一定的审美距离,时过境迁,对其评价就会降低很多。所以有种说法:凡是引起一时轰动的作品,其艺术生命力大都是不长的。这样说对不对?有道理,却也不能一概而论。就中国现代文学史上出现的"问题小说""伤痕小说",包括而今的"打工文学""新左翼文学"等思潮来说,很显然它们的文学史意义远远要高出于文本内涵的丰富性和艺术张力。另有一些作品,在写作时与潮流保持了某种距离,当时反响寂寥,过了几十年后,思想文化背景发生变化以后,却获得了广泛的认可,得到了重新的高度评价。那么,是不是不贴近潮流写作,作品的艺术生命才会长?倘若要将其作为普遍的铁的规律性总结,显然也是有问题的。在我国,如鲁迅先生的杂文、茅盾先生的小说,甚至前些年的"新写实"和"现实主义冲击波";国外的,如俄罗斯的托尔斯泰、契诃夫、叶赛宁,苏联的高尔基、肖洛霍夫、帕斯捷尔纳克、索尔仁尼琴等等,无不是在"贴着时代写"——当然,每人的价值观、审美观不同。我们看到,当某种巨大的潮流来临时,作家们无不承受着时代的感召,又受到时代大浪的冲刷,千淘万洗之后,他们还是被读者、被文学史所珍藏和记忆。

当然,这是个极其复杂的问题。夏志清先生在《中国现代小说史》中,对沈从文在纷乱年代造出的"希腊小庙",对张爱玲"孤岛"时期的独绝体验,对钱锺书《围城》的知识分子群像塑造,还有张天翼、吴组缃,都给予了很高的评价,在某种意义上,是对"后革命年代"文学史的价值重构,确有重新发现之功。特别是对沈从

41

文、张爱玲、钱锺书的重新评价,甚至推动了大陆"重写文学史"的历史进程。按他说的,他主要是从"人的文学"的立场出发,从文学本位出发,他说他的工作是"优美作品之发现和评审"。他的评价甚至打乱了我们原先的某种评价和排位。但夏先生也并不是不注重"思潮"的,他对"左翼""右翼"很看重,很敏感,他的意识形态背景和基督教文化背景都会影响到他的评价。夏先生大力肯定张爱玲时,却不由自主地忘记了同时期的萧红的《生死场》和《呼兰河传》,似不是偶然的失误。夏先生对此也有所反思。我这样说是要表明,思潮与文体是不可能决然分开的,思潮不可能不影响文体,但文体却有相对的稳定性。

当年李泽厚提出"启蒙与救亡的变奏"的观点,我认为是很有道理的。他说,新文化运动以来,启蒙成为时代主题,全民族都在呼唤民主与科学,并审视国民性,思考中国走现代性的道路。但这个时段很短,日本鬼子旋即入侵,启蒙的主题被一再打断,救亡上升为第一位,于是评价尺度首先要看关涉"救亡"与否。直到上世纪80年代初,启蒙主题才回来了,出现了思想解放大潮和理想之光的闪耀。90年代初又有打断,因为商品大潮和全民经商又席卷而来,新启蒙的声音又微弱了……回来的不可能不回来,打断的不可能不打断,都不是个人的意志可以改变的。

我在想,沈从文写着湘西故事的时候,赵树理正写着《小二黑结婚》;钱锺书写完《围城》的时候,周立波开始了《暴风骤雨》的构思,丁玲也开始了筹划《太阳照在桑干河上》的写作。那时的中国,解放区与国统区,各有不同的背景和价值观,我们不能脱离实际地、事后诸葛亮式地认为应该这样、不应该那样。依我看,历史就这样走过来了,在分析任何一个社会和文学史问题时,都不要忘记"基本的历史联系",不要忘记"把问题提到一定的历史范围之内"。各类作品都有它们各自的价值和位置。

我扯得有些远了。还是回到《平凡的世界》的评价上来。如果说,它对当代文学评论是一个警醒的话,那就是,方法虽对创作有极大影响,但终究方法不是决定性的、根本性的,要承认,在漫长的文学发展中,多种创作方法是可以并存的,都有其生命力。重要的不在于你采用了什么方法,而在于作品思想艺术的深度和高度,在于社会历史文化的涵盖广度、人性揭示的深度、艺术上的创新尺度。文学的历史从来都不是"进化"史,而是"变化"史,文学的历史不是按思潮的先后,像一节节车厢式的线性发展过程。我们可以说,现实主义的某些具体手法落后了,过时了,但我们却不能得出"现实主义过时了"的结论。

另一个重要启示是,在今天有必要重新提倡现实主义精神。在我看来,现实主义精神就是具有更强烈的"现实感",更关注人民的苦乐,更关注当下的生存,更能与人民同呼吸共命运。《平凡的世界》之所以能对今天的读者仍有巨大的吸引力,主要是孙少安、孙少平、田润叶、田晓霞和孙玉厚、田福堂等两代人的两种生活方式、命运的近距离观照,正好切中了当下时代的脉搏,形成了不同时期"历史的同构":与命运抗争是否可以改变命运;进城是否能让人获得真实的幸福;如果没有田福军这样的为民请命的"清官",这个世界将会怎样;如果没有孙玉厚、孙少安、田润叶这样的朴素而真诚的理解与宽容之心,没有那些令人热泪盈眶的忍辱负重,没有田晓霞的女神式的献身……《平凡的世界》是否将变成"平庸的世界"呢?

所以,文体与时代的错位,根本的问题不在于文体,文体的革新意义在于将一种新的观念注入文本,以此重新估量、重新评价我们的时代,我们的世界。任何一种文体都可能成就一个时代的经典之作,关键在于这个想象的世界是否切中了时代的脉搏,是否穿透了历史的迷雾,倘能如此,经典作品是不会被历史的尘沙所湮没的。

(原载《文艺报》2015 年 5 月 22 日)

从"乡土中国"到"城乡中国"

在城乡快速转型的社会历史语境中,乡土文学的命运堪忧。近年来,"乡土中国叙事终结"说,"完整乡土中国破解"观,以及"城市文学将取代乡土文学"等"终结性"的观点不断地逼近乡土文学。持以上观点者认为,当今乡村社会几近解体,作为乡土文学的土壤和根基将不复存在,因而乡土文学在当下中国已临近终结了。当然也有论者对乡土文学的未来发展持相对乐观的态度,认为在现代性转向的大背景下,如果发掘作家"新"的视野、"新"的观念,肯定作家的发现、阐释、书写有别于传统的经验,那么乡土文学仍然大有可为。

事实上,这种思潮在社会学家那里早已存在。有学者指出,中国的城市化不能以终结乡村文明为代价,要把新农村建设上升到乡村生态文明的高度。应该看到,目前我国的乡土仍是广大的,即便是中国像某些完全没有农业的工商国家一样了,中国的乡土文学作为传统也仍然会潜隐而顽强地存在,它是基因一样的东西,是无法祛除的,只要中华民族还在,乡土精神也就不会消亡。再极端地说,假使人类都迁居到太空居住了,那人们也会深深地怀念地球村的。王跃文的《漫水》,还有郭文斌的《冬至》《玉米》以及王新军的"大地上的村庄系列"等为数不少的乡村浪漫叙事,今天之所以仍被读者看好,就因为这些作品所展示的是一个恬静安详的世界,甚至是乡村精神的乌托邦,地域文化气息浓厚,形成了一个整体性的"审美场"。这种"亲和乡土"的浪漫叙事承续了传统文化基因中的道德理想,并非作家偶发思古之幽情,它更契合时下文化守成的现代性乡愁。它不是向后看的、消极的怀旧,而是寻找健康个性和精神家园的努力。

但是,当下中国正经历着城乡转型的巨大裂变,即从"乡土中国"转向"城乡中国",这不是几部描写现代性乡愁的作品就可以满足和涵盖的。当下文学面临的是这样一种巨大的社会转型和人心裂变,在全球化时代,历史的节奏也在由传统的农业文明向现代工业文明跃升,而不是相反。作为社会生活的表现、想象与建构,乡土叙事为我们提供了一份当代中国人的精神履历。在表现城市化产生的复杂社会问题和各种价值断裂时,乡土文学正在积极书写、建构和谐社会中新的道德、信仰和美学秩序,中国社会也将更深层地践行现代化之路。这一实践不仅关乎现实政治经济的发展,更关乎长远的精神伦理和文明秩序的价值重构。在此意义上,贾平凹、刘震云、张炜、刘庆邦、周大新、关仁山、毕飞宇、刘醒龙、陈应松等人一直以来的创作,在今天显得尤为重要,因为在表达中国经验时,他们能感知传统"乡土中国"向"城乡中国"转型中的人的撕裂与疼痛。

我们不能忽视近三十年特别是新世纪以来乡土文学可能发生和正在发生的变化,随着人们思维方式和生活方式的变化,文学的主题、场域必然发生改变,这个变化是剧烈的、空前的、深刻的,甚至含有某种悲剧性。它正在向未来展开,而不是回到过去。新世纪以来乡土文学的困境和未来乡土文学的书写空间的开拓正是当今文学的一个新课题、新难题。尽管我们还没有非常成熟的城市书写,也没有完成乡土中国转向城乡中国的经典性文本,但我们欣喜地看到,新世纪乡土文学中出现的《秦腔》《高兴》《带灯》(贾平凹)、《湖光山色》(周大新)、《羊的门》《生命册》(李佩甫)、《我叫刘跃进》(刘震云)、《日光流年》《受活》(阎连科)、《麦河》《日头》(关仁山)等"改变乡村"与"守望乡村"的迷惘,刘庆邦的《到城里去》、赵本夫的《天下无贼》、王十月的《国家订单》、陈应松的《太平狗》等作品中"城市"与"乡村"价值的迷失等等,都正在开拓着乡土文学书写的新空间。再比如,李洱的《石榴树上结樱桃》、孙惠芬的《上塘书》等作品所表现的宏大叙事的解体与"细节化"叙述方式的涌现,叙事视角的变化(尤其是第一人称叙事视角的突出),以及审美形态的改变,出现了"闲聊体""方志体""词典体"等多种叙事形态,其叙事新元素如繁华缀景,大量的方言俗语被重新启用,乡村叙事也从乡村田园向城中村、村中城、城乡交融空间的变化等等伸展。

　　为此,我曾提出过"亚乡土叙事"的理念。我认为,乡土文学的主阵地正在转移,空间也由乡村转向了城市,但乡土之魂的本质还未发生根本变化。它从大自然的怀抱进入了由钢筋水泥构成的高楼大厦、立交桥、地铁,不得不与各样的电子设备打交道。于是,这类作品一般聚焦于城乡接合部或者城市边缘地带,描写了乡下人进城过程中的灵魂漂浮状态,反映了现代化进程中我国农民必然经历的精神变迁。与传统的乡土叙事相比,亚乡土叙事中的农民已经由被动地驱入城市变为主动地奔赴城市,由生计的压迫变为追逐城市的繁华梦,由焦虑地漂泊变为自觉地融入城市文化,整个体现的是一种与城乡两不搭界的"在路上"的迷惘与期待。"亚乡土叙事"所关注的恰恰是当下转型中体现的政治、道德、伦理、人权、性权力、人生理想等精神建构,它远非传统乡土文学中的地域和民俗所能涵盖,也不是启蒙时代的传统批判。这是不是一种更加宽广的道路,是不是一种更有现代意味的诗性呢?

我认为在表现城乡价值时,原先乡土文学观念中的城乡二元思维逐渐被一种更为复杂的审美判断所取代,这种判断正孕育着一种新乡土美学,但这种美学尚未完全形成。我们注意到,不少作家在表现城乡交集时,出现了价值选择与审美判断上的矛盾:在面向乡村文化时往往表现出现代批判和启蒙姿态;而在面对城市文化时却又流露出留恋乡土、回归传统的游移。也就是说,当书写对象发生改变后,作家对未来社会的文学想象、价值建构并没有彻底形成,但从这一价值的选择和迷惘中,我们已经看到了一种新的审美心理和社会空间正在生成,这必然催生出一种新的审美形态。在这个意义上看,乡土文学非但没有终结,它的书写还正在扩展边界和空间,其中涉及的问题比先前似乎更深刻,更复杂了,但未及展开。可是,批评界的话语焦点已转向了"乡土文学终结说",岂不怪哉?

所以,在真正的市民社会尚未形成,乡村社会仍是当下中国重要生存空间的大语境下,乡土记忆仍将与现代中国社会结伴而行。更重要的是,如果当下的乡土文学写作单纯地抱守乡土文学传统观念的纯粹性,仅将封闭的乡土空间作为叙事目的,自然没有更宽的出路。倘若能将变动不居的时代裂变,特别是城乡转型期间的人物命运连筋带肉地写出来,乡土文学必会出现另一种广大的景观。

雷蒙·威廉斯在《乡村与城市》中有过这样的论述:"把乡村和城市分开是件很容易的事,把两者的文学模式分开也很容易:乡村的或地区的、城市的或大都市的之类。在20世纪,这些相互分离的模式是对连贯的历史的一种回应方式,它们的存在本身就是非常重要的。但总有一些作家,坚守着这些模式之间的联系,他们其中的一部分人认为,在价值之间复杂的相互作用和冲突中,转向本身就是决定性的。"在这一点上,如何显现出乡村与城市之间的复杂关联,并由此出发揭示这个文化转型时代的全部复杂性,变得尤为重要。

(原载《文艺报》2014年12月15日)

今天的阅读遇到了什么

我们今天的阅读条件是越来越好了,政府大力倡导全民阅读,构建书香社会,在服务阅读方面,也有许多措施在推行;但是,今天的阅读生活,似乎又变得越来越复杂了。如果说,原先的读书,在读什么和怎么读的问题上虽也存在多种歧异,但总的来看还比较单纯,因为读书就是读纸质书,至于读什么不读什么,自可见仁见智。但是现在,自从互联网走进千家万户,自从市场化和多媒体广泛操控阅读行为以来,印刷文化确实抵挡不住视觉文化,读书便遇到了许多前所未有的问题。狄更斯云,这是一个最好的时代,这又是一个最坏的时代,以之比喻读书界,也很恰当。我不敢泛谈"读书",但仅就文学阅读而言,也是问题如麻。我就经常处于迷惘之中,时不时会有很多棘手的问题冒出来。

就我经常遇到的情况来说,首先是,上网与读书,哪个更重要?乍看起来,这像个伪问题,两者并存,功能不同,想上网就上网,想读书就读书,何来轻重主次之分呢?但真正在两者之间挣扎过的人会明白,两者是存在矛盾的,是相克的,很难和平共处;而这个问题解决不好,会严重影响到知识积累,甚至民族文化心理的建构。有调查显示,我国成年人平均每天的读书时间越来越短,每天仅十五分钟,而上网时间越来越长,平均每天超过三十四分钟,如果承认上网也是一种阅读,那我们总的阅读时间是逐年增长的;但上网究竟是一种什么样的阅读呢,却有待商量。

我们确实需要扭转观念,不能再说只有捧一本书在手里才叫阅读,互联网的阅读、屏幕阅读、手机阅读、微信阅读,也都是阅读,不过是特殊的、另类的阅读而已。现在进入了"微时代",微博、微信、QQ大为流行,潮流所及,无人可挡,我等也都跟着"微",图文并茂,短、平、快,不亦乐乎。而微时代的浏览性阅读正是传统经典阅读面临的最大敌人!我们一上网,便禁不住点来点去,会随着链接走向娱乐八卦的圈套和消费主义迷宫,忘记了最初是要看什么来着。上网也使我们慢慢养成了懒惰的习惯,用搜索、拼贴、下载、复制,来代替艰苦的读书、思考和梳理,更别提记笔记了。我们的脑力在某些方面已严重退化,但我们并不觉察;只是觉得久已说不出什么新鲜的话了,只会把流行词语,什么"洪荒之力""蓝瘦香菇"挂在嘴边,忘记了自己还能创造新鲜的语言。一位作家朋友告诉我,他一年都没有读完一本他曾经想读的书,因为他习惯于在网上处理一切,他的书桌边堆满了名著和许多他想看而未看的书。他很忙,创作和阅读都在网上。那些纸质书基本成为外化于他的生活的东西,只是为了尊重传统,他还是把它们"供"在那里。这个例子也许极端,但你也不能说不可能。目前,这位作家还能维持他的声望和头衔,但已感勉为其难。

这是不是危言耸听?不就是不同阅读工具的转换吗,有那么严重吗,纸质书的内容换成了电子书的内容,就会变质吗?那倒不会。问题在于,上网和读书的不同,并不是简单的阅读方式的不同。读书需要"关机",需要沉浸,需要专一,需要暂时切断与外界的联系,进入一种类似生命体验的状态;即使读消遣性的书,也要入乎其内,才能得其妙处。"扫读"和"点读"是不行的。有人说,不读纸质的高品质的书,你就不可能形成整体性的知识系统,你就不可能获得深厚的原创力。这样说,肯定要引起争论,大家的看法也会不同,但一些成功作家的经验证明,读纸质书确有难以言传的好处,吸收消化的效果要强于网读。上网也不是完全无益,"上网的关键态度是要成为网络的主人,而不做各种超链接的奴隶。一个真正的智者不会让上网占用读书时间,他应该经常能够平静地深入思考,只有电话接线员才随叫随到"(万维纲《万万没想到》)。必须保证足够的读书时间已变得十分重要。对我来说,这已经需要"强迫执行"和不断提醒了。

当今阅读还会遇上"榜单",这是另一大困惑。书籍浩如烟海,人们怎样才能在书海中达到有效的阅读,已是一个相当突出的问题。我们常批评说,实用阅读压倒了审美阅读,快感阅读压倒了心灵阅读,要改变它,就需要引导阅读,不断把富有人文内涵的高品质的好书推出来。现在各式各样的"榜单"应运而生,名目之多令人眼花缭乱,有一些是比较好的,有一些却很可疑,有以次充好、以劣驱优之嫌,不可信,不可靠。我就看过一本十分粗糙平庸的作品,当时觉得出版尚且勉强,给作者提了较尖锐的意见;但后来作者多次给我"报喜",说他这部作品连续多少个月在某地书榜排名第二,我一查,果然,遂无语。读者被这样的"榜单"所诱引,后果可想而知。当然,按榜单读,可以最快地抵达有价值文本,也能节约时间,结束盲目的阅读。但是榜单毕竟是一群人的榜单,而不是一个人的"菜单",它可能适合很多人,但"不一定适合你"。况且,商业运作的榜单,其目的更多是被消费意识形态包装的趣味引导,读者的阅读趣味被绑架,榜单就变成了"绑单"。

我们还会常常遇到"读名著"和"开书单"的困惑。没有谁敢反对读名著、读经典,那是人类文化和知识的最高结晶;反复提倡读名著、读经典,在任何时候都是必需的、正确的。但私下里却有人说什么"所谓名著或经典,就是人人都说应该读,可谁也不读的那种书"。简直有点大逆不道。但冷静想想,也不能全怪读者,有一些名著,对一般读者来说确乎有点望而生畏,便被束之高阁,因为读者总是选择那些最能引起共鸣和感应的书,而他们觉得某些名著太遥远、太冷漠了。依我看,读者也要分层级,名著也要分难易。对一些专业人士来说,不管有的名著多么遥远、多么枯燥、多么难懂,也必须读,否则你就无法取得完备可靠的知识谱系。就像搞先秦文学的人,恐怕必须得弄懂楚辞里的"乱曰"是什么意思,一般读者则不必了。某些只具有博物馆意义的"名著",一般读者是可以不读的。卡尔维诺说:"所谓经典,不是你正在阅读的作品,而是你正在重读的作品",若遇上这样的书,你就不能不读了。"开书单",也是读者最渴望的,但"开书单"又是最难的。我也经常被读者要求开个书单,但开不出来时居多。开不出来是因为读书少,还因为争议太大,莫衷一是。就像中学语文教材的篇目,永远都在争论中、变化中。但我们还是要不断开出比较靠谱的书单,这也是一个自我学习的过程。

"读书如稼穑,勤耕致丰饶",尽管今天我们的阅读遇到这样那样的问题,但只要我们确信读书与人生的不解之缘,我们就有托付,就有期待,"书香社会"的到来也就有希望了!

(原载《文艺报》2016 年 5 月 11 日)

漫说"非虚构"

一位海归友人对我说,在中国,小说家的地位还是很显赫的,文学的荣誉百分之七八十归于小说家,剩下的百分之二三十,才归于纪实作家或其他作者;而在欧美一些发达国家,尤其是美国,虚构与非虚构至少是平分秋色的,非虚构作品占的份额甚至还要大一些。因为,蓝领、平民、家庭妇女们固然爱读虚构小说、类型小说、通俗小说;而白领、学院派、广大知识分子,似乎更看重非虚构型作品。这已成为近些年来新的阅读风尚。他的话却引发了我对"非虚构"的思索。

早在20世纪中叶,一些美国作家发表了一批非虚构作品,中国读者最为熟悉的当然是杜鲁门·卡波特的《冷血》和诺曼·梅勒的《刽子手之歌》。这两部作品都以杀人犯为主角,描述了杀人犯也非彻底"冷血"。作品皆取材于真实案例,但都进行了文学性的扩写,采访的深度和所下的功夫之大,不亚于写大部头的长篇小说。它们拥有新闻报道和法律陈词无法表达的复杂性、深刻性和丰富性,在当时,它们甚至被誉为"当代文学的巅峰"。1973年,汤姆·沃尔夫编辑出版了著名的文学选集《新新闻》,收纳了美国不少杰出的非虚构作家的作品。于是,推波助澜,在美国兴起了一个"新新闻主义"或"非虚构小说"的浪潮。这是否即是非虚构的源头呢?

我想不是。非虚构的历史不应该从卡波特算起。依我有限的、但也是以尽可能搜索后的范围来看,我认为非虚构的开山者或鼻祖型的人物应属茨威格。以前没好好看的《昨日的世界》,最近重读。正如译者舒昌善所说,虽然茨威格在给友人信中说,"出于绝望,我正在写我一生的历史",但《昨日的世界》并非是他的自传和生平,它的副题是"一个欧洲人的回忆",它又不同于一般的回忆录,茨威格写他亲身经历的事件、人物,在此基础上,写他对时代的感受、他对世界的看法,特别是写出了时代特有的氛围和人们的心迹。他在1941年写的《巴西:未来之国》中,写里约热内卢、圣保罗的贫民窟,写到"要描述圣保罗这座城市时,要像统计学家和经济学家那样收集数据,绘制图表"。茨威格总体的风格是客观陈述,娓娓道来,但背后隐藏着一双深邃的眼睛,他总是从历史、地理、文化等脉络入手,展现被遮蔽的巨大的事实真实和心灵真实。目前,"非虚构"虽然没有公认的定义,似乎也不可能有,但茨威格这种既非自传,也非回忆录,重在目击、见证,重在揭示心灵的真实的写法,却奠定了非虚构的某种本质特征。他的《异端的权利》对加尔文的心理的惊心动魄的刻画,比之《冷血》一点儿也不差,他在《人类群星闪耀时》的序中说:"历史是真正的诗人和戏剧家,任何一个作家都甭想去超过它。"

所以,"如何讲述真实"是非虚构的核心问题。如何准确地反映时代生活,如何抓住典型特征,如何一下子就从各种毛糙的感受中一把拎出最耀眼的细节并展现出来,是考验作家的时刻。如何活生生地、毛茸茸地表达我们这个时代,是非虚构的重要命题。奈保尔曾谈到"作家视角"的问题。他讲述了"从看不见到看见"的过程,其实,就是"如何呈现真实"的另一种说法。"对一切都不视为想当然,每时每刻都看到、触摸到而且感觉到,以一种宗教的方式来赞美这个实体的世界",如此,作家便会"看到更多";否则,如果习焉不察,肤浅地看待生活,那么,世界依旧会被遮蔽着。

《寻路中国》是彼得·海斯勒目前在中国出版的三部非虚构作品中最好的一部(其余两部是《江城》《奇石》)。他也是让"非虚构"三个字在中国大陆得以普及的作家。他在《我的老师麦克菲》中谈到有关"非虚构"的定义。他说,这种体裁至今还没有一个令人满意的名称。一些人称之为"记述性非虚构作品""创意性非虚构作品""文学类非虚构作品"或"长篇新闻报道"。在彼得·海斯勒看来,"非虚构"以否定的句式下了定语,本身就是个奇怪的词。但对在普林斯顿大学开设"非虚构写作课"的教授约翰·麦克菲(也是彼得·海斯勒的老师)强调:名称并不重要;重要的是,几十年来——事实上,近一个世纪以来——这类作品在美国愈加受人重视。美国是个大国,读者众多,要能支撑得起《纽约客》这样周发行量超过百万的杂志,正是非虚构在支撑着它。

在我国,"非虚构"逐渐成为一种现象和潮流,大约开始于2010年《人民文学》编辑部首倡的"行动者计划"及其开辟的"非虚构"专栏。当然,这并不是说,具有非虚构品质的作品这时才出现。近年来,不少作家有意抛却文学的虚构性,从书斋中"出走",来到都市企业、民居民宅、田间地头,甚至历史卷宗,以一种"田野调查"的方式记录现实生活中某一群体或个体的口述或记忆。这种"走向民间""以写作见证时代"的风气甚至形成了一股不小的"中国非虚构"写作潮。非虚构在当下中国,其介入现实的方式及其表现对象的特殊性,在于对被淹没的真相的重新发现,在于对被遮蔽的现实的去蔽,而不在于情节是否生动,想象力是否雄奇。当通向真实的通道并不通畅时,作家试图用一种新的语言,新的对话方式,或者一种新的体验方式完成一种文本的意义和结构,应该是一种曲径通幽的意义呈现。

事实上,非虚构倡导者和部分写作者对于这一概念本身所包孕的内涵有了较为清醒的自觉。大概预想到这一观念的引入会引起非议,他们便以较为清晰的口号和栏目标举"见证者""亲历者""记录者"的身份,以免陷入与其他文类的纠缠,认为与传统文学纯粹虚构的区别在于,非虚构也是一种抵达真实的方式。它与以"重大事件"为中心的新闻式写作和对"时代报告"重大题材为主的报告文学之间的差异在于,致力于发现、见证、记录那些被时代洪流所遮蔽的暗流涌动。事实上,这样的自觉和争论在美国、法国、英国、匈牙利等国家已讨论过,已不是新鲜话题。我们关于非虚构的讨论却迟来了半个多世纪。

总之,渴求真实的诉求反映在文学上,便是当下中国文学非虚构写作勃兴的真实动因。在中国,"非虚构"三个字虽是舶来品,但大众对真相的渴望,却由来已久,到了新世纪,五四新文学时期既已确立的作家与底层民众沟通与对话的方向将进一步得以实践。从这个意义上讲,"非虚构"从概念到观念,以事实接近真实,即使它是舶来的,也将经历有效的中国化过程。倘若我们能像印裔英国作家奈保尔那样,以惜字如金的态度对待非虚构写作,中国有理由出现很多高品质的非虚构作品。

(原载《文艺报》2015 年 8 月 5 日)

影视文化对文学的冲击与改写

近年来,以文学原著改编的电影《一九四二》《白鹿原》《归来》,以及新版电视剧《红高粱》《一个和八个》等的热播,让文学本身的存在有些快乐也有些尴尬;同时,据报道,《北京青年》《失恋三十二天》《老有所依》等"中国特色"影视漂洋过海,作为"国礼"送到了非洲,在那里颇受好评。时至今日,中国已经成为全球第二大电影消费国、第三大影视产业生产国了。有人断言,在视觉文化盛行的全媒体时代,文学的受众会越来越少,文学的存活空间也会越来越小,更有甚者,认为如不考虑影视的"可改编性",不能为其所用,文学的审美特性将日趋萎缩。

作为年轻的艺术门类,影视一度被认为是"依文学而生"的,而小说被认为是影视的拐杖。文学爱好者常常引用获奖电影百分之九十八来自文学改编以自豪。这时候,文学是"清高"的,被置于象牙之塔,而影视被归为"通俗文艺"。还有"经典具有不可改编性"的夸张说法。当年鲁迅确曾对有人改编《阿Q正传》说过:"《阿Q正传》实无改编剧本及电影的要素,因为一上舞台,将只剩了滑稽,而我之作此篇,实不以滑稽或哀怜为目的,其中情景,恐中国此刻的'明星'是无法表现的"(《致王乔南》)。然而,改编还是在照常进行着。人们对夏衍改编《祝福》《林家铺子》见仁见智,但总体上是大力肯定的。传说钱锺书对电视剧《围城》连一集都不屑看,其实是假新闻,事实是,钱锺书和杨绛对改编很满意,看带子连午睡习惯都打破了,钱先生特意给为拍片努力减肥的陈道明赠了墨宝,以方鸿渐戏称之。关于影视与文学的关系,胡乔木在给黄蜀芹的信中说过:"影视艺术当然与文学不能相比,书中精细的心理描写和巧妙机智的语言难以在电视片中充分表现,但是影视艺术通过人物场景和形象给予观众的视听直感亦非小说所能代替。"

可是,随着全媒体时代、读图时代的到来,影像语汇正在改变我们的生活。视觉文化正在把一切不可视的东西转化为可视的东西。我们处身的世界也无不在摄影镜头和监控录像的覆盖之下,好像人与社会、人与人的关系简化成了"看与被看"的关系。文学也就必不可免地受到影像文化的检验,这不光指电视、电脑、视频、手机的覆盖之广,而且指生活的广大空间均被影像所占领,几无个人秘密可言。而我们身边的作家朋友,似乎也在不断地"失踪",去写电视剧甚至去做"枪手"了。

文学作品一旦与影视发生关系,其销量、知名度都有可能飙升,文学"依赖"影视,成为走出其销量困局的一个途径。比如《白鹿原》《风声》《色,戒》《小时代》《归来》公映后,均引起了重读和抢购原著的风潮。有观众看了《白鹿原》原作后叹道,看一部好小说远胜过看好几部电影呢。但文学也不可避免地受到影像文化的检验,它的门槛对文学门类的流行与否暗起作用。小说因其叙事性和故事因素的是否适宜改编而受到筛选,一些最精华的文学因素,就不得不遭到影像的某种扬弃。影视对文学的伤害是隐形的。我们已经看到了太多的用影视镜头来说话的小说,文学性十分干瘪,却备受热捧。

以影视剧为主体的视觉文化正在冲击和改写着当下中国文学

的生存现状。一些精致的文学样式,如诗歌——文学皇冠上的明珠,还有抒情散文,只能接受读者日少的事实。如此一来,传统的文学性因素被忽视,如环境描写的缺失:不管是巴尔扎克笔下的伏盖公寓,还是屠格涅夫的俄罗斯森林,在强调速度与冲击的视觉文化氛围中都显得那么不合时宜;心理刻画正在隐遁:像乔伊斯意识流小说中长篇的内心独白或陀思妥耶夫斯基式的思考挣扎,在彰显造型性与可见性的视觉文化的逼迫下,在读者不耐烦的眼光中,无奈退场。

在如此强大的消费潮和视觉热的冲击下,文学是否将要接受"衰亡的宣判"呢?不是!首先,必须要分辨文学与影视在今天的审美特征区别,各守其土。人们越来越清醒地看到,文学有文学的语言,影视有影视的思维,其区别是一为阅读、感悟、想象性语言,一为造型、视听性语言,二者的"结亲"主要体现在从文学作品到电影的改编上。影视主要汲取小说的故事、人物元素,语言本身是很难被改编的,甚至很难"转译"。视听语言的瞬时性和影视画面的平面化,决定了它不能、也不可能承载更丰富、更沉重的思想文化内涵,这是影视的娱乐功能决定的;影视,特别是电影的叙事时间,更多追求视觉冲击、画面感、剪辑艺术等,即使是故事片的叙事,更多是以不同角度把某个或某几个故事讲好,而很难在较短的叙事时间中展现深刻复杂的人性关系,但这恰恰又显出了经典长篇小说的优势。

目前,商业大片、青春喜剧、抗战神剧、宫闱秘史、都市言情竞相展现,让商家赚得钵满盆满,但留给观众的却往往是"一声叹息"。在考虑影视生产与文学艺术的关系时,我们不得不考虑我们的大片生产。今天,我们确实已经进入了大片时代,也拍出了不少国产大片,它们在技术、声光电以及情节设置上似乎堪与国际大片"接轨"了,其热闹与嬉皮程度也使青年观众亢奋,然而,这些以票房为最高追求的快餐式片子,大都在技术上胜利了,而在艺术上失败了,除了炫技的那点儿外在吸引力,人们普遍感到,片子的文化底蕴薄弱,思想空洞。我们最缺的倒不是技术,也不是教人在现场傻乐,也不是好莱坞式的大场景,更不是"堕落又光彩夺目,野蛮又魅力非常"的娱乐至死,而是人性的深度和哲思的力量。就这个意义而言,文学在今天不是没有价值,而是大有可为,它有可能从根本上改善中国影视平庸化、浅俗化的弊端。可见,影视和文学如何共存共荣是一个大问题,而简单地将二者关系对立,肯定是没有出路的,也不符合当前文化发展的事实。

文学虽面临被"筛选"的被动,面临视觉文化的重新选择,但文学、特别是小说本身的经典性不会因此受到根本性威胁,事实是,有改造就有反改造,文学的审美韧性和历史传统是极其悠久的,只消从近年出现的《一句顶一万句》《繁花》《秦腔》《老生》《隐身衣》《黄雀记》等等来看,可供影视直接利用的东西很少,反有一种"反改造"的凛然。正因为如此,"经典阅读"作为一种逐渐清醒起来的声音引人共鸣,而视觉祛魅也将成为这个时代的人文理性。

(原载《文艺报》2015年2月15日)

关怀人的问题先于关怀哪些人的问题

新世纪以来,文坛上还是产生了一些具有较高精神价值的长篇小说。其主要特点是,一些作家在不同视角下,冷静地关注真实的中国的人生景观,把关怀人的问题看得比关怀哪些人的问题更为重要,使得它们在较为普遍和较为深刻的层面上触及到了关怀人这个大主题。

比如,王安忆的《长恨歌》关注的不只是一座城市,更是男权社会里都市女性囚笼般的人生和梦想折翅后的哀怨;张洁的《无字》以九十万言篇幅书写三代女性命运,她所倾诉的既是女性特有的痛苦,也是民族的精神悲剧,以个人化方式楔入历史,而达到群体化的反思;杨显惠的《告别夹边沟》关注了一种政治行为下对以知识分子群体为核心的一代中国人身心的折磨和摧毁;熊召政的《张居正》固然是写历史的,但试图改革的人始终逃不出人治体系的可怕制约,实乃人的无助的悲剧;余华的《许三观卖血记》关注的是普通人的巨大苦难和苦难人生的简单和偶然;雪漠的《大漠祭》关注生存本身的艰辛、顽强和苍凉;阿来的《尘埃落定》自由舒展地审视土司家族及其相关人群的人性焦虑。不管这些作品关注的是一些什么人,不管这些作品具体以哪个阶层、哪种身份的人作为对象,无论他们高贵还是卑微、笨拙还是聪慧,可以肯定的是,这些作品都在深切地关注着真实中国的真实人生和不安灵魂。

关怀人的问题先于关怀哪些人的问题

然而,对关怀人的问题实际上存在着两种不同的甚至是对立的观念。有一种声音强调,要充分认识丰裕年代的写作现实,不能总是靠描写无告的小人物、挣扎在贫困线上的弱势群体、市场时代的落伍者来体现人文关怀,不要总是搞苦难崇拜,把贫穷神圣化和道德化,例如,是否应该正视已然形成的中产阶级,他们也在打拼啊,他们表现出更多的自信、智慧、财富、成功,和一套全新的生活价值观,体现出我们这个时代新的时代精神。难道表现这样的人就不是直面现实,就不是人文关怀了吗?还有,对都市中生活优越的青年一代,对他们的小资情调,我们不该表示更多的理解和认同吗?可是,另一种更为强大的声音却认为,人文关怀怎么能不通过对底层人物命运的关怀来体现呢?这是现实主义的根本。自批判现实主义以来,一个最深刻的传统,就是对小人物、无告的人、平民、普通人尤其是被污辱与被损害的人的关怀;如果离开或者抛弃了这一点,不再为他们的疾苦呐喊,那还能叫现实主义吗?那还是富于良知的文学吗?前年,《那儿》——一部比较直露的意念化倾向明显但很尖锐的小说,引起强烈的反响,它的形态被认为是一种久违了的"工人阶级写作",它痛切地为被遗忘和被冷落的人群呼喊,为国有资产的流失痛心疾首,说明这种传统的根子很深,具有广泛的人心基础。事实上,像《国家干部》一类小说,虽然不及《那儿》那样的激烈,所表现的是一种基本相近的价值取向:关注现实,关注政治,关注底层,愿做弱者的代言人。所以,问题是如此的尖锐,甚至涉及了谁是主角的问题。

我个人认为,在人民的大范畴下,没有必要把表现哪一些人的问题看作唯一重要的事情或者首先重要的事情。为什么呢?诚然,我也认为,应该对"沉默的大多数"投注更多的关切目光,文学应有充分的底层意识,因为他们是大多数。但是,绝不能说,只有写了底层、平民、弱者、农民、无告的人,才叫现实主义,别的都不是。时代已经发生了巨大变化,"人民"的含义也发生了变化,现实主义文学也在变化,我更主张一种开放的、吸纳了多元方法和某些后现代元素的新现实主义。所以,关怀人的问题不需要总是附加外在条件。毫无疑问,在今天的文化语境中,"阶级性"在淡化,"人类性"在上升。这里不妨举例来说。世界反法西斯战争60周年纪念时,在虚构性文学方面(纪实类创作有所不同),我们几乎拿不出具有国际影响的像样的大作品。恕我直言,有些作家没有对人类大痛苦、大创伤的基本感觉,好像忘了给人类造成深重灾难的这个永久的痛。一个重要原因在于,我们的作品,太看重具体条件下的派别和集团的复仇与胜负,很少上升到人类关怀的层面,于是很难写出让全人类共同感动,表达了共同的痛苦、共同的屈辱和共同的承担的作品。而那样的作品,比如俄苏的、欧美的一些作品,会让人真实地感到人类的每一个成员都是息息相关的。

我认为,关怀人的问题始终是先于关怀哪些人的问题的。曾有一种提法:对弱者,关怀他们的生存;对强者,关怀他们的灵魂(周介人)。我是赞成的。当然,生存和灵魂其实是分不开的。这里只是强调,究竟关怀下层贫困者还是关怀中层财富拥有者或者关怀高层的权力掌控者,对文学而言,都没有什么不可以,关键在于,你是不是真正在关怀人本身。加缪的《西西弗的神话》《局外人》《鼠疫》,萨特的《恶心》《自画像》《苍蝇》,卡夫卡的《变形记》《城堡》《审判》,格拉斯的《铁皮鼓》以及电影《辛德勒的名单》《这里的黎明静悄悄》等等,首先不是由于它们描写和审视的对象是哪些人,而是由于它们诚实而深刻地面对了无论什么人的真实处境,关注了无论什么人的心灵所遭受来自政治、科技、商品、金钱、权力、话语暴力等等的逼压、摧残与异化,以致使人自身的真实处境在这些作品中显得那样的触目惊心,作品才变得伟大起来。我想,不绕开问题,不把问题简单化,能看到问题的真相,能揭示问题的根本症结,真切地关怀人本身,正是这些作品获得世界性影响的真正原因。

2006 年 12 月写于北京

反思阅读方式的巨变

当今时代,新媒体在人们生活中所占地位越来越重要,自古形成的阅读规矩正面临解体,包括阅读方式、阅读习惯、阅读内容等等,说到底,是阅读文化发生了巨变。对于时下读者来说,"一册在手"早已不是唯一的阅读方式,而"读屏时代"也不再是一个空泛抽象的概念。人们通过网络可随时与世界保持连接,可闪电般地同步获取最崭新的信息,可以进行屏幕阅读、互联网阅读、手机阅读;而微信、微博、QQ正十分走俏,故有人宣称,现在是进入了"微时代"。然而,当电子阅读变得如此轻松、愉悦、便捷时,人们自然会产生这样那样的忧虑:既然有如此直观和方便的电子资料和网络信息,还有多少人会钟情于纸质阅读呢,又有多少人在临睡前去品味书香?当人们习惯于在方寸之间享受"悦读",那纸质阅读,还有我们神圣的文学阅读,将何以安顿,它是否会成为好景不再的明日黄花?

于是,出现了"杞国无事忧天倾"式的恐慌,我就是曾经的一个。我也知道,国人并非不阅读,很多年轻人几乎是每十分钟就刷一次微博或微信,也有很多年轻读者,密切跟踪玄幻小说、盗墓笔记、青春言情、穿越剧等作品,兴致勃勃,也就是说,如今"低头一族"是越来越多了,获取的信息量越来越大了,只是"沉思者"似乎越来越少了!换句话说,"中国阅读"的数量并没有减少,甚至在增加,若把电子阅读、手机阅读、网络阅读算进来的话,现在读书人的总量并不比上世纪80年代少,只是阅读状态和内容有别。当下的"中国阅读"更多是跳跃化的、碎片化的、缩略化的阅读,实用阅读在取代审美阅读,消遣阅读在压倒心灵阅读,人们追求更多的是短暂的视觉快感和心理愉悦。

这当然值得忧虑,但忧虑是没有用的;事物该怎么发展还怎么发展,"螳臂"阻挡不住历史潮流。读书问题也一样。冷静下来想,电子阅读并非没有好处。首先,对阅读的概念应该有所改变,不是抱着一本书看才叫阅读,手机阅读、网络阅读也应该是阅读的一部分,且汲取方法简便、迅速,知识含量巨大,并非正襟危坐"读红楼""品三国"才叫阅读。第二,可能是大家不愿说的,就是当下的纸质媒体的文章质量不能令人满意。纸媒的文章,因为历来有一套严格评审程序,大致说来,显得规范、严谨,想象力不足,温吞水;而个人空间、网络文学、微博、微信等新媒体上的文章,发表渠道便捷,就显得活泼、生动、接地气多了,当然也难免芜杂。读者可以在第一时间与作者互动,甚至会直接影响下一步的写作,成为"再创作者",客体转变成了主体。比如一些走红的网络小说《第一次亲密接触》《裸婚时代》《成都,今夜请将我遗忘》《宦海沉浮》等等,其中读者的力量不可小觑。这些作品几乎都为影视编剧所青睐。据查,《宦海沉浮》的点击量高达六百多万人次,该小说写至四百四十万字犹未止;起点中文网的日浏览量竟然达二点二亿人次。有无数读者都是端着手机抱着电脑跟踪阅读的。这种大量的屏幕阅读很考验人身体的耐受力,可读者偏就愿意——痛并快乐着!网络文学、网络阅读正以其自身的优势冲击着纸媒的生存。

所以,我们应积极地看待新媒体时代阅读方式的新变,因为从知识获得途径和比例来看,个体知识的获得,有百分之七十来自于视觉,也就是说,"看"是人类获得知识最主要的途径。对此我是乐观的,我认为,有着几千年发展历史的图书,依然将居于阅读的高端地位,人类知识和文明成果,在当下主要还是由纸质图书承传的。读图和读文都很重要,二者的融合将会是今后长时期的一个大趋势。

但我们仍需要呼唤真正有价值的阅读。这是一种挑战。问题不在于使用哪一种形式,而是触及怎样的内容。少了青灯黄卷和书香墨痕的阅读形式并不可怕,可怕的是,新兴的电子阅读会不会在不经意间演化成"浅阅读""泛阅读""飘阅读"。难怪丹尼尔·贝尔喟叹:"当代文学正在蜕变为视觉文化,而不是印刷文化"。如果流于了解故事,其阅读完全可以是快速的、概览式的,倘要去钻研、品咂一部真正的文学,那必然是一种细嚼慢咽,而不是狼吞虎咽。的确,凡读书者,都会有这样的读书经验:不论是过去还是现在,在阅读生活中,一直存在着既有轻松易读的"兴趣书",又有艰深繁难的"严肃书";内容艰深繁难的书读起来不仅需要我们的审美判断力,对我们的智力和道德水平,也是一种考验。尤其是在当下阅读文化中,人文阅读、经典阅读和严肃读物阅读日益萎缩,而"轻阅读""飘阅读""浅阅读"成为流行、时尚的阅读。读内容艰深沉重的书、读"费劲"的书、读"难书"、读"慢书",便越发显得可贵了。应该警惕的是,当我们过多依赖搜索引擎,也就在纵容大脑的惰性;当我们能很方便地从网络得到问题答案,也就不自觉地弱化了查找、探索知识的能力。来得容易忘得快!这才是真正可怕的。所以,在今天这个随处可以阅读的时代,我们要努力探索:既善于运用电子阅读,同时能达到以往纸质阅读时的良好效果。也就是说,把读屏的便捷与阅读的深度融合起来。

我非常认同这样的判断:一个人的精神发育史,应该就是一个人的阅读史;一个民族的精神境界,在很大程度上取决于全民族的阅读水平;一个社会到底是向上提升还是向下沉沦,就得看一个国家谁在看书、看什么书、怎么看书。有效的阅读不仅仅影响到个人,还影响到整个民族、整个社会。所以政府提倡"书香社会"。有人感叹:"当今社会识字的人多了,读书的人却少了。"事实上,阅读这一社会问题虽然不像环境、住房、教育等问题那么急迫,但它是一个影响长远的问题,将影响到社会、民族的文化走向和精神结构。

千年以来阅读书籍的习惯正在被颠覆,文学与阅读正在出现新关系。网络改变乃至侵蚀阅读是一个全球化的现象,并非中国独有。而真正的文学阅读应该是一段段无可替代的完整的生命体验。有长度有宽度的文学阅读虽面临读图时代的挤压,甚至面临大众文化的重新选择,但其本身的经典性不会因此受到根本性威胁。就说小说吧,如果看过《百年孤独》《洪堡的礼物》《我的名字叫红》《信仰的国度》《铁皮鼓》《逃离》《暗店街》《追风筝的人》,看过《白鹿原》《丰乳肥臀》《平凡的世界》《古船》《活动变人形》《活着》《废都》《长恨歌》《笨花》《一句顶一万句》等等作品的读者,他们仍然会相信,这个时代优秀作品的意义远胜于浏览大量碎片化、新闻性等"E时代"话语。尽管一时代有一时代的"悦读"体验,一时代有一时代的经典;但真正的杰出作品绝不是消费时代的信息碎片和快餐文化可以架空的。

(原载《文艺报》2015 年 3 月 16 日)

文学批评的"过剩"与"不足"

当今的文学创作从数量上看,是繁荣的;当今的文学批评仅从数量上看,也很繁荣。虽然仍有不少论文得不到发表,急得作者团团转,但当代文学的理论刊物、学报和报纸版面,加起来已不能算少。如果注意一下每个时段集中评论的话题和作品,我们又可能会产生一种话语自我繁殖和理论过剩的感觉;富于主体精神和独特见解的、有个性风采和言语美感的评论却很少见。在这"过剩"与"不足"之间,形成了巨大的反差。

文学批评文章之所以给人"过剩"之感,在我看来,首先是因为同质化、平庸化的东西太多,它们的角度、思路、思想资源、评价标准、话语风格都大体如出一辙,既提不出什么尖锐的问题,也不可能做出什么意外的评价。从价值立场来看,也许都很"正确",但问题在于,价值立场不能代替文学批评本身,由于它们的审美精神是狭窄的和单一的,没有显示出审美的丰富性、多样性,更谈不上观念和方法的创新。有人表示,纸媒的文章,显得规范、严谨、温吞水、面目相近;而网络批评,个人空间、微博、微信等新媒体上的文章,发表渠道便捷,反而显得活泼、生动、更接地气一些。它们的芜杂则是另一问题。这话不能说没有一定的道理。二是,有些论题相对固化,隔几年就会转圈儿似的重新讨论一回,例如振兴文艺评论问题,市场化与社会效益的问题,深入生活的问题,城市文学问题,底层叙述问题等等,不一而足。不能说这些问题不重要,不能说不需要反复讨论,问题是这样的讨论往往是平面推进、原地转圈子,以致讨论者也不免疲惫。当然,有些问题是文艺学的基础理论,什么时候都离不开的,是需要反复、深入讨论的。三是,研究队伍的庞大与研究对象的单薄之间的不平衡。当代文学的研究者队伍可谓庞大,包括教师、学生,再加上协会的、科研机构的,人数可想而知。他们要晋升职称,要毕业,要出学术成果,要拿基金项目,要获社科奖,都离不开写论文、发论文,而作家作品研究这一块就很重要,于是研究对象也就集中在十几个"一线作家"身上,像莫言、贾平凹、王蒙或者张爱玲甚至胡兰成,都变成"唐僧肉"了,研究他们的论文加起来,恐怕比他们本人的著作要多出十倍百倍。对作家本人来说,这无疑是好事;但是不管多么伟大的作家,再有深度,也经不住这样地反复挖掘。影视界有个词儿叫"翻拍",就是把名著或名片拿来一遍遍地重拍,现在的许多文学论文也可叫"翻论",在同一研究对象身上不停地"推陈出新",其可挖掘性、可研究性、可创新性就值得怀疑。

功利性的和非审美的批评是当今文学批评"过剩"的又一症结所在。今天的批评者很难将批评行为当作一种单纯的审美过程、一门学问、一种鉴赏艺术,虽然他们也深知文学批评在本质上是非功利的,具有独立的品格,应有一个神圣的空间;但其介入文本的方式却在不少情况下是功利性的、策略性的。从本质来看,有效的文学批评是一种表达和阐述的精神活动,在社会文化生活中具有不可小觑的引领力,其功能在于对文学对象的介入,简言之,就是通过批评让读者亲近文学,而不是成为文学的陌路人;让读者乐于体悟自己也乐于了解世界。但是,由于文学批评的实用化、工具化、商业化及习惯性伦理,有效的批评难以应对"文本之外"的现实,而沉浸于"文本内"有见地的声音往往会被非文本的意义阐释或过度阐释所淹没,文本被肢解,文学批评的功能被异化,于是文学批评的审美空间受到挤压。文学评论如何搞,已不单是发挥个人才能的事,批评家在今天面对的是一个非常复杂的"话语场",他们在人情、资本、前文本和习惯性评价伦理的链条上的尴尬也就在所难免。也许情况比这还要复杂。我们需要的是,读者、批评家对作品介入的单纯和热情,批评者与作品的交流,正像哈贝马斯所说的"公共性交往",而非"策略性选择";即使那种"粗暴"的批评,仍是法国批评家蒂博代所说的,是意义上的"寻美的批评"或"求疵的批评",他们大体上也还只是面对作品。

所以,在这个功利化审美的"话语场"中,最难得一见的是不同立场者的"和而不同"的互动。当批评被"科学化"后,当代文学评论也被纳入一种史料式的研究规范。这种研究自有其理论高深之处,但是大量考据性的批评远离了性情与温度,不再关涉经验与经验之间的可交流性,尤其不善解读人生与人性的复杂状态。在批评和研究最为密集且人数最为庞大的高校,文学批评与作品、人生的脱节现象也许是令人担忧的。一方面,规范的批评方式,被认为更"科学"、更"学术",也更容易得到高校"学术评价体系"的认可,而不能引经据典的个人化色彩较浓的批评文章很难算作学术成果;另一方面,作为文学阅读重镇的高校,其文学的审美判断在多数情况下又显得并不鲜活,充斥其中的多是一种没有热度的呆板的"冷批评"。由于文学研究与文学批评被功利化制度的犁铧掘开了鸿沟,经典研究与跟踪批评也都不能很好地对话,评者自评,读者自读,热者自热,冷者自冷,互不相涉,漠不相关;一些重要的、先锋性的创作得不到及时有力的评论,一些带有典型性的创作难题得不到及时的正视,而一些无关宏旨的话题,却铺天盖地。很多文学研究者复制着似曾相识的论著,炮制着批量的论文,这种"过剩的利益生产"最终淹没了那些有个性风采的美文批评。这也就是我所说的"过剩"的象征意义。这种复制性也许具有不可阻抗性,它威胁着每一个具有独立批评话语能力和艺术个性的批评家,也就是说,无效的话语繁殖淹没了有效的意义阐发,文学批评的"不足"之症反过来侵蚀了文学本身,这才是真正最可怕的。

当然,当下批评的"过剩"与"不足"远不止这些。我本人的有些评论也属于"过剩"之列。可以肯定的是,健康有力的文学批评的出现需要一个个质地坚硬的文本,更需要一个良好的语境,而批评家自当具备一种在公正立场"说话"、直面作品的批评伦理。倘若能斩断作品与它后面种种非文学因素的联系,大量的没有意义的过剩与复制就会减少,一种深入到作品内部的有效批评和探究文本奥秘的"美文批评"也才有可能更多地涌现。

(原载《文艺报》2015年10月12日)

真正透彻的批评为何总难出现

在中国,很少有哪个时期的文学批评像今天这样软弱被动、尴尬无奈,在多种力量的牵拉和围堵之中,找不到自己应有的无可替代的独立位置,也难以找到摆脱困境、奋然前行的途径。当年,在无条件为政治服务的禁锢时期,情况当然很糟,文学批评的整体面貌僵化而刻板,除了独断论式的赞扬就是如雨的棍棒,不过,它虽然生硬而单一,却也不像现在这样进退失据、无所适从;在改革开放的80年代,文学批评迎来了哲学思想和审美意识的大解放,它扮演着启蒙者和审美判断者的重要角色,目光自信,精神焕发。然而现在,我们每天都会看到新的作品在大量涌现,批评家们在各地的各种媒体上发表着不同的声音,同时,我们也知道,在大学校园里,有不少硕士、博士在研究着各类当代作家作品,仅就从业者之众及评论的数量、口号、声势、名词、新术语、理论旗号而言,当前文学批评不仅堪称"繁荣",简直多得要"过剩"了。然而,我还是觉得,就思想深度、精神资源、理论概括力、创新意识、审美判断力而言,富有主体精神的、有个性风采的、有影响力的评论仍十分少见;而跟在现象后面亦步亦趋的或迎合型的、冬烘型的、克隆型的评论却很多。我们不能不得出这样的看法:批评的喑哑和失语,批评的乏力和影响力萎缩,批评的自由精神的丧失,以及批评方式的单调、乏味、呆板——这一切使得貌似繁荣的文学批评更像是一场场文字的虚假的狂欢,最终导致批评失却鲜活、锐利、博学、深刻的身影。我们有时甚至会得出这样一种有趣的印象:在一场场作品讨论会之间,在一版版文学评论之上,不能说完全没有真知灼见,但似乎那个真正的批评者一直没有到场,没有发出应有的富于穿透力的声音。无怪乎有人愤然说,今天是一个文学批评缺席的时代。有人讽刺说,现在的文学评论,重要的已不在于你说了什么,而在于你是不是在场、在说。这种种挖苦、调侃之语,不禁令人感慨。

是的,我们需要深思:为什么多年来文学批评的尴尬局面难以改变?作为批评队伍中的一员,笔者本人也有许多需要检讨、反思之处,但是,这毕竟是一个时代性和公共性的问题,甚至不完全是文学或文学批评自身的问题。我最近渐渐形成了一种也许不无偏颇的看法:文学批评公信力的缺失,根源在于社会生活中公信力的某种缺失,在于整个社会价值体系的某种紊乱;文学批评的虚弱乏力,从根本上说,是文学批评的性质、功能、价值发生了严重的位移、扭曲和变形。是的,作为知识分子,作为批评者,应该具有使命意识、担当意识,不能把责任一古脑儿推给客观环境;但是,细思之,今天的文学批评之所以是这样,而不是那样,的确不是文学自身可以改变的,也不是几个人的职业精神可以挽回的。在一个诚信缺失、怀疑永恒的大背景下,要求文学批评者保持纯粹的审美精神和独立的品格,固然是合理的、美好的,却也是很难抵达的。真所谓"露重飞难进,风多响易沉"啊。我愿加入到反思者的行列之中,并为之努力。

尽管历史语境和社会环境对文学批评的影响是巨大的,有时甚至是决定性的,但我同时认为,任何事物的改变,必须要在外在与内在两个方面去寻找根因。文学批评只能在冷静面对外在环境的前提下,清醒地认识自我,积极地寻求更新之路。所以,文学批评遇到了哪些以前没有遇到的新情况、新问题，它到底出现了哪些严重的症候，就是一些虽然谈论既久，却依然十分迫切、值得深入讨论的问题。我的看法，概括起来大致有如下几个方面：

一、文学批评的性质、功能、价值在历史文化语境的巨大变迁中发生了位移和变异，工具化、实用化、商业化现象日益严重

我近来感到，文学批评的功利化、工具化、实用化、商业化倾向较前愈来愈严重了，审美的空间愈来愈狭窄了。我们知道，文学批评的功能在于，通过对作品、现象、思潮和文学史的文化艺术内涵的阐释，揭示其意义、价值，引导人们的审美精神走向，提高人们的鉴赏能力。文学批评具有审美的独立性。文学批评是社会文化生活中一支重要的建构性力量，它不但促进文学艺术的繁荣，而且有助于形成健康的精神生态。文艺创作与文艺理论批评中的价值观、审美观，与现实生活中人们的价值行为之间，实际上构成了一种互动关系，人们往往通过批评，发现杰出作品的精神价值，揭示某种潜在的精神危机，潜移默化地增强我们民族的精神涵养和文明程度。一个健全的、充满活力的社会总是能够以宽广的胸怀包容批评，并努力培育健康有力的批评精神。批评只有在对人们关心的事物上产生影响和发生作用，人们才会关心和尊重批评，并意识到它不可或缺。批评的价值也正是在这样独具慧眼的发现和尊重中显现出来。

过去，一部作品的发表和出版，后续和附加的东西并不多。评论只是面对作品，甚至那种简单粗暴的批评，也只是面对作品。现在不一样了，作品出版和发表后，将面临参与多项评奖、发行量的

多寡、上排行榜否、好书评选等多种关隘,这一切还会带来连环套般的利益链;于是,评论若出言"不慎",就可能"搅局",大煞风景。对于一部分真正视文学为生命、有高远追求的作家而言,这可能不是问题。他们听得进不同意见。但对某些文学组织者、出版者、利益相关者,甚至包括某些作家本人,就并不想倾听真正的批评的声音,或者没有耐心,或者没有胸怀。他们很少意识到,评论是一个审美过程,是一门学术,是一种鉴赏艺术,在本质上是非功利的,具有独立的品格,应有一个神圣的空间,应予尊重。他们其实更想借助评论直接扩大作家作品的影响面,提升知名度,进而摘取各种大奖。如果评论不能配合,他们就会不高兴。某些组织者,甚至将之看作"政绩",而政绩对他们来说又是至关重要的。文学批评的"政绩化",是另一种形态的工具论的死灰复燃,应该警惕。

当然,更为重要和更加普遍的困境是,文学批评的写作对高科技、新媒体的依赖甚至依附,使它在悄然间强化了工具性、复制性、拼贴性、可操作性。这也许是一个人们习焉不察却直接影响着批评的品质的大问题。在全球化、信息化的今天,人类的生活与工作已进入加速度时代,古老、宁静、缓慢的农耕文明的诗意正在急剧消失,大地上不再是骏马和人的脚步,而是吐着尾气的汽车的飞轮;天空也不再是白云的悠悠漫步,而是飞机的穿梭轰鸣。在这样一个时代,与告别手工业进入后工业复制时代一样,文学也告别了毛笔、钢笔而进入了计算机的流行技术时代;与告别农耕时代的封闭性、自适性、个性化、精英化、贵族化而进入大量繁殖、膨胀并拒绝个性的经济活动一样,文学也在告别私人经验、艺术自适、精英话语之后而进入了公共经验、大众文化狂欢、欲望化书写的新场域。无论作家的创作还是读者的阅读,似乎都已经被时代的主板刷过,文学进入了一个类似巨型计算机的控制系统。文学批评自然也在劫难逃。于是,我们看到,批评家们有时会出现在好几个会场,说着大同小异的观点,所有评论者的声音、词汇,好像预先被录音师调好了似的相似,而且每个时期都有一套时尚的话语和表述方式,就像最近"给力"一词一夜之间覆盖了所有媒体一样。文学研究者们在复制着似曾相识的论著,论文写作者们在炮制着批量的论文,它们像是从同一个模子里生产出来的产品。这虽然不是所有的事实,却是普遍的事实。这种复制性具有不可阻抗性,它威胁着每一个具有独立批评话语能力和艺术个性的批评家。这才是真正最可怕的。

于是,与此紧密相关的,还有一个突出的问题:在大众传媒时代,如何尽可能保持自己的精神品格,保持一种独立的批判精神和价值标高。文学批评离不开传媒,因为它没有专属于自己的话语频道,它必须通过媒体才能传播自己的声音。这里就有一个自由与不自由的问题。现在,我们进入了一个大众传媒的汪洋大海,刊物、书籍、副刊、网络、电视、排行榜、研讨会、新闻发布会,铺天盖地,按说它们都可以充分地传播文学批评的声音了,其自由度和选择性应该大为扩展了;而实际情况却是,批评陷入了言说更加不自由的状态,显得更加被动了。因为,评什么不评什么,发什么不发什么,以什么样的话语方式言说或不以什么样的话语言说,常常要受到"无形之手"的操控——经济利益、功利主义、短期行为以及发行量、点击率、码洋、收视率乃至人情、面子、关系等等多重因素的制约。比如研讨会这一形式,为人诟病多年,仍盛行如常,说明问题已不在于开不开,而在于怎么开了。至于伴随创作的商业化现象而出现的评论的商业化倾向,90年代以来谈论甚多,此处就不多赘述。

二、信仰的失落、价值的多元与当今批评标准的紊乱

在一、二次世界大战之后，西方精神信仰体系遭遇整体崩溃，西方文学也进入一个人文价值危机、多元甚至混乱的现代与后现代时期。中国在进入90年代之后，随着与世界经济、文化、思想的交融，人们整体的精神信仰和价值观念也发生了巨大变化，其中含有很大进步因素；但同时要看到，由于没能建构起自己的审美体系，表现在思想界、文学界则是批评资源的匮乏和批评标准的混乱。今天，我们似乎再也找不到一个统一的标准来判断一部文学作品和一个文学现象了。比如，托尔斯泰的《战争与和平》对于"80后"之前的几代人是一个伟大的文学标杆，但对"80后"和"90后"来说，未免显得古老，有点像《荷马诗史》或屈原那样遥远。即使对于"60后"和"70后"作家来说，《战争与和平》也不过是一部分作家的灯塔，真正倾心的人并不多；而《变形记》《尤利西斯》《百年孤独》《生命中不能承受之轻》《洛丽塔》之类作品，更能成为他们向往的目标。这里不排除文学自身演变的迹象，比如，从总体上看，我们在从"再现历史"转入了"个人言说"。但是，也不能不看到评判标准上的莫衷一是。比如，当一部分评论家欣喜地指出余华的《活着》告别了先锋写作，转入了现实主义传统之时，作家本人和另一些批评家却并不认同。再如对《兄弟》的评论，对《色，戒》的评论，都曾给人眼花缭乱之感。

当然，寻求评论的统一标准这样一种思维，属于传统的大一统思维，带有专制性和一元论的色彩，在今天已经落伍了，已经不适应时代的发展了。与经济的多元、文化的多元以及生活方式的多元一致，文学的创作与评论也出现了多元同构、众声喧哗的格局。

这是今天文学的真实面貌。例如，在传统文论中，文学应该是一种精英立场，具有载道功能，但是，在今天的很多作家和评论家那里，认为文学不该承载那么多的社会功能，文学只不过像纳博科夫说的，只是自娱和娱人，只是为了展示人类想象和创作的魔力，并非为了自以为是地改造社会。这两种认识在今天显然成为相互对立的批评姿态。很显然，前者试图与传统保持尽可能的一致，而后者似乎要与未来达成某种默契。虽然我对后者有所保留，但这两种批评在我看来，都有一定道理，也是可以互相借鉴的。

但是，为什么在多数情况下，我们感受到的并不是审美意识的多元并存，而是审美观上的某种混乱景象呢？为什么它不仅表现为作家认识世界与自我的混乱，同时也表现为读者与批评家在认识和判断上的混乱呢？出现不同意见，或出现多种不同意见，不管多么尖锐，都是正常的，并不可怕；可怕的在于，无标准、无章法、无尺度的"混战"，那是无法形成美学意义上的对话和交锋的"乱象"。只能以"混乱"称之了。批评标准出现某种迷乱现象，其根本问题在于我们没有足以解析当前复杂多元的文学现象的思想能力和富于精神价值的审美判断力。一个显见的事实是，面对今天文学全面地大胆地赤裸地铺展开来的人性、利益、欲望、身体的方方面面，面对我们这个处于现代转型中的"问题时代"——人们有无数的关于传统与现代的、物质与精神的、伦理与道德的、人性恶与人性善的疑问和困惑，而批评却没有能力加以评判和辨析，更没能力去弘扬正面的真、善、美的精神价值。我们更多看到的是，理论的失效、缺乏说服力，严重点说，出现了某些思想瘫痪症和失语状态，剩下的"语"就是跟进性的描述、中立性的介绍，或者毫无底蕴的语词暴力。由于库存空虚得厉害，没有了理性的尊严，甚至都没有几种像样的武器可用。

这里有个"多与一"的关系。文学毕竟有它根本的审美尺度和共通的价值基础，批评者还是要从多元复杂的文化精神中建立具有人类共同价值的精神标准，从而对人类的精神走向具有指导意义。在今天，人类的文明已经反过来异化人类的生存，因此，对文明的走向是一个需要异常警惕的本质性问题。批评者要从自由、平等、互爱的人性基础上建立一种使人类走向幸福的价值标准，以此来遏制文学中一切反人类、反人性、反文化的非人化倾向，从而净化文学的精神生态。我一直很赞赏福克纳在诺贝尔文学奖获奖演说中的一段话，他说：一个作家，"充塞他的创作空间的，应当是人类心灵深处从远古以来就存有的真实情感，这古老而至今遍在的心灵的真理就是：爱、荣誉、同情、尊严、怜悯之心和牺牲精神。如若没有了这些永恒的真实与真理，任何故事都将无非朝露，瞬息即逝"。他还说："人是不朽的，这并不是说在生物界唯有他才能留下不绝如缕的声音，而是因为人有灵魂——那使人类能够怜悯、能够牺牲、能够耐劳的灵魂。诗人和作家的责任就在于写出这些，这些人类独有的真理性、真感情、真精神。"我至今仍然服膺鲁迅所说"真实的圈""前进的圈""美的圈"的评论标准。到底我们要不要一个统一的文学标准，或者说在所有这些标准之上，有没有一个更高贵的标准，这是我们应该思考的问题。

三、批评家向学院体制的靠拢、妥协与批评的失范

今天的批评仍然可以分为三种：专业批评、媒体批评、学院式批评。这三种批评各有侧重点。专业批评（与有人称为"协会批评"的有些接近）侧重于对文学的文本细读、分析、定位，从众多的文学作品中为读者挑选出精品，并引导读者去认识它。专业批评

还可能会引发新的文学现象和文学思潮的涌现。媒体批评又可分为两种，一种是报媒批评，一种是刊物批评。报媒批评侧重于时效性，往往是即时性发言，对一部作品的推广往往具有重要的意义。刊物批评近年来由于生存的艰难和大学学术体制的影响，基本倒向了学院式批评。学院式批评则主要从研究的视角对文本进行分析，应该具有历史深度，如研究者常常会将一部作品放在现当代文学史的框架中去考量它的价值。这种批评也常常会以新的批评理论来构建一种批评的范式，如巴赫金的复调和狂欢化理论一旦译介出来，很多研究者就都用这些理论去阐释作品。

可惜的是，随着大学的扩张，很多专业批评人士都移居大学，但大学的批评因为其自身的特点反过来制约和影响了专业批评。大学的学术体制不大能够承受专业批评和媒体批评那种感性的、尖锐的、简短的批评范式，而要求进入大学后的专业批评家们必须遵守传统的研究性范式。这种范式有八股文式的模式，而且有字数的要求，一般须在三千字以上。于是，人们会看到原来锋芒毕露的批评家们进入大学后，就开始运用理论小心地求证、发言，最后，将原来那种充满了感性色彩的批评文章修炼成了充满理论引述的不忍卒读的长篇大论。专业批评就此被学院批评消解了。

媒体批评方面，无论是报媒还是刊物，都基本商业化了。报媒的读书评论大多被出版商垄断了，真实的评论已不是很多。一些大报的评论版面也逐渐成了职称文章的展示地。刊物则因为生存的艰难和大学研究人员及研究生的需要形成了一个文章市场。不仅传统文学刊物的评论被其收编，而且很多文学刊物又开辟了专门为研究生和一些低职称人员发表文章的增刊。媒体批评也基本上消失了。

最后，我们四处可见的是理论的碎片、重复的语词和不痛不痒的夫子式的文章,但就是读不出对文本的真切的感性认识和准确判断,更难得一见那种才华横溢、一语中的、锋芒毕露、感性与理性完美结合的批评文章了。

四、批评传统的断裂和批评主体的缺失

在整个现代文学史上,有没有一个值得尊重的文学批评传统?这个传统在今天是否已被抛弃?在学院式批评尚未形成之前,批评是自足的。我们看到批评人士在批评一部作品时,往往都是细读文本,把文本吃透了,对作品的人物、语言、情节再三玩味,在此基础上,展开对一部作品的整体性的批评。钱谷融先生评《雷雨》,就像是钻到人物的灵魂里,同时又跳出来进行深入探究。所以他深刻地理解周朴园和繁漪,他说曹禺没有把那个叫"雷雨"的人物漏掉,即便没有读过《雷雨》剧本单看评论的读者,也一样可以感触到一个真实可及的繁漪。可是,自新世纪以来经历了大学的扩张和文学的市场化、大众化之后,文本细读的批评越来越少了。即使有也淹没在那些大而无当的理论中了。这种局面的出现,一方面因为文本浩茫,文本质地稀松,评论家已经无法去面对每日几部长篇小说出版的新局势了,另一方面,也出于评论家被各种因素引诱、困扰的复杂的生存环境。

在上世纪80年代,文学批评的语言尚多是鲜活的,有的几乎可以当美文来读。这样的批评文章不但可以直率地表达自己的观点,还可以看出一个批评家的个性和才情。这样的批评文章,不但读者喜欢,作者自己也喜欢。但是现在我们看到的批评文章,大多失去了独特的个性、鲜活的文风,拿来对比,发现面目雷同,成了复制品。这种局面的形成,也许大多还是出于学院式批评的排拒,同

时,受国外文论、古典文学界和现代文学研究界的影响,当代文学评论也被纳入一种史料式研究的规范。在很多大学里,对文学作品的批评文章不能算科研成果。规则制定者认为,那种文章是可以随意制造的,没有任何科学价值,于是,从事文学研究的学者很少再对单部作品发表看法,而那些被引入大学的批评家从此也得守此规矩。这就导致了新世纪之前尚在活跃的一种鲜活批评文风的丧失。

也由于以上原因,当下的刊物与学院式批评共谋,从而形成了一种新的批评风气,要求文学批评也要进入现代文学史料研究式的书写范式,这种研究式的文章不允许作者出来过多地发挥感想,即使要说带判断色彩的话也必得引经据典,用别人说过的话来印证,导致了批评主体的消失。我们再也看不到像鲁迅的《白莽作〈孩儿塔〉序》、闻一多的《女神之时代精神》、傅雷批评张爱玲,甚至司马长风评《围城》那样尖锐透彻、才华横溢、清新悦目的文章了。

当然,应该承认,在今天做一个文学评论家比任何一个时代都更艰难。因为在中国传统的古典时代,批评家面对的是一个封闭的中国传统;即使在上个世纪文学还受政治钳制的时代,批评家面对的精神世界也是大一统的。今天完全不同了。我们不仅要面对完全开放的、陌生的、广阔的世界文化,同时还要面对正在兴起的对传统文化的再发现;我们不仅要面对自己民族的文化,还要面对其他民族的文化;我们不仅要面对现实世界的纷繁复杂,还要面对电子虚拟世界的瞬息万变。这对批评家主体性的要求也就更高。当前批评的乏力,也可说是一种主体性的疲软,首先在于精神价值判断力的某种缺失、审美判断力的软弱。现在的情况是,大多数文章停留在梳理、归纳、复述现象表层上,鲜有大的思考,对时代审美走向,提不出切中要害的问题,谈不上富有独创性的有深度的研究。当前批评存在着与批评对象脱节的严重现象。比如,批评与读者,存在着评者自评、读者自读、热者自热、冷者自冷的互不相涉、漠不相关(顺便指出,现在专业阅读、大众阅读、网络阅读三者之间出现了比较严重的分化和隔膜)。批评与创作,同样存在脱节,一些重要的、先锋性的创作或为读者密切关注的创作,得不到及时有力的评论,一些带有典型性的创作难题得不到及时的正视,而一些并无多大代表性的作品的评论和一些无关宏旨的话题,却铺天盖地,占据了大量篇幅。批评与市场其实也是脱节的,消费者的市场选择和购买行为往往决定新的再生产的需要和走向,但批评者对此似乎做不出有见地的预判、评说、解析,显得无能为力。不少批评家对市场最热销的书籍几乎一无所知。

五、文学批评缺乏创新致使批评停滞

事实上,文学批评的现状与文学创作的现状并没有太大的差异,并不是文学创作取得了多么耀眼的成就,唯独文学批评败落得一塌糊涂。要谈成绩文学批评同样很大,但我这篇文章是以谈问题为主的。在我看来,文学批评的最大问题与文学创作一样,缺乏创新。这一方面表现在批评理论的陈旧,如相当大一部分批评家,包括我在内,仍然坚持传统的现实主义批评范式,而少有批评家在现代派后现代派文艺批评方面有较大建树,致使很多批评停留在观念的冲突层面;另一方面,文学批评已经面对世界文学,而批评家们,包括我在内,在世界文学的批评方面缺乏足够的储备。在今天要评论一些重要作家作品时,已经不能单单看这个作家的作品,还要看这个作家所秉承的传统,结果发现,今天活跃的一些重要作家的传统可能不是中国的,而是世界的,但我们对这些世界性作家及其文化背景并不熟悉,这就导致批评的错位或失语。是批评家自身的视界和修养限制了批评的道路。

创新的核心是要找到我们时代的审美元素和风格精神,找到与时代审美前沿相契合的新的形式和新的语汇。它不是外在的,而是内在精神上的创新。在现实主义文学传统那里,我们似乎是有现成的美学原则和理论方法可以使用,但近百年来中国文学现实主义的道路并不如此简单,美学原则被刷新了好多次。这就要求我们在美学原则和理论方法上一定要有新的突破。好的评论家不是随风而动,而一定是引领风气的弄潮儿。新文学运动离不开陈独秀、胡适、李大钊等理论家的倡导。从"五四"开始到上世纪八九十年代,我们也确实从国外引进了很多新的理论,这些新理论也的确影响了中国文学的发展;在我们不断重复这些理论之后,也应想到创造属于我们自己的理论谱系,自信地提出一些新的美学原则和理论。李泽厚近年提出"情本体"论,不失为从中国经验出发的见解。但我们在这方面仍十分薄弱。

文学批评不是文学作品的传声筒、发布台,它有自身的使命、尊严和独立价值。文学批评带给文坛的应该是一种审美评判者和阐扬者的清新声音。当文学陷入迷途时,批评就会应运而起,将雷雨般的呐喊与批判高悬于文坛;当文学有新的活力与了不起的作品涌现时,她就发挥其先知先觉般敏锐的感受力,将那赞美的声音给予新生力量。文学批评自身也面临发展的问题,事实上也在发展中。比如,我们是否注意到,在各种报刊上,不时仍会出现一些新的名字和富于生气的文章;在网络的博客、论坛、播客等话语场,充盈着尖锐、泼辣、陌生、奇特的话语狂欢和草根精神,吸引着无数网民的眼球,已没有言说者与阅读者的界限,其见解和水平也并不在专业评论之下。无论哪种批评方式,都不能无视其存在,并争取进入、主动,才能有新的发展。

现在的确有一个重建批评的理想和公信力,强化批评的原则性和原创性,增强批评的批判精神,大力提升大众传媒时代文学批评的精神维度的问题。正如有的同仁所指出的,不同的思想和观点必定要通过相互碰撞、摩擦、论争,才会显出其内在的分量和力度,但是,不知从什么时候开始,我们丧失了在真正的批评家身上常见的气质和素养,丧失了争论的勇气、反驳的激情、否定的冲动,丧失了对真理和善良的挚爱、对虚假和丑恶的憎恨,以及对自由和尊严的敏感。有的同仁进一步指出,我们这个时代是一个"思想家退位,学问家突显"的时代,满足于考证、技巧的圆熟,满足于操作程序的流畅和制作的精致,再加上商业利益、体制化生存方式的需求的驱动,使得思想文化界和文学批评界日益沉迷于各种操作与"社会资源交换"的活动,缺乏独立思考和独立的批判精神。如果这种风气不能扭转,那么我们就不可能指望有什么突破和创新,更不可能在世界思想文化的格局中占有一个重要的位置和产生重要的影响。

当前,中国与世界文化、经济的交融已经到了一个新的阶段,中国经济的腾飞、中国传统文化的崛起使中国人在世界面前已经拥有了文化自信。文学的自信力在增强。在这样一种背景下,中国文学正在成为世界文学的一个重要组成部分。在今天,文学批评的重建不仅仅是中国的,也将是世界性的。

2011 年 1 月 6 日修改

(原载《当代作家评论》2011 年第 2 期,《新华文摘》全文转载)

我心目中的好散文

传统的散文发展到今天,确乎愈益暴露出它与当代人精神脱节的疲惫,被文体定势的重负压得直不起腰,而其中最致命的,乃是思想的贫瘠、哲理的贫乏——无力洞察当代人的生存困境和精神饥渴。这大约与我们民族不是长于哲学思维有关。是的,倘若一个时代的最高思想成果和理性智慧不能在散文中得到体现,倘若散文不能对时代和民族的灵魂状态加以思考,倘若散文找不到富于时代感的思与诗的言说方式,那是没有创新可言的。为此,我也曾提出过新散文必须解决的问题,即渗透现代人生意义的哲理思考;形而下与形而上的融汇——走向象征与超越之途;继承传统并转化传统,创造新的语汇、节奏和表述方式。散文的审美品格与思想品格同样重要,不讲究审美,可能混同于哲学、逻辑学、文化学,那是散文的另一歧途。散文必须首先是形象、意境直至有意味的形式。

我感兴趣的散文,首先必须是活文、有生命之文,而非死文、呆文、繁缛之文、绮靡之文、矫饰之文。自从赫拉克利特说出"人不能两次踏入同一条河流"的素朴真理以来,人类对于自身在流转的大化中的感觉就重视起来,懂得运动感是一切有生命的活物的重要特征。我对散文也有依此而自设的标准,那就是看它是否来自运动着的现实,包含着多少生命的活性元素,那思维的浪花是否采撷于湍急的时间之流,是否实践主体的毛茸茸的鲜活感受。有些作家名重一时,甚至被尊为散文泰斗,其写作方式似乎是,写喝茶就搜罗关于茶的一切传说轶闻,写喝酒就陈述酒的历史和趣闻,然后加上一些自己的感受,知识可谓渊博,用语可谓典雅——不知为什么,对这种考究的文章我始终提不起兴趣,甚而推想它可在书斋中批量生产。对另一类矫饰、甜腻、充满夸张的热情的"抒情散文"我也兴趣不大,它们的特征是:语言工巧、纤秾、绮丽,但文藻背后的"情",则往往苍白无力,似曾相识,是已有审美经验和图式的同义反复。它们没有属于自己独有的直觉和体悟,因而也无创造性可言。我真正喜爱的,是泼辣、鲜活的感受,是刚健清新的创造性生命的自然流淌,是绝不重复的电光一闪。这当然只有丰富饱满的主体才可能生发得出来。

这类散文的最强者,毫无疑问,是鲁迅。无论读《野草》、读《朝花夕拾》、读《纪念刘和珍君》、读《为了忘却的纪念》……那数不清的星斗般的篇什,到处都会遇到直接导源于生命和实践的感悟,它们是一次性的,只有此人于此时此刻才能产生,因而反倒永远地新颖,历久而不褪色变味。所以,要论我的散文观,那就是:虽然承认那有如后花园蓊郁树林掩映下的一潭静静碧水似的散文也是一种美,甚至是渊博、静默、神秘的美,但我并不欣赏;我推崇并神往的,是那有如林中的响箭、雪地的萌芽、余焰中的刀光、大河里的喧腾浪花式的散文,那是满溢着生命活力和透示着鲜亮血色的美。这并非教人躁急、忙迫,去空洞地呐喊,而是平静下的汹涌,冷峻中的激活,无声处的紧张。

现在人们已经惊异地发现,在这经济的喧腾年月和文学的萧索时期里,散文竟然出人意料地交上了好运。在人们的记忆里,散文的命运似乎没有特别地坏过,也没有特别地好过,它实在太久地担当着文坛上的配角。讲起历史来,它的历史比谁都悠长而辉煌,一回到现实,它却总是没有气力与小说抗衡。可是从上世纪90年代以来,事情起了变化,散文的际遇来临了。这倒不是说它要重温正统或正宗的梦,而是说,在这大转型的时代,它有可能获得比平常更为丰硕的成果,完成自身大的转折。散文"中兴"的秘密藏在时代生活的深心。用直白的话说就是:急剧变动的生活赐给了散文一个千载难逢的机缘。今天人人都可能有大量新的发现,提供出比平时多得多的新鲜体验,从而打破僵硬模式的束缚,创造出开放的、新颖的风格;就散文自身来说,由于它的自由不羁,它可能是目前最便于倾吐当代人复杂心声的一种形式。日日更新的生活是根据,散文的形式特征是条件,两相遇合,造成了散文迅速发展自己的空间。

然而,能否真正产生叩响当代人心弦的好散文,光有形式优势和艺术空间还不行,归根结底还要看作者——精神个体有无足够的感应能力和创新能力,摆脱传统压力的能力和辟创新境的能力。一句话,关键还在"说话人"身上。对散文创作来说,最要命的是,一拿起笔,传统散文的老面孔就浮现出来,熟络的老词句就不请自来,雨中登山呀、海上日出呀、流连苍松云海呀、怜惜小猫小狗呀……经典散文已经形成的固定视角,有其顽固性,生活被它们分解成条条块块,以致我们身在生活中,却麻木不仁,只知循着它们提供的角度去收捡素材、剪辑生活,与它们符合的东西,我们能感应,对埋在水面之下八分之七的东西,我们无动于衷。这是多么荒谬的迷误啊。于是,生活的完整性、丰富性、原生性、流动性全都不见了。我们好像拿着一张网,鲜活的水和鲜活的鱼全漏掉了,最后还是只剩下了手中的这张网。

怎么办呢?我想到了一句话,叫作:"有什么话,说什么话。"

这是胡适先生的名言。也许,为了把大量被漏掉的鲜活还原回来,这种极端的提示,或笨办法,很能解决问题。难道不是吗?难道强颜欢笑、故作豪语、温柔敦厚、曲终奏雅之类,没有给我们的散文涂够浓厚的新古典主义颜色吗?一个个像是穿着笔挺的中山服正襟危坐,好像从来不放屁也从不上厕所似的,连跌跤也要讲究姿势的优雅。哪些话该说,哪些话不该说,什么可以入散文,什么不可以入散文,好像都有隐形规定似的。这怎能不使散文露出死气沉沉、病病恹恹的萎靡相呢?不来点自然主义的恣肆,不光着泥腿子踏进散文的殿堂,是不可能唤起散文的活力的。"有什么话,说什么话"意味着不顾原先说话的姿态、腔调、规范,只遵从心灵的呼喊,这就有可能说出新话、真话、惊世骇俗的话,说出"人人心中有,个个笔下无"的实话,以及人人皆领受到了,却只有很少的人可以揭穿其底蕴的深刻的话。任何文学、任何文体,都在"质文互变"中走着自己的路程,现在我们的散文也到了以"新质"冲破"旧文"的关头了,从而建设新一代的质文平衡。

看贾平凹的《说话》,至少要让你一愣:连"说话"这样习焉不察的事也可写成一篇散文,而且全然不顾散文的体式,不顾开端呀,照应呀,结尾的升华呀,有无意义呀,真是太大胆也太放纵了,真是只讲过程,不问意义,到处有生活,捡到篮里都是菜。据说,《说话》是平凹在北京开政协会议期间接受约稿,在一张信纸上随手一气写下来的。为什么想到说话问题了?大约一到北京,八面应酬,拙于言辞的贾氏发现说话成了大问题,才有感而发的吧。这篇东西是天籁之音,人籁之声,极自然的流露,完全泯绝了硬做的痕迹,里面的幽默、机智、无奈,都是生活与心灵自身就有的,无须外加,浑然天成,可谓"有什么话,说什么话"的最佳实践。

所谓"有什么话,说什么话",并非漫无边际的胡侃。大街流氓的爆粗口和小巷泼妇的谩骂,倒也是"有什么话,说什么话",那能成为好散文吗?冬烘先生的喃喃,满嘴套话的豪言,那能成为好散文吗?"有什么话,说什么话"的精义,全在于自由、本真、诚挚、无畏。我一向认为,精于权术,城府深藏,把自己包得严严的,面部肌肉擅长阿谀却丧失了大笑的功能,"成熟"得滴水不漏的人,是不大可能写出好散文的。他经商,会财源滚滚;他从政,会扶摇直上;他整人,会口蜜腹剑;他恋爱,会巧舌如簧;他治学,会偷梁换柱;他偶尔也会"幽默"一下,结果弄得大家鸦雀无声。他在很多领域都会成功,唯独写不出一篇好散文。这是不是天道不公,或反过来说天道毕竟公正?

　　提倡"有什么话,说什么话",并不排斥开掘、提炼、升华的重要。我们常说散文要有真情实感,原本不错的,但关键要看是什么水准的真情实感,从怎样的主体生发出来的怎样的真情实感。牛汉的《父亲、树林和鸟》,不是饱经忧患且充满悲剧感者,断然写不出来。感情浓到化不开,重到承受不起时,才产生了这样简洁、饱满、幽咽、滞涩的声音。父亲说了:"鸟最快活的时刻,向天空飞离树枝的一瞬间,最容易被猎人打中。"为什么呢?因为"黎明时的鸟,翅膀湿重,飞起来沉重"。作者庆幸于"父亲不是猎人",可是猎人却大有人在啊。作者对生命的美丽和因其美丽而带来的脆弱,满怀忧伤。那意思是说,纯真的生命是快活的,纯真的生命是不设防的,唯其纯真,唯其快活,就特别容易遭到践踏、伤害和暗算。作者其实是在为天真、善良、单纯的美唱一支忧心的歌啊。多么质朴的画面,多么深沉的感怀!作者还写过一篇《我是一颗早熟的枣子》,也是寄托遥深,他说,在满树青枣中,只有一颗红得刺眼,红得伤心,那是因为"被虫咬了心",一夜之间由青变红,仓促完成了自己的一生。作者说,他憎恨这悲哀的早熟,而宁可羡慕绿色的青涩,其中的寓意不也是令人痛思不已的么。

散文的魅力说到底,乃是一种人格魅力的直呈。主体的境界决定着散文的境界。我也写散文,也想向我心仪的目标努力,却收效甚微。我写散文,完全是缘情而起,随兴所至,兴来弄笔,兴未尽而笔已歇,没有什么宏远目标,也没有什么刻意追求,于是零零落落,不成阵势。我写散文,创作的因素较弱,倾吐的欲望很强,如与友人雪夜盘膝对谈,如给情人写的信札,如郁闷日久、忽然冲喉而出的歌声,因而顾不上推敲,有时还把自己性格的弱点一并暴露了。蒙田的一段话,竟好像是为我而说的:"如果我希求世界的赞赏,我就会用心修饰自己,仔细打扮了才和世界相见。我要人们在这里看见我的平凡、纯朴和天然的生活,无拘束亦无造作,因为我所描画的就是我自己。"如果有一天,我远离了我的朋友,他们重新打开这些散文,将会看到一个活生生的矛盾性格和一张顽皮的笑脸。

其实,我写的并不单是我,我写的是一种生存相,一种精神状态,一种也许无望的追求。我早就发现,这年月自我感觉良好的人越来越多,无论是商海豪杰还是文化英雄,而我,不知为什么,自我感觉始终好不起来,心绪总是沉甸甸的,我怀疑我是否是这个时代的一个逸民。我背负着传统的包袱,却生活在一个高度缩略化、功利化、商品化、物质化的都市,我渴望找回本真的状态、清新的感觉、蛮勇的体魄、文明的情怀而不可得,有时我想,当失去最后的精神立足点以后,我是否该逃到我的大西北故乡去流浪,这么想着的时候,便也常常感受着一种莫名的悲哀。

当我奔波在还乡的土路上,当我观看世界杯足球赛熬过一个个深宵,当我跳入刺骨的冰水,当我踏进域外的教堂,当我伫立在皋兰山之巅仰观满天星斗,当我的耳畔回荡着悲凉慷慨的秦腔,我便是在用我的生命与冷漠而喧嚣的存在肉搏,多么希望体验人性复归的满溢境界。可惜,这只是一种痴念。优美的瞬间转眼消失,剩下的是我和一个广大的物化世界。

(原载《文学报》2010年1月7日)

短篇小说的文体意识

我们总喜欢处在"运动"状态中。潮流所及,习惯使然,似乎谁也很难置身事外。但对文学来说,"运动"状态虽能推涛作浪、呼风唤雨,却往往不利于精致佳作的产生。倘若永远为时尚所左右,长篇热闹就热衷写长篇,短篇热闹就热衷写短篇,积久成习,恐怕既出不了什么好长篇,也难出多少好短篇。可悲处在于,时尚冲乱了规律,思潮压倒了文体。然而,谁又能脱离潮流的巨大力量呢?一部作品若自外于潮流,其活力、吸引力至少会减却大半。这也是不少作家,宁可权且放下孜孜以求的文体实验,先迎头赶上时尚或者潮流以不致落队的原因。潮流循环不息,追逐也不息,难得静下来修炼文体,回首创作,只见一个个浪头起伏,却少见可供摩挲、品评的精品。这已成为很多作家的两难处境与平生的悲哀。

在我看来,历史上的好作品,大都是既在潮流之中,又与潮流保持了一定距离。情况往往是,社会意识尖锐的作品轰动易而持久难,富于情趣、意蕴深永,侧重文体追求的作品,轰动小而耐读性久长,这么说似乎有点二元论的味道,却也是相当一部分实情,此真所谓鱼与熊掌难以得兼,只有少数大作家能臻此境。我一直在想,对每个作家而言,对每一具体创作过程而言,倘若真正做到了既重视写什么,同时高度重视怎么写,既能敏锐感应时代思潮,又能在文体上独出机杼,让思想与艺术如一健硕的新生儿般一体化地诞生,我们时代的文学创作质量庶几会有大幅度的提高。从80年代至今,我们似乎一直在写什么和怎么写的轮流突出的循环圈中打转,一个时期写什么的问题占上风,一个时期怎么写的问题又热热闹闹,总的来看,还是偏重于强调写什么,而相对忽视怎么写的问题,时至今日此风尤甚。为此,我以为文体问题在当今大有重新提起重视之必要。

以短篇而论,这是一种技巧性很强的文体,也是对思想意蕴的酿造和形式表达的考究要求甚高的文体。但在今人眼中,短篇小说似已日渐沦为小术矣,殊不知一个作家穷毕生之才情,未必能写出几个优异的短篇。作为小说家一面的鲁迅先生,支撑其创造大厦的,主要是人们熟知的一批经典性短篇,没有它们也就没有了小说家的鲁迅。王朔曾经讥诮鲁迅光靠一个中篇多少个短篇撑不住大师的头衔,这不过是他一贯的嬉皮说词,不能当真,也没有道理。契诃夫、莫泊桑、海明威、茨威格他们的声望实在与短篇小说密切有关。人们津津乐道的沈从文、张爱玲、张天翼、废名、孙犁、汪曾祺、王蒙等人作为文体家的一面,不也都是从短篇创作中体现而出吗?短篇最能见出一个作家的语感、才思、情调、气质、想象力之水准,有些硬伤和重要缺陷,用长篇或可遮盖过去,一写短篇,便裸露无遗矣。对一个作家艺术表现力的训练,短篇是最严酷的和最有效的。可叹的是,当今之世,不少人以为只要会编个好故事,敢触及社会政治时事的大问题,展示一番现实的种种面貌,只要所谓"好看",无论叙述多么平庸,语言多么寡淡,行文多么直露,也敢以大作家自居。文学之日益与新闻、故事、报告、电视剧混为同伦而不能自拔,实属文学之大不幸。我并非危言耸听,现在真是需要展开一个拯救文学性的运动了。

说到短篇文体,我们似乎很明白,其实大有重温和辨异的必要。人们一般总喜欢引用鲁迅先生的名言,如"借一斑以窥全豹,以一目尽传精神",或"如入大伽蓝中,那一雕阑一画础,虽极细小,所得更为分明,推及全体,感受遂愈加切实"等等。这些话当然是很经典、很精彩的表述,但它们更多象征和比喻意味,具体而切实到进入操作层面的分析还可以再展开。我认为,胡适在《论短篇小说》的讲演中的一些话,单就短篇特点而言,似乎来得更为直接、清晰、切近。他说:"不是单靠篇幅不长便可称为短篇小说",他给短篇下的界定是:"用最经济的文学手段,描写事实中最精彩的一段,或一方面,而能使之充分满意的文章。"那么什么是"最精彩的一段"呢?胡适说:"譬如把大树的树身锯断,懂植物学的人看了树身的'横截面',数了树的'年轮',便可知道这树的年纪。一个人的生活,一国的历史,一个社会的变迁,都有一个'纵剖面'和无数个'横截面'。纵面看去,须从头到尾,才可看见全部;横面截开一段,若截在要紧的所在,便可把这个'横截面'代表这个人,或这一国,或这一个社会。这种可以代表全部的部分,便是我所谓'最精彩'的部分。"关于什么是"最经济的文学手段",胡适借用了宋玉的话,并展开说,"须要不可增减,不可涂饰,处处恰到好处,方可当'经济'二字"。他举例说,《木兰辞》记木兰的战功,只用"将军百战死,壮士十年归"十个字,而记木兰归家的一天,却用了一百多字,十字记十年,百字记一天,这就叫"经济"。我之所以较细地引述了胡适的话,是觉得他说得到位,对今人仍大有启发,舍不得割弃。我很赞成对文体做过专门研究的王彬先生的一段话:"新时期以来,短篇小说横截面的说法被打破,说明小说模式的多样化,这是一种进步。但认真思索,短篇无论怎样变化,传统的,新潮的,即便是历数一人或几世遭逢的小说,也依然离不开断面的截取,不能做流年老账式的陈述。"我还认为,在短篇研究方面,茅盾、魏金枝、侯金镜、汪曾祺、林斤澜等人的许多意见,都十分宝贵,值得重温。

毫无疑问,短篇的传统的写法毕竟在被打破,在充分肯定传统的经典价值的同时,不能不看到,短篇的文体是越来越多样了。既要看到万变不离其宗,又要看到飓风既息,田园已非,变是绝对的。起先,我们讨论短篇可不可以不写故事,可不可以不着重刻画人物性格,可不可以不断转换人称,可不可以侧重抒情化、散文化、诗化。这些问题不久便以创作实践的方式解决了。当我们的眼界更为开阔时,发现除了现实主义,还有现代主义、后现代主义,都因其哲学基础和艺术思维的不同,使包括短篇在内的文体发生着变异。苏联社会问题小说的人道主义情怀,罗伯-格里耶等人的新小说的冷漠叙述,海明威式的硬涩和简洁,福克纳既传统又现代的小说技法,以及荒诞、魔幻、黑色幽默等等,无不给我们今天的短篇创作打上新的烙印。由于现在的时尚是长篇风靡,投入短篇的才力受到限制,短篇的发展也放缓了脚步,但它毕竟在探索中前行。

这里,我想选择两篇比较典型的小说来谈。一篇是刘庆邦的《鞋》,一篇是丁天的《幼儿园》。先看《鞋》。此篇能在多种评奖中获奖并非偶然,实在是对刘庆邦这位短篇创作的坚持者的褒扬。《鞋》写来情真意切,能贴切地描画一个农村闺女娇羞、喜悦、畏惧、神往、沉醉的种种复杂心态,能捕捉到微妙细节,传达出女儿家难言的心事,她生气妹妹叫了"那个人"的名字,妹妹不慎抓脏了鞋底子,她恼怒了,以及她由鞋样而走神,思绪远游等等。作为短篇,小说牢牢抓住必须由未婚妻亲手做第一双鞋这个纽结,撑开全篇的绚烂,调动悬念。姑娘犹如枣花一般,不争不抢,幽香暗藏。庆邦的创作虽也有冷峻的一面,但他总体上偏于阴柔,这一面在此发挥充分。需要注意的是,庆邦不是一般的揭示,假如没有作者主体情感的深刻渗透,作者对女主人公的由衷赞赏、怜惜、呵护,不会出此效果,它大大提高了作品的感染力。毋庸讳言,这种写法是传统的,是挟带着强烈主观评价的,一面描画,一面品味,一面抓细微动作,一面展开剖析,展示了一个绵长而细腻的相思过程,比起新派的冷静、藏匿、零角度,不是一路。不过,结尾稍觉平淡。总之,传统的美,素朴的美,这种正在消逝的美,对净化当代人的心灵是多么可贵啊,庆邦不愧为农业文明的歌者。《鞋》在提醒我们,对"旧"的肯定未必不是对"新"的反思,大力在传统中挖掘永恒性价值,挖掘千百年来劳动人民的道德精神财富,包括使用传统手法,仍不失为一条重要的艺术路径。

再看丁天的《幼儿园》,堪称一篇令人玩味和警醒的短篇。小说的人物只有三个:一个幼儿小坡,一个幼儿的处在离异中的父亲,一个幼儿园的阿姨,但笼盖在他们后面的世界却是广大的。这男孩眼看着就要扮演爱情的媒介、幸福的小天使了(在传统小说里往往如此),不料却成了灾难和仇冤的根因。小说的明线是不无浪漫的臆想,暗线是冷酷的真实,求爱翻成引恨,多情反被无情恼。这是灿烂阳光下的恐怖,但又真实得让人惊讶,无意识得使人无可奈何。作者冷静地叙述着这称得上悲惨的故事,有如局外人,看得最清却最不露声色,为了达到令人战栗的真实感,他的态度是隐匿的,并不大惊小怪。我相信最具想象力的读者也猜不到最后的结局,这是作者叙述上的最大成功。阿姨林丽丽的行止,滑稽而真实,人都生活在戏中,都在演戏,人不可能不犯错误。她是个不负责任的女性。一个失意的女人。对那位父亲来说,臆想起了作用,他根本不知道她是个虚荣而自私的女人。他越是做梦,事情就越发可笑。小坡之死并非有意的悲剧,属过失犯罪,林阿姨因流产引起的恍惚中,忘记了关着禁闭的小坡,致其死亡,等于一天之中害了两条命。全篇采取臆想与真实交错并行的写法,这悖谬的方式,实乃有根有因,是爱的放逐所致。是谁杀了小坡呢?这是个很深邃的问题。这故事似乎告诉我们,物欲横流,商品意识渗透一切领域,连幼儿园也概莫能外,传统的道德和情感正在丧失固有的地盘。无意并非无因,小坡死在一个缺少爱的世界里了。我这样阐释这篇作品,不知是否抓住了它的根本。我想指出,作者对"客观性"的强烈追求,明显受到"新小说派"的影响,由此也可见出我们短篇创作中的文体变化。

无论中国的小说史还是西方的小说史,在叙事文学方面,短篇小说都是基础性的,以后小说的建构不管多么庞大复杂、广阔纷纭,要是沿波讨源,短篇小说还是基本单元。因而着眼于短篇的营构也是最实际的努力。事实证明,强化短篇小说的文体意识对于整个小说创作都是至关重要的。不能产生优秀短篇小说的国度和民族不大可能凭空产生惊世的长篇杰作。

2009 年 2 月 23 日写于潘家园

原创力的匮乏、焦虑以及拯救

现在,一个叫原创力或者原创性的词儿,正在成为时尚和口头禅。从文学到牛奶,从"鹿鼎记"到"周老虎",从会议室的慷慨激昂到餐桌上的七嘴八舌,几乎人人言必称原创,人人在追问原创性。就文学艺术而言,我们看到了这样一幅奇特景观:一面是大肆标榜自己写的或自己编的作品是绝对的"原创",造成了一种原创力作品颇为丰盛的印象;一面却是慨叹原创性的丧失,苦苦寻觅和大声召唤原创力的归来。事实上,大家心里都很明白,称原创性作品繁荣到了过剩程度的,显然是假话,因为"原创"这个词广为流行本身就足以说明,原创力的匮乏正在成为普遍的社会文化现实,而文艺创作中的复制化、批量化、拷贝化、克隆化现象的日益严重,已经使得原创力危机无所不在,甚至已成为时代性的精神焦虑。

那么,什么叫原创力或者原创性呢?为什么不像通常那样叫创新性、独创性呢?我以为,人们常说的创新性和独创性肯定也是题中应有之义,但是这个"原"字却格外重要,它强调的是原初性,即一切来自本源、根本、大地和生命,作品应有其不可复制性和排他性,它是新鲜的,独一无二的,它是反抗平庸、陈旧和重复的,它是一种新的对世界和人生的把握,一种新的生命形式的艺术显现。古今中外一切经典的或者卓越的作品,应该都是具有原创的品质,而一切低劣之作无论怎样包装、欺世,其缺乏原创性的致命伤是无法遮掩的。当然,也不能把原创性的要求拔到不可企及的吓人高度,使之过于纯粹化和极致化,那样反而会成为一种心造的幻影,就像吃人参一律要吃长白山的百年野山参一样,那怎么可能呢?现在的主要问题还不是要求多少纯粹的原创性,而是寻求基本的原创性而不可得。原创性的含量可以或多或少,但真正意义上的创作绝不能没有原创性因素则是无疑的。它既是一种很高的标准,也是一种基本的价值保证。

可是,当下文学的现状又如何呢?这里仅以长篇小说为例。现在年产量仍是节节攀升,日产两部半已不在话下了,至于长篇小说为何从90年代中期以后突然成为"第一文体"、市场的宠儿和比较而言最具市场号召力的文学样式,那将是另一个值得探讨的问题。现在的问题在于,一些作家写长篇的冲动,并不是来自现实生活的激发、长期积累的外化,而是觉得长篇重要,不弄出"几部砖头一样厚重的东西将来当枕头","大作家"的形象就树不起来,可能落空,于是拼命写长篇。社会、市场对长篇的需求与作者们普遍缺乏创作长篇文本的能力和准备,构成了尖锐的矛盾。试想,现在的长篇,有多少是能让人记住,让人想再翻一翻的呢?好作品不能说没有,但委实太少。我看当下长篇小说的毛病,概而言之有这么几条:首先是空洞化倾向。人们早就发现,很多小说叙述语言流畅、娴熟,故事新奇诱人,可全书竟找不出哪怕一个来源于生活、由作家自己发现的细节,更谈不上让人拍案叫绝的细节了,变成了一种叙事空洞,作品没有坚实的人物和血肉,也没有深厚的情感体验,读时虽有阅读快感,读后却绝无阅读记忆,一派贫乏、苍白、零碎的萧条景象,作者根本没有能力全面地深刻地表现时代生活。二是平面化倾向。作品停滞在对社会现象、矛盾、问题的堆积上,或者陷入自我言说的絮絮叨叨,诉者摧心伤肺,读者无动于衷,既缺乏对生活的深层次思考,更不可能创造一个超越性的审美空间。三是模式化倾向。每一题材类型都有一套故事框架准备在那儿,所谓削平深度,消费故事,而且大同小异,万变不离其宗。写官场雷同,写家族雷同,写底层雷同,写青春雷同,写职场雷同,甚至写动物也雷同,怎么也摆不脱类型化的影子。四是复制化倾向。写狼的书成功了,狼系列马上出现;写狗的书畅销了,狗系列立刻上市;《看上去很美》畅销,《看上去很丑》就出来呼应;有了《鬼吹灯》,就有《盗墓王》;有了《纪委书记》,就有《组织部长》。某些长篇小说就在这样的恶性循环中繁殖着,而且这种繁殖的、复制的东西总比严肃的创作卖得好——这也许是最让人想不通却也最有趣的一个问题。这样的创作只能叫作制作了。它们的根本问题在于,作者主体丧失了个性、想象力、联想力,丧失了再造一个艺术世界的能力,而根源在于创作主体切断了与大地、存在、现实的血肉联系,电脑和网络的技术支持,又助长拼贴,组合,链接,拷贝成为可能。如此关起门来的"创作",怎不以大量丧失原创性为代价呢?

其实,何止长篇小说,何止文学艺术,整个社会的生活方式,行为与价值,产品与万象,其状态与文艺如出一辙,到处都缺乏来自大地和生命的、具有原创性的东西。在这个全球化、市场化、高科技化、网络化的世界里,原创性的丧失,复制性的膨胀,是它的基本特征之一。它不是在一个领域,是在最广泛的领域,存在着原创性匮乏的危机。看上去社会物质极大地丰富了,琳琅满目,五色斑斓,就像我们的图书业、创作界一样的"繁荣",可是,细细看去,却又发现,所有的繁荣背后,离不开两个大字——复制。只要留心,我们就会发现,现代化大生产的最大特点是批量化、复制化、拷贝化,它已经侵入了生命形式和细胞之中。我们还发现,民族与民族之间的文化差异其实在缩小,城市与城市之间的个性特征在迅速消泯——你甚至发现,除了气候,住在哪里都一样。我们摆弄着同样的手机,群发着同样的段子,吃着同样的肯德基和麦当劳,穿着大同小异的真真假假的名牌服装,开着差不多的汽车,驶进差不多的小区,看着长得差点不多的保安,打开同样的电视机和同样的机顶盒,我们在超市里买回同样的食品。我们都上网,都发短信,几乎在同一时间里谈《色,戒》,谈艳照门,谈范跑跑,谈杨不管,大家都看《驻京办主任》或者《亮剑》,还有《鬼吹灯》。人们宣称,现在是个性最张扬的时期,其实,个性泛滥的后面是个性的萎缩。生命的独特性、不可重复性、唯一性,正在受到侵蚀,人,正在作为单面的人存在着。

所以,原创力并不是说一声提倡和发扬就可以马上增强,就可以立刻解决的。现在许多文章在高喊提高原创力,以为只要这么一喊,原创力就自然归来了,"文学大师和无愧于伟大时代的作品"就自然而然地降生了。这当然是一种毫无底气的空喊。在一般意义上,大家都知道创新之难,好像所有的路被人走过了。当年袁枚在随园诗话里引叙过一个士子的苦闷,曾有"我口所欲言,已言古人口,我手所欲书,已书古人手"之长叹,反映了古今中外创作者共感的一般性烦恼和难于超越自我的烦恼。而必须看到,在今天,在全球化、高科技化、媒体化、复制化的情势下,创作者在一般性烦恼之上更有后现代的烦恼。

文学是不能容忍复制和克隆的,失去了独创性、创新性,也就失去了文学的存在价值;想要保存住文学自身,就必须恢复原创力,拯救原创力。有人已经指出,"敢于退出市场的作家,才能赢得21世纪",这有点明知不可为而为之的气概。但是,无论如何,今天的作者需要反抗物化的勇气,需要直面生存、更新库存、扩大资源、超越自我的悲壮努力。近来学界大都在忙于召开总结新时期文学三十年成就和经验的大型研讨会,这究竟是出于一种仪式,还是出于真正的需要,尚待考量。我想,有一个问题也许是绕不过去的,那就是,经历了三十年漫长创作期的作家们,是否迫切面对着一个更新库存、扩大资源的问题?我早有感觉,无论先锋,还是传统,似乎所有的写法都用过了,所有的禁区都突破了,所有的招数都试过了,所有的路都走过一遍了,似乎太阳下面无新事,以致大有山穷水尽之感。在这里,创作者的内存告罄是不是原创力匮乏的重要原因?

现在迫切需要拯救原创力,但原创力不会自己从天上掉下来。没有人能开出灵丹妙药。依我看,经验是文学最直接的重要资源,回归的一代与知青的一代之所以曾经震烁文坛,与他们那时丰厚的人生阅历和痛彻肺腑的沧桑体验有最直接的关系。现在的不少作家,最缺的不是技术而是经验,因为他们不是关在书斋里,就是飘浮在都市的小圈子里,把写作当成生活本身,却没有时间好好"生活",与时代人心是隔膜的。或以为我这样说又是"深入生活"的老套,其实没有"中国经验"的实践,不了解新的现实变动和新的生长点、敏感点,何来中国情感的强有力表达?为了找回创作的尊严,作家还必须还原生命的体验激情,培育对事物的好奇心、想象力,使创作成为生命的内在召唤,而绝非意识的自动化。原创性还与"补钙"有关。在洞察当前文学创作症候的前提下,我们需要直面现实,正视民生疾苦,正视人的尊严、良知、正义的价值准则和被伤害问题,塑造坚强的中国性格,还原并扩大人性中的真善美。作家需要在个人经验的基础上培养原创性思维方式,重返文学的深度和本质。总之,当前的文学处于原创性匮乏的危机之中,我们需要正视。

(原载《文学报》2008 年 10 月 17 日)

第二辑:文本与历史

《白鹿原》的经典相

好些年来,我们总是感到当代文学有一种欠缺,那就是深入本民族的历史和现实,出之以宏大叙事和史诗性,能充分体现中国精神和善于讲好中国故事的大作品比较稀少。经过近二十多年的检验,大家还是觉得《白鹿原》的深邃程度、宏阔程度、厚重程度及其巨大的艺术概括力,比之为数不多的同类力作,更胜一等,把它摆放在当代世界文学的格局里也毫不逊色。二十多年来,《白鹿原》不断被重印,不断被改编为电影、电视剧、话剧、秦腔、歌舞剧、美术连环画等多种形式,不肯从人们的视线中淡出,由此可以看出,《白鹿原》有一种说不完、挖不尽的感觉。这恰恰是经典作品特有的品质。

《白鹿原》的抱负甚大,卷头题词引用巴尔扎克的话:"小说是一个民族的秘史。"事实上,以小说状写历史之表象者多矣,能达到秘史境界者却少之又少。《白鹿原》堪称一部秘史,首先是家族秘史,而"家国一体",家族史又延伸为民族史。"白鹿原"位居十三朝古都的周边之地,生成于此的白、鹿两个家族,自然积淀了丰富的文化密码。作品充满了家族之间的矛盾、党派之间的争斗、各种政治集团之间的较量,但作者非常巧妙地把这一切置放、凝聚在渭河流域的"白鹿原"上。塬上的地方虽不大,众多典型人物却聚首于此,涉及的问题非常之大,涉及历史、家国、个人的走向,浓缩了半个多世纪乡土中国的生存状态和命运际遇。《白鹿原》采用了"通过一个初级社会群体来映现整个社会"的方法。

《白鹿原》立意高远,它的文化意蕴首先表现在正面观照中华文化精神和这种文化所培育的人格,进而探究民族的文化命运和历史命运。当我们深切反思百年中国文学的时候,常常会想,为什么我们就没有像俄罗斯那样拥有众多的伟大叙事作品?这原因当然是很复杂的。现在看来,与我们曾经有过的割裂、否定、扭曲中国文化的整体性命脉有很大关系,而《白鹿原》在以文化精神观照乡土中国上,迈出了坚实的步伐。例如,书中的关中大儒朱先生,乃是作者理想人格的典范,既有飘然出世之想,更有兼济天下苍生的入世之举。每当事关民生疾苦,他总是挺身而出,如只身却敌,禁绝烟土,赈济灾民,投笔从戎,发表宣言,亲自主持抗日英烈鹿兆海的葬礼,突出表现了他的爱国精神和民本思想。就个人生活而言,他绝仕进,弃功名,悠游山水,著书立说,编撰县志,手拟《乡约》。国民党想借他的名声欺骗舆论,威胁利诱他发宣言,他决不屈从,表现出富贵不能淫,威武不能屈的凛凛气节。他又料事如神,未卜先知,将圣人智者预言家集于一身。

现在一般的改编者都把朱先生这个人物去掉,是看不到《白鹿原》思想灵魂的表现。从作者对朱先生的大力肯定可以看出,《白鹿原》的主导思想倾向是肯定儒家文化中积极的、有生命力的精华。小说有一个贯穿始末的关键词,叫"人"——"做人"。白嘉轩夸赞鹿三说:"三哥,你是人!"白嘉轩自己的最高信念也是"做人",他说,要做人,心上就要插得住刀。田小娥想做人而做不成,泼在她身上的脏水太多了。她对白嘉轩说:"你不让我做人,我也不让你做人。"人者,仁也,包含着儒家精神中讲仁义、重人伦、尊礼法、行天命的深刻内涵。"做人"就是要做一个有道德的人、有尊严的人,以仁义为本的人。

小说的力量说到底还是要看人物塑造的深刻程度。《白鹿原》塑造了众多内涵深厚的人物,如白嘉轩、朱先生、白灵、田小娥、黑娃、鹿子霖、田福贤、白孝文、鹿兆鹏、鹿兆海、白孝武等等。如层峦叠嶂,气象不凡。白嘉轩形象中的文化渗透程度是前所未有的。持守耕读传家理想的白嘉轩,年轻时也曾不光彩地"智取"白鹿宝地,也曾种罂粟起家,被朱先生强令"犁毁"。显然他的理想与行为存在矛盾。作为族长、塬上的精神之王,白嘉轩敢于与大党棍田福贤抗衡,始终不忘保护农民利益,甚至带领农民搞过抗税的"交农"事件。他还钢钎穿腮扮马角神祈雨,几近传奇。但另一方面,他又顽固地压制离经叛道的自由精神,虽在剪辫子和放脚上认可新政,骨子里却恪守儒家传统。他耳提面命,要黑娃赶快抛弃田小娥这个"灾星",并以"前悔容易后悔难"威逼之。对他自己的儿子白孝文则管束极严,期望极高,但白孝文被田小娥勾引走了,由一身洁白,变成了一个鹑衣百结的乞丐和大烟鬼,"把人活成了狗"。这来自最爱者的伤害对白嘉轩是致命的,使他"气血蒙心,瞎了一只眼"。小说在塑造这个悲剧人物时,写他的腰一直挺得很直,连黑娃都怕"嘉轩叔挺得太直太硬的腰"。小说结束时,被黑娃打折了腰的他,用未瞎的一只眼,凝视着暮霭中的群山,忏悔当年买地换地是一辈子做下的一件见不得人的事。这一笔对白嘉轩的完整性很重要。鹿子霖则疯傻而死。一百年来的农民形象中,还没有白嘉轩这样一个独立、自尊、自信的人物。白嘉轩的出现,不但扭正了过去小说中习惯于政治化定位的简单化倾向,而且创造了一个富于文化底蕴和人格魅力的形象。《白鹿原》完成了当代农村小说"文化化"的审美进程。

我们看到,《白鹿原》全书的确交织着盘根错节的政治冲突、经济冲突、党派斗争、军事行动。但作者把这一切全都"消化"了,消化到家族矛盾与人和人的关系之中了。更重要的是,转化为文化的冲突方式,进而转化为文化冲突所激起的人性冲突,那就是礼教与人性、天理与人欲、灵与肉的激烈冲突。《白鹿原》之所以光彩四溢,惊心动魄,这是成功的重要秘密。无数生命被扭曲、荼毒、萎谢,构成了白鹿原上文化交战的惨烈景象。人不是观念的符号,人和人的冲突也不是直接诉诸社会观和价值观的冲突,而是转化为人性的格斗、灵魂的煎熬。这是《白鹿原》很了不起的地方。

田小娥为什么总是成为戏剧改编的枢纽人物?因为她是汇聚矛盾的焦点。舞剧《白鹿原》一开场就是田小娥、黑娃、白孝文,还有鹿子霖的四人舞;电影《白鹿原》的结构主干也大体如此。这虽然缩小了原著丰厚的意蕴,但也不是没有一定道理。田小娥的人生理想不过是当个名正言顺的庄稼院的媳妇,可这点微末的希望也被白嘉轩的"礼"斩绝了,不准她进祠堂,也不被白鹿原的社会承认。她与黑娃的相遇和偷情,是闷暗环境中绽开的人性花朵。黑娃出逃后,鹿子霖趁机占有了她。她是受虐者,但也渐渐生出了施虐的狠毒。在鹿子霖的教唆下,她把白孝文的"裤子码下来"。她敢于尿鹿子霖一脸,这也是内心深处反抗性和追求尊严的曲折表现,但对鹿言听计从,实已堕为宗族争斗诡计的工具。小娥勾引白孝文,原系报复和圈套,不料两个绝望者的偷情却渐渐偷出了真情。田小娥死,鹿子霖长出一口气,庆幸封口,毫无人性;白孝文满怀伤痛以至于昏厥,足见人性之复杂。这是善耶?恶耶?是反抗,还是堕落?是正义,还是邪恶?田小娥究竟是可怜虫、怨鬼、被怜悯的对象,还是一朵喷射着火焰的怒放的鲜花?实难简单判断。田小娥是让敦厚的长工、黑娃父亲鹿三杀死的。按说,杀田小娥的不应是"好人鹿三",却偏偏是鹿三;鹿三只知"不能再叫她害人了",却不知宗法势力往往要借助他这种长满厚茧的手来实施杀人。这不禁让我们产生了一种历史的悲剧感:世界上很多悲剧往往是好人造成的,不该杀人的人杀了人,不该杀人的人杀了不该杀的人。

白鹿原上最有反抗精神的女子只有两个:白灵、田小娥。她们一正一"邪",姿态殊异。现在的改编几乎全都去掉了白灵这个人物,不能不说是对艺术整体的损伤和窄化。在作者的设计和表现上,朱先生和白灵才是"白鹿精灵"的真正代表。白灵这女子,至刚至烈,令人惧,令人敬。她激烈反抗父亲白嘉轩的专制和逼婚,白嘉轩向全家宣布:"从今往后,谁也不准再提她,全当她死了。"砍了国民党陶部长一砖头的白灵,成了通缉要犯;苦恋白灵的兆海,没有料到"新嫂子"——兆鹏哥的太太竟是白灵,于是百感交集,心如刀割,"张村话别",荡气回肠,如此纯洁高贵的爱情,到何处去寻? 白灵,这白鹿原的精灵,竟在南梁清党肃反时被自己人活埋了,她的"野性子"加剧了她的死。她临死痛骂毕某"你比我渺小一百倍"。作为重要人物,遽然而逝,好像一朵花还没有充分绽放;但作为一种残酷的真实,却有异常深刻的意味。白灵走了,白鹿原上一片空荡凄惶。

《白鹿原》在艺术表现上有一个重要特点,那就是在历史的必然性和偶然性的处理方面达到了一个很高的境界,所有的人都被一只看不见的手牵制着、拨弄着,每个人走的路都不可预知。那只手的名字叫命运。你读这本书的过程中,不知道每个人会走到哪一步,你也不知道每个人最后的结局是什么。当你读的时候你觉得变化多端,把握不了,可是最后你又觉得合乎人物的内在逻辑。小说借鹿鸣(他应是白灵与鹿兆鹏的孩子)这个神秘人物之口,其实是代言了作者内心的追求:"重要的是对发生这一幕历史悲剧的根源的反省。""当我第一次系统审视近一个世纪以来这块土地上发生的一系列重大事件时,又促进了起初的那种思索,悲剧的发生都不是偶然的,都是这个民族从衰败走向复兴复壮过程中的必然。"

黑娃的命运谁能想得到呢?刚开始革命的时候他比阿Q厉害。阿Q说,老子现在比你强多了,黑娃却不说,他是实实在在地干,敢字当头。黑娃高喊:"咱穷哥儿们在原上刮一场风搅雪!"贺老大挂出第一块农民协会牌子,黑娃和他的"革命三十六兄弟"声威大震,连小娥也当上了妇女主任,满以为革命就要成功,殊不知血雨腥风紧跟随。他当过土匪,当过国军,最后参加革命。但最有意思的是,黑娃拜朱先生为老师,学四书五经,学得特别认真,本来他是最怕上学了,却变成老师最好的弟子,还受到朱先生很高的评价。黑娃遭诬陷,与田福贤、岳维山一起被枪毙时,他坚决要求分开,这一笔好,其阶级本能依然强烈而凛然。白孝文摇身一变,混进革命队伍还当了官。他很像鹿子霖的影子,却比鹿子霖阴鸷、权变,隐藏得更深,屈伸更加自如,是一个巧滑的机会主义者。所谓营救黑娃,本因性命之虞,却两头讨好,取得更大信任,最终置黑娃于死地。此人阴气太重。这个回头浪子的人生箴言说穿了就是"好死不如赖活"。

整部书,作者陈忠实的内心充满了矛盾。一切伟大的作品,其作者内心往往充满了矛盾;完全没有矛盾的作家不可能是一个伟大的作家。陈忠实在《白鹿原》中的文化立场和价值观念确乎是充满了矛盾的,他既看到了传统的儒家文化是现代文明的路障和阻碍,又对传统文化人格的魅力赞赏有加;他既清楚地看到传统的农业文明如日薄西山,但他又希望从中开出拯救和重铸我们民族灵魂的灵丹妙药。他既在批判,又在情不自禁地赞赏;他既在鞭挞,又不由自主地在挽悼;一方面这是文化传统本身的两重性所决定的,另一方面也是作者文化态度的一种反映。如果要说陈忠实的主导的、稳定的态度,我认为毫无疑问是对传统文化精华的肯定,而且肯定力度很大,所以有人认为他是文化保守主义者。不管文化保守还是文化激进,都不能代替文艺创作本身的价值。抱持着非暴力的基督教无政府主义的托尔斯泰,并没有因其"主义"而损伤了他创作的现实主义价值;保皇党人巴尔扎克,仍然写出了他所钟爱的贵族男女,成就了伟大的现实主义的峰峦。这是一个值得研究的问题。

《白鹿原》的出现又绝非偶然,《白鹿原》不可能在80年代出现,但整个80年代为它准备了条件,我们可以明显地感到,凡是新时期文学发展中的重要的、积极的变革成果都对《白鹿原》的创作发生了直接和隐秘的影响,倘若没有思想解放运动,没有深切的政治反思、经济反思和文化反思,没有文化寻根,没有现代主义思潮的激荡,没有外来文学包括俄苏文学和拉美文学的广开思路,《白鹿原》是不可能产生的。

2016年6月10日写于北京

(原载《人民日报》2016年6月17日)

莫言:中国传统与世界新潮的浑融

莫言的创作丰赡,仅长篇小说就有十一部之多,而被他称为"三匹马,长中短,拉着我,一齐走"的中短篇小说部分,同样新意迭出,变化多端,若再加上他的散文和戏剧,真是难以细数。于是在这里,我不打算陷入对一部部作品的介绍和评价,我想从整体感受出发,从审美意识幻变的角度出发,从勾画创作个性的角度出发,描述莫言是一个什么样的作家。

一

据说得于"一个梦境"的中篇《透明的红萝卜》,以黑孩的超现实的感觉和超强的意志力震惊了文坛,莫言遂一夜成名。其中的黑孩好似一个精灵,他大脑袋,细脖颈,好像始终没说过一句话,他眼里的太阳是蓝色的,他能听见头发丝掉到地上的声音,他敢攥发红的铁块,手心里发出了知了般的嘶叫声;他承受着凌辱和蔑视,只有菊子姑娘能给他爱抚和温柔;他只是一个瘦弱的少年,却有让人畏惧的冷硬。他梦见红萝卜是透明的,里面流动着银色的液体,萝卜的须子放出了金色的光芒。这个梦一下子击碎了工地上的残酷,照亮了人性的黯淡。这部小说流露出一种灵魂的疼痛感和早熟的孤独。其实,沉默顽强的黑孩就是少年莫言自己的"心灵造影"。莫言在此确立了此后很长一个时期制约他的童年视角。《透明的红萝卜》与《民间音乐》《大风》《石磨》《枯河》《断手》《白狗秋千架》等短篇共同构成莫言早期创作的阵容。而《透明的红萝卜》无疑具有承上启下的作用。

然而,由中篇发展为长篇的《红高粱家族》毕竟是莫言最具代表性和象征意义的作品。这个象征性可能会伴随他的一生。谁都看得出来,红高粱系列小说与我国以往战争题材作品面目迥异,它虽也是一种历史真实,却是一种陌生而异样的、处处留着主体猛烈燃烧过的印痕,布满奇思狂想的历史真实。

就它的情节构架和人物实体而言,也未必多么奇特,其中仍有我们惯见的血流盈野,战火冲天,仇恨与爱欲交织的喘息,兽性与人性扭搏的嘶叫。然而,它奇异的魅惑力在于,我们被作者拉进了历史的腹心,置身于一个把视、听、触、嗅、味打通了的生气四溢的世界,理性的神经仿佛突然失灵了,我们大口呼吸着高粱地里弥漫的腥甜气息,产生了一种难以言说的神秘体验和融身于历史的"浑一"状态。于是,我们再也不能说只是观赏了一幅多么悲壮的历史画卷,而只能说置身于一种有呼吸有灵性的神秘氛围之中。其深刻的根源乃在于作家主体把握历史的思维方式之奇特、之突兀、之新异:莫言以他富于独创性的灵动之手,翻开了我国当代战争文学簇新的一页——他把历史主观化、心灵化、意象化了。作品在传统的骨架上生长出强烈的反传统的叛逆精神;不仅仅是一个"土匪"变成了抗日作品中的正面主角,不仅仅是十六岁的奶奶的青春"迸然炸裂",也不仅仅是罗汉大爷的被割下来的耳朵在瓷盘子里活泼地跳动、叮当作响,而在于它把探索历史的灵魂与探索中国农民的灵魂紧紧结合起来;于是红高粱成为千万生命的化身,千万生命又是红高粱的外显,它让人体验那天地之间生生不息的生命律动,并在对"种的退化"的批判里让人看得更加分明。

更为难得的是,作品体现出一种狂放不羁的书写的自由感。这与小说首创了"我爷爷""我奶奶"及"我"相混搭的新颖的人称和叙述方式有很大关系,同时也与作者善于打通甚至"穿越"历史有关。面对此作,我曾发出过这样的感叹:历史有没有呼吸、有没有体温、有没有灵魂?历史是一堆渐渐冷却的死物,还是一群活生生的灵物?它是随着岁月的流逝而终结,还是依然流注和绵延在当代人的心头?它是抽象的教义或者枯燥语言堆积的结论,还是一代又一代人的心灵温热着、吸纳着,因而不断变幻着、更新着的形象?人和历史到底是什么关系?人是外来的观摩者、虔诚的膜拜者、神色鄙夷的第三者,抑或本身就是历史中的一个角色?历史和现实又是什么关系?是隔着时空的遥望,还是无法切割的联结?昨天与今天,仅仅是一般意义上的"承继",还是精神上的"你中有我,我中有你"?

我发现,在这部作品里,到处都有作者叛逆笔墨的突显,到处都能看到作者与我们久经熏陶而习惯了的某种构成定式的抵牾。例如,我们是个讲究"容隐"和"尊卑"的古国,莫言却不顾"容隐"之德,放开笔墨写"爷爷"与"奶奶"的"野合",又不顾忌尊卑观念,用恣肆热烈的眼光看"奶奶";我们的历史教义和多年来的惯例所描述的农民武装的发展图式几乎是固定的:在党的教育下由自在走向自觉,但余占鳌这个匪气十足、放纵不羁的游击司令却偏偏不肯就范于这种图式,走着完全不同的路;我们惯于从政治角度和阶级分析的方法来圈定农民的性格面貌,但莫言却把他们从"拔高"的位置"降级"到本色的状态,写出他们的无组织、无思想准备、混乱、冲动而又盲目,同时写出他们自发的高昂的民族意识和强烈的复仇情绪,写出"美丽与丑陋"的奇妙扭合。每个人物都不再受某种"观念"的挟制,全都解放了,全都在灵与肉、生与死、本能与道德的大撞击、大冲突中辗转挣扎、奋斗奔突;再如,我们的审美传统讲求中和与适度,切忌血淋淋的场面和惨绝人寰的兽行入诗入文,以免玷污文学殿堂,然而莫言却毫不留情地撕开"恶"的帷幕。看吧,惨不忍睹的活剥人皮,禽兽般的蹂躏妇女,狗嘴的哑巴声,尸体的撕裂声,全都墨痕斑斑、历历在目……正是传统外壳里裹藏的极端的反叛精神,使它成为一部"奇书"。他的这些要素,几乎贯穿此后他二十多年的写作;此后虽有更加汪洋恣肆的表现、更加光怪陆离的奇幻变形,但总体上却离不开这块审美奠基石。

二

没有上世纪 80 年代的思想解放、观念爆炸,就没有莫言;没有作为农民之子,有过近二十年乡土生活亲历和"穿着军装的农民"的当兵经历,也就没有莫言;但同样,没有莫言作为一个天才作家的超人异禀,更不会有莫言及其作品。一日,莫言偶然看到李文俊翻译的《喧哗与骚动》,两万字的序都没看完,就兴奋得跳了起来,他说他要像福克纳老头一样,他也要高举起"高密东北乡"这面大旗,把这片土地上的河流、村庄、痴男怨女、地痞流氓、英雄好汉统统写出,创建一个"文学共和国"。他要做这个"共和国"的国王,主宰一切。于是,东方一片狭小的乡土——"高密东北乡",变成了"地球上最美丽最丑陋、最超脱最世俗、最圣洁最龌龊、最英雄好汉最王八蛋、最能喝酒最能爱的地方";成了集结着反抗、冒险、复仇、情欲的一片传奇味儿十足的土地。后来莫言说,他确实受了福克纳的启发和影响,但没有福克纳他想他最终也会这么写的。

这话我相信。

不过,有必要弄清,莫言笔下的"高密东北乡",作为"原乡",既是一种实存,又是一种臆造物,既是创作的驱动地,更是作家精神理想的发酵地。曾有过报道,不少人跑到高密县去寻找东北乡,寻找发生野合的"高粱地",无不失望而返。可见,它不是自然地理,而是一个文学地理学的概念。作家既视之为源泉,同时又不断赋予它以新的含义。从这片原乡升腾而起的关键词应该是:民间、生命力、图腾、自然力、狂想、暴力、祖先、历史、血痕等等。莫言的所有灵感似乎都来自于乡土,但他只是从乡土出发,而不是拘泥于乡土的精细写实和原貌复制。其笔下的乡土是野性的、梦幻的、恣肆的、血腥的、超验的,一句话,是形而下与形而上的结合,是洋与中的结合,因而,它们其实是超越乡土的。正是在这个意义上,我一直认为,莫言并不是一个通常意义上的"乡土作家",也不是什么"文化寻根作家"。

现在人们很强调莫言对西方和拉美文学的学习、借鉴,有人称他为"中国的马尔克斯",诺贝尔文学奖的授奖词也说,莫言很好地将魔幻现实与民间故事、历史与当代结合在一起(授奖词的翻译法虽小有差异,实质并没有多少不同),包括我上面引述的莫言对李文俊译本的敏锐反应,似乎都在说明,莫言受外来审美元素的影响很重,这甚至在某些人眼中,是他获奖的最重要理由之一。实际情况当然不是这样。我感到莫言并没有对西方或拉美先锋小说下过什么"读书破万卷"的功夫,他不过按照自己的兴趣,选择几本,或细读,或浏览而已,后者居多。关键在于,他的胃口特好,消化能力特强,他能将他邦的血肉、最新潮最尖锐的审美元素吃下去,消融掉,转化成自己的能量。他有独异的灵性,善于用灵性激活历史,激活记忆。事实上,莫言从创作开始不久,就是既善于吸收外来文学精华,更注重从中国传统的审美方式、中国民间的文化形态、中国民俗的话语智慧中汲取营养的。环视中国文坛,多年来学习魔幻、荒诞、变形、意识流、黑色幽默之类的作者太多了,有的人还模仿到可以乱真的地步,但能真正长成参天大树者,又有几人?到头来大都跳不出形式的外壳和自我的重复。问题症结就在于能否将外来的东西转化为自己的血肉,在于有无内在的根因、超强的消化能力和神秘的灵性。所以我说莫言是中国传统与世界新潮的浑融——浑者,浑而为一;融者,水乳交融。

当然,在莫言身上,确也存在着先锋性与本土性、实验性与民族化、中国传统与世界新潮之间的相互碰撞、激荡、交融,且时有侧重的情形,但最终,莫言走了以民族化、本土化、民间化,以继承与转化中国审美传统为根本的创作路线。有相当一段时间,莫言过于沉迷于超验的感觉,极端的变形夸张,搭配最能诉诸感官冲击力的语词,形式的因素明显压倒了精神的探求。《丰乳肥臀》虽采取家族小说框架,但它仍是《红高粱家族》精神的延续和扩展,透过上官鲁氏的一生,她和其他人生下了八个女儿,和瑞典人马洛亚牧师生下了上官金童,这些姐妹的亲属关系构成20世纪的权力高层和民间势力的盘虬,通过描写一个家庭来反映中国政治气候的变迁。作品讴歌了母性之宽厚博大,生命之生生不已。但像司马库这样复杂多端的恶魔加天使式的实实在在人物,在作品中却并不多见。由于时间跨度过长,莫言只能以感觉化、狂欢化、象征化的笔墨纵贯全篇。作品受新历史主义思潮影响比较明显。

这个时期,莫言仍偏重于吸纳西方和拉美文学,突出先锋性,或者说,他沉醉于天马行空波诡云谲的想象、构思与笔墨。《十三步》里的魔幻气息很重,《酒国》里的"红烧婴儿"——吃童子肉,一面让人联想到现实中的贪婪、欲望、腐败,带有强烈的象征性,一面让人想起拉美文学如《总统先生》中侍者端上来的盘子里盛的是人头,还有眼镜蛇攀缘楼梯之类奇幻情景和荒诞手法;而在《球状闪电》《爆炸》《金发婴儿》《欢乐》《红蝗》等作品中,虽有许多新颖的发现,但总觉得感觉在爆炸,话语在膨胀,失去了必要的分寸和节制,阅读活动变成了一场语词的狂轰滥炸。我认为,此时莫言的创作空前旺盛却也出现了某种徘徊与停滞,显得既密集又有单一之感。

三

就在这前后,莫言意识到过于贴近先锋有失去自我的危险,他把马尔克斯比作"火炉",他要保持距离,免得被"烤化",他倡言要向民间文化探迹寻踪,他称之为"大踏步后撤"。这一顿悟具有非凡的革命意义。他的突围是从《檀香刑》开始的。大概不会有人想到,小说主人公是大清刑部的"头号刽子手",不会想到写义和团会从这样一个奇怪的角度切入,不会想到它的语言是如此的韵白间杂,朗朗上口,近乎中国戏曲中的宾白,灵感来自他家乡的猫腔。整个构思,大约只有"鬼才"才想得出来。它与正史相去甚远,却把互不沾边的角色如袁世凯、戏子、刽子手、美女、县官"捏"在一起;但你不能不承认,它深触了中国式的"吃人的筵宴",独创性地揭出了中国式的"让人忍受最大痛苦再死去"的刽子手文化的凶残和黑暗无边。其中的酷刑——檀香刑完全出自莫言的幻想。杀人变成了一场狂欢节。我在大力肯定这部作品独出心裁地揭开了中国文化中不为人注意的阴冷幽暗的角隅,带给人陌生化、感官化的强烈刺激的同时,也有过一点批评。我认为,《檀香刑》在某种意义上是写生与死的极端情境,它对死亡、酷刑、虐杀、屠戮的极致化呈露,无疑增加或丰富了人类审美经验的复杂性,比之拉奥孔惨烈多了。但是,写着写着,小说似乎陷入了对"杀人艺术"的赏玩之中,陶醉在自己布置的千刀万剐的酷刑天地中,在施虐与受虐的快感中无法自拔,情不自禁地为暴力的登峰造极而喝彩。刽子手的戾气和酷刑的血气,使读者觳觫。作为演示刽子手文化,作者成功了;作为人的文学,又不能不说寒气袭人。

在我看来,沿着这一传统化、民间化的路线,获得更大成功的当属《生死疲劳》。它在美学上达到的高度令人赞叹。这部被翻译为《西门闹和他的七世生活》的小说同样受到国际读者的赞赏。小说面对的是建国以来五十年中国农村的政治运动、历史变迁和农民的命运浮沉,跨度大,评价难,若用常规写法几乎无法处理。但莫言出奇制胜,他借用佛教的六道轮回之说,连"生死疲劳"的题目,也都借自佛偈,小说让亡灵与生人、活人与畜生,让地主、农民、干部,同处在一个生死场上。如此处理政治与农民、土地与生存的关系,不能不说是一个奇异而出人意外的创新。如果《檀香刑》不免显得过于离奇,那么《生死疲劳》就是一部中国农民与土地的生死恋的深刻反思之作,主题宏大、深邃,有丰厚的社会历史内涵,表现形式也奇特而睿智。地主西门闹变为驴、牛、猪、狗、猴等畜类的过程,并非猎奇、玄虚、玩形式花样,人与动物的感应、人性与动物性的转换,十分自然,开辟了一种空前自由的视角,调动了全息的大自然,具有深刻的文化底蕴。不妨随便摘引几句:"我看到你的爹蓝脸和你的娘迎春在炕上颠鸾倒凤时,我,西门闹,眼见着自己的长工和自己的二姨太搞在一起,我痛苦地用脑袋碰撞驴棚的栅门,痛苦地用牙齿啃咬草料笸箩的边缘;但笸箩里新炒的黑豆搅拌着铡碎的谷草进入了我的口腔,使我不由自主地咀嚼和吞咽,在咀嚼中,在吞咽中,又使我体验到了一种纯驴的欢乐。"这不是辛酸之至,又啼笑皆非吗?小说的民族化审美观的努力不只是采用了章回体,通过六道轮回成就了中国式的荒诞与魔幻,语言上返璞归真、平易畅达、朴实简洁,有古典小说风,更重要的是,它超越了传统,具有现代的人文精神。在我看来,莫言并无通过此作要重新全面地评价土改、合作社、人民公社、包产到户等等政治运动的历史功过的意思,但西门闹的变为畜类而乡土之恋不绝,长工蓝脸的受尽孤立而多年誓死不入社,这本身就具有强烈的批判性;但作品突出表达的无疑是对人的生命的尊重、人的尊严的不可侵犯,以及农民与土地之间不可解的血肉情缘。

有人认为,《蛙》不是莫言最优秀的作品。就看怎么看了。《蛙》表现了莫言关心政治、关注重大社会政治问题的一面,涉及政策又超越政策,上升到生命的尊严和人类的大爱上。我不同意把《蛙》的主题简单解释为"讥讽独生子女政策",这是不懂中国国情的自以为是。事实上,《蛙》充满了矛盾,表现了生的权利与暂时不得不在生育上有所遏制之间的悲剧性冲突。姑姑从一个人人敬重的妇科医生,走向了人人诅咒的魔鬼,也正是这一悲剧性冲突的反映。小说是以给国际友人的四封信和一个独幕剧来结构的。很久以来,莫言的小说里就有潜在的国际读者和全球话语元素,《蛙》也不例外。在语词的绚烂与否上,当年天马行空的莫言似乎消失了,代之而起的是一派平实的白描,是一脉现实主义的内敛与深邃。

四

综观莫言整个创作,外显的东西是想象力、魔幻性、超现实、新异感觉之类,这使得有些人认为,莫言的创作中总是感性淹没了理性,外在的形式因素太浓重,不见思想和哲理的闪光,因而他不是一个具有深刻思想性的作家。或者说,他的思想性比较薄弱。这种看法在不少研究者和汉学家中存在,这看法对吗?

我认为这种看法比较皮相,站不住脚。看一个作家深刻还是肤浅,首先要看他有无强烈的主体性。主体意识才是作品价值的立法者。作家的思想应该深埋在形象世界,而不必戳露在外。在我看来,莫言是一个骨子里浸透了农民精神和道德理想的作家,他很难到农民之外去寻觅他所向往的理想精神,这可以说是他至今未必意识到的潜在危机,但也是他不断成功的坚实根由。他的作品贯穿着尊重人、肯定人、赞扬大写的人的精神,贯穿着强烈的叛逆性和颠覆性。他笔下的农民主人公,大多不是逆来顺受、忍辱负重的可怜人,而是反抗者、叛逆者,比如,具有超人意志力的黑孩,"纯种红高粱"式的余占鳌,以及"不怕下十八层地狱"的戴凤莲,还有上官鲁氏、蓝脸、西门闹、姑姑等等。在这个意义上,我同意这样的看法:莫言描写的人物大都充满了活力,不惜用非常规的步骤和方法来实现他们的人生理想,打破被命运和政治所规划的牢笼。在莫言的作品中,一个被人遗忘的农民世界在我们的眼前崛起,生机勃勃,即便是最刺鼻的气体也让人心旷神怡,虽然是令人目瞪口呆的冷酷无情,却充满了快乐的无私。试想,主体性如此强大的作家,能说没有思想吗?不过也应该看到,莫言是一位具有中国式的酒神精神的作家。这也是我多年来的看法。这不仅因为,他的作品写酒之处实在太多了,更是因为,他的人物所体现的勇气与激情,是与冷静睿智、凝神观照的日神精神相对峙的,是以"酣饮高歌狂舞"来作为"行动的象征"的。也就是说,他毕竟是个感性大于理性的作家。莫言自己说,我更多的还是一个"素人作家",靠灵性、直觉、感性和生活写作,不是靠理论、靠知识写作。这是清醒之论。

有人看到我说"莫言骨子里浸透了农民精神和道德理想",看到我指出这既是他成功的"坚实根由",又是他的"潜在危机",就认为我在矮化莫言甚至污蔑莫言。我想,这里有一个如何理解农民精神和道德理想的问题。长期以来,按阶级论,农民是小生产者,其特性就是自私、保守、狭隘、软弱、忍从、狡猾,顶多为了肯定一下,承认其勤劳朴实、忍辱负重。鲁迅先生批判国民劣根性,由对阿Q的批判,似更加强了对农民不觉悟的批判。于是一提农民意识、农民精神,就是贬义。我认为这并非什么不可动摇的定论。鲁迅先生晚年说过一段话,我认为极其重要:"我们生于大陆,早营农业,遂历受游牧民族之害,历史上满是血痕,却支撑以至今日,其实是伟大的"(《致尤炳圻》①)。对中国这个农业文明古国而言,农民就是人民的主体,而人民是历史的创造者。我们为什么非要把那么多恶谥强加给历史的创造者呢?莫言特别擅长写农民的"自发反抗""自我解放欲",写原始生命力的高扬。莫言说过,作为农民的儿子,我有一颗农民的良心,不管农民采取了什么方式,我和农民的观点是一致的。我们的民族之所以繁衍不绝不被征服,不正是一代代人民在叛逆和反抗中奋然前行所致吗?当然,他的"创作危机"也是存在的,作为一个国际性的大作家,莫言的价值观、理想性以及如何更加开阔、更加高远、更加具备人类性的担当,也许是亟须提升的。

谈莫言的主体性,有个问题不可不谈,那就是被称为暴力美学的评价问题。没有暴力和血腥的表现,莫言就不成其为莫言了。杀人、剥皮、酷刑、生育……无一处不是血肉淋漓,令怯懦者掩面。

---

① 鲁迅《致尤炳圻》,见《鲁迅全集》第13卷。

中国传统美学讲温柔敦厚,西方传统美学讲节制与对称,讲悲剧而非悲惨,但现代创作早就突破了这些陈旧的框范,有如蒙克的《嚎叫》一般。比如《红高粱》中罗汉大爷被活剥了皮仍叫骂不止的场景,多么峻酷壮烈的反抗,多么惊天动地的惨剧!何须掩饰呢?无血痕便无灿烂,无惨烈便无强韧,无大真便无大美。莫言说:"只有正视人类之恶,只有正视自我之丑,只有描写了人类不可克服的弱点和病态人格导致的悲惨命运,才是真正的悲剧,才可能具有'拷问灵魂'的深度和力度,才是真正的大悲悯。"这看法我是赞同的。但在具体写作中,情况往往复杂,正像有人说的,倘若一旦失去真正的民间理想的支撑,血腥描写很容易堕落为感官刺激上的自我放纵,从而丧失向民间认同所应具有的人文意义。

五

莫言就是这样一位具有突出的主体性、创新性、民间性、叛逆性的作家。不管有多少原因,在我看来,他获得诺贝尔文学奖的根本原因还是他创作中的可贵的独创性,以及他作品中独特的中国经验和中国心情,也可说是中国文化。但同时要看到,他的获奖不是偶然的,如果没有近三十年中国改革开放的文化土壤,没有融入世界的交流互动的文学环境,还像以前那样禁锢和封闭,他不可能获奖;他的获奖也不是孤立的,如果没有一个优秀的勇于借鉴探索、刻苦勤奋创作的中国作家的群体,显示出了某种新高度和平均数,他也不可能获奖。

他的获奖,当然是对他个人突出成就的褒扬,但也意味着世界对中国当代文学的某种肯定,也许是汉语这个语种即将大规模进入国际主流文化圈的征兆。所有用汉语说话、用汉语写作的人,都应该为这个变化高兴。它也许完全超过了许海峰在奥运会上获得的第一块金牌:那是中国人身体上的胜利,这是中国人文化上的胜利。莫言获奖,让文学的价值得到了有力的确认,让普通大众意识到,文学是一件很体面的事情。毫无疑问,这是中国文学走向世界的一个标志性事件。

(原载《小说评论》2013年第1期,《新华文摘》2013年第8期全文转载)

心灵的挣扎

——《废都》辨析

盛夏已经过去,书摊上的"《废都》热"却还不见降温,从北国到南方,尽管物候、风尚、方言、服饰大异其趣,但就《废都》的畅销而言,却没有两样,它那熟悉的封面到处在招摇,好像妖冶的女子哪里都不会拒绝。它甚至悄悄地把王朔从书摊上挤了下来,同时似乎不无讽刺地告白着,文学的轰动效应并没有过去。据可能不准确的统计,此书发行已逾百万,盗印本也四面出没,至于读过这本书的人究竟有多少,那就谁也说不清楚了。这可真是新时期以来,甚至整个当代文学史上的一大奇观。

奇观之奇更在于,人们不但争相阅读,而且意见决不一致,其分歧之大、争执之剧烈,虽未到"几挥老拳"的地步,也已激昂得空前。在读者和评论界,有人说它堕落;有人说它变态;有人说它是明清艳情、狭邪小说的仿制品,并无创新价值;有人说它是狡猾的商业策略,一笔早就预谋好的赚钱生意;当然,也有人对它推崇备至,视为深沉之作、传世之作,几近绝响,因而听不进批评意见。

面对《废都》,面对它的恣肆和复杂,我一时尚难做出较为准确的评价,也很难用"好"或"坏"来简单判断。我对上述每一种看法似乎都不完全地认同,但也不敢抱说服他人的奢望,我知道那将是徒劳。我只想将之纳入文学研究的范围,尽量冷静、客观地研诘它的得失。我将循着作家创作个性的线索、作品人物和结构的线索、文学传统的线索,说一说我初步认识的《废都》。

一

这本书为什么要叫"废都"呢?从这个书名可否透露一些作者创作心态和倾向上的消息呢?贾平凹是很钟爱这个名字的,他先前的一部中篇小说即以此名之,现在的长篇仍用此名,可见寄托之深。看到这个名字,我立刻想到了新感觉派大师川端康成,想到了他的《雪国》《千鹤》《古都》三部长篇。在语词结构和命名方式上,《废都》确乎与之相近。诚然,《废都》的内容与川氏的小说没有什么关系,可是在作家的气质和情调上呢,就不能说没有沟通和默契了。贾平凹崇尚川端康成是众所周知的,但与其说在创作手法上崇尚、借鉴,不如说更多的是一种心灵的感应。川端康成是以写女性、写颓废美而著称的,由于身世的不幸,他离群索居,落落寡合,气质阴郁,常常深陷在世事无常、人生幻化的精神危机之中,终至自杀。贾平凹当然没有感伤得这般严重,但他创作个性中的孤独、自卑,他那极其敏感、极其脆弱的性格,实与川氏心有灵犀,所以,《废都》的取名,未必没有川端康成颓废美的影子,未必不是一种连作者也不自觉的偶合。

由书名而提到川端康成,并不是出于索隐的兴趣,而是想探知贾平凹何以会突然写了《废都》。有人说他走火入魔了,无法理喻他创作此书的动因。的确,《废都》在贾的创作中前所未有,这倒不在于他首次描写了都市知识分子的生活,而在于剖露灵魂的大胆,性描写的肆无忌惮,由审美走向审丑,由美文走向"丑"文,以及那透骨的悲凉、彻底的绝望。我倒不认为作者自言的"痛苦"有何矫饰,或竟以痛苦为幌子诲淫诲盗,更不以为作者是被金钱煎熬,早早打定了赚钱的主意。这些都不是真实的贾平凹,真实的贾平凹确实被痛苦的重负折磨着,无法解脱。他在《后记》里说,这些年来他的个人生活可谓大故迭起,灾难接踵,疾病、父丧、亲亡、离异、官司、流言……使他深怀悲抑,觉得"只剩下了肉体上精神上都有着病毒的我和我的三个字的姓名"。其实,关于他的名人之累、本能之困、找不到精神归宿之苦,他还没有细说。像丧亲和离异之类,倘若放到平常人身上,大多自认晦气罢了,放到脆弱而感伤的贾平凹身上,就可能影响和触动他对整个宇宙人生的情绪反应。我们推想他因自身遭际的不幸而特别能品尝川端康成式的悲凉,特别沉溺于颓废美,大约不是毫无道理。

其实,这些终究只是外在的、直接的诱因,真正深刻的根源早就存在于他复杂的创作个性中了。他的创作从来都在两种倾向之间摆荡,《废都》不过是其中一种倾向的走向极端罢了。这两种倾向是:积极进取与感伤迷惘、注重社会现实与注重自我精神矛盾、审美与审丑、温柔敦厚与放纵狂躁、现实主义的执着与现代主义的虚无等等的对立。就他的小说而言,十多年间走过了一条曲折多变的历程。早期的《山地笔记》,单纯稚嫩,清新流丽,追求的是乡野的自然美、心灵美;后来,他阅历渐深,流露出困惑、迷惘的情绪,遂有《好了歌》《沙地》《二月杏》等作;80年代中期,他以《商州初录》发端,以长篇《浮躁》为其总汇,中经《腊月·正月》《鸡窝洼的人家》等作,积极投身改革大潮,介入政治经济变革,以强烈的时代感和文化精神为人称道,将现实性与文化寻根巧妙融合;80年代中后期,他由热情转入冷静,由关注外部世界转入探索人性的复杂,悲剧意识增长,连续发表了《冰炭》《黑氏》《古堡》等作;近年来,他的心态有些紊乱,笔致飘忽无定,既有《太白山记》式的诡谲神秘,又有《美穴地》《五魁》式的土匪系列,到了中篇《废都》再到长篇《废都》,他的精神逐渐被一种面对现实无能为力、无可奈何的沉沦感、悲伤感所左右。从这样的简约回顾中,不难看出他的摇摆幅度之大。这使人真想提出一个问题:到底哪一个贾平凹更真实?窃以为,写《废都》的贾平凹比写《浮躁》的贾平凹,要更真实,更接近他的本来面目。事实上,《废都》式的悲凉和幻灭,早就在他的心胸中潜伏着,若注意他的散文《闲人》《名人》《人病》诸篇,可发现《废都》的雏形和胚胎。当他晚近的创作中出现了以生存意义的追寻为核心、以性意识为焦点、以女性为中心的突出特点以后,其悲剧意识和幻灭感就愈发浓重,终以《废都》的方式来了个总爆发。所以,平心而论,《废都》的创作实为贾平凹创作发展的一种必然。

除了外在的刺激、内在的积聚,还有一个因素对《废都》的创作也至关重要,那就是贾平凹有股自我作古的勇气——不管这种勇气正确与否、理智与否,他所怀抱的这股勇气毕竟是真诚的。他在《后记》中说,他看不起他以前的作品,也失却了对世上很多作品的敬畏,他发现哪里有他过去的书,就"赶忙走开","脸烧如炭",深愧自己不过是"浪了个虚名"。他说,往日企羡的什么辞章灿烂、情趣盎然、风格独特,其实正是阻碍着天才的发展。而真正称得起"千古事"的文章,并非作家的杜撰,而"属天地早有了的",不需要雕琢,也不需要机巧,如冬雪夏雷、四季转换般自然,如上帝无言般大朴。《废都》,似正属于他向这种境界挺进的作品,故贾平凹称为"唯一能安妥我破碎了的灵魂的这本书"。贾平凹的见解有无道理姑置之勿论,仅从作品来看,他确实在大力扫荡"杜撰""雕琢""机巧",让生活与灵魂尽可能本色地袒露,尽力追寻"天地早有了"的境界。

曹雪芹批评千部一腔、千人一面的才子佳人小说,决心"按迹寻踪、不敢稍加穿凿"地写"半世亲见亲闻的几个女子",是出于一种潜在的使命感。贾平凹虽无法与曹公同日而语,但他的自我否定,是否也是一种类似的冲动?"洗尽铅华悔少作,屏却丝竹入中年",《废都》之作,不仅是为了宣泄一时的苦闷,对于时时梦想着走出商州,写出高境界大作品的贾平凹来说,他自有其内在的信念。他做好了"任人笑骂评说"的准备,对他揭示的心灵真实充满自信,他不顾忌家人会怎么看,朋友会怎么看,人们会怎么看,大有豁出去的决绝。一向胆怯、羞涩、淡泊自守的贾平凹,执着到这等程度,真不知鼓了多大的勇气。

二

《废都》的整体精神特征,有人名之曰"废都意识",这不失为一种简明的概括,只是需要具体深入地剖析。

读《废都》,我确乎感到惊讶和震悚,它那大胆、赤裸、彻底、毫无顾忌的暴露笔墨,实为多年来文学中所仅见,就像笮竹寺里有位罗汉,撕开了胸膛亮出心脏让人看其形状。贾平凹的创作,向来以举重若轻、挥洒自如见长,颇得温柔敦厚之旨,其悲剧意识比较外在,更多的是乐感文化的自足,在这小说开始的部分,看他点染人物、铺排场景、熏染氛围,看他写酒席应酬、男女斗嘴、请客闲谈,很是叙次井然,且不时闪跳着幽默,以为贾平凹还是贾平凹;可是,越往后看就越难受、越压抑、越阴郁,前面欢愉、调侃的气氛迅即荡然无存,剩下的只是一种毁灭的悲怆和窒息。书中的大多数男女,虽也谈笑自若,虽也自寻乐趣,但像一些虚幻的影子,或像一群乱撞的没头苍蝇,或为眼前的微末利益驱使,或深陷在物欲肉欲中不能自拔,大家都像丢了魂儿似的,不知明天干什么好,谁也腾不出空儿思索一下生存的意义。因为灵与肉分了家,灵魂还留在昨天的残梦中,躯体却不能不加入变动了的世事,于是只能听凭外物的裹胁和刺激,做出条件反射似的被动反应。为了感恩,就去写吹捧文章;要吹捧,就要媚俗,就要添油加醋;添油加醋就惹出了官司;惹出了官司就要设法平息;要平息就不能不贿送字画,捉刀代笔地写文章;捉刀代笔就不能不作假;作假就不能不惹出新麻烦……这可真是天下本无事,庸人自扰之。人一旦进入了这种连环套、怪圈,就欲生不得,欲死无门了;可是,你能拦得住谁不进入这种连环套呢?是飞蛾就必然要扑火。这里的人们,头上没有理智的星光,脚下没有插足之地,大家都被从原先给定的价值体系和文化背景中抛了出来,一个个晕眩、浮躁、迷茫、狂乱,变得互相不认识对方,自己也不认识自己了。这里,拜金主义、享乐主义之风甚炽,大家都忙于动作,终止了思考,只好把思索人的退化问题留给那头奶牛,把思索阴阳两界的神秘现象交给行将就木的牛老太太。这样,我们面对的就是一片物欲膨胀、精神荒凉的废墟。

它之所以出现如此悲凉的情景,是与《废都》中的特定的文化环境分不开的。有人批评《废都》中的人物环境缺乏现代都市意识,没有大都市的豪华景观,没有霓虹灯、高速公路,没有架着金丝眼镜的留洋博士,也少中西文化的交汇冲撞,因而近乎城镇而非大都,庄之蝶也不像观念簇新的当代作家,腿脚上的泥巴还没有洗干净呢。这当然不是没有一定道理,但多少有些误读,还是用虚悬了的现代都市题材作品的要求来衡量之故。在我看来,《废都》的写西京城、写庄之蝶,主旨并非写现代都市文明的困境和世界性的知识分子的精神危机,而是写古老文化在现实生活中的颓败,写由"士"演变的中国文化人的生存危机和精神危机。西京城的土里土气,庄之蝶的偷香窃玉,大约都与这种绝对中国化的传统有关。

在作者笔下,西京城像个大博物馆,同外界有种隔离感,街上不时可捡到汉砖,快要拆除的民房的门楼上,竟是郑板桥字画的砖雕;老百姓家里的两把矮椅、一个香炉,可能是唐代遗物;破破烂烂的院落,也许正是簪缨之族的故居,真所谓"旧时王谢堂前燕,飞入寻常百姓家"。有人从杨玉环的坟丘挖了一兜土回来,居然长出奇异的四色花,旋即花儿枯死,人儿病倒;有人在城墙上吹埙,声调呜咽,如泣如诉,等力气用完,那声音像风撞在墙角,无力地消失了。这是一种谁也逃不脱的精神气候、人文氛围。如果说,这种氛围终究是外在形态的话,那么,可怕的是,浸渍在这种氛围中的几千年的人们,渐渐在他们的心中也有了一座废都生了根。这心中的废都,集纳了大量的古传丸散、秘制膏丹,集合着修炼千年的人格理想、行为模式、审美趣味、佛玄道秘,致使人们的外在环境虽已巨变,内在的心理结构却纹丝不动。庄之蝶一看到古玩就两眼放光,为之入迷;孟云房钻研《邵子神数》时一只眼瞎了,却偏说因为泄露了天机而"一目了然",为之入魔。至于谈玄说道、巫医星相、品女人"足"、赏女人"态"之类的描写,比比皆是。这些废都里的文化人,由文人而闲人,由闲人而废人,哪一个不是怀着文化上的黍离之悲、丧家之痛、畸零之感呢?如此看来,《废都》像一个现代寓言。

事实上,渗透全书的"废都"意识,主要还不是对于古玩、丰臀、小脚之类的迷恋,而是被传统文化浸透了骨髓的人们,无法摆脱因袭的重担,无力应对剧变的现实,在绝望中挣扎的那种心态。这是一种心灵的挣扎,其表现形式多种多样:或在传统与现实的夹缝中惶惑莫名,无所适从;或由禁欲而纵欲,狂躁不安,自寻毁灭;或投机钻营,聚敛财富,重温财主缙绅的旧梦;或一腔旧式文人、破落贵族的傲气,作困兽之斗。书中所谓四大文化名人者,以及书商、农民企业家、编辑、研究员们,大多如此。书法家兼赌鬼的龚靖元之死,就很典型。他最后"抱了那十万元发呆,恨全是钱来得容易,钱又害了自己和儿子,一时悲凉至极,万念俱灰,生出死的念头"。他们究竟有多大的代表性可以商量,他们所表现的这种种意识、心态,不论叫"废都意识"也好,叫"世纪末情绪"也好,却不能不说反映着转型社会典型的精神特征的一方面。

我说过,贾平凹以往作品中的悲剧意识比较外在,这部作品中"牛"的思考者形象也仍然是外在的、表面的,可是,庄之蝶们缘于生命的颓废,却不能说是表面的。一般人只看到社会上的腐败现象、混乱现象而看不到颓废,尤其不能从知识分子的精神价值矛盾中发现颓废。其实这种颓废包含着严肃的悲剧性,它是历史的必然要求与无力跟上这种要求的冲突。

三

我揣摩贾平凹的写《废都》,最初一个重要的意图是:毫无讳饰地展示这个光怪陆离的浮躁时代、晕眩时代的生活本相,尤其是世俗化、民间化的本相,留下一部珍贵的世情小说。从穿插其间的那个唱民间谣曲的老头,可以见出此种意图。作者未必不知道今天的人看这些谣曲并不怎么新鲜,但后世人看它们,就大有兴观群怨的喻世价值了。可是,写着写着,主调发生了微妙变化,主观化压倒了客观化,自剖灵魂的倾向压倒了展现世情的倾向,多少冲淡了它作为世情小说的品格,也缩小了它对社会历史内容的涵盖。从根本上说,问题出在作家与庄之蝶这个人物缺乏必要的距离感,庄之蝶的角色经常被作家自己代替,以至于无法分解。

然而,尽管如此,《废都》关于世情的描绘仍是极为出色的。鲁迅先生言及"世情小说"时说:"这种小说,大概都叙述些风流放纵的事情,间于悲欢离合之中,写炎凉的世态。"(鲁迅:《中国小说的历史的变迁》)《废都》的写法,正复如此。《废都》的结构很巧妙,貌似信笔所至,漫无边际,实乃精心结撰,细针密线,它以庄之蝶为中心,如蜘蛛结网一般地展开一层层世态风景;且联络自然,浑整一体,无生硬铺排、人为垒砌之病。庄与其他几个"文化名人",如钟主编、景雪荫诸人,形成文化圈子;与孟云房、夏婕、京五、洪江、周敏诸人,形成社交圈子;与牛月清、唐宛儿、柳月、阿灿、汪希眠老婆等,形成男女圈子;与市长、秘书、农民企业家、人大主任等,形成政治经济圈子;与牛老太太、刘嫂、惠明、阿兰、黄鸿宝老婆等,形成民间圈子。这些"圈子"其实是我们划分出来的,在作品中,你中有我,我中有你,如流水般无法分切。

在这里,细细品味作者怎样描写世态是没有篇幅的。我只想指出,作者写世情,一不是孤立地写,而是完全将世情化入艺术肌体;二不是冷静地旁观,而是带着浓厚的废都意识来看世情,往往看得深刻。譬如,钟主编的命运可谓惨矣,无疑反映着一代知识分子的苦难坎坷,如牛负重。他最惨者何在?在于得不到应有的爱,得不到视若生命的某些寄托物。他渴望收到"梅子"的信,殊不知"梅子"本属子虚,那些情书,不过是别人不忍看他痛苦而编造的假信。他一直苦求高级职称,不料到死也没有得到;只因死后火葬场规定高级职称者可提前火化,他才总算得到一纸空名。这不是黑色幽默吗?但又未必不是世情的烛照。同是评职称,阮知非就轻松得多。他头顶着"文化名人"的桂冠,其实不学无术,唯一的本钱是从父亲那儿继承的"耍獠牙"的舞台特技,也早忘光了。他要庄之蝶为他代笔一篇如何"耍獠牙"的论文,作为晋身之阶,并

137

且声言,"我是活鬼闹世事,成了就成,不成拉倒"。他自然不会不成功。与不幸的钟主编相比,阮知非才是浮躁世事中的当代英雄,他不惧怕名实相违,只怕缺少欺世盗名的胆量。此人后来发了横财,却被人捅瞎了眼睛,马上换了一副狗眼,从此看人看物总要低上几分。这不也是黑色幽默吗?但透过滑稽,正可看到世事中伪劣和浮滑的部分。

人情世态就是这样从作者的笔底浮现出来的。鲁迅先生谈到《金瓶梅》等"世情书"时说:"作者之于世情,盖诚极洞达,凡所形容,或条畅,或曲折,或刻露而尽相,或幽伏而含讥。"(鲁迅:《中国小说史略》,第152页。)我虽不认为《废都》已臻此境,但贾平凹写街景,写市风,写女人钩心斗角,写闲汉说长道短,真是着墨无多,跃跃欲生,他确是取了真经,得了神韵。他写黄鸿宝家的庭院小景,能让人想见一切乡村暴发户的气焰,他写"鬼市"的人影幢幢、交头接耳,能让人想见西京古都正在被"商品"这个怪物闹得夜不成寐。这样的世情,这样的氛围,才会有庄之蝶这样的人,否则,废都也就不成其为废都了。

四

庄之蝶的大名,出自庄子的《齐物论》:"昔者庄周梦为蝴蝶,栩栩然蝴蝶也,自喻适志与","不知周之梦为蝴蝶与,蝴蝶之梦为周与"。那本意并不悲凉,是个自适其志、无拘无束的美梦,同属"物化",变蝴蝶比变大甲虫要愉快得多。可是,当庄之蝶发现,自己很像旅游点上披红挂绿任游客戏耍的那匹大红马后,这名字就成了反讽。证之于《废都》,庄之蝶让人联想到"庄生晓梦迷蝴蝶,望帝春心托杜鹃"(李商隐《锦瑟》)的迷惘,"长恨此身非吾有,何时忘却营营"(苏东坡《临江仙·夜饮东坡醒复醉》)的无奈,"庄之蝶"三个字,无他,"吾非我"而已。

从经典现实主义重视典型性格的眼光来看,庄之蝶并不棱角分明,有些模糊,有些虚飘,但是,若把庄之蝶看作一个精神载体、一个典型心理的寄寓体,甚至符号化的人,那就很富于底蕴。庄之蝶是个精神上的集合体,是个极端,是个超负荷地承载着文化人的复杂矛盾心理的人,通过他,作品把特定时代一部分文化人的生存状态、精神状态揭示得淋漓尽致。当然,像庄之蝶这样性欲泛滥的毕竟不多,倘说这就是当今文化人的模样,不但社会要鄙视,知识分子说不定也要抗议。可是,超过性欲狂疾的表象,他的自我迷失、无着无落,他的背负传统、无力超越,他的灵魂无寄、困于外物,能说没有一定的典型性吗?只是一切被推到了极端,推到了颓废和沉沦的极端,这就不免引起骇怪。

应该看到,庄之蝶终究是个缺乏使命感的知识分子,正如一些批评者指出的,他缺乏现代性,更像一个被突然捧上声名高位的乡土知识分子,他的活动太多地陷溺于声色玩乐,与几个女人的关系也有点闹剧化、轻薄化、感官化,这就不免刺激有余,灵性不足,感性的狂潮淹没了精神的求索,全书也就缺乏更为深邃的人文精神,以致伤害了整体的艺术品格。但是,即使如此,庄之蝶的苦闷和颓废,仍不无深意。

有一次,周敏对庄之蝶的苦恼很不理解,曾说:"我不明白,你现在是名人,要什么有什么,心想事成,倒喜欢这埙声?"周敏的不理解,也是一般人的不理解;但不理解庄的苦恼,也就无法理解《废都》全书。据书中介绍,庄之蝶是档次高、成就大、声名远播的作家,是个不大缺钱又不大爱钱的主儿。他不乏善良和同情心,为了安慰孤苦的钟主编,不厌其烦地炮制假情书。但他又善良得近乎懦怯,周敏胡乱吹捧他,他体谅周敏一是为了报恩,二是为了立足,也就默许了;景雪荫大闹,他于心不安,就写信道歉,说了实话。不料,这些善举、让步恰恰成了自掘的陷阱,给他招来无穷的祸患。书中写到庄之蝶,常用一个词,叫"泼烦",此乃西北土语,意谓并非因一事引起的纷至沓来的烦恼。庄之蝶精神状态的总特征,正可由"泼烦"喻之。这"泼烦"包含三层内容,一是社会性烦恼,二是生存性烦恼,三是形而上的烦恼,而核心问题在于,不断丧失本真性的悲哀。

庄之蝶不是不想保持自己的本性、个性、独立性,做到我是我,不是物;我是我,不是他;我是我,不是"名",但在现实面前一一崩溃了。作为名人,大家众星拱月似的包围他、需要他,他不愿别人以名人待他,却又意识到自己是名人,处处迁就角色,限制自我。市长利用他,制造假农药的厂长愚弄他,他最信任的洪江出卖他,全都离不开他的名人之"名"。他终于悟到,他其实是"名"的仆役。这可说是社会性烦恼。作为"作家",我们几乎看不到他写什么正经东西,他的几桩宏伟文事,无非是写有偿的报告文学,写假情书,写假论文,写挽联,替法院某人之子代写文章之类,捉刀代笔,李代桃僵。结果他没有了自己的"时间性",也没有了自己的"空间性",找不到自己了。但正像唐宛儿说的,他又是个需要不停地寻找新刺激的人,既然作为生命存在的形式的创作已不存在,怎么办呢?只好到性欲狂潮中去发现自己的生命和力量。这可说是生存性烦恼。

"人之生也,与忧俱生",但并非所有的人对忧烦都具有清醒的自觉。有人没入物质和世俗的无物之阵,人云亦云,只能感觉世俗的烦恼,不能感觉精神的烦恼,更不能感觉形而上意义的烦恼;庄之蝶则不同,他极度敏感,随时随地地追问着:我是谁? 真正的我到哪里去了？加上他头脑里塞满了《素女经》《闲情偶寄》《浮生六记》之类的劳什子，硬要到现实中寻找他所谓的古典美，他能不恍兮惚兮吗？有一次，他在太阳下发现自己的影子没有了，惊骇不已；他和唐宛儿在宾馆里胡搞，丑态百出，不一会儿又在大会的主席台上就座，泰然自若，他自己也不明白他是个怎样的怪物，或人是个怎样复杂的怪物。对庄之蝶来说，存在有如牢狱，自我去而不返，"性"也拯救不了灵魂，他便日甚一日地走向颓废。他的频繁的性生活，从最初的性爱逐渐转化为动物性宣泄，由确证自我转化为体验死亡。小说接近尾声前，他与唐宛儿有过一次疯狂的自虐和施虐式的性行为，自始至终还有哀乐伴奏，这很像三岛由纪夫在《忧国》里，剖腹自杀前的武士用性交来告别人世，性变成了死亡的象征。庄之蝶与唐宛儿，终于像"两块泡了水的土坯"一样颓然无力。

还有比这更颓废的吗？庄之蝶的所作所为，实在不足为训，与许多并非不存在的意志坚韧的、信念坚定的献身者和殉道者类型的知识分子相比，庄之蝶显得多么羸弱和可怜。如果说，他也有价值，也有醒世意义的话，那就是，暴露了一个夹杂着污秽和血的、毫无遮饰的孤独而病态的灵魂，让人们看到，传统文化培植的某一种人格，怎样在这急遽变革的、世纪末的、浮躁的时代里，走向沉沦的精神悲剧。

五

性的描写在《废都》里所占的重量是毋庸讳言的，庄之蝶不断变换和扩大性对象，如患狂疾，到后来几乎陷在肉欲和感官的世界里不能自拔。问题是，这一切究竟为了什么？若说作者就是存心炮制性文学以宣淫,倒也不尽然;若说作者像劳伦斯一样,认为肉欲是使人从机器文明回到自然人的宗教,也不是。我的看法是,庄之蝶的沉溺女色,一是为了逃避现实,二是为了拯救灵魂,三是为了安全感,四是觉得轻松——人们不明白,堂堂大作家的庄之蝶为什么不与有才学、高智商的女性往来,偏偏与文化层次很低的女性纠缠,其原因就在试图卸下沉重、麻痹灵智,寻找片刻的轻松和麻醉。这并不奇怪,这是脆弱、胆怯、敏感,却又封闭、保守、充满封建士大夫情调的庄之蝶的行为必然。庄之蝶通过性活动所暴露的灵魂的复杂,比之他在现实活动中的流露,要多得多。他的软弱,他的窘迫,他的不无恶谑的情趣,他的自相矛盾的女性观,他的本想追求美的人性却终于跌落在兽性的樊笼的尴尬,全可从他的性史中看到。

就拿庄之蝶与唐宛儿的关系来说,很难说是谁最先勾引了谁,庄之蝶早就不堪虚无和烦躁,面对是是非非的世界,不知逃遁到哪里去。他在所有的地方都找不到人生意义之后,只有到温柔乡去找寄托,寻刺激。像他这样的人,自然是相信女人是水做的骨肉,而且想在现实中印证他的古典梦,找个风情万种、仪态万方的"尤物"。他突然发现了唐宛儿,焉能不一见倾心?唐宛儿呢,早就是个不安分的女人,她从乡下私奔出来,固然一方面是不堪忍受丈夫的肆虐,另一方面则在于对都市生活的艳羡和改变处境的强烈欲望。她有极强的虚荣心,从她对庄夫人牛月清地位的歆羡来看,她对幸福的理解可知。与其说她遇上了庄之蝶,不如说她早就等待着庄之蝶。为什么庄与唐一拍即合,一发而不可收拾呢?因为他们满足了各自的需要。唐宛儿心目中的幸福就是依附,不是依附粗俗,而是依附虚荣,而要依附得牢靠,就又必须色相出众,善解人意。她的注重修饰姿容和"态"的训练,正出于这样的目的。庄之蝶把他们的狂欢视为生命力的证明,找到了自己;她则认为是她能不断调整出"新鲜感",激活了庄的艺术思维。他们共同认为"喜新厌旧是一种创造欲的表现"。他们的看法似乎很有些"现代性",但我敢说,庄没有逃出"士"的美梦,唐也没有跳出"妾"的理想,他们的关系带有浓厚的中世纪的陈腐气息。如果一开始庄之蝶不无自我拯救的动机,那么到后来,颓废的享乐主义就占了上风。还是伶牙俐齿的柳月说得痛快:"是你把我、把唐宛儿都创造成了一个新人(这话值得商榷),使我们产生了新生活的勇气和自信(这也值得商榷,"新生活"指什么?),但你最后却又把我们毁灭了!而你在毁灭我们的过程中,你也毁了你,毁灭了你的形象和声誉,毁灭了大姐和这个家!(这话有理,但究竟是怎么毁的,根源何在?)""哀莫大于心死",毁灭的根源当然在于,在物欲的压力下,灵与肉的极度分裂,生命力和创造力的衰竭,人性的彻底失落。

需要指出的是,庄之蝶绝不仅是我们时代独有的产物,他的家谱源远流长,他的血管里至今滞留着诸如元稹、李煜、柳永、李渔、冒辟疆、沈三白们的血液,只是他所依靠的文化城堡到了20世纪末的今天,已崩坏如废墟,他也就成为这个家族的末代飘零子弟。仅从唐宛儿的形象就看出(这里没有篇幅分析牛月清、柳月、阿灿等人),作者把多少封建士大夫的、男性中心主义的观念加到她的身上。应该说,唐宛儿的性格不乏率真、热烈、坦诚的一面,也不无令人同情的一面,但后来就显得芜杂,不少恶谑的成分是硬添上去的,使之失去了统一性。例如:希望她痴情,就不时堕泪;希望她曼妙,就精通"态"学;希望她善淫,就花样翻新;希望她放荡,就满嘴亵语;希望她工愁,就望月伤怀。总之,她时而野性勃勃,时而贞静自守,一切以庄之蝶的需要为转移。她甚至"努嘴儿"暗中怂恿庄去占有别的女性。这当然是损害人物的。也许作者意在表现一种不只是物欲至上,而且肉欲至上的世风(从龚小乙的幻觉中可以看出),但却暴露了自私而陈腐的女性观。像庄之蝶这样的文化人,带有浓厚的士大夫气本不足怪,也可说是刻画人物需要吧,可是,抱着玩赏的态度津津乐道,那就是拿肉麻当有趣,视腐朽为圭臬,丧失了起码的美感和道德感。

《废都》中的性描写,各处笔墨不尽相同,但不少地方确有堕入恶趣之嫌。文学史上写性的名著,有《查泰莱夫人的情人》式的写法,有《西厢记》式的写法,有《金瓶梅》式的写法等等,就我个人的眼光来看,我不喜欢《金瓶梅》式的写法,它太阴冷,太生物化,太注重于性器官和性行为,像中世纪的暗夜令人窒息。具体到《废都》,我一直在想,可否换一种更蕴藉的方式来写呢?

六

在小说的叙事形态和风格类型上,《废都》与我国古典小说确有极密切的血缘关系,它不只在表述方式、语感和语境上,而且是在内在神髓、美学精神上,完成了令人惊叹的创造性转化。不错,由于作者对古典小说烂熟于心,潜移默化既久,他在创作中不自觉地露出了一些前文本的痕迹,例如:送奶的刘嫂自言"一个庄户人家能认识你们也是造化",让人想到刘姥姥;汪希眠的老婆把浸了她的汗和肉体味儿的铜钱摘下来郑重送给庄之蝶,让人想到晴雯咬下指甲给宝玉;由牛月清让人想到吴月娘,由唐宛儿想到潘金莲,由柳月的嫁市长儿子想到春梅的嫁守备;再如,阿灿的肉香之类,偶尔跳出的"上床戏耍"之类的用词等等。如果还要继续找蛛丝马迹,《废都》的架构与张春帆的《九尾龟》还有几分相像呢。《九尾龟》的中心人物章秋谷,是有名的流氓加才子,所谓"万斛清才,一身侠骨,花柳惯家,温柔名手"。他的母亲临死时这样对他说:"你平日间专爱到堂子里去混闹,别人都说你不该这样,只有我一个人知道你的意思,无非为着心上不得意,借此发泄你的牢骚,所以我从没说过你一句。"这不是和庄之蝶也有点相通么。

我认为,能找到这么一些影影绰绰的痕迹是不足为怪的,古人评《红楼梦》还说它"深得金瓶壶奥",至于一些杰作脱胎于前文本的事,更不鲜见。在我看来,《废都》是属于我们这个时代的独立创造,它表现的是我们时代特有的某种情绪,它写的是当今的日常生活,它的语言,主要是采自日常生活中活泼泼的语汇。像"阿灿笑了一下,笑得很硬""人晦气了,放屁都砸脚后跟""你是红得尿血的人""蚊子也是知识蚊子,我们来了叮叮我们,也知识知识"之类,俯拾即是,哪本古书里何曾有过?作者把古典小说中有生命力的东西与当代生活巧妙化合,把叙事艺术提到了一个新高度。说它炉火纯青,说它浑然天成,并非溢美。

七

《废都》是一部这样的作品:它生成在 20 世纪末中国的一座文化古城,它沿袭本民族特有的美学风格,描写了古老文化精神在现代生活中的消沉,展现了由"士"演变而来的中国某些知识分子在文化交错的特定时空中的生存困境和精神危机。透过知识分子的精神矛盾来探索人的生存价值和终极关怀,原是 20 世纪许多大作家反复吟诵的主题,在这一点上,《废都》与这一世界性文学现象有所沟通。但《废都》是以性为透视焦点的,它试图从这最隐秘的生存层面切入,暴露一个病态而痛苦的真实灵魂,让人看到,知识分子一旦放弃了使命和信仰,将是多么可怕,多么凄凉;同时,透过这灵魂,又可看到某些浮靡和物化的世相。

然而,由于作者怀着苦闷之心来写苦闷之人,与人物缺乏必要的距离,虽能写之,却不能超越和洞观,故而削弱了批判的力量和悲剧的力量;另一方面,感性乃至感官的泛溢,淹滞了灵性的思考,也在阻滞作品的人文精神的深化。

1993 年 9 月写于北京

路遥作品的内在灵魂和审美价值

《平凡的世界》显示了一种强大的生命力,也构成了一个巨大的谜。有时候我们无法知道,这个看起来面貌过于朴素的作品,为什么会受到这么长时间和这么多读者的欢迎和喜爱?从多年来大学生阅读状况的调查看,《平凡的世界》的借阅量始终居于高位。虽然"80后""90后"年轻人中也有人说"这部书太遥远"了,甚至说它"过时了",但总体看来,无论是书还是电视剧,仍然保持着很高的销售量和收视率。这就不能不让人深加探究。

一

《平凡的世界》有一个总的特点,那就是把历史命运个人化、把个人命运历史化,由此形成一个横纵交错的骨架,使之带有全景性、史诗性和开放性。所谓历史命运个人化、个人命运历史化,真做到可不容易;而《平凡的世界》却能化二为一,融为一体,在人物身上闪现时代生活的剧烈变化,让时代变化在一个个偏僻山村的微不足道的农民的心灵激起波澜,它们不是两层皮,是一而二,二而一的存在,人物的动机不仅是从琐碎的个人欲望,而主要是从历史的潮流中浮起来的。

小说讲述的是1975到1985这十年间,陕北高原双水村三家人、孙家、田家、金家及其相关的一大群人的生活史,突出孙少安、孙少平兄弟的人生奋斗经历,实际上作者写的远不止这些,他把笔伸向乡村、中等城市、省城、煤矿、学校等非常广阔的画面。卷首语说,谨以此书献给我生活过的土地和岁月,说明它不仅要表现历史交替时期具体的变动和是非,而且要大力表现在古老大地上和沧桑岁月中,普通劳动者们的一贯的真诚与勤劳、坚韧与追求。这就使一代代的读者,既可看到多年前的日常生活场景,同时不断地把自己加入进来,在作品里找到自己,敲响心灵追求的鼓点。

小说在视角上最突出的特点,是把焦点聚结在普通人、小人物身上,所以才叫"平凡的世界"。路遥是新时期底层叙事的自觉的先行者。路遥多次跟我谈过,他认为,在最平凡的生活里面,隐藏着动人的诗意和丰沛的社会内容。他并不否认帝王将相或英雄伟人的意义,但他更看重"平凡",认为它的概率更大,意味无穷。他认为,小人物,大意义,一个个陕北农民,如一棵棵树,根子扎在中国大地的文化土壤中。他批评过,人们宁可关心一个小演员毫无价值的家庭琐事,却不愿意关注一个普通人生活艰难的追求,这是一种颠倒了的眼光。他就是想在平凡的世界里面、平凡的生活里面、平凡的人里面,发现一些真正值得记住的、带有哲理意义的,或者带有道德理想价值的东西。他说:"在最平常的事情中,都可以显示出一个人人格的伟大来。"这可说是《平凡的世界》在美学上很重要的追求:关注普通人的命运,展示底层生活不平凡的意义。

在艺术概括方式上,也有特色,那就是采取两种"交叉"——写城乡交叉地区和底层人物与上层人物的交叉。路遥和贾平凹不一样的是,他写的不是纯粹的、完全封闭的农村,他也重点写农村,但更注意写县城、省城,犹其是城乡交叉地带,在他看来这里既是封闭的又是开放的,是信息量最丰盛的地带,最能认识中国基层社会的真面目。如《人生》中高加林待的地方多是城乡交叉。他作为村里民办小学的教师被人顶替了,他气不忿,就起来抗争,后来他进到县城里面,当上了县报记者,后又被辞退。另一个"交叉"或尚不大为人注意,那就是"上下交叉":在《平凡的世界》里,田福堂与田福军哥儿俩,一个是道地农民,一个后来当到省委副书记。中学教师田润叶苦恋着庄稼汉孙少安;省委副书记女儿、省报记者田晓霞热恋着煤黑子孙少平;而农家女、后来考进大学的孙兰香也与省委吴副书记之子谈恋爱,等等。在《人生》里,黄亚萍与高加林也是出身地位悬殊。这样的人物关系构成和位置的交错,使得小说富于张力。当然,其中也不无作者美好的心愿和理想化的一面。

二

如果说,以上所说,主要还是路遥作品文体、结构、视角以及艺术概括方式上的特点的话,那么我们需要着重解读的是,路遥作品的审美内核、审美灵魂、精神内涵以及他的作品打动千万读者的秘密所在。路遥笔下的主人公,大都是物质上的贫穷者、精神上的高贵者,理想高远,品质高尚,毅力顽强,外在的贫困和内心的高傲形成了尖锐的对照和反差。他笔下的主人公虽各个不同,但对命运的抗争、不屈、力图改变现状的强烈愿望是共同的。为什么《人生》的主人公叫高加林?其实有路遥自己的影子。在一个寒冷的夜晚,天上有个卫星在转,上面有一个人在卫星里面,那就是高加林少校。路遥记下了这个名字,并把它给了他小说的主人公。路遥小说中的人物经常吃的是窝窝头,看的是《参考消息》,卖的是苦力,想的是有一天在联合国干一番轰轰烈烈的事。孙少平说:

"总有一天,我要扒着火车去外面的世界。"这都是非常有意思的事情。所以我们解析《平凡的世界》一定要看到它向上、向外扩张的力,那股内蕴的强烈的精神追求。

我认为路遥作品中强烈的审美冲击力来自三个方向:一个是传统道德之美;一个是苦难、冶炼之美;一个是自我实现的未来之美。它们像三股强大的激流,激荡着无数青年读者的心。首先,在路遥笔下,双水村崇尚父慈子孝、长幼有序、用情专一、仁厚孝悌的伦理秩序。尽管也搞过阶级斗争,但传统美德作为精神的底盘,如厚土般稳定。孙玉厚就是一位坚忍顽强、淳朴善良的伟大的父亲形象,他培养了好几个优秀的儿女。在这里,传统文化是很具体的,一双新鞋先给谁穿,兄弟俩互相推让;一个白面馍留给谁吃,自然是留给奶奶;孙玉厚守候着一元钱的"失主",为的是拾金不昧,处处透着诚信与仁义!孙少平要维护郝红梅的名声,那样执着;田润叶在李向前残废之后回心转意,升起了怜爱之情。这里又有多少厚爱和忠贞!当孙少平在矿山频遭打击,得到惠英的温情关照时,不由落泪,路遥抒发道:"只要有人的地方,世界就不是冰冷的。"这是一个虽然贫穷却充满了劳动者人性美和人情美的精神家园。

更加动人的是,关于苦难的书写和在苦难中经受冶炼所产生的美感。路遥认为:"人生充满了苦难,在与其不断的搏击中,人才会活得充实一些,才能获得幸福感。"在《人生》里,高加林半夜拉大粪车挨家挨户地找粪源、掏大粪;高加林在县城叫卖馍馍,可怎么也张不开口;刘巧珍带着狗皮褥子去看望高加林,高已背叛,却泪流满面,无法开解。《平凡的世界》一开始写学生们到食堂打饭,馍分"欧亚非"三种,欧是白面馒头,亚是棒子面窝窝头,非是高粱面窝窝头,五分钱的菜是清水熬白菜,一毛钱有点粉丝,一毛五的才带点肉片。这都非常真实。郝红梅和孙少平总是最晚去打饭,他们是吃不起菜的。这段描写使我这个曾经的西部学子,涌上热泪。贫穷、苦难,往往又与劳动、爱情连在一起。在路遥看来,只有劳动才可能使人在生活中强大。孙少平发出过这样的内心独白:"一个人精神是否充实,或者说活得有无意义,主要取决于他对劳动的态度。当然,这不是说我愿意牛马般受苦。我也感到井下的劳动太沉重了。但要摆脱这种沉重是不可能的。再说,千百万人都这样沉重。你一旦成为这个沉重世界的一员,你的心绪就不可能只关注你自身。"

路遥写爱情也很独特,爱情如苦难中一缕绚丽的暖阳,照彻人心。路遥确实让一些地位比较悬殊的男女相爱了,因为他向往那种非功利的、超越门第和贫富的、能经得起苦难考验的、自由而炽烈的爱情。但其爱情的内核主要还是"善"。这是路遥道德理想观的一个部分。这样的爱情在任何时候,特别在今天,都显得奢侈,却又是多么高贵。他抒发道:爱情啊!它使荒芜变为繁荣,平庸变为伟大;使死去的复活,活着的闪闪发光。即使爱情是不尽的煎熬、不尽的折磨,像冰霜般严厉、烈火般烤灼,但爱情对心理和身体健康的男女永远是那样的自然;同时又永远让我们感到新奇、神秘和不可思议。于是,从美学上讲,我们有可能会提出,路遥的作品有无把沉重劳动诗意化、把生活苦难神圣化、把爱情伦理拔高化的倾向?这似乎是双刃剑,既有升华的一面,也有美化的一面。

路遥作品里还有一种美,那就是个体意识觉醒和自我实现的未来之美。这是它之所以拨动一代代青年奋斗者心弦的最重要的原因。他的主人公往往是农村生活方式和传统土地观念的叛逆者。高加林和孙少平更接近路遥个人的精神史。他们都有强烈改变自身处境的欲望。这里含有现代性。"五四"最重要的主题就是发现了人，发现了个体意识，发现了为自己活着的人。从高加林身上，可以感受到农民的母体正在诞生着她的新生儿。《平凡的世界》特别能代表路遥主观世界的矛盾。路遥一方面赞赏、理解，甚至是拥抱中国农民的坚忍、温厚、善良、博大；另一方面，路遥的主人公身上又有野性的、叛逆的、不驯服的、不安分的东西，那就是现代个体意识的萌动，就是要改变命运，走向未来，扬弃父辈们的生活老路。这两种理念在他头脑经常打架。于是作品出现了双主人公，一个是少安，一个是少平；孙少安更多代表传统农民的固守乡土，而孙少平是个远行的做梦者，作品把这两种精神放到兄弟两个人身上，实际上是一个人的两面，把一个人分成两个人，他们是精神上的孪生兄弟。在《人生》里，一方面歌颂高加林式的"现代"叛逆，一方面歌颂刘巧珍式的传统贞操，这两个美他都喜欢。最后这两个东西很难糅合，只好让高加林回归到土地上，抓了一把黄土，喊出了一句忏悔的话。路遥就是这样一个既传统又现代的作家，他能够把看起来似乎不可能融合的东西构成一种奇异的美。传统美德与个性解放，爱土地如命与"到外面去"，沉重地挖煤与酷爱贝多芬音乐被糅合在一起。这种自我矛盾、二律背反式的悖论，恰恰带来了荡气回肠般的撞击。

三

我们现在应该能够理解，《平凡的世界》为什么二十年来一直受到青年读者喜爱的主要原因了。对于一切企图改变现状、改变命运的人来说，必然会遇到矛盾、阻力和困难，人生是一场奋斗，它时时需要心灵的抚慰、精神的超越、道德的提升。这部书表面上是纪事型的，骨子里是抒情的，写意，敢于正面迎视这些问题。我们处身在一个物化的、功利化的、娱乐化的时代,我们被物质的锁链锁着,欲望、感官、物质的实惠化,使我们常常觉得我们的肉身很沉重,想飞飞不起来,想跳跳不起来,最难的是如何活得有筋骨、有精气神,在困难乃至苦难面前,不低头、不屈服,保持对真善美的追求、对理想人格的追求、对人生意义的追求。并不是路遥对此能给出什么灵丹妙药,或直接回答什么问题,其实人生之谜是无解的,路遥本人也是困惑重重;我们只能说,他笔下的既卑微又骄傲、既平凡又刚毅的主人公们,能给青年读者以沉思、勇气和鼓舞,给行进者以精神的滋养。

不过,这里需要注意,如果《平凡的世界》只是一部就事论事的写实之作,没有这种精神力量贯穿,那根本不可能有现在的影响力。还应该注意到,如果所谓的"鼓舞",被写成只要敢于吃苦就必定会成功,就能成大款、成功人士,就花好月圆,"金榜题名,奉旨完婚"(鲁迅语),那可能不过是一部廉价的、痴人说梦式的庸俗故事。路遥的作品当然不是这样。他的主人公大都是悲情的结局,高加林如此,孙少平也如此,路正长,人生无穷期,作品审美上的悲剧性,显示了路遥清醒的一面。

四

从创作方法上讲,路遥坚持的基本是传统的现实主义方法,同时注入了某种浪漫主义的色彩。路遥写《平凡的世界》的时候是1985到1988年前后,那正是中国文坛上借鉴和实验现代派文艺、先锋派创作、前卫艺术最为活跃的时期。在当时的氛围下,理论批评界没能给《平凡的世界》太多的赞扬和肯定,甚至是很冷淡的,这也是可以理解的,却也暴露了我们总是习惯于"一边倒"的思维。路遥也读新潮作品,但他认为最能影响读者和最有价值的还是现实主义,他尤其崇尚柳青式的现实主义。他不无幽默地说:"当别人用西式餐具吃中国这盘菜的时候,我并不为自己仍然拿筷子吃饭而害臊……"问题当然不仅仅是"餐具"的不同。应该承认,路遥的坚守是有意义、有道理的,在某种意义上,路遥是对的,实践证明这部手法和面貌颇为传统的作品,确乎具有某种穿越时空的生命力。不过,在今天"路遥热"的氛围下,我们切不可又走向另一种"一边倒",即用过分的赞扬和拔高来否定其他方法。我们只能说,用什么方法和手法都不是决定性的,各种方法都有并存的权利,而真正决定作品生命力的是它的思想艺术的高度和深度。

《平凡的世界》还是有一些局限性的,比如作者对官场生活并不太熟悉,却用了不少篇幅写官场。这可能与他的全景性、史诗性的宏大构想有关。从字里行间可以感到,他对乔柏年、田福军们,有一种农民式的敬畏,近乎仰视,过于理想化,显得比较表面,很多尖锐矛盾,解决得过于轻易,多少有一点廉价的乐观。他写农村也有理想化成分,农村有很多深层矛盾未能深触,现在基本是父慈子孝,道德有序。事实上,不光路遥,陈忠实、贾平凹、雪漠等几位著名的农裔城籍作家,都程度不同地存在着美化乡土伦理的乌托邦倾向……

关于路遥作品的话题还有很多,这里不细加讨论了。《平凡的世界》为什么会具有如此旺盛的生命力,路遥的这段话也许是最好的回答:"只要广大读者不抛弃你,艺术创作之火就不会在心中熄灭。人民生活的大树万古长青,我们栖息于它的枝头就会情不自禁地为此而歌唱……"

(原载 2015 年 3 月 27 日《解放日报》)

使用语言的风俗画家

——论汪曾祺的小说

汪曾祺的小说是独特的。

若把时间倒回去十年、二十年,大约受了戒的小和尚明海会被视为幽灵作怪,跑到酒楼上准备"醉一回"的岁寒三友会被目为"逸民"聚会,孙小姐的郁悒而终会被看成一支无价值的挽歌,巧云和十一子的恋情会被扣上一顶"爱情至上"之类的帽子……虽然这些人物几十年地活在作家的心中,却久久没有出生的机会,因为要在那时出生了,也是报不上户口的。那个时期的文学,还缺乏胆量和气魄,容不得这样的人物、这样的作品。江河不拒细流,故有其深广;江河有主潮又不弃微澜,故有其博大;江河有浪花千叠,故有其丰富多姿。我们的文学,理应是以多层次多结构多风格的文学。于是,到了今天,汪曾祺的小说也有了它的一席之地。事实证明,他的小说拥有不少读者,能够满足不少人的审美心理,因而也是我们今天的时代所能够接受的。我想,假若没有十年浩劫,不但不会有后来的所谓"伤痕文学""反思文学",恐怕也不会有汪曾祺今天的许多小说的出现。他的近作之所以受到欢迎,是特定历史背景下的必然现象。在人们经历了无谓的残酷的争斗、人为的阶级斗争扩大化的苦难岁月之后,格外需要精神上的抚慰,需要人民大众的人性美和人情美的熏陶和愉悦。这是一个"反拨",一个进步,显示了我国社会主义文学在从"左"的思想的禁锢下解放出来以后,向着广阔性、开放性和多样性的迅速发展。

汪曾祺写小说的历史很早了。不能说他是一位新作家;但就他直到今天才充分喷涌出自己固有的生活积累和锦绣才情这一点来说,他实在又是一个"新"作家。许多与他年龄相仿的老作家,大都已经有过自己旺盛的创作黄金季节;但他创作上的旺盛季节却姗姗来迟。他以往的情况是,写小说历史虽早,却断断续续,难以为继,布不成阵;别人在扬长避短,他好长时间不得不"扬短避长";擅长的东西不能写,不擅长的东西却要他"硬写";寄托着他深厚感情的人与事不能写,缺少真情实感的题材却一度要他在"主题先行"的指导下勉强去写。这不能不说是这位老作家长时期的苦衷和悲哀。现在,他埋藏心中多年的宝藏,源源不绝地奉献出来了。解放前他只写过少量小说,粉碎"四人帮"之前也只在编戏之余偶尔为之,近几年却情形大变,他一连拿出了近二十篇小说。这也可以作为文艺生产力获得大解放的一个例证。

他的小说,怀旧之作占了多数。人们常说,年轻人向往未来,中年人执着于现实,老年人喜欢咀嚼往事。似乎一入了晚境,进取心就多半要消失,就意味着精神上的倒退和衰微。这种说法其实是含混不明的。怀旧并不能判别精神上的优劣强弱,比如鲁迅先生写《朝花夕拾》,他自称是"思乡的蛊惑"的产物,里面却有极强烈的反封建精神。汪曾祺的怀旧之作,也不是消极地咀嚼往昔的小悲欢,它们与今天的现实是声气相应的,是帮助人们从对历史的回顾中重新认识现实的,饱含着一种从历史的怀旧中走来,温热今天生活的高尚质朴的感情。他说:"虽然我写的也是旧社会的生活,但一个作家总要使人民感到生活是美好的,感到生活中有真实可贵的东西,要滋润人的心灵,提高人的信心。"(汪曾祺在《北京文学》1982年第5期座谈会的发言)有了这样一个基本的出发点和立足点,就能写旧事而常新,就能汇入社会主义文学的巨流。它们是以回顾的形式寄寓着向前、向上、向美的精神的。

一、"我表现的是美,是健康的人性"

我们说汪曾祺的小说独特,不仅因为他偏重于风俗人情、怀乡念旧,而且因为,即使同属偏重风土人情的作家,他是自成一家、自备一体、自有师承渊源的。比如,邓友梅的一批市井小说,主要师法老舍;假若老舍心中还有许多解放前的题材没有来得及写的话,《那五》大概就是这些老舍未写而想写的东西。新起的苏叔阳也写市民生活,也师法老舍,但他更着眼于当前。假若老舍活到今天,面对今天,大约要写的题材会与《夕照街》《圆明园闲话》之类接近的,呼应着《龙须沟》式的路径。而古华的"寓政治风云于乡土民情"就很难看出是师法哪一个人了,也许有点靠近周立波。

汪曾祺与他们都不同。他是沈从文的学生,严格意义上的学生。在对生活的美学评价上,在取材特点、表现手法、语言特色上,他都深受沈从文的影响。这一点,作家自己在许多创作谈中都曾表明过。当然,这只能是"学"而不是"似"的关系,是既有承继又有递嬗的发展的关系。关于沈从文的评价,历来众说纷纭。过去曾有不少人认为,由于缺乏先进思想的指引,特别是缺乏阶级分析的武器,沈从文的作品没有能够深刻揭示出人物之间社会关系的真实,他"美化了一些不该美化的东西,掩饰了一些不该掩饰的东西,他肯定的是小农经济的田园生活和与世无争、返璞归真的人生理想",等等。近年来又有很多人认为,沈从文提出了描绘人性的目标,他的作品的"这座庙宇里供奉的是人性",他的作品中有真实的人生图画,有劳动者人性的"至美",有"生命之火",因而在世界文学之林中,他也是应该占据一定位置的。(朱光潜:《关于沈从文同志的文学成就历史将会重新评价》,载《湘江文学》1983年第1期。)究竟如何正确评价沈从文,我现在还没有力量做出全面判断,但是,有一点却是与本文评论的汪曾祺有着直接联系的,那就是在对生活进行审美评价的时候,汪曾祺与沈从文都有着眼于劳动者人性美和人情美的发掘这个特点,但是随着时代、环境、思想和具体生活对象的不同,汪曾祺有他自己独特的发展和延伸,有他自己独特的艺术境界。

贯穿在汪曾祺作品里的,有一个总的主题、总的倾向。照作家自己的话说,就是"我写的是美,是健康的人性"。(汪曾祺:《关于〈受戒〉》)他供奉的也是劳动者身上的"人性",他寻求的也是下层劳动者身上的"至美"。不过,社会已发生深刻的变化,汪曾祺在表现普通市民劳动者和善良正直的知识分子的时候,对他们的人性美则是竭力要站到高处加以认识,按他的话说,就是"用80年代的感情写四十多年前的旧事"。他不回避丑恶,勇于鞭挞;他也不回避某些劳动者身上的愚昧、可笑、可悲的一面,不乏反讽的笔调,但他更多的是拨开压在他们身上的阴云,透过扭曲的形状,发掘蕴藏在他们内心的质朴、纯真、勤劳、高尚、坚忍的美质和情操。

众口交誉的《受戒》,应该说是这方面的一个代表作品。在构思中作者就很激动,他说:"我要写!我一定要把它写得很美,很健康,很有诗意!"(汪曾祺:《关于〈受戒〉》)这个关于小和尚明海和农家女儿英子的恋爱故事,是那样的纯真无邪、优美活泼,但它所表现的却绝不仅仅如某些人所说,是"思无邪"三个字。它实际是表现了人道对神道的乐观的否定,是健康的人性对禁锢人性的宗教的嘲笑和叛逆，它唱出了一支散发青春活力的、健康人性的赞歌。作者的笔虽然主要落在这一对小儿女天真无邪的爱情上，用意却在讴歌"人的解放"、人在精神上的自然健全的发展、人性的光辉。小说的末尾注明，这是写"四十三年前的一个梦"，小说确实如梦境般似真似幻，几乎看不见压迫者狰狞的影子，连庙里的几位老和尚，也对佛门法规表现出大不敬，这作品不妨看作是一种积极浪漫主义的表现。可是，它的"内在情绪是欢乐的"，它的内在精神与四十三年后的今天是灵犀相通的。它既是思想解放潮流下的一个独特的产儿，又与思想解放的情绪暗暗合上了节拍。

读了《受戒》，是很容易使人联想到作家四十多年前的处女作《复仇》的。把这两篇小说拿来对照一下，可以发现作家在思想上、在人生态度和审美特点上发生了何等深刻的变化。《复仇》是他在抗战时期在大学里读书时写的。如今收在他的小说选集里，并置于首篇。据作者在一次发言中说，这篇小说的写作受了当时流行的某些西方现代派的影响。应该说，在形式上，它写得迷离恍惚，确是受了现代派的影响的。可是，其思想内核却是地道的中国古典哲学的反映，是浸染着老庄哲学的虚无和自然观念的。篇首有一小段题记："复仇者不折镆干。虽有忮心，不怨飘瓦。"这段话见于《庄子·外篇》中的《达生》。小说的内容和引的这段话，究竟是什么意思呢？小说写了一个遗腹子，长大后为了替父复仇，把仇家的姓名刻在手腕上，身背宝剑，足遍四海，以求报仇。他终于来到一座寺庙，遇到一位和尚，并发现这和尚正是他苦苦寻求的仇人。可是，刹那间，他忽然彻悟出复仇已无甚意义，大约因为仇人早已放下屠刀，立地成佛了，那么也就没有杀戮的必要。而且，和尚的蒲团还空着一个，经卷也是两份，似乎为他预备着。他终于捡起另一副錾子，与和尚一道，向石壁、也向虚空和光明錾去。"有一天,两副錾子同时凿在虚空里。第一线由另一面射进来的光。"小说就这样结束了。作者的意图大概正像他开头所引庄子那段话之后的几句话:"是以天下平均,故无攻战之乱,无杀戮之刑者。由此道也,不开人之天,而开天之天。"(《庄子·达生》)作者的理想境界是无杀戮、无攻战的天下平均的"天之天",两个仇家最后一同由此道而开凿。这愿望自然是善良的,但多少是在讲"恕道",按现在的话说,多少有点托尔斯泰主义。这位复仇者并没有彻悟,也没有看到"天之天"实际是主观唯心的幻想。那个时期的汪曾祺还很年轻,面对着残破混乱的现实,他是怀了一颗迷惘、彷徨之心的。令人高兴的是,四十多年后写出的《受戒》中,明海也是离家出走,他不是去复仇,而是去受戒,按说应该去寻求"无何有之乡"的,但他却是个佛门的不肖子弟,尘缘未断,六根不净,他的情绪是欢快的,是要入世,要寻求真正的人生的。复仇者最后是皈依了宗教,明海最后却是划着船与小英子一起远走,去寻求幸福。明海与复仇者的归宿点是完全相反的。这不能不说是作家经历漫长生活道路后的思想的质变。

汪曾祺自己也多次谈到他思想上的根本变化。三十多年前作家也写过一篇《异秉》,与现在发表的《异秉》内容相近,但审美评价却大不相同。"最根本的不同,也可说是本质的差别,在于我对作品中的人物态度。……今天我虽照旧这样写,但是,字里行间对劳动人民在旧社会的不幸,对他们在旧社会形成的精神创伤和愚昧,寄予的同情比过去深了。"(汪曾祺在《北京文学》1982年第5期座谈会上的发言)读现在的《异秉》,我们感到的不仅仅是愚昧和荒唐,而是看到了善良和不幸。小镇上的商贩们,药店的伙计们,人人都像被命运扼住了咽喉。这里,发了小财的,快被解雇的,当"相公"的,无不受到社会的摆布。生活是那样平静而刻板,骨子里却藏着挣扎,人们不得已只好求诸所谓"异秉"了。据作者说,他写到保全堂伙计陈相公接连挨打,白天不敢哭,晚上遥对远在异地的母亲哭诉着"妈,再挨二年打,就能养活你了"时,他自己也忍不住掉下了眼泪。陈相公的挨打,是在貌似平和的气氛中掩盖着的血泪。汪曾祺说:"我之所以产生这一根本性的感情变化,的确是得益于解放后多年来党对我的教育,使我能学会用马列主义、毛泽东思想的观点、立场和方法,去观察、分析旧社会的人和事,从而能够比较准确地把握住人物的阶级本质,思想感情。"(陆建华:《汪曾祺访问记》,载《文谭》1983年第1期。)

思想变了,感情变了,就能更敏锐地发现生活中的美。20世纪60年代汪曾祺写过一篇《羊舍一夕》,又名《四个孩子和一个夜晚》,即使今天看来,它仍然应该列入建国以来优秀短篇小说的行列。那是在直露的政治说教倾向大受赞扬的时期,但作家笔下的四个农场少年:小吕、老九、留孩、丁贵甲,虽然那样热爱集体、勤劳刻苦,却没有任何一个人物喊出过什么响亮的口号。作者不是从政治的眼光去分析他们,而是用"人情"的眼光去发现他们内在的优良品性的。他们都是少年,于是作家充分注意到少年的心理特征。他们是劳动者的儿子,淳厚、单纯、能吃苦,有朴素而美好的憧憬,于是作家着力刻画他们身上质朴的美。他们年龄相仿,性格不同,于是作家在比较中写出了四种全然不同的个性。这难度是很大的。全篇摒弃了说教,洋溢着生活情趣。四个农家少年,都干得很出色,但作品写他们都不是在某种抽象的精神和概念的鼓舞下去行动,而一切仿佛都是出于他们淳朴的天性似的。老九三天后要动身当炼钢工人去了,临走前他在专心致志地编一条新羊鞭。"既在这里,总要找点事做"。这根鞭子,"他早就想到要编了,编起来,他不用,总有人用"。果园里的小吕,总算有了一把属于他专人使用的树剪子,他真是一日三摩挲。除了晚上脱衣服上床不得不解下来,从不离身,像是佩着一支伯朗宁手枪。他又在学习嫁接技术,他又在向往"嫁接刀"了。他宁愿自己掏钱,也要托黄技师到北京替他买一把"上等角柄嫁接刀"。丁贵甲深更半夜去找丢失的羊,吃尽了苦头。找到羊后归来,他既没有丝毫得意之色,伙伴们也没当面夸他,只是四个人高兴地烧了一只刺猬边吃边玩。这才是不带涂饰的、发自灵魂深处的至美,是劳动者人性的自然流露。

作家近年来所写的《大淖记事》《岁寒三友》《鉴赏家》《晚饭花》等,是在历史反顾中发现下层劳动者身上的人性美的。这里所写的,大多是下层手工业劳动者和城市贫民。有挑夫、锡匠、做鞭炮的、制草帽的、果贩子、画画的、卖馄饨的,卑微的社会地位,压得他们几乎变形了。向社会挑战等于以卵击石,对他们来说几乎不可能,但变中有不变,不变的是他们美好的品德。《岁寒三友》中的靳彝甫宁可出卖祖传的三块田黄,却不肯遗弃另外两位患难朋友。大年三十的酒楼上,他们三人望着漫天大雪,端起了酒杯。这是颇为辛酸的。因为他们几乎把一切都失去了。可是,这辛酸中不也潜藏着三位软弱的朋友对不公道的世界的抗议吗?《晚饭花》中的第三个短章《三姊妹出嫁》中的三个如花似玉的姊妹,出身微贱,但她们并不自视为微贱。她们不攀龙附凤,各自嫁了一个手艺人,整日欢天喜地,好像完全不知道,靠她们的姿容,是有可能换取更多的东西的。作者肯定的是低贱处境下的高尚的人格,是不慕荣华、自食其力、淡泊自守的劳动者朴素的生活理想。这些自然不能与崇高博大的美相比,但也是当时黑暗王国中的一片温暖的光明,有些人就是靠了它们才活下来的。

二、"不知道为什么,她自己也尝了一口"

汪曾祺的小说,每篇都是娓娓道来,放松、平和,从不疾言厉色、大声疾呼,似乎他只是以写出生活的真实为度。他的行文中,极少感情色彩强烈的词,也极少剑拔弩张、一触即发的场面。从笔调来看,他是一位严格尊重生活真实、努力写出"生活流"的作家。他的倾向性有时隐蔽较深,含蓄蕴藉。他做到了"有本领把道理包含在现象中"(沈从文语)。

然而,透过他所描绘的朴素简洁的画面,我们会明显地感到作家猛烈跳动的心。他具有诗人气质,要把"诗"放进小说。一面是小说家,一面是诗人;一面坚持生活画面的客观真实感,一面按捺不住自己的激情。这使得汪曾祺成为一个竭力寻找内在感情的外在冷静型的作家,或者说,他是一位很懂得用中国特有的民族形式来表达感情的作家。

我们不妨看一看《黄油烙饼》的叙述风格。作者写一个名叫萧胜的男孩子,父母远在塞外农场工作,他被留在老家奶奶的身边。他跟着奶奶一起吃萝卜白菜,吃小米面饼子,吃玉米面饼子,一天天地长高了。这几个"吃",从孩子眼中掠过了"大跃进""公社食堂""低标准"的生活背景。后来,奶奶死了,他哭了一场,只好跟着父亲到了塞外,吃莜面,采蘑菇。请看,这是多么平淡的生活。假如是一位喜欢紧张激烈情节的作家,对这样的生活现象是看都不愿多看一眼的。可是,遇到这样的生活,正好见出汪曾祺的特长。他平淡地一路叙述下去,感情却越来越浓,后来就奇峰突起,简直像鞭子一样抽打着人心了。原来,一切都为了一瓶黄油。奶奶活着时舍不得吃,父母也舍不得吃,一直锁在柜子里。可是,在这挨饿的年头,忽然开起"三干会"了。"三级干部会开了三天,吃了三天饭"。"社员"和"干部"同时开饭,饭却不一样。萧胜不明白,他问爸爸:"他们为什么吃黄油烙饼?""他们开会。""开会干嘛吃黄油烙饼?""他们是干部。""干部为啥吃黄油烙饼?""哎呀!你问得太多了!吃你的红高粱饼子吧!"就在这时候,萧胜的妈妈"忽然站起来","擀了两张发面饼","从柜子里取出那瓶奶奶没有动过的黄油,启开瓶盖"。于是,"妈把黄油烙饼放在萧胜面前",妈妈的眼睛里都是泪。"萧胜吃了两口,真好吃。他忽然咧开嘴痛哭起来,高叫了一声:'奶奶!'"这小说多么平淡,多么简单,又多么丰富,多么深刻!能说作家缺少感情吗?不,感情太浓了,反而变得"相顾无言,唯有泪千行"了,这就是汪曾祺的艺术手腕。

在感情的抒发上,是没有比《大淖记事》更动人心弦的了。可是,非常奇怪,小说的前三节(总共只有六节)没有人,像是电影中的"空镜头"一样,摄影机沿着大淖两岸巡回扫了一番,全是关于这一带的风光、景物、风气、轶闻的介绍。那么,小说究竟要"记"什么"事"、写什么人呢?人物终于非常自然地从"空镜头"中显现出来了。小锡匠十一子,挑夫的孤女巧云,还有保安队的刘号长……巧云爱上了十一子;十一子在水中救起了巧云;保安队的刘号长奸污了巧云;"巧云破了身子,她没有淌眼泪,更没有想到跳到淖里淹死。……她觉得对不起十一子,她非常失悔;没有把自己给了十一子。"她从此勇敢地与十一子进入热恋,惹恼了刘号长,把十一子打得只剩一丝悠悠气。这是情场的嫉妒与斗殴吗?不,这是残酷的阶级压迫,是统治者对劳动者人性的最无耻的蹂躏。作家没有呼号,只是冷静地写道,巧云捧了一碗尿碱汤去救十一子,"不知道为什么,她自己也尝了一口"。据作者说,写到此处,他哭了。作者不把眼泪放进作品,却在作品的外面哭。他隐蔽在作品的背后，禁不住灵魂的战栗。汤显祖说过："情不知所起，一往而深。生者可以死，死者可以生。"这下意识的"尝尿碱"，正是"一往而深"的表现。仅仅把这种爱情诗化，还不算是高潮。高潮在于起而抗争，在于顽强地活下去。巧云默默地接过了挑子，挑起了生活的重担，一个弱女养活瘫痪的父亲和垂危的情人。旧社会吞掉了多少美好的爱情、多少青年男女的生命，竟然没有吞掉巧云。软弱者可能死了，怯懦的可能沦落了，意志薄弱的可能屈服了，巧云却没有！她柔弱，又无比刚强。这不正是一种人性的光辉吗？十一子呢？也是"死者可以生"的，作者最后写道："十一子的伤会好么？会。当然会！"据作者说，写这篇作品是他"向往"和"惊奇"的产物。向往什么？向往那种无比纯真的爱。惊奇什么？惊奇于被压迫者身上的美，居然如此坚强有力。

在《皮凤三楦房子》这篇小说里，作者同样向往并有力地表现了劳动者人格的力量。皮凤三是清代评书中的市井无赖，但外号叫"皮凤三"的鞋匠高大头，却是一个达观的、善于同恶势力斗争的奇特人物。他在精神上与巧云、十一子之类的人物是有相通之处的。那就是绵里藏针，弱中寓强。作者在诙谐的笔调中，埋藏着强烈的爱憎激情。汪曾祺的不少小说含义深邃，好与坏，正确与谬误，不是一眼就可以看得分明的。但他做到了隐蔽而不隐晦。《晚饭后的故事》中的郭导演，志得意满，吃过晚饭后坐在藤椅上，不断回忆往事，不断发出笑声。他笑什么呢？其实，他应该笑他自己。这个"平稳的，柔软的，滑润的"灵魂，虽然是个幸运儿，舒舒服服地活着，无忧无虑地活着，可一点主心骨也没有。他的上级——一位女科长提出要与他结婚，他表示同意；他的上级变成了他的妻子，在家庭中他也处处顺从；他觉得无需他去争取，幸福就来了。他真的幸福吗？他到头来也没有摆脱小市民的庸俗意识，其实可悲。

为什么读汪曾祺的小说,能够从表面冷静的叙述中感受到强烈的爱憎激情呢?关键还是人物写得好。他很强调沈从文所说的,"要贴到人物来写"。汪曾祺说:"在写作过程中要随时紧紧贴着人物,用自己的心,自己的全部感情。什么时候自己的感情贴不住人物,大概人物也就会'走'了,飘了,不具体了。"(汪曾祺:《〈大淖记事〉是怎样写出来的》,《读书》1982 第 8 期)

这可说是道出了他写作的一个秘密。写巧云,他就化为巧云,用全部感情去体验她应该经历的感情,于是有了"她也尝了一口"的神来之笔。写《羊舍一夕》,他又化为孩子,仿佛钻进了他们的心里。比如写"老九"将去当炼钢工人,情绪向往于炼钢了。"没人的时候,他站在床上,拿着小吕护秋用的镖枪,比画着,比画着。他觉得前面,偏左一点,是炼钢的炉子,……他觉得火光灼着他的眼睛,甚至感觉得到右边的额头和脸颊上明明有火的热度。他的眼睛眯细起来……他出神地体验着,半天,半天,一动也不动。"以至于突然闯进了人,他脸上的古怪表情还一时变不过来。这确实贴住了人物,人物也就活起来了。《寂寞与温暖》中写无端被打成"右派"的沈沅,内心的寂寞与苦闷,下笔十分准确。她很少说话,但内心的痛苦和得到温暖后的情感,却相当内在地传达出来,弥漫于全篇。

三、使用语言的风俗画家

汪曾祺是个绘制风俗画的能手。他的作品里,风俗描写占去了一大半篇幅,写灯节,写各种吃食,写各种植物动物,写各种手艺匠,写各色小贩,写街景,写乡风……写得津津有味。在感受生活的方式上,对风俗他有着特殊的敏感。他好像每到一处,见一朵花、一种吃食、一个店铺、一种装束、一幅画,都要细细考究一番。他是江苏高邮人,写那一带的风俗得心应手,自不必说。但远走塞上、坝上,他观民风民俗的癖好依然不变。如他的《七里茶坊》《羊舍一夕》,对张家口一带的风物,也是如数家珍,了解周详。

他为什么敏感于此,癖好于此呢?他说:"我以为风俗是一个民族集体创作的生活抒情诗。"在他看来,风俗中包含着民族特色,也包含着丰富的诗情。于是,他着眼于从风俗的流变中观察人情,从人情的变化中去观察风俗。这使他的作品显示出鲜明的民族风格。正如鲁迅先生说过的,越有地方色彩,就越为别国所注意,越具有世界性。但有一点是很清楚的,汪曾祺的写风俗是为了写人,不是为独独赏风俗而写风俗。他在写风俗时,有很强的主观性,是一个个主观镜头,强调"抒情诗"的一面,成为构成人物性格、感情、气质的一个不可缺少的部分。没有大淖一带特有的乡风,就不会有巧云的性格。巧云与大淖融洽无间。如果把巧云搬出大淖这个特殊环境,她的真实性就值得怀疑了。这也就是作者为什么宁可舍得用三节的篇幅,来渲染地域风俗的原因了。《受戒》中的风俗描写,是透过明海的眼睛表现的:"过了一个湖。好大一个湖!穿过一个县城。县城真热闹:官盐店,税务局,肉铺里挂着成边的猪,一个驴子在磨芝麻,满街都是小磨香油的香味,布店,卖茉莉粉、梳头油的什么斋,卖绒花的,卖丝线的,打把式卖膏药的,吹糖人的,耍蛇的……"他最早的小说《复仇》中,也是从复仇者的眼睛看山村秋景的:"他走进小山村,小蒙舍里有孩子读书声,马的铃铛,连枷敲在豆秸上。小路上的新牛粪发散着热气,白云从草垛边缓缓移过,一个梳小辫子的小姑娘穿着一件银红色的衫子……"

这种把风俗当作抒情诗来写的手法,使他的作品中充满了意境和特殊的气氛。而这种意境和气氛也就成为人物的一种外现和具现的形态。这样的写法,容易打破小说、散文和诗之间的界限。汪曾祺说:"但我以为气氛即人物。一篇小说要在字里行间都浸透了人物。作品的风格,就是人物性格。"(汪曾祺:《汪曾祺短篇小说选·自序》)画风俗画要有作这种画特有的笔墨、色彩、手段;写出这种浸透了人物的气氛,也要有能够造出这种气氛的语言。汪曾祺是一位讲求文心,有丰厚的文化修养的作家。读他的小说,我们常有"以无厚而入有间,恢恢乎其于游刃必有余地"的充实、饱满、自如、流畅之感。这主要得力于语言的魅力。多少年来,我们对文学语言是不重视的。殊不知,一个只会用"公用语言"的作者,是永远不可能成为一个真正有风格的作家的。语言不仅是思想和形象的外衣,它本身就是思维的显现。汪曾祺的一些小说有人能够背诵,不仅是因为所谓音乐感、节奏感、色彩感,主要因为它们的语言是包含着作者对生活独特的感受和表现的,它本身就是一种美。总起来看,他的语言力戒浮华、务求准确,状物写人间,淳美自然。但他的语言并不简洁到单调、苍白,而是色彩丰富的、句式短、叙述简、含义丰。在短句式中,汰除多余的形容词,而追求一种风行水上、自然贴切、浅语有致、淡语有味的境界。他的语言形象是一个整体。如果单独摘取几句,说它多形象、多生动,是难以感受他语言的完整的美感的。这就像是,掐下一朵孤花,抛掉叶子,这花也就没有多少看头了。他的语言,要寻章摘句,会觉淡乎寡味,只有流动起来,才能见出魅力。

四、也谈"有益于世道人心"

汪曾祺在几次发言和创作谈中都谈到,他的作品,要做到有益于世道人心。这既是作家的自谦,在某种意义上,也是事实。他的有一些作品,如《羊舍一夕》《受戒》《大淖记事》《七里茶坊》《寂寞与温暖》等,大都包含着深刻的哲理,热情赞颂了新人物的优秀品质,讴歌了坚贞不屈、反抗压迫的精神。其思想价值岂止是"有益于世道人心"?当然,作家的另一些作品,如新近发表的《八千岁》等,就的确只是"有益于世道人心"而已。八千岁的守财奴性格,他的省吃俭用,已悖于常情,十分可悲可笑。在那个年月,以他的性格,只能发生悲喜剧,被人敲去了八百元大洋。他总算是悟出了一点什么,从此不再吃"草炉烧饼"了。与其说,作者在告诉人们,旧时的小商人,朝不保夕,命运无定,不如说,作者告诉人们,守财的结果,是伤财,是破财,人应该过人的生活,"二马裾"应该换成长衫。我想,这么一点思想,夹杂在大量风俗描绘中,至少是内容不够丰富的。《鉴赏家》在思想上也较为薄弱,没有能够超出俞伯牙摔琴谢知音之类的"士为知己者死"的境界。

不久前,读到汪曾祺写的《回到现实主义,回到民族传统》一文,其中说:"为什么我反映旧社会的作品比较多,反映当代的比较少?我现在六十多岁了,旧社会三十年,新社会三十年。过去是定型的生活,看得比较准;现在变动很大,一些看法不一定抓得很准。"就作家个人的身世经历来看,这样说不无道理,是可以理解的。但是,我总感到,这是否有些绝对化,何必要画地为牢呢?

他的《羊舍一夕》就不必说了。他的《寂寞与温暖》在描绘"反右"前后"左"倾错误下的人物命运时,一色克制的、冷静的白描,对沈沅的刻画,入骨三分,其锋芒、其思想、其感慨、其内涵,都绝对不低于同类题材的很多作品。《黄油烙饼》可说是皮里阳秋,最后一个情节突转,如欧·亨利式的"豹尾",猛撞人心。《骑兵列传》也写得豪气满溢,人物呼之欲出。这些作品都在证明,近三十年的生活汪曾祺并不是抓不准的。所以,我们殷切期望作家在不断提高"忆旧"之作的思想艺术水平的同时,也能够多写一些今天的人物和生活。主流并不意味着只是一种调子,一种写法。用汪曾祺特有的写法来写当前的现实,也是可以加入到主流中去的。作家说得好:"我给自己提出的要求是回到现实主义,回到民族传统……这种现实主义是容纳各种流派的现实主义,这种民族传统是对外来文化的精华兼收并蓄的民族传统,路子应当更宽一些。"希望作家沿着现实主义和民族化的道路,向着更宽广、更深刻的路子发展下去!

1983年5月写于京郊

(原载《钟山》1983年第5期)

高晓声小说的艺术特色

大约在1979年左右,在文学解放运动的浪潮中,短篇小说领域里出现了一位值得重视的、擅长描绘农村生活的能手——高晓声。凡是读过他的作品的人,都被他的小说中深切的生活真实和浓厚的生活气息,独到的见解和丰满厚实的人物形象所吸引、所感染。高晓声以他独具的眼力,从社会"生活的大书里扯下几页来"(别林斯基),然后又把这几页合在一起,奉献给了读者,不啻给我们提供了一幅80年代前后中国农村生活的风俗画。他在短篇小说的形式里,填进了比较丰富深刻的社会内容,创造了不少令人难以忘怀的艺术形象。

高晓声并不是一位文学新人。早在五十年代之初,他就开始写作了。后来,由于"探求者"一案,他突然被打入生活的底层,几乎二十多年一直在农村,备受折磨。然而,这一段坎坷艰难的生活,却为他的创作提供了天然的准备。在农村,他不但观察,更在时时体验,他不必特意"交朋友",而是"个中人",他的悲欢与普通农民息息相通。他说:"我写他们(农民)是写我心。"这就是他的作品中的人物那么惟妙惟肖,生活气息那么丰沛的根本原因。说到艺术特色,也许他作品中强大的客观生活实感、质感,是其最突出、最重大的特色了。

高晓声的小说是在"替农民说话",是在艺术地探求中国农民的命运,是在强烈地表现目前农民的苦衷、热望、爱憎和理想。然而,不同的作家对现实生活感受和理解的角度和重点不同,因而表现生活的方式、角度和手法也就不同。高晓声有他自己独具的方式。他要替农民说话,但他恪守着必须用艺术形象说话的准则。他是通过干预灵魂来达到影响生活的目的的。他的作品并不是远离政治的牧歌,相反,其中包含着十分尖锐的社会问题。不过,他的小说中的"问题"和"见解"是他独特地从生活的复杂关系中提取的,而又紧紧地与艺术形象拥抱在一起,带着生活的露珠儿,充满着生活本身强大的逻辑力量。他的小说,可以说从各个生活的侧面、断面及细微平凡之处,发现了和提出了各种各样发人深思的社会问题。他敏锐地发现了问题,却又含蓄地、委婉地、艺术地表达出来。

《李顺大造屋》,不过写了"造屋"这么一个农村最常见的现象。房子能否建造起来,一般人会想到许多直接的、表面的原因。比如穷,比如建筑材料的困难,比如无力"走后门"之类,可是高晓声以忍辱负重的李顺大为主角,以"造屋"为贯串线索,以毋庸置疑的真实性,概括了近三十年农村政治经济形势的变幻,沉痛地倾诉了农民在"左倾路线"和错误政策干扰下的苦境。我们从李顺大这个忠厚、善良、勤劳的人物身上,所认识到、联想到的东西还会更多、更广,他甚至使我们陷入对三十年历史的回顾之中。李顺大,是小人物;造屋,是小事情。可是,小中寓大,浅中寓深,这就是高晓声通过揭示灵魂而产生的效力。《漏斗户主》也许更深沉凝重。像陈奂生这样的缺粮户,不久以前,走进每一个生产队里都会遇得见的。陈奂生何以缺粮?作者历历道来,在性格的刻画中,条分缕析,把造成陈奂生性格及其缺粮的各种原因,和盘托出,揭出了"这一个"与十年来颠三倒四、倏忽万变的农村经济政策的内在联系。作者始终是把社会问题交融在人物的灵魂世界里,"暗示"给我们,而不特别地指点出来。《周华英求职》何尝不也如此,这篇小说写的绝不仅仅是个劳动权的问题,它要深刻得多、广泛得多。周华英不过是个在不正常的人与人关系的夹缝中挤扁了的可怜的小人物而已。

透过小人物,折射出大问题;善于在平凡单调的日常生活中,最普通的小人物的性格、命运中,发现并揭示重大的社会主题,这是高晓声的特长。"作者的见解愈隐蔽,对艺术作品来说就愈好。"(恩格斯)高晓声是这一艺术规律的努力实践者。他把作者观点的隐蔽与作品思想的明朗,较好地辩证统一起来了。

具有不见人工斧凿痕迹地再现生活的本领,也许是高晓声小说给我们的另一个突出的印象。在高晓声的大部分作品里,生活仿佛是以原始状态的复杂面貌呈现在读者面前,作者"不敢稍加穿凿"似的。本来,短篇小说反映的是生活和人物性格的一个横断面、一个纵剖面,很难没有分割之感。可是,在高晓声的笔下,让人感到了生活的复杂性、完整性和内在的联系。应该说,这是一种难能可贵的艺术境界。这里略举《柳塘镇猪市》和《漫长的一天》为例。前者的内容着重写公社书记张炳生大半日的活动,从多方面揭示这个基层干部的复杂的内心世界。可是,这篇小说包含的内容又是何其丰盛!它以"猪市"行情的变化为枢纽,等于剖开今日江南平原小镇的一个风俗断面,牵引出多少棘手的问题:猪的收购问题,人的安排问题,社办企业的方向,干部的作风……点染出各色人物的面目:张炳生的正派干练,李金生的龌龊下流,姚经理的老于世故,肉站掌柜的商人嘴脸,还有刘玉梅这个颇为复杂的少妇。读这样的作品,我们如同亲历了一番江南小镇猪市的喧嚣,公社的各种恼人的日常纠葛。

《漫长的一天》的容量也是相当的大。虽然小说只从一件邻居打架的小事入手,但几乎牵出了公社、农村邻里、社办工厂乃至县委各级组织的错综关系——当然是人与人的复杂关系。公社书记刘和生,虽有整顿的决心,可是,以书记之尊,居然对他管辖下的一件恶棍行凶的打架事件无能为力、鞭长莫及。弱者冤气塞胸,强横者逍遥法外,"后台"纵容,上下掣肘,真令人望而生畏。这实在是漫长的一天,艰难的一天,令人扼腕顿足的一天!读完小说,我们的心情倍感沉重:怎样才能战胜生活中顽固的习惯势力、腐朽势力?怎样才能整顿扭转这十年浩劫之后的农村种种不正常的关系呢?这篇小说,主线是处理打架事件,作者却巧妙地把公社各种日常事务合情合理地编织到作品之中,简直使饱满的生活要从短小的艺术形式中漫溢出来了。作者对农村生活极熟悉,笔锋触处,处处有生活,处处有矛盾。作者的一支笔,在生活的大海中运转自如,矫若游龙。在高晓声的调色板上,生活不是单色调的,而是五光十色、目不暇接的。他能把复杂的矛盾统一到单纯的画面中。

当然,艺术的中心是人。高晓声的写人,即或次要人物,往往用笔不多,便使形象鲜活。此中奥秘何在?我以为,他的写人善抓特征,善于精选极富个性化的细节。如《漏斗户主》及其续篇《陈奂生上城》中之陈奂生,堪称典型人物。作者写他,不靠惊人的举动或紧张的心理,仅出之以细节的描绘和内心的微妙变化;对话也只有屈指可数的几句,甚至几个字。在"包队干部"的土政策下来,陈奂生又一次失望时,我们只听他禁不住沉重地叹了口气,"唉"了一声。后来,"三定政策"落实,又听他盯着队长问了一声"凿定了吗",接着,是几句简短的问答,是纵横的热泪,如是而已。大量的是细节的巧妙组合,如其夜间串门,那"好像隔着关了的大门,还听得到夜空中传来他的饥肠辘辘声";如其偷售五斤黑市粮以换盐后的自遣心情,都有震撼人心之力。他那"投煞青鱼",尾巴一搔,向前直蹿的形象深深地留在我们的记忆之中。至如续篇《陈奂生上城》,更属绝妙。拆开来看,也不过是靠"卖油绳"的顺当,买新帽的落空,县委书记的"厚待",住"高级招待所"大亏本之后的复杂心理,归途上的喃喃自语之类砌成,但作者把细节用活了,把人物写得更内在、更细腻、更个性化和恰如其分,故而才给我们活画出一个安分、勤劳、忠厚却又多少带点阿Q精神烙印的丰满形象。

高晓声很注意对农民的个性剖析。而个性,在他的笔下并非"莽撞""温柔""急躁"一类的外部标记,个性本身也有其固有的复杂性。仅以他笔下的三个年轻女性:周华英(《周华英求职》)、刘新华(《拣珍珠》)、刘玉梅(《柳塘镇猪市》)来说,三女个性迥异。周华英的懦弱、轻信;刘新华的爽朗、热情;刘玉梅的貌似轻佻而实则自尊自重,泾渭分明,绝难混同。这显示了作者在人物创造上的不凡功力。上述三女的创造,甚至使人想到作者是否在学习《红楼梦》对"元迎探惜"四女的创造。《柳塘镇猪市》里的刘玉梅,是个次要角色,着墨不多,竟写出其复杂性。她模样俊俏,又做过推销员,名声不太好,被目为"裤腰带扣得不紧"的坏女人。清晨叩见公社书记一幕,从敲门、扭身、撒娇来看,风骚之态可掬。然而,倚门回首说的几句话,却又沉痛之至,道出了难言的隐衷、希望安排工作的心情。作者步步写来,终于使我们看清,这个女人貌似轻浮实际上有着一颗可贵的自尊心。诚如老于世故的姚经理所说:"一个女人,生得好看,像一朵花,蜂来了,蝶来了,也并不是花叫他们来的;怪花,也冤枉,她心里还不知苦楚到什么程度呢。"所谓人物性格的复杂性,其实并不神秘,那就是人物性格内在的矛盾而已。如写刘玉梅,就写出了她的表象与内心的矛盾。只有把握了性格的矛盾,才能写出活生生的人物形象。

如前所说,高晓声的小说真实自然,仿佛信手拈来。事实上,这种艺术境界正是对生活原型进行了精心加工、艰苦提炼的结果。在谋篇结构、情节、语言上,作者都花费了一番苦心。《李顺大造屋》以"造屋"为关目,贯串全篇,手法高明;《拣珍珠》情节转折出人意表,又极合乎生活的内在规律;《柳塘镇猪市》《陈奂生上城》,貌似断线之珠,无梁之屋,其实是一种联珠式的细针密线结构,用一条内在的线索贯串了多方面的生活。在《漫长的一天》里,一日之长,刘和生书记竟未能走完半条街,纷繁斑驳的生活被压缩在半条街的行程之中了。高晓声的小说,形成一种中西合璧式的结构和语言特色。他的小说很难作为首尾完整的故事讲述,侧重于心理描叙,人物的内心独白也不少,但又能以朴实凝练的语言从容叙来,如与老农晤谈,十分亲切。至于他的语言,韵味悠悠,精粹准确,从农民的口语中摘下来,带着泥土和唾沫星,又经过回炉冶炼,表现力很强,大有扬州评话之风。关于他的语言艺术,是需要专章研究的。

高晓声的小说,是农村题材短篇创作上的重要收获,它以创作实绩,为深刻反映新时期的农村生活提供了宝贵的经验。高晓声不愧是一位艺术王国里的辛勤的探求者。

1980年3月写于京郊

铁凝和她的女朋友们

在读《哦,香雪》之前,我先看到了孙犁关于这篇小说给铁凝的信。我很惊诧,这位我一向服膺和敬仰的文学老人,这一回居然说:"我也写过一些女孩子,我哪里有你写得好!"又说:"这篇小说,从头到尾都是诗,它是一泻千里的,始终一致的。……它所经过的地方,也都是纯净的境界。"还说,他读完小说后首先想到的,"竟是苏东坡的《赤壁赋》"。当时,我被困惑和怀疑缠绕:从来都是拿着严格的衡文的戒尺,从来都不肯吐露廉价的称许之词的老人,怎么一激动起来就把他的戒尺也给扔掉了?然而,我还是拿起了《哦,香雪》。很快地,困惑和怀疑消散了;很快地,两根纤细、闪亮的铁轨抓住了我,我不得不紧跟着那一列多情、善感的火车,钻进了大山皱褶里的小村台儿沟,我的心不能不被香雪和凤娇们如花般清馨的心灵感染了,溶化了,我也不由不沉醉在美妙的"一分钟"里,聆听那带磁铁的铅笔盒嗒嗒的开阖声。不知道什么时候,我忽然觉得心头一紧,喜悦的泪水悄悄地渗出了眼角。也许是我这个与农村有不解之缘的人,感情过于脆弱了吧。

于是,在我的眼前,又出现了铁凝的影子。记得1979年春天在石家庄参加一个会,头一次见到铁凝,一个扎着小辫的小姑娘。她知道我平时爱写点评论什么的,便拿了包括《夜路》在内的最初的几篇小说剪报,要我"指指毛病"。说实话,我觉得除了清新和真挚之外,这几篇初作并不怎样的深刻,我也并不怎样看重它们。所以,在晚上会议组织去看参考电影的路上,我有时故意地冒了一句:"大家走好啊,这可是在走'夜路'啊!"惹得人们全哄笑起来。当然,我绝无恶意,只不过开一个善意的玩笑。可是,这"玩笑"之中不也暗暗包含着我当时的某种看法吗?

曾几何时,我再也不愿也不敢开这种玩笑了,我不得不换上严肃而激动的心情,注视着铁凝一篇接一篇拿出来的满含诗意和新意的作品。短短的几年间,她像撑破花苞迎风怒放的鲜花,充分地、尽情地舒展着自己独特的艺术个性。真是"唯有绿荷红菡萏,卷舒开合任天真"啊!我想,任何一个热爱文学的人,面对着像《哦,香雪》《洗桃花水的时节》《没有钮扣的红衬衫》……这一束束带着露水的鲜花,都不会因为她的年纪小而不敢承认她也是一位具有独特格调的、未必稚嫩的青年作家了吧?她不再以能够惟妙惟肖地描摹某些有趣的生活现象为满足,她已有足够的力量,在寻找到契合她的个性的题材时,塑造出活生生的灵魂了。

就拿《哦,香雪》来说,试图用理性的、抽象分析的语言来充足地说明它,几乎不大可能。借用一个套话,说它表现了实行生产责任制以后的农村的新气象,这不但不准确,恐怕是可笑的。在涉及"主题思想"一类严肃的问题时,铁凝变得那么"狡黠"和"沉默"起来了。那么,说它表现了新一代农民对文化知识、精神生活的渴求,这总不算错吧?当然,这样说是不算错的,但很不够。虽然这篇小说里确实有一个故事的"核",即十七岁的香雪用四十个鸡蛋、走了三十里山路,换了一个泡沫塑料铅笔盒。可这"核"是多么微小呵,而这"鲜桃"又是多么硕大丰满、肉嫩汁饱啊!奥秘在哪里?奥秘就在于作者不准备验证什么道理,而是揭示出香雪们灵魂的奥秘。充盈在作品里的,不是议论,不是冷静的描绘,不是曲折得揪心的情节,不是长篇的精彩的对话,而是一个字:"情"。这里既有香雪、凤娇、"北京话"(一个人物)的"情",也无处不渗透着作者的"情",既有大山的情,也有铁轨的情;既有火车的情,也有隧洞的情;既有月光的情,也有核桃树叶的情……弥漫一切的情啊,就是整篇小说的骨血所在。难怪孙犁说"这是一首纯净的诗,即是清泉"了。

你看,这"情"几乎无处不在。写铁轨是:"然而,两根纤细、闪亮的铁轨延伸过来了。它勇敢地盘旋在山腰,又悄悄地试探着前进。弯弯曲曲,曲曲弯弯,终于绕到台儿沟脚下。"写火车,这一路呼啸的绿色长龙则是:"擦着台儿沟贫弱的脊背匆匆而过。它走得那样急忙,连车轮辗轧钢轨时发出的声音好像都在说:不停不停,不停不停!"后来呢,"火车停了,发出一阵沉重的叹息,像是在抱怨台儿沟的寒冷。"写大山与台儿沟的山民,也别致得出奇:"从前,台儿沟人历来是吃过晚饭就钻被窝,他们仿佛是在同一时刻听到了大山无声的命令。于是,台儿沟那一片石头房子又在同一时刻忽然完全静止了,静得那样深沉、真切,好像在默默地向大山诉说着自己的虔诚。"不必再摘引下去了:既然理性的分析难以说清它,不停地摘录又能说明什么呢?还是让我们各自从感受它的"情"到理解它的"情"吧。

应当说,如许的"情"的丝线,都是编织到一个图画的中心点的,都是为了织造出一个美好的灵魂——香雪的灵魂。作者的命意,就在于通过情绪的感染力,烘托和渲染出山村女儿香雪的美丽的心胸、美丽的气质。她是善良淳朴的,但是,更美的是她的朴素而热烈的追求。她的追求绝不是什么"铅笔盒",否则就太藐视我们的香雪了;她追求的是"明天",每一个不同于昨天的新的"明天",那也就是对不断变化的新生活的全部憧憬、信心和神往。这大山的女儿,"面对严峻而又温厚的大山,她心中升起一种从未有过的骄傲"。当然,这种追求的热力不是凭空而来的;不然,它和"一分钟"的关系就不会那么密切,它和深山汽笛声、隧洞、树叶、月光的关系也就不会那么密切了。因而,在我们看到了一个山村女儿的美丽心胸和真挚追求的同时,我们也就听到了新的生活呼啸前进的声音。

什么是铁凝小说的特点?我以为,透过《哦,香雪》这个实例,即可得到初步的把握。这也就是我一开始先大谈一通《哦,香雪》的原因。从这里,我们看到了,铁凝是把生活的块垒抱在怀里,用自己的心溶解成"情"这种流水般、月光般的东西,再凝结成自己的小说;我们看到了,她喜欢把诗歌、散文的因素融化到小说里,形成一幅幅意境深邃的画面;我们看到了,她不长于冷静的客观描写,而偏重于主观感受的诗意抒发;我们还看到,她不善于写政治、经济内容浓厚的复杂现实关系,而善于写道德和情感范畴的微小波澜。这样的概括也许是不完备、经不起科学的铁锤敲打的。但把铁凝的小说归入"抒情诗型小说"的一类,大概不会有多少异议吧?这也就是孙犁为什么喜欢它们的原因。再往上推,说不定萧红、沈从文,甚至冰心也都会喜欢这些抒情小花呢!

铁凝的境界虽然不大,但她小小的人物画廊里的灵魂和角色却不少,可以称得上是五光十色、琳琅满目。虽然有的形象丰满,有的不过是个侧面像甚至剪影。我真羡慕铁凝,她年岁不大,却拥有那么多女朋友:可爱的或者不那么可爱的,灵魂优美高洁的或者灵魂受了小损伤、沾了小污点的。她不惮于和各种女友"打交道"。虽然到现在为止,那种心狠手辣、卑鄙龌龊的女人她还是避之唯恐不及——这影响了她对人生复杂性的剖析,但她还是写出了多种多样气质和心绪的女朋友。铁凝就是通过认识和理解女朋友们,来认识与她们联系着的其他人和那一片开阔的生活面的。铁凝自己,照她说的,则常常为了"探望"女友,成为"在城市和乡村之间飘游不定的人"。在城里,她常去找的有安然,一个十六岁的女中学生,天真无邪,厌恶虚伪和虚荣。她和安然的姐姐安静也许更熟,那是个沉静多思,正派却又有点世故的姑娘,某杂志诗歌编辑。安然的班主任韦婉她也常见面,那是个常用"防患于未然"一词吓唬人的人(《没有钮扣的红衬衫》)。在火车站一带,她熟悉卖水果的姑娘丁雯雯的"在路旁呵在路旁"的柔美歌声。这姑娘没有因为新近的失恋而颓丧(《在路旁呵在路旁》)。再往前走,她会碰到黄渐渐,不,黄爱珍,也是个卖甜食的姑娘,她的心绪可就复杂得多(《渐渐归去》)。她还熟悉白瑛瑛和陶媛,一对"分不开"却又在心理上有了小裂缝的女朋友(《喜糖》)。她还在街头看到了把老父亲忘到九霄云外的红霞,她没有和红霞打招呼(《短歌》)。她在"文学界"的熟人更多些,比如乐观爽朗的、皮肤微黑的诗作者罗薇(《罗薇来了》);比如把海涅的诗背得烂熟,在一次不寻常的奇遇里又让她想起海涅的诗句的"我"——也是个诗作者(《小路伸向果园》)……在乡下,铁凝的女朋友也很不少,除了香雪和凤娇们一伙,还有一个由狂热堕入庸俗的"会计大嫂"(《东山下的风景》),还有善良温厚、默默无闻地操劳着的燕姑(《燕姑》)……以上不是铁凝的朋友的全部;何况她还在一些作品中成功地描写过老人,比如《灶火的故事》中的灶火,《东山下的风景》中的房东大爷,《短歌》中的志祥大爷;何况她还在《穿过大街和小巷》中写了一位肝火很旺的男邮递员牛小伍。我想,是否把她的人物举得完全也许无关紧要,因为要细细分析,上面提到的人物就够谈很多很多了。还是让我们着重看一看,铁凝通过她的人物究竟要表现什么?她用的是什么颜料和章法?她要把自己的创作继续扩大下去,究竟需要跨过哪些难跨的高门槛之类问题吧。

到目前为止,铁凝没有正面描绘过特别重大的社会矛盾,没有正面触及过重大的政治经济问题,也没有试图面对当代青年去认真严肃地、全面地探索一下他们在思想、道德、伦理方面的真正严峻的巨大冲突。在题材的抉择上,她确实在城乡之间飘游不定;在主题的确立上,她也是飘游不定的。她似乎总在躲闪,躲过那些棘手的现实难题,躲过人生意义的重大问题,躲过流血的伤口、可怕的冤案、改革与反改革的一团乱麻……那么她迎接什么呢?或者说她关心什么呢?简言之,她关心的是她所熟悉的人们的灵魂的震颤及其纯净度,她迎接的是感情中的微澜、微澜中的感情。我认为,到目前为止,她还是找到了适合于她的创作个性和生活积蓄的空间。这就是,寻求生活中真善美的存在,讴歌美好的灵魂,皱着眉头看灵魂的被玷污,努力寻找净化灵魂的途径,含着微笑,盼望着真诚的光芒,照亮生活的各个角落。这没有什么好非议的,正像谁都知道的,我们既需要惊雷闪电,也需要风和日丽;既需要飓风暴雨,也需要清泉溪水。在我们这个经历了飓风的时代里,难道纯净、明快、热烈、奔放的圆舞曲,不也是人们很想听到的吗?诚然,铁凝的题材的"不重大"和进入人物灵魂的深度还不足,这说明她的阅历和入世的不深,但她目前的独特的艺术空间,却早被文学史证明过:是很需要的,很有价值的!

不久前,铁凝发表了一篇创作谈《真诚地去寻找真诚》。我赞成某些同志表示过的意见,这"真诚"的说法是不够严密、科学的。是啊,抽象的爱我们不赞成,抽象的真诚也是我们不赞成的。什么叫真诚,什么叫不真诚?历史上的真诚与否因阶级内容的不同而异,今天的真诚与否也要看它的社会历史内涵。在巨大的社会机器面前,真诚的甘露的确是太不够用了。不过,请原谅铁凝吧,她毕竟是个靠形象说话而不是靠概念过日子的人。而且,我认为,抛开她的创作谈不谈,就她塑造的艺术形象来说,这种具体的真诚对我们不也是非常需要的吗?《没有钮扣的红衬衫》之所以激起热烈的反响,是有深刻的社会原因的。不是因为抽象的真诚,而是因为具体的真诚;不是因为哪个时代都有的天真,而是富于时代色彩的天真,激人向上的具体的天真。关于这部小说,我在《敞开了青少年的心扉》(载《十月》1983年第4期)一文中谈过一些看法,我认为谈论得更为中肯的是洁泯同志的《平凡中的奇异》一文。他谈到安然的时候,说过一段很有分量的话:"这个向上力包容着安然敏锐的思想力在里面,这是社会在向前发展中所传送的时代气息。时代在前进,它要冲出那种陈旧的、因循的、保守的、趑趄不前的种种精神状态,它必须代之以新鲜活泼的、富有朝气的、有思考力的、敢于突破现状的时代精神来表现生活。安然尽管是个青少年……她的素质不是我们通常了解的只是一种童心,而且包含着对生活如何理解的思想色彩在里面……这是小说向人们提出的一个严肃的问题。"

这就把安然的真诚的严肃性、时代性,很好地说明了。是的,这个天真无邪却又秉性率直的少女,她的厌恶虚伪和虚荣、她的会唱"不要假正经"之歌,她的敢于和母亲顶嘴、敢于指出老师的错误,她的有时爱和男生们"混"、有时穿起没有钮扣的红衬衫,直到在日记本上写道:"在这里,我为自己举手,我同意自己当选本学年的三好学生"的种种行为,是有强烈的现实内容的,就像安静的文雅和世故,韦婉的感情的僵硬一样具有现实内容。过分地欣赏安然的自然状态的天真,也许是小说的弱点,但忘记了今天高中生与过去,例如解放初期高中生的巨大区别、精神上的间距,而一定要赋予人物高扬着理想的色彩,我以为这愿望是好的,但不牢靠。

总之,通过《没有钮扣的红衬衫》,通过安然,我们大致可以把握铁凝创作思想的总的意向。

也许,更值得注意的是铁凝表现力的独特性。也曾写过小说的、才华洋溢的诗人流沙河对我说,他看完《没有钮扣的红衬衫》之后感到惊喜,感到小说的写法变得陌生起来了,不是他多少年来心目中关于小说的定义了。何以如此呢? 我想,也可以说是平凡中的奇异所致吧。小说没有故事可言,全是细节砌成的,除了平淡还是平淡,可是它像吸铁石一样地能够吸住你。多么可怕的迫人之力! 我认为,奥妙就在于作者给细节中、细节和细节之间,都滴上一滴感情的圣水瓶中的露水,于是,在生活的表层之下,可以听到感情的地下泉的淙淙之声。就是这声音吸引着你呵。《小路通向果园》中,把原先应该出现的残酷斗争的场面推得很远,留下的只是一双老是盯着"我"的眼睛,"我"走到哪里,这目光跟到哪里。"他像影子一样跟随着我,即使隔着树木的屏障,那目光也能和我的目光相遇。"是追求者吗? 不可能。对方是一位头发花白的首长。然而,这目光又叫人怀疑。当对方提出"散散步"的要求时,"我"颠三倒四地说:"啊,什么? 您,您怎么好意思!"可是,把谜底揭开来,又是多么惊心动魄! 首长的女儿长得和"我"酷似,首长的女儿在武斗中牺牲了。原来那眼神是"一个父亲在我身上寄托的对他女儿的怀念、哀思和疼爱"。当"我"理解了这一切,追出去的时候,首长已乘车远去了。于是,"冬天从这里夺去的,新春会交还给你"——海涅的诗便在"我"的心中升起了。这里的眼神和误会,都蕴涵着深刻的感情。我总觉得,铁凝小说的吸引力还因为,她不是在用笔,而是在用心写作。她像个化身博士,她的心化入描写对象之中,化身为彼;她的人物又化入她心中,将彼化来,心与心交流沟通,时常达到难分彼此的程度。这虽然带来她的人物个性区别不够鲜明的弱点,但感情的真挚也足以牵动人心。我常常怀疑,安静、罗薇、"我"(《小路伸向果园》)、陶媛等一干人,是否就是作者自己。

铁凝好像是个最不能忍受理性的缰绳约束的作者,她相信感受,喜欢发挥、想象、联想,把貌似没有任何联系的事物忽然扯到一起。读她的作品像是眯着眼睛任凭小船荡漾一样。非理性主义现在是受到批判了,可是内心体验呢?某些潜意识的自然流露呢?恐怕不能一概否定。由于过于排斥理性的成分,铁凝的有些作品显得缺少思想的重量。例如《那不是眉豆花》。可是,她从《夜路》之后发生的飞跃,其中一个显著标志,便是追求自然流露,放逐概念,不为说明一个哲理、一个思想,而去调动生活,组织画面,改变了"思想说明性强"的倾向。《东山下的风景》似乎全然是生活的流泻,作者的倾向、褒贬,只在具体描绘的颜色上露一露,但那位变得庸俗了的"会计大嫂"和那位淳朴得令人感动的老大爷,也只是在几个动作和一两句言谈中现出他们的本色。

在生活的皱褶里找到不易发现的污垢,在一场琐碎的谈话里辨别美与丑的声调,在极微小的动作里探析心灵的消息,在一个微笑里找到灵魂的洗涤剂,这正是铁凝向人物灵魂进军的崎岖小路和独具的角度。这是需要一种艺术的敏锐的感觉力的。读完《罗薇来了》,大约每个读者都忍不住发出苦涩的笑。罗薇是谁?罗薇是个很有才华、热情爽快的青年女诗人,近年崭露了头角。她要到一家报纸的副刊来工作了。大概她的存在使某些人感到头痛吧,在她来之前,编辑部里的议论是有趣的。组长老文表示和罗薇熟透了:"那个人……不好说","傲呵,而且让人摸不透。轻狂、自负……"后来又扯到了跳舞,老文说:"穿着高跟鞋,今天跟这个男的跳,明天和那个男的跳。人嘛,都是有感情的动物。"看来,这位老文不乏悲天悯人的"慈善"。再到后来,发展到"跳舞算是什么,喝酒才是她拿手的呢",发展到"和她妈打架把书架子都推翻了"以及"她妈先前也风流过,是个老话剧演员"之类。问题在于,这些议论显得非常自然,老文对罗薇的熟悉也令人无可置疑。然而,罗薇真的来了,我们可敬的老文居然面对着罗薇本人说着:"听说罗薇要来了,是吗?"多么可笑,多么可恶!令人悲哀的是,罗薇的女同学林淑慧在听到这些议论时,也一声不吭,低头打毛衣。作者只说了一句:"人们,为什么要这样?难道这也是一种乐趣吗?"我不轻视这篇作品,它使我想起了文学传统中,像果戈理和契诃夫的某些"使排字工人笑得把铅字掉到地下而直不起腰"式的以笑为武器的作品。铁凝自然嫩一些,但她的学习还是成功的。我也不认为这作品仅仅是幽默小品,只要我们联想各自生活中某些腐浊的现象,就会感到它刺入社会脓疮的程度并不浅。《喜糖》中揭示的东西不同样令人深长思之吗?可惜我们没有篇幅详谈了。

后来"文化大革命"开始了。
后来"文化大革命"结束了。
后来……
这是铁凝的句子,多么简单,多么有趣,过渡得又是多么巧妙而自然。有人说,铁凝的语言是散文诗,有音乐美,我很赞成。

要在她的作品中找到一些有嚼头的语句,是不用费力的。不知道从何时起,铁凝的语言中不但把诗和散文尽量融合,而且杂入了幽默。这后一点尤其可贵。她学会了"狡猾"地笑。应该注意,在我们今天貌似平静的秩序里,揶揄、窃笑、讥刺、笑得夸张之类的幽默,具有很高的审美价值,是我们精神上十分需要的"巧克力"。

要说的话还很多,这篇文章毕竟到了该结束的时候。我认为,要谈铁凝的作品,铁凝自己的形象是不可忽视的。她是个自我意识很强的作者。她从不大声疾呼,痛心疾首,她总是含着微笑看生活,看美也看丑。她很会克制,到最痛心的时候,也不肯让人物的泪珠轻易地从眼角掉下来。这是她的个性,应该尊重。铁凝很强调"我用我自己的眼睛看生活",这也没有错。但读者期望于铁凝的是,在关心灵魂的同时关心大千世界的沉浮变幻,在钟爱"真诚"的同时更加钟爱"真理",把广阔而巨大的生活波澜攥到她的小手心里。

关于铁凝的议题还有许多是有意思的。一个真正写出生活美感的作者,总留给人们很多话题;而一个精致地写出概念的作者,总叫人无话可谈。比如怎样看待上五台山的黄爱珍,怎样深入评价安然、安静、韦婉,怎样理解"抒情诗型小说"的价值……不过,我再说下去将有涉"谋财害命"之嫌,就此打住。言语唐突之处,深望安然、安静、香雪、韦婉、罗薇们包涵,也深望铁凝和她的忠实读者们原谅。

1983 年 12 月 20 写于京郊

民族心史的一块厚重碑石

——论《古船》

一

《古船》(载《当代》1986年第5期)的出现是一个奇迹,它几乎是在人们缺乏心理准备和预感的情势下骤然出世的。就像从芦青河中捞出那条伤痕斑驳的古船一样,小说陡然撕开并不久远的历史幕布,挖掘着人们貌似熟悉其实陌生的沉埋的真实——人的真实;同时,又像那个神秘可怕的"铅桶"下落不明一样,小说揭示了隐伏在当代生活中的精神魔障;当然,小说也有自己的理想之光,它要骑上那匹象征人性和人道光辉的大红马,尝试寻求当代人和民族振兴的出路。由于它是一部如此奇异的作品,读者和评论者在片刻的惶惑后无不为之轻轻战栗继而陷入绵长的深思。

时间冲刷着记忆,时间淡漠着噩梦,为了维持现实的平衡,健忘似乎已经变成人类抚慰自我的一种惰性。在安定而又浮华,自信却又骚动的今天,我们民族的注意力正被另一些重大的东西吸摄而去,大多数人已很少深究往日的血痕,以及生命的苦难与今天的存在之间具有怎样内在的精神联结。他们生活于"现在",便也专注于"现在"。然而,充满智慧和痛苦的青年作家张炜,绝不是一个乐观的健忘者。他超出自己的年龄所限,比平常人更敏锐地感受到:罪与恶的影子并未远遁以至于根绝,它依然是困累现实生命的潜在因素,在肉眼达不到的处所,他瞪视着并且发现几千年的精神对抗的历史并没有终结,捆缚着人性的枷锁也并未锈蚀。他深深地懂得,今天每个活着的人及其各种心态,都是历史的得意之作,因而都是民族精神发展史上的"中继点"。既然我们的民族曾经穿越了如此严酷的大伤痛、大恐惧、大熬煎,那么重新踏进这苦难看个究竟,回过头来研诘苦难与现实、与变革的联结,就是一个富于良知的作家不可推卸的责任。

也许,《古船》震撼力的全部秘密在于,张炜不但要帮助人们恢复记忆,而且是以自己的身与心、感觉与理性、反省与忏悔来重新铸造记忆,并且与当代人的困境联系起来。这位作家性格执拗不甘心于接受既有的现成结论,一切要用艺术家无畏的甚至有些偏执的眼光来审度;这位作家野心太大,在这部记载洼狸镇四十年风云的、近三十万言的长篇里,他不但将过去、现在和未来聚合,而且把洼狸镇与世界衔接,让纵的"古船"与横的"星球大战"同呈并现,他直面历史,不惮纷繁,历叙土改、合作化、大跃进、"文化革命"、初期经济改革的种种史情,而真正的鹄的是撩起历史,镌刻一座民族心史的碑碣。毕竟,这工程是太棘手也太浩大了,作者虽尽心尽力,看来仍留下若干缺憾和难以克服的自我矛盾,有时,甚至极深刻的发现与颇肤浅的幻象糅合在一起。但是,环顾今日文坛,能以如此气魄雄心探究民族灵魂历程(主要是中国农民的)、能以如此强烈激情拥抱现实经济改革,又能达到如此历史深度的长篇巨制,实属罕见。所以,我把它称作民族心史的一块厚重的碑石。

二

　　评价一部作品,哪怕是结构庞大含义纵横的复杂作品,首要的还是尊重作品形象体系的基本事实,力求对其底蕴做出总体性的把握。《古船》发表后,不乏在某一方面精警独拔的评议,也未必没有把作品变形删削使之服从于某种主观的理论虚构的情形。诚然,现代小说审美意识中呈现出多主题多声部多旋律,但"多"并非"无"。有多少伟大作品曾被先哲们一语中的砉然而解,至今令人服膺,何以唯独《古船》变得不可言说?假若我们不敢或无力把握它的总体精神和艺术轨迹,那么眼花缭乱地敷衍就可能把它引向心造的迷宫,而无补于对其思想艺术价值的理解。当然,不可否认,理解《古船》确有种种障碍迷阵,仅它的象征和意象就足以让人扑朔迷离:看,那铁褐色的古城墙,那喷溅了鲜血的大红马,那不断发出呜唯声的老磨屋,那支离朽碎通体染血的老船,"倒缸"的神秘恐惧,藏"镭"的恐怖铅桶,巨雷焚毁的老庙,"破四旧"的隐含预兆的笛音……这一切,都在把我们的思路牵向四面八方,诱发和提供着多种解释和伸延的可能性;倘一味索隐下去,那真是不堪其苦。然而,尽管如此,尽管隋、赵、李三大家族浮浮沉沉,尽管仁厚的、刚毅的、怨毒的、痴狂的、伪善的、怪诞的灵魂们及其打上遗传烙迹的子女们死死生生,不断轮回和重现,但我以为《古船》的主体建构、它的主要经络还是相当醒豁的。

　　在这一幅巨大的、动态的画卷中,我看到了两股大力的盘旋、扭结、互渗、较量:一股是向上的力、超升的力,它表现为艰难升起的对于人的重新发现、重新肯定以及对人的觉醒、超越和自由的渴望,这是从我们文明古国的历史深处即已萌动直到今天才逐渐逼近的雷声(主要集中在隋不召弟兄、隋抱朴兄妹及其他人挣脱苦难和历史惰性的枷锁上);另一股是向下的力、坠落的力,它在小说中表现为对于蔑视人、束缚人、毁损人的非人化的种种深层社会心理根源的挖掘(就作品实际看,主要集中在对不断被保护下来的封建的宗法关系和家长制的现代形态的剖露上)。这两股力绝不是以所谓正面或反面人物来分野的,甚至也无法用人物来标识,它们是作品内在精神力的领颃。正是这两股大力的撞击,形成了《古船》艺术天空的惊雷闪电、霹雳狂飙。这可以说是小说中相互依存的正题和反题、张扬的主题和批判的主题。那么"合题"呢?我以为就是:从内结构看,它是从忏悔到新生的人的主题;从整体结构看,它推衍为民族的主题,通过洼狸镇四十年的动荡,探究它何以封闭、迟滞、萎缩的深层原因(河道何以干涸,曾经扬帆下西洋的朦胧大船何以樯倾楫摧沉没多年,象征民族工商业的磨屋何以颓败不堪,等等。并为洼狸镇的繁荣昌盛,为人的完善解放,试着踏勘一条径路。这些,就是我眼中一部《古船》的思想艺术的主航道。

三

这样粗线条地勾勒《古船》的总体精神,自然不可能道尽它的丰厚意蕴,但是,如此勾勒却有助于廓清这部作品因其本身的独特意象和怪异氛围自然形成的疑云,使我们可以先行步入《古船》的堂奥而不致一开始就迷失方位。这实在是一种磅礴的、深潜的精神。倘若我们进一步靠近作家张炜创作的心理动力和他的激情燃烧的缘由,我们的感受将更加深刻。是的,不论怎样令人瞠目的惊人之作,总会在它的时代纷扬思潮中找到依据,也总会在它的作者创作发展的脉络中发现端绪。张炜何以会创作《古船》？这同样不是一个凭空降临的突兀问题。熟悉张炜创作的人知道，他是一个对痛苦极为敏感的作家，一个富有强烈忏悔意识和抗争意识的作家，他极其关心人，关心人的处境和价值，人的权利和尊严：对于在恶势力抑压下的弱者，他抱以深挚的同情；对于道德的沦丧、兽性的残虐，他又始终怀藏着内在的愤懑，苦思着人的自由、完善和幸福的解救之途。在他的《秋天的思索》和《秋天的愤怒》中，都无不激荡着对人的觉醒的严肃思考。这两部作品其实是可被看作《古船》的准备和预演的。在《思索》里，沉默"古怪"的看园青年老得，眼看凶险狡狯的坏干部王三江下台后，又借"承包"之机摇身一变窃取了葡萄园的大权，只把人身依附关系换了个形式，继续恩威并施，便感到异常忧愤。初步的丰裕没有模糊老得的双眼，他思索着这欺凌和盘剥何以继续得逞，短视而畏怯的乡亲们何以对他冷淡。但他的反抗武器呢？不过是"怒目主义"加上从老一辈承传的传统美德，于是，他只能孤独地写下悲愤的诗行，他只能锒铛入狱暂时以失败告终。在《愤怒》中，老得的形象发展为李芒，王三江的形象转换为肖万昌。李芒不再是孤独者，而是逐渐赢得乡亲理解的先进专业户主，作品开始把新鲜强烈的现实气息吹进李芒的灵魂。肖万昌则比王三江的根基更加深固，作品弥补前作的薄弱，揭出"权力崇拜"是肖万昌们赖以扶持的一根支柱。从这里，不难看出后来呈现在《古船》中的某些思想印痕。

然而，上述两作终究很难与《古船》同日而语，《古船》无论对张炜还是对当代长篇小说创作，都是一个重大的腾跃和拓展。因此，重要的似乎并不在于寻索前两部作品与《古船》在人物造型和情节模式上的递擅关系了（如老得、李芒之于抱朴、见素；王三江、肖万昌之于赵多多、赵炳等等），而在于我们在对这一创作轨迹的审视中,究竟发现了多少作家思想演变的消息、作家创作的思想推动力,以及发现一个艺术家对人生甚至人类所抱的爱心艺术思维特征、价值体系等等。要而言之,也就是怎样抓住作家主体的核心动力。从上述两作已经看得很清楚了,一切是围绕着"人的问题"(哲学意义上的)而旋转的,既是形而下的,又是形而上的。我曾经把《思索》中郁闷内向的愤怒青年称为葡萄园里的哈姆雷特,他和那个"拥有巨人的雄心和婴儿的意志"(别林斯基语)的、自我矛盾的复仇王子是多么相像啊。哪里相像?精神上相像。我认为老得的愤世嫉俗、仇恨人间不平带着个人主义的思考方式,感染着类似人文主义的浓重气息。把英雄的王子与80年代初期一个中国青年农民相提并论,把文艺复兴及稍后的启蒙运动的思想与社会主义中国农民的思想遥相呼应,这岂不荒谬?不,我不是从社会发展史的意义上,而是从历史哲学和思想发展史的意义上仅仅指出它们的"类似"而已。老得是在封闭的、保守的、封建残余势力相当强固的中国农村里,伴随商品经济的初兴,刺激起个体意识觉醒的农村"觉醒者"。能够超过所有制和社会制度大大先进的现实,锐利地发现对中国农民来说是空谷足音般的觉醒,显示了张炜不同凡俗的眼光。(在现代史上,中国农民自然有过不止一次的觉醒,如民族意识的觉醒、阶级意识的觉醒,这里讲的是自我意识的觉醒。)问题在于,当代中国社会的情形极端特殊复杂:以生产工具、科技水平尺度衡量是落后的,以社会制度的尺度衡量是先进的;人的精神文明状态就更为复杂了——这是多么难以理清的麻团啊!于是,张炜的主人公也就并没有停留在个人主义抗争的水平线上。如果说,老得的抗争带有争取人的自然权利、要求平等的色彩,那么李芒的抗争就渗入更多现实的理性的色彩,并且隐约体现出先进生产力的发展必然要提出自己的政治要求;到了《古船》

中的隋抱扑,自然的人,理性的人,都不再是作家的属意所在,他试图铸造经历了极度的灵魂忏悔,从大恐惧、大哀伤中挣扎而出的,怀抱着解放人类宏愿的理想的"救世者"。另一方面,同样是对人的思考,从王三江个人品质上的恶德到肖万昌抱住"权力崇拜"的柱子,再到《古船》中赵炳把自己的肌体深扎于几千年封建政治伦理和宗法文化的土壤,同样显现出三个明显的台阶。我想,这是不应仅仅看作人物自身的攀缘上升和潜入深渊的,他们其实深刻反映了作家主体剧烈的变动及紧张的钻探,清楚不过地表明了《古船》的价值定向:忏悔与超升——人的、民族的!

四

《古船》在当代文学创作(特别是长篇创作)上的重要意义在于,像为数不多的显示着人的自觉和文的自觉的作品一样,它让人回到文学中的主体地位,让人的灵魂占据了文学的主位;不但人不再是阶级意识的符号、政治经济观念的注脚,而且人的历史也不再是平行同步于政治经济发展史的被动的活动史。人开始与历史争辩,与时代争辩,要求在本体意义上得到更深邃的相对独立的理解。换句话说,它着力于表现"历史的发生了变化的人的本性"(马克思语),而不是像不少作品归向"社会本质化"的显现。它是心灵化、内向化、布满了灵与肉的巨大冲突的。这里绝不缺少对抗和撞击,但人不是思想的符号,人与人的对立并不直接诉诸价值观和社会观的冲突,而是转化为人性的深度,转化为灵魂内部的鼎沸熬煎。这是什么?这是现实主义与现代主义融汇而成的心理现实主义。这部作品同样也不缺乏盘根错节的矛盾,众多的人物,纷杂的头绪,深沉的历史感和忧患感;这原本是可以称为史诗品格的。

但是,它与那"全方位""全景观"的史诗显然不同,我又宁愿把它称为"心灵史诗",因而,它不是人情风俗史、政治斗争史,而是"民族心史"。当我们把视线投向当代农村题材长篇创作时,不能不承认,大量作品恪守的是传统的再现中的表现,很多作品难以摆脱被动式、依附式、平行式的思维框架;当我们再把视线拉回《古船》中几个血肉丰溢灵魂痛裂的角色,看他们既处身政治经济狂澜又能保持个体的独立性,不能不深深感到,这样的表现中的再现式的作品,无疑具有审美意识上的突出创新意义。大量作品是从群体到群体,它是从个体到群体;与其说它旨在"改造社会",不如说它旨在"改造生命"。我所确认的新时期文学的主潮趋势是具有更久远战略意义的"对民族灵魂的发现与重铸",而《古船》,正是踏上了这条荆棘丛生的悲壮之途。我想象过,即使作为个体的《古船》本身因多种原因湮没了的话(这要看时间老人的脾气如何了),它所奋力开辟的审美途径,在中国、在中国的关于农村的长篇创作上,将不可能身后寂寞。

"人啊,人要好好寻思人!"这是隋抱朴无意中发出的浩叹,其实正可看作一部大书的主眼。多少年来,我们把很大精力消耗到研究"写什么"的问题上,至今纠缠不清,现在也该"好好寻思"一下"怎么写"的问题了。因为,这绝不是无关宏旨的雕虫小技,它实际是人类认识世界图式的反映,是一个作家人生观、艺术观、创作个性和气质的窥视渠道。甚至应该这么说,"怎么写"其实反映人类认识自身和文学认识人的水平。一句话,"人化"的水平。你看,在《古船》里,人的理性和尊严、人的变态和分裂、人的向善的忏悔和不可屈压的生命力表现得多么饱满!同时,像冲不动的顽石般的历史痛疤、人的兽性的肆虐、温情的家族主义帷幕里储积的恶,又表现得何等触目惊心!这种人性的深邃度,未必全是牺牲和泯绝了阶级对抗的严峻真实换来的。作者是诗人,是作家,不是社会历史辑纂家,他要采掘的是具象真实下的如潮水激荡的灵魂真实。也许有人会说,今天哪一部稍稍出色的作品不在描写着人呢?不,事情并不这么简单。在有些似乎无时不在写人的作品里,却无处不在遗忘着人。它们还没有脱离文学中人的"物化"地位。《古船》则不同,它是一部"人之书"。那么,"有人"与"无人"、"突现的人"与"物化的人"之间的微妙差异何在呢? 这有时的确不易分辨。这里不妨先举茴子这个人物为例,让我们体验一下《古船》中的"人化"。谁都会承认,小说用于茴子的篇幅并不多,但这个人物的刺目光芒仍然掩盖不住。她是大资本家的女儿,婚后又是资本家之妻,她的阶级属性无可置疑。这种人在社会生活中原本长期处于"物"的地位,在文学中的地位更不待言。她服毒自杀时亲手焚毁自己的堂屋,表现出愿生命与家族、阶级利益偕亡的可怕决绝。赵多多说她是"多么死心塌地的反动东西,临死还把房子点上火"。应该承认,不管赵多多其人多么恶虐,他的认识正是我们生活中和文学中长期不移的传统认识。的确,就茴子的社会心理看,她乖戾、暴烈、固执,绝不愿放弃剥削利益,确有强烈的阶级意识和怨毒的仇恨。得知丈夫交出了粉丝工厂,她敲断手指,血染台面,令人骇然。但她同时又是一个具有凛然尊严感和惊人意志力的女性。赵多多狠袭地把油碗扣到她的乳房上,她毫不犹豫返身拿起锋利的剪刀。须知,那时赵多多权倾金顶街,要尊严,要贞洁,就意味着难以苟全性命。但她还是把赵多多抓出了一脸血痕! 勇哉,茴子在这里她又是一个不可征服的人,富于人性的人。她的服毒自焚,既包含阶级怨恨,也包含对命运不平的反抗,相当复杂。赵多多在她临死时的行径,是对人性最残酷的虐杀;她临死的不屈又是人的尊严的最刺眼的寒光! 她的意志力已达到冥顽的程度,她固执地要现实服从意志,而决不让意志屈从现实,否则宁可选择毁灭。鲁迅先生有云:"然而我想,自杀其实是不很容易,绝没有我们不预备自杀的人们貌视得那么轻而易举的。容易么?那么,你倒试试看!"自杀,是茴子的阶级性爆发的顶端,也是她的生命力滚泻的高潮;在社会历史剧变中她是个弃客,在人的尊严的试炼中她又是一块纯钢!茴子是多么容易使人联想到福克纳《纪念艾米丽的一朵玫瑰花》中没落贵族的阴鸷女儿艾米丽;茴子与自己的堂屋俱焚,艾米丽与自己情人的朽尸为伴,这是怎样令人震颤的人性深度、怎样蓦风怒号般的灵魂迷狂啊!

茴子一例,足可让我们具体感知《古船》写人的方式和秘奥。那就是,写灵与肉的冲突、灵魂中的风暴,进行陀思妥耶夫斯基式的灵魂的无情拷问和审判。各个主要人物尽可能展开全面的内心独白,每个人物的灵魂中又分裂出两个声音争辩和吵闹。《古船》的艺术建筑,就是以一个个人物个体的灵魂挖掘作为础石的。正像鲁迅先生谈到陀思妥耶夫斯基时极精辟指出的:"他把小说中的男男女女,放到万难忍受的境遇里,来试炼他们,不但剥去了表面的洁白,拷问出藏在底下的罪恶,而且还要拷问出藏在那罪恶之下的真正洁白来。而且还不肯爽利地处死,竭力要放他们活得长久。"(《陀思妥耶夫斯基的事》)这不断的"拷问"和"不肯爽利地处死",证之以茴子、含章、赵炳、见素,何其相似?即以含章与赵炳的畸形变态关系看,她是灵的厌憎、肉的准弃,剪刀扎进赵的腹部,却又不肯爽利死去,要她刺得再深些,刺得再狠些。如此笔墨,确是深得陀氏写人的精要。鲁迅先生又说:"穿掘着灵魂的深处,使人受了精神底苦刑而得到创伤,又即从这得伤和养伤和愈合中,得到苦的涤除,而上了苏生的路"(《〈穷人〉小引》)。证之以抱朴,又不无暗合。当然,《古船》远未达到陀翁式的人性深邃度,但方法上的汲取和学习却是明显的。《古船》发表后，评者纷纷指出它受到《百年孤独》的精神、构思和叙述语言的影响，但至今还鲜有人指出它受到陀思妥耶夫斯基的内在、更深刻得多的影响。在阅读《古船》的沉浸过程中，从记忆深处唤出玛卡其（《少年》）、拉斯柯尔尼科夫（《罪与罚》）、最小的卡拉马佐夫（《卡拉马佐夫兄弟》）的朦胧面影是毫不奇怪的。这是一种隐蔽的、若隐若现的精神联想。是作者得其神髓氤氲化为自己后在创作中呈现的气象。如果有时间重新细读陀翁的著作和《古船》，研究继承、借鉴和创新的复杂关系，这未尝不是比较文学的一个好题目。目前，魔幻现实主义、黑色幽默、荒诞派戏剧等对当代文学的影响已有足够注意，其实，一个更值得注意、前景也许更加广阔的动势是，陀思妥耶夫斯基式的心理现实主义将更有可能在中国的土壤上蔚为大观。

五

以上我们对《古船》的总体精神、张炜的主体心理动力、《古船》在长篇创作上的创新意义及其审美特征做了一番探讨，现在，是该更深地进入《古船》的本体结构，循着人物形象的交叉和碰撞，评说它的忏悔意识、民族主题、社会批判深度了。只有这样，才能达到艺术批评的整体性。至于《古船》思想评价上的一些话题，如人道精神与阶级斗争、经济变革与人的进步等等，我也将力所能及地提出自己的看法。

毫无疑问，在《古船》的繁复结构和众多人物中，处于举足轻重位置的，最能体现作家的社会改革理想和人的理想的，是隋抱朴了。如果《古船》贯穿着一个从人之长夜向光明境界的超升过程，那么抱朴（还有他的另一个抗辩的影子见素）痛苦的精神探索历程就是它的轴线。要进入《古船》的艺术之门,他就是那把钥匙。隋抱朴究竟是一个怎样的人？在我看来,他固然有农民的身份和体魄,却跳动着一颗中国知识分子的忧患和内省的心灵。倘若天下平绥,作为隋门长子,他的前途不过是接过父亲的账本,做一个开明的"少东家"罢啦。但是,一场接一场阶级斗争或人为斗争的狂风骤雨,使他命运突变,从"家富人宁",坠落到比普通农民更不堪的卑贱的底层。这可真是:"呼喇喇似大厦倾,昏惨惨似灯将尽","家亡人散各奔腾"。这一骤变不啻是他人生路途上的"大地震"。他精神上所受的刺激和惨剧就更骇人。他幼年即从父接受儒道互补的文化,铭记"仁者,爱人",不料先是眼见父亲血尽而逝,继而目睹继母茴子服毒自焚的惨怖一幕,那"罪恶的火蛇"嵌入他潜意识的深层,使他"眼前一闪漆黑"。少年抱朴,初初发蒙,的确遇到了太多的厮杀和血渍。那门板上撕裂的,五条牛扯碎的,深坑里掩埋的,乱棒下僵仆的,大树上捆绑的,不都是生灵吗？淤积的血使他喘不过气来,无尽的噩梦震裂了他的灵魂。他痛苦地呼号:"苦难啊,快离开洼狸镇吧,越快越好!"他悚惧地说:"最可怕的不是山崩地陷,是人本身。"几十年来他总担心被人"干掉","唯恐有人记起我来"。他看过太多妇女的加倍惨剧,在掩埋前妻桂桂时,他挖了又挖,"深深地埋!"——这实为震碎肝胆之笔！他把直接间接的罪行和苦难汇聚集纳于一身,全都背起来,像背沉重的十字架。当我们看着这个铅铸似的、永远把后背展露给人、抱着小木勺、呆坐在老磨屋木凳上的"石雕"时,真禁不住要喃喃自语:沉默啊,沉默,不在沉默中爆发,便在沉默中灭亡！

他的灵魂深处很不平安。他一面自谴:"我是老隋家的一个罪人哪!"老隋家的颓败,弟弟妹妹的"只有爱情,没有婚姻",每个善良生命的陨落,他全算到自己账上。另一方面,尽管他极力自我压抑,灵与肉的冲突照样在他灵魂中格斗,作为生存之欲中难以克服的情欲,照样烧灼着他,他在蓖麻林中"扑向"心爱的小葵,暴雨之夜跳进小葵家的窗户,让两个生命在一瞬间尽情燃烧。他还有延续生命的渴望,既恐惧又希望小累累是自己的骨血。当然,生命的本能带给他的是更深的悔恨,他怕死去的"兆路的一双眼"。由于他的诚笃善良,他在洼狸镇人心目中享有信任,但他却又拒不出任技术员,似有绝圣弃智绝权弃欲之淡泊;粉丝厂两次"倒缸",尽管赵多多很可恶,他仍自告奋勇"扶缸",那慈悲的胸怀和赎罪的动机不言而喻。他说:"我不是恨哪一个人,我是恨整个的苦难、残忍!"显然的,他是作者忏悔意识的化身和象征。

应该说,抱朴确有与民族共忏悔的精神,他的诅咒苦难并不简单是从反对阶级斗争这个角度出发,而是企图站到人的争取自由境界、人的自我完善的更高、更浩渺的生命意识的高度上。他说:"一个人千万不能把过生活看成自己个人的事。"又说:"人为自己拼抢,洼狸镇就摆脱不了苦难,就有没完没了的怨恨。"但是,他的忏悔和拯救之道,实在带有抽象化的人道精神和理想化的虚幻色彩。我们只能说,他的忏悔是东方式的含有禁欲色彩的忏悔。所以,我不大赞同使用"原罪"一词。如果说,在小说前半部分抱朴的形象不失其饱满厚实,那么愈到后来,虚浮的理念就愈是削弱着他的艺术形象的生命。作者通过他的钻研《共产党宣言》,试图刻画一个初具共产主义理想的农村新人,但在我看来,他更像一个怀抱大仁大爱的人道主义者。从他的言行来看,在爱、欲、生、死、罪、罚上,他的拯救灵魂之路是自我克制、自我修养、自我否定、自我忏悔、自我牺牲。其核心是抑制欲望,发扬仁爱。我想,同样是爱,有仁爱,有宗教之爱,有解放全人类的爱……抱朴属于哪一种呢?人的欲望同样复杂,欲望的释放未必一定会导致厮杀的泛滥。见素创立洼狸大商店,不可否认有私欲、贪欲成分,结果抱朴的"手突然抖个不停","匾额终于没有写成"。这样的"欲"一定该"灭"该"抑"吗?

抱朴与小葵的爱,既有情爱也有情欲,抱朴却忏悔不已。这究竟有利于生命力的创造,还是窒息生命力的燃烧?当然,我不是说抱朴的为人之道等同于作者指给我们的为之人道。作家对抱朴既隐含着批评,又寄托着深爱和希望。但像抱朴这样的"静修",能否真正顿悟"宣言",成为真正的新人,却令人担心。他会不会一遇到改革的严酷的现实又像铅铸似的沉默或"怯病"复发了呢?不能不说,"忍耐吧",这陀思妥耶夫斯基式的"忍从"给抱朴的性格投上了一抹阴影。我以为,这是作家自身的深刻矛盾的反映,这矛盾不但笼罩抱朴,而且在阶级斗争、经济变革的描写上都有烙痕。

与抱朴对抗的主要是见素,这既是一个独立的形象,又是与抱朴对峙的影子。作为人,他们各自独立;作为痛苦的精神探索,他们其实是一个人的两面,如影随形,须臾难离。我这样说,是深感抱朴和见素都有种形而上的象征意味,仿佛一个代表人性中"求爱的欲望",一个代表人性中"魔性的欲望"(汤因比用语)。顺便指出,《古船》的主要人物确有轮回和重现的宿命意味,这宿命并非故作迷信的谶纬,而是文学神秘感的显现,且有生活依据。如:抱朴是父亲隋迎之的脱影(梦红马,后来也算账),见素是叔父隋不召的脱影(喜闯荡,吸引女性,不羁的灵魂),含章则是茴子的脱影,那把曾由茴子抓起的剪刀,终经含章之手刺进宗族代表赵炳的腹腔。其他如备受抑压、畸形发展的李家的李知常之于李其生;又如赵家的二槐之于多多。

这类隐形的嬗变,不可不引起我们的注意。读《古船》,很容易把见素仅仅看作一个被痛苦扼住咽喉、几近迷狂、充满狭隘家族意识的复仇化身的。复仇和报应,也的确是他灵魂的火药库。仇恨煎熬得他脸色苍白,"我要夺回粉丝大厂"的欲望咬噬着他,以至身患"阳狂",处于精神分裂和癫痫之中。抱朴"扶缸",他却要制造"倒缸";抱朴支持李知常安装变速轮,他却眼露凶光,威逼停止安装。他有个永久的疑问,那就是弄清母亲是怎么死的。他的仇恨太强烈了,以致卷向抱朴,恨他一天到晚坐在"活棺材"(老磨屋)里不动。这个人似旋风,如烈焰,他的贯串线是行动、行动、再行动,他不停地熬夜"算账",阿拉伯数字像毛茸茸的兽,咬进他的皮肉,甚至在梦中,那锈蚀的砍刀也会飞起来,砍中赵多多的喉头。我们由此看到的似乎是恶与恶的拼杀。抱朴显然把这一切全归之于"撕来撕去"的争斗,因为,"你(见素)有过份的私欲"。但是,冷静下来看,这又何尝只是恶与恶的拼杀呢?小说第七章"兄弟夜话",两个男子汉倾吐积郁,有多少力度!见素说:"人们只看到我们还活着,就没人想一想我们是怎么活的哩。"他向封建专制残余的"血统论",向扼杀人性的"恶",喊出了愤怒的反抗之声!在这里,我真难以分辨抱朴的忍从和见素的狂嘶,哪一个更有力量。如果说这叫"私欲",那么它是人的觉醒还是人的沦落?赵多多最后是"自我爆炸"了,不然,抱朴忍从,见素又患绝症,赵炳如山一般稳固,我们该到哪里去寻找不带一丁点儿私欲和恶的力量来制服赵多多呢?抱朴既不愿与赵多多和赵炳对抗,自己拿不出什么像样的行动,又站在彼岸责备见素狭隘过激,那么要问:抱朴打算把推倒赵多多们的重担留给谁去挑呢?我很留心抱朴在书中与赵多多、赵炳的接触和态度,遗憾的是,作者似在有意绕避。只能从字缝中查出,对赵多多恶言的挑衅,他报以默然不语;对赵炳做出小葵改嫁跛四的决定,这刺向他情感深处的一击,他也不过徒唤奈何而已。当然,见素的家族意识是不值得肯定的,在这一点上他并不比他的对手们高多少;但他强烈的恢复人的尊严的意向和发展商品经济的雄心,又在改变洼狸镇的稳态结构上起到了实际的瓦解作用。抱朴一再强调"粉丝大厂不姓隋,它是大家的",表现出更宽广的胸怀和高远的目光,在这一点上他超越和否定了见素;但他忍从,不敢行动,缺少社会实践这个重要环节,因而他终究又是空想的、软弱的。他还没有达到如鲁迅先生所说,敢想、敢说、敢作、敢当的"革新的破坏者"。如果说作为行动者的见素和作为忏悔者的抱朴,是两个力,究竟谁在推动生活前进上的力更大些呢?这是一个悖论,实际是恶和善的两难困境。我一直疑心,也许在最初构思中抱朴和见素是一个人,作家无法调和"魔性的贪欲"与"求爱的善欲"的冲突,便把他们分解了。抱朴后来接过了弟弟的账本,这是比他的大量宣言更有力的举动,但我们仍有理由指出他做得太少了。不过,从见素到抱朴,作为否定之否定的更高人生境界的攀登,我们强烈感受到作家上下求索理想人格和理想改革家的巨大热情和急切心情。

六

《古船》的作者确实凝注于人物个体的痛苦、冲突和超越,但却绝不停留于此。假若《古船》只是以苦难的展示和人的主题宣告结束,假若它只是以刻画人物为极限,且其思想内涵可由这几个人物囊括以尽的话,它就不会像现在这样触及我们更长阔的思考了。那种恩格斯在讲到现实主义时指出的:"主要人物是一定的阶级和倾向的代表,因而也是他们时代的一定思想的代表"式的作品是有的,且同样可达高度成就,但《古船》不是这类作品。《古船》显然融合了现代主义的某些方法,一方面大量运用象征扩大意蕴,另一方面,它的人物是具象化和抽象化、确切性和广延性、实指性和宽泛性的结合;也就是说,它主要不是刻画性格特征,而是把人物符号放大,如涟漪般映带更广更深的社会历史内容。作家这样做是为了一个更大的目标,那就是把人的主题推演、扩大、上升为民族的主题。这两者自然是密契无间的,但毕竟后者大于前者。在这里,作家的确受到《百年孤独》的明显影响。"民族的主题",这是个多么艰难、悲壮、诱人的主题!近年来"寻根文学"的起因和初衷,不就是通向这一主题的吗?不过,大量作品都虚化了现实政治经济斗争的如麻纠葛,即使写文化,政治文化这个领域也鲜有人去涉足。贾平凹"商州系列"的主题是民族的,但那切口主要在伦理道德;《老井》深沉厚重,但那角度主要是通过人与自然的搏斗史来写民族的忧患和新机。真的,像《古船》这样正面迎视几十年政治经济复杂斗争的作品太罕见了,这需要怎样的坚毅和勇气!对此,我们理应少一些苛责,多一份理解,更需要的是严肃的探讨。

在《古船》里,那个癫狂潦倒的隋不召忽然谵语般地说:"洼狸镇病了!"真是出语惊人。事情正是这样,《古船》的思想迫力很大程度上取决于它在刺取我们民族的痛疾上有不少深刻发现。四爷爷赵炳是个绝妙的创造,这已有很多评论者做出了精致的剖析。其实,何必这个神色肃穆、道貌岸然的赵炳呢,环绕着他的"积世虔婆"似的张王氏,神异邪辟的郭运,"铁爪"般凶恶的赵多多,甚至抱朴、见素、含章,他们共同构成一种稳固的文化形态,一个由血缘共同体构成的社会共同体。谁都不能不畏服赵炳,甚至赵炳自己也不能不畏服历史指派的那个"赵炳"。我不准备重复赏析这个善恶兼备、"红肿之处,艳若桃花"的人物性格多么复杂,我只想强调这个人物现代形态上的意义。因为,这正是作品惊人的政治光彩所在。在当代农村,封建阶级已被消灭,它在今天还能不能派出自己在政治上的继承人?所有制已大为改观,它还能不能转借劳动者乃至"革命者"继续提出自己的政治要求?封建势力留给我们的是否只限于风俗文化伦理道德领域,它在政治领域还有没有余威可假?《古船》对此做出了肯定的回答。赵炳其人,在家族"辈分最高";在政治上,是"最老的党员",把家族与政治集于一身。视其所为,家族利益是圭臬,革命利益是幌子。《古船》以极大的生活真实力,写出赵炳像河流中冲不动的顽石,从土改到"文革"直到经济改革初期,都难以动摇他的地位。他甚至受到保护——当然是那种让经济为政治服务的"左"的政治路线的保护。他一点也不稀罕那个权力的物质符号"印把子",他很明白,他的权力是历史的巨大浮力和人心的渗透力。我以为,这样的描写才是向着民族苦难的内核逼近着。当然,"毒人"赵炳绝非永世长存,他和他所凭依的家族意识、家长制意识,终究要随着社会化大生产根本改变生活方式而被彻底铲除,抱朴和见素的投身经济改革,不是已经引起了他从未有过的恐惧吗?

七

当我们愈是进入《古船》思想艺术的内核,就愈感到:阶级斗争与人道主义、经济改革与人的进步问题是无法回避的;只有正面解析它,才会扫除《古船》评价中无可把握的迷惑。这里,我用尽量简扼的语言谈些提纲式的意见:

一、《古船》写激烈的阶级斗争,集中在土改;而土改部分又集中在十七、十八两章,就字数言,不过二万,并不很多。但是,由于这一飓风般的突变,成为主要人物动机的远因和起点,又因这两章中腥风血雨密布,残酷斗争相续,它的分量又很重,所以关系到小说的思想评价。是否作者夸张失实呢?我查阅过不久前出版的《中共山东党史大事记》,发现山东土改反复很大,确有"乱捕乱杀现象极为严重","根据百分之九十农民的意见办","自大鲁南会议后,全省停止乱打乱杀现象"的记载,以及毛泽东、刘少奇等同志不断发出纠正错误的指示的记载。据说张炜在创作前查阅过很多档案。估计在生活的真实上作者是有充分依据的。对我们评论《古船》来说,重要的不在事实,而在作者的把握和评价。我认为,土改部分的描写,惊心动魄地写出了在正义的大革命中,小生产狭隘意识、家族意识若不加控驭地任其泛滥,将会带来怎样的恶果;同时挖掘了"左"的思想的早期隐患,它的生根于小生产意识的土壤。作品提醒人们,"左"的思想倘不加防范克服,将会从外在转为内在,成为渗入民族心理素质中的新生恶质,成为民族性格的一部分。作家并不想否定和反对阶级斗争,他看到这是不可超越的必由阶段,从他对还乡团的疯狂报复和地主的劣迹的叙述可以明显感到。作家在今天重写土改,是试图用一种新的意识,即把它作为人向自由境界漫漫长途跋涉的一个苦难阶段来看,所以重点不再像以往的作品那样,强调革命爆发的必然性根源,而是转换视点,强调即使在正义的大革命中,仍然伏藏着历史的惰性、民族的惰性和人的惰性。这样的眼光,正是宏观的现代意识的表现。我们没有理由要求千万代作家只能用一种固定的眼光来写历史。但是,张炜在把握历史的长途与历史的阶段上,仍有不够准确的地方。如果隋抱朴的忏悔意识多少能够反映作家的观念的话,那么"不是恨哪一个人,是恨整个的苦难、残忍"就无疑带有抽象的人道色彩。作家真诚地追求善,真诚地希望超越苦难,这值得尊敬;可是,苦难不管作家怎么恨它,它该来的时候还要来,克服它不是靠善,只能靠"历史发展的杠杆",靠社会实践,说得再"冷酷"些就是:"恶是历史发展的动力借以表现出来的形式。"这并非唆人作恶之恶,而是正确认识恶在历史中的进步作用。抱朴行动不起来、缺乏斗争性的根源也在于此。所以,作家的态度很容易使我们想起雨果在《九三年》中说的:"在绝对正确的革命之上有一个绝对正确的人道主义。"

二、作家主体这一深刻矛盾又在描写经济改革中流露出来了。应该说,表现改革张炜是很深入的一个。目前文学表现改革深不下去,一个重要原因是作家并不真正了解经济领域,只好在外围徘徊。

如此看来,《古船》中"算账"的情节实为难得的有力笔触。但是,作家心目中的期望改革,是没有恶、毫无私欲,人的道德进步和经济的发展完全合一的境界。这可能吗？现在谈到改革中某些道德退化现象,简单地把原因归结为剥削阶级思想残余和国外资产阶级思潮的影响,并不全面。因为,商品经济的求利原则本身除了激发个体意识,也还会刺激竞争意识和私有意识,这是马克思主义论证过的。抱朴研读《共产党宣言》,似乎并未读懂资产阶级把骑士的热忱、宗教的虔诚全淹没到利己主义的冰水中,然而仍然体现了当时历史进步的原因所在。正因为如此,《古船》的理想人物抱朴缺乏巨大的实践力量。赵多多并不是被哪一股现实力量打倒的,他是"多行不义必自毙"。这一败笔并不是作家写得匆忙或构思疏漏,而是作家的自我矛盾所致。倘若赵多多不是死于非命,赵炳不是在一把利剪下溃败而是在社会政治经济斗争的较量中露出败象,那么抱朴的形象会更加丰厚。当然,承认恶的历史作用,并非抱着黑格尔式的"理性的狡猾",听任恶去盲目碰撞,梦想撞出一个美妙境界。不,这同样是错误的,是泯灭人的历史主动性。正是在这个意义上,抱朴的研读《共产党宣言》,提高历史的自觉,认识历史的规律,使这一形象拥有了重大的时代意义。

八

"此情可待成追忆,只是当时已惘然",几乎任何一个真正的作家都被理想和现实的冲突困扰着。正是雨果自身的矛盾,使他写出惊心动魄的《九三年》。过去的文学如此,今后的文学大约也是如此。倘若作家自身的矛盾灭绝,作品也就无以产生了。作家有他激情燃烧的理由,理论家也有指出他激情中内在矛盾的充足理由。这是否是文学创作与文学理论批评之间永远无望克服的"二律背反"呢?

百年孤独的马贡多镇被一场飓风从地球上刮跑了,洼狸镇却在经受了生关死劫、凄风苦雨之后站定了脚跟。作家不但写了洼狸镇的四十年,而且在写我们古老民族的近代心史。终于,历史让抱朴接管了粉丝大厂,地下河又重现了。"河水不会总是这么窄,老隋家还会出下老洋的人!"这不是作家心中的幻影,这是中国大地上的现实。《古船》既有民族心史的深掘,又留出很多正在我们时代展开的难题。所以,在社会改革的舞台和文学的舞台上,它都堪称一块厚重的基石,一次长篇小说审美意识上的大幅度扩展和变迁,一首雄浑深沉的序曲!

1987年4月写于京郊

一卷当代农村的社会风俗画

——略论《芙蓉镇》

历史的不幸常常造成文学的奇葩。古华的《芙蓉镇》,就是一部对历史进行深切的反思,对极左路线破坏下的中国农村生活进行了深刻描绘的作品。照作者说的,他唱了一曲严酷的乡村之歌。然而,严酷之中见深情,它同时又是一曲对来之不易的新生活的赞歌,倾注着作者对党的三中全会路线和政策的由衷热爱。

这部作品写得真、写得美、写得奇。它真,它流贯着一种强大的客观生活实感,小说的人物如活人般呼吸可闻,小说的故事像生活中发生的事一样真实可信,仿佛作者只是把它们照着生活本身的模样移到了纸上,很难见到斧凿的痕迹。它非但不像过去某些描写农村生活的作品,用"左"的"阶级斗争""路线斗争"的现成结论,去过滤、宰割、砍削生活的真实,相反,它的作者有如一个勇敢的逆水行船的舟子,在历史的河道上,拨开阶级斗争扩大化的理论所布下的重重迷雾,寻踪辨迹,力求还历史以本来面目,还人物以本来面目。"其要点在于敢于如实描写,并无讳饰。"(鲁迅语)它美,它奇妙地把湘南山镇的风土人情与政治斗争的狂飙巨澜糅合起来,熔于一炉,出之以一幅幅含义深邃的风俗画。那山花流水般的风俗画笔,确属罕见,也许只有在沈从文的湘西《边城》里才能找到。它奇,虽然它的人物是再普通不过的小人物,无非是卖米豆腐的善良女人，忠厚多义的"北方大兵"，悔愧交加的大队书记，外表混世而内心痛楚的"右派"，阴鸷歹毒的"政治女将"，像懒蛇一样依附于政治运动的"吊脚楼主"……可就在这些人物之间，在动荡的时代，展开了波诡云谲、兔起鹘落般的矛盾冲突。作者把那个时代里千奇百怪的世相生动地描画出来了。

作者不单是写几个人的命运遭遇，他要写一个小社会，一个生活整体，一个艺术群体。他想要通过"对现实关系的真实描写"，力求在一个特定历史时期的生活范围里，"真实地评述人类关系"（马克思语）；他要艺术地探索"左"倾路线的来龙去脉和它危害社会生活的具体形态。《芙蓉镇》以卖米豆腐的"芙蓉姐"胡玉音为引针，缝串起与之相关的各种人物。这里有她早年的情人、如今的干哥、大队支书黎满庚，有她的丈夫、屠户黎桂桂，有帮助过她的生意的镇粮站主任谷燕山，有每圩吃一碗米豆腐的"右派"秦癫子，有她的近邻"运动根子"王秋赦，还有虎视眈眈盯着她的国营食品店的女经理李国香，以及李国香的靠山、县财贸书记杨民高。这些人物，各具特色，各有其代表性，他们相互关联，如网交错，不啻组成了一个小社会。

我们的作者，就是站在这玉叶溪旁的芙蓉镇上，从小社会的旋转变化，来透视大社会、大时代的旋转变幻。他写的是小镇上的几家几户，隐现的是大时代的千家万户；他描绘的是小镇上的人生聚散，再现的是大世道的升沉浮降；他抒写的多是生离死别、儿女情长，欒栝的是家国兴衰、政治风云。在革命现实主义的艺术概括的途径上，作者显示出很强的功力和不凡的魄力。

生旦净丑业已齐备，一出文唱武打的大戏便开幕了！

一卷当代农村的社会风俗画

一

也许,首先吸引我们的,是作者手中那支散发着浓厚泥土香气的风俗画笔。小说里有多少声色并作的风俗画面啊!那夹岸长满木芙蓉的一河绿波,那边远山镇青石板街上的鸡鸣犬吠,那五岭山脉腹地里悠扬的民歌,都令人神往,引人遐思。这里民风淳朴,人们有互赠吃食的乡情。每逢赶圩,更是繁华热闹。然而,作者并不孤立地写风俗,更不靠古旧的奇风异俗招徕读者。他的风俗画是流动的,渗透着丰富的政治经济内容,从中时时透露着时代的消息。就拿"圩期"来说,也真是变化莫测。解放初期是"一旬三圩,一月九集"。后来打击城乡资本主义势力,圩期一改再改,"三天一圩变成了星期圩,变成了十天圩,最后是半月圩"。到了小说开篇,60年代初期,正值元气大伤的农村经济复苏,"半月圩"又改为"五天圩"。芙蓉姐的米豆腐摊子交了好运,顾客盈门,生意兴隆。可是,好景不长,行情又变,到了十年浩劫,芙蓉镇街容大变,变成一条红彤彤的"语录街""对联街"。"检举揭发箱"赫然在目,王秋赦的"民兵小分队"逡巡警戒。不要说"资本主义的浮头鱼们"不敢在圩场露面,就是狗、鸭、兔、蜂这类小动物,也在"四不养"的条款下销声匿迹了。此时正如小民们的一首口诀所说:"死懒活跳,政府依靠;努力生产,政府不管;有余有赚,政府批判。"人们之间的关系也变得复杂微妙:当年是"互赠吃食",如今是"互不串门";原先是"人人为我,我为人人",现在是"人人防我,我防人人";"阶级阵线分明",大家都有了自知之明,"只有十几岁的娃娃不知厉害,不肯就范,但经过几回鼻青脸肿的教训后,才不做超越父母社会级别的轻举妄动,小小年纪就晓得唉声叹气……"而且,王秋赦又从北方取来了"真经":"忠不忠,看行动。"所谓"行动"就是"早请示,晚汇报"的一大套宗教仪式。现代迷信之风大盛,古风旧俗变成了"新"风恶俗。人们于抑郁的心情中,忽然又想起了早年间反封建的民歌,不免轻轻地吟唱起来。这些真实的风俗画面,虽写风俗的变异,实写社会的变易,蕴含着令人咀嚼不尽的社会内容。"革命"和"造反"换来市场的萧条,"阶级阵线的分明"带来人与人之间的冷漠戒备,"三忠于四无限"的誓言背后,有人却哼起了反封建的《骂媒歌》……这种"革命"的虚伪的色彩和倒退的性质也就不言自明了。作者把政治风俗化、把风俗政治化的生动描写,在作品中处处可见,透过这些描写,作者为他的人物造成了一种典型而又独特的环境,一个便于人物活动其间的氛围和舞台。

二

然而,这一切毕竟还只是小镇的外景,是站在远处也可以望见的。要了解风俗变易的根源,只有走进小镇的内部,走进人物的命运之中,去研究这个小社会动荡、瓦解、重新组合的全部过程才行。构成这一卷社会风俗画骨骼血肉的,还是"人",是带着自己固有的复杂性的人,是人的命运的变幻,是各个人物独特命运的错综复杂的交织。构成这部小说情节发展核心的,则是"左"倾路线与广大人民群众的矛盾,是阶级斗争扩大化与社会主义时代正常的社会关系的矛盾。只有从各个人物命运的发展中,我们才看清了"左"倾路线如何凭借着封建主义思想残余,伤害着和扭曲着人们的精神世界,恶化了人与人之间的正常关系;它如何的轻视人,蔑视人,"使人不成其为人"。同时,我们也从中看到,在大劫大难的年月,党和人民的力量,正义和忠诚、道德和良心的力量并没有泯灭,只是以曲折复杂的方式顽强地表现出来。

　　胡玉音和她的丈夫黎桂桂,苦吃勤做,抓死抓活,"推米浆把磨把子都捏小了,做米豆腐把锅底都抓穿了",总算生意兴盛,发了一点小财。可是,他们何曾想到,恬静的生活里正潜伏着危机,他们已被当作"新生资产阶级分子"受到严密注视,与他们有瓜葛的人,也都株连在内。李国香、杨民高,早已"洞察"了芙蓉镇的新动向,得出"地富反坏右一齐跑了出来,党内党外,气味相投、互相利用、互相勾结"的结论。善良的人们蒙在鼓里,网已经张开了。胡玉音的新楼屋落成之时,正是李国香率领的工作组进镇之日。庆贺新屋落成的酒宴,李国香"婉言谢绝"倒不奇怪,最贪馋的"吊脚楼主"王秋赦竟也破天荒地不肯露面,不禁令人惊愕!终于,飓风陡起,胡玉音夫妇丧魂落魄,谷燕山"停职反省",黎满庚嗒然若丧,秦癫子当众下跪。芙蓉镇一切都乱了!从此,开始了沿着极左的磁力线的大旋转、大颠倒。人们失去了保护,更没有力量去保护别人。胡玉音青梅竹马的干哥黎满庚,当年曾对天盟誓:"玉音妹妹,今生今世,我都要护着你。"可是,他护得了吗?他能抵御那种连他自己也不明白的巨大压力吗?他过不了"你死我活"关,缴出了胡玉音托他藏匿的一千五百元,火上浇油,使那个弱女更快地跌入火坑。谷燕山帮助过全镇的男女老幼,他的存在对小镇生活起过安定、和谐的作用;他也曾帮过胡玉音,每月卖给她六十斤碎谷米。如今,自身难保,"卖碎谷米"成了头等罪过,他被困锁在楼上"反省"。胡玉音夫妇更是五内俱焚,心如油煎。他们本想靠勤劳的双手,过上好生活,可是灾星降临,连一晚上也没搬进去住过的新楼屋,就变成了"新富农"的罪恶见证。在政治风暴中,他们的精神彻底瓦解了,暗暗庆幸自己没有子孙后代,"万一娃儿跟着大人当了小五类分子,那才是活作孽啊!"胆小怕事、忠厚木讷的"招郎"黎桂桂,终于在玉音外逃期间,结束了自己的性命。夜深沉,路茫茫,孤苦的胡玉音"潜回"芙蓉镇。昔日人们亲切的笑脸突然变作冷漠畏惧的神色,每个见到她的人,都"吓得后退一步,仿佛见了鬼一样"。丈夫死了,家抄封了,失去了希望,失去了灵魂,仿佛大地在她的脚下陷落了。她像一朵枯萎的木芙蓉花,在寒风中战栗。这个善良的女人,对谁都无怨无恨,爱新社会,爱新生活,爱乡亲父老,可就是这样一个对谁也无害的弱女,竟被打入了罪恶的深渊!"一叶落而天下知秋",这里,悲剧的说服力达到高潮,极左路线对人民的危害,阶级斗争扩大化所造成的人与人关系的冷淡和可怖,得到了穷形尽相的再现。

命运啊,谁是你的主人?除了李国香、王秋赦这极少的"幸运儿",似乎谁也不配有更好的命运。小说透过艺术形象深入挖掘的,正是那种主宰着人们命运的深刻的社会原因。"一镇的人望"谷燕山,是南下的老革命,为解放事业流过血,对革命忠心耿耿,总应该受到信任吧?正派公道的黎满庚,是群众拥护的带头人,总应该受到信任吧?不,这些人与"否定一切"的极左路线在感情上、思想上格格不入,这条路线是容纳不得他们的。难怪黎满庚发出了哀号:"这世上,不你踩我,我踩你,就混不下去啦!"这是一个良心未泯者的内心痛苦,但也暴露了离开生产力发展的所谓"斗争哲学"的悖理与荒谬:"你踩我,我踩你",风声鹤唳,草木皆兵!作品还在人物命运的对比中,更深一层从经济的角度揭露了极左路线的荒谬性。胡玉音夫妇,省吃俭用,勤劳刻苦,逐渐富裕起来,可是,一个做了阴间冤魂,一个成了人间活鬼。而他们的近邻王秋赦,好逸恶劳,不事农桑,坐吃山空,仅因其"穷"而被当作宝贝请出来,扶摇直上,成为"运动根子",芙蓉镇上"最革命"的代表。他得意扬扬地想:"你们这些蠢东西,土改时分得好田好土,耕牛农具,只想勤吃苦做,只想起楼屋,置家产,发家致富,哈哈,王秋赦却比你们看得远,仍是烂灶烂锅营生,当着'现贫农',来'革'你们的'命',来'斗'你们的'争'!"这虽是一个农村无赖的内心独白,却把极左路线与小生产者的狭隘性的联系、与小资产阶级狂热性的联系微妙地揭露出来。

三

芙蓉镇这个小社会,其实也就是一个小小的性格世界。人物性格刻画的深度,决定着作品的思想深度。因而,每个人物的个性愈突出,性格愈丰满,小说就愈能够广泛深刻地再现社会生活的复杂面貌。小说《芙蓉镇》之所以使我们感到有较大的思想深度和容量,具有一般化的长篇小说都难以抵敌的密度和厚度,其根本原因,是它创造了三四个血肉丰满、个性鲜明、具有丰富社会内涵的典型人物。

它的作者是那样善于写人:他在矛盾的漩涡里写人,他在风俗画中写人,他在黑与白、笑和泪的尖锐对比中写人,他在悲剧、正剧、喜剧的交错中写人,他在"人与物"的辩证关系中写人……假如要找出作者写人的一个总的特点,那我以为,他的方法是:把身份、地位、个性、气质决然不同的人物,放置到共同的政治风暴中,观察和研究他们各自不同的反应,发掘尖锐的社会矛盾和复杂的人物关系在不同的人物内心激起的冲突和波澜,通过典型的情节和场面加以刻画,使人物个性跃然纸上。

作品对极左思潮的批判深刻有力,是与它创造了诸如胡玉音、秦书田等颇见深度的人物分不开的。胡玉音是小说的主角,提挈全篇的人物,作者用力最多。她外貌秀美,心地善良,是个外柔内刚的年轻妇女,人称"芙蓉姐"。一方面,她柔顺,深得镇民们的喜爱。她只读过几天"扫盲班",眼界不宽,还相信封建宿命论,所谓"克夫""无子"的算命者的邪说,时时在她心头罩着阴云;另一方面,对于美好的生活、美好的感情,她有执着的追求。可是,命运似乎永远在捉弄她,她不断地受到打击。她的第一次爱情,是爱上了童年的伙伴、转业军人黎满庚。然而,她是商人的女儿,听说母亲年轻时还当过妓女;对方是民政干事、共产党员,怎能匹配?以"组织"自居的区委书记绝对不允许!胡玉音呜呜咽咽,心里好痛。这第一次的打击,就来自"左"的东西,就有血统论的影子。后来,她嫁给老实的屠户黎桂桂,夫妻恩爱,紧吃苦做,盖起了新楼屋。但接踵而来的打击更加惨重:丈夫自缢,她沦为"新富农婆"。这沉重的一击显然来自极左路线。她还有过第三次苦难中的爱情,那是和她一道扫街的"右派"秦癫子点燃的。不可抗拒的爱火,烧灼她痛苦的心:"都当了反革命,沦为人下人,难道还能谈恋爱?还可以有人的正常感情?她好恨呀,恨自己心里还有一把火没有熄灭!"这一次爱情受到更长久的磨难,可是胡玉音已经在思考:"你不害人,不恨人,没有生死对头,人家还要整你、恨你、斗你!为什么?"尽管这种思考是朦胧的,但她还是从"孤女桥"边走开,抛掉了死的念头。她也被"斗油了""斗硬了",软弱的胸腔里发出了对李国香之流的诅咒。她从秦书田的身上,更从谷燕山的身上,发现了自己人的价值,重新燃起生活的信心,在漫漫长夜里期待光明的到来。这个人物内心的贯串线索是对幸福生活、对爱情朴实无华的追求和这种追求不断在"左"倾路线下遭践踏、被轰毁的矛盾。她是一个遥远山镇里卖米豆腐的女人,她的觉醒自然缓慢,但毕竟开始了。当冰化雪消,春回大地,她的冤案得到昭雪的时候,她笑了!温存的胡玉音,"还从没在青石板街上这么放荡地笑过,闹过……"

小说的作者,咀嚼着生活,苦苦地探求人生的真谛。仅仅写出人的独特命运他不满足,还要写出人的复杂性、多面性,写人的异化、扭曲和变形。你看,在一大群泥腿子农民中间,他忽然写了一个小知识分子——"铁帽右派"秦书田,而且是用那么一种谐谑、调侃的笔调。布局不可谓不奇突,手法不可谓不绝妙。这个人写得活灵活现,入木三分。秦书田混世、乐天,他任打任罚,玩世不恭。无论是跪砖头、挨批斗、挂黑牌游乡,他总是一马当先,笑眯眯,像走亲戚、坐酒席一般;"查反标"核对笔迹,让他写字,他大笔一挥写满了两张纸;让他给"五类分子"塑狗像,他把自己的形象塑得最生动;他还能即兴创编"黑鬼歌""黑鬼舞",逗人捧腹。看来,这是个"老运动油子"。其实,这只是他的一个表象,是他变形的一面,他还有未变的一面,那就是他仍然有自尊,有对生活潜藏的爱,有希望做一个有人格的人的渴望。他在深夜里偷偷哭泣,也曾长久徘徊河边。他对待胡玉音的态度,突出表现了他善良和正直的品质。自己就够不幸了,却更同情和怜惜玉音。当他看到玉音作践自己,不吃不喝,病卧床头时,从不在人前落泪的他也潸然泪下。作者以泪写笑,以笑写泪,以哀境写乐,以乐境写哀,深入刻画了秦书田复杂的精神世界。

"扫帚把"和"青石板街"做了他和胡玉音的媒人,苦难把他们的心连在了一起,他们共尝到一种"磨人的感情"。这一爱情,表面上是变态的、畸形的,实质是最正常、最合理、最人道的,它表现出一种抗争和不屈,一种顽强的生命力。作者抑制不住自己的激情,为他们做了热烈的祝赞:"风雨如磐,浩大狂澜。雷公电母啊,不要震怒,不要咆哮……雨帘雨雾,把满世界都遮掩起来吧。人世间的这一对罪人,这一对政治黑鬼啊,他们生命的源流还没有枯竭,他们感情的火花还没有熄灭,他们还会撞击出感情的闪电,他们还会散发出生命的光热;爱情的枯树遇上风雨,还会萌生出新枝新叶,绽放出瘦弱的花朵,结出酸涩的苦果。"

在这严酷的时代里,正义和道德的力量在哪里?"国民精神的火光"在哪里?就芙蓉镇这个小社会来说,"北方大兵"谷燕山就是人民眼中正义的化身。小镇上的大人娃娃都喜欢他,尊重他,把他看作靠山、长者、精神支柱。他排难解纷,造福人民;他几天不在,人们就望眼欲穿地盼他回来。这是一个对人民怀着深挚的爱的质朴的革命者的形象,同时又是"这一个"独特的党的基层领导者的形象。他虽有副"凶相",其实一腔菩萨心肠。他虽然为革命立过汗马功劳,有很强的分辨美丑的本能,但文化不高,在复杂的政治斗争中并不清醒,缺乏斗争经验和策略。李国香的"政策攻心",使他感到一股"凄楚、悲痛的寒意袭上心头"。他对翻云覆雨的政治斗争难以理解,"怎么也想不通"。只有一次,他在被囚禁的痛思中,由自己的遭遇联想起彭老总的遭遇,心境偶有相通,愤郁之情充塞胸际;但他立即感到这种想法是可怕的,危险的。这是多么符合人物性格和时代环境的真实描写啊!他痛恨那个人妖颠倒的年月,但也只能按照他的性格所特有的表现方式,"醉眼看世情",醉卧在雪地上痛骂李国香。疾风知劲草,他对党的信念不灭,对人民的爱不灭,他与那个政治上的动摇者黎满庚不同,他的爱和信念狂风吹不灭,曲折地、顽强地表现着。只有他,敢于为一对"政治黑鬼"的结合"主婚";也是他,把胡玉音从死神手中夺回;还是他,为了下一代的平安降生,不怕政治陷害,甘愿暂时冒充胡玉音的丈夫,把一切干系揽到肩上。这些情节都是很惨痛的,但也是很有力量的。谷燕山有一颗金子般的心,他以他的奇特义举,显示了正义和真理的不可战胜。

四

近几年文学评论者们曾不断指出,虽然已经出现了许多好作品,但我们的文学还很少刻画出复杂深刻的、具有历史深度的极左路线的"宠儿""幸运儿""弄潮儿"的典型形象,很少能够揭示出这类反面人物产生并行动起来的思想根源和社会土壤。在《芙蓉镇》的人物结构中,既有受难者、抗争者、动摇者,也有凌虐者、迫害者。像王秋赦、李国香这种人,为什么能够坐顺风船,飞黄腾达,步步升迁?为什么他们能够与"左"倾路线、"左"倾思潮一拍即合,如鱼得水?我认为,这部小说的成就之一,就是非常真实地、深刻地描写了王秋赦的思想性格与"左"倾路线的天然的历史联系。表面看来,王秋赦的行为动机只是个人欲望的疯狂追求;但在具体的描绘中,又时时暴露出他的"动机不是从琐碎的个人欲望中,而正是从他们所处的历史潮流中得来的"(恩格斯语)。可贵的是,作者对王秋赦的行为动机的深刻发现和揭露,并不是从社会学的分析中获得,而是来自生活本身,又以生活本身的生动形式,"通过剧情本身"(恩格斯语)再现出来。

提起王秋赦,我们会想起吊脚楼;提起吊脚楼,又会想起王秋赦。真所谓物与神游,人与物难解难分,吊脚楼与王秋赦相依为命,吊脚楼成为刻画王秋赦最得力的道具。这座解放前山霸留下的吊脚楼的兴废,把王秋赦自私、低下、腐朽的破坏型的精神世界和盘托出。解放前的王秋赦,就是个"吃活饭""跑祠堂"的角色,不事生产,也无任何产业,属于流氓无产者型。他虽也算个"苦大仇深"的人儿,但他的"翻身观"带着流氓无产者的破坏性。土改时让他看守逃亡地主的浮财,他与地主的姨太太勾搭。土改时分得这幢吊脚楼,他高兴得合不拢嘴,以为从此可以吃现成了。等到坐吃山空,偷偷把吊脚楼里的家什变卖精光,便又现出土改前的破落相。他埋怨政府不救济他,说这是"出新社会的丑"。他朝思暮想"再来一次土改,再分一回浮财",甚至恨不得"一年划一回成分,一年分一回浮财"才好。"跑祠堂"出身的王秋赦,也有他的特长:每逢政治运动一来,"他必定跑红一阵,吹哨子传人开会啦,会场上领头呼口号造气氛啦,值夜班看守坏人啦,十分得力"。果然,他的"穷",他的政治运动才能,受到李国香的赏识,被作为"运动根子"重点培养,在此后"左的竞走"中连连提拔,直到成为芙蓉镇的第一把手。一旦有权,他便露出"告密"、"出卖"、残虐群众的嘴脸。他是依附于政治运动谋生的"这一个":"左"倾路线需要他,他也离不开"左"倾路线。

我们一面赞赏作者擅长写人的才华,一面又为一些人物未能得到准确、深刻的描写深深抱憾。本来,黎满庚是一个陷入巨大深刻的内心矛盾的人物,体现在他身上的矛盾冲突,具有广泛深刻的社会意义。他的贯串线索是:组织与个人、革命与爱情、背叛与忠诚的矛盾,这是多少人曾在当时遭逢的矛盾啊!但作者并没有在具体的生活画面里展示他的心灵历程。小说开篇不久,他就隐退了,绕开了巨大的矛盾,这不能不说是一大缺陷。李国香一直是芙蓉镇的灾星,是矛盾一方的代表人物。小说对这个政治"弄潮儿"、心肠歹毒的女人,确有许多传神妙笔。她的善于"驾驭群众、控制气氛"的本领,她的"政策攻心"的才能,她的精通"罗织术",与她的沉着从容、阴暗敏感的气质结合起来,造成了一种"粉面含春威不露"的压迫力。但是,这个人物的"内在依据"比较薄弱,过多地渲染她私生活的丑恶,似与性格并不和谐,且减弱了对她政治品质的深入揭露。而且作品多少夸大了她的能量,所谓一个女人"把个好端端的芙蓉镇,搞得猫弹狗跳,人畜不宁"。这就在某种程度上削弱了对笼罩芙蓉镇的更为隐蔽的社会势力的鞭挞。何况,她究竟是否会长期"独处",与那个龌龊不堪的王秋赦发生暧昧关系,也很可疑。对谷燕山生理缺陷的描写,自有作者不得不如此写的苦衷,但铺排笔墨,似可不必。

五

《芙蓉镇》在艺术结构上,承继了我国传统现实主义的特色。它结构庞大,虽曰中篇,类乎长篇。以芙蓉姐的命运为主线,有机地把繁复的人物命运组织起来,环环紧扣,相互勾连,如溪涧之归长川。各个人物独立成节,而人物命运又相互交错,共同构成一幅广阔的当代农村的社会风俗画。全书四章二十八节,每章七节,相当严谨,章法井然。它给人物"立小传"的手法使人想起《水浒传》,它的"小社会"的完整结构,又使人想到作者在学习《红楼梦》之"荣国府"、《阿Q正传》之"未庄"。它以人物为艺术结构的中心,情节只是围绕人物性格的发展,表现于叙述的内在线索上,不写某一事件的始末,各个场景在时间顺序上也并不紧密相衔。至于它的朴实凝练而又富于乡土气息的语言,紧扣人物个性的对话,在典型场景中细腻揭示人物心理活动复杂性的特色,幽默、谐谑、调侃的讽刺手法,作者不能抑止激动感情时的睿智的、含有哲理的议论和插话等,都大大增强了作品的艺术表现力,有专门研讨的价值。它的民族风格和民族气派是鲜明的。

小说的最后一章《今春民情》,是全书重要的、有机的一章,是作者艺术构思的重要组成部分。在这一章里,作者站在历史的高度,热烈赞颂了新的现实生活的宝贵价值和意义。1979年,粉碎"四人帮"才两年多一点,"山镇的人们恍若隔世",生活回到正常轨道,人们回到应有的位置。每个人都在重新认识历史,认识现实,认识自己的人的价值。有罪的悔罪,有过的补过,错划错批的得到平反,作恶多端的受到历史的惩罚,问心无愧的受到尊重。吊脚楼塌了,王秋赦因永远失去"运动"铁饭碗而发疯了,李国香"转移"了,谷燕山、黎满庚回到领导岗位,秦书田当了文化馆副馆长,又去"采风"了,那圩场又是人潮、人海、喧闹的市声……小社会同时也是大时代发生了多么剧烈深刻的历史性变动!生活向前奔腾了多么惊人的距离啊!此情此景,不正是党的三中全会这一历史转折点的绝妙的活背景吗?然而,旧的阴云还没有完全消散,"人们还担心着、谈论着,极左的魔爪会不会突然在哪个晚上冒出来,掐灭这方兴未艾的蓬勃生机"。王疯子的哀鸣作为一个可悲可叹的时代的尾音,还在青石板街上回荡……这是一个既振奋人心又意味深长的结尾。

  古华是一位勇敢执着的探索者。他阅世较深,有扎实的生活积累,有独特的见解,有满腔爱憎激情,他探索了包括"四清"运动在内的一个长时期里"左"倾路线的车辙。是探索,就难免有不够准确、不够成熟之处;但是,这部作品概括生活的广度和深度,是有目共睹的。我认为,在反映当代农村生活方面,《芙蓉镇》是一次大胆的探索,是一个大突破,也不妨看作是一个新的标志。

1981年3月写于京郊

《绿化树》主题随想曲

从西北高原一个荒寂得几乎被人遗忘的村落里,突然射出了一道强烈的、巨大的、照人肺腑的艺术之光。它受孕于 60 年代初期的饥荒岁月,却辉映于 80 年代初期的蔚蓝天幕。虽然横亘着二十余年时间和空间的距离,由于它揭示了具有哲理色彩的重大的人生主题,它的艺术力量依然像电流一样,迅速地通向了今天每个富于良知的心灵。但是,也由于它触及了至今仍然极其敏感的知识分子问题,也就造成了人们感受的空前复杂和认识的多种歧异。这就是张贤亮的系列中篇之一《绿化树》所产生的特殊的社会反响。

它拥有奇异的艺术魅力:它充满着荒原气息和犷悍之美,它绝妙地描绘了难以忍受的饥饿感,也出色地描绘了如火般热烈的感情;它以准确的瞬间感觉涂绘出看不见却无处不在的时代低气压,也以雄浑恣肆的笔墨传递出野性的灵魂的呐喊;它描写了知识分子精神跋涉的艰辛和马列主义灵智的光芒,也描写了一位带着"罪犯"镣铐的青年诗人从踽踽独行到在人民中寻求"超越自己"的根基……总之,它以现实的心灵化和心灵的现实化,带领我们到了一个陌生而又熟识的形象世界里。这个二十多年前的世界是畸形的、偏僻的,甚至是荒诞不经的,但人们不难从中寻求到某些典型的东西和时代生活的来踪去迹,不难进入一种苦难而又高尚的精神境界。

难道不是吗？主人公章永璘假如不是一个出身于资产阶级家庭的青年"右派"，他也就不会比别人更深刻地感到自己在当时存在的艰难；假如没有非人的待遇和可怕的饥饿，他也就不会一度意识到生存的虚茫和"悬空"；假如他不是被抛弃在严酷惨厉的境遇，也就不足以充分反映中国知识分子曾经遭受的不幸的巨大和特定时期生活悖谬的程度何等惊人……

然而，今天的读者仍然有各种理由对这部小说提出分歧的看法。这种种看法无疑只能有助于加深我们对生活和艺术的理解。有人为之赞叹、倾倒；有人对之反感、嫌弃；感情脆弱的读者，陪着男女主人公一起流泪；冷静而克制的读者，则长于理性判断，指出漏洞；有人认为章永璘的"改造"是真实的、典型的；有人则认为章永璘的"改造"是人为的，是已被实践证明行不通的，不足为训；有人认为章永璘的苦难中包含着深刻的社会内容；有人则认为作者表现了对苦难的病态崇拜；有人认为作者概括了一类知识分子的追求；有人则认为作者贬低了知识分子的地位；有人认为是劳动人民拯救了章永璘；有人则认为作者盲目赞扬了体力劳动者的蒙昧；有人认为作者对极左路线极尽批判；有人则认为作者至今站在"左"的立足点上……如此分歧的看法，只能证明：《绿化树》是一部内容较为复杂的作品，它的主题具有相当的广阔性、多义性和丰厚性，同时证明，它是一部能够引起人们探索它底蕴的感情的作品。仅此一点，也足可使它的作者感到欣慰了。

问题在于，张贤亮不是社会学家，而是诗人（广义的）。《绿化树》并不是用社会学的观点研究60年代初期的社会生活特征，而只是以诗的方式再现了那个特定时期、特定地域、特定人物的生存和抉择、命运和感情。何必苛求一个小说家以全面的严谨的逻辑方式总结那个时期的生活,分析那个时期政治、经济生活的全部根源呢?这样的要求,事实上已经超出了文学批评的范畴。遗憾的是,我们常常不由自主地把政治学和社会学的概念,把政策和思想的一般原则,当成了文学批评的最重要的标尺。

我想,还是让我们尽可能地少纠结在诸如"思想改造"(指曾经流行的专用名词)和"知识分子是否是工人阶级的一个部分""与工农兵相结合""商品流通"之类的政治经济术语上,不要从定义,而是从张贤亮所创造的形象世界里,去领受他究竟通过艺术形象要感染我们一些什么,也尽量从美学的和历史的评价角度,看一看他的成功和失误吧!

悲怆而深沉的艺术批判

"从死人堆里爬出来"的章永璘,现在变成了"自食其力的劳动者",小说就从这里掀开了它的序幕。然而,劳动释放后的"右派"章永璘,真的自由了吗?是的,他现在可以在荒原上自由地跑来跑去,他可以为怀揣两个稗子面馍馍沾沾自喜,他还偶然地被指定为"班长",但是,饥饿和罪犯,物质和精神,像双重枷锁,仍然沉重地压在他的肩头。"自由"在这里显得多余,他只有选择墙根面壁的自由罢了。阶级斗争的喊声由于饥饿引起的虚脱,已经变得喑哑而微弱,而"一切为了活"的"狼孩"式的欲望却加倍强烈地在章永璘身上突现出来。他曾是一位青年诗人,熟读古今诗篇,不乏幻想和联想的能力,可惜,在严酷饥饿和"右派"身份面前,这一切全化成了精神的碎片。一种人生的空漠感,或者如他所说的"像是悬浮在四边没有着落的空中"的感觉,占据着他的头脑。"万物之灵"的人,一时降到了禽兽的水平,哀呼着"祖宗有灵",盼望着获得一小点充饥的食物。

这难道不是令人痛绝的现象吗？读者盛赞作者写饥饿感达到心理氛围的高度真实，使人恍如身历其境。可是，透过这种饥饿的描写，作者自有其深沉的寄托。人之区别于非人，就因为人不是消极地、被动地适应环境，而应该是积极的、能动的、实践着的主体。可是，处在"改造"中的章永璘，这位"现实的个人"，早被剥夺了创造历史、改造环境、施展才能的权利；他的"改造"是赎"原罪"式的，他的劳动是无价值的。马克思曾这样说过："吃、喝、性机能等等，固然也是真正的人的机能。但是，如果这些机能脱离了人的其他活动，并使它们成为最后的和唯一的终极目的，那么，在这种抽象中，它们就是动物的机能。"(《马克思恩格斯全集》第42卷，第94页。)问题的实质正在这里。有意识的生命活动把人与动物区别开来；章永璘的单纯的求生欲望则使他与自己作为一个人民教师的"人"暂时分道扬镳了。现在，他的可怜的知识和聪明，只能用来利用视觉误差多捞取100CC面糊，狡黠地用三斤土豆换五斤胡萝卜。他被抛出了正常的社会联系，丧失了人的本质特征——劳动的权利，他的灵魂怎能不严重扭曲、变形，带着精神奴役的创伤，向着自己的对立物靠拢呢？

令人费解的是，有人认为这样的描写是在贬低知识分子，是忘记了知识分子理应是工人阶级的成员。理由是，权衡知识分子阶级性质的标准应该是经济地位和为谁服务；既然章永璘是为社会主义服务的，那他就应该"以革命的知识分子的本身身份，充分发挥自己的聪明才智，昂首挺胸地投入社会主义建设事业之中"；而小说中的章永璘却"安于忍受不公正的待遇和受压抑的困境"，这岂不是一种自我贬低吗？显而易见，这是一种超越历史条件的苛求。持这种意见的同志如果不是过分热衷于逻辑推理，也是对60

年代整个社会气氛、意识形态特征和价值定向缺乏感性的认识。并不是章永璘不愿意为社会主义服务,而是社会不让他服务,并不是张贤亮在贬低知识分子,而是那个时期的"左"倾政治在贬低知识分子。章永璘暂时只能在当时历史条件和社会心理所允许的情势下,在他的认识能力所能够达到的水准上,来认识他自己的境遇和地位。因为,人们不是随心所欲地创造历史的,也就不可能随心所欲地认识自我。

当然,有的论者批评章永璘以过度卑贱、忍从和忏悔的心理认识自我,也不是没有一定道理的。但是,细读小说将会发现,章永璘最初的思想里,缺乏明晰的通贯全局的主线,因而封建的和资产阶级的文化以杂糅形态浮沉——这是半殖民地半封建中国社会造就的某种文化、心理结构的影响。这种文化、心理影响不是用一个"工人阶级一部分"的定性就可以消除净尽的。不管是谁,要消化吸收全人类的智慧,都必须经历漫长的思想历程。而他耽于幻想,内心生活丰富多变,像飘忽的云,还没有树立坚定正确的人生哲学观念。小说只是多次写到了他的怀疑和不满情绪,对"我何以落到这步田地"大感不解,只能归之于家庭出身,对"批判"和"改造"消极地抵制而已。我以为这样的描写是比较切合"这一个"章永璘的心理真实的。否则,他就不成为章永璘了,而可能是某一个杰出人物——具有较为清醒的预见和超前的叛逆意识的"右派"也是有的。试想,如果作者离开章永璘的个性,他的骨子里的贵族意识残余和对不切实际的"自由""民主"的玄想,以及他的脆弱的神经和自私自卑心理,而在他的自我意识中不断掺入今天的认识和觉悟——对知识分子正确评价的抽象原则,那就不但违背了性格的真实,还可能因拔高人物而使人物变成某种思想的"号筒"。

是的,对一个社会主义作家来说,即使处理历史题材,也应该站在今天的思想高度,站在马克思主义思想的高度上进行重新评价。但是,我们切忌拿今天的思想方式改铸昨天的人;我们又要切记"在分析任何一个社会问题时,马克思主义理论的绝对要求,就是要把问题提到一定的历史范围之内。"(《列宁全集》第20卷,第401页)

章永璘啊,在你的心未被真理的光芒照亮之前,在你的躯壳未被旷野的风吹醒之前,你混沌,你迷惘,你不管熟读了多少诗篇,却不能理解自己和祖国的命运,你尽管有勇气偷糨糊吃,却没有足够的胆识发现生活的悖谬。历史还没有到让你真正发现自己的程度。可是,你的存在方式,你的扭曲的灵魂,你的年轻的却报国无门的心灵,还有你所在的荒村生产力的极端低下,这一切,难道不是对"左"倾错误最深刻、最痛切的艺术批判吗?

哲理化的严峻的人生主题

如果认为《绿化树》的题旨仅仅是对"左"倾错误的深刻的艺术批判,那充其量只是接触了这部作品丰富的、有机的主题思想的一根重要支脉罢了。在我看来,《绿化树》的主题是由三条不可分割、筋肉相连的思想脉络构成的。这三条脉络是:对"左"倾错误的贯彻始终的批判锋芒,对"超越自己"的崇高人生境界的向往和求索,对蕴藏于劳动人民中的原始美和淳朴人性的热烈礼赞。正是这三股思想的合流,交融渗透,相补相生,形成了《绿化树》强劲蓬勃的思想冲击力。

我不同意《绿化树》是描写"知识分子思想改造的"这一提法。"思想改造"这一专门术语,是经过长期"左"的思想的曲解后所遗留的产物,也是一个曾经伤害和压抑了广大知识分子的感情的用语。这个用语,有它特定的历史演变的含义,从 50 年代后期以来直到它今天消亡的全过程中,它意味着唯血统论、唯成分论、劳动惩罚、不信任,永无休止地检讨、没完没了地赎罪,甚至"文革"期间被打上了宗教式的苦行主义的印记。对于这种"思想改造",从它的内容到形式,就应该像对待"两个错误估计"一样抛弃之,淘汰之。

可是,有的同志为什么总要把《绿化树》和这种所谓的"思想改造"联系在一起呢?从章永璘的客观处境来说,当时的政治生活所强迫他进行的,正是上述这种"思想改造";而从张贤亮对章永璘的思想历程和心灵变化的具体描写来看,倒是恰恰否定了这种"改造",而肯定了另一种真正的主观世界的净化和改造、人生境界的提高和人生信念的建立。这是一个重要的界限,必须划清。倘若张贤亮还是依着多年的陈规老例,大写所谓虚假的"灵魂深处爆发革命""脱胎换骨"之类的呓语的话,那我也会同意某些同志的意见:《绿化树》在继续宣扬"左"倾思想,作者的双脚还深陷在极左路线的泥淖中不能自拔。

然而实际情况并不是这样。从小说的"题记"来看,作者要写的是一部总题为"唯物论者的启示录"的系列中篇,而这部书的中心内容则是"描写一个出身于资产阶级家庭,甚至曾经有过朦胧的资产阶级人道主义和民主主义思想的青年,经过'苦难的历程'最终变成了一个马克思主义的信仰者"。如果这也是一种改造过程的话,与上述所谓"思想改造"完全是两回事。我认为,在这些话里多少体现出作者的一种哲理追求。那就是,不论对一个知识分子来说,还是任何一个处于具体社会联系中的个人来说,都面临着一种改造——在不断改造客观世界的同时,不断改造主观世界;而最终成为一个马克思主义的辩证唯物论者,则是真正超越自己,获得了成为全面表现自己本质的人的一种完美体现。这样的改造和升华,岂不是比那种长期流行的"思想改造"的观念的内涵高得多,也深刻得多吗?所谓主题的哲理化也就是取得了相当大的普遍性和相对真理性。正因为章永璘的生活道路中包含着某种永恒价值,才使它能够激励今天千百万不同职业、不同经历而思索着"活着为了什么"的人们。

小说在写到章永璘借糊窗户打"糨子"做煎饼吃了之后,黑夜降临时,有这样一段自我反省:……白天,我被求生的本能所驱使,我谄媚,我讨好,我妒忌,我耍各式各样的小聪明……但在黑夜,白天的种种卑贱和邪恶念头却使自己吃惊……看到了我灵魂被蒙上的灰尘……可怕的不是堕落,而是堕落的时候非常清醒……活的目的是什么?难道仅仅是为了活?……现在我是一切为了活……我这种家庭出身的人,一生的目的都在于改造自己……那等于说我不死便不能改造好……

类似这样内省式的潜意识活动,大量充塞在《绿化树》的篇章中。章永璘忽而忏悔,忽而自责,忽而怀疑,忽而清醒,他在自我意识的深海里浮沉,在灵魂的广场上激烈搏斗。这样的描写不但造成了特殊的心理氛围,而且剖示了当年一个青年知识分子的巨大精神苦闷,这种自剖式的方法,就像笕竹寺的罗汉撕开了胸前的皮肉,让世人来看清他的心一样。鲁迅先生曾经称赞陀思妥耶夫斯基是"人的灵魂的伟大审问者",说他"把小说中的男男女女,放在万难忍受的境遇里,来试炼他们,不但剥去了表面的洁白,拷问出藏在底下的罪恶,而且还要拷问出藏在那罪恶之下真正的洁白来。"(《鲁迅全集》第 6 卷,第 406—407 页)《绿化树》何尝没有这种严酷的拷问呢?

那么,拷问出了什么呢?——这就是《绿化树》全篇结构转动的枢机。章永璘从对"狼孩心理"的否定发现了自己的堕落,从诅咒堕落到寻求"比活着更高的东西";从"看着生命怎样如抽丝一般从我的躯壳里抽尽"到意识到自己是"被献在新时代的祭坛上的羔羊"的悲壮感。然而,这个时候,他还没有获得初步的"自觉性"。只有当马缨花、海喜喜、谢队长们作为一股生活的汹涌激流,马克思的《资本论》作为一股思想和智慧的激流,交织着、相互印证地冲激着章永璘的灵魂的时候,他才真正爬过了生与死的门槛,以仿效筋肉劳动者的自尊,以内省的智慧,以对自己软弱的依赖感的厌恶,迈开了"超越自己"的艰难的第一步,有所顿悟。精神的碎片重新凝聚,他开始了紧张地思考。应该说,在当时的条件下,不管是汇合着个人的家世体验阅读《资本论》,还是随着海喜喜的马车去领受旷野的风的吹拂,他对"必然和自由"的争取和认识都是极有限度的。从外界环境说,要想从被凌虐、被歧视中完全解脱是不可能的;但就内心世界来说,则有相对的自由天地,达到某种对"必然"的认识是可能的,也是可信的。

我不认为作品描写章永璘的阅读《资本论》是矫饰的和牵强的。即使从知识分子须臾也离不开书本的惯性及当时允许阅读书籍的可能和范围来言,也是真实的。章永璘在弄通了一些原理之后,"像吃了兴奋剂一样"的愉悦心情,在读到描述资本家和工资劳动者的关系时仿佛看到了自己的叔祖们的可笑形状时的忍俊不禁,特别是他由于读《资本论》获得了某种心理上的优越感,因而在其他"右派"不指名地批评他时,他倒产生了"外界对我施加的侮辱、嘲笑、蔑视,只不过针对我的躯体,与'我'无关"的超然之感……这些都真实而风趣地描绘出内在的智慧的威力。当然,我们的文学传统还不习惯这种读书心得式的穿插,一般把它看作是小说中的赘疣。其实,在一些篇制宏大的作品里,放入这些片断是不奇怪的。

　　是的,章永璘只能在苦难中追求灵魂的变化、上升、超越、否定之否定。这是一个极其复杂多变的、充满反复和迂回的过程。《绿化树》是系列中篇的九部之一,因而章永璘的"超越自己"也顶多是一个总的量变过程中的部分质变而已。马缨花在目睹章永璘忍受住了海喜喜挑战似的劳动,并以维护尊严的、一反温文尔雅的姿态与之恶斗的场面后,戏谑地说:"你倒像是咱们的人!"这个评价出自马缨花之口,自然比当时的"政治审定"宝贵得多,可以证明这位"右派"的实际性质和价值。可是,马缨花毕竟看得太简单了吧。带有嘲讽意味的是,当海喜喜怀着情场败北的失落感,来与章永璘悲壮地辞别时,章永璘忽然萌生了这样的念头:"我和他,谁高尚?"这是一个极其尖锐和严肃的问题!这并不是评判体力劳动者与脑力劳动者孰高孰低的幼稚问题,也不是受血统论的支配对劳动者的盲目称赞,而是关于灵魂的高尚和卑下的道德哲学问题。果然不久,章永璘继刚刚建立"自觉性"之后,便产生了由衷的新的忏悔:"我的心里只有我自己,即使想'超越自己'也是为了自己。"《绿化树》写到这里打了一个逗点,作为章永璘的思想历程的"中继站"而停下了。可以想象,今后等待着章永璘的思想风暴和灵魂洗礼还要远为酷烈和浩大。

　　在《灵与肉》里,张贤亮写过一个许灵均;在《土牢情话》里,他写过一个石在;在《绿化树》里又写了章永璘。从这个形象系列里可以窥见张贤亮对受苦受难的知识分子精神探索的一贯性,也可看到这些人物精神上的相近相邻之处。当然,《绿化树》的思想艺术成就也可从这样的比较中认识。许灵均似乎更接近于章永璘,但许的思维处于一种定向结构,更多地用了"人民—土地—根"的单向线索;许灵均缺乏纵横交织的网络状意识层次,他的"出国"

还是"回乡",他的与李秀芝的感情纠葛,都缺少必要的充分的冲突,多少被简化了。而章永璘则大为不同,他更倾向于内省式的哲理思考,他的精神活动层次更丰富,他与马缨花的内在分化趋势同许灵均与李秀芝的融合无间加以比较,就不能不承认,章永璘的形象的涵盖力要更为深厚。

有论者指出,张贤亮"有一种对苦难的病态崇拜",而"那种通过受苦而净化灵魂的观念是实质上的一种宗教心理"。这的确是抓住了张贤亮创作思想中的一个重要环节,但缺乏分析和鉴别。我也觉得,强调苦难中的超拔,刻意发掘"伤痕上的美,痛苦中的欢乐"(张贤亮语),倒也确是张贤亮重要的审美追求和创作着力之处。我想,问题不在于是否写了苦难,而在于划清"苦难的历程"与虔诚的宗教心理的界限。所谓宗教心理,是指人们不敢正视或不能理喻自己的痛苦的根源,因而认定痛苦的产生乃是自己犯了罪,只有忍耐、赎还,才可脱离苦海。这自然是病态的。但是,假若正视忧患,同忧患斗争,成就一种伟大的人格,则是一种反宗教心理的积极姿态。我不否认章永璘最初具有病态的宗教心理,但我认为张贤亮对章永璘的这种宗教心理除了不无悲悯,更重要的还是否定和批判。

苦难,对于中国大多数知识分子来说并不陌生,多少年来,不公正的歧视,人为的苦难和压抑还少么?不是应不应该描写苦难,而是苦难已经接连不断地发生过。虽然不能推论为"越是遭受不公正的歧视排斥反倒越激发革命意志",但也不能不承认,中国知识分子假若没有受到如许的苦难,也就不会像今天这样愈益成熟和清醒了。所以,描写"苦难的历程"也就是不可避免的。对于苦难也要分析:打成"右派"是"难",不被信任是"难",精神压抑是"难","左"的毒害是"难",思想禁锢是"难"……九九八十一难,都是苦难,都是客观事实。所以,章永璘的道路是特殊的,也是典型的。他的道路之不同于林道静,《绿化树》之不同于《青春之歌》,乃是因为章永璘与林道静所处的历史条件不同,而绝不是如某些论者苛责的:说它"很难像《青春之歌》那样能够概括当时青年知识分子走上革命道路的一般的规律性的历史"。可忧的正是这种拿着"一般的规律性"尺子的评论。须识,典型也是多种多样的,并非一种。即使是林道静,也不过是民主革命时期知识分子的典型之一;那么章永璘呢? 作为60年代初期的知识分子的典型之一,难道没有存在的权利吗?

"人民意识"与野性的赞歌

直到现在,为了在思想倾向的最根本之点上划清评价《绿化树》的界限,我们还没有顾得上正面地、仔细地端详马缨花呢(虽然在前面已多次提到过她)。然而,我们怎能稍稍遗忘这位飞扬流动、奔放不羁、情如烈火、性如野风的女主角呢? 离开了她,一部《绿化树》将会黯然失色。如果说,章永璘是九部系列中篇的贯穿着的中心人物的话,那么局限在"这一部"《绿化树》来看,马缨花则是它的主人公。她不仅体现着该部作品的思想底色和根基,而且以她为中心,由章永璘和海喜喜共同构成鼎足而三、缺一不可的人物关系。

在"这一部"里,章永璘像一个在荒原上冻僵了的迷路人,是马缨花把他搀扶起来,温热了他的躯体,恢复和激发了他求知的欲望和继续生活的勇气。章永璘,这当时最卑贱的灵魂,在接过了当时最昂贵的白面馍馍的时候,不由流下了两行清泪。从此,"宝石般的指纹溶进了他的血液",他在这位富于伟大同情的野性女子面前,怀着无限感激之情,低下了他沉重的头颅。

仅仅是感激而已!章永璘曾经苦恼而困惑地自问:"我和她,目前是一种什么关系呢?"我认为,弄清这种"关系"同样是理解《绿化树》的核心问题之一。许多文章都把章永璘和马缨花的关系称为"爱情",对此,我在感情上不能接受。我认为这至少是对"爱情"的一种滥用。当我看到章永璘说"她对我的感情使我很困惑"的时候,当我听到章永璘的"她和我两人是不相配的"内心自问的时候,当章永璘突然产生要把马缨花让给海喜喜的念头的时候,我几乎不忍卒读了。马缨花啊,如果你知道了这一切,你的心会碎的!

你对章永璘是一种之死靡它的烈火般的爱。他要拥抱你,你说:"还是念你的书吧";他不能克制一时的冲动,你说:"那会伤身体";他要怀疑你的忠诚,你说:"你把它拿去吧";你发出过这样令人战栗的誓言:"就是钢刀把我头砍断,我血身子还陪着你哩!"然而,你并未真正理解章永璘,就像他并不真正理解你一样。你的爱不过是"一个古老的传统的幻想";他的爱则"不过是一种感恩,一种感激之情",是"我过去读过的爱情小说,或艺术作品中关于爱情的描写的反照"。你并不是他的"阿哥的肉";他也不是你的"狗狗"。尽管章永璘出于感恩、义务和改变血统的自我劝慰,表现出尽可能高的热情向你"求婚"(这"求婚"因你尖刻而清醒的笑声变得多么可笑),但可悲的差距依然无情地横在你们之间。这样的描写,的确达到了严酷的毫不容情的真实。但或还是要回到那个令人困惑的问题上来:章永璘和马缨花,究竟是一种什么关系?

其实,质言之,这是一个受难的知识分子与筋肉劳动者之间的血肉联系,这是知识分子与人民的关系。有人说,《绿化树》描写的不过是被张贤亮多次重复过的"一个并不新鲜的'落难'知识分子与一个善良、多情、没有文化的劳动妇女的爱情故事"罢了。这未免说得太轻松了吧！读了《绿化树》，我们难道不会感到我们过去对劳动人民的认识太肤浅了吗？难道不觉得过去对于"人民创造历史"这个千古不移的命题缺乏真正深刻的感受吗？难道不会遗憾于我们对人民中蕴蓄的非凡耐力和韧性认识不足吗？资产阶级的"优生学"家们总是斥责人民群众是最不讲理的、疯狂的、野性的，因而也是智力低下的。他们甚至认为"个人一到群众里面，他的知识程度就不能不骤然降低"。事情恰恰相反。章永璘正是来到"农场一分队"，生活在这个靠"捎日子"计算日月的荒村以后，他那麻木钝化的心才得到了复苏。这自然只能发生在特殊年代里像章永璘这种特别身份的人身上。但是，正像吕叔湘在《文明与野蛮》一书的后记里所说的："所谓文明人有时很野蛮，而所谓野蛮人有时候倒很文明……文明不是哪一个或哪几个民族的功劳，而是许多民族互相学习，共同创造的。"（《文明与野蛮》，第299页）

读者想必记得小说开篇不久，海喜喜的民歌给章永璘的心灵震撼力吧。"我可以说，没有一首歌曲使我如此感动。不仅仅是因为这种民歌的曲调糅合了中亚细亚的和东方古老音乐的某些特色，更在于它的粗犷。这种内在的精神是不可学习到、训练不出来的。它全然是和这片辽阔而令人怆然的土地融合在一起的；它是这片土地、这片黄土高原的黄色土地唱出来的歌。"——这议论也精辟。显然，作者在强调劳动者与大自然的血缘关系这个美学问题。可是，有的论者却指责作者"对这种毕竟是不文明的、落后的东西加以无限赞美能是适当的吗？"这恐怕是迂阔之论。文明与诗意毕竟是两回事，不能混为一谈。狄德罗痛恨贵族的虚伪矫饰，就曾经说过："一个民族愈文明，它的风俗习惯就越没有诗意"，

"诗需要的是一种巨大的粗犷的野蛮的气魄"。大画家高更自称是"幼稚而粗鲁的野蛮人"。这些话自然经不起社会学家的"逻辑推理",但你能说,作为一种美学见解,这样的说法就没有一定道理吗?

事实上,张贤亮完全无意于从社会学的角度辨析马缨花们的"智商"和文化水平,他要发掘和赞美的是那种带着原始色彩的、与披着"左"的革命外表的虚伪"革命"相颉颃的人民的伟力。用别林斯基的话来说,这叫作"人民意识"——"文学是人民的意识,它像镜子一般反映出人民的精神和生活;在文学中,像在事实中一样,可以看到人民的使命,它在人类大家庭中所占的地位,以及从它的存在所表现出来的人类精神历史发展的契机。人民的文学源泉可能不是某种外在刺激或外在的推动力,而只是人民的世界观。"(别林斯基:《一八四〇年的俄国文学》)

正是这种"人民意识"不但恢复了章永璘的筋肉,而且启发了他的智慧和生活信念。就拿马缨花来说,她是作者在荒凉的边陲,在人们目力不及的地方,所发现的一个奇异的存在,通过她展开了一个陌生的、充满诗意的道德世界。虽然她有个私生女,她是个轻浮的风尘女子吗?虽然她开"美国饭店",她牺牲过自己的人格吗?有许多人对她挤弄着贪婪的目光,但她不是西北高原上的"宝贝儿",她的唾弃和峻拒也是令男人们畏惧的。她似乎很天真洒脱,其实机智果敢。她的生存方式和手段都带着野性的真诚和洞察人情世态的机警。最妙的是作为劳动者她却又瞧不起同是劳动者的海喜喜,她更喜欢读书人。她没有"政治觉悟"的偏见和等级观念的尊卑意识,她由于地域和民族的关系,由于撒马尔罕后裔的血统,也没有内地女子的宗法观念,她是一株"喜光、耐干旱"的野性之花。她的意识和生存方式,不就是一种对抗吗?如果拿她和张贤亮笔下的卡门(《吉卜赛人》)、乔安萍(《土牢情话》)、李秀芝(《灵与肉》)、韩玉梅(《河的子孙》)加以比较,我们要说的话也许就更多了。至于海喜喜的野蛮、粗豪、重义、慷慨,谢队长的骂声中的良心……这一切,都绝妙地体现出如上所说"人民的世界观"。

表现强烈的"人民意识",讴歌淳朴的野性美、畸形美,可说是张贤亮美学理想的基调,也是形成他作品雄奇深沉、刚健浑脱、悲怆婉转的"高原风格"的重要基因。在小说里,他说过这样一段话:"在我们的文学中,在哺育我的中国文学和欧洲文学中,这样鄙俗的、粗犷的,似乎遵循着一种特殊的道德规范,但却机智的、智慧的、怀着最美好的感情的体力劳动者,好像还没有占上一席之地。"这个看法,至少对中国当代文学是适当的,至于欧洲文学和中国古典文学则不尽然。但不管作者自己怎么说,就《绿化树》来看,马缨花的确如巨大的底盘,支撑着章永璘踏上崎岖的人生之路。

自我限定与"左"的胎痕

也许,读者会认为我对《绿化树》偏爱了。其实,在阅读这部作品的过程中,我时时感到,张贤亮一面在不断痛切地批判着"左"倾思想的危害,一面无形中流露出他身上残留的"左"的胎痕。这几乎是任何一个从50年代走到今天的作家都无法完全克服干净的精神负担,这并不奇怪。如果要穷根究底,"左"的思想根源与我们的民族文化传统不无关系,是一种胎痕。例如,张贤亮更多地强调了章永璘的内省,而回避着对外界的批判剖析;他否定流行的思想改造的悖谬的一面,却又在整体构思和人物布局上,逃不出这个大致的框架和途径;他充分描写了章永璘的精神一度崩溃,却忘记了这个新中国的青年教师不可能不保留建国初期所受的革命教育和争取投身革命(哪怕他理解得很单纯)的冲动;他赞颂人民的淳厚和不怀偏见,却忽视了当时占统治地位的"左"倾思想也不可能在人民中毫无反应——到处都是温情;他描写了《资本论》对章永璘个人精神的启迪,却忽略了假如真正对《资本论》心领神会的话,章永璘的反抗意识和怀疑心理要比现在大好几倍。何况,正如作者也写到的,脱离了对外在世界的改造,内在世界的改造也是靠不住的;他既然要写一个"苦难的历程",章永璘的"超越自我"的自觉性诞生得是否仍然轻易了些;他写的是劳动人民对章永璘的感召,但在具体描写中章永璘真正接触的似乎太限于马缨花的小屋了……总之,章永璘的心理过于阴郁了些,我们有理由要求章永璘哪怕葆有一点儿像王蒙《青春万岁》里的青春气息的残痕也好。

关心张贤亮创作的同志可能早就注意到了。张贤亮对黑格尔的哲学思想感兴趣,并在其他作品中多次引用,这无可厚非。问题是,黑格尔的"美是理念在感性事物中的显现"的美学原则,他的"艺术清洗论"——"概念完全贯注到符合它的实在里"的原则,实际上对张贤亮的创作有着一定影响。他很强调理性在创作中的作用,这一面固然增强了哲理意识,另一方面也致使作品中拥塞了较多的抽象概念。这就不时出现艺术形象与自我概括的矛盾、心理描写与哲理表述的矛盾,其结果,反而限制了现实主义的艺术形象的广阔内涵和外延,变成了一种自我限定。因为任何理性都不可能完全数清生活之树究竟有多少叶片。当然,我们不会也用不着受他那越来越多的谈玄说理的眩惑,重要的还是看他描绘出了什么,而不是说明了什么。

《绿化树》已不仅是作为系列中篇之一的片断意义存在着,且已成为新时期文学的独特现象,留给人们以众多的话题和有价值的争议了。也许这是历史和现实、时间和空间的"视觉误差"造成的吧,那么,就放它回到时间和空间中再受检验吧。

1984年国庆写于京郊

荒诞而凝重

——读阎连科《日光流年》

莫言说,1998年的文坛上有三个"劳动模范",都是河南人,他们是《故乡面和花朵》的作者刘震云,《第二十幕》的作者周大新,还有这部《日光流年》的作者阎连科。这倒也是实情。这三个人,都有股"狠透铁"般的韧劲,其吃苦精神是常人不能比的,但他们拥有的又绝不仅是勤奋,他们都有大的思考和气魄,有驾驭大结构的能量,有各自独异的看生活、看人生的眼光。即以《日光流年》而论,就堪称是一部奇书。

王蒙说,全书充满了一种紧张感,又说,喜剧化的悲剧和悲剧化的喜剧的处理方式,以及把愚昧神魔化、奇幻化、夸张化的手法,殊为难得。的确,这本书怎么能不使人感到紧张呢:隐蔽在耙楼山脉深处的三姓村,没有人能活过四十岁,可怕的"喉堵症"必在每个人四十岁之前夺去其生命,"死就像雨淋样终年朝三姓村哗哗啦啦下,坟墓如雨后的蘑菇蓬蓬勃勃生",三姓村也就像疫区一样与世隔绝着。这自然纯属作者虚构的一个象征语境。问题在于,作者为什么要这么假定,他命意何在? 我以为,作者要剥离观念的遮蔽,把人推向最根本的境遇——人的生存是一种面向死亡的生存,但他并不是抽象地写,符号化地写,而是紧贴着我们民族的生存状态来写,尤其是掺和着他所熟悉的中原地区农民的贫困、苦难和艰辛来写,故而虽然脱离了写实主义的时空结构,处处指向形而上,却并不玄虚如一般的现代派作品。它的民族化色彩依然浓郁,它是中国化的乡土上长出的一棵荒诞之树。这部书的正面是写死亡的,其实是面对死亡写生存的,它要追寻生命的本源意义,它要回到起点,回到土地。小说从主人公司马蓝之死写起,然后倒着写,如同在时间隧道中逆行,最后写到司马蓝回到母亲的子宫。这是关于生命的一个大寓言。读完全书,我们自然想到圣经所云"你本是尘土,仍要归于尘土"的话。在这里,人的两种本能:生存本能和死亡本能被突现出来,生存意识总是与死亡意识紧紧伴随着,尽管人必有一死,但怎样死,何时死,却是个体性的,旁人无法代替的。

《日光流年》给人陌生、奇异、惨烈、苍凉、冷硬的强烈感受。死亡的恐惧贯穿全书。由于死亡悬置在每个人的头顶,所以这里每个人的行动都带有生之挣扎的性质。男人卖皮,女人卖淫,成了这个虚拟世界中人们的求生手段,不啻于以生命换生命,直接肉搏以求生。人们也曾在司马蓝的带领下修灵隐渠,企图引来好水改换生态环境,延长寿命,但迎来的渠水恶臭,人们仍然无法逃离死亡的怪圈。三姓村人并不绝望,就像生命从不绝望一样,他们周而复始地反抗宿命,一如西绪弗斯神话。村长司马蓝和他的情人蓝四十,青梅竹马而终不得结合,那原因并不像其他作品,出于小人拨弄或封建习俗,而是死亡威胁和战胜死亡的努力。蓝四十为筹款修渠而卖身,好似圣母加荡妇,作者赋予她最污秽的生存与最尊严的目的。她后来也不再想与司马蓝"合铺"了,她追求的东西似已超出了性爱。作者也没有把司马蓝英雄化或神化,他也被死亡恐惧攫住,但能坚韧地抗命,最后回归了土地。第四卷"奶与蜜"的每一章开始之前,都要引用一段圣经"出埃及记",有人赞之曰"以写圣经的方式写小说",也有人认为不必如此。此书之所以给人陌生感、冷硬感、荒凉感,还与它在语言上的陌生化大有关系。试看这种句子:"嘭的一声,司马蓝要死了","他的唇上挂着哆嗦,怨气在嘴角青枝绿叶,像被人摘挂上去的一串葡萄,眼里的泪汪蒙蒙得仿佛要决塘的池水","两个人的目光在半明半暗的屋子里砰砰啪啪,撞落在地上如红火落地一样,一个屋子都燃烧起来了,院里那男人催促的咳声像汽油一样喷过来"……写这样的句子作者一定很累,因为它把声、光、色、味都打通了。倘若追求每字每句都不寻常,那不但作者殚精竭虑,读者必也需要咬核桃般的狠劲。说它有紧张感,与此也有关,但无论如何,《日光流年》是一部荒诞而凝重、奇异且含义深遂的文本,足以供研究者披阅其艰涩,探索其本意。

(原载《小说评论》1999年第2期)

生存的诗意与新乡土小说

——读《大漠祭》

从报上看到,有些读者对难得见到描写当代农村生活的优秀小说表示不满。这当然有一定道理,少的确是少了。然而,优异之作并非完全没有,长篇小说《大漠祭》(雪漠著,上海文化出版社)便是一部出类拔萃的表现当代农村生活的作品。尽管出版者在封面上赫然标出"粗犷自然,大气磅礴,情节曲折,语言鲜活,朴素睿智,引人入胜,是真正意义上的西部小说和不可多得的艺术珍品"这般惊人之语;尽管上海一些先期看过校样的批评家给它很高的评价,但也许是信息过剩到真假难辨,也许是言过其实已成通病,《大漠祭》出版之初,像许多被预告为"杰作"的出版物一样,并没有引起多大反响。最终,还是读者的发现和选择起了决定性的作用:此书自去年(2000年)10月出版以来,悄然间已是第三次印刷。对于一部出自西部一个无名作家之手的纯文学作品,这是十分不容易的。

真正进入了小说的文本,人们便会强烈感到,编者称它是"不可多得的艺术珍品",并非妄言或商家的广告辞令。这是凝结了作者多年心血的一次生命书写。从贯注全书的深刻体验来看,不用作者自述也能看出,它的人物情事多有原型,或竟是作者的亲人和最熟悉的村人,那种从内向外涌动的鲜活与饱满,即使最有才气的"行走文学"者似也很难达到。作者自言:"此书几易其稿,草字百万,拉拉杂杂,写了十二年,动笔时我才二十五岁,完稿时已近四旬,但我终于舒了一口气,觉得总算偿还了一笔宿债,今生,即使不再写啥,也死能瞑目了。"又说:"我的创作意图就是想平平静静告诉人们(包括现在活着的和将来出生的),有一群西部农民曾这样地活着,曾这样很艰辛、很无奈,却很坦然地活着。"读此书,我们眼前确乎活现出沙漠边缘一群农民艰苦、顽强、诚实、豁达而又苍凉地活着的情形,一如大漠那样浑厚的、酷厉的意象——"那是一种沉寂,是被人们称为死亡之海的大漠的固有的沉寂,但那是没有声音却能感到涌动的生命力的沉寂"。

我理解,《大漠祭》的题旨主要是写生存。写大西北农村的当代生存这自有其广涵性,包含着物质的生存、精神的生存、自然的生存、文化的生存。所幸作者没把题旨搞得过纯、过狭。它没有中心大事件,也没有揪人的悬念,却能像胶一样黏住读者,究竟为什么?表面看来,是它那逼真的、灵动的、奇异的生活化描写达到了笔酣墨饱的境界,硬是靠人物和语言抓住了读者,但从深层次看,是它在原生态外貌下对于典型化的追求所致。换句话说,它得力于对中国农民精神品性的深刻发掘。

《大漠祭》承继我国现实主义优良传统,饱蕴着强烈的忧患意识和正视现实人生的勇气。它不回避什么,包括不回避农民负担过重和大西北贫困的现状。它的审美根基是写出生存的真实,甚至严峻的真实,这样才能起到激人奋进的作用。它尤重心灵的真实。从形态看,作品写的是腾格里沙漠边缘上一家农民和一个村庄一年间的生活:驯鹰、猎狐、打井、捋黄毛柴、吃山芋、喧谎儿、缴公粮、收地税、计划生育以及吵架、偷情、祭神、发丧等等情事。照作者说的,不过是生之艰辛、爱之甜蜜、病之痛苦、死之无奈而已。

然而,对人的灵魂冲突的理解和描写,对农民品性复杂性的揭示,是它最撼动人心的部分。对一部大型叙事文学而言,人物的刻画毕竟是最根本的。比如,老顺这个驯鹰老手,为贫困和为儿子娶亲的重负所累,一次次地走向了大沙漠深处,去掠夺沙窝子,好像沙窝子最不会拒绝。其实,环境恶化了,老顺们恰又是恶化环境的承受者。"上粮"一节写尽了老顺的矛盾。他揭发了别人,因为他有股说不清的气,他以维护公家利益为自己辩护,待到他的好粮被压低为三等,他涨红了脸,"嘴唇、胡子、手指都抖动着,眼里也蓄满了泪。半晌,才叫了一声,心里悔恨交加"。老顺是刚强的,且不乏霸悍之气,但他久经传统文化熏陶,认为二儿子猛子的行为给他致命的打击:"老顺木了脸,梦游似往村里走,衣裤突然显得过分宽大。风一吹,老顺的身子一鼓一荡的,像要被风带了去。"坚韧与无奈达于极致。老顺的大儿子憨头,苦吃勤作,供弟弟上完中学,自己一字不识,他弥留之际的最大心愿竟是让弟弟用架子车拉上逛一趟武威的文庙。这情节给人悲凉而悠长的思索。人物中,男性以老顺、孟八爷、灵官写得好;女性中,老顺老伴、双福女人、莹儿、兰兰也都好。作品的生存环境是阔大而单调的,人文维系不无封闭和愚昧的色彩;然而,它的人物自有其生存哲学,他们有自己在艰难环境中维系精神的强大纽带。且莫认为作者在一味地写苦难,其实,正是老顺及其儿女、村人们的坚韧与豁达、勤劳与奉献,支撑着我们明朗的天空与大地。

审美上素有"使情成体"之说,《大漠祭》以雄浑的自然生态为背景,以人情美、人性美为结构内核。老顺有三个儿子,老大憨头因救人而阳痿,家里换亲把妹妹兰兰换了出去,给他换来了莹儿做媳妇;老二猛子,蛮勇任性,与某大款备受冷落的妻子有染;老三灵官,带有作者的影子,他有文化,灵心善感,在特殊境遇里,与嫂子莹儿发生了恋情。这么说,只是勾勒了最简略的人物关系。事实上,作品的动人力量,全在于超越了这个故事层面,指向了精神的高度。在灵官与莹儿的关系中,可提供寻味的东西更多,在乡村,真正伟大的多是女性,她们含辛茹苦,忍辱负重,给生活注入了欢欣,又承担起巨大苦痛,从容面对一切。

《大漠祭》的语言鲜活、有质感,既形象又幽默,常有对西部方言改造后的新词妙句。随手可拎出这样的句子:"风最猛的时候,太阳就瘦、小、惨白,在风中瑟缩。满天黄沙,沙粒都疯了,成一支支箭,射到肌肤上,死痛。空中弥漫着很稠的土,呼吸一阵,肺便如浆了似的难受。"——没有切肤体验和观察是写不出的。这是状景,写人的妙语就更多了。长期以来,不少自以为是乡土小说的作家,过不了乡土语言关,因为语言的滞后,他们有意无意地遮蔽了乡土生活中许多有生命力、启示力的东西,包括某些生存哲学和禅意。这不禁使我想起,《大漠祭》在审美上与新疆散文作家刘亮程颇有异曲同工之妙。有人说,刘"在一头牛、一只鸟、一阵风、一片落叶、一个小蚂蚁、一把铁锨中,倾注了自己和所有的生命",雪漠何尝不如此。

当代文学太需要精神钙片了,《大漠祭》正是一部充满钙质的作品。我以为,经济的欠发达,并不必然意味着文化的欠发达,而文化的欠发达,又不必然地意味着艺术感觉的欠发达。西部的生存诗意,可以滋润我们这个浮躁时代的地方太多了,只是我们还没有认识到。不管高科技发展到何等地步,人类永远有解不开的乡土情结,永远需要乡土情感的抚慰。《大漠祭》告诉我们,乡土文学不会完结,新的乡土文学正在涌现。如果说,过去的"农村题材"的提法有某种观念化、狭窄化倾向,把不少本真的、美的、善的和诗意的东西遮蔽了,那么,"感受土地的神力"(王安忆语),在乡土生活中寻觅精神的资源甚至源头,已成为当今许多作家的共识。《大漠祭》崭新的审美风貌是区别于以往同类创作的——这或许是我想要在另一篇文章中着重论述的问题。

(原载《光明日报》2001 年 8 月 16 日)

《白涡》的精神悲剧

当"人的发现"的呼声回荡在当代中国的天空的时刻,蛰伏多年的人们骚动起来了。这里,又一幅图景呈现在眼前:喧嚣的都市,开放的潮流,蛊惑的红颜,自爱的君子;古老的灵魂踱着方步去赴幽会,大胆的情欲披上了爱的伪装;"官本位"的盘算暗暗嘲笑虚假的清高,灵与肉的分离把女性意识的觉醒化为笑柄;曾经为了拯救灵魂牺牲过太多尘世的欢乐,如今追求起尘世的欢乐却又发现灵魂依然故我;立足未稳的自我,又迷失在白色的涡流中了……这就是刘恒的小说《白涡》展示给我们的缤纷意象。要问:这部关于当代知识分子灵魂的报告,究竟告诉了我们一些什么呢?

当代知识分子的形象,即使在新时期文学短短十来年中,也经历了多种多样的变迁和幻化;不同的价值体系和审美眼光投射到他们身上,他们也就像"化身博士"似的,会凸现出不同的面貌。但大体脉络还是理得清的:最初是洗去脸上的污垢,恢复他们的传统正剧角色;后来,稍稍多样的形象改变了表现知识分子的单一化模式,却也还是在社会历史的向度上,勾勒不同的政治化人生态度;再后来,忧患意识和忏悔意识的参与,使他们的形象变得复杂起来,变得敢于正视自身的历史痛苦和传统负担了。可是,若从揭示民族灵魂的高度来看,若拿知识分子形象与农民形象比较,不能不说,知识分子在文学中的表现要略逊一筹。好像自我最难认识,自己总写不好自己。我以为,其薄弱点在于,对于从古代的"士"衍变为近现代的知识分子——这传统极深厚的相对独立自足的群体和群体中的各色人物,还缺乏从文化形态和心理结构意义上的深刻揭示。我们似乎总是习惯于依傍一般社会价值来评价人物,总在本体世界的周围打转,很少从自我异化的角度把握人物。《白涡》在社会相的展开上当然不及许多作品来得广阔,但在谛视知识分子的双重人格和本体矛盾上,在寻找中国知识分子的真实自我上,却显出一种独特的深度。据我所知,近来它的读者很多,不胫而走。这与它着力写了两性关系的变态固然有关,但更重要的,是它伸向了隐匿在无意识状态中的灵魂的无情真实。

正如《白涡》这略感拗口的题目所暗示的,主人公周兆路与华乃倩在肉欲的漩涡里陷溺着、挣扎着、掩饰着也暴露着,他们既想在性的狂热中认清对方的真实面孔,同时又在不尴不尬的境遇中反观自身。虽然,他们始终不敢正视真正的自我,但借了作者的眼睛,我们还是看到许多隐藏很深的东西。由于大量篇幅涉及婚外两性关系,容易造成误解,以为它只是一部社会性小说,仅仅诉诸道德伦理的消遣读物——果真如此的话,我就不想研究它了。应该说,它是一部非常严肃的社会心理小说,在不戳露外在评价的叙述风格中,暗藏着咄咄逼人的"拷问"性质。它写的不是性,而是当代中国知识分子某类人的文化性格。透过一场爱欲的骚乱,一个又一个疑问接踵而至:这里的一切,究竟曲折显示了新人格的苏生,还是隐伏着千年不变的士大夫人格原型?究竟是爱的萌动,还是爱的能力的丧失?究竟是自我实现,还是自我的迷惘?究竟是女性意识的觉醒,还是披着现代服饰却更可悲、更不堪的物化?究竟是锐意改革、积极进取,还是"官本位"幽灵的复活?一旦从对爱欲的善恶判断超越出来,我们会感悟到一种较深沉的文化批判精神在四周流溢。

《白涡》不是那种任何时代都不缺少的艳情小说。注意到这一点尤为重要。也就是说,它写的是经历了长久封闭、抑压之后,突然开始了个体意识新觉醒,也就难免萌发了情性骚动的今天这个特定历史时刻的事。女主人公华乃倩吃过不少苦,"她觉得青春被耽误了,想捞回来";男主人公周兆路,这"稳重了半生的正人君子",则忽然发现自己"骨子里早就积压了罪恶的快感"。小说里有一细节是耐人寻味的:华乃倩与周兆路的"偷情"场所是华借用她的同学——一位老姑娘的房间。他们在这个无辜者的床褥上做爱,偶然瞥见"相框里的老姑娘正用凄楚的目光望着他"。这一笔委实太残酷了,写出一瞬间无情的历史。假如老姑娘得悉她房间里的一切,说不定会晕倒,然而,在今天,"老姑娘凄楚目光"的道德威慑力显然愈益微弱了。男欢女爱自古皆然,但以如此"积压的恶"的形式表现出来,正如与商品经济俱来的某种"恶"一样,都带有今天的鲜明时代印记。这就是小说《白涡》中的"时间"。

为了强调"现在时"这个前提,小说还在环境描写上故意采取一种"反小说"的笔调。时间、地点、背景、事件似件件可考,公共汽车线路、单位名称,甚至公园、街道、饭铺的位置,也与时下的北京城无不贴合。这让人想起意大利新现实主义者的口号:"把摄影机扛到大街上去。"这种"类摄影"手法既在诱使读者进入情境,又在提醒读者:这一切虽系隐私,却全是真的,我不过照实记录而已,因为,生活比戏剧更有戏剧性。当然,作者强调"现在时"的根本意义,还在于"现在"无论对小说中的男女抑或今天的知识分子,都是个精神上骚动不宁、价值指向不无紊乱的活跃期、多变期,而对小说作者来说,却又恰恰是洞入知识分子灵魂的良机。就在这样的"时间",这样的"真实"面前,作者拿起了他的手术刀。

事实上，作者对他的人物并没有流露出鄙夷不屑的神情，也没有出于传统道德的谴责；相反，作者抱着一种无可奈何的承认态度，承认这就是某些知识分子的生态与心态，这是一种断难改变的、既成的文化性格。在现实的、理性的、公开的层面上，作者甚至也承认周兆路是各方面堪称优秀的人才，他的步步晋升、稳操胜券带有与社会心理密契无间的必然性，他是我们社会最乐于接受的一个角色。在小说里，周兆路"为人谦谨"，任何场合也不骄傲。他懂得"谦虚的最大受益者就是虚心者本人"。在事业上，由于他的业务本领，更因为他的做人本领，他被破格擢升为研究员；在私生活上，"大家都说他是个好丈夫"，若无华乃倩的闯入，他的确是"一辈子只爱一个女人对他来说并不困难的人"。重要的是，他比谁都清楚社会需要他扮演的角色是什么。于是，他"干什么都不露声色"，他知道本领高强性格怪僻的人绝不是他的对手。最后，他几乎含着微笑就击败了那个直率、躁动的竞争者老刘，踌躇满志地登上副院长的位子。就职演说赢得了一片掌声，他有种"身轻如燕的感觉，想飞到哪里就能飞到哪里"。的确，在现阶段的社会里，他取得了某种自由。但他果真是一颗自由的灵魂吗？他的自由究竟是建筑在什么基地之上的呢？

从这里，我们发现了作者的真正命意。一方面，他是承认作为一种过程的现实的；另一方面，他对此提出了深刻的怀疑。《白涡》的全部题旨，就在于打破这种虚幻、麻木的自由感，搅乱这种高度和谐、稳固、中庸的气氛，摘下周兆路们已经戴了几千年的、无比沉重的"人格面具"，超越肤浅的善恶评价，探究古井般的文化心态。"人格面具"这个概念不愧是心理学家荣格的绝妙概括，它的作用是："保证一个人能够扮演某种性格，而这种性格并不一定是他本人的性格。它是一个人公开展示的一面，其目的在于给人一个很好的印象以便得到社会的承认。"荣格还指出,一些中年的社会上流人士,往往是人格面具过分膨胀的人,他们为此付出昂贵代价,牺牲了自然活力和创造精神。周兆路的情形不也如此吗?当然,中国自有"国粹",周兆路全力揣摩、仿效、宝爱,使之得以畅行无阻的人格面具,也只能是中国式的,且有其历史文化的渊源。作为一种面具,周兆路得益于它,作为一种文化模式和心理积淀,它是超个人的,远非周兆路个人负载得起。

还是看看他与华乃倩始乱之、终"和"之的悲喜剧吧。是的,自从有了艳遇,卷进了"白涡",这位一贯平衡、调适的谦谦君子就开始失去平衡了。从形式上看,这也许是他对自己刻板生活方式的一次最大的反叛;从实质上看,由于并无什么崭新的内容,也就不可能提供新的动力。新的理由、旧的道德全都无法解释他的行为,他于是陷入窘境了。他的人格面具毕竟很有分量,在一切公开场合,他仍不失其镇定、谦和的风度,可是,他终觉一时很难弥合言与行、灵与肉、理智与情欲、"官本位"与享乐欲之间的冲突,也即自我与本我、面具与阴影的冲突。他不得不在上级、同事、长辈、情妇、妻儿面前,频繁地更换面具,以致原本就分裂的人格一度快化成碎片了。面具不可须臾摘下(包括在华的面前),诱惑又难以抗拒,如此两难境地,怎不叫他格外别扭、尴尬和不安呢?然而,奇妙的是,这个善于掌握和谐的人,最终还是寻出逃路,重归心平气和了。传统的文化心理机制于此表现出惊人的消解力。

那么,他究竟是怎样具体消弭了种种难以克服的冲突的呢?试看,华乃倩,这美丽妖冶的少妇,新分配到他手下的研究生,正欲通过他的提携取得硕士学位,是她率先向他发出了挑逗。尽管他有点惶遽,还是两头撒谎后准时赴约了。他以一连串发涩的僵硬语言护住了他的面具,同时正像他早已预感到结果似的完成了幽会。然而,良心的谴责也来临了。当他叩开家门后,发现妻子"比早上苍老多了",妻的"拖鞋啪啪地打着水泥地,就像在扇他的嘴巴"。——这描写是很精彩的。这一夜,他在对自身罪恶的体味中"想哭","但他很快就睡着了"。——这反讽又是何其微妙。事实上,"如果不给正常生活造成威胁,他乐于接受已经发生的事实"。不过,假若就此把他看成一个十足的伪君子,那又未免太不公平,他不是个没有道德感的人。从北戴河回来,他有一种自我毁灭的感觉,自以为那个优秀的人已不复存在了。其中的真诚倒也无须怀疑。他之所以很快归于平衡和调适,首要的原因是,周、华关系一开始就带着灵肉分家的"无爱之性"的性质。如果他的行为勉强可看作"人的发现"(对压抑的曲折反叛),那么同时就又是自我的失落(还原为单纯的性欲)。这是所谓"没有年龄,没有身份,只有性别"的一场遭遇战,自然无自我意识可言。按他的话说就是:"这种事……没有爱也可以。"既然如此,何来灵魂的痛楚?另一方面,在道德与情欲、自我与本我的冲突面前,他又有种自我开脱、文过饰非的平衡术,我们看到在其身后伫立着一长串封建士大夫的阴影。他或者以自己俘获了对方的优胜自慰;或者在发现对方的污点后,大获轻松,把她当作"赏心悦耳的曲子",认为自己"有权享受她",重弹"尤物"老调;旋即想到此事或会危及名声地位,便又"语气稳重得像谈一桩买卖似的"抛弃她;等到危险消失,又能心安理得地容受她……从内心的愧怍到"丑恶感"的荡然无存,从开始的不适应到纳入其心理机制后的适应,从猎奇到厌倦,从人格面具始到人格面具终,这就是周兆路一场性骚乱的始末。原先是什么还是什么,他那超稳态的文化性格纹丝未动。

在这里,我们看到的绝不仅仅是个既要这么做却不这么说的怯懦者、双重人格者;作为较为深刻的精神悲剧,真正令人惊异的,是作品涉及爱的能力问题。如果说,《男人的一半是女人》写出了在极左路线残虐下章永璘性能力的丧失,那么,《白涡》则写出了在传统文化锁链的绞杀下周兆路爱的能力的丧失。同是写人的异化,后者比前者的悲剧性将更深刻(不是指两部作品的具体艺术成就)。我想,一个人有可能在爱欲的道德选择上误入歧途,倘若他真有如痴如狂的激情、清新的感官、执着的追求,那么即使走迷了路还有希望,因为他还不是被毒化、被阉割了的人;可是,倘若是被旧文化、旧传统浸透了骨髓,成为"乡愿""冬烘""中庸"的象征的人,尽管无可挑剔地"正确",那也绝不是一个富有生命活力的完整的人,那可真是掉入无物之阵的深渊了。周兆路是绝不会产生爱的。小说写他与华乃倩的"分手",貌似庄重,其实滑稽,他的吻有如"在脸上啄着两瓣湿润的橘子皮似的感觉",可谓反讽的极致。

的确,我们从周兆路身上感受到的唯一色调是冷漠。如把另一情节线上他的竞争副院长归并来看,对他的双重人格会把握得更完整。我们也许会过于注意他的高明手腕,一趟又一趟跑到钱老家里,不是为了索取智慧,不是因为尊敬长辈,而是为了"求得老家伙们的支持";也许我们还注意到,他那恰到好处的谦逊,"好像自卑似的"躲闪,反而赢得了更多的拥戴者。这些自然都是他的人格的双重性的表现——"道"的外表,"儒—法"的真面。但更深刻处却在于,"官本位"的观念如何深深浸染了这位研究员的灵魂。"地位毕竟是个很实在的东西,任何人都难以拒绝诱惑",这是他的心声。在他身上,小说揭示出中国知识分子的另一传统痼疾——非学术化性格。如果在与华乃倩的关系上,他竭力掩饰的是他的"无爱之性",那么,在事业上,他竭力掩饰的就是身为学者却并不爱好学术的本相。这就是周兆路文化性格的两面。有同志说,他是现代个人主义者。其实,他不具有现代意义上的个人主义者特点,他没有自我、也更没有成为他自己。他不过是个穿着现代服装的古典的灵魂罢了。小说最后写他当上副院长后的散步,"他的背比平时驼了一些,从后面看上去阴森森的,有一种僵尸的味道"。这大概是作者唯一禁不住爱憎之情的点睛之笔吧。

与周兆路形象的突出成功相比,作者对女主人公华乃倩的把握不很准确。华乃倩被作者的主观臆测弄得面目模糊。所谓"一只母兽戴上了人的面具",所谓"某些方面亢进的女人",还有"抹防蚊油"之类的描写,都是些夸张失度、损伤作品深度的败笔。我不敢说现实中一定没有这样行为的女性,只是说强调这些方面反而淹滞了她的悲剧的深刻性。尽管如此,她的悲剧依然有迹可循。她有个美丽的躯体,有争胜好强的脾性,还有机警的头脑(北戴河之夜),但命运待她太不公道,丈夫懦弱无能,于是"苦恼弥漫在这个家庭的每个角落,含有绝望的色彩和自暴自弃的味道",她要起而向生活索取、追回。她自称的奢望并非奢望,是正当的欲望。她是应该被同情的。比起周兆路的阴沉,她倒坦率得多,她说"我是女人,你是男人,这就够了"。倘仅听其言,她颇有些以女性为本位、追求"第二性"的独立自由的女权主义气息。然而,可悲的是,她也戴着双重人格的面具,衣服簇新,骨子里却很旧。她把自己的悲剧归结为所遇非人,周"太自私了"。其实,真正的悲剧在于,她的"女性意识觉醒"一开始就以灵肉分家的面目出现,她一开始就把自己作为富有蛊惑力的"性对象"展览出去,她貌似自强,实不自重。这才是悲剧的根因。周兆路抛弃她时,她流泪了。正如小说所写:"眼泪可能是爱的证明,也可能是因为承受不了自身遭到的损害。"她的泪属于后者。使人不无惊骇的是,她的泪光中又"有一种讥笑意味"。讥笑什么呢?我以为这既是清醒,又是沉沦,无非表示,她固然只是玩物,他呢,也一样。如果这也叫女性意识觉醒,未免太阴鸷、太惨淡了。还是乔·治桑讲得深刻:灵与肉的极度分裂,一面产生修道院,一面产生妓院。这不可不为华乃倩戒。最后一次,她从周家走出,"美丽娴静,嘴角边甚至挂着一丝羞怯"。她已从被抛弃时的"羞愤"滑到玩世不恭的"羞怯"。由于没有爱的支撑,只能导致一种更残酷更麻木的依附。透过她洋洋自得的表情,我们看到的只能是一个昏睡的灵魂,一场人性泯灭的悲剧。

读完《白涡》,忧思难禁,我忽然想起狄金森的诗句:"太阳出来了/它改变了世界的面貌/车辆来去匆匆,像报信的使者/昨天已经古老。"然而,在这变革的岁月、翻新的世纪里,我们古老的灵魂又改变了多少呢?《白涡》便是在新颖的背景上对古老灵魂的一次观照和批判。不错,周兆路、华乃倩们已从幽暗的胡同来到开放的、满眼缭乱的十字街头。但是,在周的身后,还有"士"的幽灵,在华的身旁,还有"妾"的鬼魂。人的解放的道路是多么漫长啊,这一对男女,还有我们大家,现在是走到哪一站了呢?

1988年3月5日写于京郊

《狼图腾》的再评价与文化分析

《狼图腾》是去年最受关注,并创造了惊人销售业绩的长篇小说。褒扬者称之为"旷世奇书",能提供强烈的阅读快感,是一部以狼为主体的史诗,是一道享用不尽的"精神盛宴"。激烈的批评者则认为,它不过是一部沉闷、乏味、难以下咽的平庸之作;尤其是它对穷凶极恶的狼及狼文化的张扬,更引起一片反感声音。事情就这样过去了,《狼图腾》不再成为热点;但作为热门书,今年以来仍居于多家图书榜前列,仍在读者的手上流传着。我总感到,关于"狼"的话题没有完,某些非科学、非理性、非文明的似是而非的理念仍在流行,而在《狼图腾》的评价上最具代表性。在我看来,我们应该把对这本书文学文本的评价与对作者自言的文化宏论的评价分开来。作为文学文本,《狼图腾》集聚了大量原创因素,属于不可多得的具有史诗品相的宏大叙事;但作为一种文化观的宣扬,它仅凭抓住了一个"狼性性格"就好像找到了一把开启世界文明史的钥匙,企图浪漫地、情绪化地、激昂地解读和改写整个人类史、文明史、中国史。尽管作者动机可嘉,不乏睿智,深思多年,固执己见,但漏洞毕竟太多。笔者近日重读此书,颇多感触,愿将若干思索写在下面。

我认为,姜戎的《狼图腾》是当代小说中有价值的作品,是一部深切关注人类土地家园的,以灵魂回应灵魂之书。然而,即便这样少有的坚实之作,也明显存在灵魂资源不足的问题。作者说,这部书的写作历时三十年,我相信。书的主体部分写得相当好,倾注了大量心血和体验,触及和诱发了人类生存的许多大道理,让人的心为之悸动和痛楚。书的主体部分陈述了原本的内蒙古草原既受狼害又与狼不可分离,既恨狼又敬畏、崇拜狼,所谓"学狼、护狼、拜狼、杀狼"的图腾崇拜和精神悖论;描绘了几十次惊心动魄、伤心惨目的人狼战争,写了能够在几天几夜里洪水滔天般把几千匹马从肉体到灵魂彻底瓦解的蚊灾,也写了黄灾、白灾、鼠灾。在暴烈的血色场景的间隙,作者用另一副雄浑而柔情的笔调,状绘了荡人心魄的草原之美,那翡翠般的聚宝盆,那美丽的天鹅、野鸭、大雁,那色彩斑斓的大鸟小鸟,那娇艳欲滴的白芍药,那满地的无名野花,那清苦的草香,令人沉醉,让人心胸浩阔。我一直认为,关于《狼图腾》的文学性,不宜用常规要求,它确乎有点小说不像小说,纪实不像纪实,带有边缘性和嫁接性。正像任何事物都不可能界限绝对分明一样,文体亦然。它那刚健、苍凉、硬朗的排浪式的语句,它那不加文饰的逼真感和原生感,恰恰最能凸显其狞厉之美。

整部作品悲怆恢宏,撞击人心。因为,在内在精神上,它贯通了草原古老神灵腾格里与千年草原大地的血脉,毕利格老人对草原的神圣的爱统领全书,乌力吉、巴图、陈阵、杨克、嘎斯迈、沙茨楞等人在政治灾难笼罩草原时睁大着识别善恶的眼睛。作品没有回避内蒙古草原在外来人口压力、极左政策胁迫下,面积一步步缩小、质地一步步恶化,日渐走向沙化、荒漠化、废墟化的严酷现实。全书关注的是大命与小命息息相关、互生互补的"天之道",关注的是草原生命的天理:如果人之理顺应天之理,人必然蒙福;如果人之理与天之理一致,大自然馈赠给人的精神福分和物质财富就多得不可测度;但是,倘若"时政之理"逆于天之理又藐视人之理,

"时政之理"被推为世间唯一真理时,草原的毁灭就在劫难逃了。毕利格老人说,因为狼会使旱獭、野兔、黄羊、羊、马等威胁草原存活的动物的数量与草原的承载量相协调,"要是把狼打绝了,草原就活不成,草原死了,人畜还能活吗",可是场领导包顺贵们却说,这可是个政治性问题啊,一定要为党和国家把狼彻底干净地消灭光,于是,把狼斩尽杀绝的运动开始了:传统围剿的办法,为草原大忌的放火方法,草原人前所未见的雷管、机关枪、卡车联合作战的方式等等,都肆无忌惮地踏入草原。陈阵说,新牧场的天鹅可不能杀,那些鸟蛋可不能给糟蹋了,领导包顺贵们却说,这可是政治性问题啊,"什么天鹅不天鹅的,满脑子资产阶级思想,不把《天鹅湖》赶下台,《红色娘子军》能上台吗?"于是所有飞的鸟被杀了,所有鸟的蛋被煮了。毕利格老人说千万不能开垦草原,因为土层非常薄,生命层非常脆弱,一开垦就必然沙化,但领导们说这可是政治性问题啊,这么广大的草原不开垦种地是多大的浪费,"要想给党和国家多创造财富,就一定要结束这种落后的原始游牧生活"。在这种违背草原生态逻辑的指挥棒下,乱挖乱垦的来了,大规模破坏草原的"兵团"来了,像榨干机一样,像硫黄火焰一样,几千年的草原被迅猛榨干、烧毁了,牧场变成了荒沙。陈阵说:"体制荒沙比草原荒沙更可怕,它才是草原沙尘暴的真正源头之一。"无疑的,这些描写既属实用层面,又使人痛切地思索着人类的生态问题。

当然,狼才是《狼图腾》这本书的精神主载体,狼的狡猾,狼的智慧,狼的生命力强,狼的团队精神,以及狼性、狼眼、狼嗥、狼烟、狼旗等等,才是全书的看点所在。对此我想,我们应该更多地用审美的、充满匪夷所思的想象力的眼光,而不是充满道德义愤的实用眼光来看待这部作品。狼固然凶残,但在文学的王国里,未必就不能构成一种复杂的审美意象;狼肯定吃人,但通过狼性未必就不能更深邃地揭示人性。艺术是艺术,生活是生活,有时是需要分开的。在人类生活中狼是可诅咒的,在艺术世界里狼完全有可能成为观赏的对象,就看置于什么样的语境了。可虑的是,艺术一旦纳入严密的道德评判体系,自由的精神就可能遭到限制。我对小说中人与狼斗智斗勇的大量精绝片断很感兴趣,我看陈阵钻狼洞,掏狼崽,抚育小狼的经历,也大为感动。在我看来,《狼图腾》艺术震慑力很强,生命意蕴甚丰,它让人的灵魂震颤,让人的心智慢慢苏醒,让人看清"战天斗地"的本质,让人知道在基本的人性天理面前应当如何珍惜、如何拥有、如何警觉、如何拒绝、如何捍卫、如何爱、如何关怀。这样的作品在中国当代文学领域委实太少了。

是的,《狼图腾》的主体部分是优秀的。但它的社会层面、生态层面、文化层面的描写是不平衡的。文化层面就有不少混乱,尤其是赘在后面的《理性探掘——关于〈狼图腾〉的讲座和对话》比较糟糕。为什么会出现这么大的逆差?因为在主体部分作者隐藏于后,形象呈现于前,尽管作者念念不忘他的狼性伟大论,不时跳出来宣谕几句,但形象系统毕竟具有自洁能力,能包容多侧面的意义。等到作者以一个文化新大陆的发现者和宣扬者站出来大声讲话时,作者对文明史的偏执解读和他自己灵魂资源不足的问题就暴露出来了。"理性探掘"部分的理论实际上与主体形象部分的形象并不融洽,甚至可以说"理性探掘"部分有时恰好在消解主体部分的思想。

作者在"理性探掘"部分宣称,他找到了"中国病"的病根。他在探讨华夏农耕文明及其国民性时发现,"中国病"就是"羊病",属于"家畜病"范畴;而草原民族及西方民族都因为富于"大游牧精神",有"狼的精神",故而能够高歌猛进。作者认为,中国农耕文明是羊文明,草原文明及西方文明是狼文明。他借人物之口说,要是没有狼,没有狼这个军师和教官,就没有成吉思汗和黄金家族。要是没有狼和狼文明,西方人也就不可能开拓出巨大的海外市场,更不可能有今天向宇宙太空的挑战。这结论真是简单得让人吃惊。那么什么是"大游牧精神"呢?据作者说,那必须是以狼性为基础、以残酷激烈的生存竞争为前提的一种精神。作者颇为惋惜地说,只要一踏进河谷平原,一踏进农田,从事农耕文明,那就糟了,"再凶悍的狼性也凶悍不起来啦",只能变得"温柔敦厚"。作者恨不能从人类文明史上彻底勾销农耕文明这一段才解气。作者说,敦厚的华夏"文明羊"遇上了凶悍的西方"文明狼",两种文明相撞,撞翻的当然是羊,所以古老的华夏道路必然要被西方道路打垮,最后打成了西方的殖民地和半殖民地。原来如此!原来一切都是狼这家伙惹的祸。全世界受够了帝国主义列强欺凌、侮辱和掠夺之苦的人们,终于"恍然大悟"了,原来一切因为自己属于羊性而不是狼性,因而活该。解决的办法也立刻就有了,照作者的意思,就是回到茹毛饮血的原始牧场去,如果不能,回到"比阶级斗争更残酷的生存竞争中"去也行,因为只有在那儿的厮杀才能让狼性激发出来。作者还提供了具体的药方:"使千年来被农耕羊血稍稍冲淡了的狼性血液,恢复到原有的浓度比例","只有华夏民族在性格上的狼性羊性大致平衡,狼性略大于羊性,华夏中国就会疆域扩大,国富民强,繁荣昌盛"。好一个锦囊妙计啊!引述至此,事情已变得十分滑稽,沿着这个臆造的规律推演下去,恐怕我们只能硬着头皮反文化、反文明,甚至反人类了。有趣的是,作者却自感满足地说,他"总算理出头绪来了"。

  实际上,与一般人的错误解释一样,作者把根本道理弄歪了。无论西方还是东方,无论农耕还是游牧,大炮、黑奴、殖民扩张、嗜血杀戮都是野蛮而不是文明,这样的行为给人类带来的都是退化而不可能是进化,即使戴上"狼性"的桂冠也一样。真正的文明应是顺应大自然的规律,尊重所有生命的生存权,尊重所有民族的生活习惯,保护和珍惜生存环境,善待生命。《狼图腾》的主体部分实际上已经说明了这个道理,也就是说,使草原欣欣向荣繁荣昌盛的既不是开疆拓土的血腥厮杀,也不是各种生命在草原上的嗜血竞争,而是草原人世世代代在顺从天命的和平生存中对草原的善待和与草原的和谐相处。实际上,正是那些貌似伟大的开疆拓土和貌似进化的残杀在真正地毁灭草原。

草原恶化、沙化的道理是这样,整个人类生存的道理也是这样。无论牧业文明、农业文明、工业文明、电子文明,从来都不是殖民屠杀,不是专制恐怖,不是贩卖黑奴,不是种族清洗,而是善待所有生命。比如西方——实际上并没有一个如作者所说的纯粹的、笼统面孔的西方,只有不同人在做不同事的纷纭复杂的西方。在西方,有人在贩卖黑奴,有人在倡导人权,有人在炫耀武力,有人在谈论博爱,有人在经营跨国公司,有人在玩弄政治权术,有人在参拜纳粹墓地或靖国神社,有人在虔诚地言说耶稣基督十字架的救恩。同样是通向美洲大陆的船只,有的载着屠杀土著居民的枪手和恶徒,有的如五月花号,则是载着寻找和宣扬天国的清教徒。这种种不同的人所做的不同的事的本质也是大不相同的,不能用"狼文明"一言以蔽之。一个最基本的道理是:殖民、杀人、专制、挑起战争之类永远是反人类的,是罪恶的,是使人类退化、沙化、毁灭化的,而不是如有人说的是优胜劣汰的(顺便说一句,在基督教文化中,耶稣基督是拯救世界的"羊",耶稣基督把他要救赎的万民也叫"羊")。事实上,中国人的狼性并不少。鲁迅先生考察中国历史之后深深的感触是,中国历史的吃人性,中国人经受着比其他民族更多的经久不息的来自王的屠杀、来自匪的屠杀,常常觉得,这样的社会"并非人间"。其实何止历史,像"文革"这种扼杀人性的残酷斗争还少吗?中国历史上的大破坏大灾难远比世界上其他国家多而深重。就某种意义而言,中国历史的本质恰恰是狼性的肆虐。

总之,用羊性和狼性来划分文明史,是不科学的。社会达尔文主义者鼓吹在社会生活中弱肉强食你死我活,其结果并不是优胜劣汰,而是世界被毁坏、被沙化。难道我们对那么多物种的灭绝没有感觉?难道我们对那么多热带雨林被大规模沙化意味着什么一无所知?有报道说,臭氧层的破坏、各种污染、各种毁坏已使地球不堪重负,光是气候变异这一项,就足使人类在极端的时间里面临灭顶之灾。

让我们回到中国当代文学中来。为什么总是难于出现触及人类灵魂的真正杰出的大作品,或者总是半部杰作现象,总是缺乏灵魂,总是只有优秀的局部而缺少巨大的概括力?对此现有各种说法。其实,最根本的原因是我们的文化精神中缺乏人类最重要的心灵资源,缺乏永恒的神圣的内心真正服膺的道德理想和精神信仰。当然,事情是复杂的,我们不能因作家的观念而忽视作品的艺术成就。由于缺少更高的光亮和声音,必然使当代中国文学短视。陀思妥耶夫斯基在《卡拉马佐夫兄弟》中借人物之口说过,如果没有上帝,那么,人,什么都可以做。就是说,如果人的心里没有永恒的信仰和准则,必然会为所欲为。灵魂信仰的问题是人类首要的和基本的问题,我们的很多作家并不具备这样的资源。于是,急于解救现代人精神困境的作家,有时候就不得不用心造的幻影如"狼崇拜"之类来充当替代品了。

(原载《光明日报》2005年8月17日)

《秦腔》:乡土中国叙事的杰出文本

——雷达答客问

把《秦腔》放在整个中国今天乡土叙事的背景下来看是非常重要的一部作品,也是贾平凹个人极重要的一部作品。它突破了以往小说的写法,比较难读,但要慢读、细读,才能读出它的意义和味道。他抽取了故事的元素,抽取了悬念的元素,抽取了情节的元素,抽取了小说里面很多元素,可以说,这是一次冒着极大风险的写作,这样写太不容易,但《秦腔》却成功了。

这部小说到底写了什么?我称它为"因为害怕失去而写作",我的意思是说现在乡土叙事比较复杂,我们一向依靠的乡村伦理价值受到了动摇,这是非常可悲的,平凹在作品里更多写的是一种留恋,更多的是割舍不掉的东西,他的笔下充满了温暖。作品中引生这个人物值得研究,他是唯美的,他的没有功利主义的苦爱、酷爱、绝望的爱、极致的爱,体现了人类原始的非常痛苦的爱情理想。他的自裁、自宫、自残,不仅有断根之喻,而且表达了脱离大地,爱情已死的意象。这部作品最大特点是越琢磨越有味儿。整个生活的团块结构靠对话向前滚动,能写这种小说的人我认为是不多的。这是一部沉重之作,写出了生存本相,它要完成它的任务,它只能节奏缓慢,采取这种极"笨拙"的写法。

我读了以后最突出的感觉是它的无名状态,也就是我们不能用一种非常简单而鲜明的东西概括它,所以作者只能以这样的办法来写。其实这部作品还是有其自身内涵的,一个是土地,一个是秦腔,前者是乡土的象征,正在由盛而衰,后者是文化的象征,也正在日见式微,作者采取以实写虚是不得已的。在《秦腔》里,"鸡零狗碎的泼烦日子"在黏稠地缓缓流动着,但作者打捞着即将消失的民间世情和语言感觉,弥漫着无处不在的沧桑感,表现了传统的乡土中国的日渐消解。但其原生态写法无疑造成了阅读障碍。

从《废都》到《秦腔》再到《高兴》,贾平凹由城而乡再由乡而城,变幻着不同的人和不同的事,但它们却也重复着大致相同的精神走向和审美色调。我以为这主色调是挽悼,伤逝,怀旧,是无可奈何花落去,似曾相识燕归来,是无处不在的现代性乡愁和无往不遇的沧桑感。不过,他并不疾言厉色地批判现代都市文明病,他知道自然的法则和时代的潮流是挡不住的,于是他总是显出一副哀而不伤,贵柔守雌的姿态,感应时空运转的无情,抚慰灵肉冲突中的一个个敏感脆弱的受伤者。这便是《秦腔》的精神结构。

写于 2005 年 11 月 10 日

《繁花》:鲜活流动的市井生相

读长篇小说《繁花》(金宇澄著),直觉是一个全新的文本,写法极为独特:不见时下最流行的叙述方式,却几乎全由闲聊和对话推动,世态人情,饮食男女,家长里短,耳食之谈,无不真实而鲜活地展现着一个时间过程,成就了一幅流动的上海市民日常生活的世相百态图。我读时本想弄清时间表,却发现章与章之间,忽而过去,忽而眼前,仿佛乱的,或是有意而为之。更神奇的,是它虽使用一色上海方言,但不知经过怎样妙手处理,北方人如我者也读得懂,且能读出韵味。后来才知道,这小说最早贴在上海的"弄堂网"上,每天一贴,大受网民青睐、追捧,遂不断与读者互动,牵绊而行,经过统筹,终于积成了现在的文本。它因而有了话本的特征,作者也自然进入了"类说书人"式的角色。这真是一种非功利的写作,堪称"无结构的结构,无意义的意义"。它好像告诉我们,在上海,近半个世纪,人们就是这样走过来的,时间就是这样被耗掉的。在我看来,《繁花》应是当今最好的上海小说之一,也是当今最好的城市小说之一。

首先,它放弃了惯见的宏大叙事,走向"细节化,庸常化"的展现生活历史的叙述方式。它没有宏大叙事的架构,没有刻意植入的政治视角和道德评判,没有直接通向意义和目的性的人为结构,有点儿随心所欲,写到哪算哪的感觉;它甚至也没有以往城市小说常见的写弄堂或胡同里几家几户几代人的命运史的方法。但这绝不意味它没有自己特殊的结构方法和深湛的文化内涵。事实上，小说铺开了两条时间线索，一条是上世纪60年代至"文革"结束，一条是80年代到进入新世纪，两条线索交错并行，时空不停转换，而活跃其间的全是些小人物，男角如阿宝、沪生、小毛、陶陶，女性如梅瑞、李李、蓓蒂、小琴、华姝、雪芝们，他们大多经历过阶级斗争年代的窒息，也享受到了全民经商年月的宽松，他们的悲欢离合、酸甜苦辣、升沉浮降，从最基础的意义上，见证了上海这座古老伟大都市的世态人情之变迁。

人物似乎并不重要，作者并不着力刻画单个人物的性格与心理，而是突出芸芸众生的生存状态、生活情景，突出上海这座城市特有的话语方式、情感方式、生活方式、审美方式，写出那种说不清道不明的"无名状态"；也可以说，突出的是一个城市的生活姿态、一个城市的味道。小说中，这些来自城市各个角落、职业各异的小人物，似乎聚散无因，来去无踪，但谁也离不开谁，好像有种无形的胶将他们粘在一起，他们或是孩提时的伙伴、同学、邻居、倾慕的女子、拐弯抹角的相好，共同构成了一个场，他们相聚于一场场的牌局、麻局、饭局和聊局。他们任何时候都有乐致，无论"文革"，还是现在，从最早的上海唯一电子管黑白电视机，说到如今一对法国情侣要拍摄上海故事大片，从上海人特有的"半两粮票"说到如今的豪华与奢侈，从车间的性爱风波谈到女人洗澡的笑话，从一架心爱钢琴的丢失引出"文革"的沉重记忆。如此等等。作者引用古希腊哲人说的，"不亵则不能使人欢笑"；应该承认，男女性爱，包括婚外情，及其不同时期的不同表现形态，确是小说叙述的一个焦点、热点，由此引发笑料连连；但小说里并不全是这等欢声笑语，在其背后，也潜藏着生命的沉重感和"人生是一次荒凉旅行"的慨叹。如果说,通常的小说,唯恐无意义,唯恐无事件,而《繁花》却尽写神侃海聊,貌似无意义的过程,而意义却正在这里浮现而出。不能说,我们没有从小说中深刻地感受到上海从上世纪60年代到今天,在政治经济文化上的历史性变迁,尤其是,人们心灵和精神的历史变迁。作者的视野是宽阔而自由的,小说不只是男欢女爱,在笑谈中,笔墨涉及日常生计、成败利钝,兼及国际、时事、商贸、民生。对于写出鲜活的上海、鲜活的城市这一追求而言,《繁花》找到了最好的形式。

方言,无疑是《繁花》最大的特色,所谓沪语小说也。但我居然看得懂,不能不说是奇迹。显然它是经过精心改造的方言,非常富于表现力。据懂行者言,作者将很多上海口头语转化为上海书面语,又从音、意上达成与普通话的最大兼容。比如,小说中没有"没有",只有"无";没有"站起",只有"立起";没有"是吗,好吗",只有"是吧,好吧";没有"侬""阿拉"之类。这一方面保存了上海话,一方面让北方人也懂。它的特点是,人物在叙述中对话,在对话中叙述,对话也就是叙述。对话进行不下去的时候,有一个人就"不响",作为收束。整部小说里有一千多个"不响"。这"不响"意味深长。其实,方言是一个作家构思的家底,虽然呈现出来的是普通话,作者却是用方言在完成最初的构思、刻画,因而至今方言是有潜在生命力的。如仔细读,还不难发现,有些古典的或鸳蝴派小说中的语词也闪现其间,如"低鬟一笑""吐属清雅"之类,并不觉生硬,反而增添都市情调。我认为金宇澄的一个重要贡献是,他复活了古典话本小说的写法,但却加以先锋性的处理,打造出了一种新的有中国气派的写法。

《繁花》是一次令人瞩目的突破,是近年来最重要的都市长篇小说之一。它告诉人们,不仅乡土文学有伟大深厚的传统,城市,特别像上海这样古老的国际大都会,同样有伟大的文化积淀和了不起的精神传统,我们以往认识得太不够了。那种认为只有写荒原绝塞、穷乡僻壤才叫"深刻",写城市的文学天生就是"轻飘"的观点是完全站不住脚的。金宇澄进行了一次成功的挖掘。金宇澄成功了。但我认为《繁花》并非样板、榜样,这文本其实是很难复制的,也没有必要认为城市小说都得这么写。

(原载《光明日报》2013 年 8 月 19 日)

《一句顶一万句》要表达什么

小说的线索是写了跨越七十年的两次寻找——姥爷杨百顺和外孙牛爱国,各自都曾寻找背叛了自己的妻子,试图报仇,一个出延津,一个回延津,但那只是一种"假找"罢了,后来发现,他们真正要找的,是一句贴心窝子的话。就这么简单。为了这句话,他们宁可流浪天涯,踏遍异乡;他们或出走,或回归,但这句话居然没有找到,或找到的并非他们想要的话。小说写的就是这个,你能不感到惊异吗?

杨百顺历尽辛苦找到了仇人,但他发现,妻子和奸夫偏能说得上话——"咱们再说些别的""说些别的就说些别的"——何其亲昵!于是他明白了,相互说不上话是人生最大的失败,亮出的刀子掖了回去。再比如,曹青娥与拖拉机手侯宝山之间的默契,话不多,却心心相印;曹说,我从没遇见过像侯宝山这么会说话的人。于是私奔的失败,成为曹青娥一生最大的憾恨。又比如,牛爱国寻找战友陈奎一。在部队时陈是厨房大师傅,陈使个眼色,他俩便聚在一起吃凉拌的猪肝猪心,然后相视嘿嘿一笑,什么也不说。牛爱国寻找陈奎一找得好苦,失望之余,落脚澡堂,却在灯影里发现了搓澡的陈奎一,那十块钱的势利,写尽了陈的潦倒与不堪。看到这里我很感慨,眼睛发酸。刘震云常常能描画出别人无法表现的人生的无言或无名的情景。

尽管小说的人物为了一句话,为了找"说得上话的人"而奔走,而流浪,但作为一部四十万言的长篇小说,《一句顶一万句》到底要表达什么,仍是一个必须进一步探究的问题。大凡真正的好作品,有独特发现的、有深邃意味的,或人人心中有、个个笔下无的作品,总是很难归纳和命名的。《一句顶一万句》也是如此。在我看来,这部作品其实是表达了人的无法言说的,却像影子一样紧跟着人的孤独和苦闷;表达了人在精神上的孤立无援状态;于是人希望"说得上话",希望解除孤独,希望被理解,希望得到人与人的沟通和温暖的抚慰。就像趋乐避苦是人的本性一样,世上人人都孤独,永远都处在摆脱孤独的努力之中,以致不惜人为地制造某种虚假的响动和声音。

孤独,这不是好多名著都表现过或涉及过的吗,这一部小说有何稀奇呢?依我看,不同的是,它首先并不认为孤独只是知识者、精英者的专有,而是认为,三教九流、五行八作、引车卖浆者们,同样在心灵深处存在着孤独,甚至"民工比知识分子更孤独",而这种作为中国经验的中国农民式的孤独感,几乎还没有在文学中得到过认真的表现。在这一点上,小说是反启蒙的,甚至是反知识分子写作的,它坚定地站在民间立场上。它的不同凡响还在于,刘震云发现了"说话"——"谁在说话"和"说给谁听",是最能洞悉人这个文化动物的孤独状态的。说话是人的心灵密码,深奥难测啊。曹青娥说了一辈子的话,终于不说了,让百慧来说;牛爱国能解读母亲的心愿,但他买手电的解读又是错的;最后他在床下找到了一封信。"牛爱国一开始没哭,但后来因为没明白母亲的最后一句话而自己扇了个嘴巴,落下泪来。"所以,《一句顶一万句》用一部长篇小说的巨大篇幅来表现人的这种渴求和热望,不能不说是一大奇观。

是的,奇就奇在,这是一部用极端形而下的写实笔墨来传达极端形而上的精神存在状态的作品。形而下不但表现在写了大量小人物,吃和住的烦琐,亲与疏的烦恼,爱与恨的纠缠,而且写了杀猪的、打铁的、剃头的、卖馒头的、耍猴的、喊丧的、卖豆腐的、传教的等等形形色色人物,而且直面这生存相。像杨百顺,他不断地改名,从杨摩西、吴摩西,直到罗长礼,这其中包含的辛酸和无奈,几乎可以看作中国农民的一部流浪史,是其悲怆命运的缩影。但它更是形而上的,它写了无言的憋闷,人与人的难以"过心",写了寻找寄托、寻找朋友、寻找友爱、挣脱困境的千古难题。我们也可以说,它写了中国人的某种尚无得到深刻发现的集体无意识,像"面子"是中国人的性命般要紧的东西一样,能否说得上话、能否说得着、能否"过心",也是带根本性的一大发现。在经验的无物之阵中,虽看不见、摸不着,却无处不在的威压下,人为了寻找说得着的人而活着。也可以说,亲情、友情、爱情,支撑着一个人的精神,自古而然。但它历来难求,至今尤甚。所谓诚信缺失,友爱难求即是。有时,你把别人当朋友,别人并不拿你当朋友,而别人又承受着另外的人不拿他当朋友,何其痛哉!刘震云就是这样探索着中国人的精神存在方式,尤其是探究平民、黔首、苍生们的精神存在方式,更深层地揭示乡土之魂。

  我一直认为,刘震云是一个对存在、对境遇、对典型情绪和典型状态非常敏感的作家。他不长于刻画单个人,而善于写类型化的人,写符号化的人。他和一些人的创作扩大了典型的意义,也可说扩大了现实主义在中国的疆域和边界。比如,"头人""官人""单位",都是带有文化象征意味和寓言化的概括。但是也可以说,刘震云不仅是现实主义的,更有存在主义的意味。写人的孤独,写人的灵魂状态,写符号化的人,大体属于现代派文学范畴,从刘的创作,也可看出中国文学逐步在实现现代转型。这个"现代"不是指时间意义上的,而是指现代派文学意义上的。这里,存在主义的特征很明显。刘的作品不是模仿,而是他对中国现实(有历史渊源的现实)的深刻体察与感悟——中国人的孤独有着与人类性孤独相通的一面,更有着中国的现实历史的血肉和民族个性。故事情节虽不复杂,但刘震云抓住了这一中国式的精神意象,发掘较深。

我熟悉的刘震云,是《塔铺》《新兵连》《单位》《一地鸡毛》时的刘,作为新写实的扛旗手的刘。那时他的每部作品我都写过文章。到了《故乡面和花朵》《故乡相处流传》的刘,我觉得我们相距远了,我找不到自己的言说话语。而《手机》《我叫刘跃进》与影视又贴得太近。我看,到《一句顶一万句》才真正回归了,丰富了,发展了。如果说《白鹿原》以其"文化化"的中国农民叙述,《秦腔》以其无名状态的现代生活流的滚动,那么《一句顶一万句》就以其对中国农民的精神流浪状态的奇妙洞察和叙述,共同体现了中国当代乡土叙述的发展和蜕变姿态。

刘震云的叙述是富有魔力的,不凭依情节、故事、传奇,而是凭借本色的"说话",即是一奇。小说始终让人沉浸在阅读快感中,拿起放不下。语句简洁,洗练,却是连环套式的,否定之否定式的,像螺丝扣一样越拧越紧。比如:七个月前逃回山西,是怕出人命;现在就是出人命,为了这句话也值得;问题是现在出人命也不能了,过去的关节都不存在了。又如,说她去了北京,也不知是否真去了北京;就是去了北京,也不知是否仍在北京;北京大得很,也不知在北京的哪个角落。如此等等。这种言说不是颇有魅力和吸力吗?但我又想,这里有无缺乏节制的问题?有无话语膨胀的问题?作者是不是也沉浸在言说的快感中,自失而不能自拔?当这种连环套式的言说本身成为目的时,有些章节是否会显得空洞?但无论怎样,我都认为这是一部当代奇书。刘震云绝对是一个有着独特而尖锐的个性风格的作家。

最后我想坦率地说,我喜欢这本书却不太喜欢这个书名。这不仅仅因为它让我想起林彪呀、"红宝书"呀之类的纷乱如麻的往事,以及那些渐成语言的丑陋化石的、很难更改的东西;主要还是因为这个书名与小说的深湛内涵和奇异风格没有多少深在的关联。如果有一个纯正的、葆有文学神圣感的,又与其美学风格保持一致的书名就更完美了。

(原载《文汇报》2009 年 6 月 12 日)

这边有色调浓郁的风景

——评王蒙《这边风景》

王蒙最近拿出了他写于"文革"时期,"文革"后有所修改,却一直尘封着的长篇小说《这边风景》。小说长达七十万言,写上世纪 60 年代前期新疆农村的生活,以伊犁事件背景下一桩公社粮食盗窃案作为切入点,在若即若离地破解悬念的同时,展开了远为丰富多彩的伊犁地区独特的风土人情,为读者展现了一幅巨大的"文革"前夕少数民族日常生活的色调浓郁的风俗画。有人戏称这部作品为"出土文物",它也确实沉睡了多年,一朝见天,对于当今读者、当代文学史和王蒙本人,无疑都是重要的,但它同时提出了一个必须面对的问题:这部写于"文革"的作品,究竟有怎么样的思想艺术质地,应该怎样评价它的审美形态,怎样确认它的文学史站位,以及怎样把它放在当代文学史的序列和王蒙的创作序列中来看。

王蒙其实是很重视他的这个"孩子"。1978 年,笔者作为《文艺报》记者访问王蒙时,他那时还未完全平反,就曾郑重地向我谈过他写作时间最长的这部作品。但事实是,似乎总是找不到合适的机会面世。此后,新时期文学一浪高过一浪,王蒙写《蝴蝶》《杂色》《布礼》《相见时难》,写《夜的眼》《春之声》《如歌的行板》,一会儿深切地反思,一会儿搞先锋实验,忙得不亦乐乎,而《这边风景》因为带着明显的"十七年文学"的胎记和"文革"时代的少许印痕则变得越来越不合拍了。再往后,王蒙以新启蒙的姿态审视和批判中国传统文化人格,写出了《活动变人形》,既揭露中国文化的"吃人",又写它的"自食",既写撕裂,又写变形,相比之下,《这边风景》的思路就更对不上了。到了今天,思潮的转换再也不那么明显和急促,我们相对进入了一个文化大发展的兼容时期,也就有了《这边风景》的出版和问世。王蒙考虑到年代的疏隔与青年一代读者的接受障碍,在每章后面加上了新写的"小说人语",对该章加以评点,重在不同语境下的对比与和合。这既是两个时代同一作者的自我对话,也是作者与今天读者的对话,起到缓冲一下遥远陌生感的作用,尽可能将之拉回今天的语境。

那么,在今天看来,《这边风景》的品相怎么样?我认为它仍然拥有强烈的真实性,众多人物由于来自生活而非观念就仍有活泼的生命,它的人文内涵,尤其是伊犁少数民族人民的乐观性格与人文风貌,表现得更为丰沛。从时空上看,作品确实显得有点遥远,伊犁边民事件,四清运动,也早已淡出人们的视线,但作品保存了大量六、七十年代的精神生态真实,涉笔人物多达五十多个,他们的家庭与社会关系的纠结、他们情感生活的原貌、边疆地区特有的风俗都跃然纸上。当然,作品肯定离不开当时流行的政治观念、术语,甚至斗争场面,但这恰恰保存了它的历史感。它的可贵还在于,既写出了那种特定的极难表现的紧张而又动荡的"人惊了"的时代情绪,又写出了那个时代斗争生活掩盖下的仍未绝迹的舒缓的盎然诗意和迷人风情,也即民族文化的阶段性的表征。对作者而言,也许并非他的预期,也许他当时就想发表,但不管怎么说,这部书因为时空的悬置而有了历史的、审美的、风俗史的价值,以及地域文化和民族文化的价值。它应该加进文学史之中,但加在哪里为好呢？

我曾写过《浩然:"十七年文学"的最后一个歌者》的文章,认为浩然的《艳阳天》是"十七年文学"的幕终曲,因而自有其价值。现在看来,随着《这边风景》的出版,从时间上算,真正的幕终曲,应该还是王蒙的《这边风景》。我要特别强调的是,它们在审美上都不属于"文革文学"——因为没有那种"三突出"的绝对和所谓"无产阶级专政下的继续革命"的极左品性,当然也不同于"文革"中的"地下写作",而是大体上延续着"十七年文学"的某些特征。我认为,"十七年文学"与"文革文学"是有极大区别的,虽然二者有深刻的联系,比如"左"的思潮,阶级斗争与路线斗争的基本骨架等;但在"十七年文学"中,仍然有较为丰富的人民的"火热斗争生活",人物有原型有真实血肉,即使写战争和斗争,也有一种美感——它有它自己的诗学,虽是偏斜的诗学。现在不提阶级斗争了,但并不意味着阶级斗争完全不曾存在过,也不意味当时的文学没有自己的诗性和美学。

需要研究的是,是什么使王蒙在极左思潮泛滥的"文革"中还能以沉静之心,写出这样一部作品? 王蒙并非身在世外桃源,也非不关心政治,并非没有压力和忧虑,也非可以逃离人人自危的环境,为什么他还是能保持住作品良好的人文品质? 为什么在"三突出"作为普遍价值尺度的年代,他并没有向"三突出""根本任务论"的方向走去? 这就不能不从作者的政治观人生观的深刻层面,作者的经历与个性、作者的偏爱、作者的创作方法、作者的审美意识诸多方面加以探讨。

鲁迅先生说创作总根于爱,这话很适用于理解王蒙的这次写作,我甚至把它作为最重要的原因。看得出来,王蒙非常喜爱维吾尔族、哈族及其他少数民族的人民,他好奇、赞赏、肯定、认同之情溢于言表,在他们的幽默与他的幽默之间,好像找到了知音和同类。王蒙于1963年"自我流放",申请从北京来到新疆,后至伊犁,借住在当地维吾尔族农民的家中,与他们一起下地植种,同室而眠,朝夕相处如家人,后来,他成了生产队的副队长,学会了一口流利的维吾尔语。对于王蒙能学会维语或不止一种,文坛上一向视为奇迹,看来这不仅是聪明,还是喜爱。王蒙喜爱新疆各民族的文化,小说中对伊犁的自然风情、物产、气候、风俗都极为欣赏夸赞。且看写伊力哈穆归乡一节,进伊犁的过程就是赞伊犁的过程,车上人说什么阿勒泰山太冷,冬天得提着棍子,边尿边敲;吐鲁番太热,县长得泡在浴缸里办公;而伊犁,插一根电线杆子也能长出青枝绿叶,说伊犁人哪怕只剩两个馕,也要拿出一个当手鼓敲打着起舞。作品写劳动场面堪称一绝,不论舞钐镰,割苜蓿,还是拌石灰,刷墙壁;写吃食则满嘴流香,无论打馕和面,还是烤羊肉,喝啤酒,总之,吃喝拉撒、婚丧嫁娶、衣食住行,宗教生活,都写到了。事实上,最根本的还是写出了他们幽默、机智、豁达、浪漫的性格,总体上生动地表达了维吾尔人民的原生态的生存方式、思维理念、宗教文明,以及积淀在其民族性格中的精神原色。

须知,这一切是作为一个汉族外来者的眼光写出来的,能达到这样的深度和韵味,殊为难得。王蒙在"小说人语"中叹道,谁能不爱伊犁,谁能不爱伊犁河边的春夏秋冬,谁能不爱伊犁的鸟鸣和万种生命,谁又能干净地摆脱那斗争年代的斗争的辛苦与累累伤痕?并且说,他不得不靠近"文革"思维以求"正确",但同时他"怨怼的锋芒仍然指向极左!"这些话很重要,有助于理解全作。

我认为,理想主义的内在倾向在创作中也起了很大作用。在王蒙的创作史上,革命理想居于重要位置,这部作品基本属于前期的王蒙。在审美上与《青春万岁》《组织部新来的年轻人》很靠近,有血缘关系上的一脉相承。王蒙二十二岁写《组织部新来的年轻人》,其时入党已八年,他满怀少年布尔什维克精神。总有一种"我热爱"的激情和"我相信"的信念支撑。他的名句如:"让所有的日子都来吧,让我编织你们,用青春的金线和幸福的璎珞。"在他的笔下,热爱人民,热爱劳动,追求光明和幸福,讴歌生活是多么美好,相信共产主义事业一定胜利,于是在文体上夹叙夹议,常常禁不住要站出来抒情。比如,小说写"我临离开新疆时,雪林姑丽夫妇为我送行,做了很多可口的饭菜……你腰上扎着一条白色挑花的围裙,头系头巾而不是花帽,你已经从阿图什人变成了伊犁人。临行前,你说了一句,如果他们用不着你,你就回来,我们这里有要你做的事情……这么多年来,你们了解我的为人,正像我了解你们。你说的这句话,你用你那天真的和温和的嗓音说的这句话,像雷霆一样在我心头响起!这真是金石之声,黄钟大吕。这是什么样的褒奖和鼓励!一点天良,拳拳此心,一腔热血又在全身奔流,此生此世,更复何求。谢谢您呀,我的妹妹,谢谢您呀,雪林姑丽……"这样的大力抒情随处可见。

所以,《这边风景》也可看作是一支人民的赞歌。它有较强的政治性,却有更强的人民性、理想性;后一点救了这部作品。与《青春万岁》比,虽然沉郁了许多;与《组织部来个年轻人》比,虽然少了一种自负与尖锐,少了批判麻木不仁的那种锋芒,变得小心翼翼,但林震还在,他的浪漫主义的革命理想遇到挫折后,理想主义未变。王蒙是主动要求到了伊犁的,此前他不愿更平安地当大学教师,也不愿蹲城市机关,而是选择走向民间,走向基层,扎根大地,不无浪漫成分。他说他是毛泽东《延安文艺座谈会上的讲话》的认真的实践者,并非虚语,没有这些,就不可能有《这边风景》的产生。

若从创作方法的角度看,又可发现,坚持现实主义精神是它穿越时空而葆有新鲜感的一个原因。现实主义的要义是忠于生活,是追求生活的真实性与生活的深刻性。王蒙自己说他写得太老实了,是的,若与他后来的汪洋恣肆相比,与他的意识流、语言爆炸、杂语洪流相比,差异太明显,从中不难嗅到19世纪批判现实主义文学的质朴气息。它的语言,具有双语特色,唯其遥远,唯其写实,充满了民间的智慧。有意思的是,当时王蒙才三十九岁,理应是下笔最为奔放无忌的年代。这恰好映衬出,新时期思想解放多么伟大,中老年的王蒙还能挥洒自如。然而,自由是双面的,自由固然有利于创作,但不会使用自由,又会使自由成为创作之累。戴着镣铐的跳舞,有时反倒有可能跳出"天籁激情之舞"。王蒙忠于生活,崇拜生活,热爱大地和大自然,陶醉于少数民族的风情,有作为人民之子的一面。他热衷表现生活的鲜活与灵动,当政治性与人民性冲突的时候,他选择人民性。

是的,这部作品里,"生活"才是主角,才是无所不在的主题。生活是净化剂;生活有永恒性;生活是诗意的泉源;不管多么黯然的生存,生活的内部总有强大的力量,犹如"幽暗的时光隧道中的雷鸣电闪"。正如王蒙说的,不妥的政策会扭曲生活,而劳动人民的真实与热烈的生活,却完全可以消解假大空的"左"的荒唐。我们看,就在那个压抑年代,人们的口头禅是"我哪里知道",表现出了万般的无奈与无助,确有如乌尔汗与伊木萨冬一家的大不幸,但在这里,爱情仍在燃烧,爱弥拉与泰外库的爱情美丽得让人落泪,莱希曼、肖盖提的抗婚、私奔,并引出了女儿莱依拉侨民证的纠纷。这里友情依然感人,如老王与里希提之几十年交情的笃实;这里干部仍然勤勉、热心,清醒而坚定,如伊力哈穆、尹中信、赵志恒们。"即使政策是偏颇的,民生是艰难的,生活仍然是强健的、丰富多彩的。"这就是现实主义的胜利。

然而,不能不看到,这部作品里当时政治意识形态和极左政治的某些痕迹仍是明显的,在那个以斗争哲学为基础的时代,作者仍未跳出那个时代的典型的创作模式。作品围绕粮食盗窃案与伊犁事件,作为大悬念,沿着破案,抓境内外的敌人,展开一场激烈的阶级斗争和路线斗争的线索来构思全作。所幸的是,它并没有按这模式去强化阶级斗争,相反,在这个模式中,它缓解、消弭,更多篇幅写的不是一分为二的"斗",而是合二而一的"合"。也许开始,作者想把伊力哈穆作为反潮流的青年英雄形象来塑造,他当过工人,入党早,根红苗正,他在伊犁事件当口归乡让我们想起某种模式,但可喜的是,他归乡后并没有带头打斗,却在处处保护村民,带领村民在困难时期改变贫穷面貌,以致遭到批斗。他的农民的灵魂重新回到他的伊犁人的躯壳,他的身心又回到自己的家园。

(原载《人民日报》2013年6月25日)

第三辑:回眸与眺望

我所知道的茅盾文学奖

一、设奖来由

据我所知,茅奖的历史可追溯到 1945 年。那年在重庆为茅盾举行了"五十寿辰和创作活动二十五周年纪念",在 6 月 24 日庆祝会上,正大纺织厂的陈钧经理委托沈钧儒和沙千里律师将一张十万元支票赠送给茅盾,指定作为茅盾文艺奖金。茅盾在接受捐款时表示:自己生平所写反映农村生活的作品不多,引以为憾,建议以这些捐款,举行一次反映农村生活题材的短篇小说有奖征文。按照茅盾意愿,"文协"为此专门成立了老舍、靳以、杨晦、冯雪峰、冯乃超、邵荃麟、叶以群组成的茅盾文艺奖金评奖委员会,并在《文艺》杂志(新一卷第 3 期)和 8 月 3 日的《新华日报》共同刊出了《文艺》杂志社与《文哨》月刊社联合发出的"茅盾文艺奖金"征文启事,规定征文以反映农村生活的短篇小说、速写、报告为限。这次征文经评选产生了一批较好的作品。

1981 年 3 月 14 日,茅盾先生病危,他在口述了给中共中央请求在他去世之后追认为中共党员的信之后,又口述了给中国作家协会书记处的信:

> 亲爱的同志们,为了繁荣长篇小说的创作,我将我的稿费

二十五万元捐献给作协,作为设立一个长篇小说文艺奖金的基金,以奖励每年最优秀的长篇小说。我自知病将不起,我衷心地祝愿我国社会主义文学事业繁荣昌盛。

两周之后,茅盾先生就去世了。二十五万元与现在哪怕随便一个明星和款爷的收入的零头相比,也是少得可怜,与贪官们贪污和动辄挥霍几千万、几个亿的数字相比如九牛一毛,但是,在1981年的中国,二十五万元可是一个极为惊人的数字,茅盾先生肯将一生积蓄和盘托出,心同日月。1981年成立了茅盾文学奖评选小组,此奖的设立旨在推出和褒奖优秀长篇小说作家和作品。第一届初选小组的人是丁玲、艾青、冯至、冯牧、张光年、谢永旺等。这样的阵容,显然也比现在的初选小组要豪华得多,有将军打冲锋之势。茅奖起初就用茅盾那二十五万的利息运作,现在当然不够,从筹办征集评审及奖金,费用由国家来负了,因为它已是目前国内最有影响力的文学大奖。一个获奖者实得奖金也许不如一家刊物所设奖金高,但它的声名和荣誉却是无形资产,后续的经济回报也是比较可观的。

二、评奖概况

从茅奖已评的六届来看,获奖作品中还是有一些能留下来的。比如,前不久,中国社会科学院生态环境研究所、北京大学以及一些网站所做的调查发现,文学类,长篇小说的第一名竟是路遥的《平凡的世界》,这是一部承继革命现实主义精神但又有很大更新的典型文本,路遥从他的"文学教父"柳青那里确实学到了不少精髓,在写法上却接近批判现实主义的托尔斯泰、巴尔扎克、狄更斯模式,写了1975到1985十年间的陕北农村及城乡交叉地带的编年史。我们看到,在传统的农业社会里一旦诞生了新的个体意识觉醒的生命,就使这部作品有了惊人的强旺的生命力;还因为它表达了最底层的、弱势的、边缘人的真实本色的存在和挣扎图强的生命意志,它是植根于大地的、有血有肉的,是用心灵和诚实写成的,它能够跟普通生活中的正常人的心灵发生共鸣。只要想想孙少平与郝红梅永远是"最后打饭的学生"的那种窘迫,想想主人公外在的贫穷与内心的高傲,我们就无法不为一种苦难的美而感动。当然书中也有对"官"的仰视和比较轻易的理想主义。路遥是我的好朋友,这书出来以后,他希望得到我的好评,但当时我对这个作品的反应比较冷,我甚至给他讲,你这个作品没有超越《人生》,你只是把《人生》的高加林在《平凡的世界》里分成了两个人,一个是留在乡下的高加林,一个是进了城的高加林,一个叫孙少安,一个叫孙少平,横的面展开了,纵深面开掘不够。现在看来是我部分地错了,我对这部作品厚实、顽强的生命力,特别是它的励志价值认识不足。当时我觉得高加林、孙少平就像中国农村的于连一样,介于鲁迅的启蒙主义者与西方资产阶级兴起时期的自我奋斗者形象之间,或者既像于连,又像保尔,还有点像堂吉诃德。平凡的世界不平凡啊,这是我们需要研究一个问题:为什么这样的侧重于传统现实主义的作品还能拥有这样强的生命力?

三、茅盾文学奖与关注中国社会广阔人生的多个层面

文学是人学,关怀人是文学的根本要义所在。不管什么文学,假若缺乏人的参与的话,都是没有什么意义的。然而,文学该如何关怀人呢?这又将内在地决定着文学的品质高低。实际上,茅盾文学奖还是关注了中国现实人生的诸多方面和诸多问题。有写社

会变革大潮的,有写工业改革的,有写下层人的苦苦奋斗的,有写边远地区民族风情的,有写都市普通人的日常经验的,也有写尖锐的社会矛盾的。

我认为,关怀人的问题始终是先于关怀哪些人的问题。关怀下层贫困者还是关怀中层的财富拥有者都没有什么不对,关键在于你是不是真正在关怀人本身,是否关怀人的生存本身。加缪的《西西弗神话》《局外人》《误会》《鼠疫》,萨特的《恶心》《自画像》《苍蝇》,卡夫卡的《变形记》《城堡》《审判》之所以伟大,不是由于它们在描写和审视对象的选择上高人一筹,而是由于它们诚实而深刻地面对了无论什么人的真实处境,关注了无论什么人心灵遭受的来自生活、科技、政治等的逼压、摧残与异化,人自身真实处境在这些作品冷静、肃穆的展示中触目惊心。不绕开问题,不把问题简单化,能看到问题的真相,能揭示问题的根本症结,这种关注无论什么人的姿态、眼光、胸怀体现着这些作品的价值,真切地关怀人本身是这些作品伟大的唯一原因所在。

在已经评出的茅奖作品中,我以为《芙蓉镇》《李自成》《平凡的世界》《尘埃落定》《长恨歌》《白鹿原》等等可能在读者中有了更为广泛和稳定的影响。而一些没有获奖的作品,其影响力也丝毫不容小视,比如张炜的《古船》,王蒙的《活动变人形》,铁凝的《玫瑰门》,还有二月河的《雍正皇帝》,唐浩明的《曾国藩》等等。也还有一些未获奖作品值得一说,如尤凤伟的《中国一九五七》、杨显惠的《夹边沟记事》,关注了一种政治行为对以知识群体为核心的一代人心身的折磨和摧毁,陈桂棣、春桃的《中国农民调查》,当然是报告文学,它对最底层农民的疾苦和生存困境的关注值得关注。余华的《活着》《许三观卖血记》《在细雨中呼喊》关注了普通人的巨大苦难和苦难人生的简单和偶然;雪漠的《大漠祭》关注了生存本身的艰辛、顽强和苍凉;潘军的《死刑报告》关注了人类向人自己以国家、法律、公义的名义实施的死刑究竟具有多大合理性的问题;姜戎的《狼图腾》,它在思想上有明显偏颇,但它能够关注草原在人的道理和政治的道理之间的生态命运。不管这些作品关注了什么人,不管作品具体以哪个阶层的人来展开文本,无论笨拙还是巧妙,可以肯定的是,这些作品深切关注了人生。不是取巧粉饰,而是尽量诚实地关注了人生。

四、茅盾文学奖倚重宏大叙事

茅盾文学奖作为一项有影响力的大奖,有没有自己的美学倾向和偏好,这是个不太好回答的问题。我认为是有的,这并不是有谁在规定或暗示或提倡或布置,而是一种审美积累过程,是代代影响的后果,从多届得奖作品看来,那就是对宏大叙事的侧重,对一些厚重的史诗性作品的青睐,对现实主义精神的倚重,对历史题材的关注。在历史上,文学与题材曾经有过不正常的关系,或人为区分题材等级,或把某些题材划成禁区,或干脆实行"题材决定论"。从今天来看,这些都是违反文学规律的。但是,也不可否认,重大题材还是有着自己的独特优势,特别是重大历史题材,由于阐述和重构了历史的隐秘存在和复活了被湮灭的历史记忆,既给当代社会提供经验和借鉴,又提升我们对人生、现实与世界的审美观照与反思。

有鉴于此,茅盾文学奖非常关注重大历史题材。至少从现在评出的结果看是这样。据粗略统计,在二十九部(包括两部荣誉奖:萧克的《浴血罗霄》、徐兴业的《金瓯缺》)茅盾文学奖获奖作品中,重点历史题材占了大多数。就拿第六届来说:第一部是熊召政的《张居正》,长篇历史小说,四卷本,一百四十万字。熊召政是湖北诗人,曾写过长诗《请举起森林一般的手》,与叶文福的长诗《将军,你不能这样做》并肩而立,名动一时。后来,他专攻文史,特别是专攻明代的历史,发现张居正此人身上有丰富的戏剧性,有很高的历史价值,于是,就用了五六年时间写了这部小说。张居正被认为是铁面宰相,柔情丈夫,他实行过著名的万历新政和"一条鞭法",是一个封建社会的了不起的改革家,最后以悲剧收场,全家被抄,实乃人治社会的悲剧,这和我们今天的时代某些负面有些相似,明代中叶,经济繁荣,试图改革的人始终逃不出人治的可怕机制。第二部是张洁的《无字》,三卷本,九十万字,写四代女性的悲剧命运,张洁曾写过一篇很动情的散文《这世上最疼我的那个人去了》,我觉得长篇小说《无字》中最动情的部分是从那篇散文来的,那种刻骨铭心的依恋。她还写过一篇小说《爱,是不能忘记的》,写的是一种柏拉图式的爱,手都没有拉过,爱了几十年,只是远远地望着,默默地想着,《无字》当中,那个梦中的爱人似乎变成了生活中的伴侣,但现实中的那个叫胡汉宸的伴侣就显得很丑恶了,我觉得张洁在这部小说里倾诉了女性特有的痛苦,有人说这部作品是以血代笔,也有人觉得作品有点儿累赘,太长了。第三部是部队作家徐贵祥的《历史的天空》,现在拍成了电视连续剧,从纯文本立场看,这是一部较粗的作品,但整个作品还是比较大气,写了一群有性格的人,是革命历史题材小说的创新之作,它有一个特点是,重视偶然在历史中的作用,比如小说主人公梁大牙,身上有许多流氓无产阶级的痞子气,他本来是要投奔国军的,可不巧走错了路跑到新四军那儿去了,饿坏了,新四军给他做了一碗面鱼儿,吃完一碗面鱼儿后说再能给我吃一碗吗?新四军说可以,他就觉得新四军不错,虽然国军的粮饷好,但新四军的人情味似乎更浓,于是就加入了新四军。另外一对青年跑到国军那儿去了,他们的命运都不是按照什么固定的逻辑和规律发展的。不承想,这个满身毛病的梁大牙浑身是胆,能打仗、能吃苦、有智谋,终于成长为一个共产党的高级将领,跨度很大。我写过一篇评论《人的太阳照亮了历史的天空》,就是说,它不是写概念,而是写人的。第四部是柳建伟的《英雄时代》,柳建伟有个本事就是善于间接地体验生活,他写过一个电影《惊涛骇浪》,写抗洪救灾的,得了大奖,他本人并没有到过水灾现场,但写得不错。这有点像歌曲《青藏高原》的作者并没有到过西藏一样。《英雄时代》的意思是,今天是一个群雄并起的时代,市场化大时代中各种力量涌动,今天的一个乞丐或小贩可能会三年以后成为一个大企业家,这是一个传奇的时代。有些评委认为,这部小说在捕捉正在进行中的社会矛盾,还比较敏锐。第五部是宗璞的《东藏记》,宗璞先生是有家学渊源,她是冯友兰的女儿,是个著名的作家、学者,我们知道冯友兰先生的《中国哲学史》和胡适的《中国哲学大纲》都是很有名的哲学著作。宗璞1957年的短篇《红豆》名重一时,写知识分子情感世界和爱情矛盾颇有深度,却遭到了批判。她这部小说是四部曲的一部,写西南联大、抗日战争、南迁中的一群知识分子,他们的节操与人生选择,点缀昆明风情。其第一部叫《南渡记》,很不错,当时没有评上茅奖是因为当时要求一套书完成才能评,而现在新的条例评一本也可以。宗璞的中西涵养是一般作家达不到的,文化韵味很浓。这些作品在各个角度关注了重大的历史、社会、人生问题。

五、茅盾文学奖基本上反映了中国当代长篇小说的水平

从对茅盾文学奖的介绍来看,作品筛选和评定工作是有一定

章法可循,入围作品都由全体评委投票决定其名次,获奖作品的得票数必须要超过全体的三分之二才有效,然后按照票数排名。以第六届为例,这五部作品不是任何一两个人的意志可以左右的。因为各个评委欣赏口味不同,艺术观和价值观各异,找出一部能够受所有评委完全肯定的作品是不容易的。这次评奖也仍然是平衡的结果,实际上是很多人意志的合力促成的,对同时存在的很多作品进行全方位阅读、审视、辨析、对比、提取而做出的一个综合性选择。例如第五届评出后,读者认为《抉择》得奖是一个成功和进步,不再单纯从文学角度,而是从文化和社会民生角度来评判作品,官方和民间都欢迎。但也有人不同意这个观点。

评奖也曾出现意想不到的插曲或特殊情况,例如第四届《白鹿原》修订本问题就是。我记得《白鹿原》在评委会基本确定可以评上的时候,一部分评委认为,作品中儒家文化的体现者朱先生对政治斗争如"翻鏊子"的说辞不妥,甚至是错误的,容易引出误解,应以适当方式予以廓清,另外有些露骨的性描写也应适当删节。这种意见一出且不可动摇,当时就由评委会副主任陈昌本在另一屋子里现场亲自打电话征求陈忠实本人的意见,陈忠实在电话那头表示愿意接受个别词句的小的修改,这才决定授予其茅盾文学奖。这也就是发布和颁奖时始终在书名之后追加个"修订本"的原委。当然评奖时和发布时是不可能已有了"修订本"的,改动和印书都需要时间,而发布时间又是不能等的。陈昌本打电话究竟是在投票后还是投票前,我竟然记不清楚了。六届评下来,评价不一,作为评委,我面对某个作品,也时常有抱憾或无能为力的感受。但在总体上,我看所选的作品还是基本上反映了当代中国长篇小说的创作水平。

当然,说茅盾文学奖基本上反映了当代中国长篇小说创作的水平,首先就要了解它的作品的思想深度、精神资源、文化意蕴以及人类性等等方面达到了怎样的水平,它并不是在封闭之中的自我认可,而是参照古今中外的文学标准所得出的现实结论。同时,很难说其评奖就是"固守着传统现实主义",或者充斥着"牺牲艺术以拯救思想"的妥协主义。比如厚重之作《白鹿原》在艺术方面,有人说它有魔幻现实主义的色彩,有心理现实主义色彩,运用了文化的视角,都有道理。我觉得它的背景有俄苏文学的影响,也有拉美文学的影响,总之它与传统的现实主义观念已相去甚远了。再如被认为在叙述方面除了开头的硬壳不好读,整体上还是无可挑剔的《长恨歌》,表现了强烈的生命意识和文化意识。它通过一个女人的命运来写一个城市的灵魂及其变化,这在过去的文学观念中是不太好接受的。"恨"什么呢?其实就是一种人生长恨水长东的抱憾,生命有涯,存在无涯的悲情。一个女性在男权社会里始终不能达到自己对爱情、对幸福生活理想的追求,她所以有恨,她的命运与历史发展的错位,也有恨。恨的内容丰富,但只有用一种开放的文学观念才能正确理解它。还有其他的获奖作品如《尘埃落定》《钟鼓楼》《许茂和他的女儿们》《芙蓉镇》等等,就是在今天看来,也仍有着独特的价值和生命力。相反,也让人不无遗憾的是,贾平凹的《怀念狼》、莫言的《檀香刑》、阎连科的《日光流年》、李洱的《花腔》、二月河的《雍正皇帝》等等在文本文体上有突破,是在全球化语境下小说创作走本土道路的新尝试,却由于种种自身原因或非自身原因落选了。当然,茅奖也有一些作品,当时轰动一时,时过境迁,因艺术粗糙而少有人提起。

六、对茅盾文学奖的未来期待

茅盾文学奖已经评了六届,在积累了丰富经验的同时,也引起了不少争议,作为文学奖的主办者,中国作协、茅盾文学奖评委会及评奖办公室,必须面对来自方方面面的质疑、批评与诟病。比如,有一份资料提出:应该尊重评委们的资历、声望以及文学成就等等,但也不能无视历届评委会都存在着难以规避的局限:一是年龄老化,评奖不仅需要丰富的文学经验,还需要适度的身体素质,当评委们连阅读备选篇目都勉为其难时,又何来负责任地投票?二是由于其他原因,部分评委已经疏离文学工作,根本不熟悉文学的当代发展状况及与世界文学接轨程度,是不折不扣的"前文学工作者",他们又何能公正地选拔当代最优秀的著作?三是评委们不是由民主推选而是中国作协指定,来自北京的专家学者占绝对优势,却排除各地不同的地域文化氛围所培养的诸多学界精英,又何能保证评奖的兼容性?四是评委们观念陈旧,他们还牢固地抱持着"十七年"时期的现实主义,看重典型化、真实性、倾向性以及史诗性等等传统因素,这种"独尊"情结潜在地抑制着当代文学的艺术创新,那又何能标示文学奖的导向意义?五是评委会对程序的越位。评奖条例规定,有三名评委联名提议,可增加备选篇目。质疑者认为,这一表面看来是为避免遗珠之憾实则极富特权色彩的"评委联名补充"程序,造成了数届茅盾文学奖的鱼目混珠,并增加了评奖的权力性、偶然性和人为因素。当然,也还有论者针对兼顾题材的"全面分配,合理布局",或者重点关注"反映现实并塑造社会主义新人形象"之作品,审读组与评委会之间的龃龉等等以及"过程不透明"等等,有人把这些概括为"平衡机制",

它们共同摧毁着茅盾文学奖的公信形象和权威价值等等。据我所知,这些意见中的合理成分,在近几届评奖中已有较大改变。无论评委的年龄,组成方式,外地评委比重,都与此前有所不同。

处在如此一个文化多元的时代,权威的消解似乎是必然的,它会时时受到挑战。相应地,茅盾文学奖也只能在历史中生存,在面对历史的挑战中生存,在顺应历史的潮流中生存。时代在变,审美观念在变,评奖的标准必然也要发生变化,这样才能保证茅盾文学奖与时同行。当然,评奖在更加走向开放、走向多元的同时,要使评奖具有权威性,要使评出的作品得到社会各方面较为一致的认可,尤其要经得起时间的检验,我以为有这么几条还是要坚持的:(一)我们要坚持长远的审美眼光,甚至可以拉开一定距离来评价作品,避免迎合现实中的某些直接的功利因素,要体现出对人类理想的真善美的不懈追求;(二)一定要看作品有没有深沉的思想含量和文化含量,特别要看有没有体现本民族的思想文化根基;(三)要看作品在艺术上、文体上有没有大的创新,在人物刻画、叙述方式、语言风格等方面有没有独特的东西;(四)长篇小说是一种规模很大的体裁,所以有必要考虑它是否表现了一个民族心灵发展和嬗变的历史,因为在一定程度上,文学就是灵魂的历史。

我希望,茅盾文学奖的路越走越宽。

(根据作者 2007 年的一次讲演整理)

灵性激活历史

审美意识大幅度的刷新往往是在人们不易察觉和貌似互不相关的现象里潜藏着,一旦你受到灵感的暗示,把它们连贯起来考察,便会恍然发现:一种审美意识上的更新已成气候,不能不刮目相看了。

面对莫言的《红高粱》、乔良的《灵旗》、朱苏进的《第三只眼》,你不能认为它们只是些互不相涉的孤立现象。事情是如此凑巧:三部中篇小说全都出自部队的极富个性的三位青年作家之手,它们全都涉及人类的困境——战争——抗日战争、红军长征和海峡两岸的"心战",它们全都执拗地追索着历史之谜(《第三只眼》写"文革"时期的海防,也应视为历史);更重要的是,它们全是那么面目新颖、手法新奇,是人们很难逆料,也是在昔日的革命战争题材作品中从未谋面的形式。于是,在深感它们的奇异之后,不少文章研讨《红高粱》之于莫言、《灵旗》之于乔良、《第三只眼》之于朱苏进的创作发展关系,一句话,尚停留在对每个作家自身变化的研讨上。假若我们试着调换一下角度,把这三部作品放到革命战争题材创作的背景和人类把握历史哲学精神的高度上看,情形会怎样呢?我相信,我们会感到一种震惊的喜悦:在革命战争题材的创作中,一种前所未有的审美意识的转变正在进行。这三部作品在真实观、历史观、战争观、艺术观上都带有明显的反传统的挑战性,都在努力超越以往既辉煌又拘谨的革命战争作品;它们未必完美,却以艺术变革的"信使"身份带来了重要的信息,因而它们理应在1986年的文学纪事和革命战争题材创作的备忘录里占据煊赫的一页。

这并不是笔者的危言,下面逐次展开的剖析将回答这个问题。我们不妨把目光稍稍放远些,放到当代文学史上的荆棘丛生的道路和今天对更新战争文学观念的迫切呼唤上,那么会看到,革命战争题材的创作曾经有如泥沼——陷落过《洼地上的战役》《关连长》《柳堡的故事》《辛俊地》《亲人》《英雄的乐章》《保卫延安》《红日》等等优秀作品的泥沼。这里的空气显得格外湿重和沉闷,现实题材的创作在以令人眼花缭乱的速度变异着自己的现象,可是在这片泥沼里,艺术的翅膀似乎仍然难以健举奋飞。不错,曾经陷落过的作品大多已恢复了名誉,近年来我们又看到过一些颇获好评的作品,但是,这能说明什么呢?这至多说明了它是一种恢复和宽容,即对原有的审美意识、评价标准的恢复和对局部创新的肯定,它决不意味着挣脱了传统历史观和艺术观的审美意识上的根本变化,在这方面它依然踟蹰不前。所以,《红高粱》《灵旗》和《第三只眼》在如此背景上的脱颖而出就不同凡响,犹如冲破浓雾的三只年轻的艺术之鹰。比起其他领域,这种冲破沉寂来得晚了一些,但仍使我们为之惊喜和深思。它们要给历史重铸一副当代的肌骨,要给历史的躯壳注入当代意识的鲜血;三双探路者的慧眼指向了这样一个美学鹄的:历史的主体化,历史的心灵化,历史的灵性。我要着重分析的,正是三部作品的审美意识的变化对于革命战争题材和其他题材的创作的启迪价值,当然,我也不准备放过对它们的缺陷的批评。

一个不容回避的问题是,为什么战争文学在世界文学中新意迭出如不竭之源,在我们这里却总是步履蹒跚、雾重难进? 对此,人们曾经指出过一些原因,但似乎至今也还没有揭明那最根本的原因。我把这片领域喻为泥沼,并不仅仅因为它严肃、严峻以至严酷,在血与火的炙烤下,阶级的神经格外紧张,恩仇爱恨的界限格外敏感,因而作家受到指责的机会也比别处多些。不,这不是主要的。我觉得,可忧的倒是,在这片领地的上空,聚着过分厚重的传统观念的雾障,它已成为压迫作家心智自由和思维活力的桎梏。它是什么呢? 简单地说,它是一种奢望,总想把历史用条文概念凝固下来的奢望;它又是一种癖好,企图永远掌管历史规律解释权的癖好。在这种奢望和癖好面前,历史是一堆"过去完成式"的死物,历史是客观地、静静地躺在那儿,主体(作家)只能窥探它的奥秘,却无缘成为它的一部分。于是,被关在历史大门之外的主体,剩下的任务只能是尽量收集素材、实地勘察、访幸存者、听故事,从门缝里去揣测历史的真相,印证关于某一段历史的结论罢了。克罗齐曾经以极大的智慧尖刻地嘲讽说:"这类历史确乎具有一副尊严和科学的外貌,但不幸得很不充分,没有精神上的联结。归根结底,它们实际上什么也不是,只是一些渊博的或非常渊博的'编年史',有时候为了查阅的目的是有用的,但是缺乏滋养和温暖人们的精神与心灵的学问。"(《历史学的理论和实际》)这见地是很深刻的。虽然它是对历史学的研究而发,但同样击中了历史题材创作中的要害。我们的文学在很长的时期忽略了这样无情的事实:历史永远是主体参与下的历史,人类历史延续得多么久,主体对历史的发现和把握就会变幻不定得多么久,历史永远和主体同在。没有历史的主体固然不存在,没有主体的历史也不成其为活的历史,只能称为史料。为什么在革命战争题材的领域里,有些作家总是难以拔开双腿,总是难以腾飞呢? 因为创作主体是被动的,比起其他领域的创作有更大的负累和更多的规范。我们的有些作家所充任的角色其实与克罗齐所批评的那种历史家没什么两样：历史家站在历史之外冷静收集材料来验证结论，作家站在历史之外殚精竭虑地要以尽可能生动的形象再现历史真相和历史结论。这些作家对于既成的历史评价、结论、解释和普遍精神原则，是抱着"观念崇拜"式的过分敬畏，以致完全关闭了自己在这方面的独立思考；在这方面他们既然没有多少事情好做，只能把全副心血倾注到如何艺术地将历史客体化上。在这种把"求真""求实""求合结论"作为最高目标的创作活动中，作家的自我大大地缩小了，所谓对多样化的热心提倡就只能流于空谈，更不要说出现浪漫主义、表现主义的作品了。我认为，这就是多年来这类题材的创作风格近似、模式稳定，除了形象鲜明与否、情感真挚与否、结构庞大与否、对"结论"的再现生动与否的区别，始终未能真正多样化起来的原因之一。

就在这样的情势下，莫言的《红高粱》以惊世骇俗、令人瞠目的面貌出现了。任何人都会做出这样的直觉判断：它与以往我们的革命战争文学都不相像。这并不是说它压倒了其他所有同类题材的作品，因为每个时期的作品都是当时意识形态和认识水平的产物，自有其存在价值。但是，你不能不承认，在审美方式上它是一次具有革命性的更新。这该怎样理解呢？现在有些文章把它的新异面貌归结为所谓意象化、感觉化和作者的象征手法运用，似乎大家对革命历史的理解都是认同的，不同的只是莫言奇诡的表现方法而已。显然，这只是看到问题的表层，目前对莫言的创作也容易被它表层的波诡云谲所眩惑。其实，根本的原因在于，这部作品是作家的主体征服、驾驭、重铸历史的结果，是作家不再把历史作为心灵的外物，而是把自己活跃、能动、善感的主体整个溶化在历史之中,由于一切的情节、细节、场面、人物全都被作家的主体浸润、温热、拥抱,所以才会有那么多的新鲜的诗意、新鲜的发现、新鲜的奇想啊!我们应该首先注意到在《红高粱》里作者的主体地位,他无处不在,无时不在,他好像不是被历史的悲壮所感动因而作为历史的追述者,而是企图感动和激活历史的剧中人,他既"把自己放进小说",又"把自己化成人物",作家与历史的间距儿近消失,浑然一体,出现了"浑一"状态。所谓"父亲不知道我的奶奶在这条大路上主演过多少风流悲喜剧,我知道。父亲也不知道在高粱的阴影遮掩着的黑土上,曾经躺过奶奶洁白如玉的光滑肉体,我也知道"。其中的"我知道",是大大有忤于现在的小说规范,包括现代派的小说规范。作家不但没有退出小说,而且以超全知全能的姿态出现。作为一个晚辈身份出现在小说中的作家,居然突破小说的规定情景,写出他不可能知道的长辈的隐私、瞬间筋肉感觉和刹那间的微妙情绪,这是怎样大胆的、罕见的笔墨!必须分辨清楚,这与那种一般的全知全能小说中的想象是不同的。作者完全打破中国固有的尊卑观念,不但以孙子的眼光看奶奶,更用男人看女人的眼光看奶奶,用儿童和当代成年人的双重眼光看奶奶、爷爷,对于这样的越轨的笔墨的解释,不应停留在什么"非常人的艺术感觉"上,其实质乃是作者敢于把历史主体化。

把历史主体化自然绝不意味着只能采用莫言的表达方式,指出这一点不过为了说明,主体深刻地渗入历史,将会给作品带来怎样意想不到的形式变异。关键在于主体能否与历史一起跃动,一起共振,在于主体能否激活历史。不论是《红高粱》还是《灵旗》(《第三只眼》与前两部情况不同,留待后面再谈),都给人这样的感觉:作者对生活的感情达到白热化之后,出现了"激活"——致使许多死去的人物纷纷"还魂",贯注着主体的生气,成为活跃在作品里的一群"活生生的灵物"(《红高粱》语)。如果说《灵旗》的追求哲理化、抽象化的倾向多少抑制了人物,那么,在《红高粱》里,这些"灵物"不再是观念的派生物,不再负有运载某种观念的使命,因而也就不再受狭隘时空的挟制,尽可能充分地、自由自在地表现着自己。奶奶、余占鳌、罗汉、豆官……全都按照自己的逻辑行动,敢哭、敢笑、敢怒、敢骂,"什么都敢干",不再成为某种关于历史的观念和思想的磁铁吸引下的身不由己的筹码,因而他们既是历史的,又是现时的,是活的历史中的活人。正如很多文章指出过的,《红高粱》的整体结构是开放的、共时态的。那么,《灵旗》的情况又如何呢?它虽然没有让作者成为其中的一个人物,全部的情节、人物、场景借助青果老爹昏花朦胧的双眼,似梦似真的幻觉表现出来,但这并没有削减主体的参与深度和激活作用。读者不容易弄清的是,衰迈的青果老爹与贯串全篇的那个作为红军逃兵、赌棍、报仇雪恨者的"汉子"是什么关系,很可能把他们看成两个人。其实,这是被剖成两半的同一个人,一半是历史的,一半是现实的,可说是一个人和他的影子。这样,就给我们"五十年来一瞬间"的奇特感觉,历史中有现实,现实中有历史,它是个生生不已、无止无休无尽头的过程。无疑,这更是巧妙的"共时态"。

有趣的是,为什么这两部作品不约而同地采取了共时态结构(《第三只眼》虽把时空背景严格控制在"文革"期间,但它的心理探索的共时态也很明显)?还有,为什么我们看到的苏联战争文学如《岸》《这里的黎明静悄悄》等也是共时态结构?它只是一种颇为时髦的表现手法吗?当我们加以深究将发现,在这些作品里,主体(作家)、历史、现实三者的距离和分界线都被有意识地抹去了,所以,它就不仅是一种手法,而是一种对历史的新的理解和新的思维方式。它新在哪里?我们过去对历史的理解最易产生的错觉是,以为历史就是过去发生并已完结的事实。这些作品可没有陷入这种错觉,它们全都努力体现出绵延意识,作品里的人物似乎都没有死去,或者说,肉体虽死灵魂还活着,死者的血又在今天生者的身上回流。就新因于陈的意义说,生者是死者的生命延续;就新陈代谢的意义说,生者又是死者的超越。这样的意识使我们联想到克罗齐的那句名言:"一切历史都是当代史。"于是,为了适应这样新的历史意识,便自然地出现了共时态结构。应该说,如此时空观念在我们以往的战争文学中还是罕见的。

历史的主体化给创作注入了巨大的活力,它所改变的,不限于作者的叙事角度、作品的时空观念,它必然地还会扩张作品的艺术空间,使情节、人物、场面突破惯见的模式,涵纳新意,另拓新境。假若拿这两部作品与以往题材类似的作品比较,就会看得很清楚。我无意于贬低以往革命战争题材作品的突出成就,也没有遗忘曾经使我热泪滚动的作品,许多作家以出色的才能在当时允许的限度内把自己的创作发挥到了可观的程度,其中有些作品的价值是长久的。但是,很难否认,当时的作家主体的能动性大受限制,观念压迫形象,对阐发"军事思想""一般规律"的要求紧紧束缚着情节和人物的自由展露。于是,作家的思维弹性越来越小,模式的凝固程度却比其他领域愈来愈大。徐光耀的中篇小说《小兵张嘎》与《红高粱》的人物情节颇有相近处,这部以小嘎子生动的个性著称的作品改编成电影后一直受到欢迎。然而,这部小说每到情节和人物可以伸展的关口,总是被一种观念的力量压缩回去,最终仍是一个封闭的结构。奶奶的挺身而出掩护八路军,罗金宝的外在的幽默诙谐,小嘎子的里应外合"端炮楼"大获全胜,无不密切呼应着"兵民是胜利之本""人民战争必胜"之类军事思想和普遍观念。作者体现普遍观念原则的潜意识愈强,人物和情节的伸缩余地就愈小。虽然,人们是多么想知道这里的奶奶、罗金宝、嘎子等人物作为完整个性的真实命运,悲欢、战栗、欲望、境遇及其独特的历史动机,但在即使是当时个性化程度较高的上乘之作《小兵张嘎》里,仍然看不到这些。这一切只有到了《红高粱》,才给予出色的绘状。这里也有一位奶奶,她却上演着无尽的风流悲喜剧,她是野生野长的农村少妇,有一颗放浪不羁的灵魂,集纳着正义、仇恨、野气、血性和情欲;这里的罗汉大爷虽也是当众处死,却并非挺身而出掩护子弟兵,倒是为了几匹骡子,为了他那农民式的发泄和报复,表现的只是农民的盲目自发的反抗意识;这里的游击司令余占鳌,不再那么驯顺,是个活脱脱的草莽英雄,不但手刃过地主父子,还险些伤害了地下党员;这里的结局也非千篇一律的打得鬼子狼奔豕突从而凯旋而归式的,而是血流漂杵,哀鸿遍野,恶战胜利后因亲人丧失而引起的刹那时"无动于衷的骄傲"。就在《小兵张嘎》紧缩的部分,《红高粱》以一种奇妙的张力给撑开来,纳入了许多陌生的、貌似不规范的却异常真实鲜动的生活。这就是思维空间和艺术空间的开拓。

倘若我们细加比较,还会发现这样一个事实:以往革命战争文学中的主要人物,大都与所谓的历史规律和本质保持着最直接的单线因果联系,也就是说,人物与"本质"的联系是距离最短的直线,相当于圆的半径,而缺乏那种像圆周绕着圆心的曲线。例如,拿王愿坚描写第二次国内革命战争的作品来说,我至今认为它们是难得的精品,即使在今天,它们的艺术功力仍然令人赞赏。他当年也是作为青年作家描绘着他未曾经历过的生活,《在革命前辈精神光辉的照耀下》一文中记述了他艰巨的艺术探索过程。他已经感悟到"从自己的感受中找到一条相通的路,去理解它,使它变成为自己的东西",但总体上看,他仍然没有达到把历史主体化的程度,停在"仰慕""学习""记录"的高度上。他的《粮食的故事》《党费》的背景正是红军被迫长征、革命蒙受重大损失、处于惶惑徘徊的低潮期,其中的主人公坚持斗争的精神非常可贵,但却都删削了迷惘,加进了后来的理智成分,因而真实的广度和深度是不够的。当时作家也不可能想象到通过其他类型的人物来扩大历史"真相"的面积。正是在这个意义上,《灵旗》的思维空间就要自由得多,它以一个红军逃兵的复杂经历映现那个极复杂的时期,它既写"外边杀"的一面也写"自己杀"的一面,既写长征的悲壮也写长征的缺乏准备,这就比前者的回旋空间更大。如果说它仍然逃不出对历史本质精神的表现,那么它是通过曲线折射本质的。

  以上我们主要谈了主体激活历史所引起的作品形态变异的表象,事实上尚留在主体与历史关系的探讨上,对于主体本身并没有展开正面分析。一个苍白贫乏的主体即使明白了要把历史主体化的道理,仍然不可能提供什么有价值的作品。因为,把历史主体化绝不是抛弃历史真实性、历史客观性和历史本质精神的主观随意性。不受历史制约的历史题材作品是不存在的。问题是,究竟是哪一种的真实?究竟是发展中的真实,带着当代人灼热体温的真实,还是历史教义式的冰凉的真实?为什么有些所谓革命战争题材的作品年复一年地上演着、出版着,却只能使当代读者或观众日益产生淡漠和疲倦?因为,在那里总是不断重复着几条人们熟悉的精神原则和几种情节模式,它们的致命伤是缺乏历史与当代的精神联结。是的,全部奥秘就在于有无精神联结和与之联系的真知灼见。对于一个饱满充实的、具有当代意识的作家来说,他的心灵本身就是历史的产物、结晶和多棱镜,他的创作冲动不是来自历史而是来自当代现实。他不是作为历史的证明而是作为现实的证明才进行创作的。这正如朱光潜先生所说:"它是过去的生活浸入我现在的生活,扩大我现在的生活。没有一个过去史真正是历史,如果它不引起现时的思索,打动现时的兴趣,和现实的心灵生活打成一片,过去史在我现时思想活动中便不能复苏,不能获得它的历史性。"(《克罗齐哲学述评》)这也正如《这里的黎明静悄悄》的作者瓦西里耶夫说过的:"我写的既是卫国战争时期的姑娘,同时也是今天现实中的苏联姑娘。"

有必要指出,我在这里所说的精神联结与多年来经常出现的名为"古为今用"的、相当大程度上呈现影射比附色彩的作品不是同一意义。那种作品大多是理智地适应政治实用目的的产物,如果也算一种精神联结的话,只能是低层次的。我所说的精神联结是主体的现实心灵生活的产物,是一种感悟的暗示、激情的契合。还是让我们回到作品,看看作者究竟是为了迷醉和把玩一页过去的历史,还是别有孤愤、感兴和寄托?《红高粱》里有这样的话:"他们……使我们这些活着的不肖子孙相形见绌,在进步的同时,我真切感到种的退化",又说"高密东北乡人高粱般鲜明的性格,非我们这些孱弱的后辈能比",最后的缀语还在说"我愿扒出我的被酱油腌透了的心,切碎!"我认为,这是整部小说的文眼,也是作者的激情和冲动的由来。作品以澎湃的热情推崇着刚强、勇猛、野性、果决,推崇高度的韧性和高度的耐力,那以血酒洗面的女人,那活剥了皮还不停歇的咒骂声,那深沉的憎恨,那对待自己生死的毫不动心的骄傲,那震耳欲聋的灵魂激荡,都是被一种对现实的批判所燃起的。批判什么?批判"孱弱""退化""被酱油腌透了心"的精神麻木。说它是对现实的批判是否有点危言耸听,为有些人难以接受?其实,正是批判的和讴歌的两种力在作家主体心理结构中的大撞击,才推动着作品的内在发展。尽管批判的一面是虚(在作者的心灵感受中),讴歌的一面是实(呈现为作品的具象),

但它们是同时并存的对立物。这没有什么可诧异的,对现实的批判并非否定现实,倒转历史,而是批判"在进步的同时"出现的某种崇尚逸乐的绮靡、委顿、软化、柔弱的精神现象。从作品看,作者相信,一个民族往往在空前的灾难、巨大的阻力、急剧的变化中,它的全部生命潜能,它的全部力与美才能充分高扬起来,所以他才写了这篇扬厉民族正气的理想之歌,他要召回英魂,他多么希望即使在今天的和平环境里人们也能具有"在战争状态中生活"的强韧精神啊!这就是《红高粱》与现实的精神联结。倘若不能认识到这一点,只在"感觉"上做文章,不能算真正读懂了这部作品。自然,另一方面,它的讴歌和颂扬也是有限度的,即达到严格的现实主义真实,比以往作品更深刻的真实。这里的农民是真的中国农民,这里的抗争是真的农民式的抗争,他们没有预先抱着悲壮感行动,因而真的悲壮,他们没有被拔高到自以为是历史的创造者,因而真的谱写着民族的悲壮史诗。莫言对中国农民灵魂的探索,与今天重新反思民族文化心理的思潮暗暗吻合,这是它的精神联结的又一面。

同样,《灵旗》也是以当代人的眼光看待与长征相联系的史实的产物。今年是纪念红军长征五十周年,这个作品写于今年,是否仅仅为了配合纪念活动,重申红军长征的历史意义?我们多年来也确曾出现自上而下地提倡和组织写作"三大战役"和别的重大事件的现象,这多半是要求创作主体被动地承担文献记录者的角色。假如没有作者自己的深刻理解和现实冲动,就不能认为这是真正符合创作规律的。《灵旗》的创作不是这样,它是作者实地考察后大胆独立思考的果实,其中荡漾着强烈的现实感。小说以杜九翠的"死"和"生命之门正膨然胀开"的"生"贯穿全篇,意在表现生命的绵延不绝、历史的无始无终,显然作者被一种历史的永恒感所激动。这部作品有失零散,对哲理化的偏执追求损伤了生活的血色鲜丽的饱满展开,后半部逐个交代人物下场,没有把作品的思想力度推上高峰。但是,作者由现实而及历史的感悟却是丰富活跃的,它的主题呈放射性,大致由三个方面构成。一是对先烈亡灵的祭祷和追怀,对遗忘历史的疾愤:"他们呢?好多人的骨头到今天还摊在皇帝岭、美人梳头岭上晒太阳,没人问也没人收。想都没几个人想,让风刮,让雨浇,让雷劈电砍",这种对"古来白骨无人收"的孤愤,对先烈的缅怀,正是刺激作家创作的契机之一;二是用今天眼光对历史的清醒批判,着重批评土地革命中的小农意识、民众的国民劣根性(红军内部的路线错误引来的残酷打击,舍不得扔掉辎重的狭隘保守,农民不理解红军的麻木、赌场上的精神沉沦,等等);三是对生命活力的赞颂,把它看成是贯通历史、生生不已的力量所在。乔良的思考是独特的,他正是从这三个方面把历史和现实沟通激活了,作品显示的社会思想和哲理抽象确为以往描写长征史实的作品所没有。

那么,我们至此还很少谈到的《第三只眼》,它的精神联结是怎样表现的呢?它是严谨的心理现实主义作风,没有共时态和新鲜的现代派叙事手法,由于投敌者的"心战"以令人毛骨悚然的奇特形式进行,人们容易被作品题材的新奇和事件的惊怖所吸引,仅仅把它看作"文革"期间士兵畸形心态的描绘。事实上,作者对环境和事件的外在耸动性依赖很小,他要揭示的是平时人们不敢自视和他视、只能用第三只眼睛才可发现的人的深层心理矛盾、人的怯懦和人的刚强,以及人的心理困境和挣脱困境的努力。所有的人物都被推到无可遁形的灵魂审判席位,每一个心灵的强韧度和承受力都经受最残酷的戏弄和考验。作者这样写,不是为了控诉批判"文革"的需要,而是为了审视从古至今人类在战争中的灵魂的善恶美丑的需要,作品似乎告诉我们,这才是检验一个民族、一支军队、一个班,甚至每个人的素质的真正依据,从而提出了重铸兵魂以至于民魂的要求。作者否弃"小铜龟"式的紧缩的自怜情绪,而推崇像"南琥珀"这样具有第三只眼,在奇耻大辱、大惊大变中镇定自若的胆魂的。只是由于作者缺乏更积极、更灼热的分析力、提摄力、升华力,这部作品还是停在对深层心理真实的展示上。但是,它对兵魂心理素质的思考已经达到了与昨天和今天的精神融合。

事实上,历史与现实的精神联结也就是对题材本身的超越。《绿化树》《男人的一半是女人》之所以能在"伤痕文学"早已退潮后赢得广泛共鸣,《棋王》之所以能在知青小说的洪峰过去后为各种读者喜爱,都是因为它们涉及人的生存、人的发现、人的潜能发挥和人的自我实现等普遍的精神思考的结果。既然《红高粱》《灵旗》《第三只眼》都具有这种超越性,那么它们之间也必然具有精神的联结。我们看到,在二次国内革命战争、抗日战争、海峡两岸的"心战"中,民族灵魂在历史空间中的运动轨迹,看到隆起的民族脊梁,也看到在漫漫长途上历史加给民族灵魂的精神负累。

历史是有活气有灵性的,这种灵性只有多情善感、自由不羁的创作主体才能感悟、体验和表现出来,它是艺术个性开出的灿烂之花。主体意识的觉醒带来艺术个性的缤纷多姿,既然现实题材领域里不同的个性对生活有不同的理解,那么革命战争题材领域里也不应该永远只有一种理解。看吧,在莫言、乔良、朱苏进笔下,开始出现了多么明显的分化,各有各对历史灵性的体验:在《红高粱》里它是弥漫田野、伴随每个灵魂的甜腥气味,还有那寓无形于有形、寓无限于有限的"红高粱"的整体象征;在《灵旗》里它是奔涌不息的生命之流;在《第三只眼》里它是灵魂内部的战栗和搏斗。莫言重"气",乔良重"意",朱苏进重"智";莫言浑茫,乔良雕镂,朱苏进机巧;莫言恣肆泼辣,乔良思理致密,朱苏进冷静解剖;莫言是民族灵魂的眼光,乔良是历史兴衰的眼光,朱苏进是人性的眼光;《红高粱》是意象主题,《灵旗》是哲理主题,《第三只眼》是心理主题……

这就是我从三部作品获得的启悟,这就是我所看到的革命战争题材创作中审美意识的重要转机,这也就是我对历史主体化的理解。

1986年10月写于京郊

(此文曾获《上海文学》奖)

民族灵魂的发现与重铸

——新时期文学主潮论纲

面对色彩斑驳、流向歧异的新时期文学现象,有些论者对它是否存在主潮表示怀疑,以至于有人判断:今人和后人都难以概括这个时期文学的主潮。这种说法不是没有启人深思的睿智,使人联想到施宾格勒对貌似宏伟的历史秩序梦想的挑战,联想到二次大战后西方世界的"无主潮"多元文化,联想到历史绝非一条上升的直线。然而,回到中华民族在今日世界的生存现状,我仍然要说:正如一条正在奔腾向前的大河不可能没有主流、一个急遽的变革时代不可能没有主导的方向性一样,与这样的时代生活交相感应的新时期文学没有主潮是很难想象的。它是正在挣脱沉重羁绊、刚跨上繁荣之途、处于上升期的文学。与其说它之存在主潮来源于自身的要求,毋宁说来源于"非文学"的巨大制约更深刻些。这主潮不是人为的引导结果,而是自然凝聚而形成的。

的确,新时期文学极其多变:时而悲愤泣诉,时而蹙眉敛额,时而热血烧身、振臂一呼,时而饱经沧桑、回眸远眺,它的意向有如飘忽的云,有如四处撞击寻求出路的激流。同时,它又的确极其多样,愈到晚近愈是珍馐杂陈,琳琅满目。每个踏进它内部的人,都会感到四周鲜活地蹦跳着多姿多彩的现象,使评论者有难以涵盖的窘迫。仅以艺术形式而言,短短几年间,几乎国外各色现代派样式在这里无不麇集,在形式上似大有"世界文学一体化"的态势。然而,我们难道不该深思一番:所有这些多变、多样、多彩、多向的现象,不是也不可能是无根无柢的、虚幻的海市蜃楼。是一种怎样巨大的热能燃烧着文学,使之东冲西突、躁动不安?是一股怎样强大的主潮掀动和卷挟起五光十色的艺术浪花?

在这里,我不想把现实主义看作主潮,那是因为我理解的文学主潮并非仅指创作方法上何者为主潮;即使用宽泛的现实主义精神,似仍难以凸现我们当代独具的文学特质。我也不准备把社会主义人道主义精神看作主潮,那又是因为,对人的价值、尊严、权利的热烈追求和对人的本质力量全面实现的憧憬固然贯注在新时期一切较成功的作品中,成为文学的牵引力、向上力,但它只能说是一种普遍的哲学思潮。哲学思潮转化为文学思潮是需要"中介"的。另一方面,人道主义思潮只能满足我们时代的主要需要,而不是一切需要。我们的时代需要爱也需要恶。还有,历史意识的自觉——历史的批判精神和眼光同样几乎贯彻在每一部成功之作里,成为整个"十年文学"的推进器,但它也还无法构成文学自身的主潮。因为,道理很朴素,文学是人学,所谓文学主潮必然应该通过人——艺术形象体现出来。一切社会学、哲学、道德、文化人类学的思潮,都深刻地影响文学,但它们只有熔铸、凝结到一系列艺术形象之中,才能转化为文学的思潮。在文学的王国,只有把一切有机地绕系到艺术形象身上才是经得起分析的。

在我看来,新时期文学之所以是生机勃发的文学,之所以能够不断摆脱传统的重轭,毁坏过时的观念、教条和偶像,之所以呈现上下求索和多方借鉴的特色,之所以具有躁动不安的思考性和尝试性,是因为它存在着一个原动力和一条生命线,那就是作为创作主体的众多作家,呼吸领受了民族自我意识觉醒的浓厚空气,日益清醒地反思我们民族的生存状态和精神状态,不倦地、焦灼地探求着处身今日世界,如何强化民族灵魂的道路。对民族灵魂的重新发现和重新铸造就是"十年文学"画出的主要轨迹。这就是我所确认的新时期文学的主潮。需要指出,并非现当代文学史上的任何一个时期都能用这个概念表达,例如"十七年文学"就无法这样概括。

这股探索民族灵魂的泱泱主流,绝非笔者的主观玄想,它乃是从历史深处迸发的不可阻遏的潮流,是中国历史、中国社会、中国文学汇流到今天的一种必然涌现。我们古老伟大、艰难备尝的民族,从没有像今天这样痛切思考自己在世界文化潮流中的形象(连"五四"时期也没有如此规模深度);我们充满曲折、深受戕害的当代文学,也从没有像今天这样不断冲破教条主义和陈腐观念的迷雾,一步步向"文的自觉"迈进,从而触摸着民族灵魂的蠢动。它对民族灵魂的认识从不自觉到日渐自觉,从停留在重新发现"国民性"的残痕到不断有新的发现,由较狭隘的政治视角到日益宏阔的文化视野,走着一条艰难的探索之路。

在传统制约中的发现

民族灵魂并不是一开始就回归到新时期文学中来的,它被逐出文学的苑囿多年,但它始终游荡在我们的生活氛围中,游荡在我们四周和心灵深处,我们却久久视而不见。因为我们民族的自我意识正在酣睡,我们割断了与历史与世界的精神联结。

正像我们现在看到的,新时期文学与"文革"有着不解之缘。"文革"固然是一场大灾难、大浩劫,但是,没有"文革"也可以说就不会有新时期文学形态,此物极必反的道理。"文革"结束,人们一下子从虚幻的观念跌落到满目疮痍的大地上,虚假的帷幕被撕碎,漂亮的文饰黯然失色,苦难唤醒人民,人民咀嚼着苦难。但是,堆积得厚重的极左观念,以"阶级斗争为纲"和以"塑造无产阶级英雄典型为根本任务"的旧文学模式还在继续压迫着文学,因之,正如在政治领域不得不举起"实践检验真理"的旗帜开路一样,在文学领域也不得不举起"写真实"的旗帜冲刺。艺术的真实性标准不过是艺术诸标准中最具基础性的一个,但是,当时只有借助"真实性"的威力,才能使奄奄一息的文学起死回生。新时期文学的最初阶段,是从"观念化"向"世俗化"的演变。于是,我们的文学开始向着普通人的血泪真情,向着我们民族真实的生存境况的出发点回归;于是,在那伤痕累累的地平线上,我们突然窥见了民族灵魂的蠕动。

这是在不自觉状态下的极重要的发现,把文学的深度推进了一大步。我们不能不首先提到刘心武的《班主任》,它的结尾喊出"救救被'四人帮'坑害的孩子!"曾使得后来的许多评论者把它与《狂人日记》联系起来,甚至认为刘心武是受到《狂人日记》的启迪和影响才写出这篇作品的。其实,刘心武当时还没有这么高的续接"五四"传统的自觉。但是,我们从这种因生活的触发而与鲁迅的呼声相应和的现象里,确也看出,作为民族精神生活中的困境不依然存在着吗?新时期文学的开始即与"五四"新文学运动的开始不期然地撞击,而给我们无尽的深思遐想!另有一些当时的创作现象,也许直到今天我们才能认清它的真正价值。如方之的《内奸》,当时的批评界只是推崇它如何通过一个见多识广的正直商人极其辛辣地讽刺了"假共产党"和"四人帮",对这个"不干不净"的商人形象本身在当代文学发展中的意义估计不足。其实,这是我们的文学向民族灵魂的一次探险,是一篇惊世骇俗的翻案文章。多少年来,我们把民族性格与阶级性对立起来,既然阶级性被认为是人的社会性的全部内涵,那么民族性格自然不可能在文学中有存身的位置。我们更不敢承认在同一民族的不同阶级的人们身上,具有一种共通的民族性格模式,同样更不敢承认,就一个民族本身来说,共同的民族心理素质是大于阶级性的含义的;如果阶级性是一分为二,那么民族性格便是合二而一。自然,方之当时也没有把探索民族心理素质作为这篇小说的主要鹄的,但被视为"内奸"的田玉堂那种爱国心,决不卖友求荣的耿介,谐谑中的不失正直,讲良心、讲义气,不能不说是我们民族美德的积淀的表现。作家在这里使用的是另一种价值尺度,即民族精神的尺度。重读《内奸》,深感方之功不可没。

当时的作家和批评家们自然还不可能使用诸如"民族文化心理结构""东西文化比较"之类的概念方法,也没有上升到宏观的文化眼光。但是,在一些潜入生活底层、正视淋漓的鲜血、把真实性贯彻得比较彻底的作家那里,他们与鲁迅关于"国民性"的思想又重逢了,他们发现了某些在不同历史时期、不同社会条件下的相对恒定的东西。这就开始给当代文学涂上一层冷静的色素,开始摆脱对政治经济做急功近利式的直接因果反映,而保持一定的文学的独立性和距离感了。我认为,文学的这种重要发现,最先还是在民族生活、民族性格变化最缓慢和传统最深固的部位进行的,那就是农民、妇女和知识分子。

中国农村是自然经济和血缘纽带保存得十分完整的地方,虽然政治风暴一阵阵掠过它的上空,所有制关系也发生根本改变,但低下的生产力成为封建宗法传统最好的温床。"五四"新文化运动主要在都市和知识分子中展开,对它触动甚少;"四人帮"的肆虐则加固了它的封闭性。因而,这里"人"的变化极为缓慢,我们民族的劣根也积淀得更为沉厚。当高晓声笔下的李顺大和陈奂生一出现,就以他们的"住"和"吃"震动了读者。唱着《稀奇歌》的李顺大是"跟跟派",他的天性似乎就是逆来顺受,连他发出的自谴,也充满忍从的凄凉和愚忠的麻木,他四十年建不起房子,其实是四十年一直未能摆脱精神的魔魇。陈奂生是沉默得近乎木然的,感情内向,但分到粮食后的热泪潸然,上城"卖油绳"的怡然自足,对沙发枕巾的愤然报复,住招待所交钱后的"优胜"心理,想到县委书记的青睐后的自高自大,视六百元奖金为不祥之兆,"包产"后的惊魂甫定、心安理得,都在活画出一个站惯了的不敢落座的"奴隶",一个以"做稳了的奴隶"为最高心愿的、缺乏自我意识的"主人"。他自述创作心境时说:"我不得不在李顺大这个'跟跟派'身上反映出他消极的一面——逆来顺受的奴性";"我沉重、我慨叹的是,无论是陈奂生们或我自己,都还没有从因袭的重负中解脱出来。"他的作品的深刻处和支撑点,就在于对"因袭的重担"的较早发现和较早揭示上,阿Q的幽灵一度回附到新时期文学关于农村的作品里,这是起点,是恢复,也是一种以"回归"形式表现的进步。

如果说,在中国农民那里民族性格的变化相对缓慢,那么,在中国妇女身上因袭的负担就同样沉重。几乎与高晓声探索农民灵魂的同时,张弦、张洁等人对中国妇女的悲剧命运进行深入思考了。读《被爱情遗忘的角落》《未亡人》《挣不断的红丝线》《银杏树》《回黄转绿》等等,我们突出感到,这里每个女主人公争取的不只是爱的权利,首先还是人的权利。它们展开了这样一幅图景:在布满荆棘的妇女解放的道路上,倒下过一代代女性,也站起来一代代女性,这条道路联结着历史和民族精神生活的深处,又通向遥远的未来。这条道路是极为漫长、极其坎坷的。张弦笔下的菱花、存妮、周良惠、傅玉洁、孟莲莲们,几乎没有一个是喜剧人物,她们是这条长路上的跋涉者。即使在最幸运者身上,作者也没有减轻她们披戴传统枷锁的沉重感。周良惠(《未亡人》)固然与祥林嫂不可同日而语,她有一颗坚强孤傲的反世俗灵魂,然而,即使这样的灵魂也不能避免重压下的孤独凄冷之感,她四周的压力和自己心头的压力并不比勒进祥林嫂臂膀的绳索轻松多少。为终于得到了一个名义上的丈夫而漾出知足笑意的孟莲莲(《银杏树》),严格说来,与躲进鲁四老爷家"口角边渐渐有了笑影,脸上也白胖了"的祥林嫂,在灵魂的沉默上也没有根本差异!张洁侧重于描写精神需求强烈的知识妇女,也侧重于表现她的"痛苦的理想主义者"的更高层次上的精神饥渴。作家锐利、细腻的笔致,常常抛开人物微妙的情绪变化,让我们看到即使获得政治经济上的平等,却未必能获得精神人格上的平等。一种超乎政治经济实利之上的民族心理惰性还会迫压每个敏感自尊的女性。这在《爱,是不能忘记的》《方舟》等作中都有精细、尖刻、愤激的表现。

作为探索民族灵魂的另一重要方面,对中国知识分子特殊的气质、德行、性格和灵魂的重新认识和深入挖掘,也许在新时期文学中所占位置更加重要。知识分子问题向来是中国近现代史上的重大问题,与中国的民族命运息息相关,而在"反右"直至"文革"中这一问题则以空前尖锐、激烈的白热化形式出现,它之成为新时期文学的重要题材也就自在情理之中。不过,有一种现象和特点是新时期作家独具的:无论"归来的一代"(如王蒙、高晓声、张贤亮、李国文、从维熙、陆文夫等等)抑或"思考的一代"(如"文革"中上山下乡过的青年作家),他们都不再是以作家身份从外部、从上面去"深入"生活,而是自身被驱赶到生活的底层,其中许多人,身受磨难的惨烈度,灵魂煎熬和震荡的强度,自我反省的深度,理想的轰毁和重建的广度,可说是以往任何时期作家未曾经受的。只要与建国初期的作家略加比较,这一特点就看得更加清楚。建国初的作家自身并未成为漩涡的中心,尤其没有像后来的作家成为灵魂遭受鞭挞和拷问的主要对象。所以,进入新时期的不少小说作家,其自我与题材融为一体,他们的刻画知识分子,便带有"自叙传"的浓重色彩,他们的笔调,便必然的具有自剖、自恋、自审的反思倾向。也正因为如此,一方面真实自然、情貌毕现,达到给知识分子灵魂画像的空前的真实性;另一方面,作者自身受到传统观念勒制的两重性、局限性,也便无可隐遁地在作品人物身上留下斑痕。

知识分子是敏感的,常常充当革命先锋,因而,他们的灾难也总是成为全民族灾难的先声。自从50年代中期知识分子被视为"非我族类,其心必异"之后,他们的形象便始终在当代文学中被扭曲、变形、漫画化了。认真说来,新时期文学还是最早在知识分子形象的恢复上打开缺口的。很多作品,以大胆的剖白、痛切的陈情,重新改写知识分子形象。这些人物,或者在极度排斥的压抑中孤守一念为祖国奉献知识(《哥德巴赫猜想》),或者在极大的蹂躏摧残中忠心耿耿(《月食》《大墙下的红玉兰》),或者在超负荷的物质和精神压力下淡泊明志,抱自我牺牲精神(《人到中年》),或者在放逐和鞭笞下理想不灭(《布礼》),或者在抚摸伤痕中感念舐犊之情(《灵与肉》)……吃的是草,挤的是奶,是他们共同的精神;祖国高于一切——在逆境中保持忠诚是他们的共同信念。这一切尤其突出地表现在中年知识分子形象身上。需要思索的是,为什么这些形象往往具有催人泪下的艺术力量?仅仅是因为他们所受苦难的惨重吗?显然不完全是。在此,我们有必要想到民族精神传统,它既体现于人物,也在读者的审美惯性上发挥作用。这里的每个人都有一部坎坷的历史,这里的每个人几乎都是自觉或不自觉地把传统的人格理想作为最后的精神屏障,"兼济"与"独善","不屈"与"不移"的儒家精神是他们的深层心理基石。假若进一步深究,这些人物其实与农民形象具有精神上的同一性,未必没有一种相通于逆来顺受的忍从性的依附性格。这就是"民族共同的性格模式"的显现。不过,当时这依附、因循的一面是作为优秀品格加以褒扬的,与当时对农民的忍从的"哀"与"怒"的态度有所不同。不难理解,在当时对于全社会来说,最迫切的还是把多年变形了的知识分子形象先恢复到纯正的、真实的,且最能为传统心理惯势所接受的位置。然而,怎样看待这些"怨而不怒""哀而不伤"的形象,肯定什么和肯定到何种程度,以及什么才是我们民族知识分子的理想性格的问题却没有终结,这反而把一个最复杂、最敏感、最能牵动时代意识神经的难题留给此后的文学。

新时期文学的最初阶段,撮其大要,在农民、妇女、知识分子等人物领域,便主要是这样地发现着民族灵魂的某些形态。当然,任何概括都是有限的,即使在初期阶段,文学现象也是错杂缭乱的,例如汪曾祺的小说,颂扬市井人物和底层小知识分子不慕荣华、洁身自爱的操守,也是一种对"文革"浊流的反抗,也是对民族正气的扬厉,不过,多少带着明哲、退避和超逸的静态美。再如《小镇上的将军》《犯人李铜钟的故事》等,着力于塑造民族的脊梁人物,代表着开掘民族性格的另一侧面。但总体看来,这一阶段的文学探索有以下三个方面的缺憾和局限:

第一,基本停留在对已被鲁迅发现过的"国民性"特征的重新发现和认同上,这种"重新发现"虽有续接传统、贯通主潮、开拓新路的重要意义,但其思想高度并没有超越鲁迅早期对"国民性"的认识水准。我们不妨举吴若增的例子来说明。吴若增是一位在宣言和创作实践上都专事探索"国民性"的作家。他在一封信中说："国民品性乃为根本",而"国民品性之根又集中体现在农民身上"。这一见解在当时是颇有眼力的,说"国民性之根"集中体现在农民身上也很有道理。他的小说是他的宣言的实践,具有寓言哲理倾向,每篇都含有一个关于"国民品性"的内核:如《翡翠烟嘴》写排斥异端盲目自大,《蔡七爷的瓜皮小帽》暗贬"国粹主义"死而不僵,《蘑菇》讽喻恐惧变动的极端保守,《盲点》写自慰自欺、类乎"大团圆"的幻梦,等等。作为短篇,其构思精巧,笔致幽默,别具一格。但是,他虽然存在孤立、抽象地描写"国民性"的弱点,即把"国民性"看作不变的硬核,小说只不过是其载体。这种复述鲁迅前期"国民性"思想的现象,在其他不少作家中也存在着。今天毕竟不可能完全囿于鲁迅早期的范围来深刻认识历史的变化了的民族灵魂,能否用今天的"现代意识"观照民族灵魂就成为问题的症结所在了。

第二,这个阶段对民族灵魂的发现还是处在传统观念制约下的发现,就是说,它所依据的社会理想和价值尺度比较陈旧。它们大都贯穿着对极左政治的批判性。但肯定什么呢?肯定的理想境界还是逃不出50年代初期的境界。作家们尚想象不出,陆文婷、许灵均们除了埋头苦干还需要吸纳什么精神才能应付旋转得越来越快的世界。"心在流血"的钟亦成,其境遇与信仰的冲突本已接近深刻,然而投鼠忌器,终以"妥协"面目出现。同样,小镇上的"将军"作为"革命家"的标准形象,也还只能恢复到人们先前心目中的传统形象。总之,当时的作品大都是批判中的恢复,而非批判中的重铸。

第三,单一化和静止化倾向。这个时期,人物大都呈现着单一的类型化形象。如知识分子阶层本相当复杂,时刻面临着分化,当代知识分子在动荡和浩劫中,其变化其实更加繁复。但是,考诸作品,大都是一色的忧国忧民之士,而且其性格核心也大体同一化。这是明显的局限。再如农民形象,一时间的"老人热",反照出作家们对民族性格的单一、凝固的认识。同时,这阶段的文学往往未能进入人物灵魂本身,尤其很少展开灵魂内部的剧烈搏斗。这与当时基本在封闭状态观察民族性格是分不开的。

然而,一旦封闭的门窗打开,经济变革和观念更新的潮流涌来,民族灵魂处于裂变的阵痛之中,大一统的审美意识便不可避免地急遽分化,相对平衡的文学格局便必然打破,伴随着人的觉醒和人的解放的时代思潮,一个深入挖掘和力图重铸民族灵魂的文学新时代撩开了它的序幕。

人的觉醒与民族灵魂内部的搏斗

民族的深重灾难必然以社会的巨大进步来作为补偿。振兴中华,向现代化奋进,跻身于世界强国之林,作为全民族的强大要求,乃是历史的必然。一个精灵——"商品经济"活跃起来了,它像经济领域的孙悟空,搅乱了封闭的自给自足经济形态的平衡;它天然地要求从封闭到开放,成为世界整体中的一员;它要求改造原有的社会结构和体制;要求人们改变思维方式、价值方式、情感方式以适应新的生产方式和新的文明;它热切地呼唤新的社会性格的诞生。于是,所有刚刚在历史的和审美的坐标系中好不容易恢复位置的人们,不得不进入一个新的鼎沸海洋去经受试炼。

与经济变革相联系,但又远远高于"利润动机"的,是在精神领域里中华民族自我意识的新觉醒,其实质是人的发现、人的觉醒、人的解放的思潮。"人是目的,而非手段","人的根本就是人本身","人是人的最高本质"——这些著名的论断似乎到了今天才开始为我们深刻理解。看起来,沛然乎充塞于祖国大地的对人的尊严、价值、权利和对人的本质力量自我实现的呼声,与人文主义和启蒙运动的呼声没什么两样,其实,它是一种螺旋式上升的"重现"。在经历了近代和现代历史上的民族灾难,特别是经历了"四人帮"对人的践踏和蹂躏以后,现在的"人的觉醒"便是一种更高的悟性,是与世界文化潮流交汇的渴望。它要求强化个体,张扬个性,充分发挥每个民族成员的潜能;它要求人从传统思维方式的茧壳里解放出来,实现人的现代化,使我们"外之既不后于世界之思潮,内之仍弗失固有之血脉"(鲁迅语)。于是,传统与现代化的冲突,便在民族灵魂的内部剧烈地展开了。

是的,只有抓住"人的觉醒"这个根本的精神发展趋势,才会看到由这个核心放射出的各股线索。正是人的觉醒,使得文学对封建意识戕害下的民族灵魂的当代畸形做出了更深入的挖掘;正是人的觉醒,唤来了作为民族强者的改革者形象系列;正是人的觉醒,破天荒地第一次描写了农民内部的时代性分化;正是人的觉醒,导致了知识分子从传统向现代的"角色转换"中的灵魂痛楚……这里的每股线索中,都有灵魂内部的激烈搏斗;同时,这里的每股线索都没终点,几乎都会遇到暂时无法超越的魔障。

情形似乎是这样:犹如一条布满奇形怪状暗礁的大河,礁石固然可以延缓却无法堵塞河流,河流因顽石而激起更高的水柱。对民族灵魂当代阴暗面的发掘便是暴露顽石的形状,而呼唤和肯定时代强者、强化民族精神、重铸民族性格,便是滚滚河水,浩浩主潮。批判的深度往往标志着文学的深度。一批报告文学对封建积恶的鞭笞之深刻自不待言,即使像《说客盈门》和《围墙》这样篇制较狭的作品,也不可轻视,因为它们对变革时期民族灵魂消极面的陈腐、毒气和沉疴的洞观，达到了相当深刻的程度。它们均以高度概括的典型形象，绝妙地描绘了昏沉、麻木、因循在怎样的新形势下弥散着，写出了旧势力如"无物之阵"般浩茫。有一个问题也许更加耐人寻味，大家都承认《乔厂长上任记》和《新星》是强有力的作品，要问：它们的力度源自何处？回答恐怕会主要归结到乔光朴和李向南的身上。在我看来，冀申和顾荣的形象同样不容忽视，或者说，两部作品的力度是由正负两极的力共同凝结成的。甚至，文学的典型价值究竟哪一组人物更高，尚属悬疑。不能不看到，倘若这两部作品没有通过冀申和顾荣开掘民族灵魂中裹着华衮的阴暗面，没有刺破堂皇外表揭出他们貌似雍容大度的腐浊、官僚政客式的狡猾、乡愿式的适度、蜘蛛结网般地培植亲信、顽石般地阻抗新生事物，一句话，假若没有写出他们的"文官的双重性格"（《万历十五年》）的话，两部作品是绝不可能如此振聋发聩，引起如此强烈的共鸣。这就告诉我们，对民族灵魂的探索和重铸，是不可能脱离对民族灵魂中的消极面的当代形态的不断挖掘的。批判的锋芒一旦收敛，开掘灵魂的深度便会削减。

应该说，在改革者形象身上是更集中地体现着现阶段文学改造民族灵魂和强化民族精神的理想的。我不同意轻率地把众多"改革者"形象贬为短视的政治经济实用需要产物的观点。事实上，比较成功的改革者形象，往往寄寓着时代的理想人格，反映出作家的现代意识水准。看哪！乔光朴出现了，接着傅连山（《祸起萧墙》）、丁猛（《三千万》）、龙种（《龙种》）、徐枫（《改革者》）、陈抱帖（《男人的风格》）、刘钊（《花园街五号》）、李向南（《新星》）相继出现了。上述人物尽管个性相异，但他们却有一个共名，就叫"铁腕"。那么，他们是些怎样的强者呢？我们知道，在不同的阶级和不同的历史时期"强者"的含义各不相同。鲁滨孙是"强者"，但他是靠着他的火枪和《圣经》征服了"星期五"的。尼采在宣称"上帝死了"的同时,推出他心目中的"超人"。他推崇刚强、勇猛、冒险和"铁石心肠"的"英雄的道德",而鄙弃基督教的慈善、节制和博爱的所谓"奴隶的道德",凶猛的老虎身上的花纹在他眼中是最美的。这些都说明,每当精神发展的历史转折点上,总有人会推出理想的强者精神。那么,在80年代的中国,以乔光朴领衔的改革者们有何基本素质和特征呢?他们大都能够横向借鉴世界先行管理方法,大都勇于向旧世界、旧观念宣战,大都有坚强意志、锋芒个性,大都有敢于决断的魄力,大都紧紧握住手中的权柄。所以,说他们共同具有"权力崇拜"和"魄力崇拜"的倾向不算过分。这样的人物受到群众的热烈赞许是毫不奇怪的。一方面,他们的出现切合时代和群众在推倒虚假英雄后对真正英雄的渴望心理,——我们这个民族是须臾也不肯缺少可资崇拜的英雄的,这种心理本身就包含着积极和消极两面。另一方面,这些人物不仅是理想的产物,也是现实的产物,就是说,他们是有生活依据的,即使多少染上"外来人"色彩的乔光朴也有生活依据。对于这些人物表现出的无畏的魄力,头角峥嵘的个性,我是欣赏的。我们的民族精神长期受到中庸、中和、适度的迫压,现在正需要多多张扬个性。然而,需要我们深思的是,有一种阴影笼罩着这些人物和作家,它不是别的,就是我们民族传统中根深蒂固的人治观念。它的侵蚀文学绝非个别作家作品的失足,而是带倾向性的、却又是现阶段文学似乎不得不接受的痛苦的局限。所谓人治观念,是指依赖个人权威的治理:它并非不要"法",而是让"法"屈从于个人意志,于是天然地带着专制色彩;它崇尚权力、迷信权力,于是又有畸权轻法的特点。无须详加剖析,在如乔光朴、李向南身上这种人治色彩是浓厚的。这种具有人治倾向的"改革"不论描写得如何有声有色,也不能说是体现了充分的现代意识。也许正是有感于此,在《沉重的翅膀》和《阴错阳差》里作家们的审视焦点转向了对民族社会心理的探索。但作为一种倾向性思潮,至今很多作家也还没有达到清醒认识。与其说它是文学现象,不如说它是生活自身的现象:它既有沿袭传统心理的一面,更有现实使人不得不做如是希冀的一面。作家要超越它该怎么办呢?出路似乎已经有所预示,那就是走向文化的制高点,从民族文化心理史的高度和世界文化的参照系来剖析眼前的变革。这便也预告着下个阶段文学演变的消息了。在这里我们看到,文学中民族灵魂的真正强化,需要经历怎样深刻的阵痛!

现在让我们进一步看看农民和知识分子这两大人物谱系的内在冲突。继第一阶段在传统制约中的发现之后,作为对民族灵魂探索的深化,在这两个人物领域和其他人物领域中,表现出更加繁复、错综、深刻的灵魂搏斗的情势。我曾说过,前一阶段的文学往往未能进入民族灵魂本身,尤其未能写出灵魂的内在深刻冲突。这该怎么理解? 就拿农民来说,难道李顺大抚着隐隐作痛的胸口,王老大背负着精神重担毅然踏进深山,陈奂生在分到粮食后有泪如倾,不是灵魂的冲突吗? 是的,在发现阿 Q 的幽灵不散上,它们是深刻的;但是我们看,包括陈奂生在内,不论是演出照相喜剧的黑娃,大吼一声以为就此轻松了的冯幺爸,在卖驴的喜剧中始受惊吓终归放心了的孙三……哪一个不是真诚地拥护着农村改革呢?他们似乎没有什么精神上的不安,他们是那么顺利地、心甘情愿地汇入了改革的洪流,农民被描写成为这场历史大变革中的主动角色。在我看来,这是一种肤浅的乐观,也正是没有真正进入民族灵魂的表现! 在很长一段时间,我们的许多作家没有意识到作为小生产意识的主要承担者的中国农民与商品经济及其意识是尖锐冲突着的。由于看到眼前实行而拥护变革固然也是一种真实,但它能够掩饰灵魂深处的痛苦这个更高的真实吗?我们都曾热烈祝赞过农民的觉醒,但是,现在看来,农民的真正觉醒和解放,还要跋涉怎样的长途啊!面对从传统社会向现代化社会的时代性转折,对中国农民的灵魂来说,将不啻是面对着一个"礼崩乐坏"的时代啊!在这里,我们不能不对几位青年作家的发现给予较高评价。在矫健的《老霜的苦闷》、王润滋的《鲁班的子孙》、张炜的《一潭清水》、李杭育的《最后一个渔佬儿》等作品中,它们的主要人物固有的生活方式和"仁爱""忠恕""信义"的情感准则,全都碰上了巨大障碍:渔佬儿福奎在黄昏的河面上感到从未有过的孤凄和怅惘,老木匠被"不仁不义"的行径气坏了,他们共同感到几千年安身立命的基础正在动摇;老木匠把招牌砸了,老霜趴在墙头怒视着正在发财的茂奎,渔佬儿则把最后一条最大的鲥鱼抛到地上不顾。总之,他们全都愤怒了,这种愤怒是比冯幺爸的愤怒更成其为愤怒的愤怒——灵魂底层暴发的愤怒。当然,各个作家怎样评价这种愤怒,都各有价值尺度和道德尺度,有的表现出缺乏充分现代意识的困惑和局囿。但不可不看到,这是向民族灵魂的更深掘进,它们已经触及诸如"仁学结构"等民族文化心理结构的方面了。

由于从相对静态的考察转入政治经济文化关系中的动态考察,文学对农民灵魂的探索,相继涌现了更多更新的发现。在王兆军的《拂晓前的葬礼》、张贤亭的《河的子孙》、郑义的《远村》、张炜的《秋天的愤怒》中,对农民中某一类人的灵魂达到了前所未有的新的文学透视。野心勃勃、权欲熏心、机诈多变的田家祥,似乎打破了农民的传统的"被动型"形象,让我们对农民血液中狂放燥热的因素刮目相视;王权思想、人治观念、家长专制、闭关自守等封建宗法传统如毒蛇般纠缠他的灵魂。"半个鬼"魏天贵同样打破了我们对农民的传统看法,他是较少中原文化挟制的、在西部旷野中诞生的精灵,却又带着一种豪放的民族"自净"能力。"远村"是封闭的,但在历史与审美、道德与审美、自然与审美的矛盾中,显现的是重压下的民族灵魂的苦难而又伟大的延展力。

那么,农民中的强者呢?人的觉醒所必然渴求的强者精神是以什么方式在农民形象中肯定的呢?这个时候我们看见了从陕北高原走来的高加林自相矛盾的朦胧形象。高加林是农民母体经历长期的内部骚动后分娩的第一个"逆子",他是另一个灵魂,向着传统的农民灵魂、向着自己的母体,表示怀疑和否定的灵魂。当然,他并不具有成熟的现代叛逆意识,他的不成熟既是作者的不成熟,也是历史条件的不成熟。一个问题也许随之而来:难道土改中的赵玉林、郭全海(《暴风骤雨》),合作化中的梁生宝(《创业史》)都不算觉醒者,唯独高加林才是觉醒者吗?这就涉及我们所说"人的觉醒""人的发现"的真正含义了。这里所说的觉醒和发现,是指人的主体的解放程度,人的自我实现和人的本质力量实现的程度,它与马克思主义"解放全人类"的思想相联系。所以,赵玉林、梁生宝的出现虽也是农民内部的分化,但那是社会政治史意义上的分化,而高加林的出现显示的分化则是思想史意义上的分化。高加林对父辈说:"你们有你们的活法,我有我的活法。"作为一个农民的儿子又是村民办教师的高加林,以个人奋斗的形式,试图摆脱土地,改变自己——其实是中国农民的历史地位和传统性格——企图改换"农民"二字的原有含义,他的努力暂时失败了。有人拿他和于连·索雷尔比较,不是没有道理。他们处于不同国家不同历史条件,但用人类思想史和文明史的角度来看,他们确乎是同胞弟兄。他自身的冲突和他与巧珍的爱情冲突,究其实质乃是商品经济与小农经济、自由竞争与人身依附、朦胧的现代城市意识与中世纪残存的田园牧歌的冲突。这些宝贵的思想固然萌芽般隐蔽在作品中,高加林固然也只有农民血统而无农民的职业,但是,依我看,这正是新时期文学在农民形象中所要期待和肯定的强者精神的实质。农村经济变革激起的大震荡给文学提供了广阔空间,新时期文学在这方面的成就相当突出。由于我们主要从思潮的意义上进行探讨,不可能对于贾平凹、周克芹、张炜、矫健、张一弓等大批作家及其作品在探索农民灵魂上的不同贡献展开分析。但要指出,他们同时又都还没有完全挣脱传统观念的绳索。高加林回归土地时小说中的谴责声,其实是作者审美把握上的惶惑不定;贾平凹笔下的禾禾、王才们的改革成功似乎非得要以县委书记的表扬、表态、合影留念才能肯定下来,也说明了人物尚未真正"自立"达到"自为",说明了生活自身和作家的不彻底性。我认为,它还典型地反映出文学本身的两重性困境。问题又回到前面分析改革者形象时的情绪,要超越它,只能寻求更高更深刻的观照点了。

比较起来,这股人的发现、觉醒、解放的浩浩潮流在知识分子中激起的变化,其层次之复杂、走向之歧异、哲学思想之多端,都远远超过了农民。但是,不管知识分子多么敏感和多变,在"民族灵魂"面前,他们与其他民族成员必有同一性。

目前的评论界,大多只看到章永璘与许灵均相通的一面,把章作为许的性格延续来看,其实,章永璘既是许灵均的延续,又是否定和超越。许灵均的性格是真实的,他选择了最容易得到内心平静的路,但他在本质上却是封闭的、守旧的。儒家的内省和慎独,家庭为本的乡土观念,调节个人和社会的中和风度,知足常乐的田园情调和小国寡民理想,抑制个性的适度谦和,确是内蕴在他灵魂深层的文化心理。这既是他的形象美的根源,也是他的形象旧的根源,如此灵魂是很难参与世界文化的竞争的。然而,当时无论作者还是笔者都还提不出更新的知识分子人格理想。到了《绿化树》和《男人的一半是女人》,章永璘的形象及其内在精神就发生了根本性变化。这两部作品写的仍是"大墙"、历史,却贯注了现代意识。章永璘在孤独、苦难、饥饿、性压抑中,接触到了人的存在、人的发现、人的自我价值和人的潜能的发挥等基本问题,章永璘的追求是通向人的全面发展、全面实现这个总目标的;"食"和"色"不过是其起点,目的则是人怎样尽可能地摆脱动物性,向着灵与肉融合的升华境界和全面"人化"复归。在这个意义上,章永璘既是当时的知识分子,也是今天的知识分子。这也是"伤痕文学"早已却潮,而这两部作品依然拥有众多读者的原因。从这个典型例子可以看出,知识分子形象已从初期的争取政治解放、洗去尘垢后,恢复社会地位,发展到今天要挤出忍从和奴性的血,换上强化自我、摄纳现代自由民主精神、追求相侔于世界先进思潮的新鲜血液。当然,这个换血过程是极痛苦漫长的。与张贤亮经历大体相近(实质上深层差异极多)的王蒙似乎没有张的痛苦的反省色彩,他有一种见怪不惊的豁达、善恶互换的宽容,其作品有时给人无我之境的平静和机智感,但是,从"心在流血"的钟亦成到"老孙头"与"张部长"名称不停转换的张思远,直到宋朝义、梁有志的灵魂断裂声,不是在表面的宽广冷静中也包含着一种内在的时代悲剧感吗?由此观之,不论章永璘还是王蒙等作家笔下的众多人物的心灵深处,正升腾起可被称为"现代忏悔意识"的新的审美意识。这种忏悔是超越了被社会肯定其地位价值后的自满自足,既非对具体历史过失的追悔,也非"思想改造"式的自轻自贱,而是由民族灵魂痼疾而触及自身的洞察、醒悟和怀疑,是中国知识分子试图由依附性格走向独立不羁的蝉蜕过程,然而,它又总是陷入无法真正超越旧我的痛苦之中,也就总是表现出两重性。王蒙有的人物陷在传统思维方式(如封闭、求同、内倾等)中难以自拔,他对之常常不愿苛责且有时暗加宽宥。张贤亮的两重性在其社会观、哲学观、艺术观上都表现明显。可以说有两个章永璘:一个是真实的(如与"枕头上的敌人"黄香久之搏),一个是矫情的(如突然宣称要外出"闯世界"之搏);一个是用现代意识探究的具有丰富知、情、意的现代人,一个是不自觉迎合传统观念的"观念化"的现代堂吉诃德。这没有什么可奇怪的,两重性是任何一个深刻的作家不可避免的矛盾。王蒙、张贤亮的两重性已给当代批评界提供了广阔的话题。另一值得重视的现象是,知识分子的单一性格模式开始打破,恶的力量和严重分裂的不和谐出现。这在《条件尚未成熟》中的岳拓夫、《祖母绿》中的左葳已露端绪,到《蛇神》中"被扭曲了的人"邵南孙的变态便达到对民族灵魂一个隐蔽层面的揭示。这是对表层化甚至中层化的穿透,但在赞赏其展示人性深度的同时我也不无疑惑:邵南孙由多重社会关系的聚焦点到后半部蜕化为单纯性变态、性报复,是否是一种褊狭呢?

青年知识分子的形象更加复杂。如果说,中年知识分子形象虽不断收纳新潮,但骨子里的传统思维方式和传统人格理想变化缓慢,那么,青年知识分子在人生价值观念方面则思考更紧张,变化更迅急,转换率要快得多。仅看所谓知青小说否定之否定的回环发展,就足见其变化速度之快了。但是,它仍然有一条分明的主线,那就是不论诅咒中的否定、否定中的肯定,归来后的彷徨、彷徨中的归去,还是由自我把重心挪到人民、又由人民挪回到更高层次上的自我,都是艰苦地求索着强化民族灵魂(以强化和更新自我的形式出现)的道路。我们可以这样说,在新时期文学中,中年知识分子形象主要通过忏悔和反思来探索民族灵魂的重铸,青年知识分子主要通过多方接受现代思潮、张扬个性、肯定自我来探索改造灵魂的道路。目前所谓借鉴西方现代派或拉美文学技巧的作品,所借鉴的绝不限于形式已是有目共睹,而不断引进的西方现代哲学思想又给青年创作以助燃的思想活力。所以,目前青年知识分子形象的价值观念呈现着多元状态,《北方的河》中的"他"、《在同一地平线上》中的"他",以及《无主题变奏》《你别无选择》《鬈毛》中的各个人物,其精神特质均不相同。尽管如此,那种摆脱传统的躁动心绪,那种嘲笑世俗的面孔,那种把粗犷与文明糅合的个体意识,却也有异中之同。正是在这一点上,他们与重铸民族灵魂的主潮是合流的。当然,有的人物的嘲世走向了极端,也会如游离主潮的飞沫倏忽而逝的。

至此,我们沿着民族灵魂的发现与重铸这股主潮,审视了改革者、农民、知识分子三个人物谱系的主导思想轨迹。我们并未遗忘如《立体交叉桥》《那五》《美食家》《流逝》《井》《感谢生活》《钟鼓楼》《夜与昼》等在探索民族灵魂上卓有成效的作品,其中有些作品正在焕发出对未来文学发展颇有预见性的现代城市意识,随着"走向城市的世界"的现代化潮流,这些作品也许将作为我们对第二个十年文学探讨的起点。我们也未遗忘如《西线轶事》《高山下的花环》等从军人透示民族灵魂之作,但本文不可能如文学史涉足所有领域。那么,即使仅仅审察三个人物谱系,我们发现了什么?首先,无论改革者、知识分子还是农民,他们受到共通的民族性格模式的制约,表现形态虽异,却共处于传统与现代化的冲突之中,都有暂时难以跳出的魔阵。如改革者中的人治观念,如农民中或满足于经济翻身或难以把握人的解放与传统"仁学结构"的关系,如知识分子的怎样看待传统思维方式和传统人格理想,等等。这既是人物的灵魂魔障,也是作家的灵魂魔障。我们一面为这些人物灵魂中的大痛苦、大撞击引发的人的价值、尊严、力量的不断升高而感到欣喜,另一方面,我们怎样才能站到比平行于政治经济发展更高的位置上,向立体化史诗化综合化的宏大景观迈进,就成为文学发展所必然面临的美学课题了。

走向文化鸟瞰刍议

假若没有1985年以来文学的急遽复杂化和多向化,也许以上对主潮的论述可暂告圆满结束。然而,1985年的文坛上,《爸爸爸》与《你别无选择》共争,《异乡异闻》与《无主题变奏》殊调,《老井》与《井》同在,《花非花》与《北京人》齐举,《透明的红萝卜》与《519长镜头》相长,各走一端,背道驰骛,错综纷纭,令人眼花缭乱——大约这正是有些论者认为主潮不复存在的缘由吧。可是,在思维空间拓展的同时,地火依然运行。即以偏重借鉴西方现代派思潮、激烈"反传统"的一批作品而论,那嘲世、讽世的面孔,那杂乱的不和谐嘘声,不都是个性的觉醒对民族灵魂的沉疴宿疾而发吗?注意于民族文化心理剖视的所谓"寻根派"的作品又为了什么?那"曼库特"式的丙崽的混沌麻木、丧失记忆,那不断默念着"快开始了"却不知道开始什么的仲仁宝的自欺,那孙旺泉的寻井与黑氏的私奔,不也都是为了更清醒地审度民族灵魂的历史吗?还有,使用传统现实主义手法的《井》、纪实主义的《北京人》等等,也无不为着民族灵魂的觉醒。我们可以说,"文化寻根派"的作品主要是重新审视联结过去的道路;"反传统派"作品是以借鉴和引进为特色,焦灼地寻觅未来的路;传统写实主义的作品则是牢牢把握现实的路,它们殊途而同归于对民族灵魂的探索道路,其精神是可以打通的。即使迷离惝恍、感觉奇异如莫言的作品,其真髓也恰恰在于热烈而深沉地叩询着民族灵魂的消息。

我认为,比起对这些作品旨向的争议重要得多的倒是,文化意识的自觉对于文学主潮发展的深刻意义。"寻根派"的名称因其自身的狭义可能会日益淡化,但是,创作中的文化意识和文化眼光,作为人类认识世界图景的重要方法,作为文学思维方式的一种革命,作为综合化的途径,却必然会在当代文学发展中具有日益重要的意义。现在关于文学界"文化热"的起因众说纷纭、莫衷一是(如拉美文学影响、集体无意识论、"精神气候"说、远古图腾、神话模式、生殖崇拜等等),多半因为局限在文学自身,都没有指出根本原因。其实,它产生的深刻根源还在于时代的现实生活,在于历史的必然要求和社会的开放要求,在于置身世界潮流必然要在东西文化的比较、撞击、融合中重铸适应社会主义精神文明的民族文化心理结构。这也是不独文学界,而是整个中国的思想界出现文化意识自觉增生趋势的原因。从新时期文学的自身发展来看,它的出现乃是由政治的批判、经济的思考推及文化的俯视,由改革的艰难推及民族命运的艰难,由民族生态推及民族心态,由现在处境推及从古至今的处境的结果,所以,貌似跳开与眼前政治经济变革的胶着状态起而追本溯源,不能简单认为是背离现实,而是试图站到更高的综合立场观照现实。

"寻根派"作家的作品和言论不无褊狭的一面,但它们确实起到了触发和推动整个文学界强化文化意识的重要作用。它们的具体贡献是什么?我想主要不在绘制了多少地域风俗、神话礼仪的图景,或告诉我们多少关于商州、湘西、大兴安岭、葛川江的文化掌故;主要在于向文学界提供了"整体性"的思维方式。著名美学家贝尔、苏珊·朗格和哲学家卡西尔所强调的"整体性"就是指的"人类文化"。卡西尔坚持符号动物——人创造了文化,而文化是属人的文化,是人的外化,它紧紧绕系着人并由人的圆周把它们如扇面似的整合为一体的思想。这思想闪射着智慧的光彩。因此,文化的眼光往往能达到鸟瞰的高度,引起文学时空观念的变化,使文学不再局囿于具体领域的严格界限,升高立足点,看到在漫漫长途和茫茫大千世界运动着的人物灵魂。读《爸爸爸》我们弄不清小说发生于何时,读《小鲍庄》会感到时间突然凝固了。这两篇作品给人这种感觉:不管外界的时间流逝了多少,在鸡头寨和仁义庄里时针仿佛停摆了,永远凝定在一个点上,人们永远生活在同一种时间环境里。这是在用文化视角更新时间观。再看空间观:读《归去来》我们总也弄不清小说中的地点,因为主人公发现自己虽没有到过此处却又处处似曾相识,不胜惊骇,走到哪里都是一样的面貌,甚至连他自己也不占独立空间,转瞬间成为"我非我"的角色;又如《黑氏》中黑氏其人精神历程的漫长感,《老井》中虚化具体环境,突出人与自然和人与历史的文化背景,都是一种对"整体性"的追求。事实上,《一日长于百年》和《百年孤独》从题名至结构都是整体性的成功范例。但是,不能不指出,"文化寻根派"作家的主张含义较狭,有强调空间性(特定地域文化)而相对忽视时间性(如现代文化形态)的倾向,其作品也侧重超稳定性而缺乏应有的运动感,这就使得大量描写现实生活的作品无法为其收纳,远不及"对民族灵魂的发现与重铸"的提法有更宏大的宽容度。卡西尔正确指出人本身就是文化的凝结,而目前诸如"文化小说"之类不科学的概念,实际在削弱以致淹滞文学的"人学"特质,有可能把人降低为某些文化现象的仆从。

走向文化鸟瞰的高度使我们看到文学探索民族灵魂的远大前景,它将大大有助于文学主潮的深化和博大。困扰着文学的一个永恒的常思常新的问题似乎是:什么是艺术作品价值更替和魅力浮沉的秘密？什么是通向获得强固艺术生命和不竭艺术魅力的道路？我们说，这"秘密"和"道路"只能是，看一部作品在多大幅度和多深程度上体现出变动着的民族精神和魂魄，愈是能够在纵的历史精神联结和横的世界文化参照下挖掘、重铸民族灵魂的作品，其价值就愈高，超越时空的魅力就愈久。这也是为整部世界文学历史证明了的事实。"文化"并非虚悬在空中的明镜，不管追求怎样的超越性，艺术毕竟是时代的艺术，它本身须首先深深扎根于自己时代的现实生活。同时，文学主潮与多元化的审美意识也绝不是对立的，随着民族个体意识的崛起和新的群体意识的强化，探索人的灵魂的方式、角度、手法、风格会更加多样，人类的艺术想象力会冲上更加浩阔的空间。但这一切仍然是为了人本身，因而也就仍然要融汇到浩荡主潮中来。新时期文学的第一个十年翻过去了，遥想"五四新文学运动"的第一个十年，不由感触良深。我们的民族为自立于世界之林跋涉了多么漫长的路，我们觉醒了的文学也以她开放的胸襟和风采踏上了这条艰巨的途路。此刻我愈益深信：只是袭用别人形式的皮毛，作为过程不可避免，但不可能真正走向世界；只有置身世界潮流铸造自己民族的苦难、惊醒、衍变、强化的史诗，提出关于整个人类精神生活的根本问题，才能激起世界读者的广泛共鸣，才能由一国而及世界。在我们的文学并未失去主潮的意义上，我对新时期文学的态势和前景充满了乐观情绪。

（原载《文学评论》1987年第1期）

人的觉醒与反封建主题的推演

张炜最近发表的中篇小说《秋天的愤怒》,流露着一种从忧郁、深思、愤激到省悟、决绝、奋起的情调,把它放置到浩瀚的表现农村变革的作品里,那实在是一种陌生的声音,我们只在很少的几部作品——《拂晓前的葬礼》《老人仓》,以及他自己的《秋天的思索》里才听到过一些近似的奇突的音调。在《愤怒》里,作家好像躲开了烦嚣的人群,躲开了大家正在共同思考的生产方式与生活方式的矛盾,躲开了正在占据显著位置的关于经济结构与文化结构关系的常规思路,独自苦苦地思索着。作家的思绪也是从当前农村经济结构的变化展翅的,但却飞翔在另一个严肃的苑囿——权力崇拜在经济变革中的命运。在那里,作家注目于封建主义幽灵如何余威犹存,死而不僵,变化多端,继续以新的形式笼罩在人们头顶;作家同时艰巨地思考着"人的自由"这一哲学命题,他看到农民的新觉醒并非已经完成,而是刚刚开始,真正的农村觉醒者——新人有如幼芽顶破冻土般困难。因之,这部小说的节奏是偏于沉郁的,如"幽咽泉流水下滩"一般滞涩,只有到了最后,才呈现出"铁骑突出刀枪鸣"式的勃发。

这种忧郁的、沉思的、"不协调"的调子究竟只是作家气质和选材的原因,还是别有寄托,显示着一种新的主题演变倾向?我们似乎有理由提出这样一些问题:在春回大地、经济复苏的背景下,作者是否把当前农村生活中的萌蘖夸大了？作者和他的主人公是否有点杞人忧天？他的焦虑是否带着愤世嫉俗、悲天悯人的偏激情绪？然而，等到读完这部小说及另几部主题衔接的小说，我相信受到强烈震动的读者又会提出一些相反的问题：比如，物质的初步丰裕是否使有的人忘却和无意中回避了对农民生存状态的深刻理解？商品经济的繁荣是否遮盖了某些作者的眼光，使他们把封建主义残余势力的影响仅仅局限在风俗文化的意义上，因而看不到生活中潜在的酷烈斗争？责任制的实施和经济状况的改善是否就意味着中国农民的真正觉醒？我们在注意发掘文化积淀的时候，是否遗忘了封建主义政治意识的积淀？除了这少数几部作品，在整个当前农村小说中是否存在着反封建主题的弱化现象？是的，正是在这一系列问题中，我们才重新发现和认识到《拂晓前的葬礼》《秋天的思索》和《秋天的愤怒》的不寻常的价值和意义。这三部小说有内在联系，前一部终止的地方，正是后一部小说开始的地方。他们表现了从十年动乱直到今天的历史时期里两股力量的撞击。一股力量是封建主义的幽灵，它在赵老太爷、鲁四老爷们早已寿终正寝的新时代，如何离开了昔日压迫者的肉体又凭附到今日某些劳动者们身上，在"公共权力"中寻找缝隙来安顿和寄殖自己，继续压抑着农民的精神和阻遏社会的进步；另一股力量是姗姗来迟的人的觉醒的要求，它只有到近年来才在农村青年"思考者"的身上萌发，它是中国农民从来不曾有过的一种新的觉醒，它不满足于经济上的初步丰裕而要求精神上的从传统人向现代人的蜕变。因而，这三部作品就不仅是唤起了我们对反封建的传统主题的回忆，而是以尖锐、新颖、饱满的当代意识充盈和刷新了这一传统主题。虽然这类作品数量不多，但它们显示了当前农村小说中的一条新思路，一种崭新的思考。

这能称为新思路、新思考吗？它们能够承受这么高的估价吗？我想还是在综合的比较、分析中得出结论更可靠些。诚然，反封建的主题由来已久，它一直在文学史上闪烁着不灭的光芒。仅仅把它限定在农村生活的领域来考察，我们也永远不能忘记鲁迅先生小说中对中国农民的悲剧命运的深刻理解和对封建势力致命的、无情的批判。从鲁迅小说开始，反封建主题在小说史上掀开新的一页，那就是彻底的、不妥协的批判精神。这一主题绵延起伏地流贯在现代文学的历史发展中，后来自然地溶入当代文学的历史中。应该承认，建国以来，这一主题的调子是时强时弱的，随着极左思潮的泛滥，它终至被遗忘、被歪曲、被颠倒了。在新时期文学的开端，我们惊喜地发现了鲁迅现实主义精神的回归，我们又一次与这一巨大主题重逢。惨痛的历史教训使人们不得不抚摩封建主义内伤。"伤痕文学"的矛头所向主要是极左路线和"四人帮"的残虐，但在某些作品中却包含着强烈的反封建意识。我们可以举出《被爱情遗忘的角落》《蓝蓝的木兰溪》《爬满青藤的木屋》《心祭》等一批作品，它们都因其接通了几千年的历史血脉而具有催人泪下的力量。不过，这些作品的反封建主题大多建构在婚姻爱情、伦理道德的范围里。存妮与小豹子的悲剧，主要是贫困土壤上的愚昧乡俗和文化心理所致；《蓝蓝的木兰溪》触及了封建的人身依附关系，毕竟又以压碎赵双环的自由爱情而告终。总之，这些作品以及此后的一些作品，由于题材的特定性，其视野和思想基本是沿着鲁迅反封建主题的提炼方式延续的。它们还没有对封建主义幽灵在中国当代农村的存在形态，展开正面的、锋利的和富有历史深度的剖示。换句话说，它们还没有对人民掌握政权以后封建主义的变态给予深刻的揭示。很快，随着农村变革的序幕拉开、责任制的实施、商品经济的兴盛，作家们的笔墨大量转向生产方式与生活方式、经济与道德的冲突。我以为,这既是一种巨大进步——向着文化心理深层伸展,向着民族心理的积淀挖掘;但又是在一定意义上对现时性的某种减弱——弱化了对潜藏在现实生活中的封建主义的权力拜物教的批判。因为,在现实生活中封建主义的幽灵并没有销匿,它不过换了种方式顽固地守住自己的阵地。当然,从客观的眼光来看,这也是正常的——社会向经济变革转移,势必带来题材和主题的迁移。我们的文学自应向前节节开拓出新的主题,但也应有一些作品清醒地审视生活河流中的顽石,不同的思路殊途而同归于"人的现代化"的大道。

于是,有一些作家逐渐向着顽石逼近了。《鲁班的子孙》的作者是勇敢的,他把农村小说的真实性提到了一个新的水平,打破了当时"由穷变富"的纵向模式,大胆揭开了横向矛盾——经济变革引起的道德分化、感情被金钱冰结、对物质实利的考虑超过了传统伦理价值的考虑等等现象,从而向评论界提出了如何将道德判断与社会评价统一的新课题。但它并没有触及我们要在这里探讨的反封建主题,只是在扩大真实性领域的意义上对后来者给予刺激和启发。继之出现了《老人仓》,其中新的人身依附现象令人触目惊心,但作者迅速掉转笔锋,思考整顿党风之类的问题。这些作品虽然只是旁敲侧击,但它们已经酝酿着足够的气氛,反封建主题的突变即将来临。

我认为,作为反封建主题的第一个在当代文化中的强有力的变奏,《拂晓前的葬礼》具有开创价值。虽然它的质地粗糙,但它绝妙地发掘了沉重的历史溶解在当代生活中的秘密。这部小说从历史运动的高度上重新审视中国农民自身的封建主义遗毒,把它活生生地浓缩在一位农村支部书记田家祥的身上。田家祥是个"刚毅稳健的汉子",口才惊人、智力超群,无疑是农民中的杰出人才。当他狡黠地为改变个人地位、客观上为农民争得利益时,他像历代农民英雄一样受到村民的拥戴,他似乎与当时的极左政治是对立的。但是,当他一旦夺取权柄,实现了他梦寐以求的理想,成为"大苇塘村最厉害的人"以后,他又与"四人帮"的极左政治非常合拍,就再也没有动力和目标,企图永远维持带有封建专制色彩的生活秩序,专横地压制一切不同的声音。这就向我们提出了一个十分尖锐的问题:在封建主义早已老态龙钟地进入坟墓以后,它还能不能派出自己在政治上的继承人?难道它仅仅只留下一大堆观念的残余吗?事实上,小说本身已经回答了这个问题。田家祥并不像很多作品所理解的农民那样屈辱而忍从,他不是历史活动中的被动角色,他积极地争夺权力,还想把封建性的秩序维持到底,他不仅是在观念的领域,而且在政治领域争一席之地。他扮演了历史派给他的角色。事实上,十年浩劫的生活本身也已经证明了这个问题。当然,正像马列主义经典作家早已指出的,旧时代的农民是缺乏独立的先进的政治思想的,或者悲壮地失败,或者接过封建主义的衣钵加入统治者的行列。田家祥走的是后一条路。这部小说涉及许多封建政治意识——皇权思想、家长作风、人治统治等宗法观念在当代生活中的复燃现象。它的深刻性不禁使我们联想到历史,联想到中国封建社会崩溃与再生的超稳定结构,联想到转嫁与循环。

尽管这部小说对封建主义遗毒在当代生活中的危害性做出了深刻的揭露,但它为田家祥举行的葬礼未免有些匆忙。田家祥是被一个叫田永顺的善于理财的青年击败后一蹶不振的。是的,从根本意义上讲,商品经济的活跃,生产力的解放对于封建主义的意识形态是最致命的威胁,后者最终要被现代化的大生产所埋葬。但是,在中国这块特殊的土地上,它的寿命还不会那么短,它还要凭依传统的惰性力挣扎,中国农民富有当代意识的新觉醒,才是摧垮它的力量。《拂晓前的葬礼》的一个缺点就在于田永顺形象的单薄,他缺少丰沛的当代意识,因而田家祥对他来说仍然是庞大的、稳固的。看来,反封建主题如何在经济变革时代延伸有待于新的发现。

写到这里,我们有必要谈一谈对主题演变的理解。每一部作品都有它特定的具体主题,这是"小主题";我们在这里所谈的则是一个"大主题"的概念——共通的、类型化的历史和时代的文学概念。比如道德主题、爱情主题、婚姻主题、人的主题,等等。在旧时代的批评家那里,还有过所谓死亡、嫉妒、复仇之类的主题。这种对"大主题"推衍的分析研究,是文学批评的综合的重要方法之一。它并不意味着泯灭作家作品的个性,相反,它对于提高历史意识、审美意识、创作思想的认识是颇有效的研究途径。丹纳就说过这么一段精彩的话:"可见情人、父亲、吝啬鬼,一切大的典型永远可以推陈出新;过去如此,将来也如此。而且真正天才的标志,他的独一无二的光荣,世代相传的义务,就在于脱出惯例与传统的窠臼,另辟蹊径。"(《艺术哲学》,第339页)对"大的典型"如此,对"主题"也莫不如此。主题是作品的灵魂,题材是作品的血肉;血肉变化万端,主题也在"脱出惯例与传统的窠臼"向前突进着,从这里,我们往往可以清楚地窥测文学转动和演化的迹象。

几乎是为了弥补《拂晓前的葬礼》的某些缺憾,同时出现的《秋天的思索》把重心放到人的觉醒上,这就把反封建的主题向前推进了。这部田园诗和政治意味巧妙融合的作品,发表后没有引起太大的反响,也许是因为它独特得有点近乎生僻,以致使得不真正了解农村真情的读者感到陌生。我们的许多作品表现农民旧土地观念的解体,表现家庭关系的戏剧性变化,表现对现代生活方式的向往,表现民族文化心理的积淀,表现农民追溯历史和寻找自我,表现经济起飞,表现人格化的大自然,固然都是源于当代农村生活,但是张炜的描写封建性权力崇拜的变异和农村思考者的惊醒、抗争,同样也是源于农村生活的真实。不过,这是一种有时令人不敢正视的痛苦的真实罢了。我认为,随着时间推移,这部小说将会被重新镀上思想的光彩。在这里,田家祥又在一个名叫王三江的人身上还魂了。他像田家祥一样被撵下了台,但他善变,由专横变得伪善,借助他昔日权力的余威,借助他的"熟门熟路"——各种供养他的社会关系,成为"承包"的带头人。他给农民带来一定好处,农民便重新默认了他的权威。品质毕竟不如利益更实在。于是,他的四周依然有保镖,有笑脸,有阿谀,有贿赂。葡萄园的收入源源不断换入他的私囊,但容易满足的农民仍然敬畏他。小说在揭露封建主义幽灵的顽固性和变异性上有新的发现,让我们看到今天农村生活严峻乃至严酷的一面,但作品未能深刻地透视它,尤其是没有充分揭示它阻碍生产力发展的巨大破坏性的经济实质。

然而,值得刮目相看的是在这部小说中出现了一个似乎捉摸不透的农村青年老得。与他相比,《拂晓前的葬礼》中的田永顺就未免过于观念化了。老得没有我们想象中的新人应该具备的强健体魄、滔滔雄辩、果断意志、敢作敢为的声势,他是那样弱小,那样内向和郁闷。他不过是葡萄园里的守园人,走起路来扭动着水蛇腰,被王三江斥为"一个古怪的东西"。他的气质是感伤的,有时还要写几句歪诗。王三江逼走了善良的铁头叔,辱骂孤儿小来,给他很深的刺激,激起他的仇恨。他写下了这样的诗句:"铁头叔冒着雨走了/王三江这人太凶/茅屋里挂着他崭新的蓑衣/茅屋里只剩下我和大青。"伸张正义的烈火烧灼着他,他整天神思恍惚地思考着人们为何怕王三江,他自己为何在梦中也惧怕王三江的"原理"。他也曾采取"怒目主义",鼓足勇气抗争,甚至还了手。可是,由于力量的悬殊,由于村民们并不理解他,他只能寂寞。寂寞地守着他的猎枪和猎狗,还有他的伙伴小来,直到最后出走。

站在我们面前的农村青年老得,究竟是强大的还是孱弱的,是先进的还是守旧的?他的痛苦的精神探索历程究竟包含着什么意味?在我看,他恰恰是个比他周围的群众更清醒的暂时的孤独者。他喊出了力图彻底挣断封建主义精神脐带、要求自由平等的觉醒的呼声。读者不禁要问:这种性质的呼声,不是早在半个世纪之前就由中国知识分子呼喊过吗?子君就发出过"我是我自己的"呼叫。况且,投身民主革命战争的农民、土改中的农民、合作化时期的农民,他们不是早就觉醒了吗?是的,问题的复杂性也就在这里。我们的确成功地进行了一系列的伟大的革命,但是我们的国家是拖着很长的封建主义辫子越过资本主义直接进入社会主义的。根深蒂固的封建主义意识来不及彻底清扫,奥吉亚斯牛圈的肮脏并未根除,也没有在制度上予以有力的扼制,它便深深地渗透在生活中和人们的头脑中,禁锢着、压抑着人们的精神世界。这难道不是一再被证实了的事实吗?老得的觉醒的呼声尽管迟到了,但对于广大农民来说毕竟不算迟到。在小生产意识的渊薮——农村里,季节的转换总是比敏感的知识分子居住的地方要晚些。我曾在一篇评论《秋天的思索》的文章中称老得是"葡萄园里的哈姆雷特",我至今认为这个借喻是恰当的。这不但是指老得的犹豫和苦闷、行动之前的战栗与哈姆雷特那种"巨人的雄心与婴儿的意志"(别林斯基评哈姆雷特语)十分相像,也不是指老得的爱上王三江的女儿小雨与哈姆雷特的"俄狄浦斯情结"又有什么微妙联系,而是指他的愤世嫉俗、正义感、良心和对不平等现象的个人主义思考方式,感染着人文主义的气息。我们看看这段哈姆雷特的台词:"谁甘心忍受人世的鞭挞嘲弄,让恶霸欺凌,受豪门白眼,忍受失恋的痛苦,法庭的拖延……"拿它与上面老得的诗和老得银铛入狱的遭遇对照,不是颇有点一脉相通的味道吗?读者一定会感到惊怪:你怎么可以拿文艺复兴时期的英雄王子与20世纪80年代初期葡萄园的农村静老得比较?我看,这样比较也许正能揭开小说的意蕴。诚然,如上所述,我们的农民不断觉醒着,但是,假如我们不是从社会条件的意义上,而是从历史哲学和人类思想发展史的意义上加以比较,难道能够否认老得的思想水平相近于人文主义和稍后的启蒙运动的反封建水平吗?要知道,那样较为彻底的反封建水平并不像我们曾经讥笑的那么低。严酷的现实迫使我们承认,尽管从封建的宗法观念、神权思想、现代迷信下解放出来不代表最先进的思想水平,但我们在打倒"四人帮"之后还是不得不补上这一课。小说《河魂》里的农村新女性最喜爱的读物是《嘉尔曼》,这是否也能说明一种思想特点。当然,这是在完全不同的历史条件下的补课。这也就是为什么我们一直在呼唤新人,而农村题材小说中又总是出现"老人",新旧交替时期的老农民形象很多的原因吧。不过,农村新人终于在抛开历史精神重担慢慢崭露头角,老得就是其中的一个,他不是概念的化身,而是独特的个性。

历史毕竟不可能重走一遭,80年代经济起飞的中国农村也毕竟不是18世纪启蒙运动时代,谁要那样理解不免胶柱鼓瑟。因而我们有理由对《秋天的思索》提出这样的批评:仅仅把王三江看成一只凶恶的"大乌鸦"是不够深刻的,也未能解释他重新恩威并施、大饱私囊的真正原因何在,他怎样在实际上阻碍着生产力的发展。同样,老得仅仅表现出正义和良心也是不够的,他仅凭从老一代农民那里获得的传统美德也是无法战胜对手的,他的觉醒只有融汇了当代意识,体现了新的生产力要求,才是称职的 80 年代中国农村的新人代表。于是,我们又不得不焦灼地等待作家新的突破。

《秋天的愤怒》就是以思想上的突破见长的作品,它的艺术格调则保留着张炜一贯的有浓度有情致的叙述方式。在这里,环境从葡萄园搬到了烟田,对垒的双方则是青年先进专业户主李芒和他的岳父、大队书记肖万昌。从"田永顺—老得—李芒"和"田家祥—王三江—肖万昌"的形象演变中,我们看到作家思想的钻头一直向前探索,这些作品开辟了独特地艺术地认识中国农村现状的新角度,向着中国社会结构某些隐秘禁地掘进。

我之所以给《秋天的愤怒》较高的评价,是自有其深刻原因的。这部小说有一种严厉的沉重的风格,在阅读时不免枯燥些,它抛弃了一切轻松的装饰,写出了深层的真实,绝不涂抹任何润滑剂。它第一次真正改变了觉醒者与潜在的封建残余势力的力量对比,它也写出了一个坚实的、在痛苦和思考中成熟起来的新人,于沉闷中显示出农村社会结构内部蜕变的最新信息。它是一部艰涩的、然而很有分量的作品。

在这里,作家对封建主义意识形态残余给农村经济变革带来的破坏性,达到了新的深入理解。肖万昌把自己裹藏得很严,表面上寡言罕语,是个沉得住气的人,但他的残忍、凶狠是惊人的,一个泥鳅拱豆腐的细节,一个杀狗吃狗的细节,活画出他的阴暗灵魂。他的血管里流着田家祥的血,他早已离劳动群众而去。新的责任制本来可以打破他不劳而获的生活秩序(许多作品就是这么简单化处理的),但他立即靠与女婿李芒伙种烟田而骗取荣誉。他的危害性当然不在这里,他的生存手段当然也不止这些。他的根深深扎在社会土壤的病原体中。他可以通融公安局,他有打手——昔日的民兵连长,他能套购紧缺化肥,他还能操纵收购部门,这使他形成一种新的势头。过去他是"以权代法",现在他是"以权代物",他通过"物"继续扼制着农民的咽喉。且看他在化肥库前对农民群众的嘲弄和威胁,俨然是田家祥在村民大会上演讲的派头。问题是,憎恨他的农民何以又默认他的权威?这里就有个潜在的浮力,那便是权力崇拜的余波。恩格斯曾经这样说过:"作为政治力量的要素,农民至今在多数场合下仅仅表现出自己的那种生根于农村生活孤僻状况中的冷淡态度。广大居民群众的这种冷漠态度,不仅是巴黎和罗马国会腐败的强有力的支柱,而且是俄国专制主义的有力支柱。"(恩格斯:《法德农民问题》)自然,这是恩格斯一个世纪之前说过的话,并不完全吻合今天的我国农民的状况,但是,这种冷漠并没有完全消失,特别是作为现实生活的颠倒、虚幻的权力崇拜心理,实际上在帮助肖万昌把手中的权力转化为资本。面对如此严厉的现实,我们怎能不期望着不但在感情上,而且在理性上,不但在经济意识上,而且在政治意识上自我更新的人出现呢?

我们曾经慨叹当代小说中的农村新人形象的出现之难。有很多人物,虽然也被称为新人,但那不是从换血、换代的高度上加以肯定的。有的人物更新生产手段,改良经营管理,在观念上符合新人的含义,在实质上他们没有根底,缺乏精神上漫长而痛苦的蜕变。近年来,贾平凹、周克芹、郑义、矫健等人的小说,都提供了一些农村新的形象,这些人物自有其宝贵价值。但是,坦率地说,在经历精神痛苦的程度上,似乎都不及张炜笔下的李芒。

李芒之新,在于完成了一般人难以想象的蜕变过程。没有谁比他的政治处境更恶劣。就因为爷爷是地主,他被剥夺了读高中的权利，接下来是一连串的剥夺。他被送到"大翻队"里强劳，随时有性命危险；他不断被传呼到侮辱性的会上受训。此时正值他与肖万昌的女儿恋爱。他们一起在宣传队演节目时他是人，他独自受训或到"大翻队"劳动时是鬼。苦涩的爱情只能在不幸中增添更大的不幸。他们不得不踏上逃亡的险途。他走的是一条心灵滴血的道路。我们不好拿他和《人生》中的高加林做比较。高加林不是新人，而是一个复杂人物。李芒与高加林一样受到坏干部的压制而出走。高加林避难就易，要走施展才智的捷径，丢弃了巧珍；李芒则与小织过着逃亡生活，避易就难，开矿、种烟，备尝艰辛。高明楼预感到高加林的威胁，但高加林并不与他正面交锋；肖万昌蔑视李芒，李芒却记住仇恨回来了。他对肖万昌的认识是在苦难中生成的刻骨的、透彻的认识。李芒一天天成熟起来，他成长到足以与肖万昌抗衡的地步。李芒的新还表现在他不像孤独的老得要紧靠住铁头叔这老一辈人的道德观念，他恰恰要告别老柳树——玉德爷爷的象征，坚决与肖万昌分开，也就是与传统的封建家族观念决裂。他广泛传授种烟技术，帮助穷困者，受到不觉悟群众的嘲弄也不灰心。最可贵的，是他超越个人仇恨，顽强地要弄清关押群众的房屋、墙壁上的血印子的来历、"傻女"致傻的缘由、蓖麻林里的秘密，表现出要与封建残余势力韧性战斗的决心。这样的人物，这样的觉醒，已经体现出先进生产力在政治上的要求。这也是李芒高于某些人物的地方。

从《被爱情遗忘的角落》到我们重点谈论的这三部作品，反映出反封建主题一波三折、不断深化的进程。它从伦理道德领域进入政治经济领域，从对封建意识的批判到对它的"中介人"本身的批判，它不但探究历史之谜，而且探究封建主义幽灵在现实经济改革中的没落命运。这一重要主题还没有走完它的行程，它对深刻表现当代生活的矛盾冲突的意义是不言而喻的。与它相依存的是人的发现和人的觉醒，它们是一组对立消长的矛盾关系。在封建主义衰落的地方，人的太阳便高高升起。但是，反封建主题的推衍和人的觉醒似乎并没有引起足够的注意，于是我写了这篇文章。我知道，由于问题本身的原因，这篇文章的政治意味是太浓了些，恐怕难辞"社会学批评"之讥。然而，这种探讨又是不无益处的。因为，研讨文学主题及其历史变化，过去是、今后大约也还是我们许多方法中的一个重要方法。

（原载《当代文艺思潮》1986 年 2 期）

主体意识的强化

让我们先从《519 长镜头》谈起。这篇小说发表后,我不止一次地听到有人说,它的题材抓得好,刘心武毕竟是写"问题小说"的能手,今后再出了问题,特别是爆炸性的社会问题,就请他写。这里,作家显然被看作是一个能够适应和承担各式各样"问题"的载体——被动的载体了。我不禁想:这篇小说的成功,究竟是"问题"的胜利,还是作家的胜利?抑或是作家与"问题"的一次邂逅的喜剧?它的成功之谜究竟何在?

读者一定还记得,九年前的《班主任》里有个宋宝琦,现在的《519 长镜头》里又出现了一个滑志明,这两个在年龄上恰好可以衔接起来的人物之间有无精神联系?"宋宝琦长大了"——这是我读小说时一个非常突出的感受。滑志明坐在被画了胡子的雕塑姑娘下面无动于衷,也许因为他在十年前曾给《牛虻》一书插图中的女性画过胡子?滑志明的借录像带又懵然无知地"洗掉",又是多么容易使人联想起宋宝琦的偷书却不识字啊!我想,我的这种自由联想大约不是没有道理的,它说明作家多少年来对那些空虚的、无知的灵魂(在《519 长镜头》中又叫作"浅思维"),始终抱着人道主义的关注。换句话说,它反映了作家主体心理结构的某种稳定性。然而,在这近十年间,刘心武早已走出教室和学校,进入了立体交叉的当代都市,随着时代生活的发展他写过许多新的题材和人物，他的思考也更加富有现代意识了。如果说，当年他把"小流氓"宋宝琦的失足主要归因于"四人帮"的残害，并发出"救救孩子"的呼声的话，那么，现在他却把滑志明放到一个更为宽广复杂的社会的、政治的、经济的、文化的背景上了，滑志明也因之得以自由自在地按他的性格逻辑存在于作品中。假若我们也来个"定量分析"，作品无非由三方面因素构成：一是球场事件的紧张刺激场面及有关材料；二是滑志明的行动始末；三是作家刘心武的无处不在的主体的渗入。我以为，《519 长镜头》震撼并促使读者沉思的，恰恰是渗透着作家主体意识的挖掘——十年浩劫遗患，当代青年的社会心态，某些人在物质诱惑和商业文化熏染下的精神迷失，民族心理素质的优劣，而浸透在人物事件中的作家的当代意识，便是整部作品的"混凝土"。从这里又反映出作家主体心理结构的变易性。似乎可以这样说：对迷惘的灵魂与底层社会心理的不倦的追踪和综合审视，使刘心武比别人更能抓住这一问题的实质；而刘心武的具有宏观眼光和当代意识的分析力，又使他能给问题注入新鲜的、深刻的含义。这也就是为什么很容易做出简单因果判断的"519 事件"，在刘心武手里生发出不寻常意义的真正原因；这也就是司法的眼光不再能够代替文学的眼光，《519 长镜头》获得自由品格的真正原因。

所以，这个例子可以给我们多重启发。它告诉我们，作家的主体意识才是作品价值的立法者，作家主体意识的深浅强弱广狭决定着作品价值的大小。而在今天，作家的是否具有当代意识并在作品中体现出来，就尤为重要。这一认识事实上早已被过去卓越的理论家揭示出来，只是长期以来并没有得到我们的真正重视罢了。例如，列宁的《列夫·托尔斯泰是俄国革命的镜子》就是一篇论述主体意识的杰作。在这里，我想对流行看法大胆提出一点怀疑。要问:列宁关于"一面镜子"的本意是什么?现在的解释性著作大都说是指托尔斯泰的作品,我认为解释错了。列宁的"一面镜子"恰恰指的是托尔斯泰本人及其思想矛盾,这才是本意。列宁明明说:"托尔斯泰观点中的矛盾,是一面……镜子。"在关于托尔斯泰的其他文章里,列宁强调的也是这个意思。这正是需要我们深刻领会的。再例如,普列汉诺夫在分析拉斐尔的圣母像——这个由基督教文化授予西方艺术家的一个永恒题材时说:"通过这些圣母像的宗教的外形,可以看到一种纯粹属于世俗生活的十分巨大的力量和十分健全的欢乐,这已经与拜占庭大师们的虔敬的圣母像没有任何共同之处了。"为此他进一步发挥说:"一个艺术家如果看不见当代最重要的社会思潮,那么他的作品中所表达的思想实质的内在价值就会大大地降低。"(《艺术与社会生活》)的确,一个作家对题材本身表面的意义的依赖性越大,他就越是没有主动性。能动的主体可以征服题材,超越题材,既可从同一样东西看出不同的意义,又可用不同的眼光看同一样东西,一旦主体的目的性与客体的规律性取得融洽,某种相对的自由境界就出现了。《519长镜头》的例子还告诉我们,作家固然需要寻找题材,甚至"问题",但他同时必须寻找自我,发现自我,发展自我,实现自我。这是两种同时并行的寻找。这两条线的交汇点在哪里?也许,在于刘再复同志所说的属于每个作家自己的"灵感圈"吧,或者还应该加上属于每个作家自己的"蓄水池"。艺术的天空是广阔的,但它对每一种存在物的选择又是严苛的;只有找到自己的飞行姿势和领空的鸟儿才会感受到这种广阔性。

在近一两年间,小说领域发生了比以往更加急剧的变化,这是每个人都能感受到的。现在,人们正在谈论着诗化、抽象化、散文化、象征化、哲理化和荒诞、变形、幽默、非逻辑联想、超感觉之类的

主体意识的强化

新奇话题,正在探讨着改革、寻根、心理积淀和大自然之类严肃的问题,像激溅起五颜六色的水花,像放射出纵横交错的光柱,"真正的多样化来临了!"人们发出这样的赞叹。我想,这一切无疑都是小说领域变化的特点,但这一切变化的枢纽和核心,乃在于小说家主体意识的变化,它开始向真正的主体地位上升。正是这个根本之点推动了当代小说多变而又多彩的局面。看到这一点,才不至迷幻于形式的斑斓多姿,才能够发现奇特新异的艺术手法后面的严肃的思索。

是的,今天的小说家们很像蝉的褪壳一样,有的已褪尽一层旧皮,有的正在蜕变之中。小说家们经历过大家一起写伤痕、一起深切反思、一起思索改革的令人不无留恋的时期。然而,那时大家尚未完全"分家",大体从一个"门"出入,主体意识处于相类似的被动状态。那时,很多小说家急于向客体寻索最尖锐、最大胆、最新鲜的题材,以之作为政治和社会斗争的有力证明。而主体意识相对地封闭着,缓慢地变化着。不过,复杂的变动的生活本身很快反诘作家:你自己变了没有?于是,近年来小说家的寻求、探索、创新,就染上了浓重的对于主体意识的自我反省和自我更新的特色。

我们看到,作家把他们在从传统人向现代人蜕变过程中感悟到的新的观念、新的认识、新的激情,溶化和渗透到了对作品中人物的评价之中。作家主体的人的发现被投射到作品中人的发现,于是,主体给小说创作面貌带来的变化,首先还是体现在对当代人的灵魂和境遇所做出的富于当代意识的新的理解。一幅幅在当代意识观照下的社会心态图画,从内里发散着现代魅力。因为,蜕变中的当代人渴望在作品中找到自己的面影。《519长镜头》的写法是传统的,但其中有蘸着当代意识的机智分析,这就不但能抓住球迷,而且能抓住广大同代人的心灵。口述实录体的《北京人》,有一种跃动着时代脉搏的、跳出纸面的临场感，它与读者的距离几近消失，读者一翻开它就踏进生活去了。这里特别要谈到王蒙今年发表的《高原的风》和《冬天的话题》。王蒙很早就说过"我在寻找什么"的话。他的主体是活跃的、多变的，苏醒得早。然而，他在这两篇小说里仍然放进了新的理解。这两篇小说格调和手法全然不同：一个写实，一个借助荒诞外壳；一个写个体，一个写群体；一个写当代人的心理常态，一个写当代人的心理变态；一个不无庄重的悲剧意味，一个则在漫画式夸张引发的辛辣大笑中向病态的社会心理发起攻击。但是，不管是宋朝义灵魂蜕变的痛楚，还是对"沐浴学"引起的极端无聊、庸俗、狭隘的永无休止的争论，王蒙都做出了具有当代性的洞观——他决不固守在陈旧观念里惋叹或疾言厉色。我们似乎可以认为，这两篇小说一面是深沉的爱，一面是深刻的憎，它们来自同一"蓄水池"，全从王蒙一支笔下溢出，是同一心脏分配给两条血管里的血。不过，我们很快就会发觉这样的看法未必确切：王蒙是很少憎，尤其是很少使用"恨"的。他对"沐浴学"的无止无休的聚讼，几乎是抱着"无可奈何花落去"的洞观态度，只能是以大笑对之。这也是他那丰富的宽阔的主体意识决定的。他大概并不认为"沐浴学"一类的争执会立即消失，即使使用了"憎"和"恨"也无济于事吧。蒋子龙仍然坚守着直面现实的立足点，但他也在蜕变，近作《阴错阳差》对知识的价值和社会心理中的离散性的剖析，反映出他近来对现代价值观和民族传统心理缺陷的一些沉思。张一弓的写法一般来说接近传统方式，但这没有影响他在《流星寻找失去的轨迹》里发现颇不传统的宋疤拉找寻失去了的自我的悲喜剧。

就每个作家而言，主体意识的变化推动了他的创作的深化；就整个小说领域而言，作家主体意识的变化激活了小说观念，爆发出缤纷多彩的形式,造成了空前的可分性和多样化。应该说,小说观念早就在急剧变化,但是,像1985年刘索拉的《你别无选择》、徐星的《无主题变奏》、莫言的一系列作品对小说规范的冲击之大,却是前所未有的。生活不再只有一种解释,艺术也不再只有几种方式了。在这些作品里显示出作家自我实现和自由程度的新的提高。在《你别无选择》里,作者和她的人物似乎生活在一个非逻辑的感觉世界里,怪圈式的问题,跳跃的奇特联想,毫无联系的生活碎片,神秘的"功能圈",构成了一个迷离恍惚的意象境界。然而,作为一种总体意象,突破传统包围的冲动,作曲事业的艰难和神圣的意味还是浓烈的,它也正是当代意识观照下的一种形而上的真实。莫言的特异的、有时是非常人的艺术感觉,令人耳目一新。这不是怪诞、猎奇,应该看作是文学对人的理解和表现的一种拓展。马克思就说过:"五官感觉的形成是以往全部世界史的产物"(《1844年经济学哲学手稿》),它不但是感性的,同时还有理性的积淀。艺术感觉的强化,心态小说向深层发展,荒诞、象征以至魔幻的进入小说,归根结底是当代意识的表现。当代意识自然包含着政治意识、经济意识、文化意识、道德意识等多重内容,但在作家主体的反映却总括为当代审美意识。像《花非花》式的小说,没有主要人物,没有完整情节,仿佛生活断片连缀的意绪世界,这经常被解释为一种"散文化"的处理手法。其实,它是一种对生活的新的解释:在作者看来,社会心理氛围比一两个主要人物更能显现生活的秩序,因而环境被置于人物之上了。与其说这是小说结构的变化,不如说这是作家主体心理结构的变化。

我们再进一步深究下去还会发现,作家主体意识的开放和丰富,它的力求涵纳更多新的内容,使得很多人表现出比以往更浓厚的对文化背景的兴趣,对民族心理的更深入的探求,对人性的沉思,对所谓"国民性"的研讨,等等。这不是逃避现实,而是试图用当代审美意识对传统重新理解。在韩少功的《归去来》《蓝盖子》《爸爸爸》《雷祸》等作品中,神秘外壳里包藏着哲理意识,民族生活形式里寄寓着现代观念,它思考人的本体和种族原型的群体模式,表现出力图走出传统世界的渴望。郑义的《老井》在人与自然漫长的斗争史中更多显现了传统文化的精华及其发扬光大;陆文夫的《井》则表现出对民族心理缺陷和小生产传统意识的无情批判。应该说,他们都没有跪倒在传统文化脚下,也没有盲目扫荡传统,而是用现代眼光赋予传统以新的意义和理解。不必讳言,陷溺在怀旧情绪里,把审美意识的焦点指向过去,退出熙熙攘攘的大社会,躲藏在狭义自我里的作品也是存在的。

从以上的分析来看,今天作家主体意识变化的总的指向是朝着大致相近的目标行进着,这就是对当代意识的追求。不论写什么——改革的艰难、献身的热忱、日常生活的烦嚣、传统文化的积淀;也不论怎么写——用传统的方式和最现代的方式,在这一共同点上,各式各样的作家找到了相互交流、沟通和对话的桥梁。

然而,我们这样说决不意味着作家之间的区别仅仅是选用题材和选择形式的不同,也不意味着他们的小说不过是装载同一种液体(当代意识)的样式各异的容器。不,共同的政治信念是不可能代替审美意识的差异的。作家之间的区别,不但不限于形式,甚至不限于风格。作家主体意识的觉醒,也就是个性的觉醒,它理应包含作家独特的思维方式、情感方式、审美方式和灵感方式。所以,我们现在应该看一看当前小说家主体意识发展的第二个重要特点——寻找自我独特的审美方式。

对于写出《小鲍庄》的王安忆,目前人们更多谈到她"变"的一面。的确,《小鲍庄》假若不署王安忆的名字,我们恐难辨认。在这里,生活好像以未加工的自然状态呈现,一切容易激起大悲大痛、大欢大乐的情感都被作家的笔抚平了,不动声色的作家是否忘记了"集中"和"突出"的原则?那个人们熟悉的"雯雯"似乎退出了小说,她像个当代人远观一个封闭的凝滞的村落。诚然,作者长大了,她带着成年人的深思"淡出"了主观经验世界。当我们再细读作品时便会发现,她的魂仍然留在那个小鲍庄——仁义庄里。这是她的主体的稳定性决定的。因为,她过去的作品里就"充满了对于实实在在的人民的实实在在的爱,充满了对于普通人的命运的理解和关怀"(王蒙语),这一点并没有变。——噢,秘密原来在这里!张承志似乎与王安忆的情况相反。他过去的作品里一直有一个热情洋溢、诗情丰沛的外来的抒情主人公,然而在近作《残月》《晚潮》《九座宫殿》里,这个抒情主人公不见了。原来,他已"淡入"到作品里去了,以前是"把自己放进小说",现在是"把自己变成人物",张承志就是那个挖沙子的青年,就是那位韩三十八……他觉得,这样的身份更能体现涌现在他心中的人民意识和自由意识。显而易见,不管是王安忆的"出"还是张承志的"入",他们的主体意识实质上还是自己——发展了的自我。

贾平凹一向以才思敏捷、笔下生风著称。然而,他过去的"快"与现在的"快"有无不同?近年来他仿佛掘开创作的怒泉,大有源源不绝之势,这是否仅仅是数量的增加呢?他说过,前些年他好像"打游击战",并不自由。他渴望找到自己——用他喜爱的民族审美方式写出当代农民的精神变迁。五返商州是一次顿悟。他发现了商州——用当代意识的眼光看商州,像儿子找到了母亲;商州也发现了他——他的经历、气质、禀赋、心灵来源于这片土地,母亲也因之认出儿子,于是他和商州浑元归一,他找到了自己。此后,他的作品里出现了两种力:一种是传统伦理道德观念、美好人性、土地观念等传统的力;一种是政治经济变革的伟力,这两种力像螺丝在拧紧,产生剧烈冲突,也就不断产生着《鸡窝洼的人家》《腊月·正月》和《冰炭》《天狗》《黑氏》……

变是绝对的,不变是相对的。一个作家的主体意识也只能在这一系列矛盾的运动中变化。一个民族不可能割断传统,一个作家也不可能割断自己的先天基因和后天素质。但是,只要他在拥抱时代的同时不断发展自己,就能由"旧我"蜕变为"新我"。如果把一个作家比喻为一株花,它们相同的是都有自己的根和茎;它们不同的是,作家是有知、情、意的活跃的能动生命,他不像植物,一粒种子只开一种花,他的根须吸饱了生活的养分,就能开出千万种花。

写到这里,我蓦然想起《红楼梦》里的两句诗:

> 三春去后诸芳尽
> 各自须寻各自门

这是秦可卿的悲观主义。翻其意而用之,它却不乏睿智和警策。陈旧观念正如诸芳之欲尽,而各寻各门——寻找属于自己的独特审美意识就非常重要。它不是归宿,而是起点。寻找自我与投身时代,寻个人之根与寻社会生活之根,其过程是无可穷尽的,它注定要伴随每个有抱负的作家的一生。人云亦云的转蓬和浮萍是没有根底的。在这观念更新、小说领域发生革命性变化的时代,一个个植根大地的"新我"正在诞生出来。

写于1986年2月
(原载《人民文学》1986年6期)

当今文学审美趋向辨析

一、对主要审美走向的分析

近年来,在创作上呈现出几条大的审美走向,它们往往与文学功能的变化和市场需求的起伏相联系。从现象上看,它最先从题材层面上反映出来,但根子却在审美意识的取向上,对此有必要加以梳理和审视。

首先,最大的变化在于文学重心的逐渐转移:"都市"似乎正在取代"乡村"成为文学想象的中心。对农业文明传统深固的中国社会来说,都市化、市场化以及现代高科技的发展不但改变着中国社会的传统结构,而且改变着中国社会的精神生活方式和文明状态。这个过程早在上世纪 80 年代中期就开始了,到世纪之交的今天,其改变速度之快、范围之大远远超出了人们的想象。我们知道,在全世界,大概只有中国对农民问题讲得最多、最透彻,中国革命被称为农民革命,中国文学里写得最充分的也是农村和农民的形象。"五四"文学革命曾以启蒙精神揭示沉默国民的灵魂,往后的"革命文学"则大力描绘农村革命史诗,以至于整个现当代文学史为之留下了大笔财富。全世界没有一个国家像中国文学这样与乡土有着如此深刻的不解之缘。但事情已经发生变化,新世纪以来尤甚。如果说80年代的文学无论在数量上还是在精神影响力上依然是以农村为重头戏的话,那么90年代中期以来,传统乡村和农民的形象日渐淡出,不但失却原先的精神根基,而且多以城市价值的附庸者出现。我们甚至惊讶地发现,一种似乎完全脱离了乡村的"都市性"正在成熟。闹市与商海,警匪与反贪,时尚与另类,女性与言情,知识者与打工者,其命运戏剧正在取代昔日农村和农民的显要位置,成为文学画图的中心。何以会如此?有人说,这是因为中等收入族完全没有了乡村经验,因为大城市的自足性使很多人可以彻底切断与乡村的联系了。有人认为,未来代表汉语言文学发展水平的,不再是乡土文学,必将是以城市为背景的、写出了现代中国都市人精神处境的作家;但也有人持不同看法,认为中国不是没有中产阶级和后现代问题,但并没有估计得那么重要,忽视和遮蔽了农民问题的巨大存在,才是严重的缺失,倘若不能写出转型时代的农民之魂,我们的文学将从根本上丧失力量。的确,"沉默的大多数"的生存境况和精神诉求似乎越来越不在文学视野之中,不少文学人士热衷谈论的是现代人的精神困境,仿佛中国问题只剩下后现代问题了。事情当然不是如此。在从农业文明向现代文明的过渡中,作为诗意的栖息之所,作为人类和民族的痛苦与欢欣的承受之地,文学中的乡土声音不但不会完结,还会发展和变化,它将与民族性格的现代转型密切联系,它蕴含着现代人亟需的精神元素,必然要向环境主题、乡土寓言、底层意识等等方面延伸。在《大漠祭》(雪漠)、《日光流年》(阎连科)、《歇马山庄》(孙惠芬)、《好大一对羊》(夏天敏)等等作品里可以看到,作家们在发挥写实主义的感染力的同时,努力超越题材表层时空意义,走向整体象征。但类似的作品未免太少了。现在,文学界强调"三农"问题重要,呼吁文学应该大力描写"农村题材"的声音日高,但大多停留在号召上。问题的症结在于,如果还是用熟知的一套观念写农村农民,找不到新的语境下与当代生活、当代读者的精神联结点,找不到市场需求的敏感点,那是怎么呼吁也没有用的。

第二,随着题材重心的大幅转移,"欲望化描写"与道德理想的关系构成了当今审美意识中非常突出的矛盾。这不是指哪一种题材,而是渗透于几乎所有题材中。人的欲望固然从来都有,但在今天,也许由于利润法则的刺激,也许由于商品化、实惠哲学带来物质对精神的覆盖,总之人的世俗欲望空前地放大了、突出了,无形中成为文学描写的重点。在大量作品中,围绕各种欲望展开的矛盾错综复杂,光怪陆离。权欲、钱欲、情欲、占有欲、支配欲、暴发欲、破坏欲等等,成了很多作品中最习见的场景。于是有人将之称为"欲望化写作",有人干脆自称是"欲望现实主义"。这是以往的中国文学中从来没有过的密集图景。从某种意义来看,这也是某种生活真实的反映。例如,我们习惯于笼统地批评文学中的性描写和物欲追逐,而很少注意,作为文化符码,洗脚屋、桑拿房、壮阳药、美容院以及名车、豪宅、美女、股市、彩票的广告,几乎无所不在地环绕着人们。既然如此,问题就不在于是否写了欲望,而在于怎么写。

以"欲望化描写"为核心的选材倾向直接导致了官场小说、犯罪小说、都市时尚小说、女性主义小说的盛行。问题的关键仍在于,不少作品热衷于感官化、刺激性、消费性的展示,逗留在现象层深不下去,既不能深刻分析人物的心灵冲突、精神矛盾,也不能以理想之光照耀形象世界,使之升华出新鲜的诗意。像王安忆的《长恨歌》这样意蕴深藏的都市文本毕竟不多。比如,这种欲望化倾向表现于某些官场小说,是辞气浮露地渲染贪欲、腐败,孤立地而非整体性地表现反腐,路子越走越窄,概括力越来越弱。这种倾向表现于某些都市小说,是商业化影响下的浓厚的大众文化趣味,突出展现物欲渴求和感官体验,主人公活动的场所不外酒吧、歌厅、咖啡屋、发廊、商厦、股市之类。这被称为时尚化文学,它的土壤是发达的时尚文化,感官化是其主要表征。这种倾向表现于某些女性主义小说,是注重私密体验,解构启蒙话语,强调女性在社会体验、身体经验、文化构成、心理特征上,皆有别于男性,因而大力肯定女性的生理独特性及其人文诉求,表现她们在与男权、男性的冲突中自我实现的要求和寻求平等的呼声。不可否认,性是这类创作的敏感点、中心点,对男性话语的颠覆往往是从这里入手的。这当然无可厚非,其打破传统观念的意义也在一定意义上应予肯定。然而,也有两方面的问题,一是一些作品有意割弃与广阔社会生活的联系,剔除人物身上必不可少的社会性活动和道德激情,固守在私密的天地里,致使其文化内涵稀薄。它们超越人文话语进入了性别话语,要真正深刻起来是否应该再超越性别话语,回到人文话语?另一方面,过分依赖感官和本能,放弃对多重人生价值的参照和探索,使这种"个人化"日渐"干涸化",生发不出崭新的意义,整体上缺乏足够的精神维度。

从审美的角度来看,不少作品不能令人满意,根源在于,精神建构和情感升华不足,没有高远的道德理想指引,没有对人性的深刻分析,没有对人的生存意义和价值的大力肯定。这里,"身体写作"也许是个关键词。有的论者强调,身体是写作的起点,作品的思想、意蕴、语言,无不带有作者身体的温度,他们批评不"从身体出发"的写作是"面具写作",他们说,如果传统作家注重的是精神,那么新生代作家注重的是身体,而身体不可避免地与欲望联系在一起。就尊重个体反对禁锢而言,这种说法当然不无道理,但是,文学的根本审美特性是精神性的,身体与写作之间,最不可缺少的中介仍是灵魂和精神,与其推崇"身体写作",不如鼓励"灵魂写作"。因为精神的缺席,才有了从"身体写作"滑向"下半身写作"的恶谑一途。

第三,世俗化与崇高感的矛盾,也是贯穿在当今文学审美意识中的另一个突出问题。世俗化肯定人的自然欲望,肯定世俗生活的乐趣,把人从现代迷信和教条主义的禁锢中解放出来,扬弃假大空和伪崇高,无疑是一大进步。于是,知足常乐,健康长寿,满足于平安与舒适,注重眼前物质利益,不到生活之外去寻找虚幻意义,已成为当今最重要的生活价值目标。这种价值观影响到文学,便是近二十年大幅度向真实生活的回归,向普通人、平民、小人物生存的回归,向写实主义的回归。"新写实"潮流的大行其道,例如池莉的新市民小说的大受青睐,"现实主义冲击波"的兴衰,"朴素现实主义"的流行,均与此不无关系。比如池莉的受欢迎就值得研究。有人称她的语言是"唠叨文体",这种"唠叨"可能正是新兴市民阶层日益庞大,其生活化、实惠化的话语现实,是市民心态和趣味的对应物。

这些世俗化思潮无疑产生过许多受欢迎的作品,但是,作为一种持续不变日渐凝固化的文学状态,未免显出了疲惫之态(不错,"韩剧"也是家长里短、芸芸众生,但日常化的背后似有道德自信、伦理激情)。其中与文学的崇高感、理想精神的不足以及英雄文化的疲软,所造成的明显空缺,大有关系。因为,人类总不会满足于平庸。崇高感的鼓舞,英雄文化的豪情,在任何时候都是令人神往的,何况全民族正处于一个新旧交替的转型时代,肯定需要开拓精神的激扬。但是,我觉得,在扬弃了伪崇高和伪浪漫之后,我们的文学似乎一直难以摆脱价值迷茫的困扰。没有现实的英雄偶像,人们只好到古代传奇、新武侠小说、好莱坞大片中去寻找替身,寻找满足,这当然也是需要的,但终非长远之计。从《英雄无语》《解密》《西去的骑手》等一些尚能发出审美异调的作品的受到注意,从《三国演义》《水浒传》《长征》《英雄》等影视片的热播,不难感应到此种消息。"一地鸡毛"式的仿真写法开始让读者不耐烦了,但要写出现实的、感人的崇高精神的篇章,难度依然很大。有人作为一种成功秘诀介绍说,写现实要写普通人,写古代要写英雄,把写现实中的崇高视为畏途。看来,当代文学要发挥出阳刚的一面,变得充满憧憬、激荡人心,必须致力于对日常化、世俗化生活流程中潜在的崇高精神的挖掘,致力于对当代生活中真实的英雄精神的发现和重塑。

第四,解构历史、消费历史与历史理性精神的矛盾,是当今审美意识中的又一重大问题。上世纪90年代以来,文学表现出强烈的重诉历史的欲望,这其实是大转型时代现实精神诉求的反映,企图通过重新阐释历史来肯定现实中欲肯定的东西。总的看来,在历史题材创作方面,成绩是主要的、突出的。对历史题材的处理经历了由当年的大写阶级斗争、大写农民起义农民战争,到今天的大写励精图治、大写圣君贤相,可说是个大转折,其中伴随着历史观的微妙变化,也与突出革故鼎新的变革精神密切相关。把圣君贤相纳入到人民创造历史的行列之中,并承认其作用,显然是一种历史主义的态度。然而,由过去不分青红皂白地彻底否定帝王,到现在的某些作品又走向另一极端:无条件地讴歌帝王,都是走极端。有些作品在歌颂帝王时,把皇权思想、人治思想、专制思想抬得很高,奴才味儿很浓,把皇帝塑造得可亲可爱可敬,十分高大全,无形中在张扬一种大一统的、专制主义的集权政治。连张艺谋的《英雄》也未能逃出这一思路。它们与21世纪人类文明的大趋势实在脱节。当然,怎样做到在肯定圣君贤相时把一些很难不夹带进来的消极思想剔除出去,无疑是创作上的大难题,需要深入辨析。随着市场价值介入历史题材领域,另一倾向也在左右创作:制作者们的兴趣集中到了争宠、夺嫡、篡权、谋位方面,形成了一套以权谋文化为中心的构思模式和叙事策略。他们表示,之所以这样写是因为"老百姓喜欢",不能说毫无根据。那么,老百姓究竟为什么喜欢?从深层来看,还是因为触到了官本位文化之根,古代官场让人联想到现实官场,官本位文化如臭豆腐,既让人厌恶,又让人艳羡。与此同时,是"戏说"的风靡一时——把历史作为消费对象,作为喜剧和闹剧的原料库,不断"搞笑",不过是拿历史做由头而已。历史学家格外看重的"历史真实"被扔到爪哇国去了。应该看到,历史题材创作领域里所发生的种种,正剧也好,戏说也好,解构也好,翻案也好,都是市场经济时代和现代转型社会多元文化思潮的反映,带有某种必然性,即使某些戏说之作,若不是多到不可容忍还是可以接受的,但不能把历史涂改得面目全非,让青少年误读了中国历史,那问题就大了。显然,这一领域存在着纷纭缭乱的眼光,有的翻案文章做得太离谱,已背弃了基本的历史真实和被证明属于规律性的东西。我认为重要的是,当此五色杂陈之时,在主导方面体现出理性的历史精神就可以了。

第五,作为当今审美意识的反映,在对红色经典和文学名著的改写改编中出现了所谓"人性化处理"问题。这已不是单个现象,而是趋之者若鹜,形成了一种时尚和风气。我以为,随着历史语境的变化,对红色经典和某些名著重新解读甚至加以改写改编,并非不合理、不可能,或完全没有必要。任何一个产生过广泛影响的文本,在不同的时代必会显现出不同的价值层面,因而产生新的精神需求,作为一种再创造,如果继承与创新的关系处理得当,能给出新的解释和新的造型,完全有可能开辟出新的审美境界。红色经典如《夏伯阳》《静静的顿河》《钢铁是怎样炼成的》之改编,文学名著如《悲惨世界》《安娜·卡列尼娜》《哈姆雷特》之改编,都是例子,《悲惨世界》被改编了七次之多。

我国一些红色经典的被重新发现,改编者日众,至少说明,时至今日,这些作品仍具有某种生命力,它们并不是简单化地扣上一顶伪现实主义和伪浪漫的帽子,就可以打入冷宫的。艺术问题是相当复杂的。主观与客观,世界观与创作,作家宣称的思想与作品实际的形象系统,错误的观念与充满血肉的人物,当时的美与现在的美,都有可能构成多重价值的内在矛盾和冲突。耐人寻味的是,在今天,由于时过境迁,以描写阶级斗争为核心的红色经典本来没有太多市场价值可言,可是,事物的两面性在于,这些脍炙人口的故事和人物其实又是具有某种"潜价值资源"的,只是有待于发现。什么"潜价值资源"?首先是,它们可以提供当代创作中匮乏的英雄情怀。红色经典中的英雄人物,曾经家喻户晓,知名度极高,但是,英雄的个性化,爱情的多种可能性这些过去被遮蔽和掩盖了的一面,构成新的想象空间,并有可能成为新的卖点。这也许就是红色经典改编忽然成风的秘密所在吧。不可否认,它的背后有市场的影子。

根本问题在于,不少改编者把改编问题看得过于简单了,看不到巨大的难度和对作家思想艺术准备的严苛要求。这种改编布满了难题,不亚于从事原创性作品。普遍的情形是理解上失之肤浅和简单化,以为注入一点小资情调,做一点翻案文章,颠覆一下原有的人物关系,来个大逆转,让高大降为平庸、坚贞变为放荡、刚强变成窝囊,就算完成了人性化处理,显然错了。有些改写者似乎并未意识到,许多红色经典包括样板戏,乃是左翼审美文化经历了漫长的时间积累和不断总结经验的产物,有的甚至是一种"结晶体",它有它失误和偏颇的地方,却也有它的精湛和深刻,绝不能因为某个人曾经"插手"过某个作品,它就糟糕到不值一提,只配唾弃了事。事实上,人物处理上的得失只是表象,争论的实质牵涉到对革命传统、现代史和党史的评价问题,颇为复杂;而在艺术上,要胜出久经打磨的原著,难度同样也不小。所以,改编改写未必不可能,却需要足够的见识和功底,方有望成功。否则不过短期的市场行为和旋生旋灭的泡沫而已。

二、文学的版图是否正在缩小

当今的文学称得上数量浩繁,缤纷多样,加以各种炒作和命名层出不穷,使人眼花缭乱,目不暇给,若仅从表象看,似乎可以用"多元化"来描述。然而,冷静思之,又会感到,这种"多元"胜景却不无虚浮成分,甚至遮蔽了某些重要方面的缺失。比如,在文学功能得以全方位展开的同时,是否存在一些功能膨胀了、一些功能萎缩了的情景?是否因之带来文学生态的严重不平衡,并导致了文学功能的弱化?事实上,放在当下的历史文化语境里,这个问题已变得分外突出,只是我们未加正视罢了。比如,我们是否缺少足够数量关注政治、关注现实、关注底层的大气魄、大手笔的文学作品,而这与我们的某种偏颇的认识是否有关?最近,读了一批作品,震动很大,它们促使我重新思考文学与现实、文学与政治、文学与时代的关系问题,同时思考什么是"文学本身"和"回到文学本身",什么是文学的活力之源和创新之途。

比如,作家张平把他的小说《国家干部》直称为"政治小说",周梅森也有类似提法,均不失为一种直率和勇敢。张平在这部小说的"后记"中所提的问题相当尖锐。他说,目前一些学术界知识界人士,面对纷繁的社会现实和政治现状,却异口同声地只谈经济,不谈政治,只关心经济,很少关注政治,文学也一样,面对社会巨大变迁,对政治表现出公开的冷漠和疏远(他举出日益隔膜的现象有腐败现象、道德滑坡、国有资产分配不公、贫富差距、下岗、就业、"三农"等等问题)。他说,他们对脚下土地上所发生的一切越来越疏远,除了用西方某些观念和书本知识对当今现实生搬硬套外,对底层劳苦大众并不真正熟悉,对正在发生的政治运作并不了解,对老百姓想些什么并不清楚。由于不了解政治,不了解社会,自然也就无法描写政治和社会,恶性循环,只能距离政治越来越远,距离社会越来越远。这种情况并非只在新生代作家中有,中老年作家中也同样存在。他还说,令人畏惧的是,总有一些人,一再认为这种现象是社会进步的表现。

张平这番话对不对?依我看,不无偏颇成分(如,很难说目前的文学界是"只谈经济,不谈政治",其实很多作家对经济实践同样陌生,何况在今天政治和经济很难分开。再比如,"政治"指什么样的政治,权力层面的政治还是文化层面的政治?等等),但不可否认,其描述大体符合事实,具有很强的针对性,无形中提出了一个熟视无睹的大问题。对于当今的文学而言,没必要所有的人都去研究政治,直接描写政治,如果那样便很荒谬,但是,一个民族的文学倘若在整体上远离政治,基本放弃从政治的宽阔视角去解读社会人生,那将是一种可悲的偏废,那样的文学断难成大气候。

我们知道,把文学作为政治工具的历史教训是异常深刻的,在极左路线统治时期,扼杀个人声音的现象比较普遍,因而新时期开初,有识之士提出了"回归文学的本性"和"回到文学本身"的呼求,自有非凡的意义。然而,这并不意味着文学该彻底地脱离政治,与政治决裂,或者认为文学的目的只能是为了自我满足的需要,或只是自说自话的方式,与听众无关,无须承担任何使命。文学发生起点的个人感受性并不导致文学是与任何人无关的私密之事的结论。问题在于,究竟什么是"文学本身"?有没有一种在历史运动中与社会、政治、经济、法律、道德、伦理、宗教等等互动着的,却又被宣称为与它们毫无关系的纯粹的"文学本身"?试想,把一切都剥离掉了,还能剩下什么?本能?食与性?事实上,剥到最后,连"文学本身"也就不存在了。不应忘记,文学终究属于意识形态,当然是审美意识形态。我们所讲的政治理应是一个大概念,应该更侧重于政治文化和政治文明的向度,既表征为权力的中心和经济关系的集中表现,同时,又是以人为核心的社会性力量的交汇要冲,政治意识总是历史地沉淀在一个民族的文化心理结构中,起着深层的控制作用,作为社会的人很难脱离,作为表现社会的人的文学,同样很难脱离。我们对权力的层面往往比较敏感,对其文化心理结构的层面则往往忽略,在创作上,表现为故意回避和淡化,这无疑会损伤作品的社会历史价值,大大削弱感染力。有些作品当然是可以远离政治的,但纯粹到一尘不染的,尚未有过。其实,所谓纯审美论、无利害说、纯"为艺术而艺术",往往只是一种天真的想法。

然而,当今的文学似乎并未意识到其重要性,每每遇到解析历史、认识命运时,宁可用另外一套观念,例如爱、死亡、物竞天择等(这也许是同样需要的),也不愿从社会政治的通道进入生活并深化其开掘。这是一种放弃优势而不用的自我束缚,不仅限制了文学题材领域的开阔,而且限制了文学眼光的开放程度,甚至牺牲了文学应有的一部分功能。这里存在着一些微妙的关系。比如,强调文学超国界、超种族、超语言,扩大人类普遍性的含量,与文学对本土的、当下的政治、经济、社会、道德、伦理、习俗现状的描绘(政治是其中重要的一环)之间的关系。就某种意义来说,后者是基础,抽去这个基础,人类性和超越性往往落空。个人化声音的重要性也一样。个人声音的大小、强弱及震荡幅度,与其社会历史人生内涵的深浅和有无批判精神有着极为密切的关系。如果指出,当前的文学在总体上对公众利益、公共事业缺乏足够的关注,因而在一定程度上失去了读者的回应热情,应该不是无的放矢。与之相联系的是底层意识的匮乏,对底层劳动者的隔膜,主要是对农民和农村生活表现的乏力,这些也都是形成文学版图缩小的原因。

然而,必须看到,有政治家的政治,也有文学家的政治,两者之间既不能相互替代,也没必要追求趋同。完全趋同就可能重返"工具论"的老路。文学家的政治不仅在于必须首先遵循文学的独特规律,而且在于,必须是通过对人的灵魂审视而达到对人的精神观照,它更多地侧重于政治与人的内在关系的角度。现在普遍的问题是,一些关注政治、贴近现实的作品,面临模式化、平面化的困扰,缺乏新的思想和新的形式,相当多的作品停留在"反腐"的水平上,停留在义愤上,停留在黑幕小说的趣味上,或就事论事地、津津有味地描写争权夺利、钩心斗角、贪污受贿、腐化堕落的过程,或仅仅把政治理解为权力的操作,难以站到时代政治文明的高度,以整体性地把握生活和对政治文化的建构精神来统驭题材。在文学史上,我们可以毫不费力地举出像雨果的《九三年》、司汤达的《红与黑》、帕斯捷尔纳克的《日瓦戈医生》、米兰·昆德拉的《玩笑》、君特·格拉斯的《铁皮鼓》等等作品,它们都含有很强的政治性,毋宁说是在写政治,但那是何等睿智的眼光,超越了题材表层时空的有限意义。应该说,近年来文坛上以张平、周梅森、陆天明为代表的一批作家的"官场政治小说"是引人瞩目的,他们的主要贡献在于,以作家的良知和正义感、使命感,无情揭露和鞭挞了腐败现象,向世人展现底层大多数人的生存境况,进而思考中国当代政治体制与经济改革的矛盾关系,既思索政治体制对改革的影响力,同时探索伟大的改革对现存政治体制的反作用力。然而,必须看到,他们的作品包含着较强的新闻因素、政论因素以及某些报告文学元素,近来更强化了"影视剧化"的因素,就其质素而言,不能说已经进入了揭示人的精神生活的深刻层面,也不能说已提出重大的时代性精神课题。我们的文学还缺乏真正意义上的高超成熟的"政治小说"。

三、书写风格的变化

在今天,几乎所有传统的书写方式和文学体裁都面临着危机,只是我们不觉得罢了;在今天,几乎所有文学领域的书写风格都在发生微妙变化,只是我们尚未及时总结罢了。"文变染乎世情,兴废系乎时序",文体上的变化归根结底还是社会生活的变化作用于审美意识的反映,过去这种变化被认为非常缓慢,现在不同了,由于时代变革生活的急遽和深刻,书写风格的变化似乎也加快了。这里仅就我突出感受到的几点谈些看法。

在叙事方式上,我们历来有一种对史诗和全景的膜拜传统,有一种把文学作为书记员和历史教科书的传统。恩格斯称赞巴尔扎克时说:"他汇集了法国社会的全部历史,我从这里,甚至经济细节方面(如革命以前的动产和不动产的重新分配)所学到的东西,也要比从当时所有职业的历史学家、经济学家和统计学家那里学到的全部东西还要多。"这些话对构成所谓巴尔扎克模式有重要意义。诚然,并不是作家的本意要把文学当历史来写,而是作品客观上具有了如此大的知识包容。但是,我们依然要问,在今天,这样的方式还有多大存在理由,在传媒如此发达的情况下,文学还要不要把大量篇幅交给经济学、统计学或其他什么学? 还有多少人希图从作品中学习到比职业的专家那里更多的知识? 这是颇可怀疑的。因为知识的结构和意义发生了巨变,人们汲取知识的途径更多样了,从文学中获取的应该主要不是知识。这里,我并不简单地认同那种排斥宏大叙事、提倡小型叙事的观点,我只是从生活现实中感到,人们对文学的需要变化了:现在更需要一针见血的东西,更需要拨动现代人深藏的心弦的东西,也就更需要给作品减负、减肥、瘦身了,因为人类知识的重负太大了。于是,在创作上,一种不以展开的社会生活面多么广阔为务,而是以集中的笔力深掘人性的作品出现了。像《许三观卖血记》《白豆》等似乎就代表了这种简约的风格。记得四年前,正值世纪之交,长篇小说出现过一个竞写百年沧桑的热潮,几乎每部作品都是一百年的跨度,历时性的结构,追求宏大的史诗气魄,作者们为之耗费了大量体能和精力。应该说,力作也有,却很少。问题出在传统的创作方式与现实的文化语境之间的矛盾,作者的雄心壮志与读者的实际需要之间发生了错位。这一现象告诉我们,选择史诗性的百年小说是要承担风险的。家族小说的"硬化"有助于说明这个问题。家族母题中生发的家族小说本是我国文学传统中的强项,很多百年小说大都袭用家族小说框架,《白鹿原》的成功似更增长了作者的信心,然而,目前大量家族小说却陷入思想的贫瘠化和情节的模式化不能自拔,无非重复一些人人皆知的道理。但任何事物又都不是绝对的,比如新近出现的百年小说《水乳大地》,就重新召回了史诗型写法并取得了一定成功。

本土化写作的复兴和新探索,应该是近年文学书写风格变化的又一突出表征。自"五四"文学革命以来,借鉴外来形式也即

"西化"始终是主导的倾向,现代意义上的新小说,无疑是在西化模式上建构的。民族化,民族特色,中国作风,中国气派,这些口号虽也提倡,总是断断续续,有时会成为保守主义的遁词。但当此全球化语境咄咄逼人之时,本土化写作和本土化风格则变得意义非凡。莫言在《檀香刑》的后记里说:"民间说唱艺术,曾经是小说的基础,在小说这种原本是民间的俗艺渐渐地成为庙堂里的雅言的今天,在对西方文学的借鉴压倒了对民间文学的继承的今天,《檀香刑》大概是一本不合时宜的书,是一次有意识地大踏步地撤退,可惜我撤退得还不够到位。"莫言的这些话不啻是一种宣言,代表的是一批作家的新追求,《檀香刑》就糅合了高密的猫腔,一种韵文。又如阎连科《日光流年》对河南方言的改造应用,雪漠在《大漠祭》里对凉州方言的运用,毕飞宇在《青衣》里对京剧韵律的贯注等等,它们既非现实主义,亦非现代主义,把最洋的与最土的结合,把最传统与最现代的扭合,逐渐形成新的本土化叙述风格。这些追求加深了我们对"越是民族的,就越是世界的"的认识。当然,这个"民族的"必须是开放前提下的"民族的",而非封闭前提下的"民族的"。

我们还注意到,文学与影视的联姻、携手,正在极大地影响着文学的前途和命运。影视到底是拯救了文学,还是伤害了文学?这是一个需要深思的问题。虽然,因为"触电"使文学原著和作家本人一夜成名的故事并不鲜见,但在过去,一些清高的作家并不很情愿向影视靠拢,或者对影视能否真正表达他们原作的意蕴心存疑虑。为什么呢?因为文学是一种时间艺术,可以展开无尽的想象和精妙的心理刻画以及独白、对白、议论等等,影视却是造型艺术,一种视觉语言,毕竟有空间限制,它最需要的常常是一个诱人的故事加上一系列强烈的动作,因之大量的文学性因素被无情地过滤掉了。事实上,最精深的文学作品几乎是无法改编成功的。然而,影视的丰厚的经济效益和电子传媒的覆盖效益诱惑着作家,正在促使作家们为适应影视话语的要求来改变文学话语的方式,这种伤害是深隐的以致是致命的,但又无可如何,我们无法阻止作家们努力把自己打造成影视写手,也无法阻止越来越多的小说以"分镜头化"的面目出现。我们还将尴尬地发现,越是这样的"长篇小说",其发行量越是大得惊人。

四、人们到底最需要什么

要吸引住今天的读者很难。曾经有人统计过,电视节目倘若不能在三秒钟内吸引住人,观众马上就换台,文学固然不致如此,但情形也差不了太多。书籍遭到冷遇的现象很普遍,读者中断阅读的概率在大大提高。今天作者年轻化,读者更在年轻化,他们在决定书籍市场的走向。似乎写沉重的不大行,写深刻的也不大行,深度模式受到了质疑,更受欢迎的倒是线索单纯、人物有趣、贴近心灵、引人入胜、轻轻松松的那种。《手机》即有此特点。据说它不"触电",只能发行二三万,一触电,发了三十万册。人物性格刻画的深度变得并不重要,重要的是写出"状态"。我们有时会感到,在今天,宫闱、反贪、侦破、言情、武侠等等,在热过一阵子后,似乎都走到头了,面临难以为继的困境。那么,什么才最吸引人,人们到底需要什么,就很值得研究。肯定地说,人们最需要的东西不止一样,应是多种多样的,丰富多彩的,举凡远古、历史、现实、政治、军事、道德、宗教、伦理等等,皆有可能成为热点。

前年,《激情燃烧的岁月》忽然热播,出人意料。事实上,作品描写的那个年代,对个人的自由和空间并不是很关怀的,由组织指定婚姻的方式甚至应当引起反思和批评。但是,人们看起来仍然兴致勃勃,为什么?是主人公的个性峥嵘、本色、亲切?还是人们发现,在物质极为艰窘的年代,人曾经那样真诚、那样纯朴、那样美好地活过?似乎都有一点。质而言之,因为它关注了人本身。这可能就是最需要的关键所在。对文学而言,最根本的应是关怀灵魂,关怀人的生存状态,以人为本。所以,我们是否可以说,人们最需要的是富于钙质的作品和呼唤真情的作品。文学缺钙,已成严重问题,所谓钙,不仅指人格、良知、正义,还应体现于钙质的本土生成。它是一些坚硬的质素。凡是揭示民族性格的作品,是有钙质的。文学的钙体现在作品的精神追求上,体现在作家的人格精神上,体现在对人的灵魂的关注上。另一方面,如有人所描述的,真情缺失,真爱难求,诚信危机,贞操淡薄,在此道德解构与重建的大背景下,人们渴求于文学的,无疑是真情。缺什么,就需要什么。问题在于,什么是真情,需要哪种真情:古典的、传统的、解构的、嬉笑的,还是世俗化的?那真是各有所需。

我们看到,今天的文学有形形色色的花色品种,但精神探求的力度不强,在许多重大问题上没有声音。不少创作者抢占市场的意识很强,沉思默想的劲道不足。作品缺乏思想的魄力和张力,仍是根本问题。许多作者热衷服务于大众,服务于市场,服务于都市,服务于消费,独独疲于思想精神的探求,以致缺少坚实的思想质地,缺乏整体性,缺乏社会意象。这也许就是我对当前文学审美趋向总的印象。

(原载《光明日报》,分上、下两期刊登于 2004 年 6 月 23 日、6 月 30 日)

近三十年中国文学的审美精神

从"文革"结束到新世纪以来的今天,中国文学从逐渐复苏、寻找自我,到吸纳域外文化、强化自我,再到融入市场、调整自我,走过了近三十年挑战与应战交互作用的壮阔历程。这三十年,从物质世界到精神世界到艺术世界,皆发生了梦幻般的巨变,用翻天覆地、沧海桑田形容并不为过。就文学而言,这三十年是不断受到来自政治—意识形态的、经济—市场化的、文化—媒体化、高科技化的影响的三十年,涌动过数不清的作品、口号、现象、思潮和论争,不但其时代背景和思想文化背景不断转换,文学舞台上的主角也在不停地变幻,它是五光十色的,又是充满曲折和起伏的。但大体趋势却是,从狭窄走向了开阔,从单一走向了多元,从本土走向了世界。

事实上,情况已复杂到很难厘清、概括和命名的程度。具体划分,这三十年就思想文化背景而言,大致经历了三个阶段,经历了三种相互联系又有所不同的文化语境:第一个阶段在70年代末到整个80年代,文学的启蒙话语与政治的拨乱反正以及思想解放运动,在相当时间保持了同步共进的关系;文学以恢复现实主义传统为中心,知识分子的精英意识萌动,找到了代言人的感觉,文学反对瞒和骗,呼唤真实地、大胆地、深入地看取生活并写出它的血和肉的"说真话"精神。80年代中后期,西方现代哲学和文学被大量译介进来,现代主义与现实主义碰撞激荡,使现实主义的独尊地位有所动摇,出现了多元发展的新局面。第二个阶段在90年代,市场经济和商品化以前所未有的规模席卷而来,中国社会的精神生态趋向物质化和实利化,思想启蒙的声音在文学中日渐衰弱和边缘化,小说和诗大多走向了解构与逍遥之途,走向了世俗化的自然经验陈述和个人化的叙述。与之相伴,一个大众文化高涨的时期来到了。第三个阶段是在2000年前后至今,一切正在展开中:全球化、高科技化、市场化、城市化、网络化成为它的重要特征,尤其是网络化,被称为"第四媒体",其无所不在的能量,大大改变了世界的时空观和人的存在状态以及思维模式,也大大地改变了文学的生产机制和传播方式。作为变动不居的人文背景,它们实际上潜在地影响并渗透到了文学的方方面面,比如题材选择的倾向、主题的演进、思潮的焦点转换、价值的取向、话语的方式以及叙事能量等等。那么,我们还有没有可能,面对新的历史语境,站在新的立足点上,进行一些大的思考,比如:我们走过了一条怎样的路?三十年来中国文学的基本精神是什么?中国文学与世界文学的互动与关联如何?三十年中国文学在文体方面的演变是怎样的轨迹?审视三十年文学的审美经验有什么样的发现与收获?等等。

1978年5月11日,《光明日报》发表了评论员文章《实践是检验真理的唯一标准》,掀开了思想解放运动的序幕。按说,实践是检验真理的唯一标准,几近常识,不证自明,难道还有不需要实践检验的真理吗?然而,这个问题之所以在中国变得那么复杂,成了一个需要费极大气力反复论证的论题,是无法离开具体的中国国情和政治文化的实际。就我的亲身经历看,当年秋天,1978年9月2日,《文艺报》在北京和平宾馆九楼集会,为《班主任》《伤痕》《神圣的使命》等一大批写伤痕的短篇小说呐喊助威,这一举动震动了全国文学界。那天,刚跨进《文艺报》不久的我被分配担任记录,整整一天,笔不停挥,手都记酸疼了,却浑然不觉。那时还没有便捷的录音设备。会后,由我和闫纲师兄共同整理了八千字的会议纪要,以"本报记者"名义,以"短篇小说的新气象、新突破"为题发表了。这篇报道至今被一些文学史作为资料提及。到了这一年的12月5号,在新侨宾馆,一个影响更大的会议召开了,那就是由《文艺报》和《文学评论》联合召开的为一大批"毒草"平反的会,涉及作品极多,从《保卫延安》《刘志丹》到《组织部来了个年轻人》《在桥梁工地上》等等,不胜枚举。又过了十几天,12月18日至22日,具有伟大历史意义的十一届三中全会召开了。回顾那个年头、那些日子,作为小人物的我,也有一种融入历史、创造历史的奇特的紧张兴奋感,好像能听到自己的心跳声与历史的解冻声在一起共振。那时,百废待兴,头绪纷繁,上面顾不上文学,并没有什么具体指令,在《文艺报》社,有些波及全国性的会议的动议,竟是大家七嘴八舌聊出来的,当然与冯牧、孔罗荪二位主编的决断是分不开的。这个年头,对文学界来说,"五四"文学传统开始复苏了,作家作为人民群众代言人的身份重新得到确认了,知识分子的精英意识也慢慢抬头了,文学创作向着现实主义传统回归了。

三十年后的2008年,历史似乎注定了要让这一年最为艰辛悲壮同时最为扬眉吐气,汶川大地震和北京奥运会,是对中华民族承受能力和创新能力的巨大考验,世界看中国,中国看世界,中国为世界演奏了一曲无与伦比的伟大乐章。但就文学来说,一切却显得很平常,并无大事发生。我只是注意到一个细节:诺贝尔文学奖评奖委员会正在世界范围寻觅一位作家,来领取当年的奖金与荣誉。这项殊荣最终被法国作家勒·克莱齐奥获得了。对此,中国文人的心绪也许是复杂的(世界其他地区的文人大概也一样)。

有人说他只是一个三流作家,也有人说诺贝尔文学奖的神秘感正在散失,还有人进而认为,整个世界都进入了去权威化、去中心化、趣味分散化的时代,传统意义上的"文学大师"已经不大可能再产生了。事实上,近些年里,中国读者都希望有中国籍的汉语写作者跻身此列,希图中国文学在世界范围影响越来越大。这也是近三十年改革开放,中国经济、政治、文化长足发展所必然产生的一种力图融入世界的健康的开放的心理。如果说,三十年前我们总是习惯于站在中国本土的范围来审视自身的文学的话,那么在今天,我们已经逐渐学习站在世界文学的背景下,或者说站在人类文明和世界文学的大视野下来盘点中国近三十年文学了。这种历史性的进步是显而易见的。因为自"五四"以来,中国文学的大传统就在寻觅与世界文学大传统的汇流,无论20世纪80年代现实主义的开放化,抑或先锋文学的左冲右突,还是近年来中国作家不断在国外获奖,中国文学社团与整个世界文学交流活动的日益频繁,都在说明,文学的语境早已不是单纯中国化的,而是世界化的了。

在这里,我想从"思想灵魂主线""艺术探索精神"和"与世界文学的关联"三个方面,来看一看这三十年文学的精神和变化。我认为这是很重要的能够代表三十年文学发展状况的三个方面。

一

这三十年,中国文学有没有贯穿性的思想灵魂的主线索?或者说,有没有它的主潮?有人认为无主潮,无主题,我却认为主潮还是存在的。在我看来,寻找人、发现人、肯定人就是贯穿性的主线。这是从哲学精神上来看的。若从文学的感性形态和社会形态来看,就是对民族灵魂的发现与重铸。

1980年，一首《中国，我的钥匙丢了》让所有中国青年为之动容。"那是十多年前/我沿着红色大街疯狂地奔跑"，说的不就是刚过去的十年浩劫吗？"红色大街""疯狂"都是那个时代的特征，但是，"我"心灵的钥匙丢了。这就是那个时代中国人的普遍的精神状况。诗人敏锐地道出了这种存在，并且"在这广大的田野上行走/我沿着心灵的足迹寻找/那一切丢失了的/我都在认真思考"。这里，揭示一个时代存在的现状还不够，还需要寻找新的价值，还需要新的构建。

不独在诗歌，更在伤痕、反思、寻根小说和先锋小说里，作家们已经自觉或不自觉地进入生存的深处、人性的敏感处、历史的内脏，在寻找着"人"。与之相伴随的是，关于人性、人道主义和异化问题的大讨论。20世纪80年代，是一个人性、人的权利、人的尊严被不断重新提起和研诘的时代。弗洛伊德、叔本华、尼采、弗洛姆、海德格尔、萨特、本雅明的思想被译介，它们在中国文学的殿堂里喧哗回荡。王蒙、张贤亮、莫言、贾平凹、韩少功、李锐、苏童、残雪、王小波们的一些中短篇小说，将我们带入一个与以往不同的文学世界，人性的复杂性在最低的生存中被打开，人与性的关系、人与历史的关系，以一种紧张的甚至魔幻化的形态呈现出来。

不同时期的文学，对生命根本问题的思考变异极大，比如80年代的文学中爱情就是一个超越其本身意义的大主题，是寻找"人"和发现"人"的一个重要场合。关于爱情，不同时期的文学作品体现了不同时代的理解和表现。知青文学、寻根文学在表现男女之间的爱情时，实际上是在寻找一种与传统的中国伦理不同的新伦理。这种伦理首先就是崇尚爱情本身的价值。在中国的传统伦理中，只存在婚姻，不存在爱情。从张洁的《爱，是不能忘记的》、张贤亮的《男人的一半是女人》，到王安忆的《小城之恋》、铁凝的《玫瑰门》、王朔的《爱你没商量》《过把瘾就死》、苏童的《离婚指南》，80年代的文学经过了对性的初次探索和对爱情与婚姻的质询，进入了90年代。从贾平凹的《废都》、王小波的《黄金时代》、陈忠实的《白鹿原》以及陈染、林白、卫慧、棉棉等女性作家的涉性小说，我们看到，爱情已经不再是精神层面的思考，而是灵肉结合不避性爱的探讨了。性文化成为一个焦点。这个时期，各个相关作品的共性是发现性、透过性、展示性、探索性活动与人性的关系，将之变成一个最强烈、最集中、最尖锐的声音。

然而，必须看到，"人"不是抽象的人，而是具体的、现实的、打着民族文化烙印的人。笔者在总结新时期文学十年时曾提出新时期文学的主潮是"对民族灵魂的发现与重铸"，认为"这股探索民族灵魂的主线索，绝非笔者的玄想，而是众多作家呼吸领受民族自我意识觉醒的浓厚空气，反思我们民族的生存状态和精神状态，焦灼地探求强化民族灵魂的道路的反映"。现在看来，这一归纳适用于对现当代文学的贯通。为什么不说现实主义是贯通性主线，不说人道主义是贯通性主线，不说文明与愚昧的冲突是贯通性主线，而说对民族灵魂的发现与重铸是贯通性主线呢，乃是因为它不局限于某一种创作方法，也不是哲学理念，而是更贴近作为人学的文学，更科学，也更具长远战略眼光的一种归纳。它是与一百年来中华民族追求伟大民族精神复兴的主题紧密联系的。

"五四"时期，鲁迅先生承继晚清梁启超等人的"新民"主张，提出了"立人"思想，自觉地以"改造国民性"为自己的创作目的。他说："说到为什么做小说，我仍抱着十多年前的启蒙主义，以为必须是为人生，而且要改良这人生……所以我的取材，多采自病态社会的不幸的人们中，意思是在揭出病苦，引起疗救的注意。"鲁迅先生的这一追求，虽不能包容全体，却具有极大的代表性，显现出中国现代小说的主导思想脉络。比如,《阿Q正传》就最充分地体现了这一追求,阿Q遂成为共名。在对阿Q的阐释中,有人指出它表现了人类性的弱点,固然不无道理,但它首先还是写出了中国的沉默国民的灵魂,写出了中国农民的非人的惨痛境遇,以及他们的不觉悟状态。"民族灵魂的发现"这一主题在新中国成立后仍然没有中断,只是它在政治意识形态的巨大声浪的覆盖下以更隐蔽的形式潜藏着。比如柳青《创业史》中的梁三老汉,实际上是对中国肩负着几千年私有制社会因袭精神重担的农民形象的高度概括,他那谨小慎微、动摇、观望的矛盾心理是中国传统农民的典型心态。这一形象即使在当时,也被有些人认为是最成功的,其魅力到今天也没有散失。到了新时期,高晓声的《陈奂生上城》让人过目难忘,有人评论说,"陈奂生性格"是国民性格中美德与弱点的一面镜子。我们还可以从《原野》的仇虎到《红旗谱》的朱老忠再到《红高粱》的余占鳌,清楚地见到中国农民代代相传的英雄梦想和对原始强力的渴望。在关于知识分子主题的作品中,其发展脉络同样曲折复杂,但贯穿性清晰可见。鲁迅在《狂人日记》中通过狂人这一叛逆者的疯言疯语,使我们感同身受一个"独战庸众"的个人所承受的巨大压力和有所发现的紧张,以及最终不得不向现实妥协的苍凉心境;在钱锺书的《围城》里,方鸿渐是个充满了自我矛盾的人物,是中国知识分子中的"多余人"。而在几十年后王蒙的《活动变人形》里,倪吾诚上演了另一出文化性格的悲剧,他向往西方文化,却无时无刻不在传统文化的包围之中,被几个乖戾的女性折腾欲死,受虐而又虐人,忍受着无可解脱的痛苦。在杨绛的《洗澡》里有对中国知识分子人格弱点的解析;在宗璞《东藏记》里有对知识分子节操的追问,这些都是这一主题的延展。同时,我们在《活着》《小鲍庄》《日光流年》《笨花》《生死疲劳》《玉米》里可以看到,其中既有对民族文化性格中的惰性因素的深刻挖掘,也有对其中的现代质素,如执着坚韧顽强并将之作为中华民族的精神支柱和动力源的大力弘扬。

需要特别指出的是,历史地发展着的人性决定,"对民族灵魂的发现与重铸"这一主线索并不是单一地静止地,它是一条动态的不断发展不断延伸的主线,它从不自觉到自觉,从对国民性的发现到对现代民族性格、民族精神的深沉思考,从较狭窄的视角走向宏阔的文化视野,它将伴随着中国文学的现代转型而不断地深化下去。

二

这三十年间,时代环境、社会思潮、价值观念、审美意识都在不断地发生变化,我们的文学虽然有明显缺失,有泡沫,有诸多的不足和不满意,但是,整体地看,文学的人文内涵的广度,文学功能的全方位展开,文学的方法、题材、风格、样式的多种多样,汉语叙事潜能的挖掘和发扬,以及生产机制和书写方式的解放,作家队伍构成的丰富层次,特别是第四媒体——网络化带来的冲击,皆与三十年前不可同日而语。不管有多少干扰,受多少钳制,我们的文学在这三十年间仍然经历了一个不断解放自己,实现自己和壮大自己的过程,像是从狭窄的河床进入开阔的大江,较前大大成熟了,丰富了,独立了。那么这种局面是怎样形成的?有一种精神也许是至关重要的,它或隐或显地始终顽强存在着,那就是相当一批作家批评家,在如何使文学走向自身、回归文学本体、卫护文学的自由和独立的存在所进行的坚韧努力。这种努力保证了新时期文学在最主要的方面,其人文精神含量和艺术技巧品位达到了相应的高度。这里所谓的"文学自身",可以视为对文学规律和审美精神的一种理想化境界的追求,以及对于文学本身的价值和意义的守持。文学在失去轰动效应,甚至走向边缘化的情势下仍然活着,而且仍然不可替代地活着,顽健地活着,就是因为这个原因。

其实,世界上并不存在绝对的一成不变的纯粹的"文学自身",她就像一位美丽而飘忽的女神,眼看快接近她了,伸手可及了,她又飘然远去了,因为文学永远是现实的、具体的、个别的、变动不居的;只有裹挟了现实的风雷和历史的必然要求的文学,才是有力量的和回到了自身的文学;而"文学自身"作为一种境界,也只能在历史发展的过程中延续她自身的发展,永远不可能定型、完型。我们用不断回归不断游离再不断回归的复杂的交叉的过程来描述文学发展之路,才是符合事实的。

回眸这三十年审美意识的变化,可以用这样几个关键词来表达,它们是:启蒙、先锋、世俗化、日常化。三十年大致可以划分为三个时段,第一时段从上世纪70年代末到80年代末。这一时段又可分为三个小段:即复苏期、繁荣期和1985年的转折期。这个阶段现实主义的回归、人道主义或人的文学、对民族灵魂的发现与重铸成为主线。第二个时段包含了整个90年代,主要表现为市场化、商品化背景下的以世俗化和大众文化审美趣味扩展的文学。第三个阶段是指新世纪以来至今的文学。这个阶段是全球化、市场化、传媒化、信息化大大改变和影响了文学生产机制的时期,文学出现了许多新的质素和新的特点。

在启蒙主义的大旗下,在"五四传统"的启迪下,"伤痕文学"曾是新时期文学潮流中奔涌的第一个浪头。《天安门诗抄》和最初的一批政治抒情诗,是最早对为极左政治服务的文学的反叛。诗人愤怒地控诉着,"以太阳的名义,黑暗在公开地掠夺",遂发出

"救救孩子"的呼声。在今天看来,这些诗歌仍然是当代文学史上最沉重有力的铁的声音。伤痕小说正面描写"文革"留下的心灵创伤,揭示个人或家庭的悲剧,它冲破了"四人帮"极左的牢笼,向现实主义传统回归。就在"伤痕文学"兴盛之时,一批敢于独立思考的、阅历丰富的作家,提供了一批更富理性精神也更有思想深度,在更大范围回溯和反省历史的作品。这就是反思文学的出现。它大大拓展了文学的视野,增加了历史深度和思想容量,现实主义由之得以深化,种种禁区被冲毁,文学发挥了干预现实、干预灵魂的能动作用,开启了反思意识。嗣后,改革文学崛起,作家们纷纷将历史反思的目光转向沸腾的现实生活,着力表现经济体制改革的深化,以及改革中人的思想观念、伦理道德、心理结构的变化。另一部分作家则越过社会现实政治层面进入了历史的或地域文化的深处,对民族文化性格进行文学的或人类学的思考,引出了又一文学思潮:寻根文学。

80年代就像一个紧张的思考者。在现实主义与现代主义的激荡中,1985年成为新时期文学的一块界碑。文学打破了现实主义独尊的格局,呈现出多元发展势头,对原有的文学思维和观念进行清理、辨析,开展"方法论"大讨论。一部分作家从生存、时空、叙事、语言、视角等几个层面进行文学的实验,先锋小说家在对启蒙理性解构的同时,试图提供一种新的真实观和对世界的解释,并崇尚"恶"的力量。新写实文学的兴起,可能是20世纪80年代末最重要的文学现象了,它因为对先锋派的反拨而兴起,收获不菲,它的哲学基础仍然不脱存在主义,终因平面化和原生态倾向而缺乏大的精神提升。

在这里,先锋文学的意义似乎值得单独一说。它不仅指马原、余华、苏童、残雪、格非、孙甘露等人开创的小说世界,同时也应该包括于坚、韩东、李亚伟等人的诗歌王国。韩东的《大雁塔》从宏大叙事模式格式化了的阅读中解放出来，还原了一个普通个体的真实。对于普通人来讲，登上大雁塔，不必像古人那样凭吊，发浩大的兴亡之叹，看一看西安，再看一看远处苍茫的景象，然后走下来，仅此而已。一种多么真实的感受。于坚的《尚义街六号》像叙家常一样展开了他和朋友们的日常情态；李亚伟的《中文系》在今天读来，似仍能闻到那间大学宿舍里的臭袜子味道。这些先锋诗歌意味着文学降落到人的最真实的日常生活中了，或者说，撩开了观念的屏蔽，还原了个体人的日常真实。时至今日，先锋文学的成败得失仍然是文学界莫衷一是的话题。重估先锋文学是必须的。与人的命运一样，文学也不应以成败论英雄，而应该探讨它的价值。先锋文学对于中国文学的精神即是如此。先锋文学重语言，重结构，重西化的人文观念和哲学理念，并为之演绎，融入现代主义的某些方法、观念、手法，尤其注重探索心理深度。在文学与政治的拉力赛和异常尴尬的情景中，先锋作家们从"写什么"转换为"怎么写"，是一个进步和变奏。原先我们多以线性的思维来认识必然和本质，但先锋文学说，命运是非线性的，是偶然的，甚至是不可知的，不仅有一种命运，还可能有多种命运。中国当代文学精神就这样从原来的总是质询时代的政治性主题和群体意识，转变为对个体存在意义的探索，从集体的人指向了个体的人，人被从当下政治和种种社会环境制约下的现实的人转变为一种抽象的甚至摹拟的人。先锋文学后来遭遇质疑甚至冷落也是必然的。先锋文学最终因过分迷恋文本形式，沉溺于空心化、抽象化、叙事的游戏化，使先锋小说与时代现实人心越来越远，成为读者身外的"冷风景"；不仅仅小说，诗歌也一样，文学精神在这片实验田里被技术之剑刺杀了。

整个90年代文学是在喧哗与骚动中结束的。市场化是90年代最重要的事件，这决定性的转折在一定程度上改变了文学河床的流向。随着市场化进程的加速和全球经济一体化的大趋势，文学形成了三足鼎立格局：官方主导文化、民间大众文化、学界精英文化并存不悖且互为渗透。大众文化登堂入室，对文化和文学的影响尤其显著。小说界在不断地突围，诗歌界没有英雄。文学不但失去了轰动，而且失去了旗帜。尤其是90年代中后期，思想启蒙的声音在生活中和文学中都日渐衰弱，文学普遍告别了虚幻理性、政治乌托邦和浪漫激情，告别了神圣、庄严、豪迈而走向了世俗化和欲望化，一句话，走向了解构与逍遥之途。市场的刺激，促使文学写作中蕴含的商业化、娱乐化、消费化因素明显增长。然而，必须看到，尽管市场在诱导人们，只有迎合大众的社会理想、道德范式、审美情趣，才可能占有较大份额，才不致被无情淘汰。但具有孤独的艺术探索精神的作家大有人在，审美含量丰沛的佳构往往是在市场的一片喧哗声中卓然而起。90年代的作品在题材撷取上较前更宽泛了，作家们的叙述立场和人文态度变化微妙，观察生活的眼光和审美意识，特别是价值系统和精神追求，出现了明显分化：理想主义的、激进主义的、文化保守主义的、女权主义的甚至准宗教的，一齐并存。这又恰恰是一个重新探讨文学精神的时代。小说界和文化界的人文精神大讨论，诗歌界的知识分子与民间写作力量的博弈，都是对文学精神进一步认识的表现。这种认识使文学精神回到了原点：无论是否找到了我们所需要的人文精神，也无论真正的知识分子精神是否已经归来，但所有的参与者都认为，新的文学需要一种新的人文精神，文学要为人类创造一个精神信仰的王国和安顿灵魂的家园。

进入新世纪前后，文学开始分化，并显示了一些重要征兆。伴随着中国社会的市场化、现代化和全球化进程的深入,文学逐渐把表现重心向都市转移。相对于茅盾的"阶级都市"、沈从文的"文明病都市"、张爱玲的"人性残酷都市"、老舍的"文化都市",新世纪文学的都市主要是倾情于物质化、欲望化、日常化的"世俗都市"。一个日常化的审美时期来临了。首先,"亚乡土叙事"值得重视。城市是当代中国价值冲突交汇的场所,大量的流动人口涌入城市,两种文化冲撞,从而产生了错位感、异化感、无家可归感。这类作品一般聚焦于城乡接合部,描写了乡下人进城过程中的灵魂漂浮状态,反映了现代化进程中农民必然经历的精神变迁。当然不限于打工者,整个底层写作,作家们由最初的关注物质生存状态,转而关注其精神和灵魂状态。精神的贫困远比物质的贫困更为可怕。其次,人们不得不承认,青春与成长主题与"80后"写作一起,已悄然占据了文学的一席重要位置。再次是生态主题的萌蘖,由于生存与发展的需要,中国人对自身的生态问题一直没有引起足够重视,致使生态破坏,自身的健康和可持续发展也受到严重制约。当然,这仅仅是一个表象。在以马丽华的《走过西藏》系列、姜戎的《狼图腾》、杨志军的《藏獒》等等作品为代表,文学开始深入思考人与自然、人与其他生命形态之间的关系。一批评论者不仅从西方生态思想汲取有益养分,而且开始发掘中国文化精神中的生态思想。虽然现在生态文学和生态思想还没有在中国文学界形成大的气候,但它必将成为未来文学不可忽视的力量。因为生态哲学思想的兴起会广泛地影响人与人、人与其他生命之间的伦理关系,也必然会深刻影响到人们的日常生活。

要而言之,这三十年,在禁锢化与人性的解放之间,在欲望化与道德理想之间,在世俗化与崇高精神之间,在日常化与英雄情结之间,在城市化与现代性乡愁之间,文学在苦苦寻觅自己的理想形态和审美情神,这种寻求还将一直继续下去。

三

面对这三十年文学,有一个问题是无法回避的,那就是,它既然有长足的发展,那么这种发展和变化主要体现在哪些方面呢?比如,在创作意识、思想内涵、文体特征、语言风格上,有一些什么样的实质性的推进和变化?我掌握的资料没有现成答案,我也不想做教科书式的回应,我想从最突出的阅读感受入手,来以偏概全地例证一下三十年来题材、文体、语言等方面重要的突进和变化。

就历史题材来讲,与"十七年文学"比较,新时期三十年文学在历史领域有大面积的开掘,有纵深化和多样化的出色表现。众多作品重新诉说历史,重新发掘历史中有益于现代人的精神,作家所持视角和方法却又各异,或还原历史,或解构历史,或消费历史,出现了一个阐述历史的狂欢化的盛大景观。事实上,历史与今天、与文学有着怎样一种神秘的精神联系,是个有待深究的问题。强烈的重诉历史的欲望,正是从传统向现代大转型时代现实精神诉求的反映。大致看来,当代文学对历史题材的处理是经历了由当年大写阶级斗争、大写农民战争,到今天大写励精图治、大写圣君贤相的过程,其中伴随着历史观的微妙变化,突出革故鼎新的精神。把圣君贤相纳入到人民创造历史的行列之中,并承认其作用,显然是一种历史主义的态度。昔日正统的一体化的历史变成了多样化的可做多重解释的历史,从而展现出历史的丰富性、复杂性、偶然性,甚至破碎性,历史领域因之变得空前复杂,审美趣味变得纷纭多姿,当然可争论的问题也很多。二月河就显然突破了一些规范。他的清帝王系列,没有那种过于拘泥于史实的板滞之态,相反给人一种龙骧虎步、自由不羁的放纵之感。这就涉及他对真实与想象、正史与野史、雅文学与俗文学、认识功能与娱乐功能等一系列关系的处置了。唐浩明好像走着与二月河相反的道路,在史与文的关系上,侧重史,以史实的厚积,史识的深湛见长,特别敏感于捕捉凝结着复杂历史关系的蜘蛛式的典型人物。这种人物不是帝王,但在精神和文化的涵盖量上又超过了帝王,他用这样的人作为打开历史厚重大门的钥匙,曾国藩、杨度、张之洞便是。《白门柳》以当代文人的手眼来抒写士大夫怀抱,写出明末之际"天崩地解"时代一批知识精英的嶙嶙傲骨,也写出大难临头时的巾帼不让须眉,全书浸透浓厚的文化气息,扬厉了中国传统的人文风采。我们曾看过不少作品,历史规律线索过于分明,主要人物作为社会力量的某种代表,符号似的;故事发展也一如"规律"所规定的方向,不敢越雷池一步,人物变成了某种消极的、被动的演绎工具,顶多外敷一层个性油彩。而现在早已突破了,像《圣天门口》,其结构有大历史与小历史的套环,小的,是写圣天门口和大别山的革命史,大的,是写创世史、地域史,作者力求走一条正史与野史兼容并优化重组的中间路子。作品的笔触指向了被遮蔽的历史角落,以至于不避血腥与暴力,而生存、生命、欲望、求生,成了诸多人物动机的关键词。再像《花腔》,围绕一个革命者的下落,通过几个人的视角、几个人的口吻、几种不同的解读,使之扑朔迷离、真伪交错,以独特的方式完成了历史叙事的一次创新,也在扑朔迷离的情节中质疑和追问了被讲述的历史真实性。

以乡土文学为例,三十年来乡土叙述有亮眼的拓展、更新和深化。这是一个老话题,但又是个绕不过去的重要话题。乡土叙事是现当代文学中积累最厚,力作最多,历史最为悠长的一片领域。鲁迅先生开创了两大类型:农民和知识分子。农民与乡村向来是现当代文学的主要表现对象,农耕文化传统是稳固而深厚的审美资源。现在的书籍市场和大众文化领地,"文学都市"无疑已占了优势,覆盖面大,出现了文学想象中心从"乡村"向"都市"的转移,"80后"的写作,已基本与乡土无缘。但是,在纯文学领域,乡土叙事凭借惯性仍占有很大比重。一些公认的文学精品和获奖作品,仍多以乡土题材为主力。许多作家仍坚实地立足乡土,守望乡土,讲述中国乡土的忧患、痛苦、裂变、苏醒、转型,讲述现代性的乡愁和新人格的艰难成长,因为在他们看来,即使描绘现代化的中国也无法离开乡土这个根本通道,不了解乡土,就不了解中国。乡土叙述向来有三大模式,即启蒙模式、阶级模式和田园模式,各有一大批代表作。那么现今有些什么根本性的变化吗?

我以为,现在的相当一批作品超越了启蒙意义上的政治的和经济的乡村,而进入了文化的、精神的、想象的、集体无意识的乡村,很多作品不仅关心农民的物质生存,更加关心他们的灵魂状态、文化人格;文化作为一种更加自觉的力量和价值覆盖着这一领域。由于中国社会向来以家族为本位,家族小说成了传统结构模式之一,也许作家们觉得,唯有家国一体的家族才是最可凭依的,故而乡土与家族结成了不解之缘。不妨以《白鹿原》观之,作品以宗法文化的悲剧和农民式的抗争为主线,以半个世纪重大的阶级斗争和民族矛盾为背景,正面观照中华文化精神及其人格,探究民族的历史命运和文化命运。它的创新和超越主要表现在:一、扬弃了原先较狭窄的阶级斗争视角,尽量站到时代的、民族的、文化的高度来审视历史,诉诸浓郁的文化色调,还原了被纯净化、绝对化的阶级斗争所遮蔽了的历史生活本相。二、除了交织着复杂的政治、经济、党派、家族冲突之外,作为贯穿主线的,乃是文化冲突激起的人性冲突——礼教与人性、天理与人欲、灵与肉的冲突。这是此书动人的最大秘密。三、开放的现实主义姿态，比较成功地融化了诸多现代主义的观念手法来表现本土化的生存，在风格上，又富于秦汉文化气魄。事实上，看清了《白鹿原》文化秘史式的写法，也就基本看清了90年代以来家族小说审美特色的所在，那就是"文化化"。还有一点也很重要，那就是对乡土生存中的集体无意识的探究与揭示，这也是以往不曾有的。如《羊的门》《日光流年》《檀香刑》等都涉及深层的"权力恐惧"心态。在《羊的门》里，作者从土壤学、植物学入手，把人也视为同一土壤上生长的物种之一，它要揭开的是民族生存中更惨烈的本相和民族灵魂的深层状态。从呼天成的驭人拢人之术中追溯探究专制文化根基和民众心态哺育等方面的历史生成，与其说这是一部官场小说，不如说是寻根小说的深入与拓延。还应看到，不同历史时期里人们对土地的情感各不相同，也就决定了传统与现代的冲突这一母题具有常写常新的基质。我读《秦腔》，一个最突出的感觉是无名状态，也就是再也不能用几种非常简单而明确的东西来概括今天乡土的性质和形态了。"鸡零狗碎的泼烦日子"在黏稠地缓缓流动着，作者打捞着即将消失的民间社情和语言感觉，弥漫着无处不在的沧桑感。贯串全书的意象有两个：土地与秦腔，它们由盛而衰，表现了传统的乡土中国的日渐消解，结构上则以实写虚，原生态的写法造成了一定的阅读障碍。

　　三十年文学审美意蕴的丰富与作家文体意识的进步和表现能力的提高关系密切。文体并不是通常意义上形式的同义语。在我看来，文体是作家认识世界、把握世界和表现世界的方式，其重要性不言而喻。具体地说，它是一种艺术地把握世界和言说世界的方式。在优秀作家那里，它总是打着个人的鲜明印记。必须承认，近三十年来的文学作品，不但在哲学内涵和精神价值上有了重大突破,在文体上也有重大的突进。

　　文体意识的变化势必带动作品意蕴空间和表意方式的变化。三十年文学在现实主义的社会性、人性反映之外,出现了一些表意性、象征性、寓言性的富于探索精神的作品,一些作品在写实性与表现性的结合上发生了很大转变。很久以来,我们的文学总是缺乏超越性和恣肆的想象力,热衷于摹写和再现,虽有平实的亲近,却难有升华的广涵。说到底,作家的根本使命应该是对人类存在境遇的深刻洞察,一个通俗小说家只注意故事的趣味,而一个有深度的作家,却能把故事从趣味推向存在。当代性不应该只是个时间概念,主要还是作家对当下现实的体验达到的浓度是否能概括这一时代。很多作家都在情感和故事上浪费了太多。80年代出现了一批先锋小说,有过一次大规模的冲击,功不可没。然而,不久就因走向形式主义的怪圈,失却了现实生命的血色,渐渐搞不下去。这主要是在中短篇小说领域。必须承认,先锋文学尽管暂时落幕了,但它所开启的文学形式方面的探索,表意方面多样化非生活层面的努力,还是在以后作家的创作中留下深深的印记,丰富了文学的表意空间,提升了文学的艺术品位。到了90年代,压倒性的时尚是写实主义。但是,有一些作家仍不满于写实的局囿,努力拓展小说的功能,追求哲思、诗化、独异、人文情思与形而上意味,强化艺术感觉和语言个性,注重叙述策略,既重视写实,又摆脱写实,注重渗入独特的个人化经验,扩大了时空的涵盖面,使作品面貌一新。

　　比如,《尘埃落定》借麦其土司家"傻瓜"儿子的独特视角,兼用写实与象征的表意手法,轻灵而诗化地写出了藏族的一支——康巴人在土司制度下延续了多代的沉重生活。作者对各类人物命运的关注中,呈现了土司制度走向衰亡的必然性,肯定了人的尊严的宝贵。小说有浓厚的藏文化意蕴,轻淡的魔幻色彩,艺术表现开合有度,语言颇多通感成分。史铁生的《务虚笔记》的叙述者在一座古园一棵死去的柏树下偶遇两个不谙世事的小孩,思绪如泉涌,引起了对往事、生命、真实、死亡等人生永恒主题的终极思考。小说艺术上的一个显著特点是结构的自由开放,作者自由地出入于小说与现实、叙事与思想之间,从而形成了一种全息性结构,不可拆解开来分析。另一个特点是悬置现实主义的写实成规,至少包含故事的叙述、对人的命运的哲理性思考、对小说艺术的文论性思考等三个层次,彼此交织在一起,不实写故事而虚写情境,离开了日常谈话而大量设置形而上性质的对话。它在文体上是十分独特的,有如空谷足音。阎连科的《日光流年》创造出一种内在时间,开创了长篇小说中罕见的"倒放"式结构,从司马蓝的死逆向叙述到他的回到子宫,依次描写了他的死亡、中年、青年、童年和出生,文体正好与生死游戏仪式对应。作者重新编排生活,建立自己的本体寓言框架。生活的正常时序被颠倒着进入小说的叙述,时光倒流使故事完全寓言化了。莫言的《生死疲劳》写了五十年的乡村史,他以人变驴变狗变猪的六道轮回式的幻化处理,曲折表达了作者对中国农民与土地关系复杂性的深刻理解。这些作品都有足堪称道者。

与文体变化无法拆开的是语言。汉语的叙事能量有没有提高,回答应是肯定的。这是一个较少谈论却是非常根本的问题。现代白话文的历史并不长,但事实证明,现代汉语有丰沛而深厚的质地,其艺术表现力是深潜的。这些年来,随着社会生活的急遽变化,随着创作经验的累积和对外来文学的借鉴,以及对民间新语汇的学习,三十年文学从现代性的角度,探索着世界化—民族化的道路。文学的历史是变化的历史而非进化的历史,新的未必胜于旧的,这是对的,但就现代汉语而言,总体来看现在胜过以往。

我们看到,近三十年,汉语的叙事潜能得到了进一步挖掘和释放。一些风格独具的作家,一出手就有自己独特的语感与语调,把自己和别人区别开来。如果留心会发现,语言的时代性变化是最大的,不管是先锋小说还是非先锋小说,都在变,而传统型的叙述姿态、叙述语调和叙述语汇,不少已濒临消亡,有些语调今天看来甚至是可笑的。在这背后是其语境的消亡。比如,人们厌烦那种教训性、独断性、夸饰性、指点性的语气和语调,与教化性话语保持距离。莫言的纷繁错杂的语词搭配能力,人们已经熟知。在《马桥词典》里,作者放弃了传统小说的表现方式,借词典的方式为马桥立传,使马桥的人、马桥的物、马桥的历史、马桥的生活方式、马桥的文化思想得以以标本状态存留。汉语这种表意文字与人类生活的互证关系得以阐释。作者在文中不时渗入对自己知青生活感受的反刍,其思绪因词典的形式和故事的穿插而得以成形固化。贾平凹是一位语言感觉特别敏锐的作家,他在谈及他在小说中越来越自觉地化用家乡"土语"时说,语言是讲究质感和鲜活的,向古人学习,向民间学习,其中有一个最捷便的办法是收集整理上古语散落在民间而变成"土语"的语言,这其中可以使许多死的东西活起来,这就如了解中西文化的比较,在那些洋人写的关于中国的书里和中国人写的外国人的书里最能读出趣味一样。这也算是一种心得。

三十年来,随着中国的崛起,中国文学与文学中国正在实现双重超越。我们需要总结,既给予求实的肯定,同时需要清醒的反思。把今天的创作放到时间的长河里,放到广大读者坦诚的反馈中,放到世界文学的大背景下,将会发现,它还是存在缺失和不足。我们还没有多少公认的、堪与世界文学对话的、能体现本民族最高叙事水平的大作品，所以，当代文学的任务还很艰巨，要走的道路还很曲折漫长。

四

在思索近三十年文学精神的构成时，自改革开放以来，中国文学就不断地向世界文化和文学靠近和学习。这种学习是全面的，影响是重大的，从哲学观念到艺术技巧，从把握世界的角度到价值取向。就文本来看，也许突出表现在先锋文学中。马原是先锋小说的开创者之一，人们总是将他喻为"中国的博尔赫斯"。不仅是他，人们还把"中国的马尔克斯""中国的卡夫卡""中国的福克纳"分配给他们喜爱的不同作家。这些指称的流行无疑是中国作家向世界文学学习的证明。鲁迅先生的"拿来主义"在先锋作家那里得到了比较充分的实践。有人说，没有开放，没有向西方文学的借鉴和学习，就没有现在这个样子的中国文学，不是没有道理；还有些外国文学翻译家骄傲地说，正是他们在实际上引领着文学的新潮，翻译家的语言甚至已经严重地改变了中国作家的文风。部分的事实也确乎如此。比如，我们会在不止一部中国作品的开头，读到对《百年孤独》那段著名开头的模仿和改写。所以，不夸张地说，近一百年来西方文学的思潮在新时期三十年文学中被中国作家一一模仿或借鉴过了。在小说界，普鲁斯特、乔伊斯、卡夫卡、马尔克斯、博尔赫斯、昆德拉、纳博科夫、村上春树、渡边淳一、罗伯—格里耶、君特·格拉斯、帕慕克等等，成为中国作家学习的榜样；在诗歌界，叶芝、艾略特、瓦雷里、里尔克、奥登、帕斯捷尔纳克、萨克斯、辛格、埃利蒂斯、卡内蒂、戈尔丁、塞弗里斯、布罗茨基、帕斯等一大批世界诗人成了中国诗人的标杆和偶像；在批评界，荣格、弗莱的原型批评学说,巴赫金的复调理论和狂欢化诗学,德里达的解构主义,本雅明、马尔库塞、弗洛姆、伊格尔顿、哈贝马斯等西方马克思主义的文论,俄国形式主义批评以及后现代主义、后殖民主义理论等等都成为批评家学习和依凭的学说甚至理论资源。在中国文学史上,从来没有任何一个时期像这三十年一样,如此众多的世界明星与流派在中国的文坛上交辉,组成了一个光辉闪耀的星群。中国的文学再也不是独自一统的文学江湖,再也不可能用一种文学的传统来统一了,它已与中国的经济、文化一道,融入了世界之中。

整个80年代,就是一个中国文学向世界文学学习的年代。"西化"是显而易见的。中国的传统文化成了一种隐性的存在。汪曾祺、阿城的小说虽然受到赞赏,却并没有得到广泛的认同。当汪曾祺去世时,有人说中国最后的一个士大夫死了,中国的传统文学精神也随着汪曾祺走了。先锋小说、先锋诗歌以及先锋戏剧和电影在80年代基本都是实验主义,你方唱罢我登场,各领风骚三五年。当时的批评界也一样,在新的文学样式刚刚上场时,就惊呼新的文学生成,文学进步了,不久,就有批评家批评这种走马观花式的实验主义。从今天来看,这种朝三暮四的文学景象就像一个人青春期的多场恋爱剧一样,是必然要走过的。一个人不经历青春就老去那是多么的悲哀,但一个人始终处于青春期的亢奋状态也未免令人担忧。文学总是要走向它的成熟期的。

整个90年代,是在一片嘈杂声中度过的,或曰众声喧哗、多元并存。对于"西化"现象,评论界终于达成一致,先锋小说家们要么收场,要么改弦易张,不要再当"中国的博尔赫斯",而是要做自己。中国的文学终于在迷失自我的状态中逐渐向自我回归,但这种自我已不是先前的自我了,而是一个从世界文学中回归的自我。

"民族的"与"世界的"这种关系虽然还在争议不休,但多数作家和评论家还是赞赏以"世界的胸怀"来观照"民族的"这样一种关系。难点在于,什么是世界的?难道就是欧洲中心主义?中国作家的诺贝尔奖情结来自向世界融合的心情,但中国作家对诺贝尔奖的反感情绪则来自强权的欧洲中心主义。在这种文学精神的感召下,中国文化传统终于进入了文学家的视野。

于是,一批向中国传统文化进军的作家终于出现了。汪曾祺等人不可能带走中国的传统。只要是有生命力的文化,在历史的某一时刻,它总会重新发芽、开花、结果。中国的传统文化在批判下已经与中国人分开得太久了,然而,在日常伦理生活中,我们遵循的却仍然是我们已然忘却了的传统。阿城的小说将道家精神在一篇《棋王》中传出了神,张炜、陈忠实则向中国的儒家(还有道家和佛家,但以儒家为主)伦理进军,试图在我们久违了的儒家精神中找到我们中国人的传统的"人学"来。李锐的朴拙里不仅有道家,也有儒家,他似乎走得还更远一些。近年来,他的一些小说似乎在寻找海德格尔所说的原初命名的文化源头。

此外,中国文化也不仅仅指儒家和道家文化,还有多民族文化,特别是藏族文化和伊斯兰文化。从80年代末以来,有自省力的作家已经埋头专注于自身脚底下的土地和自身的文化中。马丽华的《走过西藏》系列、阿来的《尘埃落定》和近年来出版的范稳的《水乳大地》《悲悯大地》等,将藏汉文化交融中的西藏文化生态尽情地展现了出来。张承志的《心灵史》和石舒清等人的小说则将神秘的伊斯兰文化凌厉地展现了一番。

虽然这些作家的作品大多还是在中国本土流传,中国文化的独特魅力在世界文学中也才露出了很小的一点,但是,中国作家与世界当代文坛的交流日益频繁。余华、莫言、李锐、苏童、贾平凹等作家在西方有了一定的知名度,中国文学也日益受到世界文坛的关注。在今后的一段时期里,中国当代文学与世界当代文学的交流将成为日常,中国文学也不再是自成一体的小系统,而是与世界文学相互交融的大系统。

我们向世界的学习,不可避免的是要向强势主导的欧洲中心文化学习,也就是"西化"。随着大众文化的洪流,这种学习变得更为汹涌。相反,自身文化的觉醒,以及用自身文化与异质的西方文化对话、重组又来得相当缓慢。然而,它毕竟在20世纪末和新世纪初来临了。这也就是近年来人们常说的后殖民文化现象。虽然从严格意义上来讲,中国不是西方帝国主义的殖民地,但在文化意义上仍然属于弱势。不可否认,我们目前的文化基本都是西化的,包括我们的主流文化马克思主义也是一种拿来主义的文化,只不过是中国式的马克思主义。一夫一妻制、男女平等的家庭伦理观念,男权文化下的女性主义,市场经济,商品文化主导下的经济模式、消费主义等,都是西来的产物,相反,中国的传统文化一直潜伏着,直到90年代以来强调复兴民族精神之后它才慢慢地抬起头来。近年来,随着中国经济在世界经济中的强大影响,中国人的自信心开始恢复,中国自身的文化也苏醒了,国学受到重视,儒家文化、道家文化、佛教文化一时在恢复中国人的文化记忆。

在民族自身的觉醒和用民族文化与西方强势文化对话而最终建立一种新的文化,还需要很长的路要走,这首先需要一批对自身文化传统有认同感的作家。世界文化从文化形态上大致可以分为基督教文化、佛教文化、中国文化和伊斯兰文化。前者属于西方文化的范畴,后三者属于东方文化的范畴。恰恰有趣的是,后三者正好是第三世界的文化。从文化心理学上来看,基督教文化和伊斯兰教文化有一些共同的特征,都起源于犹太教文化,更早则起源于不稳定的游牧文化和海洋商品文化,按钱穆先生分析,这些文化因天然的生存不足造就了文化的侵略性,而佛教文化和中国文化则由于稳定的农业生存而造就了和平的文化心理。假如我们都认定人类最终的追求在于和平和稳定,那么,东方文化特别是中国文化将会成为可供世界借鉴的最理想的文化之一。基于这样一种认识和理想,我以为,中国文化与世界文化的对话应该再更大范围地进行,文学家应该更为敏锐地认识这一点,从而在这方面做出贡献。这种文学的形象的探索肯定是极为有益的,它必将为中国人未来的文化生活开拓出新的前景。

2009 年 3 月

(原载《文艺研究》2009 年第 5 期)

探究生存本相 展示原色魄力

—— 新现实主义小说的萌动

1987年以来,就在小说领域总体上显得松弛、温吞、缺乏兴奋热点的氛围中,我陆续接触到一些作品,它们大致是:《风景》(方方)、《曲里拐弯》(邓刚)、《烦恼人生》(池莉)、《狗日的粮食》《杀》《白涡》(刘恒)、《塔铺》(刘震云)、《黑砂》(肖克凡)、《红橄榄》(肖亦农)等。读这些作品,我体验到一阵阵新鲜、酷烈、辣丝丝的情绪,领略到一种源自生命潜境的原色魄力。当这些分散的作品在记忆的屏幕上情不自禁联系起来时,我明显地感到,在审美意识上,一个区别于前一时期的、强劲的声音正在拱动,正在升起。它们以生活自身的拙朴,以丰盈的生命血色,以无畏的眼光,扫荡着某种观念畸形发达、躯体未免萎缩的孱弱之态。在取材上,它们可能是多元并存的,写都市写乡村写知识分子的都有;在作品的格调上,它们当然并不统一;但是,在把握现实的内在精神上,在以肉体直搏民族的生存状态和生存本相上,在正视恶、丑,并将其提升到审美层次上,以及在对美的价值判断上,却不无某种不约而同的潮流性变化。这些作品不寻常的意义有可能会被目前普遍认为小说创作平淡的大而化之的印象淹滞和埋没,但我则深信我的看法不是脱离创作的臆想。举凡审美意识上的重要变动,往往是在相对沉默时酝酿,不知不觉中悄然展开,一旦到了亮出旗帜和口号,反倒不是已成定局,就是面临新的否定或颓势了。而现在,对这些作品暗示的变化,对它们若明若暗的聚结,需要的则是给以充分的注意。

一、小小回顾

要看清这些作品预示的审美新变的特点,不能不花费一些笔墨,先来看看它们出现之前审美意识动荡消长的背景。因为失去了这种比较,我们的探讨也将失去说服力。在我看来,就荦荦大端而言,新时期文学已有过两次较大幅度的审美意识变化。第一次在人们常说的"伤痕""反思"期,它主要以恢复的姿态达到革新的目的:恢复被扭曲以致失落了的现实主义传统,恢复人在文学中的地位;它以人的重新发现为动力,使久被抑压的现实主义的生命潜力得到可观的发扬和张大。这时产生过许多厚重之作。像后来的《乔厂长上任记》一类作品,就其审美形态说,也仍应归于这个时期。但是,当时的审美意识毕竟基本是"大一统"的,作家面目虽异,却大体从一个门出入,在一条道上行进;作品个性虽殊,但思维方式、价值体系和审美层面趋同。事实上,那时尽管王蒙的试验已很活跃,还没有出现多少严格意义上"各式各样的小说",那时的变革驱力主要来自纵向的历史反思。

第二次明显变化应该在1985年前后,它的驱力与横向的世界文学参照有密切关系。它主要以主体意识的强化、新观念新方法新技巧的大量涌入、创作主体的急遽分化为总特点,可用"裂变"二字概括。其中最引人注目的,一是寻根思潮,一是所谓现代主义新潮小说。它们形成了指向不同的探索双翼,艺术触角从现实伸向文化和走入个体心中。它们之所以是对前一阶段的反拨,根本点还在不满意仅在政治的、社会的、现实的、道德的层面上描写人，它们一方面试图在更长阔、更深远的文化背景上考察我们民族性格心理的来踪；一面则试图进入人的潜意识、非理性层面，抵达个性的新觉醒。这样的意图无疑扩大了表现人的视界，给文学注入了活力，动摇了传统现实主义（审美意义上的）的稳态模式。但是，现在看得明白，寻根思潮虽欲提供"文化"这一整体性视角，却存在着只从超稳态的生存方式、神话传说中寻找种族原型、集体无意识之类的东西，它只有封闭的空间，却没有时间，在后来的一些下乘之作里，小说渐渐衍变成图解文化人类学知识的工具，所谓文化意识往往以牺牲社会意识为代价。弃绝了运动感，切断了活水，使它在给文学以重要顿悟的同时，又使自己作为感受的艺术的身份日见窘涩了。我这里指的是所谓正宗"文化小说"的命运，有些作品，比如《老井》《黑氏》《葛川江系列》等，作者自云"寻根"，其实走的是中间道路。极一时之盛的寻根文学，在留下一些有独特价值的作品后，这原本就松散的群体便只好各奔前程。再来看另一翼现代主义新潮小说，其中比较好的《无主题变奏》《你别无选择》等，尽管意识是借来的，但那冷嘲的嘘声毕竟是对虚假、媚俗、专制的反抗，曲折地呼出了个性自由的声音。如果说，这一脉小说一开始就有不无脱离当代中国物质存在的隐疾的话，那么，此后的某些效尤之作就愈来愈缺乏现实的人生体验，有特定旨意的西方现代主义意识反倒变成封闭的中国知识分子的心灵潜影、私人象征和观念崇拜了。这样也就使它渐成无根之花，难以繁盛了。它亟需调节与现实的审美关系。

这就是我爱谈论的一批作品出现之前审美变化的粗线条背景。作为探索双翼的"寻根思潮"和"现代主义新潮小说"，由于本身的弱点，不得不敛束了羽翼，于是，1986、1987 年之交的小说界确实出现了短暂的雾重难进的沉闷、进退维谷的相持。小说失去了轰动的社会效应,自有社会一面的原因,小说自身缺乏充足的燃料,像等风的帆却也是真的。如果说,第一阶段是恢复,第二阶段是裂变,那么等待我们的下一个是什么呢?是回归吗?是的,的确是回归。不是指所有的作品,是指冲在锋线上的审美意识变化。这一批新作已经强烈而明确地暗示了这一审美轨迹。回归绝不是消极倒退的同义语,它也是探索,是否定之否定的回环探索,就像第一次跳下水没有触到河床的人,在出水而多方探究之后,又一次扎下水去,看个究竟。人类历史没有终结,这样的艺术回归也就永无终结。生存无限,艺术也无限。这回归也不是如有人所说的仅限于现实主义的回归。对于《风景》这样有明显现代口味,从再现世界推向表现世界的作品来说,就不适用。所以,它们是怎样一种回归式探索,有哪些特点,只有踏进它们内部去看了。

二、从主观向客观的过渡

必须说明,这里的主观、客观都不是它的本义,而是一种不得已的借喻和象征,意思是要表明,这些作品更尊重表现对象,更注意把描写对象置于主体的位置,更注意对生命隐秘层次的真实的发掘,更注重对我们民族的生存境况、生存本相的无畏探究。如果说,寻根作家过分注意塑造自己一个文化史家的形象,因而难免留下许多人为的、有意为之的痕迹;如果说,新潮小说作者过分注意自己的个体生命哲学家的形象,免不了在他的内心图景里有意识地植入各种意识的话,那么,现在这些作品里,意识似乎不见了,代之而来的是生存本身的硬度、质感和重量,是生活自身的"原色魄力"(今道友信),是生活自身的浑朴之美、粗野之美、平凡之美,好像这些作家只追求一样东西,那就是生存的真实。

我认真读过《烦恼人生》,我认为它本身并无新奇可言,它本身就有种恼人的平淡、烦人的琐屑,整个儿是一本流水账,出自女性作家细密观察、体会入微的流水账。可是,当这些烦恼、平淡、琐屑被巧妙地构成一个本体象征的时候,我们会顿然感到,它自身就解释了自身,这走不完的怪圈深刻揭示了都市日常生活中人的生命力一点一点内耗的巨大真实。这真实平庸得疲倦,这真实平庸得严酷。

对真实的追求我们并不陌生。在新时期文学的恢复阶段里,有个大家熟知的声音:"真实些,再真实些!"多少年过去了,真实似已掉价,好像谁讲真实谁就停留在太不高雅的审美最低层次上(或雅称"浅思维")。其实,真实不等于临摹、复制、照相,也不等于写实。真实本身也分层次:政治层面上的、道德层面上的、心理层面上的、潜意识层面上的;一个村的、一个地域的、一个民族的、人类的……在这个意义上,说真实是审美的最高层次要求也没有什么不可以。现在,绕了一圈之后,"真实些,再真实些"的声音又来了(纪实文学的大行其道是否在某种意义上暗示了这一新的社会审美欲望?)那就需要弄清它们追求什么样的真实。

读《风景》,不能不被它那近乎残忍的真实灼痛,不得不痛感到,所谓传统的惰力并非外在的大山,而是灵魂血液中的真宰,同时还不能不感到,在这可怕而惊人的真实面前,我原先对当代市民的理解何其虚浮。出现在这里的是我们习见的世居都市棚户区的码头工人和底层市民,我们似乎很难想象到,这是些被生活挤压得如此奇形怪状的人。"京广线火车从屋檐下擦过",一家九口"像猪狗一样挤在十三平方米的小板壁屋里"。重要的还不是居住的狭仄,不是夫妻打架、父子斗殴、兄妹争吵的不变秩序,而是那仇恨、怨毒、乖戾的古怪气氛，是人与人不可理喻的关系。他们沉湎在拳脚的快感、流血的快感、虐人和自虐的快感中，好像这才是宣泄灵魂内压的阀门，这才是生存竞争的要义。他们祖辈住在棚户区的板屋里，直到近年才有些改变，但他们对"骨气"、对"做人"的奇特理解，仿佛已渗入后辈的血液。什么是中国特有的都市文化，什么是中国底层市民的心态，从这九个令人错愕的角色身上当有一个侧面深切的感知吧。长篇小说《曲里拐弯》的生活面与《风景》有些相近，但它的手法是标准的现实主义的，通过从都市底层蛮野的求生挣扎的世界爬出来的陈立世其人的命运，展开了我们似熟悉又陌生的广大生存面。作品跨越60、70、80年代，描写了包括工人、苦力、煤黑子、木匠、知青、盲流、海碰子等众多奇特形象，写出他们在为起码生存的艰辛拼搏中，灵与肉、同情与嫉妒、仁慈与冷酷、真诚与狡诈、爱悦与情欲的交战扭殴。我在这作品中看到了一个比《迷人的海》中更真实的邓刚。我们有许多作品写过60年代到80年代的社会生活，却很少从这些人物的视角去写；我们也有作品写过这些底层劳力者的命运，但把这些人的本体世界的冲突放到主要位置去写的还很少。这是一度被文学遗忘了的人群和层面。有人开玩笑地说，在文学中，金沙淘完了，荒地开光了，很难再有新的发现。若拿以上作品看，很可以感到，一旦正视并深究民族的生存状态，新的发现总有无限的可能性。

三、视点下沉

在我提到的这些作品里，有个非常值得注意的特点，那就是它们的作者或"拟想作者"所处的位置。《风景》是通过死去了被"埋在窗下"的小儿子的亡魂叙述的，"那温暖的土层包裹着我弱小的身躯","原谅我以十分冷静的目光一滴不漏地看着他们劳碌奔波,看着他们的艰辛和凄惶"。我认为作者采用这样的叙述视角,含有非常强烈的沉入生存和生命最深处的欲望。正如作者在卷首引用波德莱尔的话:在浩漫的生存布景后面,在深渊最黑暗的所在,我清楚地看见那些奇异世界。无独有偶,《黑砂》的卷首语是"那块黑色土壤里,有他们的根",翻砂工粗陋、严酷的境遇,纯良的心灵,在作品中得到有力的表现。当然,《黑砂》与《风景》的审美特点并不一样。《曲里拐弯》全篇由"我"——陈立世,这都市底层的流浪汉独自构成。《狗日的粮食》则从"吃"这困扰农民千年的难题入手,它与高晓声《漏斗户主》中的"吃"所夹带的社会意义不同,它要切入因"吃"而积淀的人性恶。这些作品似乎都在竭力摆脱叙述者作为作家、文化人、上层人的身份,将其还原为其中一个角色,以自己的肉体感觉直接触及生存,排斥旁观意识,尽力做一个从内向外看、从下向上看的洞观者。他们不怕污秽、寒碜、粗鄙,对近年颇时髦的哲理化似不屑一顾,对优雅的绅士淑女们则是给他个不礼貌的粗糙后背,总之一句话,他们要返璞归真。

这显然不仅是个视角问题,其实是一种审美态度。为了看得更清楚些,不妨拿《塔铺》与其他作品略加比较。《塔铺》写一个终于考上高等学府的农民学生,在"莘莘学子,春风得意"之际,忽然强烈追忆他在故乡考试前的艰辛岁月,好像在那象征着愚昧、匮乏、不自由的塔铺,正有他所希冀的爱、痛苦、责任和动力。我们记得,在新时期文学的前期,曾有陈建功的《飘逝的花头巾》,执着追寻人生价值;后来,《无主题变奏》以对世俗功利的蔑视,冷嘲了那种尚缺乏独立自我价值的价值;现在的《塔铺》好像又向第一阶段返回,它的主人公与《无主题变奏》中的主人公在一系列问题上确实是绝妙地对立着。但是,可以肯定的是,《塔》不是《飘》的简单回归,除了处于表层的"不要忘记人民"一类说教性语言倒胃口外,它的很大优长在于对民族生存状态的正视和潜入,因而有种不同往昔的痛苦的清醒。

近年来,有的同志把马斯洛关于人的五种需要的心理学理论挪借到文学中来,把文学划分为"求生存的文学"和"求丰富的文学",并认为后者高于前者,后者是审美的,前者是非审美的。对这种机械的划分及评断我是怀疑的。我不相信有割绝了与严峻生存联系的万分纯粹的美。写了严酷的"求生存""求温饱"并不直接等于原始的、低级的写实。这一批作品几乎无不充盈着"求生存"的苦斗挣扎,能说它们不美吗?抽去了"求生存",美又何以附丽?

四、正视恶和超越恶

文学表现恶的问题贯穿了整个文学的历史,在今天,它似乎特别逼近了当前的文学创作。与商品经济俱来的某种恶暂不必说,在这里提到的作品中,恶的表现也十分突出,几乎每部作品都程度不同触及恶、丑、残忍、流血、冷酷无情。这里展开的是鲜血淋漓的人生。《风景》中的父亲,旧社会就是"打码头"的好汉,"平生打架已逾万次","打架斗殴像抽鸦片烟一样难戒"。他把睡在床下泥地上、伤口长蛆虫的七哥(外号"脏狗")拖出来,像踢狗一样踢个仰面朝天,其时,"母亲自始至终低头剪脚指甲","母亲喜欢看人整狗,七哥不是狗,母亲连头都没抬一下",甚至"父亲退休后再也没揍过母亲,这倒使母亲一下子衰老了起来"……《曲里拐弯》的情形好像也差不多,陈立世的父亲是个不觉悟的强者,旧社会打工头、打巡警,"不幸的是新社会也打,打车间主任、打民警",他和老婆"打完了吃,吃完了打",而小陈立世则在"激烈搏斗的四条腿中间吃着烤红薯"……正视并写出这些东西有必要吗?高尔基在《童年》中的一段话也许很值得引述:"回忆起野蛮的俄罗斯生活中这些铅样沉重的丑事,我时时问自己:值得讲这些吗?每一次我都重新怀着信心回答自己:值得。因为这是一种富有生命力的丑恶的真实,它直到今天还没有消灭。这是一种要想从人的记忆、从灵魂、从我们一切沉重的可耻的生活中连根儿拔掉,就必须从根儿了解的真实。"

真是说得太好了!因为这一切是"必须从根儿了解的真实"。如果高尔基的话主要从社会功利、认识价值指出描写恶的必要前提,那么波德莱尔的名言"给我粪土,我化它为黄金",就说出了恶、丑的审美要求。我们自然不必和《恶之花》的审美价值判断去保持一致,但我们的写恶和丑也必须使之超升到审美层面上去。我感到,《风景》的写恶,不只是为了写出生活的存在形式,主要还是为了写出民族某种性格的生命的存在形式,即把各种层面的因素全都挤压到生命的形式中,写生命的躁动、生命的扭曲、生命的萎谢的悲剧性存在过程,从而激起重塑民族灵魂的愿望。父亲的"打"固然是愚昧野蛮的表现,却也是他生命力的证明。

更值得思索的可能是刘恒关于农民和知识分子的作品。《杀》中的恶并不是政治意义或道德意义上的恶,而是积淀在农民性格深层的,与生存状态化为一气的那种恶,也即人性意义上的恶。然而,它又区别于纯粹人性(人性中的兽性)的恶,它是打着民族文化的深深烙印的恶。软弱、昏迷、麻木的失败者王立秋的走向另一极端——杀人,正写出当前农业社会急遽变动中农民灵魂的深层悸动和换血中的战栗。只不过它以"杀"的极端形式出之。同一作者的另一新作《白涡》,写知识分子久被抑压后的情性骚动,表现形式也是很恶的,但它言在此而意在彼,实际借"性"写出了周兆路中庸、调适的人格只能以"无爱之性"的形式回复到高度稳态中去,而女主人公那点可怜的女性意识的觉醒,到头来仍未摆脱依附性。人格面具太沉重了,以致这里的男女只能以双重人格虚假地自欺并欺人。刘恒的写恶是很有代表性的。有同志在谈到《杀》时曾认为,作者写人怎样走向杀人,具有陀氏心理写作的实验意义。这可能没有说到点子上。《杀》离陀氏《罪与罚》的写法相去甚远。如果说刘恒的写恶境界还不很高,那因为他还没有对农民王立秋狭隘愚弱、走投无路的杀人做出更广阔的社会把握和人生把握。李心田的《流动的人格》也飘拂着人性恶(农民)的影子,其弱点似也在陷入狭局,不能跳出。由此看来,表现恶既是当前难以闪避的,又是极需认真深究并升高境界的新问题。

  以上就是我对当前一部分小说体现的审美意识变化的看法。它们拓宽了文学河床,提出许多耐人深思的问题。我始终认为,对民族灵魂的发现与重铸是纵贯新时期文学的大动脉,它似乎不是个是否承认的问题,而是无情的存在。所谓恢复—裂变—回归(再探索)便与这条大动脉息息相通着。既然社会生活呈动态发展,立足于个体表现的文学,自然会把生活搅动的民族生存境况一次又一次凸显,把民族灵魂中的潜质和流动作一次又一次地发掘。当前的小说创作正在曲折前进。我们无须悲观。

(原载《文艺报》1988 年 3 月 26 日)

现实主义冲击波及其局限

一

最近的文坛上,不约而同地出现了一批作品,它们面对正在运行的现实生活,毫不掩饰地、尖锐而真实地揭示以改革中的经济问题为核心的社会矛盾,并力图写出艰难竭蹶中的突围,它们或写国有大中型企业,或写家庭化的私营企业,或写一角乡镇,全都注重当下的生存境况和摆脱困境的奋斗,贯注着浓重的忧患意识。其时代感之强烈,题材之重要,问题之复杂,以及给人的冲击力之大和触发的联想之广,都为近年来所少见。我指的主要是长篇小说《乡村豪门》(许建斌),中篇小说《分享艰难》(刘醒龙)、《大厂》(谈歌)、《天缺一角》(李贯通)、《大雪无乡》《破产》(关仁山)、《年前年后》(何申)、《黄坡秋景》(张继)等作品。若从创作精神的一致来看,长篇《苍天在上》也应包括在内。耐人寻味的是,它们出现的时间都很相近,揭示的矛盾和思索的问题竟也像事先约好了一样十分相似,把它们放在一起,就形成了一种阵势,一种共同的把握生活的方式和创作的新取向。称它们是一股现实主义的冲击波,也许是恰当的。

的确,这些小说更容易让人想起传统的现实主义,或者80年代前期的创作风貌,它们贴近生活,干预生活,注重文学的认识功能、教育功能,都以"对现实关系具有深刻理解"(马克思)为努力目标,每一部作品里都包含着令人深思的问题。虽然就"无距离的真实"这一点来看,它们与前一阶段风行的新写实小说并无不同,但它们已不再满足于形而下的原生态描写,不再专注于一个小人物或一个小家庭的日常生存戏剧,而是带着更强的经邦济世的色彩,着眼于国计民生的大问题和整体性的生活走向。这样的作品我们是久违了。但我们似乎并不因其方法的传统而感到陈旧,倒因为它们面对了新的矛盾,提供了鲜活的新形象和新图景,提出了某些令人警策的社会问题而倍觉新鲜。应该说,它们弥补了文学总格局上的某种缺憾,满足了读者的某种期待。现今能引起广大读者共鸣和呼应的作品比较少,原因固然复杂,但不能深触社会深层的问题,且往往采取一种回避的态度,恐怕是重要原因之一。我们当然无须刻意追求表面的轰动效应,轰动与否也不是文学成功的唯一标尺,但能引起强烈的共鸣毕竟是文学的幸事。所以,仅从读者需求的角度来看,这一批作品也很值得研究。

二

这批作品突出的特点,首先是它们较前更全面、更冷静,也更求实的眼光,以不回避的正视姿态,来看待现实关系的复杂性和某些现实问题的尖锐性,没有削平、淡化或回避生活中新出现的重大矛盾,也没有简化现实关系的新的错综状态,从而把文学的真实领域发掘到一个新的层面,扩充到一种新的广度。这里想着重以《大厂》《分享艰难》和《乡村豪门》为例,做些分析。

中篇《大厂》令人不禁想起了《乔厂长上任记》,当年的乔光朴,大刀阔斧,雷厉风行,立军令状,用铁腕打开局面,是何等的激动人心啊。我们至今也不能简单地说乔光朴只是个理想化人物,其实在他活跃的那个时期,他自有其真实性在。然而,时移事迁,随着市场经济确立的过程,旧的矛盾、新的矛盾似乎全面地暴露了,铺开了,中国社会的变化是太深刻也太巨大了,从乔光朴到《大厂》里的吕建国,引人深思的东西也太多了。吕建国是一家两千多人大厂的厂长,却已不复有乔光朴式的铁腕风采,上任一年多来,苦熬苦撑,仍不见大的起色,反被千头万绪的难题围困,"窝心事"不断,如陷在一张大网中一筹莫展:职工的工资快开不出来了,一大帮要账的却堵在门上;厂里的高级轿车被偷,厂内也频频发生设备丢失现象;承包户拒不交纳管理费,还要打人;老工人病了,医药费却无法报销;优秀的总工程师袁家杰坚决要求调走,不啻釜底抽薪,而吕建国的老朋友又不识趣地非要他优惠调拨钢材,恰如火上浇油……在这一切麻烦中,最不容回避的大麻烦是,厂办主任在陪一位掌握着一千多万元合同的大客户郑某去玩时,郑某因嫖娼被抓了。郑某若放不出来,全厂将面临没活干、没收益的危局,可是,保护嫖娼者于法于理又说不过去,我们的吕厂长便面对着这种物质与道德互咬的怪圈。由于出现了所谓"有钱供人嫖娼,倒没钱为工人治病"的怪事,矛盾便日益激化,最后闹到工人们气愤地要砸财务科的程度,而吕厂长还不得不为营救那个混蛋客户,去恳求,去请客,备受屈辱。

在《分享艰难》中,各种矛盾也是环环相扣,层层交缠,其严峻性、复杂性绝不逊于《大厂》,且有过之。因为,《大厂》只写了一个厂,而《分享艰难》写了如一个小社会般的镇子。西河镇比起周围的乡镇要相对贫困一些,小说的主人公——镇委书记孔太平,是个"管着几万人吃喝的官"。他想通过抓教育、办好养殖场、搞好社会治安这三件大事把西河镇的改革搞上去。但是,农村干部的素质问题、人际关系和利益关系的错综复杂、愚昧和纵欲现象的并存,使他每进一步,都要殚精竭虑。正常渠道走不通,就想别的办法应对,为了改变困境他所使出的手段也着实令人眼花缭乱。民办教师三个月开不出工资,他就在赌博罚款上做文章,巧设圈套,逼人就范,连派出所所长也被他当了道具,有苦难言,但那目的绝对是高尚的、正大的。他同样遇到了许多他从未遇到过的怪圈式的新难题。比如,该镇养殖场的收入占了全镇收入的百分之五十以上,它垮了,全镇经济就可能瘫痪,而养殖场场长洪塔山虽经营有方,却又是个酒色之徒。起先,洪塔山的一批客户因嫖娼被罚,脱不了身,孔太平为大局计,设法放了他们一马,后来发现,洪塔山本人也行为放荡,竟连孔太平的表妹也给奸污且怀了孕,这还能容忍么?那么孔太平将怎样处置洪塔山呢?在这里,作者毫不留情面地把一个道德与历史、伦理与经济、正义与实利、情感与理智、善与恶、个人与全局的极尖锐的问题提到了孔太平的面前,让他毫无转圜的余地,其实也是在把问题提到每个读者的面前。就情感爱憎看,孔太平恨疯了洪塔山,恨不欲其死,但一回到理智,想到全镇财政的运转,想到拖欠大家的工资,当然也想到自己的政治前途以及对手赵卫东们的争夺,孔太平终究还是"义释"了洪塔山。这情节不是小说的全部,却是其中的一个关键,于此足可见这部作品揭示矛盾的尖锐性了。

读者不难发现,《分享艰难》和《大厂》,虽然一写江汉小镇一写北方国营大厂,却有许多惊人的相似之处。比如,它们都陷入了财政困境,都存在寅支卯粮、揭不开锅的窘迫;它们都遇到盘根错节、纠缠不清的矛盾,为解脱困境竟都必须向一二不逞之徒让步。更具戏剧性的是,竟都在为营救一个因嫖娼被抓起来的企业家而奔走请托。莫非两位作者之间有谁抄袭了对方不成？当然不是，从时间上看也不可能。我们不能不意识到，这种相似性盖因生活本身太相似了。它们所写，不是国有大中型企业，就是相对贫困的乡镇，这些地方的经济状况要更艰窘一些，它们所凸现的问题自有其共同性。我们当然不希望看到情节上有所雷同的现象，但由于它们共同贴近现实、关注问题的方法，这种近似还是出现了。这也暴露了这类创作的某种局限。但必须看到，它们的贡献在于，把生活中日益突出的金钱与道德、物质与精神、恶的手段与善的目的之间的矛盾，以生活自身的形式，以更加社会学的方式，惊心动魄地揭示了出来。它们的作者立足点比较高，已不限于关注某一个体的困惑，而是着眼于社会的乃至时代的两难课题；他们坚持把困难写足，因为他们认为这是社会转型和进步所必然遇到的困难。何为"分享艰难"？那意思是，在分享改革成果之前，有一个更为漫长的分享艰难的过程，只有意识到时代的艰难，共赴艰难，个体的幸福才有指望。大约正是有此比较高的出发点，这些作品大都忧而不伤，有一种勇于走出困境的信心。《大厂》的结尾，袁总工程师出售了他的专利，把一笔巨款捐给厂里，且决定留下来同甘共苦；章老师傅去世了，他的死成为一种凝聚力；吕建国为收款被人打伤，但他反而更坚定了扭转困境的信心，"恼人的春寒大概就要过去了"。就这些方面看，近年来的创作还没有像这些作品对现实矛盾描写得这么充分过。我们深深感到，一种深化的现实主义精神激荡其中。

三

当然，所谓现实主义精神不能只看有多么大胆，多么尖锐，展览了多少问题,那样的话,文学与一般的社会调查报告何异?真正的现实主义作品,它的艺术鹄的只能指向人、为了人,且以人物刻画的深度和绕系在人身上的矛盾的深度来衡量其艺术质量。以此观之,这些作品的第二个特点,是善于找到人与环境冲突的关键,找到融摄社会关系的首当其冲的枢纽式人物,将外在的社会性矛盾转化为人物自身中的一个焦点,无时不处在原则与实利、法律与人情、政策与活用、手段与目的、真诚与谎言的撕扯之中。他们不是抽象原则的化身,而是"有血有肉的领导人",如何评价他们的行为,恐怕也是一个新课题。在此,对于好官与坏官的传统看法,似乎也受到了挑战。比如说,孔太平是好官呢,还是坏官?他曾用不太仗义的手段,遏制了派出所的插手罚款,一次性收缴了十二万元;他为保洪塔山,曾用一千元打通关节,烧毁了洪的罪证;还有,他明知下来锻炼的女干事孙萍,表现平平,大家不大赞成她入党,但为了上面有人,他还是动员大家通过了。如此看来,孔太平恐与好官无缘。但是,他用尽铁腕与诡计,又确乎为民众着想,为全镇的发展着想,他恨透了洪塔山,却又强压自己的冲动,违心地保护了他,目的仍然是为了小镇的经济不致滑坡。如此看来,他又是一个难得的好官了。他的内心其实充满了苦涩,他知道,有些原则虽很对,却是行不通的真理,他只能在他直接面对的现实可能性面前去左冲右突。乔光朴是真实的,孔太平也是真实的,他们都是他们处身的历史条件下的产儿。

四

提到现实主义,很容易让人想到恩格斯在谈到巴尔扎克时所说的一段话:"我从这里,甚至在经济细节方面(如革命以后动产与不动产的重新分配)所学到的东西,也要比当时所有职业的历史学家、经济学家和统计学家那里学到的东西还要多。"事实上,现实主义有多种方式,有巴尔扎克方式,也有左拉方式,还可以有卡夫卡方式、马尔克斯方式、米兰·昆德拉方式等等,但就我们所谈的这批作品而言,倒是更接近巴尔扎克方式。这批作品的第三个特点,是确实提供了许多我们未必了解的关于经济、体制、基层社会心理的种种细节和情况。长篇小说《乡村豪门》就很典型,它所描写的私营焦化企业吉星公司,其规模之大、资金之雄厚,非常人可以想象。小说一开始,县电视台和广播电台忽然同时停播例常编定的节目,连续播放该公司临时招工清扫公路的广告,说无论任何人,只要参加扫雪,每平方米可得五元报酬,接着便是人们趋之若鹜的场面。其实,人们并不主要为了钱,而是看作向苏荣家族套近乎、献殷勤的机会,它的势力之大,可想而知。事实也是如此,它起步早,很快完成了原始积累过程,又兼并各家,成为大型集团企业,其发家史不无血腥和残酷,但因解决了大量劳力就业问题,改善了当地农民的生活,若说剥削,老百姓倒欢迎这种剥削,连地方政权也不能不重视它的存在。苏氏家族同时有着浓厚的封建习气,它的第二代主人苏杰虽已从国外学成归来,正在琢磨不同于他父辈的土法经营方式,但宗法文化和家族血缘的劣根,随时为它的毁灭准备着条件。由这里,我们也可看出90年代的中国在走向现代化的艰难进程中的一个侧面。在《大厂》中,工人发牢骚说,现在不叫工人阶级了,叫工薪阶层,厂长不叫厂长了,叫老板,还有什么主人翁的责任感啊。言虽偏激,却也能帮助我们认识历史转型中人们一时难以适应的失重心态。

五

在充分肯定这些作品以其不回避现实的勇气揭示了大量新鲜矛盾,并以其对时代生活的崭新思考和密集的信息给我们带来新的审美冲击的同时,也应冷静地看到,它们几乎都带有某种局限。这突出表现在它们基本停留在表象层,停留在形而下的展示,超越的部分薄弱,对人的境况和人的发展问题也缺乏形而上的深思。在这一方面,它们除了题材的重大、矛盾的尖锐,并不比新写实小说前进多少。毋庸讳言,这些作品大都是借助或依托着某个问题来展开的,因为问题总会过去,倘若只把眼光盯在问题上,到时候作品的艺术生命也会散失。我们并不赞同那种认为对当下问题的关注必然带来文学价值的丧失的观点,但我们主张,既要借助于问题又要能超越问题。

我想,这些作品的出现毕竟说明了我们文学的一种成熟和自信:我们终于学会了理解这个世界是多元的,因而我们时代的文学及其功能也必然是多样的。多少年来,我们的文学似乎总处于一波压倒一波,一种方式替代另一种方式的单一演进状态。比如说,社会问题小说的某种褊狭被认识后,背景的朦胧和境界的空灵又成为时尚;故事性的局限被指出后,情节的淡化又成为时尚;近距离的改革文学的就事论事的不足被发现后,推向邈远时空的寻根小说又成为时尚;先锋小说久居云端之后,跌入生存本相的新写实又成为时尚……也许,这种"时尚化"的状态是不可逾越的,我们饥渴的肠胃需要太多的补养,我们有太多的空白需要填补,种种新波压旧波的现象,正是当代中国文学吐故纳新,长成一副健全新肌体所必须经历的过程,而且,思潮迭起,流派更替,从来都是文学发展的必然。然而,我们的兴替和变化的频率是否太快了些,是否过于匆忙和浮躁了些?不管我们有多少理由解释这种时尚化的原因,文学毕竟不是换季的服装。我认为,成熟的文学在大的框架上应有其稳定性,它是主导方面突出和多元并存的统一,它当然会不断变化,但不是从单一到单一,而是从单一到丰富,再到新的更大的丰富。

(原载《文学报》1996 年 8 月 25 日)

关于现实主义生命力的思考

纵观中国当代文学的六十年,不难发现,六十年来,真正有生命力的,经得起时间淘洗的作品,大都是坚持了现实主义精神,具有勇气和胆识的,并且自觉维护了文学的审美品格的作品。这样说丝毫没有轻视其他创作方法,唯现实主义独尊的意思。但我在这里所说的现实主义,主要还不是指文学对自然的忠诚,它的客观的真实性原则、典型化原则、整体性原则等等定义性的东西,而是强调一种可称之为现实主义精神的质素,那就是:对时代生活,人民疾苦和普通人命运的密切关注,对人的尊重,以及对人的生存境遇的密切关注,对民族灵魂的密切关注,为此它能勇敢地面对,真实大胆地书写,以至于发出怀疑、批判、抗辩的声音。

比如在"十七年文学"中,"左"倾思潮确有愈演愈烈的趋势,于是被认为这个时期的作家的主体意识普遍沉睡甚至完全没有。然而,这并非事情的全部。现在看来,主体意识在一些作家身上不但存在着,且无时无刻不在寻求突围。一些作家早就在抵制直接的、短视的、配合式的创作,反对公式化、概念化的创作,坚持直面地、大胆地写出真实,塑造有血有肉有灵魂的人物。由于作家坚持了现实主义的精神和审美的立场,于是对人性人道的思考就往往会逸出政治(时代)的堤坝,无意中与时代抗辩,达成了某种超越性。这些坚守和努力,仅从《人民文学》发表的作品来看,像《洼地上的战役》《我们夫妇之间》《组织部来了个年轻人》《在桥梁工地上》《改选》《红豆》等等，就都有突出的、鲜明的表现。

这种具有主体性的，向着真正现实主义靠拢的声音，在当时的理论批评方面同样存在。《人民文学》1956年9月号，发表了秦兆阳的《现实主义——广阔的道路》一文，立即引发了对现实主义的争论。该文的中心议题是现实主义文学有自身的尺度、法则，不应该受一些外在附加值的限制和禁锢，但此观点遭到了猛烈的批判，最终作者被打成"右派"。但在那之前，就有过胡风的主观战斗精神的现实主义，在那同时，有过巴人的《论人情》，他们都在力图回归和扩充现实主义的精神内涵和人性人道的深度。尤其钱谷融的《论文学是"人学"》，以很大的理论勇气，通过有说服力的例证、缜密的思辨，描绘了深化的现实主义应有的境界，发人深省。所以，我们今天要重估现实主义的坚守者们，要看到现实主义一直潜在地发展着。

但事物总是复杂的和缠绕的，现实主义生命力的奥秘也同样复杂。当时一些政治意识很强的、唯写工农兵和满足无产阶级政治需要的宏大叙事，其中一小部分成为了今天所谓红色经典者，在今天就依然拥有一定的生命力，有一些成为改编者的丰厚资源、当代人津津乐道的对象，甚至偶像，这该怎么看？这不禁使我们思索：当时的政治视角对艺术来说，是否具有既束缚又无意中成全了它的艺术生命的两面性？（新时期以来，政治视角几乎一度被作家们忽略或远离，事实上，政治是社会的焦点所在，要揭示一个时代的本质，不触及政治便是逐本求末。政治并非单纯地表现为国家制度、政党存在，在本质意义上它是一种文化精神的存在）。另外，当时确有不顾作家的风格、基因、个性和消化能力，一律赶到"火热的斗争生活中去"的做法，但这并不能改变生活是创作唯一源泉的真理性,事实证明今天深入生活依然是文学创新的根本性问题。当时把作家的生活体验性和亲历性强调到了极端,是否在造成拘泥原型之病的同时,"逼"出了大量真实鲜活的细节?

现实主义精神应该是变动不居的,是随时代的发展而发展的,只有不断地更新和变化,才能保持它的活力和张力。应该看到,五、六十年代对现实主义的理解,较多地停留在呼唤写真实、直面现实,干预生活,反对直接的配合性写作上;七、八十年代之交,回归现实主义传统,先是把焦点集中在能否说真话、写真实上,随着思想解放运动的深入,才进入了发现人、关注人、尊重人、人是灵魂的层面。新时期文学三十年,最大的成就,也得之于此。现代主义也关心人,焦虑人的处境,但与现实主义是不同的,它对现实主义不无启迪。正是围绕着发现人、尊重人,刘心武的《班主任》重新发出了"救救孩子"的呐喊,徐迟的《哥德巴赫猜想》重塑了知识分子的精英形象,我们在这里听到了新启蒙的声音。

与现实主义精神相伴,民族灵魂的发现这一主题还在深入。我们看到,80年代中期,现实主义文学仿佛又一次来到十字路口:是大胆的自我更新,还是故步自封,是开放吸纳,还是原地踏步,这是个考验。现实主义要不要在与现代主义的碰撞中丰富自己,要不要吸收域外的有益的哲学和文学观念,要不要在文化精神上向纵深拓展?回答是肯定的,因而有了一次腾跃。对于全国的文学界来说,1985年是不寻常的一年。这一年,《人民文学》发表了刘索拉的《你别无选择》、徐星的《无主题变奏》、韩少功的《爸爸爸》、阿城的《孩子王》等等。在全国其他刊物,还有许多重要的文本发表。《你别无选择》被有的理论家认为是"中国第一部真正意义上的现代派作品",但我从小说所写音乐学院内在紧张的精神冲突中感受到的,主要还是"五四"个性自由精神在当代的回荡。

《爸爸爸》回转身来,续接国民性批判的主题,沿着地域的河流,向着民族文化性格的根因追溯。而在莫言的《红高粱》里,作家有感于"种的退化",重塑农民英雄形象,呼唤生命强力,复活民族的野性的游魂。对现实主义的发展来说,也许路遥的《平凡的世界》是更为典型的文本,它作为文学上的"柳青之子",可以明显感到它与"十七年"现实主义的血缘关联,路遥确实继承了不少东西,但是,他又有所扬弃,提供了一种内在的现代性视角,那就是对现代农民人格的呼唤和初塑。

90年代以来,特别是迈入新世纪的中国,市场经济和商品化以前所未有的规模卷来,全球化进程的加剧,"加入世贸"的重大影响,城市化、高科技化、网络化的急剧推进,正在极大地改变着人们的生存方式和就业、居住方式,改变着人们的时空观念、思维方式以至于道德伦理情感。中国社会的精神生态更趋物质化和实利化,思想启蒙的声音在文学中日渐衰弱和边缘化,小说大多走向了解构与逍遥之途,走向了世俗化的自然经验陈述和个人化的叙述。与之相伴,一个大众文化高涨的时期来到了。就文学来说,现实主义还能不能向前发展,与人的再发现密切关联。这本是20世纪贯串至今一个重要的不断深化的精神课题,曾有过"人的三次发现"之说,今天还有没有新的发现,对现实主义来说,将是决定性的因素。这也应该是衡量一个大作家与凡庸作家的标准。事实上,在今天,作家选择时代,其实就是选择人,发现人,发现一种生存状态和精神状态。我们的时代有多少"人"还没被发现呵。有一种说法,认为新世纪的人既不同于80年代的"理性"的人,也不同于90年代新写实的"原生态"的人,或"欲望化"的人,而是"日常化"了的人。这种说法有一定道理。依我看,近些年来,有一些作品之所以有所深化,就在于更加注重于"人的日常发现",并以"人的解放""人的发展"作为灵魂重铸的内在前提和基础。然而,对人的深刻理解与表现,又与深切的生活体验无法分开。网络的海量的信息固然给写作者带来极大便利,但它永远不可能代替作者的亲历的感受和心灵的共振,因为那不是他身上的骨头和肉,而创作需要生命的投入。

在今天,我们不能不关心文学的现实处境。我们现在常说,以往文学的轰动效应,多是借助于敏感的社会问题,承担了自身以外的任务,现在文学才真正回到了它应有的位置,现在的秩序才是文学的正常秩序,因而无须慨叹文学的边缘化。这样说当然是明智的,不无合理性,但也并不尽然。文学不能借此安于现状,看不到危机,满足于被动的生存。在今天,谁不努力展示自身的魅力,就没有谁的位置,这是很无情的。其实,世界上有些发达国家,纯文学的销量和覆盖面是非常可观的。现在,网络文学、青春文学、类型化写作、大众读物,在普通读者中拥有更大的份额,其销售量是一般纯文学无法想象的。这些作品当然有它们满足人民的需要,和它生存发展的必然性,而且这显示着文明的进步,全民文化水平的提高,令人欣慰。但是,它们确也造成了阅读的分化,比如传统文学读者稳中有降,像《明朝那些事儿》《藏地密码》《鬼吹灯》《诛仙》《杜拉拉升职记》等大众文化之作,或一些带有较强消遣性、娱乐性、猎奇性的书,正在创造销售奇迹。文学(这里指的主要是纯文学、传统文学)应该怎样选择和认定自己的角色呢?文学的审美价值和精神追求应该在一个什么样的向度上?究竟是向那些市场化作品倾斜,为其所改造、所置换,削减原有的一部分功能,强化另一些实用功能,还是坚持原有的一贯稳定的精神价值,包括发扬现实主义的精神,就不仅是一个理论问题,而是一个尖锐的实践问题。

诚然，只要人类还存在着良知和情感，文学就不会消亡，我们大可不必悲观；但究竟文学选择什么样的方式，深刻地表达什么样的情感，确也决定着文学的命运和存在的理由。现在作家的选择无疑宽广得多，自由得多，但仍有对时代重大精神问题是直面还是回避之分，仍然有高下之分和文野之分、厚重和轻飘之分。在我看来，最有分量和最有价值的文学，应该是关注人的存在境遇，展示民族的灵魂和心史的，直指人心的，具有形而上追求的文学。越是这样，在这个物化的时代，文学就越是不可替代，就越有生命力。

今天，我们面临一个社会、文化、道德大转型的时期，同样也是一个与世界文化碰撞、融合、重构的时期，这样一个时期在中国历史和人类历史上也并不多见。这不仅是作家创作的难得机遇，同样也是作家面临的最大困难。历史上，无论哪一个国家，在每一个转型期和文化的融合期，恰恰也是文化兴盛的时期，如我国的春秋战国时期、魏晋时期、隋唐时期、"五四"时期。我认为，现实主义肯定是我们的选择之一。但是，现实主义怎样发展，却是需要探索的新难题。

当然，现实主义始终是一个争论不完的话题。我所谈到的几点也仅仅是就存在的问题而言的。我们应该更多地追问一些基本的问题：如什么是文学？什么是人民的文学？今天的人面临什么困境？我们应该怎样增大文学的精神性内涵？今天我们需要什么样的文学？等等。这些基本的问题可能会帮助我们廓清文学上的一些迷雾，对当下的文学的创新将是极其有益的。

（原载《人民日报》2009年11月10日，《新华文摘》2010年1期转载）

为什么需要和需要什么

——对当今文学存在理由的若干思索

一

今天,我们几乎每隔一段时日就情不自禁地思索这样的问题:我们今天还需要文学吗?如果需要,需要什么样的文学?文学是否陷入了现代传媒的重重围困之中,正在夹缝中求生?作为纸媒体,它的前景如何?怎样看待边缘化与中心化的关系?等等。这些原本无须证明,至少以千年为单元才成其为问题的问题,现在被如此频繁地提了出来,这本身就构成耐人寻味的问题。

有朋友指出,"读者"是整个文学创作的关键词,否则一切无从谈起,一个作家是否接受了挑战,在创作上是否找到了自己的出路,关键全在于自己的作品是否赢得了读者。一般来说,这话是很有道理的,任何事物都必须在对象化中确立自身。但我们这样说的时候似乎忘了,读者本身也在变化,而且发生着前所未有的变化。姑且不谈不同读者层面的变化,仅就抽象的"读者"这一概念而言,读者与文学的关系已经发生了历史性的位移,对此不可不察。

比如,过去的人,读文学作品总要寻找深刻的思想教益,或者讲究意境韵味,一唱三叹,陶冶性灵,现在这种人越来越少了,而读文学为了找开心、看热闹、寻刺激,把文学当作消费对象,甚至一次性的,这样的人多起来了。过去的人,想抒情,首选诗歌,林黛玉就终生以诗为伴,她临死前焚稿断痴情,焚的就是诗稿。清末陈其元《庸闲斋笔记》中还记载过,有个大商人的女儿,明艳工诗,酷嗜《红楼梦》,得了忧郁症,父母认为全是《红楼梦》祸害了他们的女儿,就当她的面烧《红楼梦》,女儿在床上看见宝哥哥被烧,大哭,说"奈何杀我宝玉",遂气绝而亡。80年代的诗歌朗诵会上,常有人痛哭流涕,有次朗诵《将军,你不能这样做》,有人突然跪下了。现在的人,想抒情了,点个流行曲,什么《同桌的你》《真的好想你》《潮湿的心》《你那里下雪了吗》,觉得心里好感动,无形中诗歌的地位被顶替了。过去的人,想看历史和故事,总是先找小说,现在的人,想消遣想做梦,找个光盘,看部大片,觉得很过瘾。过去,都是先看名著,对照改编影视来做判断,现在大都先看影视,才找名著来读,眼中的名著面目已被影视扭曲了,造成误读,现在许多书都是从影视套改的,这已成为发行秘诀。过去宣称"书城之外我无家"的清高读书种子很多,把文学作为传道授业解惑的主要工具的人也很多,现在就不好这样说了。这就告诉我们,时代变了,读者与文学的传统意义上的互惠互动关系变了,文学的地位和功能跟着也发生变异。由此观之,读者本身在今天发生了空前复杂微妙的变化,倘若单拿是否"赢得读者"作为衡量文学上成功的重要标志,未免失之简单。

第二,与之相联系的,是文学作品的产品性质发生了微妙的变化,对此我们同样不可不察。对文学作品来说,最大的变化莫过于在审美特性之上不得不加上商品属性,后者的分量且越来越重。这自然是人人皆知的常识,问题在于由此引起了一系列连锁反应,波及创作。这就是市场化、都市化、时尚化对文学的控制。市场、时尚、广告诱导着人们的阅读,一般来说,文学必须尽可能屈就大众的社会理想、道德范式、审美惰性、阅读习惯,才能占到较大份额。另一方面,现在不做广告几乎没法儿生存。谁无视市场的存在,谁将意味着遭淘汰。我们经常尴尬地发现,某些喧哗一时发行量惊人的作品,事后连翻动一页的欲望都没有了,这时人们总发誓说,我们不再受骗了,然而话音未落,人们又不由自主地继续跟着广告和时尚的指挥棒转悠了,仿佛着了魔似的。在发行量上,鲁迅恐怕敌不住金庸和琼瑶。像余秋雨和贾平凹等人的著作,目下已形成品牌效应和条件反射,人们见了就手痒想买,哪怕是他们比较差的东西。市面上,"宝贝"系列、"贪官"系列、"在纽约"系列、以"三重门"打头的"少年写手"系列,一出一大堆,大都是模式化、复制化的产品,它们占据着书市书摊的主要空间。在一片低、俗、浅、浮、闹的氛围中,缺乏创新意识也就毫不足怪。正如有人指出的,对于"由书商和某些出版社共同制造的繁荣景象",不要盲目叫好,要加分析。为什么是书商与出版社联手制造?出版业自负盈亏以来,生存和赚钱上升为根本问题,卖书号属无奈之举,书商如雨后蘑菇应运而生,书商的眼光盯着书背后的经济效益,文学的品位不可能很高。现在诗歌集子除了自费的已基本不出了,小说出什么得首先看市场行情。能说这一切对文学的写作影响不大吗?

　　第三点是传媒手段和方式多样化、现代化、电子化对文学创作的巨大影响,这同样不可低估。从历史上看,传媒经历了三阶段,即口传媒、纸传媒和电子传媒。这一工具变化对文化和文学产生了极为深远的影响,怎么估计都不过分。曾有人认为,是纸媒体引发了马丁·路德的新教改革,不能说没有一定道理。同样,认为纸媒体成就了伟大的现实主义和现代主义文学的发展,也不是没有一点道理。现在人们花费在电脑上电视上网络上的时间真不知有多少。工具变了。问题在于，媒体大变革带来的不仅是手段的便利，而且是人类感知世界和把握世界方式的变化，当然也包含审美方式的变化。比如，经电脑处理的文本跟手写的文本就有很大不同。现在的出版量这么大，与电脑写作肯定有极大关系。至于好莱坞这种大型的文化工业梦幻工厂，与传媒方式的关系就更大了。现代信息技术对文学文本内容的潜在影响，非一句话可以说清。再比如，网络文学——通过计算机互联网发表文学作品的空间，越来越不可小瞧了。现在的人想写作了，上网，往上一贴就行了，用不着审查，用不着求编辑老师提意见。人人都可以是作家。由于其隐匿性，人可藏在网络深处，文风显得泼辣直率，没什么不好意思说的，不再受前文本的压抑。这对文学语言的影响相当大，有利有弊，弊大于利。现在出现了不少神秘的网络文学青年，"网恋"的发生率也在提高。《北京娃娃》《第一次的亲密接触》等都是先在网络上发布的。写作者是不是作协会员不重要了。文学也不再那么呕心沥血，追求传世了，而是稍纵即逝，有的只几天寿命。当然，网络目前主要还是用来看消息，利用其传播的迅速，尚不是用于写作或阅读大部头文学作品，故而暂时对文学的影响还不特别的大。

二

关于文学受外部环境挤压或影响的事实，以上只例举了读者、市场和传媒工具三点，基本可窥知文学的生态环境和历史语境变迁之剧烈。当然，重要的问题在于文学自身，在于文学内部环境和在此内部环境下文学合规律性和合目的性的发展状况，归根结底，一时代的文学能否满足该时代的精神需求,提升该时代的精神需求,要靠文学自身来解决问题。

我对当今文学的现状归纳了五个"化":杂多化、分化化、世俗化、日常化、个人化。不能说只有这"五化",但它们确是突出的特点。我不想停留在现象的展示上,还想对每种特点加以评述和辨析,以靠近"文学存在的理由"这个话题。

一是杂多化。不用多说即可感到,当今文坛,通俗、严肃、纪实、科幻、历史、家族、乡土、精英、女权、都市、官场、战争、侦破、言情、性爱、恐怖、暴力、私密、怀旧、反讽、调侃、魔幻、变形、跨文体、超文本,无奇不有,无所不包。真可谓多元共生,众声喧哗。事物总是从一到多,再从多到一,无限循环。多总比少好。由于某种意义上意识形态淡化的大气候,闲暇时间增多和休闲情趣上升,助长了文学功能的扩延和风格形态的多样。当今多样的文学是多样需求的反映。对是否需要文学这个问题,已是不证自明。但目前泡沫与石头共存,泡沫多,石头少,朝生暮死,昙花一现者多多。文学从来没有这么眼花缭乱过,语言的垃圾也从来没有这么多过。

二是分化化。方法与形态上的分化。80年代的作家,其价值立场具有内在的整一性、共同性,即便手法缭乱,借鉴多门,其价值和方法大致如一。那时真现代主义的东西有,但少。我以为现在是现实主义、现代主义与后现代主义并存的时期。当然写实主义仍雄踞首位,占压倒优势。那么我们有没有后现代作品呢?当然有。杰姆逊说,资本主义的三个时期:市场、垄断、跨国(晚期)资本主义相对应的是现实主义、现代主义、后现代主义,大致不错。但在这个问题上,不宜与经济发展阶段保持僵硬的对应关系。后现代的特点是平面化、零散化、非中心化等等。如果说,现代主义是抽象化的、精英化的、晦涩化的,追求深度,不无痛苦,那么后现代则是生活化的、消费化的,向日常生活扩张化的,往往混淆生活和艺术的界限,从深度浮上平面。它是以解构性、戏谑性、消费性为上。在一些肥皂剧、室内剧、音乐剧、即兴小品里即有充分的后现代因素。这些作品空间狭小固定,人物动作幅度小,主要靠语言的膨胀、反讽、冷幽默、装傻充愣、调侃耍贫嘴来吸引人,基本没有悲剧意识,以解脱痛苦轻松一笑为目的,人物不重要了,符号化了,可随时抽换,人在话语中游戏,并被话语所游戏。其实人们老在批评的《戏说乾隆》《还珠格格》《宰相刘罗锅》们,就带有后现代味,它与历史其实没关系,不过穿皇帝的衣服,追求好玩。王朔的一些小说及题目,如"玩的就是心跳",一点正经没有,"过把瘾就死",即含"后"味,王朔一旦写《看上去很美》,正经起来,就没意思了。再如于坚的《0档案》、伊沙的《车过黄河》都带有很强的解构性。

同样,作家的叙述立场和人文态度也发生了深刻微妙的变化,他们观察生活的眼光和审美意识,特别是价值系统出现了明显的分化。80年代的创作一言以蔽之,跳不出新启蒙主义话语。现在不同了,理想主义的、激进主义的、文化保守主义的、女性主义的、宽容的现世主义的,甚至准宗教的价值观,杂然并存着。依照如此缤纷的眼光处理题材,可以想见会带来怎样复杂的面貌。

三是世俗化。在很多场合下,文学的风云人物变成了平民、小人物、左右为难的窘迫者,以及他们非常实在的悲欢,人间的烟火气骤然变浓,文学成为肉身化的文学,与之相联系的是对忧患意识的消解,偏于物质与感官,化忧虑为达观,化沉重为无奈。对于文学的这种平民情怀和贴近老百姓生存的倾向应该给予肯定,这也是现实主义文学的传统优势——通过小人物和尘世的忧乐折射时代的大主题。但问题在于,在批评了假大空和伪崇高之后,一部分作者有可能走向了另一极端,从英雄崇拜转向了"非英雄化"。一味地描写日常生活的烦冗、单调和尴尬,所谓一地鸡毛,强调原汁原味,回避重大的精神冲突,那就缺少了足够的力量。

世俗化是与神圣化相对称的,经典化是与大众化相对称的,灰色小人物是与英雄相对称的。文学是否由神圣进入世俗,由英雄化进入了平民化?这里有文化转型的大背景。由崇尚精神到崇尚物质实惠,由关心政治历史的伟大进程到关心日常生活的小型叙事,直到把关注自己、关注当下、关注生存质量作为重点。大众消费的世俗趣味第一次成为审美文化中的主导东西。有人说,这是一个没有史诗的世纪末。这是百年来审美风尚的一次带根本性的变化。这些确乎是一方面的事实。但不可以偏概全。从整体流向上看也许是这样,但不是一切。《突出重围》和《英雄时代》就不是这样,《西去的骑手》也不是这样。《英雄无语》和《我在天堂等你》皆不是这样,它们不也同样获得了成功,有其充分的存在理由吗?

四是日常化。应该看到,今天的生活形态主要是以和平和发展为主题的,文学在大幅度地向日常生活贴近,似乎向大起大落、疾风骤雨、惊雷闪电般的戏剧化方式告别,代之以平实、琐细、无奈的生活流。以斗争模式为中心的革命赞歌和英雄传奇不多见了,启蒙主义的狂热、理想主义的乌托邦,也成了昨天的事。上世纪的最后十年与前九十年在审美意识上的反差十分明显。

表现日常化的文学自有其生存理由:我们的文学传统中有种东西,总是强调甚至硬性规定,作家只能关注重大事件,展开宏大叙事,把历史理解为重大事件构成的历史,所谓把握历史的本质,相对忽视了日常化的历史,日常化被视为无意义。然而文学史证明,许多日常化的、无意义的东西,往往最具文学价值。我们是否忽略了私人生活空间?忽略了某些貌似无意义实乃最具人生意味的空间？日常化记忆与私人化记忆，对文学来说都很重要。

五是个人化。谈今天的文学，个人化写作是绕不过去的。显然，个人化不是指创作个性或创作劳动的个体性特征。事实上，个人化更多的是一种人文姿态，是对个人独立性和自由意识的某种确认。但并非所有人或自称是个人化写作的人都能这么认为。我理解，个人化之所以被提出，主要是因为现代人面临着商品、物质、财富、专制、权力对人的个性、独立性、主体性的挤压和销蚀，并且被消解到无个性的群体化符号化生存中去。这种挤压越是严重，个人化的抗争也就越强烈。也可以说，个人化是现代人拯救自我的一种方式。马克思说过这样的话：个人的自由发展是社会健全发展的先决条件。比如当下，一些知识分子有感于自由精神丧失的惨痛历史，强调回到鲁迅的起点，张扬个性，坚持独立品格和批判精神，就颇接近个人化的旨意。在创作上，健全的个人化是有感于烦琐、无聊、麻木、浅层次的欲望化描写，以及心灵的萎缩等物化现象，而表现出来的对人的尊重和对人的终极关怀，并富有个性地表达出强烈的人文精神。

我们之所以对健全的个人化加以肯定，还因为20世纪的记忆基本是群体的、革命的、集体的。这是一个中国人在集体焦虑中寻找意义的世纪。即使一些被认为离经叛道的私人化作品，仍基于一种集体记忆。这是历史形成的。历史的记忆方式有可能形成对存在的遮蔽。作家有必要反抗遮蔽。无意义的生活的意义在于，它仅仅对是个人有意义的生活，永远不会进入历史生活。但不能进入历史的，却未必不可以进入文学。

然而，并不是所有的人都能正确理解个人化写作，包括自称个人化写作的某些写作者。实际上有两种不同的个人化，一种过于注重私人空间，描写极端个人化的生存体验和心灵感受，热衷打捞抽象人性的碎片,把个人化转换为隐私化;另一种则是,虽然身处边缘化的位置,但能把当下的生存体验上升到精神体验的高度,以个人化写作来沟通对民族灵魂的大的思考。前一种个人化,虽也不无一点认识意味,但太狭小了,难成气候,后一种个人化,境界就大多了。我更赞赏后一种路径,并主张多多发扬这种个人化——主体化的创作精神。

三

黑格尔说,凡是存在的就是合理的,凡是合理的就是存在的。以上我们从文学的外部环境和文学的内部环境两个方面入手,陈述和辨析了文坛和文学创作的种种现实。这些都是不以人的意志为转移的,它们存在着故而它们合理。然而,不可忘记,黑格尔的这一命题并不是消极无为的,而是暗藏着否定之否定的批判精神,若要破译的话,那意思是,凡是存在的都是要消亡的。据说当时有人道破了天机,黑格尔吓得面如土色。他宁可让人们骂他阿谀,也不敢让人们看清他的谜底。其实文学也一样,我们不能满足于就事论事地指出文学的存在现状是什么样儿,而是必须进一步思考今天的文学应该是什么样儿,人们为什么需要文学和需要什么样的文学。

上世纪90年代以来,我国市场化进程加速,放眼世界,全球经济一体化,全球政治多极化,全球文化多元化,已是大势所趋。这些自然不直接作用于文学,但作为文化生态大气候影响着文学。知识经济的迫近,"可持续发展"的新观念的提出,冷战思维的淡出,都在促成思想文化背景的日趋多彩和审美意识的多样。我国国内的文化,则出现了主流文化、精英文化、民间大众文化三大板块并存不悖且互为渗透的格局。具体到文学,就出现了如前所述文学功能的全方位展开。大众文化的广泛渗透,它对文学作品生产的影响,尤为突出,精英文化和主流文化都不能不受到它的冲击和改造。比如,先锋实验小说作为精英文化的一种,曾风光一时,而现在处境就比较尴尬,陷入了我是谁的角色焦虑,在启蒙话语与后现代话语之间徘徊,主要还是精英气质难以融入民间大众。一些先锋作家也不得不向本色叙述回归,因为大众文化背景对文本实验的容忍度是有限的。通常所说的主旋律小说创作,作为主导文化在任何时候都是不可或缺的,但它说教倾向较重,现在为了争取更多读者,也不得不向大众文化倾斜,包括吸取某些民间化、通俗化的表现模式,例如侦破模式、忠奸模式、落难模式等等。

文学界人最爱谈的是边缘化与中心化的关系,其实没什么意思。边缘化是这些年文学界形容自身处境时最喜欢使用的词。边缘化的含义大致是,由于以经济活动为中心,物质主义盛行,文学和艺术不再成为人们最热衷的话题,作家曾在80年代光荣地充当代言人和启蒙者,居于较中心的位置,一举一动为公众关心,现在被推向了边缘,不能跟歌星球星们较量了,大有门前冷落车马稀之叹。边缘化是事实,却有个怎样正确看待的问题。市场经济的发展,社会的转型,或扩而大之,随着全球经济一体化的大趋势,文学艺术和作家的位置发生某种移动,是很正常的,这并不意味着文学的使命和功能有什么根本的改变。关键在于不能自己把自己边缘化,自我放逐,或远离现实,或消解意义,或滑向调笑式的痞子式的游戏态度。若以边缘化自居,只能加剧边缘的处境。我们看到,有一些作家,他们意识到,现在比任何时候更需要文学作为社会的良知和精神灯火存在。他们关注时代,强化体验,爱憎分明,激情充沛,关心百姓的疾苦、呼声,事实证明,他们的作品很受欢迎,并不边缘。比如张平的写作和找他的上访者之多就很说明问题。当然,我不认为作家们都要像张平那样写,政治色彩那样浓,但由此可以看出,就某种意义来看,文学在本质上、精神上并不存在边缘化的问题。其实,边缘与否,显赫与否,与一个真正作家有多大关系呢?关汉卿、曹雪芹、绝不会因为社会不重视戏曲和小说而投笔不写作。对作家主体来说,任何时候自我都是世界,他永远是他的话语中心。

第二点是,附着在纸媒体上的文学,还有多大前途,与现代化的电子传媒相比,它是否面临着萎缩以致消亡的命运?当然不是这样。文学语言的魅力是其他媒体取代不了的。我曾说过,小说作为文学恐龙的地位可能要结束了,这话曾被人曲解为文学将要如恐龙灭绝。我的意思是,小说不再是称霸于文学,文学有可能进入文论时代。人们早就发现,文学作为最古老的审美方式,它是最具原创意味和基础意义的艺术。文学向各类艺术包括电子传媒源源不断地提供着文本资源,"文学性"一语几乎成为衡量一切叙事艺术的通约。这难道还不能说明文学的重要吗?

我们同时发现,作家们在夹缝中发展自己。如何既想不弱化批判锋芒、文学价值,又兼顾市场效益?如何在市场和意识形态的双重作用下,既保持批判的力量,又得到大众和主流社会的认可?这就需要创造一种文学语言,具有双重性,含义随场合的变化而变化。小说中的双重性话语并置,正是价值矛盾的反映。作家利用双重性来达到自己的目的,把小说写成一种复调的、多义的、有空间的文本。他们致力于大众化与化大众并行,他们尽量在压力下保持自己的独立性。例如,大雅与大俗之扭合问题即是。

第三点,也是最重要的一点,是如何在多元话语中体现主导话语,在杂多语境中体现主潮的力量。我们充分肯定多样化的意义,但一条河流没有主潮就无法推进。这里的主潮与主旋律还不是同一个概念,也不是现实主义或现实主义精神的同义语,它理应与强烈的人文关怀保持密切联系。在我看来,当今的文学,虽然丰富庞杂、光怪陆离、应有尽有,但是回避宏大叙事,钻入小型叙述和个人化的迷宫成风,欲望化的描写颇为时尚,鲜有表现时代民族命运的大主题,鲜有对民生疾苦的深切关注,鲜有对父老乡亲的大悲悯、大关怀,鲜有对人的尊严、痛苦、彷徨、被伤害等等人性问题的强有力表现,鲜有崇高撼人的人格力量,鲜有宏大的气魄和笔力,总之,反思精神、启蒙精神、悲剧精神趋于弱化,这是当下最令人忧虑的。人们总喜欢谈论什么是好小说,我也能开个清单,列几条出来,但我以为这没有用,重要的是上面的话,关系到为什么需要文学和需要什么样的文学。人是太阳,人是根本,只有表现人的文学才最具活力,表现物和欲的文学是没有力量的。

2002 年 10 月写于潘家园

(原载《北京文学》2002 年 11 期,获《北京文学》评论奖)

新世纪以来中国文学的走势

一、没有选择余地的命名

如果说,怎样看待2000年以来的中国文学,以及要不要把已经使用了二十多年的"新时期文学"的概念继续叫下去,曾是一个颇费斟酌的问题。如果说,几年前文学理论界还在为"新世纪文学"的概念正名的话,那么,在新世纪走过十年的今天,人们似乎打算放弃对这一概念的费力争辩了,因为它已经成为一个没有多少选择余地却又不得不交付使用的概念。在这里,"新世纪文学"是否是一个严格的科学的命名并不重要;重要的是,几乎所有的人都看到了,进入新世纪以来的中国文学,不断呈现出大量新的质素,发生了巨大的变化,尽管它与传统文学血肉相连,尽管它与新时期各阶段文学有扯不断的关联,尽管它仍处在打开自己的过程中,但是,谁也无法否认,它已经嬗变为一种具有新质的文学阶段了。这不是故作惊人之语。

不过必须说明,"新世纪文学"是有一个预备期或过渡期的,大约指从1993年算起的七八年间。看不到这个预备期就不科学了。但是,按照约定俗成的习惯表述,它恐怕还是得从2000年算起。若用一种最直白最简明的说法来指认其存在,我们是否可以这样说:现当代文学一百多年间,"五四"时期的文学是启蒙主义的文学;30至40年代的文学是民族的革命战争为主旋律的文学;50至70年代末的文学是以阶级斗争为主调的文学;70年代末到80年代的文学虽放弃了阶级斗争的要求,却仍是以计划经济为基础的正在开放和更新中的文学;而近十多年的"新世纪文学",则是以日渐成熟的市场经济机制为运行基础的新媒体时代的文学。这样说,也许算不上多么科学的表述,但不能不说这是事实。

难道不是吗?今天的文学可谓无处不变、无时不变、无一门类不变。我们总是发现自己心理准备不足。陈辽先生曾经这样描述过他对当今文学变化的感觉:小说改编影视的多了,经得起阅读的少了;作品的种类、印数和网上的点击量增加了,艺术质量与思想分量却减少了;各式各样的写法多了,佳作力构却少了;期刊的时尚味儿浓了,文学味儿却淡了;作家的人数比过去多了,影响却比过去小了;各种奖项和获奖的作者多了,能记得住的作品却少了——这种描述可能还是在事物的外围打转,但也算是一种不错的描述吧。现在的情况是,我们虽然也能感知并初步描述其变化,却被不断涌来的缤纷缭乱的现象所缠绕、所覆盖,信息多得总是理不出一个头绪来。所以,当我为自己定下这篇文章的题目时,无疑是对自己的一个挑战和一种冒险。谁也无力网罗和分析所有现象,我只能谈一些我印象最深的看法,只能拣出我认为新世纪十年中国文学变化的最突出之点。

二、无法回避的语境

欲知新世纪十多年中国文学之变化与走向,离不开对近十年中国社会及其经济政治思想文化语境变化之认知,然而,这样大的话题岂是我能理得清的？我只能寻找与文学关联密切的几个方面来谈。事实上，从上世90年代中后期以来，我国市场化进程大提速，尤其是加入世贸以来，全球经济一体化，全球政治多极化，全球文化多元化，已是大势所趋。这些自然不会直接作用于文学，但作为文化生态的大气候无不影响着文学。知识经济的迫近，"可持续发展"新观念的提出，冷战思维的淡出，都在促成思想文化背景的日趋多元和审美手段的更加多样。如果要用几个关键词来形容对新世纪历史文化语境影响的最大的焦点，这里不妨提出以下三点：高科技、网络、图像。它们作用于人，又通过人作用于文学。

　　首先，新世纪十年意味着科技是第一生产力的知识经济新时代的到来及其无孔不入的渗透。这并不是说，以前的科技就不发达、不高级、不渗透，而是说，对于中国社会特定情景而言，人们从未像今天这样深刻地感受到科学的高度发展带给传统生活方式的改变之剧烈，其触角伸向生活的方面之广泛。这令人欣喜也令人焦虑。一方面，我们看到，中国几乎是在一夜之间从自行车时代跳进了汽车时代，继而要跳进高铁时代。小汽车销量的惊人，动车的提速，高速公路的密布，地铁的扩线，资讯的发达，手机的流行，网络的无所不在，都在极大地改变人们的时空观，人与人在身体的移动和信息的交流上达到了前所未有的近距离。自然这不包括边远的穷困地区。高科技创造出大量新物质手段，大大提高和便利了人们的生活。然而，人们旋即发现，与此同时，世界的丰富性反而越来越小了，复制化、克隆化现象越来越多了。仅就城市生活而言，大家住在大同小异的楼盘小区里，或为按揭焦虑，或为孩子择校操心，人们走进货品几乎完全相同的超市购物，晚上搜索机顶盒观看同样的谍战剧或抗战剧，看到手机上交换来的段子发出同样的笑声，平时看最流行的官场小说和悬疑小说消遣，土特产的概念快要消失了,方言成了某个地域人们最后的精神堡垒,人们说着方言如同互相取暖,验证各自存在的真实,除了气候的不同,各个城市之间还剩下多少不同呢?于是,人们突然感到,不但地球村变小了,往昔被认为还算广大的中国也骤然变小了。与高度便捷相联系的是人的极大的不自由状态。据说,最先进手机的持有者虽然顾盼自雄,但他的行踪包括他此时此刻在哪条街道哪个房间,卫星定位早就一目了然。到处是电子眼,有什么秘密可言呢?人哪,在高科技的眼皮底下,是一种多么可怜的存在。更为可怕的是,科学好像在彻底颠覆古典的以信仰和仁义为重心的精神世界,人好像忽然失去了道德的保护;在文学领域,科学也在极大地改变着作家的创作心理。文学中的现代主义、后现代主义,抑或后殖民主义、解构主义都与现代科学的巨大影响不无关系。科技给这个世界和人类带来的所有幸与不幸、快乐与郁闷,对精神的失望抑或对物质的依赖,现在或将来,都会成为新世纪文学的题中应有之义。

新世纪十年也是一个网络时代。对人类生活产生了极大影响的网络对文学同样产生了深远的影响。四年前,我曾写下这样的文字:它(网络)对文学的创作方式、态度、深度和广度都产生了极大影响。特别是电子图书的盛行和网上阅读的习惯,使文学的传播形式发生了革命性的变化,这标志着一个快餐文学时代的来临。从各种迹象可以看出,电子媒质的图书和复制快餐型的大众创作以及越来越难觅踪迹的精英创作,构成了今天新的文学态势。这是一个让人的担心大于喜悦的文学时代。所以,网络绝不仅意味着只是工具变了,而是认识世界和理解世界的方式变了。无数的人每天沉溺在广大的虚拟世界里不能自拔。进入新世纪以来,拥有电脑和网络连接的人越来越多,人们在网络上看新闻、聊天、交朋友、发收邮件、购物、咨询、进行人肉搜索,还有读书和写作。网上读书成为今天许多年轻人的主要阅读方式。网络传播速度之快是传统的媒介无法匹敌的,它可以在顷刻之间汇合成一个强大的声浪。现在可能还没有统计出,通过网民提供的线索,抓出了多少个贪官;通过网民的热议,改变了或者形成了多少个决策。这数字肯定是惊人的。网络的平民化互动模式所表现出来的群体意志力量严重地影响着和改善着舆论环境。

关于网络文学,我比较认同金元浦的看法:"今天,电子媒质引起的传播革命,又一次引起了文学自身的变革。文学面临着又一次越界、扩容与转向。一大批新型的文学样式,如网络文学、电影文学、电视文学,甚至广告文学、手机文学,一大批边缘文体,如大众流行文学、通俗歌曲(歌词)艺术、各种休闲文化艺术方式,都已进入文学创作和研究的视野,由文学而及文化,更多的新兴的文化艺术样式被创造出来,成为今日文学——文化学关注和研究的对象。"我想,这些新型的文学形态显示了文学的内在变化,它们以一种不同于传统文学的样式显示出新的可能性。还有人认为,网络带来的变化将表现在:原先的文学将从精英的文学到大众的文学——以大众媒介为主导的文学;文学的精神将由知识者的精英意识走向平民的草根精神;教化的文学也将变为以娱乐为主的文学。"去精英化"之后的文学,将更加倾向于精神的抚摸,而不是精神的锻造;大众更愿意把文学看作精神的快餐,而不是精神的圣餐。还有人进而指出,文学将逐步丧失主流艺术样式的地位,纸质文学将越来越高端化——最后成为极少数文化贵族的精神圣地。这样的看法虽然不无夸张成分,却无疑值得我们深思,有些已经部分地变成了现实。还有人极端地宣布,纸质媒体和相关的图书馆、报社、杂志,都会在不远的时间里消亡。这样的断言是否过于绝望也过于绝对了。我发现,文化史的发展证明,阅读方式、传播方式、审美方式往往是会长期并存的，一个吃掉一个的情形在现代的宽容意识下倒是越来越少了。

新世纪十年还是一个图像（包含影视）的时代，有人说，人类即将或已经从读书时代进入了读图时代。图像与文学的关系成为必须正视的一个问题。现在很多年轻人对经典文学的了解，不是看原著，而是看改编后的电视剧，所以存在误读自不待言。图像是视觉化的、直观的，对于文学传统的诗性，是一种很难抵抗的甚至是致命的解构；而文学是想象性的，文学的魅力可能更多地存在于想象性之中。关键在于，现代社会这种有想象性的读者或者说有想象性需求的读者到底有多少？图像和文学在争夺着消费群体，文学的消费群似在日日减小，而图像的消费群却在日日增大。从这个角度看，图像对文学形成了一个很大的挤压。近期《阿凡达》的巨大成功似乎再一次证明了这一点。

文学与影视的关系正在发生微妙逆转，文学自足性的存在和洁身自好的清高感正在逐渐消失。一些业内人士更看重影视与文学的不解之缘，期望于达成互惠共赢。读者对文学作品的关注往往源自于电影或电视剧，这一般会有两种情况，一种是先有文学作品，经过改编后有了影视，当影视产生巨大影响后，人们再回过头来品读文学作品；另一种情况则是先有影视，然后出于市场需要又出版了同名小说，俗称"套种"。在这两种情况下，具有较高文学性的往往是前一种。新世纪以来，许多作家的作品被改编成了电影、电视剧，比如刘震云、徐贵祥、海岩、龙一等等，产生了比文学出版要大得多的影响。现在第二种方式却不顾传统的不屑，更为流行了，后来居上。人们意识到，未来的文学形态怎么样，与影视的存在有密切关系。刘震云的观点也许是有代表性的，他偏向于主张融合而不是对峙："作家比较孤独，电影比较热闹，二者在本质上没什么区别,表达的都是对待生活的不同态度。文学是一个人的事,电影是许多人的事;文学是我的事,电影是我们的事。电影讲述的是表面的事物,小说讲述的是表面背后的事物。如果同时熟悉这两个事物一定都有好处。""文学参与电影可以让电影变得更强壮,电影参与文学可以让文学飞得更远、传播得更远。"

三、阅读的分化与作者的重构

研究新世纪文学离不开研究阅读,也离不开研究创作主体的变化。

我早就指出过数字化时代的阅读分化问题,各类阅读群体可以井水不犯河水地各自并存着,于是出现了专业读者、大众读者和网络读者之间的隔膜,主要是专业读者与后二者之间的隔膜。这种情况已有好几年了,近年来尤盛。网络文学、青春文学、类型化文学,吸引了大量青年读者;类型化创作不但在网上也在图书市场上强势,比如所谓悬疑、推理、玄幻、盗墓、穿越、新史话等等,皆有相对固定的读者群在跟踪和消费;而"青春写作"的发行量,更是不可思议。据说,郭敬明的《小时代 2.0》号称"限量发行",七天内一百二十万册一扫而光,歌手韩红登台献艺,场面火爆。据深圳书城介绍,他们进的七万册在三天内即销空,要是不限量还不知会怎么样呢。有趣的是,关于这部书本身却几乎无人提及,目前尚无人认真研读和评说,看来粉丝们主要是出于对心中偶像的明星式的崇拜,而不是冲着对这部作品的喜爱而来。也许,这就是网络时代和消费时代特有的情景吧,也是我们今后不得不面对的、很难改变的情景。当然其中也并非没有好作品。但我认为,总体上看,这在科技手段上是进步了,在媒体传输甚至文明程度上是提高了,但是在文化精神和文学深度上并没有什么进步。主要是,快感阅读在某种程度上取代了心灵阅读,消费性、游戏性的阅读取代了审美阅读,而且所占份额过大。于是,传统意义上的文学更趋边缘化了。对传统文学来说,怎样增强魅力,扩大对当今青年读者的吸引力,就成为一个重要的、必须面对的问题。

究其原因,这一切也并不奇怪,抛开消费时代的需求不说,仅就阅读的流行倾向而言,今天是一个泛文化的时代而不是一个文学的时代——80年代才是文学的时代。今天,从学理的层面看,文学与文化的关系较前显得更密切。此前的文学和文化虽有关联,但从本质上看,文学便是文学,文化便是文化,它们还是有一定距离的。新世纪文学表现出的多元化,和人类学、心理学、社会学、生态学等的多重影响有关,这使得新世纪文学的文化因子愈来愈多,出现了一些作家向学者化转变的迹象,学术著作与文学作品同时登场,前者拥有的读者量往往并不比后者差多少。然而,从市场消费的层面看,现在最受欢迎的是泛文化类的作品,但一般必须具备大众文化的趣味。现在大众读者最感兴趣的,是时政、理财、养生、股票、权谋、励志、宗教俗说、国学鸡汤、名人传记、奇闻逸事、新历史叙述等等,像易中天、于丹这样的学术明星就是在这样的氛围中造出的。对于文学来说,则是集中在官场、职场、情场、青春、校园、谍战、性爱、惊险、动物等类题材上了。网络读者的阅读兴趣与纯文学的距离拉得更大了。

整体看来,市场运作带来的最大后果是直接摇撼了传统文学的独尊地位。文学已经由以作家为主转向了以读者为主,以市场信息和有无卖点为主。在传统文学里,文学期刊基本相当于整个文坛。一个作者能否跃上文坛,得到公认,在文学期刊发表作品并在选刊上得以转载——若能获奖就更好,几乎成为文学新人成名的华山一条路。但现在情况完全不同了,一些作者可以绕开刊物,经出版运作直接出书。过去是,不在刊物上发表一定数量有影响的作品,积聚到相当的知名度,是很难出书的,故有"一本书主义";现在,有人已出版了好多部长篇小说,却还很难在优秀的文学刊物上发表一部中篇或短篇小说。现在出版行业基本市场化了,印数和码洋是最要紧的,民间出版经纪人介入出版行业,更强化了市场运作与媒体炒作的力度。曾几何时,长篇小说和长篇纪实变成了书市上的宠儿,像"80后"作家、自由撰稿人、非职业作家,大都是通过图书出版施展才华的,现已初步形成了以长篇小说和大众读物为主体的出版市场。这从一些刊物办长篇选刊、增刊,效益总是可观可以看得出来。

新传播媒体和传统出版方式共同构成了人们谈论较多的三足鼎立格局。这种格局表面丰繁而内质贫乏。我常常在想,由各地作协和大的出版团体主办的各种纯文学期刊其实对整体的审美水平至关重要。先锋文学的某些弱点常常为人诟病,而我却为现在见不到先锋的踪影而感到遗憾。但是要看到,好的文学期刊所发表的中短篇作品,往往融注着最新的艺术信息,代表了最新的审美追求,其市场化因素,或者说媚俗的因素相对比较少。这是为什么呢,因为刊物的订数基本稳定住了,想变也难,毕竟有一定的保障,这对作者而言,就好像前面有一道防波堤,不必直接与市场赤裸裸地面对面博弈。所以,一些作家曾向我表示,他给刊物写作,与给市场写书时的心态不同,他不必过多地考虑"卖点",相对可以专注于营构自己的艺术世界。这可能是真实的。这一点会不会给我们带来某种重要的启发?

在我看来,不管大众文化阅读如何汪洋大海,一个民族的文学必须有它的审美高度和精神高度,哪怕它体现在很少量的作品中。

在通常所说的纯文学领域,如何大力创新以适应媒体化时代的读者,以其原创性、深刻性,切中当代社会的精神,直指人心,征服人心,就变得非常紧要。目前传统文学中数量与质量不平衡的矛盾仍非常突出。据权威部门发布的最新消息,去年登记注册的长篇小说的出版总量是三千部(不包括网络长篇),这让人难以置信,不幸却是事实。可是,真正能够进入读者阅读生活、成为话题的作品又有多少?所以,文学界需要维护真正具有人文精神的作品,需要大力扶植和引导具有鲜明深厚的正面精神价值的作品。这样才能在热闹的图书市场中,树起精神的标高和塔尖,否则会被一些表面的烦嚣所遮蔽。

新的文学环境和传播机制使得新世纪以来的中国作家队伍的构成也发生了前所未有的变化。大体看来,新世纪的作家构成主要有四部分,他们是:传统型作家,网络作家,"80后""90后"青春作家,自由撰稿人式的草根作家。虽然文学环境产生了极大变化,但传统意义上的几代作家仍然坚守着自己的阵地,他们无论从创作到出版发表,都沿着传统文学的道路前行并有所开拓。最近人民文学出版社评"当代长篇小说奖",评出了刘震云的《一句顶一万句》、莫言的《蛙》、阿来的《格萨尔王》、苏童的《河岸》、张翎的《金山》共五部。应该说,大体上公正。这些实力派作家已经够努力,各有各的审美亮点,但是,倘若以发行量和在读者中的覆盖面而言,那又像是汪洋大海中的几叶扁舟。

据资料显示,网络写作的受众人群超过了五千万,作者达到了十万人。网络写作改变了以往"你写我读"的书写方式,形成了读写之间认知交流、思想交流、情感交流以及人生经验交流的平民化书写潮。诸多文学爱好者和写作者,借助网络平台,或建立自己的写作基地、文学网站,或参与一些门户网站的写作竞赛,成为知名写手,造成一定影响后,转而出书,由网上走到了网下,成为流行文学和时尚写作的新秀。网络作家在新世纪以来显得异常活跃,从世纪之交的涂鸦、沙子到后来的痞子蔡、李寻欢、蔡智恒、安妮宝贝、慕容雪村、竹影青瞳、宁财神等到近两年走红的血红、随波逐流、天蝎龙少、唐家三少、辰东、我吃西红柿等,均以网络为阵地拥有了众多的读者群。比如我吃西红柿的作品《星辰变》等在起点中文网站排名前列,并被改编成网络游戏,甚至要被拍成电影。近几年,每到年底就有人对这些网络作家的收入进行排名,大家似乎并不关注这些网络作品的精神内涵和文学成就,而是更关注他们的钱袋子。

"80后""90后"作家日益成为新世纪作者的重要构成部分。新世纪十年的中国文学中,表现青春、成长主题的,大多出自非常年轻的作家之手。我曾在一篇文章中提到,在市场化日益占主导地位的社会背景之下,"80后"作家一出现,其写作理念和对象都迥异于前代作家,并以惊人的市场业绩和全新的文学特征改变了传统文坛的状况。一般来说,他们中的大多数不愿再承担传统作家的文化责任,不愿担负文学以往的启蒙重任,他们更关注的是人的现实的体验和即时性的消费,由于他们大都有着城市出身和生活的背景,他们是与都市同时"长大"的一代。与此同时,性、压抑、暴力也是"80后"写作的关键词。当"80后"还在张扬自己的青春时,"90后"已迫不及待地登场了,张爱玲那句"成名要趁早"的话已经成为时下众多年轻写作者的座右铭。

除此之外,还有一大部分人的创作是出于情感或爱好的需要,他们是非职业的,进行创作时没有太多面向市场的打算,只是写出他们难忘的生活和情感,于是,他们中的一部分人的创作也赢得了很大认可。新世纪第一个十年的中国文学中,他们不是成就最高的,也不是市场占有率最大的,却代表了当下社会中平民的一群。他们的意义不能用所谓的纯文学标准来衡量。他们往往被称作草根作家、非职业作家。相关的还有打工作家(诗人)。在中国,只要打工这个名词在,打工作家总会存在。

以上就是新世纪十年中国作家的主要构成。问题在于,这几个部分,究竟是各自互不相涉地呈自在状态,还是互动互渗,形成为一个共同的现时代文学的多层次的作家整体?这里有没有审美的主导性力量,足以影响整个文坛的审美趋势和思想艺术走向?这并无要求各类作家在思想上、审美上统一化的意思,而是我在想,谁来引领和体现我们时代的文学最前卫的艺术精神和审美追求呢?也就是谁来做塔尖——任何民族都是以相对纯粹的艺术精品作为标尺。

四、主题的演变与新的审美生长点

在这里,我更想说的还是新世纪十年来中国文学的主题衍变问题。

凡是存在的就是合理的,凡是合理的就是存在的,这是黑格尔的名言。其实他这样说的谜底却是:凡是存在的都是要消亡的。有人指出这一点他曾吓得面如土色,他宁可让人误认为他只是在阿谀。的确,谁也无力强行改变一条河流的流程。我认为,今天文学的审美意识因受经济影响也在提速,遗忘、转换、新陈代谢的过程也是很快的,至于能否经得起历史检验,那是另一个问题。如果不是停留在表层,我们应该从新世纪思想文化思潮的大背景变迁上去寻找文学变化的原因。我曾以小说为例,谈过20世纪90年代中期以来直到新世纪的小说,认为虽然取得一定成绩,但就其精神骨骼和血肉品性而言,随着中国社会的精神生态更趋物质化和实利化,腐败现象大面积蔓延,人心变坏,道德沦丧,铜臭泛滥,以致人文精神出现大幅度滑坡,文学的精神缺钙现象普遍化和严重化。这并非危言耸听。经济单方面的高速增长,必然要付出代价,一方面是自然资源的大量损耗,另一方面就是精神的溃败。当进入消费主义语境时,知识分子的启蒙激情不得不中断。我们看90年代后期至今的小说,会发现普遍告别了思想启蒙、虚幻理性、政治乌托邦和浪漫的理想激情,走向了世俗化、日常化、去精英化,走向了自然经验的陈述和个人化写作,走向了解构与逍遥之途。通俗文学和大众文化勃兴并持续走俏,一直延续到今天,出现了网络上的类型化写作的空前繁盛。但这并非问题的全部。新世纪社会人文背景和读者的需求,自然要滋生出对新文学精神和样式的诉求。就纯文学而言,大的主题和审美精神正在发生微妙变化。对此,我将在另外的文章里结合大量作品进行分析;在这篇以勾勒宏观走向为主的文章里,只能择其要者概述之。

首先,释放现代性乡愁和从文化想象角度重新透视乡村史,成为新世纪十年文学在乡土叙事上的一个重要变化。新世纪文学是在现当代文学的庞大背景下延伸的,它不可能完全脱开传统的表现对象和一贯视点。自"五四"新文学诞生以来,农民与乡村向来是文学的主要表现对象,数千年农耕文化传统是其稳固而深厚的审美资源,这一点无须多言,还在继续。但是,现在许多作家虽仍立足乡土、守望乡土,但表现的重心明显变化了。如果说,80年代的乡土叙述主要以现实主义手法、以政治文化的尖锐而深切地反思来作为突破口,例如《芙蓉镇》《许茂和他的女儿们》《古船》《平凡的世界》等等;如果说,90年代的乡土叙述主要以文化化的视角重新观照家族故事和宗法传统,如《白鹿原》《第二十幕》《缱绻与决绝》等;那么,进入新世纪以来的文学,就更侧重对日益解体中的传统乡土的现代性乡愁的抒发,更关注农民的灵魂状态、文化人格,更关注他们在急遽变革的大时代中道德伦理的震荡和精神的分裂,从而把表现重心放到中国农民在现代转型中的精神冲突和价值皈依上。而其表现手法,大都具有与政治经济事实保持一定的距离、淡化写实性、突出写意性、突出文化想象的特点。比如《秦腔》中揭示的就是一个连作者自己也无法定义的乡土,它陷入"无名叙述",显得那样空茫,传统文化(秦腔)正在消亡,新的文化又无处可寻。而在不少乡土小说里,写的不再是一个或几个人物,而是一个村庄、一个文化群落、一种生存状态及其象征。在这里,文化心理,精神蜕变,集体无意识,往往成为焦点所在。《笨花》《受活》《生死疲劳》《蛙》《一句顶一万句》《空山》《大漠祭》大都有此特点。

第二个重要变化是,"亚乡土叙事"的崛起。这成为新世纪表现城市生活的一大景观。也许这是人们始料所不及的。我们曾预言,新世纪文学最大的变化在于文学重心的转移:都市正在取代乡村成为文学想象的中心;对农业文明传统深固的中国社会来说,都市化、市场化以及现代高科技的发展不但改变着中国社会的传统结构,而且也改变着中国社会的精神生活方式和文明状态,这将直接移动文学的主题,估计一个都市文学的创作高潮即将来临——现在看来,这个结论说早了,没有看到这种转化的复杂性。由于中国缺乏都市文学的深厚传统,我们预期中的"纯都市文学"并没有提供足够的文本,倒是"亚乡土文学"占据了都市文学的主要空间。这也是中国特色和中国经验所决定的。

那么什么是"亚乡土叙事"?由于现代转型社会农村人口大量涌入城市,出现了中国历史上最大的移民潮,于是新世纪文学中一大批作品的笔触伸向了城市。这类作品根子和魂灵虽在乡村,但主战场却移到了城市,描写了乡下人进城过程中的灵魂飘浮状态,反映了现代化进程中我国农民必然经历的精神变迁。与传统的乡土叙事相比,在亚乡土文学中,乡土已不再是美丽的家园,也不是荒蛮的所在,而在城市化的冲击下变得空壳化了。亚乡土叙事中的农民已经由被动地驱入城市变为主动地奔赴城市,由生计的压迫变为追逐城市的繁华梦,由焦虑地漂泊变为努力融入城市文化;谁也没有办法抵御现代化浪潮的席卷,离开乡村的年轻人再也不愿回去,不但身体不愿意回去,精神也不愿意回去。城市是当代中国价值冲突交汇的场所,大量的流动人口涌入城市,两种文化的冲撞,产生了强烈的错位感、异化感、无家可归感。现在中国实力派作家里大约百分之六十的人都在写这类东西,尤其是在中短篇小说和诗歌领域。

当然,同时也要看到,新世纪的"文学都市"也正在逐渐形成中。伴随着中国社会的市场化、现代化,写都市的作品多起来了,成为大势所趋,其特点是,既不同于茅盾式的"阶级都市",也不同于沈从文式的"文明病都市",又不同于老舍式的"文化都市",更不是周而复式的"思想改造都市",它主要表现为物质化、欲望化、日常化、实利化的"世俗都市"。文学场景由之发生巨大的转换。如果留心,将会发现,填充在这些都市空间里的文学,除了前面所述"80后""90后"的青春书写,还有对女性和知识分子的书写占了一定分量;而目前最大量的还是以官场小说为主打的城市文学的欲望化叙述。官场小说的流行或泛滥,成为一个重要现象,基本占据了大众阅读的重要位置。一方面,要看到,这是社会现实和心理的反映,也是反腐倡廉的社会需求在刺激官场小说的生长;但官场小说的创作也存在很多问题,有些作品成为升官秘籍、厚黑宝典或腐败花样的展览会,有些热销书不是以思想艺术力量取胜,而是倾向于对官场的窥视和陶醉,满足于娱乐、消遣、暴露,只有指认能力,没有精神批判能力,更缺乏充沛的正气。现在的官场小说,大致形成两大套路:一路犹如正史,也可以叫主流派、正大派;另一路犹如野史,也可叫文化派、世情派。前一路侧重政治性、新闻性、呐喊性,有点像演戏,后一路偏重于观赏性,玩味人生和冷眼旁观,有点像看戏。如果说有一些作品写得比较好些,那是把官场作为平台,写了人性,写了日常,写了文化。现在官场小说实际上成了最大的类型化。这种势头不利于文学表现广阔多样的有机联系的当代生活。英国文论家伊格尔顿曾非常强调政治视角的重要性,他说"文学永远具有强烈的政治性",应该"召回政治视角"。这是很有见地的。在我看来,由于故意地回避和淡化政治,已经损伤了我们文学的社会历史价值和感染力。但文学所讲的政治理应是一个大的概念,政治小说不仅会涉及社会深层结构问题,还会涉及政治文明和文化心理结构,深触人的灵魂世界和时代的精神课题。我一直觉得,当下中国文学缺少优秀的政治小说。

我认为,这一切都离不开如何发现人、认识人、关心人的问题,这个问题甚至决定着新世纪文学的质地和前途。我们常说,人的发现曾是20世纪贯串至今的一个重要的不断深化的精神课题。现当代有过三次人的发现:"五四"发现了个体的,或者说个人主义的人;30到40年代发现了阶级的人,或被压迫求解放的人;70年代末80十年代初重新发现了被专制异化的人,重新肯定了人的尊严和价值。这是极其重要的影响全局的思想史进程。而现在,全球化、市场化、城市化、高科技化、网络化发展到了如此的地步,我们是否又面临一个人的再发现的问题?新世纪文学中一部分作品在原有基础上有所深化,那就是更注重于"人的日常发现"。有一种说法,认为新世纪的人既不同于80年代的理性的人,也不同于90年代新写实的原生态的人,或欲望化的人,而是日常化了的人。这种说法有一定道理。依我看,近些年来,一些作品更加注重个体的、世俗的、存在的人,并以人的解放、人的发展作为"灵魂重铸"的内在前提和基础。正是从这样的认识出发,新世纪文学有其自觉或不自觉的新的焦虑点,那就是围绕对人及其处境的新思索,关注精神生态,关注文学如何穿越欲望话语的时尚,着力从家族、地域、乡土、政治文化和集体无意识的角度,对民族灵魂状态进行多方位的探究与考察,力图寻求民族灵魂的新的生长点。新世纪文学应有丰富的题材资源和写作可能性,例如,生态文学就是一个有待开发的广大领域。

五、前瞻与猜想

毫无疑问,新世纪文学面对着大量新的难题:例如,关于日益成熟的市场运作究竟是镣铐还是翅膀,关于高科技、网络、图像对文学广泛的、潜在的控制力的解读和寻求和解之路,关于新的文学生产机制的形成及其评价,关于多媒体时代更为多元的审美意识的辨析,关于汉文化价值伦理的重构和思想的渗透,也即新世纪文学的精神资源问题等等,都以前所未有的尖锐提到了我们面前。也许一个最为深隐、最为尖锐的问题并不是不存在于人们的心头:我们今天还需要文学吗?我们需要什么样的文学?今天是否像有人所形容的,传统意义上的文学已经老龄化、圈子化、边缘化、萎缩化、生机垂危了?有人说,文学是人学,因而文学不会消亡,那其他的许多艺术和学科,又何尝不是人学呢?有人说,因为文学具有人文精神,因而不能被代替,那影视作品又何尝没有人文精神呢?看来,这是没有多少说服力的。

事实上,文学之存在是因为,文学语言的魅力和能力是其他任何媒体都无法取代的。人们早就发现,文学作为最古老的审美方式,它是最具原创意味和基础意义的艺术。文学向各类艺术包括电子传媒源源不断地提供着文本资源,而"文学性"一语几乎成为衡量一切叙事艺术的通约。另一方面,与其说,文学是人学,不如说文学是"情"学,只要人类的情感和良知不灭,文学就不会消亡。当然,这得看文学以什么样的方式,表达什么样的情感,在这两方面是否都有独特的价值。在这个欲望压倒理想、物质压倒精神的时代,现在比任何时候都更需要文学作为社会的良知和精神的灯火出现。如果一个作家是关注时代、爱憎分明、激情丰沛、关心百姓疾苦、相信永恒价值的人,是一个不停留在故事的趣味上,而且能把故事推向存在的人,或者像福克纳所说,永远对人类的发展充满希望的人,那么他的作品就不会边缘下去。

面对大众文学、通俗文学、网络文学的高涨和阅读分化的现状,我们最容易犯的毛病是,只知固守传统纯文学立场,眼见传统文学被边缘化,备感痛惜,认为传统文学的中心价值受到威胁,就是一种人文精神的下滑甚至丧失、堕落,看不到大众文化中新兴力量的蓬勃向上。我们的立足点应该更高一些,从时代发展和文明发展的高度,从全民文化素质和国家软实力提高的角度,从艺术走向千家万户的角度,从文学再也不是少数精英们的专利的角度,来看今天文学的现状可能更为有利。

我有一个比较固执的看法,传统文学这一块,或叫纯文学,要能够在时间之流中站得住,绝不是倒向市场化、类型化、网络化、通俗文学的某些元素,被它们所置换;恰恰相反,它需要的是更加坚守纯文学的审美立场,并且接受经典化的洗礼,才能以其强大的生命力存在下去。大自然的万物才是最有个性的,而机械和电子产品却是千篇一律的。社会愈是向物化发展,人就愈是需要倾听本真的、自然的、充满个性的声音,以抚慰精神,使人不致迷失本性。新世纪的文学有没有动人心魄的力量,能不能为时代所需要,就看它能否不断发出清新而睿智的独特声音。快餐文化一定会更盛行,但真正的文学不该是一只热狗加一杯冰激凌。大多数人不再相信永恒是可以理解的,倘若连作家也不相信永恒了,那将是文学的灾难。文学无疑要被数字化、复制化、标准化、网络化的汪洋大海所包围,这是原创性被消解、个性被削平的最大威胁;而艺术一旦失去了富于个性的表达就不再有魅力了。我深信,不论科技如何发达,世事如何变迁,某些最基本的规律是不会变的,例如作家与时代,作家与生活,作家与思想,作家与底层的关系就非常重要。愿我们的文学在属于它的空间里更自由地驰骋、更大胆地创造,那样的话,它的空间将不是缩小了,而是更广大了。

2010 年 1 月 10 日写于北京

浩然:"十七年文学"的最后一个歌者

一大清早朋友来电,说浩然去世了。我默然,却不甚意外,因为我知道他处于半植物人状态已有几年。但我总觉得浩然的离去和别人不一样,他更能勾起历史记忆,让我想到当代中国文学史的曲折坎坷,酸甜苦辣,想到时代、历史、教训、观念、反思等等词儿,想到一个作家的创作生命与一个时代的文学的沉浮,曾经如此紧密地联结在一起。

在我看来,浩然无疑是当代文学史上一位曾经拥有广大读者的重要作家,同时,因其经历的特别,又是当代文学崎岖道路上汇聚了诸多历史痛苦负担和文学自身矛盾的作家。"文革"的霹雳狂风爆发的一瞬,他的多卷本长篇小说《艳阳天》正好出齐,历史便借这位当时还很年轻的作家之手,给"十七年文学"画了句号。随后,作为作家个体,在别人被剥夺了写作权利后他还在"歌唱",但《艳阳天》毕竟是"十七年文学"的幕终之曲。"文革"过后,浩然仍勤奋多产,然而,飓风既息,田园已非,终究别是一番景象了。假若从1957年他的第一篇小说《喜鹊登枝》发表算起,他的创作历程于今已有半个多世纪,恰好是由"文革"危殆的断桥劈为两半;"文革"中由于种种外在的和内在的复杂原因,他写出过,或者说不得不写出过像《西沙儿女》《百花川》之类文学赝品(《金光大道》的情形略有不同)。所以他的创作其实可以分为前、中、后三期。《艳阳天》自然是他前一时期的代表作,而《苍生》则是他在新时期的代表作。但在气韵的贯通和生活的饱满度上,《苍生》很难与《艳阳天》相比。《艳阳天》在2000年获得了《亚洲周刊》与全球华人学者联合评选的"20世纪中国小说一百强"。

  浩然一度是个独特的痛苦者、被抛离轨道的彷徨者,走着一条比别人更加艰难的扬弃重负、战胜自我的路。我们不能不冷静地看到,"文革"之变给浩然带来了比别人更沉重的负担,留下更多的创作痛苦的种子。当然,说得更确切些,这一切不仅是"文革",而是作为一种积久形成的为政治直接服务的文学观念与时代的脱节带给他的负担。他的不幸似乎在于,他的创作旺盛期比别人来得晚,又来得不是时候。在风雨如磐的多事之秋,众人的喉头已经暗哑,他还在用旧的旋律勉力歌唱着;作为"十七年文学"的最后一个歌手,当这一畸形的文学形态被愈益推上了"左"的极端时,承传旧制的重任交给他,起死回生的奢望寄托于他,虚假颂扬的任务催迫他,他实在是不堪重负了。谁能忘得了"八个样板戏加一个半作家"的时代呢?但是,作为一个富于良知和具有浓厚人民意识的作家,在众人抑抑、他貌似春风得意的年月,浩然似乎并不像有人想象的那样趾高气扬,他是有所收敛有所忌避的,其心境也是不无悲凉和矛盾的,只不过那是另一种特殊的痛苦罢了。他曾写道:"1976年的春寒时节……忽然间,有那么一个冷风呼啸的深夜,我凄凉地感到自己的艺术生命的旺盛期过去了。当时正在壮年的我,终日里把大半精力消耗在忧国、忧民、忧己的苦闷与自危、自卫上面,把主要的时间支付给政治活动、迎送外宾的奔忙上面,这哪里还像个作家呢?这怎么能够让自己心神宁静下来写作,又怎么能够写出使自己和读者满意的作品呢?……我深为前途茫茫,而灰心丧气。"此处的真诚也许无可怀疑。可在那个年月,就是不把时间支付给无谓的"活动"与"奔忙",姑且假设能够"心神宁静下来",谁又写得出"使读者满意的作品"呢?文人爱做梦,这基本上是梦话。试想,腥云遍地,国家正走上崩溃边缘;瞒和骗的大泽密布,文学也被极左政治拖向它生命的尽头,哪里还会有什么"艺术生命的旺盛期"呢?浩然此时是既朦胧感受到痛苦却又不知痛苦的根源何在的那么一种痛苦;他不知道,操纵他的创作生命的不是他自己,也不是那些琐屑的具体原因,而是一种足以牵动整个历史的深刻的时代性根源。直到新时期文学的开端,中国文坛已开始了深刻、巨大的裂变,浩然似乎仍然陷溺在困惑迷惘中。虽然他"从内心萌发起一股子要把失去的时间捞回一些的强烈念头,挣扎、拼搏,让创作生命的旺盛之火,再度燃烧起来",但旧轨道的巨大惰力和惯性,仍使他比别人更难以与新时代融洽,难以点燃真正的生命之火。他曾想在不根本改变他的旧观念体系的前提下,凭借他原先丰厚的生活累积,凭借他健举的艺术个性,来找回创作青春。他没有意识到,生活积累对创作来说固然是至关重要的,但在历史大转折的关头,倘若不能用新的思想观念冲破积久的模式,那旧的主体浸润过的生活反倒会成为沉重的负累。在这样的时候,甚至可以说,有多少新思想,才会有多少新生活。

在经过大变动后的新时期作家的构成格局中,浩然不无孤独和寂寞。虽然在年龄层次上,他与所谓"归来的一代"作家非常相近,但那些从炼狱出来的人正有无尽的带血含泪的体验需要书写,他能写什么呢?在文学观念上,这些"归来者"在50年代即已萌发并被摧折的文学理想,正在新时期付诸实现,他们与新时期文学有天然合拍的一面,而浩然的情形恰恰是矛盾的。至于那一批批新崛起的青年作家——思考的一代,知青的一代,浩然与他们的距离就更远了。任何一个作家都不可能脱离他的时代,但作家与时代的关系也有多种方式和可能性:有人顺应流行观念,有人试图提出自己的争辩,有人恪守时代指给他的路径,有人时时想越出堤防。总的来说,在我们这里,外在力量对作家创造力的制约特别明显。浩然的典型性表现在,他的文学生命的强弱与当代文学史的命运的浮沉,关系极为直接和紧密,于是,他的一生,奇特地交织着当代文学的某些规范、观念、教训和矛盾。

回头看浩然的创作,不能不感到"浩然方式"既复杂又有代表性。通过"最后一个",看到的东西往往是丰富的。浩然在50年代中期登上文坛,便显示出优良的艺术气质和突出的表现才能。他的农民气质散溢着对冀东大地的眷恋,他的农民情趣传递着浓厚的人民意识;在他的小说里,农民式的喜怒哀乐声息可闻,农民的性格——哪怕是外在的性格,鲜活跳脱,错杂缤纷,这些成就了他。尤其是他的语言,气味清新,节奏明快,杂以口语,又不失幽默。比如《艳阳天》开头第一句,"萧长春没了媳妇,三年还没续上","如今的萧家是二根筷子夹一根骨头,三条光棍",就看得人发笑。当然,这一切是以"政治化的人情"一以贯之的,但那淳朴的民俗美和线条单纯的动态美,无疑把它与生硬的政治说教式作品区别开来了。我们会觉得它浅俗和单纯,缺乏深沉、悲郁的涩重,但这"浅"是澄湛的,"俗"是朗悦的,"单纯"是朴真的。从50年代中期到60年代初期,浩然写下了收在《喜鹊登枝》《苹果要熟了》《新春曲》《珍珠》《蜜月》《杏花雨》等集子里的大量短篇小说。光从这些喜气洋洋、过于乐观的书名就可感知,它们正是体现着一种单纯的、浅俗的美,几乎全是歌颂农村新人新事;如果说也有矛盾,也有微澜,不过是先进与保守,新品德与落后自私意识的小小冲突罢了。我把他的这个阶段称为"颂歌阶段"。

到了60年代前期,浩然的创作面貌发生了一次显著变化,可说进入了巅峰状态,这就是多卷本长篇小说《艳阳天》的问世。我把他的这个阶段称为"战歌阶段"。发生变化的最重要原因是,浩然和很多同时期作家都把阶级斗争、非此即彼、你死我活的理论引入作品的结构中来,并成为艺术结构的哲学基础。这在今天看来自然是比较荒谬的。《艳阳天》虽写合作化运动,但贯串思想却深受八届十中全会所谓关于强化阶级斗争的理论的明显影响。于是,这部作品出现了奇怪的矛盾面貌:一方面,它有一种夸大声势、唯恐天下不乱的氛围,这是忠于当时政治观念的表现;另一方面,在人物的行为方式、性格特点、情感方式和语言方式上,又不能不说有一种真切的生活韵味,这又是浩然忠于生活的表现。由于阶级斗争这一贯串性矛盾终究带着人为造势的痕迹,处身矛盾漩涡的人物就又都在真实生命之上平添着各种观念化的光晕。这既真切又虚浮,既悖理又合情,《艳阳天》就是这么一个奇妙的混合体。在"文革"中,知青们、"五七"战士们、泥腿子农夫们,倘能在寮棚或土坑上从半导体收音机里听一段《艳阳天》的小说连播,竟也是一种奢侈啊。

我对《艳阳天》有两点突出看法:第一,浩然当时雄心勃勃,试图囊括建国前后直至合作化运动的时期里,中国农村的历史变迁和中国农民的历史命运。就人物的众数、个性的多姿、结构的紧凑匀称、情节的起伏跌宕,以及文气的贯通、语言的生活化而言,即使今天农村题材的长篇小说,与之相侔的也并不多。它虽只写了东山坞农业社的三场风波,仅写了十几天的情事,却有一种巨大的张力,仿佛伸出许多纵横触角,吸纳了相当丰富的生活。整部小说似由十多个主要人物的小传构成,而这些人物大多有独立生命和充分的生活依据。但是,由于作家过分突出阶级斗争和路线斗争主动脉,削弱了生活真实的深广度,不可能真正从历史文化的高度审视中国农民的命运,不可能具备深层的历史意识,只能把人物搁置在政治斗争的功利目的上,而这是浅层次的。第二,我禁不住要佩服浩然把两种相悖的东西融合的本领。在作品里,生趣盎然的形象与外加的观念,回肠荡气的人情与不时插入的冰冷说教,真实的血泪与人为的拔高,常常扭结在同一场景。若随手举例,比如"马老四训子"一节,那大力的回忆抒情,真也如怨如慕如泣如诉,饱含着人民的伦理诗情;可是,临末一句"把风烛残年献给共产主义事业的老人",不唯拔高,并而矫情。又如,"小石头遇害"显系夸大"敌情"之笔,但在萧长春踽踽归家,借"散发着奶腥味的小枕头"展开的大段心理描写,以及"胸膛燃着火"的姑娘、他的战友加暗恋者的焦淑红默默走进来,两人相顾无言的描写中,又使我们不能不承认作家洞入灵魂的能力。浩然既有俯就政治观念的一面,同时又有坚持画出灵魂的一面,他笔下的人在当时尚未从"人化"走向"神化"或"鬼化"。第一部保留华北平原的田园诗味较多,第二部火药味渐浓,第三部剑拔弩张,政治需要压扁艺术。我终于明白,《艳阳天》至今藏着动人的艺术光彩,奥秘乃在作家写出了许多活人。从整体上看,我认为《艳阳天》是一部具有相当高认识价值,也不乏艺术价值的宏大建筑。从主要方面看,它是我们曾经那样生活过的形象历史;同样,政治观念钳制过它,生硬的观念也偷偷混进人物的血液,但是,正像我们的生命曾被钳制,我们的血液里也混进过悖谬观念一样,这作品中的人物毕竟是一群活生生的人。浩然的"战歌阶段"一直延续到"文革",就向恶性发展了,终至出现了伪现实主义和伪浪漫主义的作品。这教训众所周知。

在进入新时期的很长一段时间里,浩然处于"与农民共反思"的阶段。他给自己制订的戒律是严格的,所谓:"甘于寂寞,安于贫困,深入农村,埋头苦写。"他的确不贪恋大城市的热闹,默默地在河北省三河县(今三河市)的基层生活和创作,按他的话说,就是刻苦经营好他的"两垧地"。他说:"我跟京郊和冀东故乡的农民、基层干部一起,在新的政治形势下总结过去的经验教训,一点一点地提高了认识,同时酝酿起这几部作品。"浩然的"与农民共反思",以农民的情感方式和思维方式,在与农民政治经济利益直接相关的领域,从几十年农民命运的浮沉出发,来作为反思的重点。《苍生》就是这种反思的收获。这是既可看出浩然的诚笃求实,又可见出他的某种执拗的。他仿佛重新丈量自己走过的路,并在原先肯定的地方换上了否定或怀疑的评价,他的人物——萧长春、马之悦、焦振茂、马连福、焦淑红、马小辫们似乎又回来了,不过有些人是作为自己的"倒影"回来的。但他最根本的东西始终没有变。正像有句话说的:你不可改变我。

我感觉浩然在坚持深入农民的同时,更迫切的应是"出"——跳到农民圈外看农民。为此,我对他的"写农民,给农民写"既表敬重,又很表疑惑。假若"写农民"尚不失为一种执着的选择,何以只能写给农民,只给农民读呢?且不说农民自身的文化素养和审美趣味今已大变,到哪里去找不变的"农民"概念呢?何况,真正的文学从来就不会仅属于某一个层次的人群。同样,对浩然深居农村,甘于寂寞,经营好"两垧地",我也是既尊敬又有些保留。甘于寂寞是作家的良好品德,但总是盯着"两垧地"的热土,总是"躲着"大城市、大工业、大世界,就未必可嘉了。在这个改革开放的大时代,浩然实在不必给自己硬行制定这样日趋封闭的戒律。我想象过,倘若浩然的体验一旦被现代意识照亮,他定能奉献出优秀的作品。当然,这过程是痛苦的、漫长的。这也是我称他为"十七年文学"的最后一个歌者的原因。这是不含贬义的,却是就他的整个思想体系而言的。

仅以上面的话,表达我对曾经以其作品感动过我的,重要的、充满矛盾的、具有文学史意义的作家浩然先生的深深悼念。

(原载《光明日报》2008年3月24日,《新华文摘》转载)

"陕西三大家"与当代文学的乡土叙事

作为当代文学的批评者和研究者,我一直有这样的疑问:在物质化商业化程度很高、休闲化娱乐化风行的今天,我们的读者为什么把至高的赞叹给予了西部农耕文化的表达者和守护者,这意味着什么?因为他们的表达和我们今天中国的生存方式已经有了较远的距离,特别是与经济较发达的南方城市距离更远。他们有写关中平原的,有写陕北高原的,有写陕南山地的,他们就是陈忠实、路遥、贾平凹。讨论这样的问题,还是要回到农民、土地上去,正如孟德拉斯在《农民的终结》里所说:"对于我们整个文明来说,农民依然是人的原型。"[1]陕西这三位作家切入农民、农村的方式不同,但他们有农民的血统,骨子里都是理解和接受农民的,他们不会苛求农民,写农民身上劣根的东西都比较少。一般来说,他们的文学世界是温馨的。这是一个浸润着道德理想和传统文化乳汁的世界。

一、陈忠实《白鹿原》的经典品质

《白鹿原》之所以赢得了至高的赞誉,其原因是多方面的,比

---

[1] [法]孟德斯鸠:《农民的终结》,李培林译,社会科学文献出版社2010年出版,第172页。

如,农民形象的嬗变意义、家国同构的叙事结构、神秘化的性事书写,甚至人类学的诗性特征等等,在很大程度上超出了此前中国新文学的叙事类型。全书的开篇就另辟蹊径,令人眼前一亮,比如《白鹿原》开篇写道:"白嘉轩后来引以为豪壮的是一生里娶过七房女人"①。很多人认为这句话脱胎于《百年孤独》的第一句话"许多年之后,面对行刑队,奥雷良诺·布恩地亚上校将会回想起,他父亲带他去见识冰块的那个遥远的下午"②。事实上,二者并没有什么直接关联,这从故事的打开方式中就可以看出。当然,乍一看,陈忠实《白鹿原》第一句话确有哗众取宠之嫌,写一个男人娶了七房女人,而且刻意地写到前六房女人与白嘉轩的床笫之欢,颇有撩拨读者欲望的意思。但是要往下看,这第一句话就有点"横空盘硬语,平地起波澜",阅读的丰富意味就来了。当你看了第一房女人、第二房女人、第三房女人,直到第六房相继死去,而白嘉轩与每一个女人的新婚之夜都不一样,且每一个女人的形象不一样,性格做派也不一样时,你或许会为《白鹿原》是否因袭《金瓶梅》而担心。但是很快,这种顾虑就会消除,因为所有这一切都是作为铺垫而来的。作者真正要讲述的是白嘉轩的第七房女人——仙草的非凡的出场。作者以性的神秘和家族兴衰的秘密来展开《白鹿原》的叙述,可以说,这是作家以家族兴衰和世事变迁来观察乡土社会变与不变的一种方式,它来自一种根深蒂固的民间立场,与知识分子的启蒙叙事判然有别。无论小说的展开方式还是人物的形象塑造,《白鹿原》不是哗众取宠,而是别有寄托,陈忠实通过家族伦理的政治性、性文化的神秘性等关系通向秘史

---

① 陈忠实:《白鹿原》,人民文学出版社1993年出版,第1页。
② [哥伦比亚]加西亚·马尔克斯:《百年孤独》,黄锦炎等译,上海译文出版社1989年出版,第1页。

之"秘"。

《白鹿原》中的白嘉轩这一形象是中国现当代文学史农民谱系中独特的"这一个",这在此前是没有的。此前,乡土叙事大致有三大模式,一是启蒙模式,一是田园模式,另一种是阶级模式。相应的人物形象大致也分为三类。鲁迅先生的阿Q是启蒙阶段的农民形象代表。鲁迅说,自己写小说还是抱着十多年前的启蒙主义,其目的是为这个病态社会中不幸的人们,写出他们的病态的灵魂,以引起疗救者的注意。"五四"启蒙时代中国农民书写对象几乎都是阿Q式的不觉悟的农民。这个启蒙模式延续了近一百年,至今还未结束,形象变化多端,但万变不离阿Q原型,以至延及寻根文学对乡村文化、传统文化的审视,仍然跳不出启蒙的立场。在我看来,韩少功《爸爸爸》里面的丙仔,高晓声《陈奂生上城》中的陈奂生,都是阿Q的现代繁衍和变形。与此相对的是沈从文的《边城》《萧萧》以及此前废名的《桃园》《菱荡》中描写的翠翠、萧萧、大佬、傩送等形象的塑造方式,这一方式不是精英知识分子的启蒙叙事,而是带有鲜明的民间立场的田园牧歌。可以说,废名、沈从文的乡土书写是田园叙事的极致。实际上,我们知道,沈从文是美化田园了,他写湘西凤凰的时候,湘西也是匪患、灾患、人患多多,并没那么美好,但是沈从文以"乡土中国"的淳朴眼光把湘西写成一个精神乌托邦;他崇尚自然品性,以此对抗一种都市文明,这就有深层的意味了。可以说,沈从文写的《边城》《长河》《箫箫》,是以语言之美创造田园之美,并以城市的喧嚣、虚伪来映衬乡村之真,借此回归到自我认同的田园乡村世界及其传统美德之中,体现了20世纪中国文学典型的"乡土之恋"。当然,实际的农村甚至"乡土中国"也不是这样的。在启蒙文学和"乡土之恋"正当兴盛之时,30年代的左翼文学和40年代的延安文学,培育、催生了一种新的乡村叙事方式,那就是阶级叙事,到"十七年"则蔚为大观,从叶紫到赵树理,从柳青到浩然,从《为奴隶的母亲》到《小二黑结婚》,从《创业史》《山乡巨变》到《艳阳天》等都属此类。

可是,我觉得陈忠实、路遥、贾平凹都不好用这三种叙事模式来定位。尽管路遥受阶级叙事的影响比较大,但他在《平凡的世界》中加入了强烈的个体意识,对革命思维,特别是"左"的极端思维本身有真切的批判和反思,这在他早期的《惊心动魄的一幕》中表现得尤为真切。陈忠实在这一观念的反思上走得更远,他也写阶级斗争,比如黑娃把田小娥这个性奴隶从她主人郭举人家里解救出来,然后他们就住进了土窑;而在写"文化大革命"的时候,作者对政治集团的斗争有一种超越的批判眼光,他通过"关中大儒"朱先生这个人物来表达的。朱先生说"未来的天下是朱、毛的天下",这种判断不是来自于阶级性或现代性观念,而是来自于乡村伦理的价值择取,即以民间正义立场超越阶级利益。可以看出,贯穿《白鹿原》始终的阶级叙事不再是你死我活的阶级斗争,而是礼教和人性的冲突,灵与肉的冲突,天理和人欲的冲突,这正是白嘉轩与田小娥的形象比照中,情与理的冲突的丰富性显现。田小娥追求自己应该得到的爱情和人的尊严,但是她得不到,白嘉轩以族长的权威把她吃住了。当然田小娥也有水性杨花的一面,同时跟三个男人发生性交往,最后她把白嘉轩执掌祠堂祭祀的儿子白孝文拉下了水。作者将这一情节措置于一个恪守家规的硬派农民家长的言行中,可算是出其不意的一笔。白嘉轩一心要培养顶门立户的族长接班人,却培养出了一个拜倒在石榴裙下的"软蛋",一个自己亲手培养的掘墓人,这就是人格的悖论,也是家族文化的悲剧性结局。白孝文后来吸食鸦片,白嘉轩痛心疾首,但这鸦片却是白家发家致富的秘密武器,作者的苦心经营可见一斑。其家族叙事的复杂性似乎超出了此前对乡土小说的细节描写和道德批判。

陈忠实在《白鹿原》扉页引用了巴尔扎克的话:小说是一个民族的秘史。这也是很多评论者观测《白鹿原》的一种视角。那么,什么叫秘史?秘史是相对于正史而言的,它是小历史,是宏大历史的背面,是时代的洪涛巨浪之下的暗流涌动。《白鹿原》的成功不是偶然的,二十多年后重读《白鹿原》,我依然感到惊心动魄,觉得它有接近于经典的品质。那么,什么又叫文学经典?我想借用意大利文学家卡尔维诺的说法来说明,他说,经典就是你每一次重读,都有一种初读的新鲜感,而你初读却有一种似曾相识感的作品。[1]这种重读与初读的新鲜与似曾相识是我目前所知的、对经典一词最形象最有说服力的解释。

以此来看,《白鹿原》是中国当代文学史上的一个经典之作。概括而言,就是以人物形象和文化符号对民族性格重新编码,以正面观照中华文化精神和这种文化所培育的人格,进而探究民族文化命运和历史命运,但真正的目的是穿越社会,紧紧抓住赋予文化意愿的人格。所以,陈忠实和《白鹿原》应该镌刻在中国当代文学史的重要位置上,因为它的确已显现了经典的品质。

二、路遥小说:人物命运的历史化

《平凡的世界》初版于1988年,当时思想界、文学界正处在观

---

[1] 雷达:《废墟上的精魂——白鹿原论》,《重建文学的审美精神》(文艺评论精品·上卷),北京师范大学出版社,第152页。

念变革、借鉴新思潮新方法的活跃期,也由于当时批评界对传统现实主义写作手法和全景再现方式已产生了审美疲劳,于是评价不高,这并不奇怪,但是路遥很焦虑。好在普通读者一直给予路遥很高的赞赏。当路遥拿《平凡的世界》让我看时,希望我能给予大力肯定,但我认为,《平凡的世界》是《人生》的放大版。孙少安、孙少平是高加林的一分为二,留在高家村的那个叫孙少安,留在城里那个是孙少平,路遥听了不以为然。

我后来对路遥作品的评价出现了变化,这也是随着我对作品与时代关系的认知的变化而变化的。1991年我写了《诗与史的恢宏画卷》,发表于《求是》杂志,[①]当时《平凡的世界》还没有获得茅盾文学奖。我开始思考作品中的乡土社会描写的诗与史的关系。尽管我仍然认为,作为一位深知中国农民,特别是农村青年命运的作家,路遥的《平凡的世界》被读者认可并非其文学性价值,而主要是它的励志价值、认识价值和理想价值,这也就是《平凡的世界》连播和发表以后,路遥接到过几千封感奋的读者来信的原因,甚至形成了文学的社会反应相对沉寂时期里的一个罕见的阅读高潮。那么,这部面貌素朴、手法传统,甚至题目也颇为平易的作品,何以拥有如此强烈的感染力和生命力?我也越来越深切地认识到,在时间的流水面前,"这部一百多万字的小说,并不是以长度来吓人,或者以大事记式的框架显示分量,而是以它的时代内蕴的深度、形象的扎实和情感的凝重,以它的社会历史主题与人物命运主题的巧妙融合"[②],来打开一个广大的叙事空间。小说的时空背

[①] 雷达:《诗与史的恢宏画卷——评路遥的〈平凡的世界〉》,《求是》1991年第17期,第40—49页。

[②] 雷达:《重建文学的审美精神》(文艺评论精品·上卷),北京师范大学出版社,第118页。

景是 1975 至 1985 年的十年间。虽然它以双水村里的孙、田、金三个家族两代人的命运为结构基础,但随着主要人物的足迹涟漪般展开,却是公社、县城、地市乃至煤矿和省城里的令人眼花缭乱的场景。这里有乡村的动荡、城市的喧嚣、煤矿的风云;这里有各种身份性格人物之间的各式各样的冲突;其中城与乡多种多样矛盾的交叉、勾连和相互渗透,展示了一幅广阔而又恢宏的当代生活画卷,它是全景性的,又是整体性的。

《平凡的世界》的写法传统,当时很多其他类型的小说都已经被大多数评论家所认可,并获得很高赞誉,但路遥并没有受流行观念影响,他不无戏谑地说,澳大利亚的长毛羊就是不如我们的土羊好,为什么非要说外国的就好呢?他一直读柳青的书,特别是《创业史》。事实上,《创业史》里面写得最好的不是梁生宝,而是梁三老汉、郭振山、素芳、姚士杰等。路遥更欣赏的是柳青对农村青年的熟知,对农村生活的热爱。当然,柳青的语言很漂亮,路遥读柳青的《创业史》读了七遍。《人生》和《平凡的世界》深得柳青文风的影响,所以路遥视柳青为自己的文学教父。

今天看来,路遥对柳青还是有所超越。路遥所关注的就是被巨大时代潮头所遮掩的那些平凡的人物和平凡的世界。《平凡的世界》在叙事视角上最突出的特点是聚焦于普通人、平凡的人,所以才叫"平凡的世界"。路遥多次跟我谈到,在那些被认为并不能推动历史发展,也不能掌握自己命运的平凡人的世界,隐藏着动人的诗意和丰沛的社会内容。路遥有这样一种认知:人们宁可关心一个小演员毫无价值的家庭琐事,却不愿意关注一个普通人生活艰难的追求,这是一种颠倒了的眼光。他就是想在平凡的世界里面,平凡的生活里面,平凡的人里面,发现一些真正值得记住的,带有哲理意义的,或者带有道德理想价值的东西。他说:"在最平常的事情中,都可以显示出一个人人格的伟大来"。① 在我看来,这就是路遥乡土情结和平民视角的美学基础。

如果从艺术概括方式来看,《平凡的世界》与《人生》是相互映照的,两部作品均采取了两种交叉——空间的交叉和身份的交叉。路遥和贾平凹不同的是,他写的不是纯粹的、完全封闭的农村,他也重点写农村,但更注意写县城、省城,确切地说就是"城乡交叉地带"——这是路遥发明的一个词语。在他看来,"交叉地带"既是封闭的,又是开放的,在这样的时空交错中最能认识"变动的中国乡村"和中国基层社会的真面。高加林在高家村小学民办教师的岗位上被高明楼的儿子三星顶替后,他憋屈而恼怒,就起来抗争,后来他进到县城当了县报记者,并与城里姑娘恋爱,终被辞退,被迫回到黄土地上。另一个"交叉"或尚不大为人注意,那就是因城乡身份和社会地位不同而产生的"上下交叉":在《平凡的世界》里,田福堂与田福军哥儿俩,一奶同胞,但一个是地地道道的农民,一个后来当到省委副书记,田福军的女儿田晓霞热恋着煤黑子孙少平,这样的人物关系构成和位置的交错,使得小说极具张力;当然,其中也不无作者美好的心愿和理想化的成分,因为他们毕竟不是伊甸园里平等的上帝的子民。处于空间劣势和社会地位低下的一方,往往也是路遥给予更多同情的一方。所以,路遥小说中的人物经常吃的是黑面窝窝头,看的却是《参考消息》《人民日报》,干的是苦力活,想的是在联合国干一番大事。孙少平说:"总有一天,我要扒着火车去外面的世界。"这是一种向上的精神力量,具有强烈的审美冲击力。

我一直认为,路遥作品中这种强烈的审美冲击力来自于如下

---

① 雷达:《路遥作品的审美灵魂和当代意义》,《解放日报》2015 年 3 月 27 日。

三个方向:一是传统道德之美;一是苦难、冶炼之美;一是自我实现的未来之美。① 这三种美像三股强大的激流,激荡着无数青年读者的心。在双水村里,崇尚父慈子孝、长幼有序、用情专一的伦理秩序。尽管双水村也进行过一茬茬的阶级斗争,但传统美德作为精神的底盘,如厚土般稳定。路遥借叙事者的口吻抒发道,"只要有人的地方,世界就不是冰冷的。"乡土社会则是虽然贫穷却充满了劳动者人性美和人情美的精神家园。路遥作品的"第三美",即个体意识觉醒和自我实现的未来之美。我以为,这是路遥的乡村题材小说之所以拨动一代代青年奋斗者心弦的最重要的原因。路遥的主人公往往是农村生活方式和传统土地观念的叛逆者,而叛逆本身就带有某种现代性的因素。对于这种现代,路遥一方面赞赏、理解,甚至是拥抱他们,赞赏他们的坚忍、博大;同时,路遥的主人公身上又有野性的、躁动的、不安分的东西,他们立志改变父辈们憋屈的命运,走向城市,走向未来,他们理解父母的生活方式,但不能再走父辈们的老路。这似乎与作者对传统道德的认同和苦难之美的激赏之间出现了分裂。在《人生》里,一方面歌颂高加林式的"现代"叛逆,一方面歌颂刘巧珍式的"田园"美德,这两个东西本难糅合。路遥最终还是让高加林从终点回到了起点,而刘巧珍自尊而认命地嫁给了一个自己并不喜欢的人。路遥让孙少平留在了大牙湾煤矿,而田晓霞被卷入了洪涛巨浪……所以,《人生》的结构是封闭式的,这是人物悲剧性命运的内在秩序,也是具体的人遭遇具体时代的必然结局。

  路遥就是这样一个既传统又现代的作家,他能够把看起来似

---

① 雷达:《"陕西三大家"及其他》,见徐惠萍编:《珠海文化大讲堂:2007—2010年讲座精编》(文化生活卷),社会科学文献出版社 2012 年版,第 75 页。

乎不可能融合的东西放置于特殊的时代语境,从而构成一种奇异的美,他的作品甚至具有为那个时代"立此存照"的意义。可以说,没有史的骨架作品无以宏大,没有诗的情感作品难以动人。路遥作品人物的魅力就是通过人物命运的历史化,以及历史进程的命运化,即以纵向的史的骨架与横面的诗的情致的融合,散射着持久的艺术魅力。

三、贾平凹与这个变动不居的大时代

再说"三大家"中最年轻的贾平凹,他是创作数量最多,审美意识的变化幅度最大,始终保持创作活力,为把握和言说当今这个复杂的大时代迎难而上,殚精竭虑的作家。他也是地地道道的农家子弟,比较沉默寡言,甚至比较羞涩、敏感,但是在他绵薄的身躯里有巨大的能量,他已经写了上千万字的作品了,他的创造力确确实实使我们感到惊叹。

在"陕西三大家"中,贾平凹也是最受争议的一个作家,对其批评尺度也是最多元化的一个。贾平凹早期作品带有讴歌的意味,比如《满月儿》《小月前本》等,后来又因转向对城乡生活虚无感的描写而受到批评,代表性的观点是:一个作家可以写生活的碎片,但自己的灵魂不应破碎,应该是完整的。那个时候有很多重要的评论家表达了这层意思,包括著名的批评家胡平。贾平凹的创作一度陷入了低潮。

贾平凹的地位可以说是从写"商州"奠定的。故乡是作家的精神家园,也是一个作家的精神高地,故乡可以包容一个回归的游子,也可以挽救一个遍体鳞伤的路人。在早期创作中,每遭批评而受挫,贾平凹会怀着孤独的心情回到故土,回到商州。他用脚步来亲近商州,一个县一个县地,白天行走,晚上笔记,写出了散文《商州初录》,但仍然有人认为他把商州写得太黑暗。贾平凹继续以身体和灵魂亲近民间,观察商州农民,从民间汲取能量。后来写《商州再录》更加成功。

可是到了上世纪90年代,商品经济引发的社会转型令人猝不及防,知识分子从文化中心不断退向边缘,甚至出现了精神危机。贾平凹是非常敏感的人,他的危机意识似乎比任何人都更强烈,他收起了《腊月·正月》《浮躁》式的乐观。这个时候他写出了《废都》。《废都》的发行量不算盗版已上百万,后来被查禁了。但贾平凹自己非常看重《废都》,说它是"唯一可以安顿我的灵魂的地方"。那么,贾平凹为什么如此看重这样一部褒贬不一、毁誉参半的小说呢?

我们知道,《废都》里面有很多"框框",有批评家认为这是艳情小说的"牙慧版",对性和性事的描写,不仅缺乏节制,而且有意暗示读者:还有一些更刺激的情节恕我不能再写。其格调低俗可见一斑,不但描写了性行为,还写了性器官。那么,是贾平凹无意写出了糟粕还是他另有企图?

事实上,《废都》仍可以看作是农民出身的知识分子进城后的心灵的震荡甚至挣扎。贾平凹曾在《废都·后记》中说:"我在城市已经住罢了二十年,但还未写出过一部关于城的小说。"但是,当他"要在这本书里写这个城了,这个城里却已经没有了供我写这本书的一张桌子。"① 上世纪80年代,知识分子先知先觉,把民族和国家灾难变为自己的个人受难史,因此,他们最终被理想化、英雄化、圣洁化。当时很多作家——包括王蒙、张贤亮以及朦胧诗

---

① 贾平凹:《后记》,见《废都》,北京出版社1993年出版,第519—520页。

人的作品就是这种类型。到90年代,知识分子从人民英雄滑落到平民百姓,从"十字架"到"秋千架",瞬间的落差加倍地放大了他们的荒凉感。在这样的背景下,《废都》出现了。在该作中,庄之蝶在声色犬马的都市中,最终自暴自弃,他也企图自我救赎,但他并不真正懂得现代都市的生活逻辑。可以说,《废都》写出了没有城市文化根基的知识分子对城市的享乐、厌倦,甚至恐惧。

骨子里有着农民式的精神气质的庄之蝶,折射的却是当代文人的生存危机和精神危机。我们看到,西京城里的生活,在商品经济大潮来袭时,人们忙着占有,忙着享乐,也忙着造假,所以当时有人戏谑"假烟假酒贾平凹"。人们没有空闲来思索生存的意义,只能在资本和视听享乐中被裹挟,"惹出了官司就要打官司,打官司就要去平息官司,平息官司就要贿赂当官的,不能不找人代笔写文章,代笔写文章又不能不作假,这样又惹出新的麻烦。这就是'天下本无事,庸人自打扰'。人一旦进入这个'连环套',就欲生不得,欲死不能。"[①]庄之蝶的名字来自《庄子》里面的"我非我",即我不是我,我不清楚自己是谁。在这里,男男女女忙于动作而终止了思考,把思索的问题交给哲学人物,把神秘现象交还给牛老太太,甚至一头牛……这就是肉体的废都,精神的废墟。

事实上,《废都》中的庄之蝶仍然是一个没有逃出"士"这样的角色的"土气"的文人。庄之蝶虽身在都城,心还在古老的农耕时代。在都市里,他始终是迷失的,也是失意的,他不知道以什么方式确证自我的存在。庄之蝶将自己与性伙伴宛儿的"框框"行动视若生命力的证明,以为在宛儿那里可寻得自我的存在。唐宛儿以不断调整性爱花样的方式刺激庄之蝶,并不无默契地达成了共

[①] 雷达:《心灵的挣扎——〈废都〉辩》,《当代作家评论》1993年第6期。

识:喜新厌旧是一种创造性的表现。这种看似现代,实则迂腐、荒诞的价值观使得庄之蝶成为现代城市的"多余人"。庄之蝶没有逃出"士"的声色追逐和"君"的皇权意识形态角色,而唐宛儿也没有逃出封建皇权时代"妾"的想象,他们的关系带有浓厚的中世纪腐败气息。贾平凹敏锐地感觉到传统农业社会在与都市社会交融过程中的迷失与纠缠,断裂与无奈。可以说,《废都》诞生于20世纪末中国的一座文化古城,它延续了本民族特有的美学风格,写出了古老的传统文化(农业文明)与现代文化(城市文明)的消长,表现了社会转型时期中国知识分子在文化时空交错中必然出现的精神危机。

贾平凹在《废都》以后写了很多长篇小说,比如《高老庄》《白夜》《土门》《怀念狼》《秦腔》《古炉》等等。这几部作品,我本人最看好《秦腔》,当然谈得最多的也是《秦腔》。这本书很成功,它主要是借助一些细节来推动叙事。与此前"商州系列"和《废都》等作品不同的是,《秦腔》里没有那种摄人魂魄和吊人胃口的情节,也没有铺陈和悬念,完全是一个生活的连轴向前滚动,但很多的细节是很有味道的。深入文本可以看出,小说中的"秦腔"有两个象征,一个是土地的象征,一个是文化的象征。作品里面的很多人物如夏天义、白雪、引生等都有象征意义。为什么要这样写呢?如此重大的题材却有意地摒弃宏大叙事,而写一种文化消亡的无名状态。为什么是无名状态?在贾平凹看来,今天农村的变动不居是难以把握的,他只能如实道来,让生活自己去说,自己去呈现。所以就写了"一大堆鸡零狗碎"的东西,或以细节带动叙事,或以日常生活呈现乡村社会在时代褶皱里的隐在变迁,正如作者所说,他们无法再守住土地,他们一步一步地从土地上出走,虽然他们是土命,把树和草拔起来又抖净了根须上的土,栽在哪里都是难活。这是一种新的乡土小说审美,但是有些东西是难以说清的,所以它是一本关于"无名状态"的书。

《秦腔》之后贾平凹发表了《高兴》,仍然是与乡土社会的变迁与城乡社会转型有关的小说。高兴是主人公的名字,他是一个进城捡拾破烂者。值得注意的是,贾平凹塑造的刘高兴不再是阿Q式的进城农民,而是不无清醒的、主动进城的农民。刘高兴与他的朋友五富、瘦猴、黄八等,在西安城里晃悠,渴望成为城里人,尽管他们生活在城市的"缝隙空间"里,但仍然乐天知命。很显然,这是在城市资本已被完全配置而且新的"空间无法再生产"(列斐伏尔语)的状态下,拾荒者的城市梦必将破碎的隐喻。在这个意义上,《高兴》则是"亚乡土叙事"和"底层文学"思潮的典型文本。

从《废都》到《秦腔》再到《高兴》,贾平凹的乡土书写对象由城而乡,再由乡而城,变幻着不同的人事,却也重复着大致相同的精神走向和审美色调,这种色调是挽悼、伤逝、怀旧,是"无可奈何花落去,似曾相识燕归来",是无处不在的现代性乡愁和无往不遇的沧桑感。不过,他并不疾言厉色地批判现代都市文明病,他知道自然的法则和时代的潮流不可抵挡,于是哀而不伤,贵柔守雌,既感应时空运转的无情,也抚慰灵肉冲突中的脆弱。贾平凹通过这种人物折射一个变动不居的时代。和《秦腔》一样,《高兴》仍然是以无名之状来呈现的,就像《秦腔》为即将消逝的故乡——棣花街——树一座碑!贾平凹曾说:"在作家普遍缺乏大精神和大技巧、文学作品不可能经典的当下,作家不妨把自己的作品写成一份社会记录留给历史。"[1]这似乎是一种清醒的表述,但更像是一种无奈的辩解。

---

[1] 贾平凹:《我和高兴》,《高兴·后记一》,译林出版社2012年出版,第290页。

贾平凹近年来持之以恒地围绕着农村、农民和底层劳动者,着力描述社会转型期宏大背景下人性的变异、扭曲和重塑,《带灯》《老生》《极花》等后续长篇,都是在中国的土地上生长的中国故事,为乡土中国的叙事留下一个个坐标。

四、结　语

陈忠实、路遥、贾平凹的乡土叙事已经形成了"三足鼎立"的文学景观。"陕西三大家"由于学养、出身等等问题而处在相对封闭环境当中,一方面封闭成就了他们的坚韧,而另一方面,封闭帮助他们变得沉静,战胜了这个时代普遍的精神浮躁,走向了深刻。当然,封闭也带给他们某种局限。他们不是傲然地站在高处俯瞰的精神贵族,而是秉持一种较为谦卑和低调姿态的平民作家;他们骨子里都有一种道德理想主义和文化乌托邦的愿想;他们笔下,确有把沉重的劳动诗意化、把苦难生活神圣化、把道德伦理崇高化的审美倾向。路遥写父慈子孝,好人有好报,有为的青年一定要努力实现梦想;陈忠实写的好人应该要"自耕自种而食,自编自织而衣";贾平凹则在城市与乡村的对举中,先是把乡土社会写成一种恬淡的乌托邦,后来则变成了无法再守住土地、被连根拔起的人们的失重之地。另一方面,这种封闭也遮挡了他们极目远眺的眼光。陈忠实主导的思想是推崇儒家的仁义道德,所以将读书明礼、心怀民族大义的"关中大儒"朱先生塑造为理想的人格神;贾平凹往往写出了生活是什么样子,却还难以写出生活应该是什么样子,一直在寻找一种更高远的眼光和对时代的概括。当然他们也都有超越,超越了自己的狭隘和旧的眼光,但是对于个体意识的发掘和现代意识的守护还不很充分。在现代性的增长上,贾平凹胜过了其他两位。

总之,倘若从"陕西三大家"在当代文学史叙述中的地位来看,他们取得的某些成绩,他们在中国社会转型叙事中积累的创作经验,他们在中国乡土叙事中的作用,以及在相对封闭的文化语境中反观城市与乡村、传统与现代时暴露出来的局限性和创作危机等等,都是值得深入探讨的话题,这就是我把三位作家放置在乡土叙事与中国社会转型之中做宏观考察的最终目的。

2016 年 9 月 11 日改定于北京华威北里

(原载《小说评论》2016 年第 6 期,《新华文摘》2017 年第 7 期转载)

后　记

　　我不喜欢雷达这个名字。我是个喜欢耽溺于审美的人,"雷达"给人一种工具化或科技化的,甚至窥探什么的感觉。但是,这由不得我。1943年我出生时,天水新阳镇王家庄雷家巷道里,已经有了雷嗜学、雷愿学、雷进学、雷勤学等一大群人出世,全是"学"字辈,雷字和学字都是固定的,只能动一动中间那个字。于是,母亲采用了我父亲给我起的小名"达僧"中的达字,就有了大名"雷达学"的我。小镇人哪懂得雷达为何物,到上高中时,忽然有一天大家都开始叫我雷达了,因为他们知道了雷达是什么器物。1978年进入《文艺报》,同事都说干脆叫雷达吧,那个学字有点儿累赘。我听从老大哥们的建议,于今已四十年矣。我曾试图反抗,企图改为默雷,还想着改为春风啊,秋雨啊,夏月啊,冬雷啊。一位相熟的老作家说:你拉倒吧,现在人们知道你已属不易,你一改得从头开始喽。噢,是吗。2014年,《文艺报》邀我开个专栏,我脱口而出说,就叫"雷达观潮"吧。看来似乎我又是认可这个名字的。

　　这本《雷达观潮》是以我近年来在《文艺报》开设的"雷达观潮"专栏文章为主体的。我力求做到,人虽然老了,思想尽量不老化,甚至要有锋芒;要求自己决不炒冷饭、说套话,要使这些文章密切结合创作实际,提出一些真问题、新问题;诸如现在书中的,"长篇创作中的非审美化表现""代际划分的误区""文体与思潮的错位""乡土中国与城乡中国""文学与新闻的纠缠与开解""'非虚构'的兴起""今天的阅读遇到了什么""文学批评的'过剩'与不足"等等,思想还算活跃,也不失一定的敏锐,有一定的启发性。这自然算不得什么,但在当前"缺少问题"的语境下,能做到这个程度,对我来说,也不容易啊。

这本书还选择了一批典型的作家作品评论以实证之,从汪曾祺、高晓声,到王蒙、铁凝、莫言、张炜,再到张贤亮、浩然,再到"陕西三大家"的路遥、陈忠实、贾平凹,再到刘震云、阎连科、雪漠等等,试图通过他们的代表性面目,勾画出一条富于表情的当代文学画廊。

其中选用了几篇80年代的评论文本,因为奇怪的是,今天读来并不过时,反而有一种欢欣与鼓舞的调子。例如,我翻出一篇早期研究汪曾祺的长文《使用语言的风俗画家》,我都有些惊讶,其中对汪老的几篇小说的分析,还有点精彩。现在评说汪老,已成为显学和时尚,没有人认为我跟汪老有何瓜葛,也不认为我有什么见解,但汪老不是这样。80年代初的一次政协礼堂的聚会上,我的文章刚发表不久,汪老主动走过来说,你是雷达同志吧,那时我才三十多岁。汪老还主动送我一幅字加画。当时还有点纳闷,现在想来,汪老真是多情之人哪。

作为新时期文学的参与者、研究者,我提出过"民族灵魂的发现与重铸"才是新时期文学主潮的观点;我最早发现并评述、归纳了"新写实"的思潮;我为"现实主义冲击波"命了名;对于中国当代文学各个时期审美趋向的宏观辨析和症候分析,还有对当前文学的创作症候之分析,构成本书另一些内容。

这一切都没什么值得夸耀的,抱憾的是,许多该做的事没有做,回首平生,我倒真的是贯穿了新时期文学四十年的批评者,心头涌满了复杂的感受。让这本书作为当代中国文学的一份精神档案存留着吧。

屈指一算,我在中国作协工作整四十年了,李敬泽同志是副主席,请他写序最为理想。这篇序文显示了他的真精神、真性情、真风度,太好了。他在百忙之中,能成此文,深表感谢。

雷 达

2017年11月11日记于北京